DANGEROUS DESIRES

EIN LIEBESROMAN ~ SAMMELBAND 1-5 (NIE ERWISCHT)

JESSICA F.

INHALT

Unerwartete Fahrt	vii
Klappentext	ix
Prolog	1
Kapitel 1	5
Kapitel 2	13
Kapitel 3	20
Kapitel 4	25
Kapitel 5	33
Kapitel 6	40
Kapitel 7	46
Kapitel 8	52
Kapitel 9	62
Kapitel 10	74
Kapitel 11	80
Kapitel 12	85
Kapitel 13	92
Kapitel 14	97
Kapitel 15	105
Kapitel 16	110
Epilog	114
Vergessene Sünden	119
Klappentext	121
Prolog	123
Kapitel 1	129
Kapitel 2	134
Kapitel 3	140
Kapitel 4	147
Kapitel 5	155
Kapitel 6	164
Kapitel 7	170
Kapitel 8	178
Kapitel 9	187

Kapitel 10	192
Kapitel 11	199
Kapitel 12	210
Kapitel 13	216
Kapitel 14	224
Epilog	233
Braut bis zur Grenze	237
Klappentext	239
Prolog	241
Kapitel 1	253
Kapitel 2	259
Kapitel 3	270
Kapitel 4	279
Kapitel 5	284
Kapitel 6	294
Kapitel 7	304
Kapitel 8	312
Kapitel 9	317
Kapitel 10	322
Kapitel 11	330
Kapitel 12	339
Kapitel 13	344
Kapitel 14	349
Epilog	353
The Last Bout	357
Klappentext	359
Prolog	361
Kapitel 1	369
Kapitel 2	375
Kapitel 3	387
Kapitel 4	396
Kapitel 5	402
Kapitel 6	412
Kapitel 7	421
Kapitel 8	431
Kapitel 9	441
Kapitel 10	448
Kapitel 11	459
Kapitel 12	464

Kapitel 13   473
Epilog   478
Endgame   481
Klappentext   483
Prolog   485
Kapitel 1   491
Kapitel 2   499
Kapitel 3   511
Kapitel 4   523
Kapitel 5   533
Kapitel 6   539
Kapitel 7   550
Kapitel 8   557
Kapitel 9   570
Kapitel 9   579
Kapitel 10   593
Epilog   602

Veröffentlicht in Deutschland:

Von: Jessica F.

© Copyright 2021

ISBN: 978-1-63970-102-5

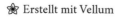 Erstellt mit Vellum

UNERWARTETE FAHRT

Eine dunkle Mafia-Romanze
(Nie erwischt 1)

Jessica F.

KLAPPENTEXT

Mafia Liebesroman - Ich habe heute Nacht ein Auto mit einer gefesselten Frau im Kofferraum geknackt.

Sieht aus, als hätte ich ihr das Leben gerettet — ist das nicht ironisch?

Jetzt bietet sie mir einen Haufen Juwelen an, um sie nach Montreal zu bringen.

Ich akzeptiere den Job, damit ich eine Chance habe, sie selbst zu bekommen.

Die ersten Nächte sind heiß — aber sie hat ein Geheimnis.

Sie ist die Tochter des Mafiabosses—und er will sie zurück.

Ich hatte in meinem ganzen Leben noch keine so fantastische Frau.

Ich werde wie der Teufel fahren, um sie zu beschützen.

Aber mit der Mafia und dem FBI auf unseren Fersen, haben wir da eine Chance ungeschoren davon zu kommen?

PROLOG

Carolyn

DATUM: 29. DEZEMBER 2018

Standort: Lloyd, New York, 1,5 Stunden vor New York City
**   Zielperson: Alan Chase**
**   Strafregister: versiegelte Jugendakte. Keine Erwachsenenakte.**
Verdächtigt in 34 verschiedenen Fällen des schweren Kraftfahr-
zeugdiebstahles in New York, New Jersey und Connecticut. Regel-
mäßig wegen Mangel an Beweisen entlassen. Zielperson wurde nie
erfolgreich festgenommen oder inhaftiert.

Ich lehne mich von meinem Laptopbildschirm zurück und strecke
mich, wobei mein Rücken knackt. Ich bin steif vom Fahren, und
das schlechte Wetter leid. An einem guten Tag sind es von der New
Yorker Außendienststelle nur eineinhalb Stunden, aber ich habe
soeben drei Stunden Stoßstange an Stoßstange im Verkehr verbracht,
und das im strömenden Regen.

Ich bin hier, weil mein Boss mich hasst — die talentierte und ehrgeizige neue Mitarbeiterin, die hierher versetzt wurde — und er hasst mich so sehr, dass er mich auf eine aussichtslose Verfolgung von Kriminellen ansetzt, die so gut sind, dass sie nie ausreichend Beweise oder Zeugen zurückgelassen haben, um sie zu belasten. Alle fünf stehen hinter einer langen Liste von Verbrechen, aber wir konnten die Anklagepunkte nie aufrechterhalten. Ich habe eine ,Abschussliste' von fünf Zielpersonen landesweit, und Alan Chase ist der Erste darauf.

Wenigstens ist er nur ein Dieb. Nie gewalttätig—nur geschickt, raffiniert. Es gibt Männer, die viel schlimmere Dinge als Autodiebstahl begangen haben — insbesondere Nummer fünf.

Aber ich will nicht an ihn denken. Konzentriere dich auf unseren Road Runner *hier.*

Alan Chase ist ein makelloser Dieb. Erst recht ein Weltklassefahrer. Er könnte den Fahrern der NASCAR einen harten Wettkampf bieten, laut Aussage des Polizisten aus Long Island, der versucht hatte, ihn auf der Fernstraße zu verfolgen.

„... ich bin seinem Stoßdämpfer nicht einmal nahe gekommen. Der Kerl ist durch den Verkehr, den Wind und den Regen geschwommen wie ein verdammter Fisch durch die Strömung. Er wusste einfach, wo die sich die Lücken im fließenden Verkehr auftun würden."

„... er hat auch niemanden in Gefahr gebracht. Hat ein paar Blechschäden verursacht, indem er Leute erschreckt hat, hat aber nie jemanden gerammt, um mir den Weg zu versperren, ist nicht einmal entgegen der Fahrtrichtung gefahren, hat nie den Seitenstreifen berührt."

„... er war einfach weg. Ich war nicht einmal in der Lage, ihm so zu folgen, dass ich alles mit der Dashcam hätte aufzeichnen können, geschweige denn sein Gesicht zu sehen."

Ich stehe auf, um ein paar Übungen für meinen Rücken zu machen, und mache mir einen Kaffee. Das alte Hotel hat Heizungen, die am laufendend Band Geräusche machen und einen ratternden Aufzug; es klang, als würde es mit ihm zu Ende gehen, als ich mein Gepäck nach oben brachte. Aber es ist wesentlich gemütlicher als die zugige Wohnung, die ich in Brooklyn mit zwei Mitbewohnern teile.

Anscheinend verbringe ich Neujahr wieder mit Arbeit. Aber das ist in

Ordnung. Ich habe sowieso keine Familie, zu der ich nach Hause fahren könnte.

Alan Chase lebt laut seinem aktuellen Vermieter seit drei Monaten in Lloyd. Er hat sehr wahrscheinlich etwas mit der Zunahme an Autodiebstählen zu tun. Also sitze ich hier fest und spioniere ihm nach, bis wir ihn bei etwas erwischen, oder er weiterzieht.

Ich öffne Chases Fotogalerie und runzle anhand des lächelnden Gesichts auf meinem Bildschirm die Stirn.

Süß.

Schelmisches Grinsen, etwas ungepflegt. Dunkelbraunes Haar, dunkle Augenbrauen, hellbraune Augen mit einem Hauch rot darin — wie Sonnenlicht, das durch Gläser voller Sherry scheint. Schmaler Kiefer, athletisch, aber grobes Aussehen. Die Art von Kerl, die in Jeans lebt.

Heiß, aber nicht mein Typ. Einer der fünf, die ich verfolge, ist mein Typ, aber ich versuche, nicht an ihn zu denken.

Wenn ich wachsam und clever bin, und Glück habe, werde ich meinen Road Runner in Lloyd fangen. Ansonsten wird er sich wieder hinter die kanadische Grenze verziehen, um sich zu verstecken, und mein Boss Daniels wird mich nach einer Runde erniedrigender Standpauken hinter dem nächsten Typen herschicken.

Derek Daniels ist ein tyrannisierendes Arschloch, der keine Verwendung für Frauen hat, die nicht mit ihm schlafen wollen. Er hat mich hierher geschickt, um zu bestätigen, dass ich nicht das nötige Etwas besitze, um Teil des FBI zu sein. Ich bin hergekommen, um ihm zu zeigen, dass er falschliegt.

Ich bin da. Ich habe Kontakte, Bestechungsgeld, Hinweise und ein Profil. Jetzt muss ich nur darauf warten, dass Chase einen Fehler macht. Vorzugsweise einen großen.

KAPITEL 1

Alan

Ich habe eine Schwäche für den Ford LTD.

Es ist total dämlich, ich weiß. Aber als mein Opa in Rente gegangen ist, kam er mit einem Ford LTD Crown Royal nach Hause, den er beruflich gefahren hatte, und ich liebte dieses Auto. Es war riesig, leistungsstark und fuhr sich wie ein Traum.

Ich habe in diesem blauen LTD das Fahren gelernt. Opas Vater hat früher Alkohol von Kanada über die Grenze geschmuggelt und ihm beigebracht, wie man dieses Riesenschiff von Auto wie einen geölten Blitz fährt. Hinter dem Lenkrad dieses Autos hat er mir alles beigebracht, was er wusste und es mir dann in seinem Testament vermacht, und ich habe es für zehn Jahre gefahren.

Anschließend hat es irgendein betrunkenes Stück Scheiße von der Seite gerammt — während es verdammt nochmal geparkt war. Der Krach an sich hat mich förmlich aus dem Bett geworfen. Brechendes Glas, auseinanderreißendes Metall — der Todesschrei eines verdammt guten Autos.

Der Bastard war mit neunzig Sachen unterwegs gewesen. Hat

beide Autos zu einem Totalschaden gemacht und sich beinahe dabei umgebracht. Wie sich herausstellte, hat er den LTD für das Auto des Kerls gehalten, von dem er annahm, er würde seine Freundin vögeln.

Warum würde irgendjemand woanders nach Liebe suchen, wenn man so ein Vorbild an liebevoller Beständigkeit wie diesen Kerl zu Hause hatte? Pfui!

Das war das einzige Mal, dass mein wirklicher Name in einem Polizeibericht aufgetaucht ist. Das Gesetz war in mehreren Städten hinter mir her, aber sie wissen nie, nach wem genau sie suchen. Ich bin ein Geist.

Ein Geist, der wie besessen fährt.

Heute Nacht habe ich einen spitzenmäßigen Ford LTD Crown Victoria im Visier, restauriert und aus der Mitte der 80er Jahre. Schwarz, anstatt des Dunkelblaus, an das ich mich erinnere, aber genauso elegant und gewaltig. Chromleiste, eine durchgehende Rückbank, auf der man vögeln könnte, ohne sich irgendwo den Kopf anzustoßen. Zwei große, schmierig aussehende Kerle aus der Stadt haben die Limousine soeben an der hintersten Ecke des Parkplatzes des Diners zurückgelassen, und ich schlendere jetzt hinüber, um sie mir näher anzusehen.

Der Schlüssel, um spät abends unbemerkt zu bleiben, liegt darin, sich lässig und entspannt zu verhalten, als gehörte man dazu. Ich bin nur ein Kerl, der aus dem Diner spaziert, mit Hipster-Rollmütze und enganliegender, grauer Jacke, die Haare aus dem Gesicht gestrichen, und mit einer schwarzgerahmten Brille, die meine Augen bedeckt.

Ich habe das Outfit vor einem Monat bei *Goodwill* ausgesucht. Ich bin immer *inkognito* unterwegs, wenn ich auf der Suche nach einem Auto bin, das ich klauen kann. Ich hatte nicht geplant, direkt eines vom Parkplatz zu nehmen, aber für eine weitere Fahrt in meinem Lieblingsauto bin ich versucht, es zu riskieren. Zumindest wird sich niemand an Details über mich erinnern, die ich nicht sofort verändern kann.

Es ist eine eiskalte Nacht, mein Atem strömt sichtbar durch die Lücke in meinem hochgeklappten Kragen, als ich den Parkplatz überquere. Mitten auf dem Asphalt ist eine große Eisfläche. Ich weiche ihr aus und gehe weiter.

Vielleicht sollte ich das Auto nicht nehmen. Es ist theoretisch immer noch im Blickfeld der Caféfenster.

Aber es ist mehr als nur Nostalgie, die mir sagt, ich solle es nehmen. Mein Bauchgefühl sagt es mir ebenfalls. Ich bemerke, dass die Scheinwerfer des Autos eingeschaltet sind.

Warte ... das ist doch wohl ein Witz.

Der Motor des Autos läuft, der Auspuff qualmt, die Heizung läuft und Frank Sinatra ertönt aus einer guten Stereoanlage. Die Schlüssel sind im verdammten Zündschloss! Es ist, als hätten sie das Auto absichtlich laufen lassen, damit es warm bleibt.

Das bedeutet, dass sie eine Bestellung zum Mitnehmen aufgeben und in ein paar Minuten zurück sein werden. Denk schnell, Chase!

Ich tue es!

Ohne aus dem Tritt zu geraten, gehe ich zur Fahrertür, öffne sie mit einer behandschuhten Hand, steige ein, schließe die Tür und suche nach irgendwelchen Überraschungen. Auf der Rückbank liegt ein violetter Hartschalenkoffer. Was ist im Kofferraum, dass sie den Sitzplatz für Gepäck verwenden? Ich lege meinen Rucksack von *Goodwill* daneben. Ich schnalle mich an und fahre rückwärts, gerade so, als wäre es mein Auto, und mache ich mich auf den Weg nach Hause.

Hier gibt es nichts zu sehen, alles ist völlig normal ... Ich fahre entspannt, nicht zu schnell, nicht zu langsam, wobei ich die Eisfläche umfahre.

Ich schaffe es über den Parkplatz und manövriere die Schnauze des LTD in den Verkehr, um abzubiegen, als ich einen Schrei höre. Im Rückspiegel sehe ich zwei fette Trottel in meine Richtung trampeln; ihre Mäntel wehend im Wind, Tüten mit Essen und Waffen in der Hand haltend, das Aufblitzen von Chrom warnend.

Oh Scheiße!

Einer schießt und ich schlingere vorwärts in den Verkehr, wobei ich eine Kugel vom gefrorenen Asphalt abprallen höre. Die Räder rutschen auf der vereisten Straße, bevor sie auf einem Stück Sand landen und wieder greifen. Eine weitere Kugel folgt und schlägt auf der hinteren Stoßstange auf.

„Scheiße! Scheiße! Scheiße!"

Die Autos auf der Straße halten für mich an; niemand will sich mit einem riesigen, alten, stählernen Auto anlegen, das in den Verkehr schießt. Ich erreiche die rutschige Straße, drehe das Lenkrad gerade genug, dass der Ford abbiegt — und die Ampel an der Ecke wird rot und bringt den Verkehr auf jeder Seite zum Stehen. *Wollt ihr mich verarschen?*

In der Falle sitzend, richte ich meinen besorgten Blick zurück auf den Parkplatz. Die beiden streiten, wobei der eine dem anderen die Waffe herunterdrückt, als wollte er nicht, dass auf sein Auto geschossen wird. Ich kann es ihm nicht verübeln — besonders da ich nicht will, dass weitere Kugeln in meine Richtung fliegen.

„Komm schon", murmle ich und zähle die Sekunden, bis die Ampel umspringt. Es wäre eine beschissene Art zu sterben, durchlöchert in einer Mittelklasselimousine, die seit den späten Neunzigern nicht mehr ordentlich bewegt wurde.

Sie bemerken, dass ich feststecke, und beginnen so schnell sie können über den Parkplatz zu rennen. Ich starre sie entsetzt an … ich bin geliefert! Selbst wenn ich das Auto zurücklasse und über die vier Fahrspuren renne, bin ich trotzdem in Reichweite ihrer Kugeln. *Chase, du bist ein Idiot! Das war eine wirklich schlechte Idee!*

Dann geschieht ein Wunder. Eines, das ich im Moment vermutlich nicht verdiene. Sie rennen auf die große Eisfläche, ohne es zu bemerken.

Der erste Kerl tritt mit dem Absatz seiner schicken Budapester auf das Eis und legt einen unangenehm aussehenden Spagat hin, wobei er alarmiert aufschreit und versehentlich in die Luft feuert. Der zweite Kerl kann nicht rechtzeitig anhalten und rennt in ihn hinein. Sie gehen beide in einem schwankenden Wirrwarr zu Boden. Und ich denke endlich daran, zu blinzeln.

Tschau, Jungs! Ich lache bellend auf, als die Ampel umspringt und der Verkehr in Bewegung kommt. Ich trete langsam auf das Gaspedal, als die Fahrbahn vor mir leerer wird … und plötzlich bin ich frei!

Die Straße ist mein Zuhause. Vier Reifen auf dem Asphalt, genug Platz zum Rangieren und ein gutes Auto. Das ist meine Vorstellung von Komfort. Und selbst nach Jahren der Abstinenz, in einem LTD zu sein gibt mir das Gefühl, dass ich genau da bin, wo ich hingehöre.

Ich fahre aus Lloyd raus und riskiere keinen Halt innerhalb der Stadt. Ich habe keine Ahnung, wer diese Kerle waren, oder warum sie Waffen hatten, aber es war ziemlich offensichtlich, dass sie entweder das Auto oder etwas darin schützen wollten.

Den Koffer? Oder vielleicht das, was auch immer den Kofferraum ausfüllt? Der Inhalt ist vermutlich wertvoll.

Ich könnte einen guten Treffer gebrauchen, bevor der Winter wirklich kommt. Er hat dieses Jahr spät angefangen, abgesehen von einem großen Schneesturm im November. Ein wenig zusätzliches Kapital wäre nett, bevor ich bis zum nächsten Jahr dicht mache.

Ich bin zwanzig Meilen in Richtung Norden, als die Tankanzeige des LTDs immer mehr auf leer zugeht. Die nächste Stadt, West Camp, ist noch ein paar Meilen entfernt: eine Ansammlung aus Häusern um eine Kirche herum, ein paar Geschäfte und eine Tankstelle neben einem Nachtcafé.

Unglücklicherweise werde ich dieses Fahrzeug stehenlassen müssen, im Wissen, dass wütende, bewaffnete Männer danach suchen. Es ist am besten, es am Stadtrand loszuwerden und einen anderen Weg nach Lloyd zurückzunehmen.

Jedenfalls, nachdem ich herausgefunden habe, was diese Kerle beschützen wollten.

Ich parke den LTD auf einem Parkplatz in der Nähe des Stadtrands. Es ist so spät, dass außer des Cafés und der Tankstelle nichts geöffnet ist, und beide erstrahlen in einladendem Licht. Das ist gut, ich brauche Kaffee und einen warmen Ort, an dem ich auf meine Mitfahrgelegenheit warten kann.

Aber eins nach dem anderen.

Ich kontrolliere den Koffer. Er riecht nach einem zarten, teuren Parfum, und ich finde eine Reiseflasche — die aus blau emailliertem Gold in Form eines verdammten Pfaus ist. Dieser Koffer gehört einer wohlhabenden jungen Frau, die entweder richtig heiß ist, oder denkt, sie sei es.

Da sind ein halbes Dutzend schicke, heiße Outfits: Seide, überwiegend in Blautönen, einschließlich Unterwäsche für eine kurvige, vollbusige Frau. Nicht viel Schmuck, aber das, was hier drin ist, würde für ein paar Monate die Miete meiner Wohnung bezahlen. Ein schwerer, gefütterter Wollmantel und ein Paar überraschend zweckmäßige Lederstiefel nehmen die andere Seite in Anspruch.

„Wow. Wem habt ihr Arschlöcher das denn gestohlen?", murmle ich und sehe mich kurz um, bevor ich mich wieder dem Koffer zuwende. Meine Finger fahren über den Futterstoff, wobei ich auf mehrere rechteckige Klumpen stoße.

Das sind Geldbündel, da bin ich mir sicher. Die kleineren Klumpen fühlen sich mehr wie Schmuck an. *Schmuggel? Oder ein persönliches Versteck?*

So oder so, gut für mich. *Wer es findet, darf es behalten!*

Ich schließe die hintere Tür und gehe nach hinten, um den Kofferraum zu öffnen. *Wenn die einen solchen Jackpot vor aller Augen haben liegen lassen, wie wertvoll ist dann das, was da hinten versteckt ist?*

Das könnte richtig gut werden! Es vielleicht sogar wert sein, beinahe dafür umgebracht zu werden?

Ich öffne den Kofferraum und das kleine Licht geht an. Ich stehe für einen Moment blinzelnd da und starre nach unten.

Ein großer Wäschesack aus Leintuch — der dicke Stoff, mit dem man viel transportieren kann — füllt beinahe den kompletten Raum aus. Die gekrümmte Form darin lässt in meinem Kopf Alarmglocken schrillen — besonders da mir nicht der Geruch dreckiger Wäsche, sondern der Duft desselben zarten Parfums entgegenkommt, nachdem auch der Koffer duftete.

„Oh, Scheiße!"

Ich beginne, das dicke Seil zu entknoten, das den Sack wie eine riesige Kordel verschließt, und ziehe an dem Stoff, um es zu lösen. Etwas lässt mir das Herz noch tiefer in die Hose rutschen: ein Büschel rotblonden Haares.

„Bitte sei keine Leiche." Ich öffne den Sack weiter und ziehe ihn ihr über das Gesicht. „Bitte sei am Leben. Ich wusste überhaupt nicht, dass du hier drin bist…"

Sie ist wunderschön. Zarte Gesichtszüge mit glänzendem Haar und vollen Lippen. Sie ist vielleicht so um die zwanzig? Ihre Wangen haben Farbe. Sie atmet.

„Oh, heilige Scheiße! Okay. Da haben Sie mir für einen Moment Angst gemacht, Lady." Ich befreie sie von dem Sack; sie trägt eine Lederhose und die passende Lederjacke, mit einer Seidenbluse darunter.

Sie rührt sich. Ich bemerke einen kleinen Bluterguss an der Seite ihres Halses, der sich um einen roten Punkt gebildet hat. Eine Einstichstelle?

Kein Wunder, dass sie so ruhig und still war. Sie ist betäubt! Vielleicht lässt die Betäubung jetzt nach, da sie an der kalten Luft ist?

„Hey." Ich tätschle die Seite ihres süßen Gesichts. „Hey, wach auf, wir müssen hier weg."

Entführung? Die haben sie entführt! Heilige Scheiße, ich habe soeben ein Entführungsopfer gerettet!

Das ist vielversprechend. Vielleicht nicht so vielversprechend, wie mit ihrem Zeug abzuhauen, aber ein Kerl wie ich kann reiche Freunde immer gebrauchen. Besonders wenn sie herzzerreißend schön und mir gewaltig etwas schuldig sind.

Ich nehme sie an den Schultern und schüttle sie sanft. Sie rührt sich, runzelt im Schlaf die Stirn und seufzt leise.

„Das ist besser. Komm zu dir. Ich weiß, dass du müde bist." Ich beginne mir Sorgen zu machen. Je schneller wir von hier wegkommen, desto besser. Dieses Auto hat vielleicht einen Peilsender …

Vielleicht sind sie jetzt unterwegs, um ihr verdammtes Auto zurückzubekommen. Und natürlich, um mich umzubringen.

Ich lasse sie aufwachen, während ich mir meinen Rucksack schnappe und schnell meine äußeren Klamotten wechsle. Ich schüttle meine Haare auf und setze eine mit Wolle gefütterte Sherlock-Holmes-Mütze auf, wie sie viele der Einheimischen tragen. Die fürchterlich enge Jacke wird durch einen schweren, rot karierten Mantel ersetzt.

11

Als ich zu ihr zurückkomme, ist sie wieder eingeschlafen.

„Verdammt, Süße, das ist nicht gut", grummle ich, hebe sie aus dem Kofferraum und setze sie auf die Kante.

Sie sackt nach vorne und ich halte sie an den Schultern aufrecht. Ihre Lider flattern — und öffnen sich rasend schnell.

Sie starrt mich schockiert und verwirrt an. Sie sieht sich um, ihre himmelblauen Augen weit aufgerissen.

„Was —?!?", keucht sie, wobei ihr schwacher Brooklyn-Akzent das Wort schärfer macht.

„Psst, bitte schrei nicht, es ist okay." *Was kann ich sagen, um sie zu beruhigen?* „Du bist gerettet."

Ihr Mund schließt sich und sie blinzelt, dann schüttelt sie den Kopf. „Wer bist du?"

„Äh, das ist eine lange Geschichte. Ich erzähle dir alles, sobald wir von hier weg sind."

KAPITEL 2

Melissa

„Hör mal, es scheint, als magst du den Kerl nicht, Melissa, aber dein Dad lässt dir in der Sache keine Wahl. Es tut mir leid. Ich muss tun, was mir gesagt wird, genau wie du."

Das ist Benny — groß und freundlich, immer pragmatisch. Er ist der Nettere der beiden, die mir mein Dad hinterhergeschickt hat. Der andere ist Dave: ruhig, kalt, nachdenklich. Unheimlich.

„Enzo hat versucht, mich zu vergewaltigen, Benny. Er wollte nicht einmal warten, bis wir verheiratet sind! Er hat zwei andere Brüder! Wenn Dad mich mit einem Castello verheiraten will, warum dann nicht mit einem von ihnen?" Ich blicke zwischen ihnen hin und her und verteidige mich so ruhig, wie meine Panik es zulässt.

Wie haben sie mich gefunden? Ich war so verdammt vorsichtig. Ich habe den Bus genommen, für alles bar gezahlt, Kleidung angezogen, die ich nie tragen würde. All das Leder ... ich sehe aus wie eine Biker-Hure — und für was?

Sie haben mich nicht einmal zwei Stunden außerhalb der Stadt gefunden, *und jetzt werden sie mich nach Hause zerren. Betäubt. Was auch immer sie mir injiziert haben, es setzt bereits ein.*

„Es ist nicht meine Entscheidung, aber ich werde es deinem Vater gegenüber erwähnen. Trotzdem, du weißt, wie er ist. Enzo Castello wird dein zukünftiger Mann. Er wird wahrscheinlich viel netter sein, sobald ihr verheiratet seid. Er ist nur begeistert, weil du heiß bist."

Seine ruhige, freundliche Stimme zögert nie. Der andere starrt mich an, bewusst, aber gleichgültig, wie eine Katze.

„Bitte nicht", flehe ich ein letztes Mal. Aber es ist zu spät. Benny hat einen Wäschewagen mit einem leeren Sack darin mitgebracht, und ich kann mich nicht mehr bewegen.

Ich schluchze angsterfüllt, als sie mich in den Sack stecken.

Als ich die Augen wieder öffne, fühle ich mich, als würde ich träumen. Ein Fremder setzt mich auf die Kante des Kofferraums in die kalte Luft. Wir sind irgendwo im Norden des Staates; es ist dunkel, im Wind liegt der Duft von Nadelbäumen und Schnee.

Der Mann ist kein Italiener. Er ist heiß: groß, dunkelhaarig und ein wenig ungepflegt; er hat helle Augen. Ich kann ihre Farbe im Halbdunkel nicht erkennen. Er lächelt erleichtert, während ich versuche, meinen Fokus zurückzuerlangen.

„Wie ist dein Name?", fragt er.

„Melissa", murmele ich, ohne meinen Nachnamen zu nennen. Jeder kennt ihn. „Du?"

„Du kannst mich Chase nennen." Er sieht mich von oben bis unten an, wobei sein Blick auf meinem Gesicht hängen bleibt. „Hör mal, ich weiß nicht, wer diese Kerle waren, die dich entführt haben, aber wir müssen dein Zeug nehmen und dieses Auto stehen lassen. Kannst du gehen?"

Ich zögere. Meine Beine fühlen sich jetzt fast stabil genug an, da mich die Kälte aufweckt, aber ich habe keine Ahnung, wer dieser Kerl ist. „Ich glaube schon. Aber wir müssen *all* mein Zeug aus dem Auto holen, bevor wir es stehen lassen, ansonsten werden sie wissen, wohin ich abhaue."

Mein Zeug und etwas von Benny, das er immer im Handschuhfach aufbewahrt.

„Holst du den Koffer?", frage ich. Für den Fall, dass er eine Waffe hat, will ich seine Hände beschäftigen.

„Klar, ich kümmere mich darum. Hast du jemanden, den du anrufen kannst?" Sein Tonfall ist so unschuldig, dass ich mein bitteres Lachen herunterschlucken muss.

„Nein", seufze ich beim Aufstehen und lehne mich schwer an das Auto, dann gehe ich zur Beifahrerseite. „Jedenfalls niemand, der in der Nähe ist."

Marcel und Amelie warten in Montreal auf mich. Sie haben mir eine Unterkunft angeboten, wenn ich zur kanadischen Grenze fliehe. Sie haben keine Ahnung, dass ich Montreal gewählt habe, weil mein Dad schreckliche Angst vor der Mafia-Familie hat, die die Stadt kontrolliert; je weniger sie von meinen Problemen wissen, desto sicherer werden wir alle sein.

Ich muss dafür sorgen, dass mein Vater nie die Namen der Freunde erfährt, die mir helfen. Mein Handy ist voll mit Unterhaltungen, und Benny hat es mir abgenommen. Er hat es im Handschuhfach aufbewahrt.

„Ich muss mein Handy holen. Dann können wir los. Hast du einen Weg aus der Stadt raus?"

„Daran arbeite ich. Wir können im Café warten, bis meine Mitfahrgelegenheit zurück nach Lloyd herkommt." Ich höre sein leises Schnaufen, als er meinen Koffer von der Rückbank holt. Er ist so freundlich und heiter … aber nicht wie Benny. Er klingt verwirrt, als gewöhnte er sich immer noch an den Gedanken, dass er eine Frau im Kofferraum gefunden hat.

Also ist er entweder ein sehr guter Schauspieler, oder er ist wirklich schockiert, mich entdeckt zu haben.

Ich öffne die Tür und das Handschuhfach. Mein Handy gleitet von einem Stapel alter, zusammengefalteter Landkarten herunter und mir in die Hand. Dann folgt der im Holster befindliche .38 Revolver.

Ich fange ihn. Er liegt schwer in meiner Hand. Es ist eine Weile her, seit ich einen abgefeuert habe, aber ich beabsichtige auch nicht, es jetzt zu tun.

Ich brauche nur Antworten.

Er kommt mit dem Koffer in den Händen und dem Beginn eines Satzes auf den Lippen zu mir, dann blinzelt er nur die Waffe in meiner Hand an. Ich richte sie nicht direkt auf ihn, halte sie aber auch nicht von ihm weg.

„Es tut mir leid, aber ich wurde soeben von Gangstern betäubt und in einen Kofferraum gesteckt, und ich bin nicht in der Stimmung, jemandem zu vertrauen. Wie passt du in all das hinein?"

Chase blinzelt mich schockiert an, als hätte ich sein Bild von mir völlig zerstört. Das ist eindeutig kein gewalttätiger Kerl.

„Komm schon, bring mich nicht dazu, sie auf dich zu richten. Ich hasse Waffen eigentlich", seufze ich.

„Ich auch. Äh, naja, die einfache Antwort ist, dass ich das Auto gestohlen habe." Er lächelt unbeholfen, während er seine Hände sichtbar lässt — was ihn noch süßer aussehen lässt.

„Was?" Ich lasse die Waffe leicht sinken, woraufhin er sich entspannt. Dieser Kerl ist es nicht gewöhnt, dass Waffen auf ihn gerichtet werden. „Du hast ... Bennys Auto *gestohlen?*"

„Ja, okay?" Er verzieht das Gesicht. „Ich habe das Auto gestohlen, bin aus Lloyd verschwunden und habe dann realisiert, dass du im Kofferraum bist, woraufhin ich dich befreit habe. Wer zur Hölle ist Benny?"

Ich bin noch nicht bereit, diese grauenhafte Geschichte zu erzählen. Ich bin kurz davor, zu weinen. „Ich stelle die Fragen. Hast du in Lloyd einen sicheren Unterschlupf?"

„Äh ... ja, mein Haus ..." Er sieht mich besorgt an. „Was planst du?"

„Ich muss diese Kerle abschütteln. Du hast sie soeben beklaut, also musst du sie auch abschütteln." Ich denke noch einen Moment darüber nach, dann stecke ich die Waffe zurück in das Holster und klemme es in den Bund meiner Lederhose. „Ist es Teil deines Plans, dich in Lloyd zu verstecken?"

„Bis sich die Dinge entspannt haben, ja." Er sieht zunehmend besorgt aus, obwohl ich die Waffe weggesteckt habe. „Hör mal, ich will mich nicht in deine Sachen einmischen, aber äh ... vor welcher Art Probleme läufst du weg?"

Ich sehe Chase für ein paar Sekunden an, dann seufze ich. „Nicht hier. Lass uns … irgendwo hingehen, wo es warm ist und auf deine Mitfahrgelegenheit warten."

Das Café ist ein Restaurant im Stil der Fünfzigerjahre. Ich ziehe meinen Wollmantel an und bedecke meine Haare mit seiner Rollmütze, bevor wir hineingehen. Mein neuer *Freund* hat den Kleidungswechsel vorgeschlagen.

Er hat diese Sache mit dem Autodiebstahl schonmal gemacht. Schon oft.

Er holt ein billiges Handy hervor und beginnt zu tippen, während wir die windgepeitschte Straße zu dem geöffneten Café entlanggehen. „Du hast mir nie gesagt, wovor ich dich gerettet habe", erinnert Chase mich. „Oder warum du dich bei mir verstecken willst."

„Hör mal, für den Moment erzähle ich dir die Kurzform. Mein Dad ist ein Monster, er will, dass ich ein anderes Monster heirate. Diese zwei Kerle, die du zurückgelassen hast, arbeiten für ihn." Meine Lippen beginnen zu zittern und ich presse sie zusammen. Ich will wirklich nicht in der Nähe dieses Kerles weinen.

„Monster — oder Gangster?", fragt er leise.

Tränen treten mir in die Augen und ich atme zittrig ein. „Beides", murmle ich.

„Okay, okay. Du bist immer noch betäubt, du kennst mich nicht, bringen wir dich erst mal wieder in Ordnung und ins Warme."

Er berührt meine Schulter und ich unterdrücke eine weitere Welle der Tränen.

„Ich habe nicht erwartet, dass irgendjemand eingreift, selbst durch Zufall", gebe ich zu. „Ich bin immer noch fassungslos."

„Äh, ja, das ist logisch. Ich bin immer noch überrascht, dich gefunden zu haben." Dieses unbeholfene Lachen. Jungenhaft, aber sanft.

Ich mag ihn. Und nicht nur, weil er mir den Arsch gerettet hat. Oder weil er wirklich heiß ist.

„Wie sieht dein Plan aus, um hier wegzukommen?", frage ich

dringlich. „Dads Leute werden wahrscheinlich nicht erwarten, dass du nach Lloyd zurückkehrst."

„Ja, das tun sie nie." Er kratzt sich am Kinn. „Ein Abschleppfahrzeug holt das Auto, und ein anderer holt uns. Geschätzte Ankunftszeit ist in einer halben Stunde."

„Ein Abschleppfahrzeug? Sag deinem Kerl, er soll nach einem Peilsender suchen", sage ich besorgt, woraufhin er nickt und noch einen Moment weiter tippt. „Es ist in Ordnung, der Kerl ist ein Profi und wird sich darum kümmern." Er steckt sein Handy wieder zurück in die Tasche. „Du, äh … du musst dich wirklich irgendwo verstecken?"

Der Blick, den ich im zuwerfe, ist vermutlich verzweifelt. „Nur für die Nacht. Ich kann im Moment nirgendwo anders hin." Waffe hin oder her, ich arbeite daran, ihm zu vertrauen.

Wenn er kein gewalttätiger Dieb ist, dann wird ihn eine Sache überzeugen: das Geld, das ich verstecke. „Ich kann dich bezahlen."

„Äh …" Sein Blick wandert über mich und dieses unbeholfene Lächeln kehrt zurück. „Okay … Melissa. Tausend Mäuse pro Nacht, du folgst meinen Anweisungen und erzählst mir die ganze Geschichte darüber, was hier vor sich geht."

Er würde vermutlich noch etwas anderes vorschlagen, aber er ist Gentleman genug, es nicht zu erwähnen.

Das allein sagt gute Dinge über ihn. Wie wird er auf die ganze Geschichte reagieren. Vielleicht wird er sogar aufgebracht sein, wie Marcel es war, als ich ihm gesagt habe, was Enzo getan hat.

Das wäre eine nette Veränderung. „Geht klar. Also, wie sieht der Plan aus?" Jetzt, wo ich den Schlägertypen meines Vaters entkommen bin, habe ich ein paar Optionen, um anonym zur Grenze zu reisen. Aber eine weitere Idee bildet sich in meinem Kopf.

Wie nett ist dieser Kerl? Ist er ein guter Fahrer? Und wie interessiert ist er an Geld?

„Wir warten für eine Weile ab, die Dinge beruhigen sich, du ziehst weiter." Er seufzt. „Und ich setze mich für die Saison zur Ruhe."

„Du meinst den Autodiebstahl?"

„Das und ein paar Kurierarbeiten — alles, bei dem ich viel fahren muss. Im Schnee ist es alles andere als praktikabel, also nehme ich mir im Winter immer frei."

Ich denke schnell, als wir das Café erreichen. „Kann ich dich an noch einer weiteren Lieferung interessieren, bevor du für das Jahr dicht machst?"

Wir verstummen, bis wir sitzen und die mollige Kellnerin unsere Kaffeebestellungen aufgenommen hat. „Was hast du dir da vorgestellt?", fragt er.

Ich sehe zu ihm auf — und halte inne, sprachlos über die Farbe seiner Augen, die im guten Licht jetzt zu sehen sind. Sie sind goldbraun, mit leicht kupferfarbenem Unterton, ähnlich wie Juwelen. „Ich muss innerhalb der nächsten Tage eine Lieferung nach Montreal machen." Ich kann meinen Freunden eine Nachricht zukommen und sie wissen lassen, dass ich spät dran bin.

„Was ist das Paket?", fragt er, während er die Speisekarte studiert. Ich sehe meine gar nicht erst an. Mir ist durch die Betäubung zu übel, um zu essen.

Ich schenke ihm mein mutigstes Lächeln. „Ich."

KAPITEL 3

Alan

lso will sie eine Fahrt nach Montreal? Es ist nicht meine erste Fahrt über die Grenze. Und wer läuft schon vor der Polizei davon, aber nicht vor der Mafia. Weniger Regeln — mehr Gefahr.

Während ich darüber nachdenke, vibriert das Wegwerfhandy.

Ich sehe auf den Bildschirm. Marty schreibt mir zurück. **Ich bin hier.**

Suche erst nach dem Peilsender, er wird hochwertig sein. Wenn es das Auto eines Gangsters ist, dann hat es vielleicht noch mehr gemeine Überraschungen als nur einen Peilsender. Und das ist schon schlimm genug.

Ich blicke zu Melissa auf. „Das kann ich tun, aber reden wir über die Einzelheiten und legen ein paar Grundregeln fest. Das alles wird dich viel kosten." Ich halte meinen Blick auf ihr Gesicht gerichtet, auch wenn er immer wieder versucht, über die Vorderseite ihres Mantels zu wandern, als würde ich hoffen, durch die Schichten aus Wolle und Leder blicken zu können.

Mein Urteilsvermögen ist im Moment merkwürdig. Es passiert

nicht jede Nacht, dass man eine betäubte, entführte und sehr heiße Frau rettet, die vor der Mafia wegläuft. Oder vor ihrem Vater, dem Mafiaboss, sollte ich sagen.

Oh ja, Süße, wenn ich dich vor deinem Dad beschütze und dich über die Grenze bringe, dann wirst du wesentlich mehr als tausend pro Nacht bezahlen.

Aber nur mit Geld. Sie ist heiß, und die schüchterne Art, auf die sie mich ansieht, weckt mein Interesse. Selbst wenn ich für sie den Hals riskiere, manche Dinge sind gegeben, nicht verdient.

Das wird mich allerdings nicht davon abhalten, bezüglich des Geldes so viel herauszuholen wie möglich. Nenn es Gefahrenzuschlag.

Mein Handy vibriert erneut. **Habe es gefunden. Es hat zusätzliche Verkabelung. Soll ich es deaktivieren?**

Ich versteife mich leicht. **Nein. Ist es auf der Innenseite der Stoßstange?**

Ja, an der Hinteren. Warum?

Lass die zusätzliche Verkabelung in Ruhe. Deaktiviere es nicht. Mach einfach den ganzen hinteren Stoßdämpfer ab und lass ihn dort.

„Was ist?", fragt sie mich leise, wobei sie ihr Kinn auf die Außenseite ihrer Handgelenke stützt. Süß, aber nicht flirtend. Ihre Augen sind matt vor Erschöpfung.

„Du hattest recht mit dem Peilsender. Er lässt ihn zurück, ohne ihn zu deaktivieren. Er hat ein paar andere Drähte gefunden."

„Du hast ihm gesagt, sie in Ruhe zu lassen?" Ihre Stimme wird noch leiser.

„Ja. Keine Sorge, er kennt sich damit aus."

Wenn man beruflich Fahrzeuge stiehlt, braucht man Möglichkeiten, um sie weiterzuverkaufen, ohne dabei eine Spur zu hinterlassen. Ich verlasse die Stadtgrenze, gebe die Schlüssel einem Typen, der sich um den Transport kümmert und als Autoverwerter getarnt ist, und lasse das Fahrzeug von ihm abschleppen, nachdem er mir meinen Vorschuss gezahlt hat. Den Rest meines Anteils bekomme ich später.

Unser Kaffee wird serviert und ich bestelle uns beiden ein Stück Apfelkuchen.

„Versuch es einfach", bitte ich sie sanft, mehr als besorgt über ihren Zustand.

„Okay", murmelt sie.

Ich kontrolliere mein Handy. **Keine Komplikationen mehr**, lautet die Nachricht. **Du bekommst nur tausend Dollar dafür.**

Schick es mir nach, antworte ich. **Danke, dass du in der Kälte rausgekommen bist. Wir sehen uns im Frühling.**

Kein Problem, Bruder. Frohes Neues.

„Okay, das Abschleppen ist geregelt", sage ich leise und nehme meinen Kaffee. Ich bin ziemlich froh, dass ich auf dem Weg zurück nicht fahren muss. „Unsere Mitfahrgelegenheit sollte in zehn Minuten da sein. Wir treffen ihn draußen."

Der Kuchen ist ziemlich gut, er schmeckt tatsächlich mehr nach Apfel und Gewürzen als nach Zucker. Melissa isst beharrlich von ihrem, ihre Augen sind riesig und verletzlich, trotz der Waffe, die sie im Hosenbund stecken hat. Ich weiß, dass sie die Waffe genommen hat, weil sie mich nicht kennt, und ich nehme es ihr nicht übel, aber als sie sie in der Hand hatte, hat es mir einen ordentlichen Schauer den Rücken heruntergejagt.

Waffen lasse ich bleiben. Ich kenne die Sicherheit im Umgang mit Schusswaffen, ich weiß, wie man zielt, feuert und sie repariert. Aber ich hasse sie. Ich habe gesehen, was damit angerichtet werden kann, deswegen lasse ich die Finger davon. Das Einzige, was mich nicht erschreckt hat, ist, dass sie begierig gewesen zu sein schien, sie wieder wegzustecken.

„Ich kann immer noch nicht glauben, dass das passiert", murmelt sie. Sie hält erneut Tränen zurück. Ich habe zugesehen, wie sie sie zurückkämpft, seit sie die Augen geöffnet hat.

„Du meinst, dass du entkommen bist?" Ich leere meine Tasse und stelle sie auf der Tischkante ab.

Sie nickt. „Äh ... ja, ich habe beinahe aufgegeben. Ich sollte dir danken."

„Naja", ich lehne mich nach vorne, um ihr in die Augen zu sehen,

„gern geschehen. Ich hoffe wirklich, dass jemand dasselbe für mich tun würde."

Warum wird mir dieses Mädchen so wichtig? Sie bezahlt mich, um auf sie aufzupassen — und sie vielleicht sogar zur Grenze zu bringen. Sie hatte eine beschissene Zeit — aber ich bin ein Dieb, kein Heiliger. Mich mit ihr zu verstricken — hauptsächlich emotional — wird gefährlich.

Sie nippt an ihrem Kaffee und stellt ihn ab, um viel Zucker und Milch hinein zu kippen. „Zu stark", murmelt sie.

„Gehen wir davon aus, dass deine Freiheit von Dauer ist." Je mehr ich darüber nachdenke, desto wütender macht es mich. *Wer tut seiner eigenen Tochter so etwas an?* „Die Angst wird dich kaputtmachen, und glaub mir, wenn du eine Fahrt willst, dann heuerst du den Besten an. Das wird dich allerdings etwas kosten."

„Ich kann bezahlen, was auch immer du willst", sagt sie mit stillem Selbstvertrauen. „Ich muss nur zu meinen Freunden kommen."

Es wäre wirklich nett, den Winter einen Schritt näher bei ‚wohlhabend' zu beginnen. „Woran denkst du?"

Die Kellnerin kommt vorbei, um mir nachzuschenken, und Melissa beschäftigt sich damit, an ihrem Kuchen zu stochern. Mit ihrem wunderbaren, hochgesteckten Haar und ihrem durch den Mantel versteckten Körper sieht sie aus wie ein Kind: mit großen Augen und verletzlich.

Sie tippt eine Zahl in ihr Handy und schiebt es mir zu.

Ich nehme es. Meine Augen werden riesig. **500.000**

Die Kellnerin verschwindet und ich blinzle Melissa an. „Es muss eine Geschichte dafür geben, warum es so viel ist."

„Ja. Aber ich erzähle die ganze Sache nicht, bis wir allein sind." Sie steckt ihr Handy wieder in ihre Handtasche und sieht zu mir auf. „Okay?"

Ich nicke. „Klingt fair." *Je mehr ich darüber nachdenke, desto mehr klingt es nach einem Gefahrenzuschlag. Wer zur Hölle ist ihr Vater?*

„Nur dass du es weißt", sage ich zu Melissa, als wir das Café verlassen, „der Fahrer hat keine Ahnung, was vor sich geht. Ihm wurde eine

Verschleierungsgeschichte erzählt. Wir sind ein verheiratetes Pärchen, das zurück nach Lloyd will. Dir geht es nicht gut."

„Tut es auch nicht", gibt sie zu. „Ich frage mich, was die mir gegeben haben."

„Trink viel Wasser und Sportdrinks, um das Betäubungsmittel aus deinem Körper zu spülen. Ich vermute, dass es ein schweres Sedativum war."

„Macht Sinn. Es fühlt sich fast wie das Zeug an, das man beim Zahnarzt bekommt. Davon wird mir immer schlecht." Sie rutscht auf dem vereisten Gehweg aus und ich greife schnell nach ihren Arm.

Sie atmet durch und stabilisiert ihre Füße. „Danke."

„Kein Problem." Ein burgunderroter SUV steht an der Ecke. „Da ist er. Setzen wir dich rein."

Der Fahrer hat einen Uber-Anhänger an seinem Armaturenbrett, woraufhin Melissa mir einen erschrockenen Blick zuwirft. „Komm schon, Liebling", sage ich zu ihr und schlüpfe in meine Rolle, als ich nach vorne gehe, um den Fahrer zu begrüßen. „Wir sind fast zu Hause."

Sie ist mir gegenüber immer noch skeptisch. Ich bin ihr gegenüber immer noch skeptisch. Aber ich gehe das Risiko für einen guten Zweck ein … besonders für eine halbe Million Dollar.

KAPITEL 4

Melissa

Sobald wir im warmen Auto sind, fühle ich mich wieder wie betäubt. Warum sagt mir meinem Instinkt, ich solle diesem Dieb vertrauen? Er behauptet, der beste Fahrer im Staat New York zu sein. Er ist meine beste Möglichkeit, über die Grenze zu kommen.

Er legt einen Arm um mich, als ich mich an seine Schulter lehne. Er riecht nach Minze und Kaffee und den Gewürzen des Kuchens. Er ist so sanft ...

Ich weiß nichts über sanfte Männer. Benny kommt dem vielleicht am nächsten, und versagt dabei so ziemlich komplett. Mein Vater herrscht mit Angst, in der Familie und im Geschäft. Meine Brüder sind seine kaltherzigen Lakaien. Seine Männer sind nicht viel besser, kein einziger von ihnen würde es überhaupt in Erwägung ziehen, Don Gianni Lucca zu verärgern.

Aber hier ist dieser Kerl, der mich so zart berührt, die Wärme seiner Hand strahlt auf meine Wange aus. Es ist ... beruhigend.

„Ist euer Auto liegengeblieben?", fragt der Fahrer Chase. Er ist ein schmalgesichtiger Mann mit dunklem, unordentlichem Haar. Chase benutzt eine Geschenkkarte und ein Wegwerfhandy; er wird sein Geld bekommen, ohne eine besondere Spur zu hinterlassen.

„Ja, und meine Frau hat Migräne." Seine Stimme ist so nett. *Bitte lass das keinen entsetzlichen Trick sein!*

„Oh, das ist grauenvoll. Mein Lektor bekommt sie andauernd." Er lächelt flüchtig, und zu meiner Überraschung trägt er einen weißen, schmalen Kragen.

Ein Priester fährt uns? Oh großartig, wir belügen einen Priester! Wenn ich nicht bereits dafür in die Hölle gehe, die Tochter eines Mafiabosses zu sein, dann tue ich es jetzt ganz bestimmt.

Auf der anderen Seite wird er bezahlt, und wir bekommen eine sichere, unauffällige Fahrt zurück nach Lloyd. *Wir sind dem Kerl nicht gerade unsere Lebensgeschichte schuldig.*

Die beiden Männer unterhalten sich leise, während wir durch die Dunkelheit fahren. Langsam lege ich meinen Kopf auf Chases breite Schulter und schließe die Augen, während ich die Kapuze meines Mantels als Schutz gegen die entgegenkommenden Scheinwerfer über meinen Kopf ziehe. *Bitte sei wirklich so gut.*

Wir sind zwanzig Minuten auf der Straße, als ich das sausende Geräusch von mehreren Autos höre, die auf uns zukommen. Ich hebe den Kopf und blicke in die heranfahrenden Scheinwerfer.

„Meine Güte", sagt der Priester, „das sieht beinahe aus wie eine Begräbnisprozession."

Mein Herzschlag wird schneller. Ohne meine Kapuze abzuziehen, sehe ich drei große, schwarze Limousinen vorbeifahren. Zueinander-passende Limousinen — aus dem Fuhrpark meines Vaters.

Oh mein Gott, Benny und Dave haben Unterstützung nach Lloyd gebracht. Bitte lass das nicht das einzige Auto sein, an dem sie vorbeikommen, bevor sie die Stadt erreichen!

Ich wende mein Gesicht ab und vergrabe es in Chases Schulter, während er seine Hand auf meinen Hinterkopf legt, immer noch in der Rolle. „Shh, Süße, diese Lichter sind ziemlich hell. Lass einfach die Augen zu."

Aber ich kann mich nicht entspannen, selbst mit seiner Berührung und seiner tiefen, versichernden Stimme. Tränen drücken sich zwischen meinen Wimpern hindurch und ich presse mein Gesicht in das Flanell seines Ärmels, bis das Geräusch der Motoren in der Ferne verstummt.

Erst dann hebe ich den Kopf und treffe Chases besorgten Blick. Er nickt, da er meine unerwartete Angstattacke versteht. „Es ist okay", versichert er mir.

Ich atme aus und richte mich auf, aber ich bin so müde, dass ich mich bald wieder an ihn lehne.

„Es ist jetzt nicht mehr weit", sagt der Priester mit fröhlicher Stimme.

Ich schließe erleichtert die Augen und schlafe ein.

Ich erinnere mich nicht daran, wann wir an dem schmalen viktorianischen Haus mit seinem braunen Vorgarten und den durch Vorhänge verdunkelten Fenstern angekommen sind. Ich erinnere mich nur daran, aus dem Auto geholt zu werden. Die Räder meines Koffers rattern auf dem Gehweg, als Chase mir hineinhilft, während er den Koffer zieht.

Das Haus ist warm, ein paar Lichter sind eingeschaltet und geben dem kleinen Wohnzimmer mit Holzboden einen goldenen Schimmer. Ein kleiner Weihnachtsbaum ist aufgestellt, umgeben von ein paar kleinen Modellautos. Sobald er mir meinen Mantel ausgezogen und mich auf die Couch gesetzt hat, schaltet er den Gaskamin ein.

„Wir sind ohne Probleme weggekommen", versichert er mir, als er meinen Gesichtsausdruck sieht. Er zieht diese komische Mütze und die dazu passende Jacke aus und stopft beides in seinen Rucksack, den er in einen Schrank wirft. Darunter trägt er einen engen, grünen Rollkragenpullover aus irgendeinem Hi-Tech-Material.

Ich zögere mit meiner Antwort, da mein Blick auf seinem muskulösen Rücken haftet, der sich durch seinen Pullover durchzeichnet.

... *Oh.*

Er ist wesentlich fitter als erwartet. Schlank, aber kräftig, mit der leichten Anmut eines Tänzers. Als er zu mir herüber sieht und mit funkelnden Augen lächelt, stockt mir der Atem.

„Also", sagt er und zieht eine Augenbraue hoch, als er mich starren sieht, „willst du mir für den Anfang vielleicht sagen, wer dein Vater ist?"

Ich nicke und habe für ein paar Sekunden Probleme, mich zu konzentrieren, bevor ich wieder in diese schönen Augen blicke. „Don Gianni Lucca."

Seine Augen werden groß und er lehnt sich zurück, wobei er plötzlich mehr als besorgt aussieht. „... Scheiße."

„Ja." Mein Lächeln ist eine entschuldigende Grimasse. „Deshalb biete ich dir so viel Geld an."

Er scheint es für einen Moment zu überdenken, dann nickt er. „Okay. Also ... sag mir, wie du dazu gekommen bist, vor dem gefährlichsten Mafioso der Ostküste zu fliehen?"

Er ist besorgt. Wird er mich als Klientin abservieren? Er muss verstehen, wie verzweifelt die Situation ist!

Es wird ihm wichtig sein. Er ist ein netter Kerl.

Hoffe ich.

„Mein Vater hat drei Söhne und eine Tochter. Er wollte vier Söhne. Meine Mutter ist verstorben."

Chase sitzt in einem der großen braunen Ledersessel gegenüber der dazu passenden Couch, auf der ich mich niedergelassen habe. Seit ich mich gesetzt habe, wandert sein Blick hin und wieder mein Bein hoch, aber sobald ich spreche, richtet er ihn wieder auf mein Gesicht.

„All die alten Gangster, die vorbeikommen und unser Essen essen und unseren Alkohol trinken und mir in den Hintern zwicken, wollen ihre Töchter nicht in seine Nähe lassen, egal wie viele Geschenke er anbietet. Den meisten sind ihre Töchter ziemlich egal, aber nicht egal genug, dass sie enden, wie meine Mutter, die in einem aufgerollten Teppich durch die Tür geschmuggelt wurde." Er sitzt da und hört mir zu, die Augenbrauen zusammengezogen, die goldbraunen Augen voll stiller Abscheu.

Ich halte inne. *Verdammt, was für ein netter Kerl. Ich sollte ihn wirklich nicht in meine Probleme hineinzuziehen, aber er ist meine größte Hoffnung.* „Es tut mir leid. Das ist alles beängstigend, aber ... du wolltest die Wahrheit."

Er presste seine Lippen zusammen und blickt auf seine Hände.

„Weißt du, ich würde dir jetzt eigentlich einen Grog machen, aber ich glaube, dass Alkohol sich mit dem Sedativum vermutlich nicht gut macht." Dann sieht er zu mir auf. „Woher wusstest du ... was mit deiner Mom passiert ist?"

„Mein Bruder Joey hat es mir gesagt, als er von der Army zu Hause und betrunken war. Ich war zehn. Seither habe ich schreckliche Angst vor meinem Vater." Ich weiß nicht warum, aber statt der üblichen Angst empfinde ich jetzt ... Trauer. *Ich hätte Mom gerne gekannt.*

„In der Mafia gibt es viele arrangierte Ehen. Für meine Mom war es das auch. Ihr Vater war ein Industrieller mit einem Haufen Geld, der direkt in Dads Tasche gewandert ist. Jetzt will mein Dad mich mit einem Sohn des Dons von Chicago verheiraten. Ein Kerl namens Enzo."

Meine Lippen fühlen sich sehr trocken an, als würden sie gleich aufbrechen. Ich fische nervös nach dem Lippenpflegestift in meiner Tasche und reibe ihn mir auf die Lippen, aber es hilft nicht viel.

Er steht auf und bringt mir einen dunkelblauen Sportdrink, der leicht nach Himbeere riecht, als ich ihn öffne. „Erzähl weiter."

Ich nehme einen Schluck — und ertappe mich dabei, wie ich die Hälfte der Flasche mit mehreren großen Schlucken leere. „Oh Gott." Ein Teil meiner Kopfschmerzen geht beinahe sofort weg. „Danke."

Ich brauche einen Moment. „Enzo ist ... schrecklich." Ich ziehe die Rollmütze ab und schüttle meine Haare aus, bevor ich ihm die Kopfbedeckung reiche. „Sein Dad ist es leid geworden, die Krankenhausrechnungen seiner Freundinnen zu bezahlen und hat entschieden, ihn zu verheiraten."

„Mit dir." Er öffnete seinen eigenen Sportdrink und starrt mich mit einem Stirnrunzeln an.

„Ja. Aber er hat entschieden —", meine Stimme wird zittrig und ich nehme einen weiteren Schluck, um sie zu beruhigen, „— dass er bereits früher etwas von mir wollte. Deshalb bin ich, äh ... weggelaufen."

Ich muss es nicht ausführen. Er versteht mich bereits. Ich kann es an seinem Gesicht, seiner Körpersprache, sehen. Es ist deutlich und aufrichtig. Sein Mund ist offen. Er ist abgestoßen.

Er wird vor Abneigung bleich. „Meine Güte. Geht es dir gut?"

„Ja, er … ich habe irgendwie …" Ich schlucke schwer, als die Angst dieses Moments zurückkommt und wieder verschwindet. „Er hat es versucht, und er ist größer als ich, aber…ich werde gemein, wenn ich panisch werde, und er hat das irgendwie auf die harte Tour herausgefunden."

Er blinzelt langsam, wobei ein Teil der Bestürzung aus seinem Gesicht weicht. „Warte. Was?"

„Er hat eine … tausend Dollar teure Flasche Chianti an die Seite seines Kopfes bekommen." Wie schnell kann leichte Verlegenheit diese gespenstische Angst ersetzen? Bei dieser Geschichte und der Waffe denkt er vielleicht, ich sei grausam.

„Warte, du hast ihn k.o. geschlagen?"

Ich denke an den Moment zurück, von Enzo an den Poolbillardtisch gedrückt, seine betrunkene Wut … Wie ich kaum den Flaschenhals erreichen konnte und ihn dann fest gegriffen habe, als er seine Hose nach unten geschoben hat.

Seine ekelhafte Erektion hatte die Größe meines Daumens und wurde schlaff, als ich ihn schlug. Ich habe ihn von mir zu Boden gestoßen, die heile Flasche gegriffen, entkorkt, und als er begonnen hat wach zu werden, habe ich einfach begonnen, ihm Wein einzuflößen, bis er endgültig wieder weggetreten war. Er hat nie vollständig seine Augen geöffnet.

Hat auch nicht großartig protestiert, jetzt wo ich darüber nachdenke.

„Ja, mehr oder weniger. Dann bin ich nach oben gegangen, habe Dads Safe geleert und bin verschwunden."

Chases attraktives Gesicht ziert ein breites, schiefes Grinsen. „Heilige Scheiße, du bist knallhart! Wozu brauchst du mich?"

Ich bin erstaunt. „Ich … äh … naja, denk daran, als ich allein versucht habe, nach Montreal zu kommen, wurde ich innerhalb von zwei Stunden wieder eingefangen."

Sie haben in einem Hotelzimmer auf mich gewartet. Ich habe geweint und gefleht, aber natürlich wollten sie mich nicht gehen lassen. Von Mafiosi kann man keine Gnade erwarten. Mit diesem Wissen bin ich aufgewachsen.

Sein Lächeln verblasst. „Oh. Ja. Entschuldige, den Hinweis hast du vermutlich nicht gebraucht."

Ich schenke ihm ein winziges Lächeln, um seines zu stärken. „Es ist okay."

„Also, das ist der Kern der Geschichte", sage ich leise. „Wenn ich nicht zu meinen Freunden in Kanada komme, wird mein Dad mich dazu zwingen, Enzo zu heiraten. Vermutlich nachdem er Enzo erlaubt hat, mich zu ... bestrafen."

Er spannt den Kiefer an und seine wild aussehenden Augen blitzen auf. „Nah, dazu bekommen sie nie die Chance, Prinzessin. Gib mir das Geld und du bekommst deine Fahrt nach Montreal. Ich habe einen ziemlich guten Vorteil."

Und dann ist da wieder dieses schiefe Grinsen, das blendend ist und mich von meiner Angst vor Dad ablenkt.

Mein Mund ist erneut trocken. Ich trinke einen Schluck und hoffe, dass er mein Starren nicht bemerkt. „Und der wäre?"

Er zwinkert. „Ich wurde noch nie erwischt."

KAPITEL 5

Alan

*„Enzo wird mich nicht heiraten, wenn ich keine Jungfrau bin, Chase",
schnurrt Melissa mir ins Ohr. Ich fühle, wie ihre warmen, vollen Brüste in
der Dunkelheit über meine Brust gleiten, während meine Erektion zu Leben
erwacht. „Du hast so viel für mich getan. Würde es dir etwas ausmachen ...
diese letzte Sache zu tun?"*

*„Zu deinen Diensten, Prinzessin", keuche ich heiser, unsicher darüber,
wohin meine Klamotten verschwunden sind, was mir aber auch egal ist.*

*Wir küssen uns, und ihr Mund schmeckt nach Wein. Ihre Stimme senkt
sich zu einem Wimmern, als ich meine Lippen über ihren Hals wandern
lasse. Ich greife ihren Hintern und spüre, wie meine Erektion größer wird
und auf ihre Oberschenkel drückt. Ich lege sie hin, um in sie einzudringen*
und öffne meine Augen weit vor Schmerzen, als die Jeans, in der ich
eingeschlafen bin, eine Erektion von der Größe Floridas plattdrückt.

Ich greife nach meinem Schritt, drehe mich zur Seite, grunze vor
Unbehagen — und vergesse, dass ich auf der Couch schlafe. Ich falle
herunter und schlage mit der Stirn auf den Dielenboden auf. „Aah —
fuck. Aua. Warum?"

Ich schaffe es endlich, den Reißverschluss zu öffnen und den reibenden Druck des Stoffes auf meiner Erektion zu lindern, die stahlhart ist und sich vermutlich wundert, wohin die geile, nackte Schnecke verschwunden ist. Dann drehe ich mich mit einem Seufzen und schmerzender Stirn um. „Na, das war doch lustig", murmle ich.

Ich musste ja auch unbedingt ein Gentleman sein und Melissa mein Bett geben. Keine Chance, mich ihr anzuschließen. Ich bin ein Fremder, selbst wenn wir einen Funken zwischen uns gespürt haben. Außerdem ist sie erschöpft, verängstigt und erholt sich von der Betäubung.

Also die Couch für mich. Sie ist lang genug, aber anscheinend … nicht breit genug. Und dieser Traum …

Anscheinend mag ich sie mehr, als ich zugeben möchte. Aber das ist nur ein weiterer Grund, um rücksichtsvoll zu sein.

Ich öffne meinen Hosenstall komplett und setze mich auf. *Verdammt, brauche ich eine kalte Dusche? Das wird heikel, wenn mein Gast für ein Glas Wasser aufstehen sollte.*

Ich stehe auf und drehe mich zu Wohnzimmerfenster. Das Haus grenzt an einen steilen Abhang; auf der anderen Seite der Kluft ist ein dreistöckiges Parkhaus. Zum Glück ist es jetzt verlassen —

Das leise Geräusch von etwas, das auf Beton fällt, lässt mich aufsehen. Meine Augen gewöhnen sich an die trübe Straßenbeleuchtung und ich erkenne, dass jemand am Rand des Parkhauses steht, sich über die Kante beugt und vergeblich nach dem zu greifen versucht, was auch immer heruntergefallen ist. Jemand in einem langen, dunklen Mantel—und mit langem, hellem Haar.

Hoppla, hoppla, jetzt habe ich irgendeiner Tusse mein Gehänge gezeigt, jippie. Genau das Richtige, um mich wie Lloyds ansässigen Perversen wirken zu lassen. Ich ziehe eilig die Vorhänge zu. „Scheiße."

Das Haus ist klein, schmal und merkwürdig, die Miete ist günstig, obwohl es allein steht. Im Erdgeschoss sind das kleine Wohnzimmer, eine Küche und ein großes Zimmer, das ich zu meinem Fitnessraum umgebaut habe; im ersten Stock sind Badezimmer, Schlafzimmer und mein Büro. Außerhalb des Hauses habe ich kaum Grundstück, aber das ist mir egal; ich werde zum Ende des Winters sowieso aus Lloyd wegziehen.

34

Ich gehe für meine kalte Dusche die Treppe hoch und frage mich, wo ich nach Montreal hingehen soll. Es wird ein einsames Neujahr werden, es sei denn natürlich, dass Melissa danach ist, in Kanada etwas zusammen zu unternehmen. Wäre vielleicht nett, trotz der Kälte — ich wette, dass sie mit mir warm wird, wenn sie nicht länger um ihr Leben rennt.

Ich hoffe irgendwie, dass sie sich so weit beruhigen wird, um die Waffe loszuwerden, wenn wir zusammenkommen sollten. Es fühlt sich unheimlich an, sie im Haus zu haben.

Die meisten Kerle in dem Geschäft halten mich für verrückt, da ich keine Waffe habe. Sie nehmen an, dass ich Pazifist bin — was ich bin, bis zu einem gewissen Grad, aber nicht, weil ich Gewalt nicht mit Gewalt entgegentreten will. Eine Waffe ist eine endgültige Lösung für ein oft vorübergehendes Problem.

Ich habe genügend Fähigkeiten in anderen Bereichen, um die Menge an Gewalt in einer Situation zu kontrollieren — oft sogar, wenn ich mit jemand zu tun habe, der eine Waffe hat. Man kann niemanden nur ein wenig erschießen. Aber es gibt ein großes Spektrum an anderen Optionen — man kann jemanden überwältigen, ihn verprügeln und auch umbringen, wenn der eigene Körper die Waffe ist.

Ich habe außerdem recht persönliche Gründe, Waffen nicht zu mögen. Man nenne es das Batman-Motiv. Es gibt einen triftigen Grund, warum ich von meinem Opa anstatt von meinem Dad großgezogen wurde. Und genau wie Bruce habe ich das große Ganze gesehen.

Melissa hat eine Pistole, die sie als letzter Ausweg nutzt. Jetzt ist sie in ihrer Tasche. Ich nehme mich davor in Acht — aber nicht vor ihr.

Ich bin eher besorgt um sie. Zusätzlich dazu, dass ich sie will.

Meine Erektion steht immer noch, als ich mich wasche. Ich denke darüber nach, mich darum zu kümmern, werde aber von meinen Gedanken abgelenkt. Ich stehe kurz davor, einer Mafia-Prinzessin dabei zu helfen, von ihrem schrecklichen Vater wegzukommen.

Das ist gefährlich, selbst für einen geistreichen Kerl wie mich.

Aber auf der anderen Seite sind diese Typen bereits wütend auf mich. Ich bin in diese Situation hinein gestolpert und habe mich versehentlich bei ihnen unbeliebt gemacht.

Ich nehme an, dass ich das Risiko eingehen sollte, um Melissa zu helfen. Und nicht nur, weil ich sie vögeln will.

Ich bin nicht die Art Kerl, die oft an Frauen hängenbleibt. Ich liebe sie; sie sind wundervoll und nicht nur zum Vögeln da. Aber ich war noch nie mit jemandem ernsthaft zusammen. Ich hatte nie eine schlimme Trennung. Nur eine Reihe von Geliebten, die zu Freunden wurden, die manchmal immer noch für einen Booty Call zurückkommen, wenn sie gerade zwischen Beziehungen sind, oder wenn ihre Männer es nicht hinbekommen.

Melissas Geschichte nach zu urteilen ist sie Jungfrau. Mein Traum hat absurd klar gemacht, wie sehr mich der Gedanke, ihr erstes Mal zu sein, erregt. Ich würde es lieben, sie zu verwöhnen, sodass sie für mehr zurückkommt. Oder vielleicht … niemals jemand anders möchte?

Warte, wo kam das her? Komm schon, Mann, das ist dein Schwanz, der da denkt. Du bekommst eine halbe Million, um sie sicher nach Montreal zu bringen. Das ist gut genug.

Sobald ich fertig geduscht habe, landet meine sich langsam entspannende Erektion in einem Paar grünen Boxershorts und ich gehe leise ins Schlafzimmer, um mir die Haare mit einem Handtuch abzutrocknen. Ich gehe zum Kleiderschrank, um frische Klamotten herauszuholen, wobei ich nach hinten blicke und meinen Gast betrachte.

Im Licht des Badezimmers kann ich Melissa auf meinem Bett sehen, zusammengerollt unter einem Berg aus Decken. Ich lächle und denke daran, wie sie sich darüber beschwert hat, dass ihr kalt sei, und wie ich einfach immer mehr Decken herausgeholt habe, bis sie zu kichern begann.

Ich bin Romantiker. Kein sehr traditioneller, aber ich habe meine Ideale und meine Gefühle darüber, wie Frauen behandelt werden sollten. Als ich herausgefunden habe, dass sie an einen Kerl verkauft werden sollte, der versucht hat, sie zu vergewaltigen, musste ich etwas tun.

Jetzt gehen die Dinge allerdings über Geschäft oder Idealismus hinaus — und werden persönlicher.

Okay, also fühle ich mich zu ihr hingezogen, bin mitfühlend und mag sie. Ich kenne sie immer noch nicht gut.

Sie wimmert leise. Ich mache ein paar Schritte auf sie zu und entdecke eine Träne auf ihrer Wange. Ich frage mich nicht einmal, wovon sie träumt.

Ich ziehe mein Shirt an, dann schiebe ich den Anstand beiseite und schüttle sanft ihre Schulter. Sie wacht alarmiert auf uns setzt sich — dann vergraben sich ihre Finger in meinem Shirt und sie beginnt zu weinen.

Ich werde starr … und lasse dann meine Arme um sie gleiten und vergrabe meine Nase für einen Moment in ihrem Haar, bevor ich meine Lippen zu ihrem Ohr senke.

„Melissa? Melissa — es ist in Ordnung, es war ein Albtraum. Du bist sicher", murmle ich und halte sie fest.

„Lass nicht los", sagt sie an meiner Brust und ich ziehe sie noch enger an mich. Sie zittert, ihr Herz schlägt so schnell, dass es mich von dem sanften Drücken ihrer Brüste an meiner Brust ablenkt.

Den Großteil von mir jedenfalls. Mein Schwanz wacht bereits auf, als ich ihren Vanille- und Rosenduft einatme. Ich hoffe, dass sie es nicht bemerkt.

Ich fahre ihr mit der Hand über das Haar und spüre, wie sie sich entspannt, ihr Schluchzen und Schniefen werden weniger. „Es ist okay", versichere ich ihr. „Du bist bei mir. Du bist immer noch frei. Alles wird gut werden."

Sie braucht ein paar Minuten, um sich wieder zu sammeln, während ich auf der Bettkante sitze und sie umarme, wobei sie sich kein einziges Mal von mir löst. Ich halte sie, die Augen geschlossen, und versuche zu ignorieren, wie mein eigenes Herz hämmert, oder wie mich die Bilder des Traumes vor zurückgehaltenem Verlangen zittern lassen.

Ich könnte es dir jetzt so gut gehen lassen, denke ich fieberhaft, während ich sie tröste. *Ich könnte all das verschwinden lassen.*

Aber ich werde es nicht einmal vorschlagen. Ich bin nicht dieser Kerl, egal wie sehr sich andere Körperteile von mir nach ihr sehnen. Man hat keinen Erfolg bei Frauen, indem man sie wie Fleisch behandelt.

Schließlich hebt sie ihren Kopf von meiner Brust und sieht zu mir auf. Ihre Augen sind voller Beschämung. „Danke. Ich muss fürchterlich aussehen."

„Du bist wunderschön", sage ich leise, und meine es auch so.

Sie stutzt und blinzelt mich an, wobei wieder dieses Aufblitzen von Sehnsucht in ihren Augen liegt. Es lässt mich vor Begierde zittern. *Können wir nicht einfach …?*

„Du hast eine wirklich harte Nacht. Mach dir keine Gedanken darum, nicht für die Kamera bereit zu sein. Mir ist es völlig egal." Ich streiche ihr eine Haarsträhne hinter das Ohr, woraufhin sie schluckt und mich für einen Moment beinahe verehrend ansieht.

Diese Augen. Groß, blau, voll schüchterner Aufforderung. Ihr Blick berührt mich wie Hände, die über meinen Körper fahren. Ich schlucke, im Wissen, was passieren wird, wenn ich bleibe.

„Danke", bringt sie letztendlich heraus, und ich spüre die sanfte Wärme ihrer Hand auf meiner. „Für alles."

„Bezahl mich einfach und versprich mir, dass du mit mir zusammenarbeitest, um dich nach Montreal zu bringen. Du wirst kurz nach Neujahr bei deinen Freunden sein." Meine Stimme ist heiser.

„Ja. Ich werde all das tun." Ihre Hand. Diese Augen. Sie will, dass ich hierbleibe und mich ihr anschließe.

Aber wenn ich das tue, ist sie vielleicht nicht bereit für das, was als Nächstes passiert.

„Ich sollte … wieder nach unten gehen", hauche ich, und sie runzelt die Stirn.

„Warum?"

„Weil ich nicht denke, dass ich mich damit zufrieden geben kann, dich nur zu halten." Ich löse mich sanft von ihr und fahre ein letztes Mal mit meiner Hand über ihren Rücken. „Es tut mir leid."

„Das muss es nicht." Sie schenkt mir ein trauriges Lächeln, als sie sich zurückzieht. „Du bist der erste Kerl, der mich will und sich tatsächlich zurücknimmt."

Das gibt mir ein gutes Gefühl, obwohl ich vor sexuellem Frust beinahe Schmerzen habe. „Wir führen diese Unterhaltung später fort." Ich zwinkere und zwinge mich zum Gehen.

KAPITEL 6

Melissa

Zum ersten Mal, seit ich den Männern meines Vaters entwischt bin, denke ich nicht an diese fürchterliche Situation. Ich bin zu beschäftigt damit, in einer liebevollen Umarmung aufgewacht zu sein und damit, wie Chase und ich uns beinahe geküsst hätten. *Das war so angenehm. Daran bin ich nicht gewöhnt. Ich bin nicht daran gewöhnt, dass sich die Berührung eines Mannes gut anfühlt.*

Meine Zeit in Chases Armen hat mich eigenartig gerührt. Ich bin ruhig, aber ich kann nicht einschlafen. Ich bin guter Stimmung, kann mich aber nicht voll entspannen. Meine Haut fühlt sich so sensibilisiert an, dass mich das weiche Laken streichelt, wo mein Nachthemd sie nicht bedeckt.

Und als die Seide des Nachthemdes meine Haut streift, durchfährt mich ein Kribbeln. Es löst in mir die Sehnsucht nach mehr aus — mehr seiner Berührungen, mehr seiner Wärme, mehr dieser Zärtlichkeit.

Ich wünschte wirklich, er wäre geblieben. Aber ich würde nicht wissen, was ich tun sollte, wenn er das getan hätte. Etwas anderes als Furcht oder Ekel für einen Mann zu empfinden, ist so merkwürdig. Dieser erste Vorgeschmack wirklichen Verlangens, ich möchte ihm nachgeben ... aber ich bin nicht bereit.

Liegt es daran, dass er mich gerettet hat? Ist er mein ‚Typ'? Ist es wirklich er? Oder liegt es daran, dass er der erste Kerl ist, der sich mir gegenüber tatsächlich anständig verhalten hat?

Ich bin immer noch argwöhnisch. Er mag mich vielleicht sexuell wollen, aber Männer können vögeln, auch wenn sie einen hassen. Manche von ihnen sind grundsätzlich nur nett, *weil* sie vögeln wollen.

Ich habe gesehen, wie sein Blick versucht hat, meinen Körper selbst durch den Mantel hindurch zu erkennen. Er hat mich gerettet und hätte es nicht tun müssen. Vielleicht bedeutet das, dass er mich, abgesehen von dem, was er will, auch mag?

Vielleicht tun normale Menschen das und ich war mein ganzes Leben von fürchterlichen Scheißkerlen umgeben.

Oder es könnte sich hier nur um Sex und Geld drehen. Dieser Gedanke verschafft mir eine seltsame Erleichterung. Es hat vielleicht nichts mit Nettigkeit oder Fürsorge zu tun? Seine Motive auf meine Bezahlung und seine Begierde zu reduzieren, macht es mir einfacher, es zu begreifen.

Es sei denn ... wenn es wirklich so einfach ist, wäre er dann so edel gewesen und gegangen? Vielleicht habe ich ihn irgendwie abgeturnt. Es tut weh, das zu denken.

Während ich daliege, ertönen von unten leise Geräusche. Die Tür zum Schlafzimmer liegt direkt an der Treppe, die neben seinem Wohnzimmer aufhört. Ein leises Fluchen. Grunzen. Keuchen.

Leise stehe ich auf und gehe auf Zehenspitzen durch den Raum. Ich erreiche die Tür und sehe Chases Kopf, während er auf der Couch sitzt.

Er flucht leise zwischen den Zähnen hindurch und keucht lauter. Ich lehne mich nach vorne, um zu sehen — und lehne mich sofort wieder zurück, wobei ich rot werde. *Oh.*

Dieser flüchtige Blick darauf, wie er seine riesige Erektion in der Hand hat, beweist es. Er ist erregt und wollte mich nicht drängen. Er

… tut genau das, was er gesagt hat. *Wow. Für einen Dieb ist er extrem ehrlich. Oder überhaupt für einen Kerl.*

… Was mich zu meinem Wunsch zurückbringt, er wäre geblieben. *Oh, naja. Es ist nicht so, als würden wir in den nächsten Tagen keine Zeit miteinander verbringen. Es wird viele Chancen geben.*

Ich will gerade ins Bett zurückgehen, als ich etwas Ungewöhnliches bemerke. Ein Licht — ein rundes Licht, das vor der zugezogenen Jalousie des Wohnzimmerfensters auf und ab geht. Ich blinzle es für einen Moment an, dann realisiere ich, dass es der Lichtstrahl einer Taschenlampe ist.

Chase stößt ein Geräusch der Unzufriedenheit aus; Klamotten rascheln und er geht zum Fenster. Seine Hose ist hochgezogen, aber im Schritt steht ein ziemliches Zelt. Er schiebt die Jalousie ein wenig auseinander, um hindurchzusehen. „Was zur Hölle?", murmelt er.

Eine Pause. Ich ziehe mich in die Schatten zurück, da ich nicht will, dass er weiß, dass ich ihn … beobachtet habe. Einschließlich dessen, dass ich einen guten Blick auf die massive Erektion bekommen habe, die sich durch seine Hose drücken will. Der Anblick wirft mir auf der einen Seite die Frage auf, wie er in mich hineinpassen würde, während ich auf der anderen Seite entschlossen bin, es zu versuchen.

Plötzlich flucht er und geht schnell vom Fenster weg. „Melissa!"

Ich gehe zum Bett zurück, bevor ich antworte. „Ja?"

„Zieh dich an, so schnell du kannst, und nimm deine Sachen. Wir müssen weg."

Adrenalin durchströmt mich. Ich frage nicht, warum — ich schnappe mir nur meine Lederkombi und ziehe sie an. Ich suche in meiner Tasche nach meinem Handy und der Waffe und stecke die Füße in meine Stiefel. Chase hetzt unten umher.

Ich beeile mich, um mich ihm anzuschließen, wobei ich den Griff meines violetten Koffers nehme. „Was ist los?"

„Erinnerst du dich an diese schwarzen Limousinen, die uns auf der Schnellstraße entgegengekommen sind?"

Ich werde innerlich kalt. „Ja."

„Drei davon haben soeben draußen angehalten." Er macht seine

Jacke zu und nimmt mir den Koffer ab, um ihn sich unter den Arm zu klemmen. „Los geht's."

Oh Gott. Ich vergesse völlig, ihn zu fragen, wer die Person mit der Taschenlampe war. Vielleicht ein Ausgucker? *Frag das später, jetzt ist Rennen angesagt.*

„Wie zur Hölle haben die uns gefunden?", keuche ich, als wir durch die Küche auf die Hintertür zu rennen.

„Ich weiß es nicht, aber wir müssen hier weg. Kannst du klettern?" Er schließt die Hintertür auf und stößt sie auf, dann tauchen wir in die eisige Nacht ein. Bevor sich die Tür überhaupt hinter uns geschlossen hat, schlägt eine schwere Faust auf die Haustür.

„Ich kriege es hin." Mein Magen dreht sich; ich war fast immer eingesperrt und in hübsche Kleider gesteckt worden, mit wenig Möglichkeiten, um zu klettern oder sonst zu spielen. Aber ich werde ihn jetzt nicht ausbremsen.

Draußen geht der winzige Garten hinab in eine dunkle Schlucht. Am Grund ist Wasser; es ist vielleicht neun Meter tief. Im alten Holzzaun ist ein Loch; er hilft mir hindurch und leuchtet mit seinem taktischen Licht kurz auf eine Strickleiter.

Daneben hängt ein gewöhnliches Seil. Das greift er und sieht mich an. „Okay. Keine Eile. Geh einfach so schnell runter, wie du kannst. Es ist rutschig, also sei vorsichtig."

Ich nicke, das Herz schlägt mir bis zum Hals, und ich bin froh um die Stiefel und das Leder. Ich ziehe meine Tasche auf meiner Schulter hoch. „Okay."

„Ich warte unten auf dich", sagt er, dann springt er zurück und seilt sich fachmännisch ab.

Wow. Das war schnell. Das Geräusch der eingetretenen Haustür alarmiert mich und ich greife die Strickleiter, bevor ich meinen zitternden Fuß auf die erste Sprosse setze und unbeholfen nach unten klettere.

Es ist beängstigend: ein blinder Abstieg in einen rutschigen, matschigen und vereisten Abhang, während mir von oben eiskaltes Wasser auf den Kopf tropft. Die Strickleiter wackelt, meine Beine zittern vor Angst, als ich mit dem Fuß nach der nächsten Sprosse suche.

Ich habe Angst. Ich werde fallen. Oder sie erwischen mich auf dieser verdammten Leiter, da ich nicht weiter kann.

„Hey, geht es dir gut?", fragt Chase leise von unten herauf. „Ich kann dich nicht sehen."

„Ich mache so schnell ich kann", stammele ich entschuldigend und zwinge mich zwei weitere Sprossen hinab. Mein Fuß rutscht ab und ich verliere beinahe den Halt auf der nächsten Sprosse, woraufhin ich die Seile greife und vor Panik keuchend erstarre.

Plötzlich wackelt die Leiter leicht und ich höre ein dumpfes Geräusch. Chase klettert neben mir das Seil hoch. „Hey. Es ist in Ordnung."

Mein Zittern hört auf und mein Todesgriff an den Seilen löst sich so weit, dass ich meine Fingerspitzen wieder fühlen kann. „Es tut mir leid."

„Shh, mach dir keine Sorgen. Komm eine Sprosse nach der anderen die Leiter herunter. Ich halte dich, wenn du ausrutschst. Versprochen." Seine Stimme ist so nett, selbst mit der Dringlichkeit dahinter.

Ich bin kurz davor, erneut abzurutschen. Er hört mein Schnappen nach Luft und hält mich am Rücken. Allein seine Berührung reicht aus, um mich ein wenig zu stabilisieren, dann reiße ich mich zusammen und mache weiter.

Schließlich treffen meine Füße den matschigen Grund eines vorübergehenden Baches. Eiskaltes Wasser strömt über meine Knöchel und ich bin ein weiteres Mal dankbar für die Stiefel, die meine Füße trocken halten, aber meine Zehen werden schnell kalt. Meine Augen haben sich an die Dunkelheit gewöhnt; im schwachen Licht, das durch das Geäst der Kiefern scheint, dreht sich Chase um und greift die Leiter und das Seil.

„Gib mir eine Sekunde." Er zieht und dreht an beiden, dann zerrt er sie mit einem angestrengten Grunzen zur Seite. Ich höre zwei klirrende Geräusche, als sich die Halterung löst, dann rutschen sie den

Abhang hinunter. Er wirft das Bündel unter einen Baum, dann nimmt er mit einer Hand meine und in die andere meinen Koffer.

„Okay", sagt er. „Gehen wir. Folge mir, und versuche, nicht auszurutschen."

Wir hasten durch den kleinen Bach. Matsch zieht an meinen Schuhsohlen, Steine und Zweige lassen liegen mir im Weg, lassen mich aber nur ein wenig stolpern. Ich kämpfe und ziehe Stärke aus dem Griff seiner Hand.

Jemand hinter uns brüllt; sie haben vermutlich entdeckt, dass die Hintertür unverschlossen war. Schreie und ein widerhallendes Fluchen vom Rand des Abhangs. Ich schnappe nach Luft, meine Lunge brennt, und renne noch schneller. *Bitte lass sie uns nicht sehen.*

„Da vorne ist ein Durchlass", drängt er, und einen Moment später stürzen wir hindurch, gerade als Bennys Stimme unsere Ohren erreicht.

„Was meinst du, du hast sie verloren?", brüllt er, und dann rennen wir in die Dunkelheit, mit Chases winziger Taschenlampe als einzige Lichtquelle.

KAPITEL 7

Alan

Ich muss Melissa zugutehalten: Sie ist eine Kämpferin. Sie ist an so etwas nicht gewöhnt, ihre angestrengten Geräusche machen das offensichtlich. Aber ich bin wirklich froh, dass sie mit ein wenig Ermutigung darüber hinweggekommen ist.

Ungefähr hundert Meter hinter dem Durchlass ist eine weitere Strickleiter. Sie klettert zuerst hoch. Auf dem Weg nach oben ist sie besser, auch wenn sie die ganze Zeit wimmert.

Am Ende binde ich den Koffer an die Leiter und ziehe sie nach mir hoch. Wir tauchen hinter einem Gebüsch in einem kleinen Park auf. „Hier entlang." Ich nehme erneut ihre Hand und führe sie über einen leeren Spielplatz.

Schließlich erreichen wir den Bordstein, wo mein Fluchtfahrzeug wartet. Es ist ein großer, völlig unauffälliger Lieferwagen, so wie sie Tag und Nacht im ganzen Land Lieferungen ausfahren. Das Innere ist voller Überraschungen, aber im Moment sind es das beheizte Führerhaus und der kraftvolle Motor, die uns am meisten dienen werden.

Sie starrt, als ich die Hecktür öffne, um ihren Koffer hineinzulegen. Es ist viel Platz darin, fast wie bei einem Camper — nur, dass er schwer isoliert und gepanzert ist. Ich stelle den Koffer hinein und mache wieder zu. „Verschwinden wir von hier."

Der Motor springt beim ersten Versuch an und die Lüftung beginnt warme Luft zu spenden. Melissa atmet neben mir erleichtert und zitternd auf, aber sie öffnet nicht die Augen, bis wir über eine Minute unterwegs sind.

„Geht es dir gut?", frage ich, woraufhin sie stumm nickt.

„Es wird schon", bringt sie ein paar Sekunden später heraus und wischt sich verstohlen über die Augen. „Ich bin nur wirklich froh, dass du weißt, was du tust."

„Ja, naja, ich bin nur froh, dass du mir nicht erstickt bist. Jedenfalls nicht wirklich. Aber ich versuche immer noch herauszufinden, wie zur Hölle die uns gefunden haben."

„Ich habe keine Ahnung. Haben sie dein Gesicht gesehen? Mein Vater hat ein paar anständige Computer- und Technikkerle. Benny ist einer von ihnen — wenn er nicht gerade Leute entführt." Sie klingt so elend.

„Vielleicht. Aber das glaube ich nicht. Dieses Haus ist nicht mal unter meinem Namen gemietet, und der Vermieter hat mein Foto nicht in den Unterlagen."

Es ist eine wirkliche Sorge. Irgendwie haben sie es geschafft, uns zu finden. Und wenn nicht irgendein Fremder mit der Taschenlampe auf meine Jalousien geschienen hätte, hätte ich gar nicht die Prozession schwarzer Autos gesehen, die auf meine Straße bog.

„Aber irgendwie haben sie uns gefunden — und jemand hat uns gewarnt. Und ich habe keine Ahnung, wer es war." Ich denke zurück an die Person auf dem Parkhaus und gehe die Möglichkeiten durch, während ich über die beinah verlassene Straße fahre.

Im Moment, während wir uns unterhalten, zerschlagen die verdammten Mafiosi vermutlich mein Miethaus, auf der Suche nach irgendetwas Persönlichem — irgendetwas, das ihnen sagen kann, wer ich bin oder wer meine Partner sind. Da haben sie Pech; alles, was auch nur im entferntesten Sinne persönlich ist, ist in Bankschließfächern und in sicheren Lagerräumen außerhalb von Lloyd. Es fühlt

47

sich trotzdem wie ein Verstoß an, und tief drin macht es mich trotzdem wütend.

Sollte Melissa diejenige sein, auf die ich wütend bin? Wenn sie einen Fehler gemacht hat, dann vermutlich unabsichtlich. Also sage ich mit sanfter Stimme: „Ich will dich nichts bezichtigen, aber ich muss dir ein paar Fragen stellen."

Sie spannt sich neben mir an, aber es ist keine Überraschung. Frauen, die von Männern brutal behandelt wurden, erwarten von anderen Männern dasselbe, besonders wenn sich die Situation anspannt. Glücklicherweise bin ich kein Rohling, der Frauen so behandelt, selbst wenn sie Mist bauen.

„Hast du irgendjemandem gesagt, wo du bist, selbst ausversehen?" Meine Stimme ist ruhig und mein Blick auf die Straße gerichtet. „Es ist in Ordnung, wenn du es getan hast, ich muss es nur wissen."

„Ich habe meinen Freunden in Montreal gesagt, dass es eine Verzögerung gibt, aber ohne spezifische Angaben." Sie kontrolliert ihr Handy zweimal. „Ich habe meinen Standort mit niemandem geteilt, weder aus Versehen noch sonst irgendwie."

„Hast du dein GPS oder Wi-Fi eingeschaltet?" Ich weiß nicht viel über Elektronik, mit Ausnahme der Computer und elektrischen Systeme von Fahrzeugen. Aber grundlegende Handysicherheit ist ziemlich einfach — und trotzdem nicht ausreichend bekannt.

„Nein, ich habe es im Flugzeugmodus, wenn ich es nicht benutze, weil mein Vater dauernd anruft. Ich sehe nur gelegentlich nach Nachrichten von wirklichen Freunden." Sie wirft mir einen nervösen Blick zu. „Können sie es verfolgt haben?"

„Eher unwahrscheinlich." Das bedeutet, dass wir immer noch keine verdammte Ahnung haben, wie er sie verfolgt hat. Elektronik vielleicht? „Scheint dein Dad immer zu wissen, wo du bist?"

„Das Thema hat sich nie ergeben. Er hat mich nie ohne Begleitung rausgelassen." Ihre Stimme zittert.

„Oh." *Verdammt.* „Wir haben einen Peilsender an dem Auto gefunden, das ich gestohlen habe. Wenn dein Dad gerne Peilsender an seinem Besitz anbringt, und er denkt, dass du dazugehörst ... dann müssen wir vielleicht deine Sachen kontrollieren."

Ein leises Geräusch der Bestürzung. Auf einmal sticht mir ein tiefer Schmerz durch die Brust und ich möchte sie wieder in die Arme nehmen.

Sie zu halten hat sich so verdammt richtig angefühlt, dass ich sie sofort verführt hätte, wenn sie keine traumatisierte Jungfrau wäre, die sich von einer unfreiwilligen Betäubung erholt.

„Es ist okay", ermutige ich sie beinahe reflexartig, wobei meine Stimme mit einem Anflug von Verlangen tiefer wird. „Alles außer deinem Handy ist im Moment in einer riesigen Metallbox, die als Faraday'scher Käfig dient. Kein Signal kommt da durch."

Sie entspannt sich. „Das ist gut. Aber hätte ich nicht einen Peilsender gefunden, als ich die Verstecktaschen genäht habe?"

„Das ergibt den meisten Sinn. Er wusste, dass du es nutzen würdest, wenn du je weglaufen solltest. Sie haben alle möglichen Designs. Es könnte in den verdammten Gepäckanhängern sein."

Wir haben es auf die Schnellstraße geschafft. „Anscheinend sind wir schneller auf dem Weg nach Montreal als erwartet", seufze ich. „Wie auch immer, wir gehen nach hinten und sehen nach, sobald ich uns einen guten Weg aus der Stadt raus gefunden habe. Wie viel Geld hast du bei dir?"

„Zwölf vierzigtausend Dollar-Bündel aus Hundertern, plus den Schmuck meiner Mutter und den von ihm." Sie klingt ein wenig stolz, woraufhin ich lache.

Sie hat das Zeug für eine tolle Diebin.

„Du hast ihn ausgenommen! Gut. Aber behalte den Schmuck deiner Mutter. Ich kann mit seinem in Montreal hehlen, wenn du willst."

„Ja. Ich will nichts von ihm." Ihre Stimme ist unnachgiebig. Sie erholt sich.

„Wir haben ungefähr viereinhalb Stunden auf der Straße. Leider müssen wir einen Zwischenstopp machen, damit uns ein Freund mit den richtigen Ausweisen versorgen kann. Er ist in Champlain, nahe der Grenze." Der Wind wird stärker und ich kämpfe für einen Moment, bevor ich fortfahre.

„Außerdem sind sie mitten in der Nacht auf uns losgegangen, also bin ich fix und fertig. Ich schlage vor, dass wir abseits der Straße deinen Koffer durchsuchen und uns dann ein wenig ausruhen."

„Ist das sicher?" In ihrer Stimme liegt Sorge.

„Es ist sicherer, als zu dieser Uhrzeit nach Champlain zu fahren, wenn wir beide so erschöpft sind. Und wenn du deinen Koffer hinten rausholst, bevor wir ihn kontrolliert haben, wird dein Dad wissen wo du bist, wenn er einen Peilsender enthält. Es ist am besten, wenn er nicht weiß, in welcher Stadt wir uns verstecken."

Es ist komplizierter. Ich kann den Gedanken nicht ertragen, dass in dem Fahrzeug, das ich mein Zuhause nenne, ein Peilsender ist. Besonders, da die letzten von Luccas Peilsendern vermutlich eine verdammte Bombe integriert hatten.

„Das macht Sinn. Und ich sollte mich vermutlich ausruhen. Ich fühle mich immer noch nicht so gut." Sie reibt sich die Augen.

„Ich habe noch weitere Sportdrinks hinten", versichere ich ihr. „Hinter Saugerties gibt es viele Nebenstraßen im Wald. Wir können den Wagen dort verstecken und schlafen."

„Okay", murmelt sie mit eindeutiger Erschöpfung in der Stimme.

Es beginnt leicht zu schneien, als wir weiter nordwärts fahren. Ich stelle die Heizung ein wenig wärmer und schalte leise die Stones ein, um uns wachzuhalten. Neben mir döst Melissa, die manchmal mit einem Schnauben aufsieht, als hätte sie vergessen, wo sie ist.

„Also, diese Freunde in Montreal, kennst du sie gut?" Ich frage hauptsächlich, um die Zeit zu vertreiben, aber es wäre auch nett zu wissen, ob sie an einen sicheren Ort geht.

„Wir unterhalten uns seit sechs Monaten online", murmelt sie und starrt aus dem Fenster. „Sie denken, ich würde vor einem Ex-Freund weglaufen."

„Nah dran. Du hast keine Sorge, dass sie es sich anders überlegen werden, wenn sie herausfinden, vor wem genau du wegläufst?" Es ist eine gerechtfertigte Befürchtung.

„Ich werde nicht lang genug bei ihnen sein", protestiert sie … und dann verstummt sie, da sie sich vermutlich daran erinnert, was passiert ist. „Warum?"

„Ich will dich nicht an sie übergeben und dann herausfinden, dass du aufgeschmissen bist." Sie hat genug durchgestanden.

„Danke, dass du so rücksichtsvoll bist. Aber ich vertraue ihnen. Ohne sie hätte ich nicht den Mut aufgebracht, zu gehen." Und trotzdem … sie klingt immer noch beunruhigt.

Das ist gut. Ich bringe ihre Seifenblase nur ungern zum Platzen. Internetfreunde sind nicht immer die Leute, für die wir sie halten — nicht im Catfish-Sinne, aber im Sinne der tagtäglichen Zuverlässigkeit.

„Ich bin froh, dass sie dir geholfen haben. Tut mir leid, wenn ich argwöhnisch zu sein scheine, aber so bleibt man in meiner Branche am Leben." Ich unterdrücke ein Gähnen.

Als wir an Saugerties vorbei sind und in eine Mischung aus Wäldern, Ranches und winzigen Städten dahinter fahren, pocht mein Kopf und Melissa schläft tief und fest. Sie atmet leise und hat den Kopf an das Fenster gelehnt. Ich fahre von der Schnellstraße ab und auf eine der gewundenen Straßen, die durch die ländliche Gegend führt.

Ich finde eine Mulde bei einem Bach und parke unter einer Kiefer, die leicht mit Schnee bedeckt ist. Ich ziehe die Handbremse und stelle den Motor ab.

„Hey, wach auf, Dornröschen, wir haben geparkt. Ich habe ein richtiges Bett, in dem du schlafen kannst. Komm schon."

Sie rührt sich, öffnet die Augen und wirft mir wieder einen verzweifelten Blick zu — als wäre sie immer noch nicht daran gewöhnt, in Freiheit aufzuwachen.

„Oh", murmelt sie nach einem Moment, in dem sie verarbeitet hat, was ich gesagt habe, „gut."

Ich steige aus, um ihr nach hinten zu helfen. Dort ist nur ein Bett, aber alles, was ich bei unserer Müdigkeit erwarten kann, ist Kuscheln. Der Gedanke allein lässt mich vor Vorfreude lächeln.

KAPITEL 8

Melissa

Ich wache neben einem leisen Atmen auf und weiß nicht, wo ich bin. Der hartnäckige Geruch von Zigarren und Parfüm, der das Haus meines Vaters durchzieht, fehlt. Der Kissenbezug an meiner Wange ist nicht aus Satin, sondern Flanell.

Wir sind im Laderaum von Chases ‚Fluchtfahrzeug‘. Und die Atmung neben mir kommt von ihm.

Die Fremdheit kommt nicht durch den Raum oder seine Anwesenheit. Es ist das zögernde Gefühl der Sicherheit — nicht von dem Moment an, in dem ich aufwache, auf der Hut sein zu müssen — das mich wie warmes Wasser umschließt, als ich mich umsehe. Es ist in Ordnung.

Ich trage nur noch mein seidenes Rollkragenunterhemd und mit Fleece gefütterte Leggings, die ich unter meinen Ledersachen anhatte. Ich bin eingeschlafen, bevor ich gemerkt habe, dass Chase mir nachkommt.

Er hat mich nicht einmal berührt. Ich hasse den Gedanken, dass er die ganze Nacht mit einer Erektion wachgelegen hat.

Mein Kopf ist voller Watte und mein Mund trocken, aber der Kater durch die Betäubung ist verschwunden. Ich drehe mich um und greife nach dem Sportdrink auf dem faltbaren Nachttisch neben mir. Ein paar Schlucke und das Unbehagen lässt so weit nach, dass ich mich aufsetzen kann.

Ich schwinge die Beine über die Bettkante und stelle sie auf dem gepolsterten Boden ab.

Das Innere des Fahrzeugs ist eingeengt, aber wohnlich. Die LEDs der Batterie, die es mit Energie versorgt, blinken auf der mir gegenüberliegenden Wand vor sich hin. Daneben ist eine winzige Dusch-Toiletten-Nische, ein vom Boden bis zur Decke reichender Zylinder mit einer merkwürdigen Klappentür.

Auf der anderen Seite ist eine kleine Anrichte mit einem Mini-Kühlschrank, einem Spülbecken und einer Kochplatte, auf der ein Teekessel steht. Es ist alles ordentlich, sodass während der Fahrt keine Dinge umherfliegen; der Teekessel ist im Moment die einzige Ausnahme.

Ich gehe ins Badezimmer und schließe die Tür, um mein Handy zu benutzen, ohne dass das Licht Chase aufweckt. Der Kerl hat sich seinen Schlaf verdient. Ganz zu schweigen von all dem Geld, das ich ihm versprochen habe.

Ich kann für ein paar Sekunden nicht verstehen, warum ich keinen Empfang habe, bis es mir wieder einfällt: der Faraday'sche Käfig. Dasselbe Ding, das im Moment verhindert, dass ich nachverfolgt werden kann. Es blockiert das Handysignal.

„Verdammt." Ich beginne stattdessen, durch alte Nachrichten und Telefonate zu scrollen, wobei ich nicht die Sprachnachrichten abspiele. Die meisten sind von Vater. Er muss rasend vor Wut sein.

Es ist mir mittlerweile nur noch egal. Was auch sonst? Er hat sich selbst zu einem angsteinflößenden Feind gemacht. Da gibt es keinen Platz für Liebe. Oder Respekt. Oder Loyalität.

Es hat immer nur die Angst gegeben—und die Sehnsucht danach, wegzurennen. Aber ich habe nur den Mut dafür aufgebracht, als mein Vater mich an jemand noch Schlimmeres abgegeben hat. *Wahrschein-*

lich ist auch Enzos Familie hinter mir her. Vielleicht sollte ich den Don von Montreal um Unterschlupf bitten?

Aber ich will nicht wirklich in Montreal bleiben. Selbst nicht, wenn Dad schreckliche Angst vor der sechsten Familie hat. Er hat auch vor gewissen russischen Kartells Angst. Ich kontrolliere reflexartig die Nachrichten, wobei nichts Neues kommt — natürlich — und prüfe dann die gespeicherten. Ich habe Freunde in Montreal, die sich um mich sorgen. Ich habe genau hier den Beweis.

Amelie: Hat er dir wehgetan?

Ich: Nur ein paar blaue Flecken. Aber ich muss jetzt weg. Ich kann nicht mehr warten.

Amelie: Er weiß nichts von uns. Komm her! Wir können dich für eine Weile unterbringen, bis du alles geklärt hast.

Ich: Bist du sicher?

Amelie: Ja! Es ist überhaupt kein Problem.

Diese Zusicherung habe ich gebraucht. Einfach die alte Unterhaltung lesen und mich daran erinnern, dass ja, Leute, auf die ich mich verlassen kann, in Montreal auf mich warten.

Ich mache mich in dem engen Zylinder fertig, der ein herausziehbares Waschbecken und einen stählernen Spiegel hat. Dann öffne ich die Tür, so leise ich kann.

Chase setzt sich auf und blinzelt mich schlaftrunken an. „Hast du schlafen können?"

„Ja", murmele ich, wobei ich versuche, nicht auf die Muskeln an seinem schlanken Bauch zu sehen. Wie habe ich es geschafft, neben diesem fantastischen Adonis zu schlafen und ihn nicht zu berühren?

„Okay, gut." Er rutscht vom Bett und geht an mir vorbei; der Geruch seines Schweißes ist mit würzigem Aftershave gemischt, und meine Finger verkrampfen sich an meiner Seite in dem Drang, ihn zu berühren. „Ich wasche mich schnell, dann mache ich Kaffee."

„Klasse."

Ich mache das Schrankbett, während er sich wäscht. Ich weiß nicht genau, warum ich es tue: vielleicht um die nervöse Energie loszuwerden, vielleicht als Dankeschön.

Es gibt Gurte, die über den Kissen und der Bettdecke

verschließbar sind, um sie zu sichern, wenn das Bett an die Wand geklappt wird. Ich zurre sie fest, als er mit nassem Haar und leicht durch Wasserdampf glänzende Haut herauskommt. „Mach dir keine Gedanken darum, ich mache das", sagt er fröhlich.

Er schaltet die Kaffeemaschine ein und legt dann meinen Koffer auf das Bett, wobei er seine Taschenlampe, sein Messer und einen Schraubenzieher hervorholt. „Er könnte einen Peilsender eingebaut haben, bevor er ihn dir gebracht hat. Ich wünschte, ich hätte einen Signalscanner."

Er nimmt zuerst die Gepäckanhänger ab, öffnet sie mit dem Messer und untersucht sie. Als Nächstes nehmen wir all meine Klamotten und Unterwäsche heraus und ich suche in meinen Schuhen, Socken und meinem Mantel nach etwas, das dick genug ist, um einen winzigen, harten Klumpen zu verstecken. Zuletzt suchen wir den Koffer selbst ab.

„Wo hast du die Idee her, diese geheimen Fächer hinzuzufügen?", fragt er, als er die falsche Innenverkleidung vom Klettverschluss löst, um all das darin versteckte Geld und den Schmuck zu enthüllen. Ich habe Reihen von Haargummis in die Innenverkleidung genäht, sodass die Sachen darin nicht herumrutschen.

„Geschichten von Schmugglern, Abendessen mit Mafiosi, und ich habe eben gut zugehört." Ich hole mein gestohlenes Vermögen heraus und lege die Geldbündel auf die eine, die Juwelen auf die andere Seite.

„Also hast du sie vorzeitig eingenäht, geplant, auf dem Weg nach draußen das Geld deines Vaters zu stehlen und dann daran gearbeitet, wie du abhauen kannst?" Er beginnt die Geldbündel durchzusehen, wobei er sie durchblättert und dann die Papierbänder mustert, die sie zusammenhalten.

„Äh, ja, so ziemlich. Ich habe einfach immer daran weitergearbeitet. Ich hatte nicht wirklich einen Plan, da ich nie wusste, wann die Chance kommen würde." Ich habe Nähfertigkeiten aus einem Kurs verwendet, um diese geheimen Fächer zu nähen, und das Aufbrechen von Safes habe ich gelernt, indem ich betrunkenen Gangstern beim Angeben zugehört habe—und sie dazu überredet habe, es mir zu zeigen. Ich habe einen Bodyguard, der für mich schwärmt, davon überzeugt, mich zum Schießstand mitzunehmen, ‚für den Fall, dass etwas passiert'.

Es hat viel Schmeichelei und Flirterei gebraucht, um ihn zum Nachgeben zu bringen — aber er hat es getan.

Ich kontrolliere jeden Zentimeter des Koffers, dann packe ich all meine Klamotten wieder hinein, während er das Geld kontrolliert und zählt. „Ich habe … einfach die Basis geschaffen und bin dann gerannt, als ich die Chance hatte."

Eigentlich war es ein glücklicher Zufall gewesen. Ich wäre weggelaufen, selbst wenn ich am Grunde des Hafens geendet wäre.

„Ich kann es dir nicht verübeln." Er fährt mit den Fingern über eines der Geldbündel und runzelt die Stirn, während er es in den Händen dreht.

„Er musste nicht drohen. Jeder, der ihn verärgert oder enttäuscht, stirbt." Meine Stimme ist voll trauriger Unvermeidbarkeit. „Mom auch."

„Heilige Scheiße, das tut mir leid." Er sieht abgelenkt auf. „Meine Familie war ein einziges Fiasko, aber nie so."

„Ja?" Ich sehe ihm zu, wie er dasselbe Bündel Geld in den Händen dreht, als wäre etwas anders daran. „Was hat dein Dad getan?"

Er wirft mir ein düsteres Lächeln zu. „Ist vor eine Kugel getreten, die mich getroffen hätte. Irgendein Cracksüchtiger. Völlig wahllos."

Ich starre voller Mitgefühl an und nicke, teilweise aus meiner eigenen Angst und meinem Trauma gelöst, durch das Wissen, dass ich mit meiner Trauer nicht allein bin. „Das tut mir leid."

Die Zeit zwischen uns zieht sich; meine Wangen sind warm und mein Magen beginnt zu flattern. Ist es normal, so schnell zu jemandem eine Verbindung aufzubauen?

Weiß ich überhaupt, was normal ist?

Schließlich lässt er den Blick wieder auf das Geldbündel in seiner Hand fallen. „Der hier ist neu geklebt", bemerkt er und fährt mit dem Finger unter das Papierband, um es zu öffnen.

Und da ist es: auf der Unterseite des Streifens, ein schwarzes Plastikquadrat mit eingebettetem Schaltkreislauf, kaum die Größe eines Daumennagels.

„Das muss sein, was sie verfolgt haben." Dann bricht er den Chip in Stücke, bevor er ihn in den Müll wirft. „Jetzt können sie dich nicht mehr verfolgen."

„... Oh." Plötzlich bin ich innerlich taub. *Nur dass er nicht mich verfolgt hat! Er hat sein Geld verfolgt.*

„... Danke."

Dieser Gedanke steckt mir im Kopf, als ich Chase seinen Anteil des Geldes reiche und den Rest und die Juwelen wieder zurück in den Koffer packe. Ich bin kurz davor zu weinen, während ich alles wegräume. Dann habe ich Probleme, den Gurt über meinen gefalteten Klamotten zu schließen, und nachdem der Koffer zweimal wieder aufgeht, schluchze ich plötzlich wie ein Baby — wegen nichts.

„Oh scheiße", murmelt er, dann schließt er den Koffer und stellt ihn auf den Boden, bevor er mich in seine Arme zieht. „Was ist? Was ist los?"

„Ich weiß nicht", weine ich in seine Schulter und klammere mich an ihn, dankbar dafür, dass jemand da ist, der mich halten kann. Mein ganzes Leben lang habe ich meine Gefühle in mir gehalten. Den Schmerz, die Angst, die Trauer, die Wut: Alles verborgen, des Überlebens willen.

Aber jetzt bin ich fern meines Vaters bei jemandem, der sicher und nett ist, und er drückt mich an seine harte Brust, fest genug, dass mein Herzschlag langsamer wird und ich mich weiter an ihn schmiege.

Und ich weine, weil ich es kann.

„Es wird alles gut", murmelt er und nimmt eine Box Taschentücher, bevor er wieder beide Arme um mich legt. Er beschwert sich nicht, wird nicht ungeduldig und begrabscht mich nicht; er ist liebevoll. Das lässt mich schluchzen, als würde mir irgendein tödliches Gift aus den Tränenkanälen laufen.

Er wischt meine Tränen weg und bringt mir Wasser, dann reibt er mir den Rücken und spricht mir beruhigende Worte zu, bis ich mich wieder zusammenreiße. Ich habe noch nie jemand so Nettes getroffen. Vielleicht ist es die ganze verrückte Situation, aber was als Nächstes passiert ist so unvermeidlich wie die Gezeiten.

Wir küssen uns.

Es ist nicht mein erster Kuss, aber der erste, nach dem mir nicht die Lippen wehtun. Sein Mund ist weich auf meinem, seine leichten Stoppeln kratzen, aber nicht auf unangenehme Weise. Er schmeckt nach Pfefferminzkaugummi, und als seine Zungenspitze meine neckt, vergesse ich für einen Moment das Atmen.

Der Kuss ebbt auf und ab, seine Lippen liebkosen meine zart und dann fest, seine Arme um mich herum werden fester, als ich mit den Händen durch seine Haare fahre. Hitze durchfährt mich, ich entspanne mich und lasse ihn tun, was auch immer er will.

Seine Hände wandern über meinen Körper, entschlossen und gemächlich, als würde er mein Fleisch aus Lehm formen. Sie fahren über seine Taille, meine Arme, meinen Hintern, meinen Rücken; ich beginne, seinen Rücken und seine Seite mit den Fingerspitzen zu erkunden, wobei ich spüre, wie sich seine Muskeln unter meiner Berührung anspannen.

Als er den Kuss unterbricht, sieht er mich an, seine Augen dunkel, als sie in meinem Gesicht suchen. Ich bin atemlos, beraubt, meine Lippen kribbeln immer noch von dem Kuss und ich weiß nicht, was ich sagen soll. Dann küsst er mich erneut, noch heftiger, und sein leises, hungriges Stöhnen lässt meinen ganzen Körper mit unbekanntem Verlangen in Flammen aufgehen.

Zuvor waren meine Gefühle für ihn abstrakt, beinahe schüchtern. Jetzt ist mein Verlangen grundlegend und gegenständlich: Ich will seinen Körper auf meinem und ihn tief in mir. Ich will ihn stöhnen und keuchen und meinen Namen schreien hören und seine Hände wie jetzt auf mir spüren — aber mehr.

Er beginnt, meine Brüste durch die Seide hindurch zu streicheln; ich schnappe nach Luft und wimmere an seinem Mund, als meine Brustwarzen hart werden und elektrische Stöße erfahren. Er nimmt sie zwischen Daumen und Zeigefinger, um sie zu drehen, dann schiebt er den Stoff vor und zurück, bis meine Hüften sich mitbewegen.

Es ist alles so perfekt und behaglich, dass ich mich überhaupt nicht nervös fühle, als er mich auf das Bett legt. Ich will einfach nur mehr. Mehr Küsse, mehr Liebkosungen, mehr dieses wundervollen

Kribbelns in mir, das mit jedem verstreichenden Moment stärker wird.

Seine Hände kneten und streicheln meine Brüste beinahe ehrfürchtig; er küsst meinen Hals, nur ein wenig grob, seine Atmung stockt bereits. Er wandert langsam meinen Körper hinab, wobei er an meinem Puls verweilt, bevor er sich wieder meinem Hals zuwendet. Als sein Mund meine Brüste erreicht, vergräbt er seine Nase dazwischen, bevor er zu mir aufsieht.

Ich nicke, dann schiebt er den Stoff meines Oberteils nach oben und bedeckt eine meiner Brüste mit sanften Küssen. Es beruhigt und frustriert mich gleichzeitig; seine langsamen Bewegungen, seine Zärtlichkeit ist das, was ich brauche — und ich stöhne erleichtert auf, als sein Mund meine Brustwarze umschließt.

Seine Zunge umfährt meine empfindliche Haut und schlägt dann dagegen; ich schnappe nach Luft und vergrabe die Finger in seinen Schultern, als er zu langen, üppigen Bewegungen übergeht. Ich winde mich unter ihm und reibe unbewusst meine Hüften, wobei der Schritt meiner Leggings schnell feucht wird.

„Ah … Chase … hör nicht auf", flehe ich und er zieht harter, woraufhin ich zittere und meine Hüften noch stärker an ihm reibe. Das Verlangen erfüllt zu werden, auf Arten stimuliert zu werden, die ich nicht kenne, wird mit jeder Sekunde stärker. Jetzt gleitet seine Hand zwischen meine Beine … und als ich mich reflexartig dagegen drücke, beginnt er dort über dem Stoff zu reiben.

„Oh!", keuche ich völlig erstaunt. Die Empfindung ist beinahe perfekt … fast genau das, wonach ich mich sehne.

Er wechselt zu meiner anderen Brust, mein Rücken wölbt sich und er schiebt seine Hand unter meine Leggings, um mich direkt zu liebkosen. Er benutzt seinen Daumen und bewegt ihn gleichzeitig mit seinem Mund; meine Zehen verkrampfen sich und ich spanne mich immer mehr an.

Jetzt schreie ich vor Lust, glühend, brennend, meine Stimme voller Verzweiflung. Ich kann keine Worte mehr bilden, es fühlt sich zu gut an.

Und dann —

Wellen der Glückseligkeit brechen sich über mir, explodieren und lassen mich nach Luft schnappen. Es ist so gut, dass ich möchte, dass es ewig anhält … aber dann wird es langsamer und weniger, bevor es schließlich aufhört. Zufrieden und fassungslos keuche ich atemlos, während ich langsam wieder zu Sinnen komme.

Chase hebt den Kopf und lächelt. „Na bitte. Hat dir das gefallen?"

Tränen der Ungläubigkeit treten mir in die Augen. „Ich bin *gekommen*", keuche ich und er nickt.

„Ja, bist du. Und es war umwerfend." Er greift nach dem Gürtel seiner Jeans, während ich daliege. „Und jetzt würde ich wirklich gerne —"

Und das ist genau der Moment, in dem jemand an die Tür klopft.

Ich schreie überrascht auf und setze mich auf, wobei ich mein Shirt nach unten zerre.

„Badezimmer", weist Chase an, als er sich aufrichtet und leise flucht. „Ich kümmere mich um wer auch immer das ist."

Ich schlüpfe auf wackeligen Beinen in das Badezimmer, mein Herz schlägt trotz meiner angenehm entspannten Muskeln schnell. Meine Haut ist schweißnass und der Duft meiner Erregung lässt mich rot werden, als ich die Tür hinter mir schließe. Ich fühle mich wie ein Teenager in einer Sitcom, die sich im Badezimmer ihres Freundes versteckt, da irgendein aufdringlicher Elternteil an die Tür klopft.

Das erinnert mich an meinen Vater und ich erstarre, da ich realisiere, dass es Benny und die anderen sein könnten. Als ich höre, wie die Tür aufgeschlossen und hochgezogen wird, geht mir als erstes *Meine Tasche mit der Waffe ist draußen* durch den Kopf und Adrenalin durchströmt mich.

Ich höre Stimmen. Chase versucht, mit einem unbekannten Mann zu diskutieren. Die Unterhaltung ist kurz. Dann höre ich Chase seufzen und die Tür wird ratternd wieder geschlossen. Ich entspanne mich—dann klopft er an die Tür.

„Hey, es ist ein Ranger. Wir können hier nicht parken. Und nein, er wird uns nicht in Ruhe lassen und später wiederkommen." Seine Stimme läuft vor sexuellem Frust über … und ich fühle mich schrecklich für ihn.

Das wievielte Mal ist das jetzt, das zweite? Und er hat mir eben gezeigt, wie sich ein Orgasmus anfühlt.

Und es war wundervoll. Und ich will mehr. Verdammte Ranger.

„Äh, okay, ich ziehe mich an", antworte ich und grolle dem störenden Ranger. „Man würde meinen, er hätte besseres zu tun."

Er küsst mich und ich spüre, wie seine immer noch feste Erektion in meinen Bauch drückt. „Wir machen später weiter", verspricht er.

Plötzlich bin ich wieder atemlos und kribbelig. „Ich kann es nicht erwarten."

KAPITEL 9

Alan

Ich bin voller Widerspruch, als wir wieder auf die Schnellstraße zurückkehren. Es ist vermutlich eine schlechte Idee, sich mit einer geflohenen Mafia-Prinzessin einzulassen. Aber verdammt ... ich mag sie. Ich will sie nicht in Montreal mit Fremden allein lassen.

Sie wäre sicherer bei mir.

Das ist völlig irrational. Aber etwas an dieser ganzen ‚Freunde in Montreal'-Sache fühlt sich nicht richtig an.

Vielleicht bin ich eifersüchtig. Vielleicht will ich sie an niemanden übergeben und lasse mir nur Ausreden einfallen.

Ein Kerl wie ich kann es sich nicht leisten, sich an jemanden zu binden. Ich bin immer unterwegs, um entweder zu klauen oder zu transportieren. Ich bleibe nie lange an einem Ort.

Es bedeutet, dass ich mich mit niemandem niederlassen kann — es sei denn, ich finde jemanden, der bereit ist, mit mir umherzureisen. Wenn ich irgendwo Wurzeln schlage, wo ich Verbrechen begangen habe, dann gibt das der Polizei eine Chance, mich zu fangen.

Ich würde mich lieber erschießen, als im Gefängnis zu landen.

Wie kann Melissa da hineinpassen? Sie ist jetzt selbst entwurzelt. Aber kann sie mit mir Nomadendieb spielen? Mag ich sie genug?

Ich sehe sie an, wie sie abgelenkt aus dem Fenster starrt, ihr kupferfarbenes Haar über eine Schulter gelegt. Das Licht fängt sich in ihren Augen und ich spüre, wie meine Brust und der Schritt meiner Jeans eng werden. *Ja, tue ich.*

Auf der anderen Seite weiß ich auch über das Verbinden in Krisenzeiten. Vielleicht sollte ich mich zurückhalten, bis wir sicher über der Grenze sind und nicht um unser Leben rennen.

Dann können wir mit klarem Kopf darüber reden. Jedenfalls nachdem ich ihr ein paar Mal das Hirn rausgevögelt habe. Ein Versprechen ist ein Versprechen.

Trotzdem machen mich diese Gedanken neugierig, ob Melissa für diese Idee offen ist. „Hey", riskiere ich es, und sie dreht sich zu mir um.

„Ja?" Sie lächelt, entspannt; in ihren Augen liegt Wärme.

Ich konzentriere mich auf die Straße, bevor ich mich zu sehr ablenken lasse. „Du, äh … hast du darüber nachgedacht, was du tun willst, sobald du deine Freunde in Montreal verlässt?"

Sie verstummt für einen Moment. „Ich … habe noch nicht darüber nachgedacht. Ich bin nie weiter gekommen, als tatsächlich nach Montreal zu kommen. Was merkwürdig ist."

„Es ist nicht merkwürdig. Wenn man im Überlebensmodus ist, denkt man nicht viel weiter als das, was in den nächsten Tagen passiert. Man versucht durchzukommen."

Was will sie mit ihrem Leben anfangen? Wird sie auf das College gehen wollen? Eine neue Fähigkeit lernen? Wäre sie überhaupt an einer Festanstellung interessiert?

Sie hängt bei vielen Dingen hinterher, nur weil sie die Gefangene ihres Vaters war. Vielleicht kann ich irgendwie helfen.

„Das ist es. Ich war mein ganzes Leben im Überlebensmodus." Ihr kleines Lachen am Ende des Satzes ist ohne jeglichen Humor.

„Es ist ziemlich schwer, ohne die richtigen Verbindungen in Kanada Asyl zu bekommen", erkläre ich. „Du wirst wahrscheinlich wieder zurück in die Staaten gekickt. Vielleicht solltest du

Kanada nur zum Zwischenstopp machen. Der kann aber recht lang sein."

„Wie lang?" Jetzt klingt sie nervös. Ich fühle mich schlecht, dass sie jetzt darüber nachdenkt, aber das muss sie, und ich schere mich genug darum, um ihr dabei zu helfen.

„Sechs Monate, mit den Pässen, die mein Freund für uns macht. Vertrau mir, die werden die Prüfung der Beamten bestehen."

„Ich glaube dir." Sie zögert einen Moment. „Äh … wo gehst du nach Montreal hin?"

„Ich wollte den Winter in Lloyd abwarten", setze ich an — und bemerke aus dem Augenwinkel, wie sie zusammenzuckt.

„Es tut mir leid", fängt sie an, die Panik in ihrer Stimme ist wie ein Reflex.

„Nein, es ist okay. Du bezahlst mir eine halbe Million Dollar, und ich bewahre in meinen Mietwohnungen nichts Persönliches auf. Meine Kaution ist mir scheißegal."

Ich greife nach ihrer Hand, als wir eine sichere, gerade Strecke erreichen, und spüre ihre Haut unter meinen Fingern, während ihre Panik nachlässt. „Mein Punkt ist, ich habe keine Pläne. Also, du weißt schon, wenn die Dinge mit deinen Freunden —"

Ich habe keine Chance, meinen Satz zu beenden.

In einem Moment bin ich darauf konzentriert, das Risiko einzugehen und einfach auszusprechen, dass sie mit mir kommen kann, wenn es mit Amelie und deren Freund nicht funktioniert. Im nächsten verkrampft sich mein Magen und ich sage mit ernster Stimme: „Melissa."

Sie erstarrt.

„Schnall dich ab und geh in den Fußraum. Jetzt."

Sie ist unten und zusammengekauert wie ein verängstigtes Kaninchen, bevor ich blinzeln kann. „Gut — jetzt bleib einfach ruhig und werde nicht panisch." Ich atme tief ein und kümmere mich um das, was ich vor mir sehe.

Dieser Teil der Bergstraße, umgeben von Wald, ist an vielen Stellen ein Funkloch für GPS und Handysignale. Deshalb habe ich gewartet, bis wir in diesem Bereich sind, bevor ich mich um den möglichen Peilsender gekümmert habe. Leider bin ich nicht der Einzige, der von diesen Funklöchern weiß.

Dieselben verdammten drei schwarzen Autos warten beinahe genau dort, wo es endet. Sie sind am Fuße des Hangs aufgereiht, wo die Straße breiter wird und hinter der Baumgrenze in der Ferne eine kleine Stadt liegt. *Verdammt, sie müssen vermutet haben, dass wir uns in der toten Zone verstecken und warten auf uns!*

„Was ist?", keucht sie.

„Sie haben vorne die Straße blockiert. Sie müssen vermutet haben, dass du nach Kanada abhauen würdest. Es ist der schnellste Weg aus dem Revier deines Vaters heraus."

„Oh Gott", japst sie. „Was sollen wir tun?"

„Bleib da unten und ich fahre nett und entspannt. Hoffen wir, dass sie meinen Truck nicht gesehen haben, als sie in Lloyd waren. Okay?"

Sie schluckt Luft und erwidert zittrig: „Okay."

Ich halte mich an die Geschwindigkeitsbegrenzung, fahre angepasst und ignoriere den Eisklumpen, der sich in meiner Magengrube formt, als wir auf die drei Limousinen zufahren. Noch mehr Crown Victorias. Es scheint in dem Fuhrpark des Kerls beliebt zu sein.

Ich halte den Atem an, als wir vorbeifahren. Ein Kerl außerhalb des Autos kommt mir sehr bekannt vor. Kräftig, runder Bauch, Vogelgesicht, mit dunkler Sonnenbrille und einem billigen schwarzen Anzug. Der Abdruck seiner Waffe unter der Jacke ist auch aus Entfernung zu sehen.

Er sieht auf, als ich vorbeifahre, und ich bete, dass der Unterschied in meinem Erscheinen ausreicht, um ihn zu täuschen. *Nichts zu sehen, alles ist völlig durchschnittlich.*

Unser Wagen fährt vorbei und die Autos beginnen in meiner Rückkamera zu schwinden.

„Ist es okay?", haucht sie nervös.

„Gib mir eine Sekunde", murmle ich. „Ich bin mir noch nicht sicher."

Das Quietschen von Reifen alarmiert mich; ich kontrolliere den Kamerabildschirm und sehe alle drei Autos hinter mir. Adrenalin explodiert in mir. Jetzt muss ich mich entscheiden. Abhauen oder hoffen, dass es ein Zufall ist und ruhig bleiben?

Dann lehnt sich jemand aus einem der Autos und eine Kugel prallt von unserem Kotflügel ab. „Oh, scheiße. Nein! Halt dich fest!" Und ich gebe Gas.

Der Motor röhrt, als wir nach vorne schießen, und ich höre Melissa überrascht quietschen, als das Dieselsystem, das zehnmal so viel PS hätte abschleppen können, in Geschwindigkeit übergeht. Wir fliegen über die gerade Strecke und vergrößern schnell unseren Vorsprung. „Wooh! Fresst meinen Staub, ihr Arschlöcher!"

Vor uns ist das Land schwer von Kiefern geschützt. Dahinter beginnt sich die Straße in die Hügel zu winden. Ich hoffe, dass diese Bastarde die örtlichen Straßen nicht so gut kennen wie ich. „Geht es dir gut, Süße?", frage ich.

„Mhm-hm!", quietscht sie, die Stimme an den Knien gedämpft.

„Mach dir keine Sorgen darüber, dass sie Munition verschwenden", rufe ich über den röhrenden Motor hinweg. „Wir sind den Autos weit voraus, die weiter Kugeln an diesem Truck verschwenden. Er ist gepanzert und die Reifen sind kugelsicher. Sie können dich nicht treffen, wenn du einfach unten bleibst und wir vor ihnen bleiben!"

„Okay", keucht sie und hat Probleme, sich zu beruhigen. „Okay. Ich will dich nicht ablenken."

„Gut, denn ich kann dich entweder beruhigen oder dir den Arsch retten. Nicht beides gleichzeitig."

„Das zweite ist perfekt!", quietscht sie, und es ist so süß, dass ich lache, obwohl ich versuche, uns nicht umzubringen.

Einer der LTDs rast vor den anderen her, gibt wie verrückt Gas, sodass die Reifen auf der frisch gemachten Straße rutschen. Er wird schneller; ich kann unter diesen Bedingungen nur eine bestimmte Geschwindigkeit fahren, aber dem Irren hinter mir ist das egal. Trotzdem kann ich ihn davon abhalten, an uns vorbeizufahren und mich durch das Fenster zu treffen.

Als er an meine Stoßstange kommt, trete ich hart auf die Bremse und höre, wie er mit dem Kühlergrill auf die hintere Stoßstange des Trucks trifft. Seine Reifen rutschen — aber er behält die Kontrolle.

„Was ist los?" Sie klingt ruhiger. „Soll ich zurückschießen?"

„Nein, bleib wo du bist. Bring deinen Kopf nicht auf Höhe der Fenster. Wirst du umhergeschleudert?" Was passiert, wenn wir einen Unfall haben?

„Ein wenig."

„Okay, lass mich sehen, ob ich diesen Kerl loswerden kann, bevor wir die Serpentine erreichen. Sie ist eine Meile entfernt. Wenn ich es nicht kann, muss du dich wieder anschnallen, nur für den Fall." Ich bete, dass es nicht nötig sein wird, aber diese Kerle sind entschlossen, und mein Glück war in letzter Zeit nicht gerade gut.

Natürlich, außer als es fantastisch war — aber darauf kann ich mich nicht verlassen.

Der Kerl beschleunigt und reißt zur Seite, um rechts an mir vorbeizukommen. Neben der Straße ist auf dieser Seite ein tiefer Graben, zur Hälfte mit zerbrochenen Ästen und Schnee gefüllt. Ich lasse ihn ein wenig aufholen.

Melissa schreit auf, als ich das Lenkrad drehe und den ersten LTD an der Schnauze treffe. Ein lautes Knirschen ertönt, Reifen quietschen.

Ich habe innerhalb von Sekunden die Kontrolle wieder, wir schleudern nur einmal. Dann rase ich wieder weiter, mit einem verzweifelten, unkontrollierten Reifenquietschen hinter uns.

Ich blicke in den Spiegel und sehe den LTD in den Graben fahren, wobei das Heck Schnee aufwirbelt. Eines der anderen Autos rutscht, als es anzuhalten versucht, um nach den Männern zu sehen. Der andere beschleunigt wieder und folgt uns.

„Verdammt. Einer hängt immer noch an uns. Okay, schnall dich an."

Sie springt aus dem Fußraum und auf ihren Sitz, dann macht sie den Gurt mit zitternden Händen fest, während ich vor dem LTD bleibe. Die gerade Strecke ist nicht mehr lang genug, um denselben Trick noch einmal anzuwenden; außerdem bleiben sie jetzt zurück und versuchen stattdessen, mir die Reifen kaputt zu schießen.

„Da vorne ist eine ziemlich scharfe Kurve. Ich muss einen Trick anwenden, um uns bei der Geschwindigkeit da durchzubringen.

Wenn ich es versaue, kann ich uns überschlagen lassen. Bleib so ruhig wie möglich und lenk mich nicht ab, indem du schreist. Okay?" Ich kann die Anspannung nicht mehr aus meiner Stimme halten.

„Okay." Sie bedeckt ihr Gesicht mit den Händen, und ich konzentriere mich auf die Straße. „Ich vertraue dir." Es klingt, als würde sie sich selbst überzeugen.

Was ich unter diesen Umständen nicht persönlich nehmen kann.

Ich muss es perfekt timen. Der Truck hat einen höheren Schwerpunkt, als für einen Trick bei dieser Geschwindigkeit ideal ist. Ich muss es mit Fähigkeit ausgleichen — Fähigkeit, von der ich darauf vertraue, dass sie der Kerl hinter mir nicht hat.

Außerdem weiß ich, dass dort eine Kurve ist. Ich wette, dass er es nicht weiß.

Alles scheint sich zu verlangsamen, als sich meine Reflexe einschalten. Ich habe Trucks von doppelter Größe durch solche Kurven gebracht, um Wetten zu gewinnen, und ich bin mit Beulen durchgekommen. Jetzt bewegen sich meine Hände und Füße beinahe automatisch: der Truck wird mein Körper.

Die Reifen schreien, als er um die Kurve driftet, das Heck schwenkt zu weit aus; ich korrigiere gerade rechtzeitig und schaffe es. Für einen Moment habe ich Probleme, wieder gerade zu fahren, dann liegt die Kurve hinter mir.

Eine Sekunde später pflügt der LTD seitwärts durch die Kurve und knallt mit einem fürchterlichen Knirschen in eine große Kiefer. Und erst dann, als dieses Geräusch unsere Ohren erreicht, stößt Melissa schließlich einen überraschten Schrei aus.

Ich richte mich auf und verlangsame so weit, um die bevorstehenden Kurven mit vernünftiger Geschwindigkeit zu nehmen. Mein Herz schlägt schnell und ich muss meinen Griff um das Lenkrad lockern. „Geht es dir gut?"

„Sind sie immer noch hinter uns her?" Ich kontrolliere den Spiegel und sehe nichts als Trümmer auf der Straße.

„Ich glaube, sie haben angehalten, um ihre Jungs aus den zwei Wracks zu schälen, bevor die Polizei kommt."

Eine große Welle der Erleichterung überkommt mich und ich

lache. „Heilige Scheiße, das war zu viel. Ich wette, jetzt bist du froh, mich angeheuert zu haben, oder?" Ich schenke ihr ein Grinsen, das weniger großspurig ist und dafür mehr voller Freude, dass wir durchgekommen sind.

„Mehr denn je", seufzt sie. „Denkst du, die wissen, dass wir nach Kanada unterwegs sind?"

„Das kann sein. Wir fahren besser von dieser Straße ab, für den Fall, dass sie einen weiteren Hinterhalt planen." Ich höre die Erleichterung in meiner Stimme.

„Verdammt. Wie halten wir sie davon ab, uns an der Grenze zu erwischen?" Sie klingt wieder besorgt.

„Ich kenne die Straßen besser als sie", erwidere ich selbstsicher. „Es gibt viele Straßen in der Nähe der Grenze, wo man tatsächlich ausversehen auf kanadischem Boden landen kann. Es sind nicht die besten Straßen, besonders im Winter, aber sobald wir unsere Papiere haben, wird sich niemand darum scheren, wenn sie sehen, dass wir dort umherfahren."

„Und wenn die Nebenstraßen geschlossen sind?"

„Es gibt ein paar kleinere Grenzübergänge. Er kann sie nicht alle bewachen; sie sind nicht einmal alle innerhalb seines Reviers, wenn ich mich richtig erinnere." Immer noch kein Anzeichen einer Verfolgung. Ich beginne ruhiger zu werden.

„Ja, das ist die Grenze des Dons von Montreal. Er kontrolliert sie, nicht mein Vater. Ein Grund, warum ich sie ausgewählt habe." Sie sitzt für einen Moment gedankenverloren da. „Die durchsuchen nicht den Truck oder so?"

„Nicht, solange du sie nicht argwöhnisch machst. Du musst nur Fragen beantworten und sie kontrollieren deinen Pass." Ich denke darüber nach, als wir die Berge erreichen. „Wir werden uns allerdings verkleiden müssen."

Sie sieht mich neugierig an. „Verkleiden? Wirklich?"

In meinem Lächeln liegt ein wenig Schalk. „Ja, wir müssen ein paar Stopps einlegen, bevor wir ins Fotostudio gehen. Glaub mir, das wird es wert sein. Sobald mein Typ fertig ist, haben wir bei ein neues Aussehen und eine neue Identität."

UNTERBRECHUNG

Carolyn

„Sagen Sie mir, wie ihre Zielperson es geschafft hat, Lloyd mitten in der Nacht zu verlassen?", will mein Boss wissen, während ich ein Gähnen unterdrücke. Es war eine wilde Nacht — und seine Wut ist die kleinste meiner Sorgen.

„Kurzform? Er wurde von drei Autos der New Yorker Mafia aus der Stadt gejagt, die auf der Suche nach dem Mädchen sind, das er bei sich hat." Ich bin Davids Mist mittlerweile so leid, dass mir egal ist, was er von meinem lockeren Tonfall hält. Es ist sechs Uhr morgens und ich habe den Großteil der Nacht im eiskalten Regen verbracht.

„Was? Okay, setzen Sie mich ins Bild." Seine Wut ebbt ab, als er eine interessante Geschichte riecht. David ist wie ein großes Kind; wenn ich ihn unterhalten und davon abhalten kann, sein Ego zu sehr zu verletzen, bin ich ihn für gewöhnlich eine Weile lang los.

„Ich habe Chases Mietshaus inspiziert, wie vorgeschlagen." Eher bin ich auf einem Parkhaus erfroren, während ich spontan nach dem Mädchen recherchiert habe, dass er bei sich hatte. „Er ist um viertel vor drei zu Hause angekommen, begleitet von einer Frau, die ich als Melissa Lucca identifiziert habe."

„Die Mafia-Prinzessin? Gianni Luccas Tochter?"

„Korrektur." Ich kann die Schadenfreude nicht aus meiner Stimme halten. „Gianni Luccas *fliehende* Tochter, die versucht, von ihm wegzukommen. Die vermutlich viele Beweise gegen ihn hat und wahrscheinlich einen Deal macht, um ihn loszuwerden."

„Fuck!" Er atmet schwer, ich kann mir vorstellen, wie er in seinem Büro im Kreis läuft. „Diese Spur ist zu gut, um ihr nicht zu folgen, und Sie sind die Einzige in Position."

Ich will über ihn lachen. „Ja, Sir."

„In Ordnung." Er hält inne, um nachzudenken. Das kostet ihn

vermutlich viel Anstrengung. „Wir wissen, dass dieser Kerl schon zuvor Transporte gemacht hat. Hat er Verbindungen zu den Luccas?"

„Nein. Meine Vermutung ist, dass sie ihn als Freelancer angeheuert hat." Tatsächlich weiß ich, dass sie das getan hat. Ich weiß nur nicht wie — oder wer genau mir die Informationen darüber geschickt hat.

Die Nachrichten kamen letzte Nacht wohl von einem Wegwerfhandy, das mich blockiert hat, sobald ich versucht habe zu antworten.

Direkt nachdem ich Alan Chases eindrucksvollen Ständer gesehen und meinen verdammten Feldstecher über die Kante des Parkhauses habe fallen lassen. Anscheinend hat der Kerl den Job von Melissa nicht nur des Geldes wegen angenommen.

Glückliches Mädchen. Er ist nicht mein Typ, aber ... verdammt.

Die Reihe von Nachrichten hat meine Alarmglocken von Anfang an schrillen lassen. Aber sie haben auch korrekte — und sehr wichtige — Informationen enthalten.

Passen Sie genau auf, Special Agent, ansonsten wird eine unschuldige Frau sterben.

Die einzige Tochter der Lucca Familie, Melissa, ist bei Mr. Chase.

Sie möchte fliehen. Ich möchte, dass Sie ihr helfen.

Vollstrecker sind unterwegs, um sie zu holen oder zu töten. Halten Sie Ausschau nach einem Trio aus schwarzen Crown Victorias.

Warnen Sie Mr. Chase auf jede mögliche Art.

Wer auch immer es war, hat meine Forderung, sich zu identifizieren, ignoriert. Schlussendlich habe ich gemäß Weisung gehandelt — und schnell die Autos hintereinander von der Schnellstraße abbiegen und auf das Haus zufahren sehen, das ich beobachtet habe. Ich habe die Aufmerksamkeit des Bewohners mit meiner Taschenlampe erregt und durch mein Teleobjektiv zugesehen, wie sie geflohen sind.

Wer hat diese Nachricht geschickt? Ich habe ein paar Vermutungen, aber nichts Konkretes. Und im Moment gebe ich David diese neue Quelle noch nicht preis.

„Lassen Sie mich das auf die Straße bringen, oder soll ich in Lloyd bleiben und auf weitere Anweisungen waren?" Im Moment hält mich der Papierkram hier. Ich bin nur bereit, eine bestimmte Menge an Verweigerung der Kooperation seitens meines Bosses gleichzeitig zu riskieren.

„Auf die Straße. Irgendeine Ahnung, wohin sie unterwegs sind?" Er tippt jetzt im Hintergrund.

„Nach Norden. Das müssen sie. Es ist der schnellste Weg aus dem Lucca-Revier heraus." Ich habe gemischte Gefühle, eine verängstigte, unschuldige Zeugin wie Melissa Lucca an David zu überreichen. Aber wenn ich meinen Namen in Verbindung mit einem so hoch gehandelten Gewinn wie der Festnahme ihres Vaters bringen kann, dann werde ich nicht länger die aalglatten Täter auf Davids ‚Nie erwischt'-Liste jagen.

„Norden. Okay. Ich lasse die Außendienststelle in Buffalo Verstärkung losschicken und werde sehen, ob sie an der Grenze nach ihr suchen können. Wir werden es auch die kanadische Polizei wissen lassen." Weiteres Tippen. Dann, fast widerwillig: „Gute Arbeit."

„Danke, Sir." *Ja, das Lob gibst du mir besser, nachdem du mich all den Mist hast durchmachen lassen.*

Aber es wirft in mir immer noch die Frage auf: Wer ist mein mysteriöser Informant, und woher wusste er es? Woher wusste er, wie er mich erreichen kann?

Vielleicht ist es ein Mafioso, den Melissa zur Hilfe überreden konnte? Vielleicht ist es Melissa? Oder vielleicht ist es … jemand anders?

Ich blicke misstrauisch auf die Akte auf meinem Tisch, als befände sich darin eine Giftschlange. Es gibt eine weitere Möglichkeit — eine andere Person, die Informationen mit ein wenig Mühe bekommen könnte.

Ich bin nicht bereit, diese Akte zu öffnen, zu meinem fünften Verdächtigen zu gehen und diese Möglichkeit in Betracht zu ziehen. Es ist ausgeschlossen, dass *er* da mit drinhängt. Der berüchtigtste, hemmungsloseste Hacker der Nation würde sich nicht um irgendein Mädchen scheren, das vor seiner furchtbaren Familie flieht.

Oder würde er das?

„In Ordnung, ich gebe Ihnen extra für das Reisebudget und Unterkunft in der Nähe der Grenze. Ich rufe Sie wegen der Einzelheiten an. Fangen Sie zu packen an." Seine Stimme ist barsch und widerwillig, aber ich lächle trotzdem.

Einen der aalglattesten Autodiebe der USA zu jagen ist nicht meine Vorstellung von guter Nutzung meiner Zeit. Aber einem verängstigten Mädchen dabei zu helfen, vor seinem Vater zu fliehen, das es in Gefangenschaft oder tot sehen will — wobei ich einen Schritt nach vorne mache, um ihn hinter Gitter zu bringen — und dadurch im FBI Karriere machen? Das ist mehr meine Sache.

Mein Handy vibriert erneut. Es ist eine weitere unbekannte Nummer.

Es hat einen Unfall auf der 87 gegeben.

Luccas Männer. Zwei der drei Autos sind außer Gefecht.

Er wird Verstärkung schicken. Erwarten Sie sie an der Grenze.

„Oh, das wird lustig", murmle ich sarkastisch und denke an das riesige Grenzchaos aus FBI, kanadischer Polizei und Mafiosi, die auf Chase und Melissa warten.

Wer sind Sie?, schreibe ich meinem mysteriösen Informanten.

Seien Sie geduldig, Special Agent.

Ihre Kooperation wird zu meinem weiteren Entgegenkommen führen.

Und dann blockieren sie mich wieder. „Scheiße", knurre ich, dann stampfe ich durch mein Hotelzimmer, um zu packen.

Ich muss zu Melissa und Alan Chase kommen, bevor sie die Grenze erreichen, sonst kann es sehr schnell den Bach heruntergehen.

KAPITEL 10

Melissa

„Ich will mir die Haare nicht schneiden oder färben", gebe ich zu, als wir vor dem Friseur anhalten. Die Stadt, in der der Fälscher lebt, ist ein kleiner, einsamer Ort, windgepeitscht und verschneit. Neben Lloyd, was nah an Poughkeepsie liegt und nur eine kurze Fahrt von der Stadt ist, fühlt sich diese Stadt beinahe so abgeschieden an wie eine Siedlung in Alaska.

„Ich will das auch nicht — deine Haare sind wundervoll." Er parkt, dann lehnt er sich zu mir und vergräbt kurz das Gesicht in meinen Haaren, während ich kichere. „Aber es ist auch charakteristisch, und es gibt ein paar gruselige Kerle, die dir folgen."

„Ich verstehe. Es ist nur …" Meine Haare sind das Einzige, was ich von meiner Mutter geerbt habe—außer ihrer fürchterlichen Situation. Jeder in der Familie meines Vaters ist dunkler mit kaffeefarbenen Haaren. Der symbolische Rotschopf zu sein, hat sich immer wie eine Meuterei angefühlt.

„Es wird nicht für immer sein. Vielleicht kannst du dir Haarver-längerungen machen lassen, um die Länge zu verändern, ohne etwas

74

abzuschneiden?" Er lehnt sich zurück und schnallt sich ab. Er hat sein Haar bereits verändert, indem er es beinahe auf Militärlänge gestutzt hat, was mich enttäuscht. Ich wollte noch einmal mit den Fingern hindurchfahren.

„Das ist eine ziemlich gute Idee", grüble ich. Eine Perücke ist nicht möglich; wenn ich durchsucht werde, wird es Fragen aufwerfen. Ich will zu meinem alten Haar zurückkehren, ohne darauf warten zu müssen, dass es rauswächst.

Die Friseurin ist eine zierliche alte Frau, die freundlich plaudert und Chase ausschimpft, dass er mir noch keinen Ring an den Finger gesteckt hat. Sie bringt mich zum Lächeln, als sie meine rotblonden Locken in einen geraden, kastanienbraunen Zopf verwandelt. Das unbekannte Gewicht zieht an meiner Kopfhaut, als ich mich im Spiegel betrachte.

„Es bringt deine Augen zur Geltung", versichert Chase mir, als er neben mich kommt und mir die Wange küsst. „Jetzt besorgen wir dir andere Klamotten."

Als wir vor der umgebauten Scheune außerhalb der Stadt anhalten, sehen wir wie ein völlig anderes Paar aus. Ich habe mein Leder gegen Wolle getauscht: eine Jacke mit Fischgrätenmuster über einem eleganten, auberginefarbenen Hosenanzug. Eine dunkel umrandete Brille sitzt auf meiner Nase.

„Mir gefällt der Look einer heißen Bibliothekarin", sagt Chase. Ich versuche zu ignorieren, wie heiß er in seinem dunklen Tweedanzug aussieht. Wenn ich das nicht tue, bin ich zu versucht, den Vorschlag zu machen, dass wir wieder in seinen Truck steigen.

„Das bin nicht ich. Aber … ich nehme an, das ist ja der Sinn." Niemand in der Familie würde mich erkennen. Ich sehe ungewöhnlich aus: professionell und selbstsicher.

Als wir auf das Gelände kommen, dreht sich eine Überwachungskamera zu uns und durch das Gitter an der Tür ertönt eine Stimme. „Hast du das Geld, Chase?", krächzt eine so heisere Raucherstimme, dass ich nicht weiß, ob es ein Mann oder eine Frau ist.

„Oh, komm schon, Paulie, würde ich mit leeren Händen zu dir kommen?" Chase grinst in die Kamera. „Es ist alles hier. Mach auf."

„In Ordnung, gib mir eine Minute", grummelt die Stimme. Ein Stuhl quietscht und die Sprechanlage kracht.

Wer auch immer hinter der Tür ist, er lässt uns hinein; ein schwer klingendes Schloss geht auf und Chase tritt nach vorne, um die Tür aufzustoßen. Die Luft, die herauskommt, ist warm und riecht stark nach Zigarettenrauch. Ich unterdrücke ein Husten, als ich Chase hineinfolge.

Der Eingang ist ein komplett ummauerter Raum mit billiger Holzverkleidung. Es sieht aus wie ein Fotostudio, wenn auch etwas chaotischer und stinkender. Ich drehe mich um und werfe Chase einen zweifelnden Blick zu, aber er lächelt und klopft mir auf den Rücken.

„Es sieht nicht nach viel aus, aber vertrau mir. Paulie ist der Beste und arbeitet schnell."

Ich habe keine Zeit zu sprechen, bevor sich die Stahltür öffnet und ein kleiner, skelettartiger Mann, der wie ein alternder Rocker aussieht, durch die Tür kommt und auf uns zugeht.

Gelbe Flecken auf seinen Lippen und seinen Fingern, sein Shirt und seine Jeans haben Brandlöcher und er lächelt uns mit übergroßen, gelben Zähnen an. „Wie läuft's? Das ist ein neuer Look für dich, und wer ist das Mädchen? Ich bin Paulie. Hi."

Ich blinzle ihn nur an. „... äh. Hi."

Seine vernarbte Hand schießt nach vorne und ich schüttle sie, wobei ich aufgrund des von ihm ausgehenden Zigarettenrauchs huste. Er redet einfach weiter.

„Nett, dich kennenzulernen. Sieh mal, äh, Alan, ich muss wissen, welche Namen drauf sollen. Geht ihr als verheiratetes Pärchen durch?"

„Ja", erwidert Chase locker und ich nicke. „Eric und Madelyne Corso."

Wir haben eine Weile gebraucht, um uns für Namen zu entscheiden, aber mit dem Zerstörungsderby in den Bergen hinter uns, hatten wir auf der Straße nichts als Zeit. Zeit zu planen, zu flirten und darüber zu reden, in Montreal vielleicht noch ein wenig Zeit miteinander zu verbringen. Ich bin froh, dass er da bleiben wird, zumindest für eine Weile.

Ich will nie wieder ohne seine Berührung sein.

Wie soll ich ihn meinen Freunden in Montreal vorstellen? Es geht so viel Verrücktes vor sich! Mich inmitten dessen unerwartet in jemanden zu verlieben, ist ein willkommener Lichtblick. Werden sie es verstehen?

Sie werden vermutlich nicht den falschen Pass verstehen, um sicher über die Grenze zu kommen. Oder den ganzen Rest. Das Ausmaß ihrer Probleme ist nur, dass sie ständig pleite sind — etwas, bei dem ich ihnen helfen möchte.

„Das ist süß, ihr seid ein bezauberndes Paar." Paulie wackelt mit dem Kopf, wobei sein strähniges graues Haar an den Seiten seines schmalen Gesichts kleben bleibt. „Okay! Also. Ich werde eure Fotos machen, die Unterlagen fertig machen, eure Pässe zusammensetzen und dann seid ihr hier weg."

Chase seufzt. „Da ist noch etwas, Paulie. Du musst für eine Woche oder so auf meinen Truck aufpassen."

„Oh, du nimmst den Mercedes? In Ordnung." Er gräbt in der Tasche seiner schäbigen Jeans nach dem Schlüssel, dann zieht er einen vom Ring und reicht ihn herüber. „Ich habe sie neu lackieren lassen, ein nettes, neutrales Blau, wie du gebeten hast. Sollte überhaupt nicht auffallen."

„Danke." Er zählt mehrere Hunderter aus seinem Bündel und gibt sie ihm. „Deckt das alles ab?"

Paulie sieht flüchtig nach. „Ja, danke, ich frage nicht gern."

Chase nickt. „Daran erinnere ich mich." Er dreht sich zu mir um. „Willst du deine Fotos zuerst machen lassen?"

Mein Kopf pocht nach den mehreren Stunden in der verrauchten Luft, als wir mit unseren neuen Pässen und neuer Autozulassung aus dem Fotostudio kommen. Paulie war brillant, aber es ist schwer, in seiner Nähe zu atmen. „Ich muss danach spazieren gehen oder sowas."

„Ja, ich auch." Wir holen meinen Koffer aus dem Truck und er sichert alles, bevor wir ihn hinter die Scheune fahren. Der blaue Mercedes SUV wartet auf uns; er fügt sich komplett darin ein, was die Reichen staataufwärts fahren.

Wir legen meine Sachen in den Kofferraum und machen einen

kurzen Spaziergang auf dem gerodeten Feld daneben. Gelegentlich kommt eine Schneeflocke herunter; unser Atem ist sichtbar und der gefrorene Schlamm fühlt sich unter meinen Stiefeln gummiartig an. „Wir wissen fast nichts voneinander", beginnt Chase, woraufhin ich mich anspanne.

„Ja. Das hat geschäftlich angefangen", erwidere ich und frage mich immer noch, was es jetzt ist. Es fühlt sich an wie der Beginn einer Romanze. Aber was weiß ich darüber?

„Ja. Nicht mehr. Du und ich wissen das." Der dünne Schnee knirscht unter unseren Stiefeln, als wir eine Weile stumm nebeneinander hergehen.

„Wenn wir nach Montreal zusammenbleiben —", setze ich an und erstarre, da mich mein eigener Wagemut und meine Impulsivität verwirren.

Er wirft mir einen Blick zu und sieht dann weg, seine Hände vergraben sich tiefer in seinen Taschen. „Lass mich raten. Du wirst sagen, dass es zu gefährlich für mich ist, bei dir zu bleiben, da du immer vor deinem Vater weglaufen wirst."

Er hat recht — das ist, was angesprochen werden muss. „Das ist Teil davon, ja."

„Was ist dann der Rest? Denn ich bin an das Weglaufen gewöhnt. Ich bin gut darin. Das macht es jedem schwer, dich zu erwischen."

Ich gehe neben ihm her, auf der Suche nach den richtigen Worten. „Ich…ich habe Probleme, Chase. Bei diesen Leuten zu sein, hat mich ziemlich verkorkst. Du hast mich gerettet, und das Erste, was ich getan habe, war, eine Waffe auf dich zu richten. Ich weiß, dass das nicht typisch ist."

Er lacht scharf. „Nein, ist es nicht, aber nichts an dieser Situation war normal. Ich kann dir die heftige Reaktion auf beschissene Umstände nicht verübeln."

„Oh." Wir gehen weiter. Ein paar Eichelhäher folgen uns neugierig von Baum zu Baum. „Also."

„Also vielleicht …", fährt er fort, „vielleicht sagst du das Treffen mit deinen Freunden, die du nie wirklich getroffen hast, ab, und gehst stattdessen mit mir?"

Ich bleibe stehen und sehe ihn an, mein Atem stockt. „… was?"

„Wir könnten nach British Columbia gehen und dort für eine Weile bleiben. Das Wetter ist besser, die Menschen sind nett, Gras ist legal und das Bier ist gut." Er redet schneller, seine Augen leuchten und tief in mir drin fühlt sich etwas gelöst an, als wäre das ein Traum.

„Ich…wollte wirklich…zumindest bei ihnen vorbeischauen", bringe ich heraus. Nichts scheint richtig zu sein. „Sie machen sich seit Monaten Sorgen um mich, ich sollte zumindest … hallo sagen."

Er scheint erleichtert zu sein. „Naja, das ist kein *Nein*."

Daraufhin lächle ich und eine Wärme in mir zerstreut noch mehr meiner Trauer und meiner Furcht. „Nein, ist es nicht. Ich habe ein Versprechen zu halten."

„Die sind wichtig." Wir sind jetzt zur Hälfte um den Weidezaun herum und drehen uns um, um zurückzugehen. Ein paar Schneeflocken landen in meinem Haar, und er hebt die Hand, um sie wegzustreichen.

Ich atme zittrig ein. „Das ist eine komische Art, jemanden kennenzulernen, du hast recht. Mein ganzes Leben war merkwürdig. Ich… ich will nicht von dir weg, wenn wir nach Montreal kommen."

Er hält mich zärtlich an, stellt sich vor mich und berührt mein Kinn mit federleichter Berührung, damit ich ihn ansehe. „Ich will auch nicht weg. Ich weiß nicht, wohin das führt, aber im Moment möchte ich dich bei mir haben."

Ich lächle leicht. „Okay."

Sein Kuss gibt mir ein weiteres fremdes Gefühl: Befriedigung. Für einen Moment, hier in seinen Armen, ist es genug, einfach nur hier zu sein. Nicht in der Vergangenheit zu verweilen, keine Angst vor der Zukunft zu haben. Im Moment lebe ich und bin bei ihm, und das ist genug.

KAPITEL 11

Alan

Ich bin fürchterlich. Nach einem so liebevollen Moment kann ich nur ans Vögeln denken.

Trotzdem sind wir weniger als zwei Stunden davon entfernt, diese Reise zu beenden—und danach ist mehr als genug Zeit, um die Beziehung zu vollziehen. Meine blauen Eier explodieren förmlich, seit ich sie getroffen habe: so viele verdammte Verzögerungen und Unterbrechungen. Das ist beinahe vorüber.

Ich muss nur geduldig sein.

Nach Kanada zu kommen ist komplizierter als erwartet, schlicht wegen der vielen Nebenstraßen, die über Winter geschlossen sind. Wir entscheiden uns dafür, am Trout River über die Grenze zu gehen, weit genug von der Interstate 87 entfernt. Es dauert ungefähr eine halbe Stunde zusätzlich, um dorthin zu kommen, aber wir verbringen sie gut, indem wir über den besten Unsinn reden.

„Lieblingsessen?", frage ich sie, als wir matschige Straße entlangschleichen, die seit drei Tagen nicht mehr geplättet wurde.

„Cheeseburger." Sie sieht jetzt überall hin, die Augen weit aufgerissen, wie ein Kind auf seiner ersten Reise. „Mit sauren Gurken und viel Cheddar."

„Wirklich? Gibt es eine Geschichte dahinter?" Die Station liegt in der Ferne; es gibt viel Nichts und man kann meilenweit sehen.

„Dieser Bodyguard war in mich verknallt, als ich sechzehn war." Ihr Lächeln ist für einen kurzen Moment angespannt. „Er hat mich nie angefasst, wollte es aber. Ich habe versucht zu lernen, wie ich mich selbst verteidigen kann, aber mein Dad hat mich dabei nie unterstützt. Ich habe Tony gebeten, mich zum Schießstand mitzunehmen, damit ich das Schießen lerne. Ich musste ihm viel gut zureden, aber er hat mich mitgenommen und mir die Grundlagen beigebracht." Sie späht zu ihrer Handtasche, und ich tue es ihr gleich — ich konnte bisher noch nicht vergessen, dass sie eine Schusswaffe da drin hat.

„Das erinnert mich daran, mach deine Handtasche zu. Sie werden dich am Grenzübergang nicht durchsuchen, aber wenn sie die entdecken, während wir unsere Pässe abgeben, stecken wir in Schwierigkeiten." Auch wenn nicht viele Uniformierte bemerkenswert gut situierten Paaren Schwierigkeiten machen.

Deshalb die konservativen Klamotten, der Tweed, der dunkle Mercedes; nicht nur ist unser Aussehen getarnt, sondern auch unsere Herkunft. Wir gehen als Frischvermählte über die Grenze, die für Neujahr und ein Filmfestival nach Montreal wollen.

„Kein Problem." Sie holt ihren Pass heraus und schließt die Handtasche, bevor sie sie in den Fußraum stellt. „Wie auch immer, nach jeder Unterrichtsstunde hatten wir ein ‚Date' im örtlichen *Five Guys*. Ich mag deren Burger wirklich. Jedes Mal, wenn ich einen gegessen habe, habe ich etwas getan, das Vater nicht billigen würde."

Ich lache und nicke. Meine eigenen Vorlieben beim Essen sind einfacher: sie sind eine Familientradition. „Ich mag Barbecue. Ich bin ziemlich wählerisch und nicht der beste Koch." Ich werde langsamer, um einen weiteren Schneehügel zu umfahren. Jetzt bin ich froh, dass wir den Truck nicht nutzen konnten — ihn in diesem Chaos zu manövrieren hätte mich wahnsinnig gemacht.

„Mein Dad war wirklich gut beim Barbecue." Daran würde ich lieber nicht denken. „Ich habe einfach nicht das Talent dazu."

„Ich weiß nicht, ob ich es habe. Meine Mom war nicht da, und keine der weiblichen Verwandten meines Vaters wollte in seiner Nähe sein." Sie lacht traurig. „Ich kann es ihnen nicht verübeln, aber niemand war da, um mir Dinge wie das Kochen beizubringen."

„Wie siehst du dann immer so ordentlich aus?" Ich weiß absolut nichts darüber, wie Frauen einander Dinge beibringen. Opa hat mich allein großgezogen.

„Vater hat mich in den Unterricht geschickt. Du weißt schon, Mädcheninternat. Er hat immer daran gedacht, mich mit jemandem zu verheiraten, der zu reich ist, um sich darum zu scheren, ob ich irgendetwas Praktisches kann." Ihr Blick wird distanziert. „Vielleicht wäre ich gut darin."

„Weißt du, wie man fährt?", frage ich, als wir dem Grenzübergang näherkommen. Ich richte die Unterhaltung einfach weiter auf banale Dinge — um sie von irgendwelchen Sorgen bezüglich der Überquerung abzulenken.

„Nicht wirklich. Ich habe versucht, Tony dazu zu bringen, es mir beizubringen, als Vater entschieden hat, mich zu verheiraten. Danach hat er mich eingeschlossen."

„Ich kann es dir beibringen, wenn du willst. Es braucht Übung, aber sobald die Bewegungen zum Reflex werden, denkst du kaum noch darüber nach. Es sei denn natürlich, du fährst am Ende beruflich."

Wir reihen uns hinter einem roten VW Jetta ein, auf dessen Dach neonfarbene Snowboards festgemacht sind. An diesem Nachmittag überqueren nicht viele Menschen die Grenze.

„Das würde mir gefallen", sagt sie verträumt und sieht auf ihr Handy.

„Versuchst du wieder, deine Freunde anzurufen?" Sie versucht es immer wieder, seit wir nah an der Grenze sind. Jedes Mal wird ihr beunruhigtes Stirnrunzeln tiefer.

„Ja, es geht immer nur die Mailbox ran. Sie haben mich darum gebeten, anzurufen, wenn ich eine Stunde entfernt bin, aber jetzt gehen sie nicht ran."

„Mach dir keine Sorgen. Wir können vorbeifahren und an der Tür klopfen, und wenn niemand aufmacht, nehmen wir uns ein Zimmer, gehen etwas essen und machen uns später darüber Gedanken. Die hängt bezüglich einer Unterkunft nicht von ihnen ab." Mit so viel Geld kann sie mühelos in ein Hotel einchecken.

Aber wenn ich nicht hier wäre, wäre sie in einer großen Stadt wie Montreal vor Schreck wie gelähmt gewesen, ohne jegliche Erfahrung, wie sie für sich selbst sorgen kann. Das macht mich noch erleichterter, bei ihr zu sein.

Sie nickt und entspannt ihre geballten Fäuste. „Du hast recht. Wir haben Zeit."

„Ja." Ich will diese Zeit mit wesentlich angenehmeren Dingen verbringen als mit einem leicht fragwürdigen Pärchen, aber … ich verstehe ihr Bedürfnis danach, ihr Gemüt zu beruhigen. „Weißt du, es geht viel vor sich, von dem ich nichts weiß. Aber ich bin doppelt erleichtert, dass wir uns für eine Tarnung und ein anderes Auto entschieden haben."

„Denkst du, mein Vater hat Leute an jedem Grenzübergang positioniert?" Sie späht über ihre Brille hinweg auf die vor uns liegende Straße, vermutlich auf der Suche nach schwarzen Limousinen.

„Das versucht er vielleicht. Oder er besticht sie vielleicht, um nach uns Ausschau zu halten. Und ich frage mich immer noch, wie diese Person auf dem Parkhaus dazu passt. So oder so wird es uns gut gehen. Wir gehen als Pärchen, getarnt, mit verdammt guten Papieren und einem Auto, das die meisten Diebe sofort verkaufen würden, sobald sie es in die Finger bekommen." Ich drücke ihre Hand.

„Es ist am besten, anzunehmen, dass wir durchkommen werden", murmelt sie schüchtern und ich nicke.

„Denk daran, was wir in Montreal tun werden, sobald wir dort sind. Quäl dich nicht mit dem Grenzübergang. Wir kommen durch, sie werden Fragen über Obst stellen und dann sind wir unterwegs."

Ich bin schon so oft über die Grenze nach Kanada und Mexiko gekommen, dass ich die Routine beinahe auswendig kenne. Was zu tun ist, was nicht zu tun ist, wie man sich anziehen sollte, was man fahren sollte. Nach welchen Warnsignalen sie suchen. Was passiert, wenn sie das Auto durchsuchen. Im Moment verberge ich, wie besorgt ich darüber bin, dass sie uns für eine Durchsuchung beiseitenehmen.

Die Waffe wird uns untergehen lassen. Und wenn die Grenzwachen bestochen wurden oder seine Männer zusehen, wird sie bis Sonnenuntergang wieder in den Händen ihres Vaters sein.

„Es wird gut gehen", sage ich erneut, und ich weiß nicht, ob es für mich oder für sie ist.

KAPITEL 12

Melissa

Chase ist angespannter, als er preisgeben will. Er hält es für mich zurück, also spiele ich mit und beruhige mich mit ein wenig Geplauder.

„Vielleicht sollten wir tatsächlich zu dem Filmfestival gehen. Du hast bereits die Tickets und ich war noch nie auf einem." Ich runzle die Stirn, als ich etwas realisiere. „Ich war überhaupt noch nie im Kino. Nie im Theater."

„Das können wir eindeutig ändern." Er legt seine Hand wieder zurück auf das Lenkrad. „Es ist nicht mehr so lustig wie es einmal war. Du kämst definitiv nicht mit einer Waffe in der Handtasche rein."

„Ich will mich nicht daran gewöhnen, dieses Ding bei mir zu tragen." Ich blicke auf meine Handtasche; der Griff der Waffe drückt das lavendelfarbene Leder leicht nach außen. Ich schiebe sie nervös mit den Füßen unter den Sitz.

„Du behältst sie nur zum Schutz, ich weiß, aber Waffen beunruhigen mich wie verrückt." Er atmet ungleichmäßig ein. „Zu viele schlechte Erinnerungen."

„Ich will das nicht in meinem Leben. Wenn du ohne eine Waffe klarkommst, dann kann ich auch ohne eine überleben." Ich will es ihm wirklich nicht unbehaglich machen. Er hat bereits so viel für meinen Komfort geopfert — einschließlich zweier Chancen, mich zu vögeln.

Wir fahren vor. Mein Herz schlägt schnell. Ich ignoriere es und verschränke meine Hände über dem Pass auf meinem Schoß.

„Ich lade dich in ein nettes Restaurant ein, nachdem wir bei deinen Freunden waren. Ich habe definitiv das Geld dazu." Er grinst mich an und scheint sich nichts dabei zu denken, einen Teil seiner Bezahlung für mich auszugeben.

Das bringt mich zum Lächeln. Wo auf dem Weg sind wir von ‚ich‘ zu ‚wir‘ gekommen? Aber ich finde Trost darin.

Besonders als wir an das Fenster kommen und zwei ruhigen, gewöhnlichen Grenzposten in die Gesichter sehen. „Irgendwelche Nahrungsmittel, Obst, Gemüse oder Pflanzen?", fragt der eine, wobei er kaum aufsieht. Der andere ist stumm, blickt aber aufmerksam zwischen uns hin und her, als würde er sich unsere Gesichter einprägen.

„Nichts davon", erwidert Chase lässig, während ich versuche, mich nicht unter dem Blick des stummen Mannes zu winden.

Sein Partner stellt ein paar weitere Fragen nach Souvenirs aus unversiegeltem Holz, nach Tierhäuten, Drogen und Waffen. Als er nach den Waffen fragt, brauche ich meine komplette Selbstbeherrschung, um meinen Blick weiterhin auf meine Hände zu richten. Wir geben ihnen unsere Pässe — und bekommen beide einen Stempel; sie werden uns zurückgegeben und wir werden durchgewunken.

Und einfach so bin ich über die Grenze gekommen und außerhalb des Reviers meines Vaters! Dieser Bereich gehört dem Don von Montreal, und der hasst meinen Vater abgrundtief. Weshalb ich sein Revier ausgewählt habe. Die Tatsache, dass mich jemand für eine Weile beherbergen konnte, war zusätzliche Motivation.

Und jetzt brauche ich das nicht einmal.

„Puh! Siehst du? Kein Problem!" Chase lenkt das Auto auf die Schnellstraße hinter dem Übergang und wir fahren los, wobei wir knapp unter der Geschwindigkeitsbegrenzung bleiben. „Wie geht es dir?"

Ich wische mir über die Augen. „Ich bin frei! Ich bin weggekommen!"

Sein Grinsen wird breiter. „Das bist du! Jetzt lass uns deine Freunde besuchen."

Marcel und Amelie haben eine kleine Wohnung in Griffintown in einem Backsteinbau, der neben einem Park steht. Mein Magen flattert, als wir davor anhalten. Was werde ich ihnen sagen, wenn ich ihnen Chase vorstelle?

Und doch ... eine neue Welle der Erleichterung überkommt mich, als ich aussteige. Das ist es: die Ziellinie. Sobald ich an diese Tür klopfe, ist meine Reise beendet.

„Ich kann nicht glauben, dass wir wirklich hier sind", plappere ich.

„Hey, schreib das auch ein wenig mir zu. Ich hätte dich nicht im Stich gelassen." Seine Stimme zieht mich ein wenig auf, aber ich werde rot.

„So meine ich es nicht. Ich bin immer noch schockiert, wenn ich aufwache und nicht im Bett in der Villa meines Vaters liege." Ich blicke in seine Richtung und spüre, wie das Kribbeln in meinen Wangen angesichts seines mitfühlenden Blicks nachlässt.

„Oh. Das verstehe ich. Ich meine, so sehr ich das eben kann. Soll ich hierbleiben?" Er sieht sich vorsichtig um, während er spricht, kontrolliert die Straße, die geparkten Autos und die wenigen Leute, die unterwegs sind.

„Ich weiß nicht." Ich zögere. „Vielleicht sollte ich mit ihnen reden und sicherstellen, dass sie mit einem zusätzlichen Gast einverstanden sind? Und sie wissen lassen, dass wir nicht bleiben. Es wird schlecht aussehen, wenn ich mit einem Koffer und neuem Freund auftauche."

Er lacht. „Okay. Ruf mich an, wenn du alles erledigt hast. Ich hole mir Kaffee in diesem Laden, an dem wir vorhin vorbeigekommen sind."

Ich lasse meinen Koffer im Mercedes. Ich mache mir keine Sorgen darüber, dass Chase mit dem Rest meines Geldes verschwinden könnte. Ich vertraue ihm so sehr wie Amelie. Mehr — und das innerhalb noch weniger Zeit.

Wir küssen uns, bevor wir uns trennen, und es ist voller Hitze: Versprechungen für später.

Dann gehe ich die Treppe hoch.

Ich merke, wie mein Schritt leichter wird, meine Handtasche prallt auf meine Hüfte, während ich nach oben gehe. Die verdammte Waffe ist immer noch da drin. Mach die Handtasche bloß nicht auf, bis du wieder im SUV bist? Das Letzte, was ich brauchte, ist, dass ich Leuten Angst mache, die bereit waren, mich ungesehen zu sich zu nehmen.

Nachdem ich ein paar Stockwerke hochgegangen und in den labyrinthähnlichen Fluren falsch abgebogen bin, finde ich ihre Wohnung. Mein Herz schlägt schnell, als ich an die Tür klopfe. Ich höre ein Rascheln und Stimmen, dann geht jemand zur Tür.

Oh gut, sie sind zu Hause. Warum haben sie nicht abgenommen?

Eine Million Dinge gehen mir durch den Kopf, als die Tür geöffnet wird: Dankesworte, Entschuldigungen, Erklärungen, Anerkennung für das Fünkchen Hoffnung, als ich niemanden hatte. Ich habe Amelie oder Marcel noch nie gesehen, und trotzdem sind sie bereits die besten Freunde, die ich je hatte. Als die Tür aufgeht, bin ich glücklich, entspannt und hoffnungsvoll.

Aber dann sehe ich meinen Vater dort stehen.

Ich erstarre, selbst als die Stimme in meinem Kopf schreit, ich solle rennen. Es gibt kein Szenario in meinem Kopf, das die Anwesenheit meines grinsenden Vaters erlaubt, während er nach meinem Handgelenk greift. Meine beste Reaktion ist ein lauter Schrei, bevor er mich hineinzerrt.

„Da bist du, du kleine Schlampe." Seine große Hand trifft mein Gesicht und wirft mich dadurch zu Boden. Er lässt mich fallen und ich lande nur Zentimeter entfernt von fremden Schuhen. „Weißt du, welche Probleme du mir gemacht hast?"

Todesangst durchfährt mich wie ein Sturm. Ich zittere, empfinde den Drang zu flehen, zu lügen, zu erklären und alles zu tun, um ihn davon abzuhalten, mich umzubringen. Aber ich weiß, dass es nicht helfen wird, es hat Mom auch nicht geholfen. Er wird mich schlagen und vielleicht sogar erschießen, egal was ich sage.

Ich habe geschrien, irgendjemand muss es gehört haben. Das ist nicht Luccas Stadt. Und Chase war vermutlich in Hörweite.

Ausharren und hoffen, dass jemand kommt!

Stattdessen bleibe ich stumm. Benny sitzt ausdruckslos auf einer dreckigen Couch. Seine Waffe ist da und sie zeigt zur Seite, sein Arm liegt bequem auf seinem Schoß. Sie ist nicht auf mich gerichtet.

Ich drehe mich um und erkenne Marcel und Amelie, die steif und wie verängstigte Kinder am anderen Ende der Couch sitzen. Nicht gefesselt, stumm und nach vorne gerichtet—die Augen weit auf- und auf mich gerichtet.

Die Tatsache, dass ihre Hände nicht gefesselt sind, sagt mir mehr, als ich wissen will. Es sagt mir, dass die Waffe nur für den Fall ist. Es sagt mir etwas, das wesentlich schmerzhafter ist als der Tritt in meinen Rücken, der mein Kinn auf dem Boden aufprallen lässt.

Ich blicke mit aufgebissener Lippe und von meinem Kinn herablaufendem Blut auf und möchte von meinen so genannten Freunden wissen: „Was habt ihr getan?"

Amelies Augen werden noch größer und sie wendet den Blick ab, wobei sie so tut, als hätte sie mich nicht gehört. Marcels Gesicht ist so ausdruckslos wie das von Benny.

Das macht mich wütend; Schock, Trauer, Angst und Verrat werden in einer Feuerexplosion weggebrannt. Bevor ich noch etwas sagen kann, holt mein Vater für einen Tritt in meine Rippen aus, woraufhin ich mich zusammenrolle, um mich zu schützen.

Ich rolle mich um meine Handtasche und die darin befindliche Waffe zusammen.

Ich beginne mit dem Reißverschluss zu kämpfen, während ich getreten werde. Die Tritte sind nicht einmal stark; sie sollen mehr Schmerzen als Verletzungen hervorrufen: Versohlen des Hinterns — nach Art meines Vaters.

Wenn ich nur die Chance bekomme, zwischen den Tritten Bennys Waffe herauszuholen und mich umzudrehen, werde ich das Gehirn meines Vaters auf der ganzen Wand verteilen.

„Nimm ihr Handy, sie will es sich holen", sagt mein Vater mit gelangweilter Stimme, woraufhin Benny meine Tasche am Gurt nimmt und daran zerrt.

„Nein!" Ich spanne mich um die Tasche herum an und hänge mit all meiner Kraft daran, dann reißt der Gurt.

„Verdammt." Benny steht auf. „Komm schon, Süße, du warst immer ein gutes Mädchen. Lass die verdammte Tasche los. Bring uns nicht dazu, dir wirklich wehzutun."

„Du gibst mich an einen verdammten Vergewaltiger, nachdem du meine Mutter umgebracht hast, und du willst mir sagen, ich soll ein gutes Mädchen sein?" Ich spucke Blut auf Amelies Vorleger aus Wolle, während sie einen leisen Schrei der Bestürzung loslässt.

Ich werfe ihr einen wilden Blick zu. *Oh, jetzt hast du was zu sagen, hm?*

Wie konnte ich so falsch liegen? Bin ich eine schlechte Menschenkennerin, weil ich mein ganzes Leben lang bei Monstern war?

Liege ich auch bei Chase falsch?

Vielleicht kommt er nicht. Vielleicht tut das niemand.

Verzweiflung trifft mich wie der polierte Schuh meines Vaters meinen Rücken, was meinen Trotz und meine Wut unterdrückt.

„Auf der Flucht nach Kanada mit irgendeinem Kerl, hm? Du bist besser immer noch Jungfrau, wenn ich dich Enzo gebe, du kleine Hure!"

Ich höre es, und jedes Wort trifft mich tiefer im Herz. Mein Monstervater hat mich. Meine Freunde haben mich verraten. Chase ist weg.

Ich bin allein.

Aber ... Moment. Bedeutet das, dass ich zu kämpfen aufhöre? Besonders da ich gleich sterben könnte?

Ich schließe die Augen ... und dann, mit einem letzten Aufbäumen freien Willens, reiße ich den Reißverschluss meiner Tasche auf.

Meine Hand schießt in die Öffnung, während ich mich umdrehe, und da steht mein Vater wie so viele Male zuvor über mir — aber dieser selbstgefällige Ausdruck verschwindet, als er mein Gesicht sieht.

Ich hole die Pistole nicht einmal aus der Handtasche, als meine Hand den Griff umschließt; ich entsichere sie nur.

Die Stahlkappe meines Stiefels schießt nach oben in seinen Schritt, bevor ich den Abzug drücke.

Amelie schreit, Marcel beginnt auf Französisch zu plappern. Ich weiß, dass ich auch etwas schreie, eine Mischung aus Obszönitäten auf Italienisch und Englisch, aber meine Ohren klingeln und alles scheint weit weg zu sein.

Der Ausdruck in seinem Gesicht ist jeden Schmerz wert. Ich schieße ihm zweimal in die Brust und er landet an meinen Füßen auf dem Boden. Ich setze mich auf und ziele diesmal auf seinen Kopf — dann schlägt mir etwas Hartes und Schweres auf den Hinterkopf und schickt mich in die Dunkelheit.

KAPITEL 13

Alan

Ich höre einen Tumult die Straße herunter, als ich den vollen Coffee-Shop betrete, aber ich bin sofort beschäftigt, als ein Junge mit einem Tablett in mich hineinläuft und einen halben Milchkaffee auf meinem Mantel verschüttet.

„Oh, scheiße, entschuldige, meine Schuld", sagt er, nimmt Servietten von dem Tablett und tupft mir unbeholfen über den Mantel.

„Ja, kein Problem, darf ich mal", grummle ich und merke, wie meine Wut ansteigt. Allerdings bin ich unwillig, mich mit einem armen Idiot anzulegen, dessen größtes Vergehen es war, nicht aufgepasst zu haben.

Ich hole mir Kaffee und ein Croissant und setze mich an einen winzigen runden Tisch in einer Ecke des vollgestopften Raumes. Ich habe mich kaum hingesetzt und den ersten Bissen genommen, als sich jemand aus der Menge löst und mir gegenüber setzt.

„Äh, hi", sage ich leicht verwirrt. Die Frau ist vielleicht Anfang dreißig, groß und eindrucksvoll, mit einem weißblonden Zopf, der sich in ihrem Nacken dreht. „Kann ich Ihnen irgendwie behilflich sein?"

„Nein, aber ich denke, ich kann Ihnen helfen, Mr. Alan Chase." Ihre Stimme ist leise und ruhig, mit einem leichten Akzent aus Georgia.

Meine Augenbrauen schießen in die Höhe. „Wer zur Hölle sind Sie?", frage ich, mehr verblüfft als feindselig.

„Special Agent Carolyn Steele", erwidert sie mit gesprächigem Ton, woraufhin sich mein Inneres verknotet.

„Sie sind außerhalb Ihres Zuständigkeitsbereiches, Special Agent", bemerke ich und sie nickt.

„Dessen bin ich mir bewusst. Und ich bin sowieso nicht wegen Ihnen hier." Ihre Stimme bleibt weiterhin ruhig.

Ich nehme einen Schluck meines Kaffees und betrachte sie. Sie sieht müde, aber konzentriert aus. Der Holster drückt sich leicht durch ihre Kostümjacke durch und sie lehnt sich nach vorne, wodurch kurz der Blick auf ihre Marke frei wird. Von dem, was ich sehen kann, ist sie echt. *Das könnte mir zu Hause Probleme machen. Ich lasse sie besser ausreden.*

„In Ordnung, warum sind Sie hier?" Meine Gedanken rasen, irgendetwas stimmt nicht. Plötzlich bereue ich es, Melissa allein bei ihren Freunden zurückgelassen zu haben.

„Weil Gianni Lucca in Montreal ist."

Mir läuft ein Schauer über den Rücken. *Melissa.* Ich beginne aufzustehen. „Ich muss gehen."

„Warten Sie." Ihre Hand schießt nach vorne und greift mein Handgelenk mit überraschender Kraft. „Wenn Sie Ihrer Freundin ohne Plan und ohne Hilfe retten wollen, bekommen Sie nur eine Kugel ab."

Ich setze mich langsam wieder hin und starre sie an. „Woher wissen Sie von unserer Situation?"

Sie zieht ihre Hand zurück. „Wir haben Sie in Lloyd mehr als einen Monat lang beschattet."

Ich brauche einen Moment, um über meine Überraschung hinwegzukommen. Ich war kurz davor, vom FBI erwischt zu werden? Aber anstatt mich festzunehmen, hat sie mir geholfen.

Ich zähle zwei und zwei zusammen. „Sie waren die Person mit der Taschenlampe? Auf dem Parkhaus?"

„Ja, das war ich. Ich bin froh, dass ich Ihre Aufmerksamkeit erregen konnte. Ich hatte keine Ahnung, dass Sie den Beruf gewechselt haben, um Ausreißern zu helfen." Sie sieht auf ihr Handy.

„Und Sie sind mir zur Grenze gefolgt."

„Ja." Ihre Stimme ist ruhig und sachlich. „Nicht direkt, aber wir haben die Grenzsicherung nach Ihnen Ausschau halten lassen. Keine schlechte Tarnung, aber ich habe Sie zu lange beobachtet, um getäuscht zu werden."

Wenn sie mich so lange beobachtet und nicht festgenommen hat, dann liegt es daran, dass sie mich nie bei einem Job erwischt hat. Das ist theoretisch gesehen nicht illegal. Die Waffe und die Pässe sind es allerdings, und das macht mich skeptisch.

„Bunte Kontaktlinsen reizen meine Augen." Ich starre sie an. „Worauf wollen Sie hinaus?"

„Es ist ziemlich einfach. Ich wurde beauftragt, Sie zu beobachten, bis Sie einen Fehler machen. Dann sind Sie los und haben etwas getan, das überhaupt nicht kriminell war, dafür aber geradezu heldenhaft. Und das hat Lucca nach draußen geführt, auf der Jagd nach seiner Tochter." Sie betrachtet mein Gesicht, als ich verstehe.

„Sie sind hinter Lucca her."

„Das stimmt. Also, ich kann nördlich der Grenze nichts anderes tun, als es den örtlichen Behörden zu melden. Finden Sie einen Weg, ihn in sein Revier zu schicken und wir können ihn an der Grenze schnappen." Ihre Augen funkeln verschwörerisch.

Wenn das passiert, muss Melissa keine Angst mehr haben. Zuerst muss ich sie von ihrem Vater wegbekommen.

„Sagen Sie, was bieten Sie mir an, wenn ich dabei helfe, Lucca aus Quebec zu verjagen?"

„Hilfe bei der Rettung Ihrer Freundin. Und ich werde in die andere Richtung sehen, wenn Sie in die USA zurückkehren." Ihr Blick ist bombenfest. Wenn sie lügt, dann ist sie die beste Lügnerin der Welt.

„Warum schnappen Sie sich Lucca nicht einfach, wenn er sie an die

Grenze bringt und lassen mich da raus?" Warum zieht diese Agentin sie da mit rein?

Sie zögert. „Es geht nicht nur darum, Lucca zu bekommen. Melissa kann nicht so lange in seinen Fängen bleiben. Zum einen wird sie sofort zur Geisel. Und das ist nicht alles."

„Was sonst?"

„Als ich herausgefunden habe, wer dieses Mädchen ist, wusste ich sofort, was sie zu tun versucht. Wir kennen Lucca, seit die Leiche seiner Frau vor zwanzig Jahren in Jersey am Ufer angespült wurde. Der Mann ist ein Teufel. Sie können über die Polizei denken was Sie wollen, aber ich habe nicht für die verdammte Marke gearbeitet, um Kerle wie Lucca tun zu lassen, was auch immer sie wollen." Sie betrachtet mein Gesicht aufmerksam.

„Also haben Sie geholfen, unsere Flucht abzudecken, und jetzt bieten Sie noch mehr Hilfe an, weil … warum? Wegen Melissa?" Ich glaube nicht an idealistische Cops. Besonders nicht an die über dreißig. „Wegen ihres gütigen Herzens?"

„Nein", antwortet sie, mit einer so grimmigen Stimme, so voller Wut unter der Oberfläche, dass es mich überrascht. „Denn ich *war* einmal Melissa."

Ich lehne mich zurück, verblüfft über ihre plötzliche Leidenschaft. Sie meint es nicht wörtlich. Aber so, wie sie sich anspannt und als harter Cop plötzlich mit einer abscheulichen Erinnerung kämpft, verstehe ich es.

„Scheint, als hätten viele Frauen damit zu tun." Das vergrößert meine Wut nur. Ich habe nie begriffen, wie man ein solcher Kerl sein kann, genau wie alle anderen Männer in meiner Familie. Gewalttätige Väter sind da draußen … und an einem verdammten Wochenende habe ich zwei Frauen kennengelernt, die ihnen ausgesetzt waren.

„Es ist die Schwesternschaft, der niemand angehören möchte", seufzt sie und wendet den Blick ab. „Und sie ist größer als alle glauben mögen."

Es ist diese rohe Verletzlichkeit, die mich umstimmt.

Das, und mein Mangel an Optionen. Denn ich werde Melissa nicht in den Fängen ihres Vaters lassen.

„In Ordnung." Ich leere meinen Kaffee und lasse das angebissene Croissant auf meinem Teller liegen. „Wir gehen und Sie reden. Ich lasse sie nicht eine Sekunde länger in seinen Fängen."

Der Schnee fällt wieder, als wir zurückgehen; sie redet schnell, die Hände in die Taschen geschoben. „Die Wohnung wird überwacht. Die haben sie und zwei Bewohner als Geiseln. Zwei Männer sind in der Wohnung, einschließlich ihres Vaters, und vier Männer draußen in den Limousinen."

„Parken sie in Sichtweite der Wohnung?" Ich habe Probleme, trotz meiner Wut zu denken. Das ist das zweite Mal, dass ich jemanden umbringen möchte — einfach abknallen. Es ist kein gutes Gefühl.

„Nein, sie kommunizieren per Handy. Ich kann ihr Signal vorübergehend blockieren, aber damit bleiben immer noch vier bewaffnete Männer." Sie sieht mich an. „Haben Sie eine Waffe?"

„Wenn Sie mich kennen, sollten Sie wissen, dass ich keine trage." Ich kann die Schärfe nicht aus meiner Stimme halten. „Wenn Sie ihre Signale blockieren und sie mit der Waffe in Schach halten, kann ich für eine Ablenkung sorgen, um die letzten zwei nach draußen zu bringen."

„Das wird etwas ziemlich Dramatisches erfordern. Keine Schießerei, hoffe ich?"

Ich schüttle den Kopf und lächle grimmig. Meine Gedanken kehren zu der Nacht zurück, in der ich Melissa gerettet habe. Dieser LTD hat mich so sehr an meinen Eigenen erinnert, der gerammt wurde.

„Nein. Ein Autounfall."

KAPITEL 14

Melissa

Ich wache mit gefesselten Händen, getrocknetem Blut am Kinn und dem Gelächter meines Vaters auf.

Mein Vater lebt noch! Ich habe ihn angeschossen, getreten, und es geht ihm gut genug, um zu lachen. Mir ist schwindelig, mein Kopf pocht, jede Stelle, an der er mich getreten hat, schmerzt, und für einen Moment frage ich mich, ob er wirklich ein böser Geist ist und einfach nicht getötet werden kann.

Ich bin auf der Couch und Amelie und Marcel kauern immer noch gehorsam am anderen Ende. Benny sitzt neben mir auf einem Stuhl. Mein Vater sieht mich vom anderen Ende des Raumes heimtückisch an.

„Ich habe dich erschossen", bringe ich nach einem Moment heraus. „Wie zur Hölle bist du noch am Leben?"

Er ist blass, schweißnass und hat Flecken auf den Wangen und der Nase. Er hat eine Flasche in der Hand — kein Glas mit einem dieser japanischen Eisbälle, die er so sehr mag, sondern eine halb leere

Flasche mit fehlendem Deckel. Seine Krawatte und sein Jackett hat er ausgezogen.

„Ja, du hast auf mich geschossen, und ich muss zugeben, ich bin beeindruckt." Er sitzt grinsend die, die Augen kleine Sicheln der Belustigung. „Irgendwie schmerzlich. Das einzige meiner Kinder mit Eiern in der Hose ist eine Tochter!"

Aufgrund meines stummen Blicks lacht er erneut und knöpft sein Hemd auf. Der Teil einer weißen schusssicheren Weste ist sichtbar. Mir rutscht das Herz in die Hose. „Ich hätte dir stattdessen ins Gesicht schießen sollen!"

„Das war dein Fehler, und du wirst keine Chance bekommen, um ihn ein weiteres Mal zu machen." Seine Stimme wird hart.

Marcel macht letztendlich doch den Mund auf. „Bitte, Sie haben sie jetzt. Können Sie uns nicht einfach das Geld geben und gehen? Ich musste den Nachbarn sagen, dass der Fernseher zu laut war."

Das bestätigt es. „Du hast mir eine Falle gestellt, du verdammtes Arschloch!", fauche ich in Marcels Richtung, der wegsieht, als hätte ich ihn soeben geohrfeigt.

„Oh, gib nicht Marcel die Schuld", platzt Benny dazwischen, der in seiner Tasche nach einem Wegwerfhandy fischt. „Ich habe dein Handy geklont, als wir dich in Lloyd erwischt haben. Dein Dad hat sie angerufen und von deinen Plänen erfahren."

Mein Vater lehnt sich nach vorne und sein Grinsen wird zu einer Grimasse. Seine Augen sind winzige Perlen. „Es braucht nicht viel, um sich die Kooperation der Leute zu sichern, wenn man einen Haufen Geld in der einen und eine Waffe in der anderen Hand hat, Liebling."

Ich starre Marcel und Amelie an. Amelie betrachtet mich nervös — dann kneift sie die Augen zusammen. „Du hättest uns verdammt nochmal sagen sollen, dass du vor der Mafia wegläufst!"

Mir stockt der Atem. Ich kann nicht sagen, dass sie falschliegt. Aber ihre enorme Feigheit und ihre Gier sind immer noch nicht zu übersehen. „Wie haben sie deine Adresse bekommen, Amelie?", frage ich.

Sie erblasst. „Was?"

„Deine Adresse war nicht in meinem Handy und ist online nicht zu finden. Ich habe nachgesehen, bevor ich geflohen bin, um sicherzu-stellen, dass mein Dad mich nicht verfolgen kann. Selbst wenn sie mein Handy geklont haben, können sie deine Adresse nur erfahren haben, wenn du sie ihnen gesagt hast."

Mein Vater lacht erneut, während er zusieht, wie ich die Teile zusammenfüge. Ich schlucke meine Tränen herunter, da ich ihn nicht länger belustigen möchte.

„Du hast es erfasst, Liebling", lacht mein Vater mit gehässiger Stimme. „Die Waffe kam erst raus, nachdem wir angekommen sind. Sie haben dich für Einlagengeld auf ein Haus hintergangen."

Ich starre Amelie an, all mein Geschrei in mir gefangen.

„Naja, ich ...", setzt sie an.

„Der Markt ist sehr konkurrenzfähig! Ohne das hätten wir keine Chance gehabt!", platzt Marcel heraus — und Amelie, die immer noch darauf aus ist, gut dazustehen, faucht ihn auf Französisch an. Er verstummt und funkelt sie an.

Es schmerzt trotzdem. Ich wende angewidert den Blick von ihnen ab.

Mein Vater bückt sich — wobei seine Brust leicht vor Schmerzen zuckt, aber sein Blick bleibt hart — und starrt mich an. „Du kannst mir nicht entkommen", sagt er mit rauer Stimme. „Du wirst mir niemals entkommen. Und glaub mir, du wirst hierfür bezahlen."

Ich starre zurück, ohne zu blinzeln. Ich bin noch nicht sicher, ob es bereits verloren ist, aber dennoch würde ich lieber mehr bluten als eine weitere Träne zu seinem Vergnügen zu vergießen.

Chase, wo bist du?

Mein Vater lacht und lehnt sich zurück. „Okay, Benny, ruf die Jungs an, sie sollen die Autos warmlaufen lassen. Es ist Zeit, nach Hause zu fahren."

Benny benutzt pflichtgemäß das Wegwerfhandy. Nach einem Moment runzelt er die Stirn. „Ich habe keine Balken."

„Das ist seltsam, ich hatte vor ein paar Minuten noch welche. Okay, geh nach unten und sag es diesen Mistkerlen persönlich. Ich will nicht in der Kälte sitzen, während die Heizung hochfährt." Er wedelt abweisend in Bennys Richtung, wobei er weiterhin ein Auge auf mich hat.

„Klar, Boss", erwidert Benny, stemmt sich hoch und geht zur Tür. Er sieht mich einmal an und sieht dabei beinahe schuldbewusst aus.

Seine Hand liegt gerade auf der Klinke, als ein ohrenbetäubender Krach aus Metall und Glas uns alle zusammenzucken lässt. Es klingt wie ein Autounfall — der an der Seite des Gebäudes passiert ist.

„Was zur Hölle war das?", fragt mein Vater, der Alkohol verschüttet, als er verärgert die Arme hebt.

Chase?

Mir gefriert das Blut in den Adern, als ich einen einzigen Schuss höre. Geschrei. *Oh nein, er hat keine Waffe! Aber sie haben Waffen — wird es ihm gut gehen?*

Ein weiterer Knall. Benny öffnet die Tür und lässt einen Stoß kalter Luft hinein, die mir an der Lippe schmerzt, dann rennt er hinaus und knallt sie hinter sich zu.

Mein Vater zieht seine Pistole hervor und richtet sie auf mich. „Ist das dein Freund, der da draußen Chaos verursacht?"

Ich starre trotzig in seine Augen. Ich will ihm Angst machen. Also lüge ich.

„Das ist die Sechste Familie, die dich holen kommt, Daddy. Sie haben den Transport arrangiert. Dieser Mann ist nur einer von ihnen. Ich kenne ihn nicht einmal."

Die entsetzte Reaktion von Amelie und Marcel ist das Sahnehäubchen. „Was? Du hast unser Zuhause als Treffpunkt für Kriminelle missbraucht?"

„Warum nicht? Ihr habt eurer Zuhause benutzt, um mit dem Don von New York einen Hinterhalt für mich zu planen. Und nur damit das klar ist, wenn ihr mich nicht hintergangen hättet, hätten sie sich nie auf die Suche nach mir gemacht."

Amelie beginnt zu weinen. Ich drehe meinen ramponierten Kopf, um meinen Vater anzugrinsen — und blicke in den Lauf seiner Waffe.

„Pfeif sie zurück", verlangt er.

„Wie soll ich das bitte tun? Sie haben all die Macht. Du bist derjenige, der es verbockt hat und ohne Einladung ihr Revier betreten hat."

Er konnte noch nie erkennen, wenn ich lüge. Deshalb habe ich überlebt. Außerdem ist er betrunken.

Als die Flasche den Boden trifft und der Rest des Inhalts hinausläuft, bemerkt er es nicht einmal. Seine Waffe bebt.

„Du musst mich nur gehenlassen", sage ich leise, wobei ich mir nicht sicher bin, ob er mir gleich ins Gesicht schießen oder mich losmachen wird.

„Keine Chance." Er steckt seine Pistole wieder unter seinen Gürtel und trampelt zur Tür. „Ich werde das in Ordnung bringen. Ein paar Gefallen einfordern. Dein Chaos aufräumen. Dann gehen wir nach Hause, und du wirst dich den Konsequenzen stellen."

„Moment, was ist mit unserem Geld?", fragt Marcel und steht auf. „Sie haben gesagt —"

„Nicht, du Idiot —", beginne ich, aber es ist zu spät. Mein Vater zieht und feuert, kaum hinsehend, und Marcel fällt rückwärts hinter die Couch, Blut landet auf der Wand. Amelie beginnt wie eine Sirene zu schluchzen und stürzt zu ihm.

Mein Vater geht durch die Tür, steckt die Waffe weg und setzt ein billiges Grinsen auf. Was wird er wirklich vorfinden? Er ist alleine, und auf was auch immer er sich vorbereitet, es ist nicht die Situation, die ihn erwarten wird.

Ich blicke nicht einmal zurück zu Amelie. Meine Füße sind nicht gefesselt — nur meine Hände hinter meinem Rücken. Ich stemme mich auf die Füße, wobei ich beinahe umfalle, und renne los, um meinen Fuß in die Tür zu klemmen, bevor sie sich schließt.

Ich lausche zwischen Amelies Schreien krampfhaft nach dem Verhallen der Schritte meines Vaters, dann stoße ich die Tür auf und sehe zu, wie er um die Ecke geht, auf die Hinterseite des Gebäudes zu, wo der Lärm des Unfalls hergekommen war.

Ich stolpere hinaus und renne in die andere Richtung, aus dem Gleichgewicht, aber so schnell ich kann. Ich schlage mir die Schulter an der Ecke an und verliere fast komplett die Balance, kann aber an der Treppe vor mir das Tageslicht sehen.

Ich rase zur letzten Ecke — und dann tritt eine Gestalt nach vorne und stößt beinahe mit mir zusammen.

Ich stolpere zurück, halte einen Schrei zurück — dann blicke ich in Chases bernsteinfarbenen Augen und schluchze vor Erleichterung.

„Oh mein Gott." Er umarmt mich fest, dann sieht er, dass meine Hände gefesselt sind, und zieht mich schnell um die Ecke. „Ich wollte kommen, um dich zu holen. Wie geht es deinen Freunden?"

„Ich will nicht darüber reden", keuche ich an seine Schulter, als er ein Taschenmesser herausholt und die Seile von meinen Handgelenken schneidet. „Lass uns einfach nur von hier verschwinden."

Er befreit meine Hände und greift eine davon, dann rennen wir das letzte Stück des Flurs und die Treppe hinunter. Draußen ist es still; mein Herz hämmert und ich frage mich, ob mein Vater gleich um die Ecke kommen wird.

Das Quietschen von Reifen kommt von der Auffahrt des Gebäudes. Ein ramponierter schwarzer LTD schießt vorbei, mit meinem Vater allein am Steuer. Wir können nur starren, als er ein wenig schleudert.

„Er ist abgehauen", flüstert Chase ungläubig. Eine Sekunde später rennt Benny hinter dem Auto her, wobei er verzweifelt mit den Armen wedelt. Das Auto wird kurz langsamer — fährt dann aber weiter und lässt Benny in einer Staubwolke zurück. Er rennt einfach weiter und verschwindet aus unserem Blickfeld.

Chase lacht. „Er ist abgehauen, ohne nach seinen Jungs zu sehen! Ich frage mich, was ihm solche Angst gemacht hat?"

Ich kämpfe ein Lächeln zurück. „Äh, was das angeht. Ich habe ihm irgendwie gesagt, du würdest für den Don von Montreal arbeiten. Er hat Todesangst vor dem Kerl."

Seine Augen weiten sich … dann lacht er. „Heilige Scheiße, du bist fantastisch. Komm schon, verschwinden wir von hier."

Ich nicke und erlaube mir ein Lächeln. Es ist, als wäre mir ein Stein vom Herzen genommen worden.

Wir eilen die Straße hinunter zum SUV — wo wir von einer großen Frau mit fast silberfarbenem Zopf abgefangen werden. Ich komme schlitternd und mit pochendem Herzen zum Stehen, aber wenn sie eine Waffe hat, dann zieht sie sie nicht.

Chase hält an, sein Gesichtsausdruck zeugt von Ruhe. „Sie haben ihn türmen sehen?"

„Ja, er ist auf dem Weg in sein eigenes Revier. Drei seiner Männer sind auf dem Weg ins Krankenhaus, sobald der Krankenwagen kommt, und Lucca und die beiden anderen sind abgehauen. Danke für Ihre Kooperation." Sie ist so förmlich, dass ich sie sofort für irgendeine Art von Polizistin halte — Amerikanerin, nicht von hier.

„Ich habe meinen Teil eingehalten. Können wir gehen"? Chase wird angespannter.

„Da ist nur noch eine Sache." Dann dreht sie sich zu mir um und streckt mir eine Karte entgegen. „Wenn Sie Ihren Vater loswerden wollen, dann gibt es einen einfachen, legalen Weg, um das zu tun. Sie müssen nur gegen ihn aussagen."

„Sie meinen ... Sie planen, ihn wegzusperren?" Das bedeutet keine Flucht mehr!

„Ja, tue ich. Dank Chases Kooperation werden wir ihn uns schnappen, sobald er die Grenze überquert. Aber es wird Arbeit bedeuten, ihn hinter Gitter zu bringen."

Sie lächelt ein wenig. „Ihre Aussage könnte den entscheidenden Unterschied machen."

Chase hält liebevoll meine Hand. Wir sehen einander an, dann betrachte ich die Frau.

„Ein Mann in der 301 braucht einen Sanitäter, wenn er nicht bereits tot ist. Er hat eine Schusswunde in der Brust. Bitte kümmern Sie sich darum. Was die Aussage gegen meinen Vater angeht ... es gibt Bedingungen. Aber wir können einen Deal machen." Ich erwidere ihren Blick, während ich ihre Karte in meine Manteltasche schiebe.

Sie nickt und tippt etwas in ihr Handy. „Wer hat auf ihn geschossen?"

„Mein Vater. Ich hoffe, dass dieser Mann der letzte ist, dem er je wehtun wird." Der Gedanke an den zusammengebrochenen Marcel und die schreiende Amelie zerrt plötzlich an meinem Herzen.

Entschuldige, Marcel. Ich bin zum Teil schuld daran. Aber der Rest war deine Gier und Dummheit. Du bist ein beschissener Freund, aber ich hoffe, dass du nicht stirbst.

„Ich werde dafür sorgen, dass er vor diesen Schlägertypen behandelt wird. Sie werden die Rettungsschere brauchen, um sie aus ihren Autos zu schälen. Gute Arbeit mit dem Unfall", sagt sie zu Chase.

„Es war nur ein wenig Einfallsreichtum nötig, und ein Kantholz." Sein Lächeln ist angespannt. „Alles gut?"

Sie nickt und tritt zur Seite. „Dann erwarte ich in ein paar Tagen einen Anruf, Miss Lucca."

„In Ordnung." Ich wende mich wieder Chase zu. „Machen wir uns irgendwo sauber."

KAPITEL 15

Melissa

„Es tut mir so leid, dass ich nicht früher zu dir gekommen bin, Süße", sagt Chase im Hotelzimmer, als er mir aus der Kleidung hilft. „Geht es dir gut?"

Meine Lippe tut weh; er muss mich auf der anderen Seite meines Mundes küssen, damit er es nicht reizt. „Es wird mir gut gehen. Die Beule auf meinem Kopf ist vermutlich das Schlimmste, aber ich habe kaum Kopfschmerzen. Sehen wir uns nur den Schaden an."

Es ist nicht so schlimm, wie ich erwartet habe. Ich habe Schmerzen, aber die wirklichen blauen Flecken, Schnitte und Striemen sind nicht einmal ansatzweise das Krankenhaus wert. Ich hatte schon wesentlich Schlimmeres.

Er küsst jede Verletzung und führt mich in Unterwäsche ins Badezimmer, bevor er mich beinahe ehrfürchtig auszieht. Er zieht seinen Pullover aus und lässt mir ein Bad ein, dann lässt er mich in das heiße, duftende Wasser sinken und lehnt sich an den Badewannenrand, um mich vorsichtig zu waschen.

Meine Handgelenke brennen dort, wo sie gefesselt waren, aber es ist kein dauerhafter Schaden.

„Was ist passiert, nachdem ich in die Wohnung gegangen bin?", frage ich. Er weiß bereits von Marcel und Amelie: der Verrat für das Geld, das ich ihnen hätte geben können, die Dummheit, die Marcel eine Schusswunde eingebracht hat — möglicherweise tödlich.

„Die FBI Agentin kam zu mir. Sie hat die Wohnung beschatten lassen, nachdem sie deinem Dad von der Grenze aus gefolgt ist." Er fährt sanft mit dem schaumigen Schwamm über meinen Arm. „Sie hat angeboten, mir bei deiner Befreiung zu helfen, und ich hatte keine Wahl, also habe ich angenommen."

„Du hast einen Autounfall arrangiert? Wie?"

Er grinst schief, während er mir langsam den Rücken schrubbt. „Ich habe einen der Mietwagen der FBI Agentin in den Fuhrpark deines Dads rasen lassen, indem ich ein Kantholz auf das Gaspedal geklemmt habe. Ich abgehauen, bevor es geknallt hat."

„Wow." Kein Wunder, dass es ein so lauter Unfall war. „Ich wette, dass sie ihre Kaution nicht zurückbekommt." Seine zärtlichen Liebkosungen mit dem leicht kratzigen Schwamm beruhigen und erregen mich, wodurch die Geschehnisse des Tages mit dem Schaum weggewaschen werden.

„Nein, aber ich bezweifle, dass es sie schert. Sie ist irgendwie eigenwillig, und ich bin froh darum. Wenn sie sich an die Vorschriften gehalten hätte, wäre ich im Gefängnis und du vermutlich immer noch in den Fängen deines Vaters." Er wäscht meinen Hals ab und küsst mich dort sanft.

„Ich vermute, wir haben alle wirkliches Glück", murmle ich, bevor ich den Kopf drehe, um ihm meinen Mund anzubieten.

Endlich sind wir allein, hinter geschlossenen Türen, nicht auf der Flucht … und ich sehne mich danach, es auszunutzen. Es gibt nichts mehr, was uns aufhält. Und wir wissen es beide. Ich kann es in dem Glänzen in seinen Augen sehen.

Das Bad und die Pflege meiner Wunden mischen sich mit weiteren Liebkosungen. Der Schwamm umkreist meine Brüste, bis sich meine Brustwarzen nach ihm sehen, streicht über meine Oberschenkel und

Pobacken wie eine große Zunge. Als er mich hochhebt, abgewaschen und tropfend, um mich zu dem violett gepolsterten Bett zu tragen, zittere ich und schnappe nach Luft.

Er legt mich hin und reißt sich förmlich die restlichen Klamotten vom Leib. Seine riesige Erektion springt an seinen muskulösen Bauch hoch; ich starre sie für einen kurzen Moment an, bevor er sich über mich legt und mich mit Küssen übersät.

Er erkundet jeden Teil meines Körpers mit seinen Händen und seinem Mund, seine Zunge fährt über meinen Hüftknochen, sein Mund hinterlässt Knutschflecken auf meinem Rücken, seine Zähne kratzen sanft über meinen Hals, während seine Hände meine Brüste kneten.

Als er schließlich meine Brustwarzen umschließt, komme ich fast zum Höhepunkt. Ich spanne mich an, reibe meine Oberschenkel aneinander, aus Frust darüber, dass ich ihn nicht erreiche.

„Ich brauche dich in mir", bringe ich heraus, und er sieht mich mit seinen goldbraunen Augen an, die voller Leidenschaft sind. Dann öffnet er sanft meine Beine und legt sich dazwischen. Seine Hand legt sich auf mich und stimuliert mich mit kleinen Bewegungen, als er sich mit beinahe unerträglicher Langsamkeit bewegt.

Als er endlich tief in mich eindringt, summe ich vor Verlangen, so unglaublich erregt, dass ich die Fersen in die Matratze drücke und ihm entgegenkomme.

„Ohh!", keucht er, spannt seine Muskeln an und wölbt den Rücken, während er mich in die Matratze presse. Seine Erektion pulsiert gleichzeitig mit seinem Herzen an meiner Brust.

„Oh Gott", stöhnt Chase in meine Schulter. Ich spanne mich um ihn herum an und entlocke ihm ein weiteres Stöhnen, wobei er den Kopf nach hinten legt und den Mund öffnet. „Oh, so gut."

Er zittert über mir, sein Kampf um Selbstbeherrschung macht mich noch wilder. Er dehnt mich auf Arten, die die durch seine Finger hervorgerufenen Empfindungen noch verstecken; seine Hand bebt, während er mich streichelt, hört aber nie auf.

Er beginnt sich langsam zu bewegen, seine Bewegungen sind liebevoll, selbst während mich seine Finger dem Höhepunkt immer näherbringen. Ich summe jedes Mal leise, wenn er tief in mich eindringt, mein Atem ist unregelmäßig und wird flacher, während sich meine Muskeln anspannen.

Im Wissen was kommt, die Ekstase, bin ich umso begieriger, es erneut zu spüren. Und er bringt mich dort hin, geduldig und gemessen, bis ich danach flehe. „Oh ja, genau so", presse ich heraus. „Hör nicht auf!"

Mein ganzer Körper zittert, jede Bewegung seiner Finger und seiner Erektion fühlt sich besser an als die letzte. Ich klammere mich an seine Schultern und reibe mich an ihm; er schreit vor Lust und beschleunigt seine Bewegungen, während ich mich unter ihm winde und schluchze.

Und plötzlich ist es so weit, mein Körper hebt ab, Lust tost in mir, während ich hilflos bebe.

Er macht weiter, bis meine Schreie langsam leiser werden … erst dann nimmt er seine Hand weg und hält meine Hüften fest.

Das Bett wackelt unter uns, die Federn quietschen, als er immer schneller und härter in mich eindringt. Unsere Bäuche schlagen aufeinander; Wonne umfasst mich und ich greife ihn, um meine Hüften nach oben zu drücken.

Die Befriedigung hat ihn verwandelt; er bewegt sich unermüdlich, jeder Muskel angespannt, der Atem stockend und unregelmäßig.

Ich rase auf einen weiteren Höhepunkt zu und sein Stöhnen vermischt sich mit meinem. Ich hätte nie gedacht, dass sich Sex so gut anfühlen kann; jetzt weide ich mich daran. Es ist meine Rebellion. Es ist meine Rache. Es ist das Paradies.

Sein Gesicht zu betrachten, angespannt aber idyllisch, geöffneter Mund, geschlossene Augen, feuert meine Begierde weiter an. Er wird wieder schneller, härter, und ich spüre nichts als Hunger nach dem nächsten Stoß.

„Tu es, tu es, tu es", schluchze ich schamlos und merke, wie er sich unter meinen Händen anspannt. Ich tue es ihm gleich, mehr und mehr … und dann schreie ich.

Er versteift sich und schreit ebenfalls, dann zuckt er in mir, als er so tief in mich eindringt wie möglich. Sein Keuchen und Stöhnen hallt von den Wänden wider, als seine Tage des Wartens ihr Ende finden; während ich zusehe, wie ihn seine Ekstase übermannt.

Es ebbt ab und er legt sich vorsichtig auf mich, immer noch in mir. „So gut", flüstert er ehrfürchtig, wobei er meinen Hals küsst.

Ich fahre mit den Händen über seinen Rücken und er schaudert; dann wandern meine Hände in sein abrasiertes Haar und er legt seinen Kopf auf meine Schulter, wo er sich völlig entspannt.

Es ist getan. Und mit jemandem den ich mag und mit dem ich zusammen sein will.

Mein Vater wäre rasend vor Wut.

Gut.

„Ich will mehr, wenn wir aufwachen", flüstere ich, als er uns dreht, sodass ich auf seiner Brust einschlafen kann.

„Gerne", erwidert er. „So viel du willst."

Als ich einschlafe, weiß ich, dass es viel sein wird. Jede Nacht. Für den Rest unseres Lebens, wenn wir zusammenbleiben können.

Und ich bin ziemlich sicher, dass wir das können, als ich in das Traumland gleite. Wir sind gut zusammen … und alles in allem war unser Glück unglaublich.

KAPITEL 16

Alan

Wir sind seit zwei Tagen in diesem Hotelzimmer, bestellen den Zimmerservice und ziehen uns in den Jacuzzi auf dem Balkon zurück, wenn das Zimmermädchen zum Aufräumen kommt. Melissa heilt; ich bin erschöpft davon, jede Sexstellung zu demonstrieren, an der sie Interesse zeigt.

Das Personal hält uns für Frischvermählte und kichert auf Französisch über uns, wobei ich ihnen lausche, während ich Nichtwissen vortäusche. Ihre Gerüchte sind süß und unschuldig und wesentlich netter als die Wahrheit. Sie hätten nie wissen können, dass ich die Liebe meines Lebens vor weniger als einer Woche im Kofferraum eines Mafiaautos gefunden habe.

An vielen Tagen bin ich zweimal Kondome holen gegangen. Trotz meiner Größe haben wir kein Gleitmittel gebraucht. Sie schläft sich aus, während ich mich nach dem Duschen abtrockne und im Handtuch hinsetze, um die Neuigkeiten auf meinem Laptop anzusehen. Das Leben ist gut. Ich liebe eine wunderschöne, fantastische Frau, die bleiben will, wir wälzen uns im Geld und das FBI lässt mich und ihr Vater sie in Ruhe.

Vielleicht ist es nicht gerade ein Happy End. Wir haben Chaos in der Stadt der sechsten Familie verursacht, und das ist eine gute Möglichkeit, um die Gastfreundlichkeit überzustrapazieren. Wir planen, meinen Truck zu holen und für den Winter nach Kalifornien zu fahren, sobald wir hören, dass Lucca und seine Vollstrecker gefasst wurden.

Danach werden wir eine Weile aus Montreal und New York fernbleiben müssen — und Chicago, wo ihr widerlicher „Verlobter" herkommt. Das ist in Ordnung. Es gibt einen ganzen Kontinent, den wir gemeinsam bereisen können.

Meine neue Freundin beim FBI hat Neuigkeiten für mich und mir eine verschlüsselte E-Mail geschickt. Es ist eigentlich ziemlich cool, eine Verbindung auf der richtigen Seite des Gesetzes zu haben. Als ich die E-Mail öffne und lese, bin ich alarmiert und sitze für eine Weile nur da.

Die guten Neuigkeiten:
Marcel Delacroix hat überlebt und wird vermutlich vollständig genesen. Er ist letzte Nacht aufgewacht und ansprechbar. Er und seine Frau kooperieren mit der Polizei von Montreal bei der Untersuchung der Schießerei.

Mehrere von Luccas Stellvertretern haben sich ergeben oder wurden festgenommen, zusammen mit Melissas Brüdern. Sie sollten keine Probleme haben, mit Melissa in die Staaten zurückzukehren.

Die schlechten Neuigkeiten:
Bedauerlicherweise wird es keinen Prozess geben. Gianni Lucca wurde von einem als Grenzposten verkleideten Attentäter erschossen. Er hat gesagt, der Don von Montreal ließe grüßen.

111

Lucca wurde notoperiert und bis vor einer halben Stunde wurden lebenserhaltende Maßnahmen durchgeführt. Auch wenn seine Männer wegen geringerer Verbrechen bestraft werden, werden wir Melissas Aussage vermutlich nicht brauchen. Auf der anderen Seite muss sie nicht länger Angst vor ihrem Vater haben.

Viel Glück da draußen!

Ich schalte das Laptop aus, schließe es und ziehe es vom Netz. Dann packe ich leise all unsere Sachen. Es ist immer noch vor Checkout-Zeit.

Melissa dreht sich um und blinzelt mich schläfrig an. „Was ist?", murmelt sie.

„Keine dringende Situation, Süße, aber wir müssen raus aus Montreal. Deine Familie hat hier Staub aufgewirbelt und die örtliche Familie ist sauer. Sie werden uns vermutlich für nichts die Schuld geben, aber ich habe das Gefühl, wir sollten ihnen Raum lassen."

Ich sage ihr noch nicht, dass ihr Vater tot ist; wir haben keine Zeit, um uns hinzusetzen und es zu verarbeiten.

„Das klingt ziemlich düster. Ich bin immerhin immer noch eine Lucca. Sie haben keine Ahnung, dass ich vor ihm geflohen bin." Sie bleibt ruhig und steht auf, dann geht sie zu ihrem Koffer, um sich frische Klamotten zu holen.

Der Kerl hinter der Rezeption kommt mir merkwürdig bekannt vor und beobachtet uns mit stechend dunklen Augen, als wir auschecken. Ich bin müde und habe es eilig; ich denke erst später daran, als wir die Grenze überqueren, um meinen Truck zu holen.

Ein als Grenzposten verkleideter Attentäter.

„Oh scheiße", murmle ich. Ich erinnere mich an ihn. Der Mann, der uns angestarrt hat, während der andere geredet hat.

„Was ist?", fragt sie schnell mit Sorge in der Stimme, wobei sie sich zu mir umdreht.

„Ich glaube, wir wurden im Hotel beobachtet", erwidere ich so vorsichtig, wie ich kann. „Umso besser, dass wir gegangen sind."

An diesem Abend erzähle ich Melissa von ihrem Vater, sobald wir meinen Truck bei Paulie geholt haben. Wir parken auf einem Walmart Parkplatz neben ein paar Campern und sitzen in dem warmen Raum, während ich ihre Hände halte.

„Wissen sie, wer es war?", fragt sie atemlos. Ihr Gesicht ist blass und sie hat Probleme, die Neuigkeit zu verarbeiten.

„Keine Ahnung. Vielleicht jemand von der Sechsten Familie, vielleicht jemand, den sie angeheuert haben. Zwischen den Kugeln, dem Unfall und der späten Ankunft im Krankenhaus hat dein Dad es nicht geschafft."

Sie schließt die Augen und lehnt sich an die Kissen am Kopfende des Bettes, wobei sie leise seufzt und die Seite ihres pinkfarbenen Nachthemds glattstreicht. Meine Augen verfolgen die Bewegung und meine Leistengegend rührt sich trotz der düsteren Unterhaltung.

„Gut", sagt sie leise. Tränen der Erleichterung laufen ihr über die Wangen. „Wenn er tot ist, bin ich wirklich frei."

Ich lege mich neben sie und ziehe sie in meine Arme. „Ja", tröste ich sie und küsse ihre Tränen weg, „bist du. Und ich werde dafür sorgen, dass es für uns beide so bleibt."

EPILOG

Carolyn

„**D**em Bericht nach zu urteilen, sind Alan Chase und Melissa Lucca verschwunden und momentan möglicherweise ‚Gäste‘ der Sechsten Familie. Oder verstorben, nachdem sie Gäste waren." Derek Daniels lehnt sich über seinen Tisch zu mir, wobei sein dunkler Bart aggressiv hervorragt.

„Das ist korrekt, Sir." Ich bin gelassen, während ich ihm in einem meiner besten dunklen Anzüge gegenüber sitze. Nichts hiervon hat ideal geendet … aber ich mache mir trotzdem einen Namen, entgegen Daniels Wünschen, und es macht ihn verrückt.

Er blättert durch die Seiten. „Währenddessen wurde Gianni Lucca von einem mutmaßlichen Attentäter der Sechsten Familie getötet, da er in ihr Revier eingedrungen ist? Gleichzeitig wurde Enzo Capurro von einem zweiten mysteriösen Täter in Chicago umgebracht? Wollte der nicht Melissa Lucca heiraten?"

Ich nicke. „Ja, Sir, wie es im Bericht steht."

„Das ist ein tolles Durcheinander, um das sich andere kümmern werden." Er lässt die Papiere als Geste der Entschlossenheit auf seinen

Tisch fallen. „Kehren Sie zu Ihrer Liste zurück. Ihr erster Kerl mag vielleicht in Montreal in der Scheiße stecken, aber es gibt vier weitere, die festgenommen werden müssen."

Ich starre ihn entgeistert an, bevor ich wieder einen neutralen Gesichtsausdruck aufsetze. „Natürlich, Sir. Ich kann nach diesem Wochenende weitermachen."

„Morgen. Ich schicke einen Kurier mit Flugtickets." Nur der leiseste Anflug eines Grinsens auf seinen Lippen über mein Unbehagen.

„Ja, Sir", erwidere ich steif, dann entlässt er mich.

„Du bleibst nicht einmal mehr als eine Nacht zuhause?", fragt Misty, eine meiner Mitbewohnerinnen, eine Stunde später ungläubig. Sie ist eine klassisch schöne Brasilianerin, die für eine Boutique-Internetfirma arbeitet.

„Ich weiß, dass ich schon seit ungefähr einer Woche mit dem Kochen dran bin." Ich lächle bedauernd, während ich auf meinem Bett sitze, um zu packen.

Sie lehnt sich an den Türrahmen und verschränkt die Arme vor der Brust. „Dieser Daniels ist ein Arsch. Ich bin froh, dass du nie mit ihm geschlafen hast."

„Ja, ich auch, aber er tut fast all den Mist, weil ich es nicht getan habe. Willkommen beim Sexismus." Ich schnaube. „Wie auch immer, ich gebe meine Jungfräulichkeit nicht an einen verheirateten Widerling."

„Gute Entscheidung. Und keine Sorge wegen des Kochens. Bestellen wir stattdessen Pizza und sehen uns schlechte Science Fiction an." Ihre Nase rümpft sich schelmisch.

„Such du den Film aus, ich bestelle die Pizza. Ich habe einen Bonus bekommen!" Er kam auf dem Behördenweg, aber nicht von Daniels. Ihm ist es egal, dass ich Lucca in eine FBI-Falle gejagt habe, bei deren Auslegung ich geholfen habe, denn tote Mafiosi bringen ihm keinen Ruhm.

Er würde auch nicht Alan Chase helfen, Melissa zu retten. Und er wäre rasend vor Wut, wenn er wüsste, dass ich sie habe entkommen lassen.

Ich bin nur genervt. Es gibt wesentlich schlimmere Menschen als Alan Chase, und ich will mich darauf konzentrieren, sie dorthin zu bringen, wo sie niemandem wehtun können. Stattdessen bin ich wieder am Anfang — und das halbwegs absichtlich.

Trotzdem kann ich sagen, dass ich das Richtige getan habe.

Ich logge mich in meinem Laptop ein, um die Pizza zu bestellen, da ich zu müde bin, um zu telefonieren. Ich sehe eine neue E-Mail und öffne träge meinen Posteingang — nur um eine merkwürdige Nachricht einer fremden Adresse vorzufinden.

Gut gemacht, Special Agent.

Es ist unangebracht, dass Sie sich mit der Festnahme von Gianni Lucca keinen Namen gemacht haben. Sein Einflussbereich war zu groß, um je einen Tag im Gefängnis zu erleben. Sein Tod war nötig.

Es ist ebenfalls bedauerlich, dass Alan Chase frei bleiben muss. Aber Männer mit Gewissen sind auf jeder Seite des Gesetzes ungewöhnlich. Befriedigen Sie sich mit dem Wissen, dass Melissa Lucca — bald Melissa Chase — jetzt aufblühen wird, außerhalb der Reichweite ihres Vaters oder ihres Ex-Verlobten.

Ihr Gewissen ist stärker als ihr Ehrgeiz. Wenn Sie mir weiterhin Aufmerksamkeit schenken, werde ich alles tun, um das zu korrigieren. Ich werde mich bald wieder melden. Es gibt ein paar zwingende Dinge, die Sie über Ihren neuen Auftrag wissen müssen.

Ich starre die Worte an und schicke eine Antwort.

. . .

W er sind sie?

I ch drücke ‚Senden' und warte atemlos … dann kommt die E-Mail als unzustellbar zurück.

„Verdammt", grummle ich, wütend und angewidert von meiner eigenen Machtlosigkeit.

„Ist was nicht in Ordnung?" Misty steckt ihren Kopf durch die Tür. „Ich schalte *Plan 9 From Outer Space* an, er ist ziemlich lustig."

„Nichts. Gut. Ich habe nur ein paar Probleme mit der Webseite", murmel ich abgelenkt, während ich die Bestellung eintippe.

„Oh. Es gibt ungefähr eine Milliarde zur Auswahl, das ist Brooklyn. Komm raus, wenn du fertig bist, okay?"

„Natürlich." Ich beende die Bestellung und hole meine Karte zum Bezahlen, als ich ein Guthaben von einhundert Dollar sehe, das vor weniger als zwei Minuten kam. Es ist ein Geschenk.

Aber von wem?

Ich kontrolliere die Nachrichten an dem Gutschein, als ich die Bestellung zu Ende bringe — und halte inne, wobei mich ein merkwürdiges Kribbeln durchfährt. Dem Gutschein ist eine Notiz beigefügt.

N ennen Sie mich Prometheus.

E nde.

VERGESSENE SÜNDEN

Ein Dunkle Mafia Romance
(Nie Erwischt 2)

Von Jessica F.

KLAPPENTEXT

Ich bin mit rasenden Kopfschmerzen und ohne Erinnerung in einer süßen, kleinen Hütte aufgewacht.

Die nette, isolierte Künstlerin, die mich gefunden hat, weiß auch nichts.

Aber von einem kurvigen Schutzengel namens Eve gepflegt zu werden, ist eine große Hilfe.

Besonders als ich von ihren Gefühlen für mich erfahre.

Trotzdem gibt es auch Schattenseiten.

Ich habe eine Schussverletzung am Schädel und Fähigkeiten, die ich nicht erklären kann.

Als die Albträume beginnen, wäre ich vielleicht ohne diese Erinnerungen besser dran?

Aber die Vergangenheit will mich nicht in Ruhe lassen.

Was auch immer passiert ... Ich werde dafür sorgen, dass sie niemals meine kleine Eve anrühren.

PROLOG

CAROLYN

Datum: 20. Januar 2018
    Standort: Boston, Massachusetts
    Zielperson: Michael Di Lorenzo
    Vorstrafenregister: Italienischer Staatsbürger bis zum Alter von neunzehn; keine Jugendstrafen durch die Polizei in Bari gemeldet. Angeblicher Vollstrecker der Sechsten Familie in Montreal, Kanada. Verdächtig in zwölf Morden von Mafia-Mitgliedern, belanglosen Kriminellen und seit vor drei Wochen Don Gianni Lucca, Don von New York. Drei dieser Morde geschahen auf amerikanischem Boden, und Di Lorenzo ist momentan in den Vereinigten Staaten.

    Zielperson wurde zuletzt am 17. Januar in Boston gesehen, wo er sich mit einer unbekannten Person getroffen hat, die vermutlich Mitglied der Boston-Familie ist. Seither wurde er nicht gesehen. Es ist möglich, dass er im Moment Gianni Luccas ältesten Sohn Carlo im Visier hat, der momentan wegen organisierter Kriminalität für den Transport nach New York festgehalten wird.

Angesichts der hohen Wahrscheinlichkeit, dass ein Mordversuch durch Di Lorenzo vor dem Transport stattfinden wird, sollte das Gefängnis, in dem er momentan festgehalten wird, mit FBI-Agenten aus Boston und der Polizei von Boston verstärkt werden.

I ch öffne das Foto von Michael Di Lorenzo und schauere leicht. Er sieht gut aus, aber ich hasse ihn. Die Anweisung, Gianni Lucca umzubringen, kam von oben, natürlich, aber es war Di Lorenzo, der den Abzug gedrückt hat.

Und damit hat er meine Chance ruiniert, einen wirklich bekannten Kriminellen zu erwischen — niemand Geringeres als den verdammten Don von New York! Das wäre eine karriereschaffende Festnahme gewesen, und meine Enttäuschung und mein Zorn sind immer noch frisch.

Wenn ich ihn jetzt festnehmen kann, bevor er Luccas Sohn tötet, wird das ein großer Schritt nach oben sein, selbst wenn sein Gangsterboss außer Reichweite ist. Ich bin es leid, Perverse und Identitätsdiebe zu analysieren und zu verfolgen. Ich möchte einen Killer festnehmen — und Di Lorenzo ist zweifellos ein Killer.

Trotzdem muss ich zugeben, dass er attraktiv ist. Dunkel und stark, Haare und Augen so schwarz wie der Kaffee in meiner Tasse und ein schlankes, ernstes Gesicht wie ein römischer Patrizier. Groß — eine meiner Schwächen — und herrlich schön muskulös, eine weitere Schwäche.

Heilige Scheiße! Ich muss definitiv flachgelegt werden, wenn meine Verdächtigen sexy wirken!

Di Lorenzo ist zufällig der Zweite auf meiner Liste mit fünf nie gefassten Verdächtigen, von denen mein Chef Derek Daniels möchte, dass ich sie innerhalb der nächsten vier Monate festnehme. Es ist nur so, dass es jetzt auch einen persönlichen Grund gibt, um ihn zur Strecke zu bringen.

Das einzige Problem ist, dass Di Lorenzo ein verdammter Geist ist und es schon war, seit er sich als Grenzposten getarnt und Lucca auf seinem Weg zurück in die Staaten erschossen hat. Falsche Identitäten, Verkleidungen, keine Abdrücke und keine Neuigkeiten oder Gerüchte über ihn, weder on- noch offline. Ich kann nur seine Zielperson beobachten und auf das Beste hoffen.

Ich blicke über meinen Laptop zu dem Fenster, auf das mein Tisch ausgerichtet ist. Auf der anderen Straßenseite ragt das Gefängnis brutal empor; ein massiver Grabstein aus Beton, die Oberfläche von Gitterfenstern durchbrochen. Ein Dutzend zusätzliche Polizisten und vier FBI-Agenten erhöhen die Sicherheit dort drüben, während ich abwarte, mir ihre Funkgespräche anhöre und dabei jede örtliche Quelle als auch Internetquelle filze, die ich habe.

Mein Handy vibriert: Daniels schon wieder. Ich zögere, bevor ich abnehme. Er ist wesentlich besser darin, sarkastische Bemerkungen abzugeben, als nützliche Anweisungen oder Informationen zu geben. „Hallo?"

„Habe ich Sie bei einem Nickerchen erwischt, Special Agent?" Daniels' Stimme ist bereits boshaft. Er hegt schon immer einen Groll gegen mich, da ich nicht mit ihm schlafen möchte und ihn mit der Androhung einer offiziellen Beschwerde zum Schweigen gebracht habe, nachdem er die ganze Zeit deswegen gejammert hat.

„Wohl kaum. Ich arbeite an meinem Bericht. Hier gibt es noch keine Neuigkeiten." Warum ruft er mich an? Er nervt mich mindestens viermal am Tag, selbst wenn ich nur in einem Hotelzimmer festsitze und recherchiere. Es ist, als würde er mir nicht zutrauen, die einfachsten Aufgaben allein zu erledigen.

Oder vielleicht will er mich immer daran erinnern, dass er mich beobachtet? In diesem Fall kann er sich anstellen, denn anscheinend ist er da nicht der Einzige.

„Also, ich bin die Notizen Ihres letzten Falles durchgegangen. Sieht aus, als stünde es null zu eins in der Verfolgung von Chase." Sein Ton ist spöttisch. „Er ist entweder immer noch in Montreal oder tot."

Alan Chase, der zum Helden gewordene Autodieb, ist nichts davon, aber ich korrigiere ihn nicht. Daniels würde nie verstehen, warum der erste Mann auf meiner Nie-gefasst-Liste freikam. Aber ein Deal ist ein Deal, und Chase hat mir dabei geholfen, den Don von Montreal wieder über die amerikanische Grenze zu bringen, wo wir geplant hatten, ihn festzunehmen.

Es ist nicht Chases Schuld, dass Di Lorenzo die Sache versaut hat. „Ja, Sir, dessen bin ich mir bewusst. Gibt es sonst noch etwas?"

Er klingt unglaublich amüsiert. „Ja. Luccas jüngster Sohn Tony hat Kaution gestellt und geht für einen Skiurlaub nach Berkshire. Bewachen Sie den richtigen Bruder? Denn wenn die Sechste Familie Di Lorenzo hinter jedem von Luccas Kindern hergeschickt hat —"

Ich lehne mich zurück und kneife die Augen zu. *Scheiße.*

Natürlich wird Di Lorenzo auf den ungeschützten Bruder losgehen. Tausende Unfälle können auf einer Skipiste passieren. „Wie lange wissen Sie es schon?", frage ich, bevor ich mich aufhalten kann.

„Eine halbe Stunde. Ich habe Ihnen denselben Skiort gebucht. Ein Kurier sollte in einer halben Stunde mit allem, was Sie brauchen, da sein." Jetzt ist er geschäftlich. Assistant Director Daniels bewegt sich immer am Rande der Dinge, über die ich mich offiziell beschweren könnte — aber er zieht sich wieder in sicheres Gebiet zurück, sobald ich ihn tatsächlich wegen etwas beschuldige. Natürlich.

Verdammt, ich hätte einen Walter Skinner oder Gordon Cole, sogar einen Jack Crawford haben können. Stattdessen bin ich bei diesem Arschloch gelandet. „Verstanden, Sir. Ich mache mich bereit."

„Verlieren Sie diesen nicht auch noch, Carolyn." Er benutzt meinen Vornamen herablassend und legt auf.

Mehr als genervt von seiner Respektlosigkeit stecke ich mein Handy ein und mache mich bereit. Nicht schwierig; ich packe in einem Hotelzimmer nie wirklich aus. Daniels schickt mich immer ohne Benachrichtigung irgendwo anders hin.

Ich kontrolliere zweimal das Badezimmer nach Hygieneartikeln und Schmuck und sammle bis auf meinen Mantel und meine Laptoptasche alles an der Tür. Dann setze ich mich hin, um eine sehr wichtige E-Mail zu schreiben. Daniels Informationen und Bestechungsgeld mögen vielleicht mit einem Kurier kommen, aber meine andere große Quelle ist strikt online.

Ich habe während der Arbeit an dem Chase-Fall einen ungewöhnlichen Kontakt entwickelt. Er ist eine Art Hacker, der mir immer wieder E-Mails schreibt. Zuerst hat er es von temporären Telefonnummern oder E-Mail-Adressen gemacht, die mich blockiert haben, sobald die Unterhaltung zu Ende war. Jetzt habe ich eine E-Mail-Adresse, die er bereit ist, mehr als eine Stunde zu behalten.

Er nennt sich Prometheus. Ich habe einen Verdacht, wer es sein könnte, und der reicht aus, um mich neugierig zu machen — und ihn weiterreden zu lassen. Außerdem war er ein paar Mal eine exzellente Quelle.

Ich adressiere eine verschlüsselte E-Mail an ihn und zögere. Seine E-Mails sind immer auf den Punkt. Er wird es wahrscheinlich schätzen, wenn ich auf dieselbe Art kommuniziere.

Ich muss alles wissen, was Sie über Michael Di Lorenzo wissen.

Die Antwort kommt in unter fünf Minuten, während ich mir die Akte des jungen Ski-Fans Tony Lucca ansehe.

Drei Dinge, die Sie über Michael Di Lorenzo wissen müssen, Special Agent.

Die erste ist, dass er nach der Ermordung von Gianni Lucca sofort geplant hat, die Sechste Familie zu verlassen. Die zweite ist, dass sich seine Auftraggeber dieser Tatsache jetzt bewusst sind und nicht positiv darauf reagiert haben. Die dritte ist, dass eine zweite Gruppe von Schlagmännern der Sechsten Familie ihm nach Berkshire gefolgt ist und ihn vermutlich erreichen wird, bevor er Tony Lucca erreicht.

„Oh, scheiße." *Immer Komplikationen.* Die Information ist verlässlich. Ich würde nicht immer zu Prometheus zurückkehren, wenn sie das nicht wäre. Aber das macht es nicht leichter zu lesen.

Ich antworte sofort. Es wird nicht lange dauern, bis der Kurier kommt.

Er steckt in ernsthaften Schwierigkeiten. Denken Sie, er wird einen Deal machen, um da herauszukommen?

Wenn ich ihn vor den Attentätern finden kann, läuft es vielleicht besser für mich.

Die Antwort ist allerdings alles andere als beruhigend und trägt dazu bei, wie schnell ich nach unten zu meinem Mietauto renne, sobald der dünne Fahrradkurier kommt und die Waren in meinen Händen liegen. Prometheus schickt nur drei Worte — aber drei Worte, die bedeuten, dass ich vor Ende des Tages zwei der fünf Ziele auf meiner Liste los bin.

Wenn er überlebt.

KAPITEL 1

Eve

Am Wochenende kommt ein Schneesturm. Ich bin allein und muss vorbereitet sein. Es gab bereits mehrere Opfer, während er sich durch den mittleren Westen arbeitet, und obwohl nur ein paar Meter Schnee und ein wenig Eis erwartet werden, ist es besser anzunehmen, dass ich für ein paar Tage nicht vom Berg komme.

Ich versichere mir, dass ich damit umgehen kann. Ich habe Lebensmittel für einen Monat, einen starken Generator und genug Treibstoff. Es gibt Wasser, für den Fall, dass die Leitungen einfrieren. Selbst ein Schneemobil für den Notfall, auch wenn es mich nur bis Great Barrington bringen wird, was ungefähr fünfzehn Minuten entfernt liegt.

Es hat mich viel Zeit gekostet, zu knausern und zu sparen und Drucke und Taschen und T-Shirts mit meiner Kunst darauf online zu verkaufen und die Dinge Stück für Stück zu verkaufen, sodass ich nie wieder unvorbereitet einem winterlichen Stromausfall gegenüberstehe.

Wenn der Winter heimtückisch wird, kann es die Abgeschiedenheit noch schlimmer machen—und ich bin isoliert. Niemand auf der Welt weiß, dass ich hier oben bin, bis auf ein paar Freunde, meinen einzigen Nachbarn eine Viertelmeile entfernt und ein paar Ladenbesitzer und Lieferdienste. Hilfe zu holen wäre herausfordernd; zu mir zu kommen, wenn ich nach Hilfe rufe, wäre problematisch, besonders sobald sich der Schnee auftürmt.

Meistens ist die Einsamkeit das Risiko wert. Die verdammte Angststörung heilt jetzt, wo ich mir eine größere Pause von Menschen gönne. Ich kann in die Stadt gehen und mich stundenlang mit den Leuten dort beschäftigen, sogar den ganzen Tag, da mich ein sicherer, völlig privater Ort erwartet, sobald ich fertig bin.

In Zeiten wie diesen allerdings … Bin ich eine Närrin, dass ich hier allein bin?

Ich komme aus meinem Keller hoch, der mein Abstellraum und das automatisierte Zentrum des Hauses ist. Alles ist kontrolliert, alles ist bereit. Egal was passiert, ich werde es mit links schaffen können. Nur ich und meine Ansammlung von Tieren.

Die Hütte ist fast zweihundert Jahre alt, gebaut in den Berkshires von einem holländischen Siedler, der nicht daran interessiert war, vielen Menschen nah zu sein. Das Schneefeld dahinter ist zu drei Jahreszeiten mein Garten; jetzt werfe ich dort täglich Mais und Samen aus, um ein paar Kreaturen zu füttern und sie herzulocken.

Ich habe die Gesellschaft von Tieren schon immer der von Menschen vorgezogen, und den Vögeln und Eichhörnchen dabei zuzusehen, wie sie mitten im Winter zum Essen kommen, tut meinem Herzen gut. Es ist leicht, Tiere für sich zu gewinnen, man muss nur großzügig und gewaltlos sein und lernen, ihnen zuzuhören. Es ist nicht so einfach, Menschen für sich zu gewinnen.

Meine Familie begrüßt mich, als ich hereinkomme: zwei Katzen, Loki und Freya, mein unflätiger, adoptierter Papagei Diogenes, und Berry, der ein … Sonderfall ist. Er hängt vom Wagenrad-Kronleuchter, als ich den Raum betrete und macht Geräusche.

„Hi, Berry. Komm da herunter, bitte." Der Waschbär quietscht und streckt die Pfoten nach mir aus. Ich rolle mit den Augen und nehme ihn, um ihn auf die Couch zu setzen.

„Wie bist du überhaupt da hochgekommen, du Dickerchen?" Ich mache keine Wildtier-Rehabilitierung, aber Berry ist einzigartig. Ich habe ihn auf der Landstraße gefunden, wo er sich an seine vom Auto überfahrene Mutter klammerte, und konnte ihn nicht einfach zurücklassen. Fische und Wildtiere kämen alle zu mir, wenn sie das wüssten.

Ein weiterer guter Grund, allein zu leben: ich kann tun, was ich will.

Berry wandert über die Couch, während ich mich umsehe und versuche festzustellen, ob ich irgendetwas vergessen habe. Es gibt genug Brennholz für einen ganzen Monat. Der Propantank ist voll. Die Sturmfensterläden sind geschlossen und all meine Tiere sind warm und sicher hier drin.

Aber das schleichende Gefühl der Sorge lässt mich alles kontrollieren, bis ich realisiere, was ich tue, und aufhöre.

„Es wird alles gut werden", sage ich mir nachdrücklich.

Ich lebe seit sechs Jahren auf diesem Hochland, seit meine Mutter gestorben ist und mir genug Erbe hinterlassen hat, um die Hütte und den halben Morgen Grundstück zu kaufen. Ich hätte nicht die Berkshires gewählt, aber ich bin nicht reich und einhunderttausend Dollar halten wesentlich länger, wenn man irgendwo außerhalb hingeht.

Und ich wollte außerhalb sein, selbst mit den Risiken. Allein, keine Komplikationen, kein Missbrauch. Keine furchtbare Mutter, keine fürchterlichen Männer.

Und all die grüne Schönheit der Natur, die meine Augen beruhigt und hilft, meine Seele zu heilen.

„Ecce homo!", schreit der Vogel, der seine nackten kleinen Flügel ausbreitet und mit seinem federlosen Kopf wippt. Er trägt einen winzigen violetten Pullover, den ich gestrickt habe und klammert sich an eine beheizte Stange. Wie ich hatte er nicht das beste Leben und leidet immer noch unter Symptomen von Stress. Anders als ich rupft er sich gewöhnlich die Federn, anstatt zwanghaft die Heizung, die Schlösser, die Fenster und den Ofen zu kontrollieren.

Die Katzen sind beide im Laib-Modus neben dem Holzofen, der eine Seite des Raumes dominiert. Berry springt von der Couch und schlendert hinüber zu Loki, der ein gelbes Auge öffnet und von einem Stück Dunkelheit zu einer Katze wird. Die grau gestreifte Freya dreht sich auf die Seite und schlägt mit einer Pfote nach dem Waschbären. Die beiden helfen bei der Aufzucht von Berry, also sind sie bemerkenswert tolerant, als er sich zwischen sie wühlt und dabei quietscht.

Ich beginne mich bei ihrem Anblick zu beruhigen. Die schmerzende Einsamkeit in mir ist mit ihrer Anwesenheit besser; ich wäre in der Nähe der meisten Menschen, die ich getroffen habe, einsamer. Wenn überhaupt war mein Gefühl der Einsamkeit schlimmer, als ich im Haus meiner Mutter gelebt habe und jeder in meinem Leben mich tyrannisiert hat.

Es ist besser, allein zu sein. Es bedeutet, dass ich keinen Liebhaber, keine Familie habe. Aber es bedeutet auch keine Missbrauchstäter mehr, keine Tyrannen und keine Menschen mehr, die mich wie Dreck behandeln und sagen, ich würde es verdienen.

Ich brauche eine Ablenkung. Musik, vielleicht ein Film? „Ich mache etwas Tee", sage ich und gehe zu meinem Teekessel, den ich fülle und dann auf den Holzofen stelle.

Eine Sekunde später höre ich draußen ein Schlurfen, gefolgt von einem schweren Aufschlag.

Ich halte mit gerunzelter Stirn inne. *Waschbär? Nein, zu groß.* Es liegt nicht genug Schnee auf dem Dach, der beim Herunterrutschen dieses Geräusch hätte verursachen können. Also was ist es dann?

Ich nehme meinen Schürhaken und gehe auf die Tür zu. Ein leises Kratzgeräusch dahinter—und dann, zu meiner Überraschung, ein leises Stöhnen.

„Scheiße." Ich eile zurück und ziehe den isolierten Vorhang zu, der Diogenes' Stange von der Vordertür trennt, dann öffne ich die Tür und spähe hinaus. Werde ich gleich einen Betrunkenen oder einen verirrten Touristen sehen? Draußen sind es fast minus zehn Grad, und wer auch immer da draußen ist, klingt, als hätte er Schmerzen!

Ich sehe hinaus und bemerke eine Reihe von Schuhabdrücken im Schnee, die zur Tür führen. Ein größerer Abdruck, verursacht durch einen Sturz. Im Mondlicht sind zwischen den Abdrücken dunkle Flecken zu sehen. Das ist beunruhigend — aber lästiger ist die Person, die sie zurückgelassen hat.

An meinen Füßen liegt bewusstlos ein riesiger Mann in einem zerrissenen Gore-Tex-Mantel.

KAPITEL 2

Eve

„Geschieht das wirklich?" Er bewegt sich leicht, und ich sehe Blut in seinem dunklen, welligen Haar. Er stöhnt erneut, wie als Reaktion auf meine Stimme, und ich versuche mich schnell zu entschieden, wie ich ihn hineinschleppen soll.

Es ist nicht so, als hätte ich irgendeine Wahl. Ansonsten wird am kommenden Morgen eine Leiche auf meiner Veranda liegen.

Schnell denkend drehe ich ihn um — es braucht ein wenig Anstrengung, er ist wirklich schwer — und greife dann die Unterseite seines Mantels, die ich nutze, um ihn hineinzuziehen. Das derbe Leder ächzt, während ich stöhne und mich anstrenge, mir der eisigen Luft allzu bewusst, die in mein Zuhause strömt. Ich brauche mehrere Sekunden Pause, bevor ich ihn weiterziehen kann, wobei meine Schultern mit jedem Zug vor Anstrengung und Kälte knacken.

Endlich habe ich ihn weit genug gezogen, um die Tür zu schließen, dann schaffe ich ihn zum Pelletofen, um ihn aufzuwärmen. Mittlerweile sind meine Arme taub vor Erschöpfung. „Verdammt, was hat dir deine Mutter gefüttert?" Ich seufze, während ich meine Schultern reibe.

Die Katzen kommen mit Berry im Schlepptau herüber, die Schwänze hochgestellt und die Ohren aufmerksam, während sie den Neuzugang begutachten. Sie schnüffeln vorsichtig an ihm, und ich kontrolliere seinen Zustand.

Er ist blass und ramponiert, möglicherweise durch einen Autounfall; das Blut in seinem Haar ist überwiegend getrocknet. *Er muss die Lichter gesehen haben und den Berghang hinaufgekommen sein.* Es ist vielversprechend, dass er so weit laufen konnte, vielleicht ist er nicht allzu sehr verletzt. Aber er ist kalt und hat eine Kopfverletzung, und beides allein ist gefährlich genug.

Ich ziehe seine Arme aus seinem Mantel und kontrolliere ihn. Unter den Handschuhen sind seine Finger kalt und die Knöchel verstaucht. Er hat ein paar weitere Prellungen und Kratzer. Ansonsten ist er in einem Stück: keine Brüche, keine großen Schnittwunden.

Die Kopfwunde macht mir allerdings Sorgen. Besonders, da er noch nicht bei Bewusstsein ist. Ich erinnere mich von meinem Erste Hilfe-Kurs, dass jemand, der mehr als ein paar Minuten bewusstlos ist, in ein Krankenhaus muss. Ein Rettungswagen kommt vielleicht nicht hier hoch, bevor der Sturm eintrifft.

Ich berühre behutsam sein Gesicht, und er zuckt zusammen, wobei er es in meine Richtung dreht. Berry springt zurück und quietscht ihn an; die Katzen beginnen ihr Baby zu putzen, um es zu beruhigen. Währenddessen, nachdem ich sichergestellt habe, dass das Blut auf dem Kopf meines Besuchers nicht mehr fließt, bin ich damit beschäftigt, ihn anzustarren.

Ich habe viele attraktive Männer gesehen — nur nicht persönlich. Dieser hier — ramponiert, verletzt, unterkühlt und bewusstlos — ist immer noch heiß genug, um die Farbe von meinen Wänden zu holen. So sehr, dass ich nicht weiß, was ich tun werde, wenn er endlich seine Augen öffnet.

Verstecken, vielleicht. Meine Wangen werden allein bei dem

Gedanken warm. Ich war noch nie gut mit Menschen, und attraktive Männer? Vergiss es.

Und er ist umwerfend. Fast schon erschreckend.

Er hat ein Profil wie ein griechischer Gott, einen großen, harten Körper und raue mediterrane Haut, mit dem Anflug von Stoppeln. Er riecht sogar gut — irgendwie. Unter das Aftershave und das Leder hat sich eine merkwürdige Schärfe gemischt, die mir in der Nase brennt und mir bekannt vorkommt. Ich kann sie nur nicht einordnen.

Diogenes beginnt hinter seinem Vorhang zu krächzen, und ich strecke die Hand aus, um den Vorhang zur Seite zu ziehen. Seine strahlend blauen Augen richten sich auf den neuen Kerl, und er wippt mit dem Kopf. „Klopf, klopf!"

„Still, Diogenes, dieser Kerl könnte ernsthafte Qualen erleiden." Ich habe keine Ahnung, wer er ist, und wenn ich ihm einen Rettungswagen besorgen will, dann muss ich schnell sein. Ich kontrolliere ihn vorsichtig und hole meinen Verbandskasten und antibakterielle Reinigungstücher, um mir seine Kopfverletzung anzusehen.

Das halb getrocknete Blut klebt an den Tüchern, aber ich schaffe es mehr oder weniger, die Wunde zu reinigen. Es ist nur ein Kratzer, und auch wenn es vielleicht eine Narbe gibt, verschorft es bereits. An sich nicht so schlimm, aber darunter bildet sich eine große Schwellung und ich bin besorgt wegen einer Gehirnerschütterung.

Ich weiß, was zu tun ist, aber ich genieße es nicht. Ich nehme eine Stiftlampe von meinem Tisch, gehe neben ihm in die Hocke und öffne vorsichtig seine Augenlider, um zu sehen, ob eine Pupille größer ist als die andere. *Anscheinend waren es diese Erste-Hilfe-Kurse tatsächlich wert.*

Seine Augen sind so dunkelbraun, dass ich einen Moment brauche um sehen zu können, ob eine Pupille größer ist — ein gefährliches Anzeichen einer Blutung im Gehirn. Er stöhnt jedes Mal vor Unbehagen und seine Pupillen ziehen sich normal zusammen. Aber er wacht nicht auf.

„Okay, also du stirbst vermutlich nicht. Aber wer zur Hölle bist du?"

Ich greife hastig in seine Manteltaschen, in der Hoffnung, dass er nicht denkt, ich würde ihn ausrauben, wenn er aufwacht. Ich finde seinen Geldbeutel und sein Handy, wobei ich bemerke, dass er ein Schulterholster trägt. Es ist allerdings leer, und ich realisiere plötzlich, dass der Geruch an ihm Kordit ist. Entweder hat jemand auf ihn geschossen oder er hat zurückgeschossen.

Was zur Hölle ist deine Geschichte?, frage ich mich, während ich sein merkwürdig edles Gesicht betrachte. Ich möchte eine Leinwand hervorholen und ihn malen, aber natürlich ist das eine dämliche Idee, wenn er mit eingeschlagenem Kopf und bewusstlos auf meinem Boden liegt. Stattdessen gehe ich den Geldbeutel durch.

Dabei entsteht bereits das erste Problem. Zum einen ist er voller einhundert Dollar-Noten. Zum anderen befinden sich zwei Ausweise mit unterschiedlichen Namen darin. David Cahill und Brian Castello.

Ich vermute sofort, dass er keiner von beiden ist.

Der Mangel an legalen Referenzen macht die anderen Details noch alarmierender. Der Kerl hat einen leeren Holster, riecht nach Kordit, ist schlimm zugerichtet, hat vielleicht einen frakturierten Schädel, da er einen Streifschuss abbekommen hat und hat einen Geldbeutel voller Geld und falscher Ausweise. Nichts davon ist sehr beruhigend.

Wer bist du, mysteriöser Mann? Wer hat dich angegriffen? Warum bist du überhaupt auf diesem Berg?

Ich stecke seinen Geldbeutel zurück und versuche sein Handy zu entsperren, aber es funktioniert nicht. Was auch immer sein Code zum Entsperren ist, er ist zu kompliziert, um ihn zu erraten. Ich stecke auch das Handy zurück und sehe nach, was ich tun kann, um es ihm auf dem Boden bequemer zu machen.

Als ich nach oben in mein Schlafzimmer gehe, beginnt der Teekessel zu pfeifen. Ich eile zurück und brühe den Tee auf, bevor ich den Kessel wieder in die Küche bringe. Ich sehe, dass er sich leicht rührt.

„Hey", sage ich zögerlich. „Hey, kannst du mich hören?"

Keine Antwort. Wenigstens bewegt er sich, anstatt nur wie ein Holzklotz herumzuliegen. Die Farbe kehrt in seine Wangen zurück, er wärmt sich eindeutig wieder auf.

Ich hole ihm ein Kissen und die Decke von meinem Bett, da ich nicht weiß, was ich sonst tun soll. Eine kleine, pelzige Entourage folgt mir von Zimmer zu Zimmer. Die Tiere spüren meine Nervosität und wollen mich nicht allein lassen.

Selbst Diogenes ist verstummt und starrt den Mann an, als ich zurückkehre. Ich nehme ein Handtuch aus dem Wäscheschrank, bevor ich den Raum betrete und bringe es mit, als ich mich wieder neben den Fremden knie.

Ich bedecke das Kissen mit dem Handtuch, damit es durch meine dürftige Wundenreinigung keine Flecken bekommt und schiebe es ihm vorsichtig unter den Kopf. Ich kontrolliere seinen Puls und die Wärme in seinen Händen. Seine Fingerspitzen sind immer noch kalt, aber sein Puls ist stark und regelmäßig.

„Okay, großer Kerl", seufze ich erleichtert. „Sieht aus, als würdest du es schaffen, wenn ich dich aufwärmen kann. Ich wünschte nur, du würdest aufwachen." Was werde ich zu ihm sagen, wenn er es tut?

Ich lege die Decke an der dem Ofen abgewandten Seite über ihn und hole meinen Tee. Aber dann halte ich ihn nur in den Händen, während er abkühlt und ich den merkwürdigen, komatösen Mann betrachte.

Das ist nicht mein Problem! Ich hätte einfach einen Rettungswagen holen sollen. Ihnen das überlassen, was auch immer dieser Kerl durchmacht. *Er war zu lange draußen. Selbst wenn er besser aussieht, er ist immer noch bewusstlos, und das ist ein schlechtes Zeichen.*

Ich erinnere mich schließlich daran, einen Schluck Tee zu trinken, dann greife ich nach meinem Handy. Ich bin besorgt, dass er eine Verletzung hat, die ihn umbringen könnte.

Außer ... was, wenn er nicht in die Nähe eines Krankenhauses will? Was, wenn Leute hinter ihm her sind und er nirgendwo sein möchte, wo er leicht gefunden werden könnte? Oder ...

„Oh, sei still, du riesiger Nerd", grummle ich. *Das ist nicht der Zeitpunkt, um Probleme zu überdenken. Er wacht nicht auf, also braucht er ein Krankenhaus.*

Ich hole mein Handy hervor und stelle den Tee zur Seite, während ich mich für eine schwierige Unterhaltung und einen noch schwierigeren Besuch wappne. Ich möchte wirklich keine Sanitäter oder Polizisten in meiner Nähe, aber wenn das jetzt nötig ist, werde ich damit umgehen können.

Ich wähle gerade 911, als ich etwas bemerke, innehalte und sehr still werde.

Die Augen des Mannes sind geöffnet, und er starrt mich stumm an.

KAPITEL 3

Michael

Ich wache aus der roten Dunkelheit in einem Raum auf, den ich
nicht erkenne. Mein Kopf schmerzt, auf einer Seite meines Schä-
dels tut es höllisch weh, der Rest pocht nur dumpf. Aber mir ist warm,
und obwohl eine harte Unterlage unter mir ist und ich keine Ahnung
habe, was vor sich geht, bin ich sicher.

Zumindest für den Moment.

Jemand bewegt sich in meiner Nähe. Ich spähe durch meine
Wimpern hindurch und sehe das Licht von Feuer, Hitze ist an meiner
Seite zu spüren, und ich liege neben einem Holzofen. Unter meinem
Kopf ist ein Kissen und eine Decke ist um mich gewickelt, und nicht
nur eine, sondern drei Katzen haben sich zwischen mir und dem
Holzofen zusammengerollt. Ich bin in Straßenklamotten, einschließ-
lich eines Ledermantels. Meine Stiefel habe ich an und mein Haar
fühlt sich feucht und schmierig an.

Mein Kopf fühlt sich so an, als würde er jeden Moment aufzu-
brechen.

Eine Frau bewegt sich im Raum, ihr rotes Haar wippt auf ihren

Schultern auf und ab. Sie trägt einen langen grünen Rock und einen prüden rosafarbenen Pullover, aber die Kurven ihres Körpers drücken sich rebellisch dagegen und weigern sich, so bescheiden zu sein.

Ihre Haut ist blass, ihr Verhalten leicht nervös, und sie steht neben einer großen Stange, auf der ein gerupftes Huhn in einem Pullover sitzt.

Warte eine Sekunde ...

Ich frage mich für einen Moment, ob ich träume, aber die wachsende Unbequemlichkeit des harten Bodens an meiner Seite trägt zu meinen Kopfschmerzen bei und macht es ziemlich eindeutig, dass dies das reale Leben ist. Ich sehe mich erneut verwirrt um, nichts um mich herum kommt mir bekannt vor.

Dann realisiere ich etwas noch Schlimmeres. *Nichts* ist mir bekannt.

Nicht die Situation, nicht meine Klamotten, nicht die Wunde an meinem Kopf, nicht die Katzen, nicht der ... Papagei, wie ich erkenne, als die Kreatur fröhlich krächzt und die Frau kichert. Ich schließe erneut die Augen und versuche, mich zu konzentrieren. Was habe ich getan, bevor ich herkam?

Ich merke, wie sich mein Magen anspannt, als sich die Realität wie ein kalter Schlag über mich legt. Ich suche in meinem Kopf nach irgendeinem Erinnerungsfetzen, wo ich herkam, wo ich lebe ... wie mein Name lautet. Es ist, als suchte man nach etwas am Grund eines schlammigen Baches; nichts ist klar, und alles, was ich unter der Oberfläche greife, entgleitet mir nach einer Sekunde.

Ich unterdrücke die aufsteigende Panik und lege meine ganze Kraft in die Konzentration. *Wie lautet mein Name? Was tue ich beruflich? Wie sieht mein Gesicht aus?*

Nichts.

Manchmal fühle ich am Ende jeder Frage ein kleines Zucken der Erinnerung, aber nicht genug, um irgendetwas zusammenzusetzen. Mein Name ist irgendetwas Geläufiges, an so viel kann ich mich erinnern. Das ist mein Lieblingsmantel, und aus irgendeinem Grund bin ich darum besorgt. Als die Frau den federlosen Papagei Diogenes nennt, verstehe ich den Witz.

Das ist der Kerl, der Plato vor seinen Schülern mit einem gerupften Huhn bloßgestellt hat, nachdem Plato die Menschen als federlose Zweibeiner beschrieben hat. Aber wer hat mir das gesagt? Warum weiß ich das?

Ich kann mich nicht erinnern!

Ich pflüge mich weiter durch den schwarzroten Nebel in meinem Kopf. Winzige Informationsfetzen treten an die Oberfläche: ein Schuss, zerbrechendes Glas. Mit schmerzendem Kopf in der eisigen Kälte. Der Rotschopf, der über mir steht, ein besorgter Ausdruck in ihrem zarten Gesicht.

Danach … nichts Klares. Informationen, Wissen … keine persönlichen Informationen, die fest zu greifen sind. Ich weiß, dass ich Bier mag und allergisch gegen Meeresfrüchte bin. Ich spreche Italienisch.

Meine Mutter ist Katholikin und tot. Mein Vater … ist ein weiterer weißer Fleck. Welche Fähigkeiten habe ich? Welche Augenfarbe?

Scheiße! Das ist keine gute Situation. Zumindest ist, wer auch immer das ist, nett genug, sich um mich zu kümmern, während ich mich erhole von …

… was? Wie bin ich hergekommen?

Es gibt nur eine Person zum Fragen: das hübsche Mädchen mit den sanften grauen Augen.

Ich sehe für einen Moment zu, wie sie herumhantiert, dann dreht sie sich zu mir um und blinzelt überrascht, als sie meine geöffneten Augen bemerkt.

„Hallo", bringe ich heraus. Mein Hals fühlt sich an, als hätte ich mit Sand gegurgelt.

„Oh mein Gott, du bist wach! Ich dachte, du würdest vielleicht gar nicht aufwachen." Ihre melodische Stimme zittert. Nervosität oder Erleichterung?

„Na ja, ich bin wach, aber äh …" Ich drücke mich langsam in eine Sitzposition und knirsche wegen des Schmerzes in meinem Kopf mit den Zähnen. Zwei der Katzen stehen auf, die schwarze blinzelt mich an und die andere mit dem grauen Fell ist ein verdammter Waschbär!

„… was zur Hölle?"

„Oh, das ist Berry, du sitzt auf seinem Platz." Sie klingt noch zittriger. Sie ist nervös … wegen mir?

Die dritte Katze, schlank und gestreift, hebt den Kopf und niest — dann erkennt sie, dass ich wach bin und schießt durch die Tür. Die anderen Tiere bewegen sich wachsam von mir weg. Sie kennen mich nicht.

„Wie ist dein Name?", fragt sie mich. Sie hat Probleme mit Augenkontakt. Ihre Gliedmaßen sind angezogen, als wolle sie sich verstecken.

Keine Angst. Schmerzhaft introvertiert. Und ich bin ein Fremder.

„Ich habe irgendwie gehofft, du könntest mir das sagen", seufze ich und fasse behutsam nach oben, um die schmerzende Stelle an meinem Kopf zu berühren. Getrocknetes Blut, aufgeschürfte Haut und ein tiefer, pochender Schmerz.

Ihr Mund öffnet sich. „Du ... du kennst deinen Namen nicht?"

Ich schüttle den Kopf — und höre mit verzogenem Gesicht sofort auf. „Aua." *Das werde ich für eine Weile nicht mehr tun.*

„Oh, tu das nicht, du hast kaum aufgehört zu bluten." Sie macht einen Schritt auf mich zu und zögert, die Hände in der Luft, als wäre sie nicht sicher, wie man mit gedächtnislosen Menschen auf ihrem Boden umgeht.

„Ich werde überleben", grummle ich sanft und sie wird rot, wobei sie wegsieht. Sie ist hinreißend — aber angespannt. Obwohl ich hier der Verletzte auf dem Boden bin. „Wie ist dein Name?"

„Äh, Eve", antwortet sie und blinzelt mich immer noch an, als wären mir gerade Hörner gewachsen. „Du erinnerst dich wirklich an gar nichts?"

„Kaum. Ich weiß nicht einmal, wie ich hier hochgekommen bin, oder wie ich verletzt wurde." Ich versuche aufzustehen und der Raum neigt sich.

Sie eilt nach vorne, die Verlegenheit vergessen, um mir aufzuhelfen. Sie ist zierlich und ich bin ... es nicht, aber sie bringt trotzdem ihre Schultern unter meinen Arm und stützt mich mit unerwarteter Kraft. Sie stößt kleine Geräusche der Anstrengung aus, während sie mir zu der breiten, braunen Couch hilft, gibt aber nicht auf.

Ihr Haar riecht leicht nach süßen Blumen: Jasmin? Das Wort kommt mir ohne Kontext, während ich gegen den plötzlichen Drang ankämpfe, sie näher an mich zu ziehen. Es ist ausgeschlossen, dass sie bereit ist — und ich weiß immer noch nicht, was zur Hölle vor sich geht.

Ich lasse mich auf die Couch fallen und stöhne vor Unbehagen, dann untersuche ich mich. Meine Hände sind leicht abgeschürft, ein paar willkürliche Schmerzen, und als ich den Mantel betrachte, sehe ich etwas Alarmierendes: ein frisches Einschussloch.

„Wie lange war ich weg?" Ich beginne meine Taschen zu durchsuchen. Geldbeutel, Schlüssel, Handy. Ich fühle etwas unter meinem Arm und greife unter den Mantel—ein leeres Schulterholster.

Ich erstarre. *Warum habe ich ein Holster? Und wo ist die Waffe?*

Sie blickt auf den Laptop auf dem Tisch hinter ihr. „Es können nicht mehr als sechs Minuten gewesen sein. Du bist auf meiner Veranda zusammengebrochen und ich habe dich hineingezogen."

Sechs Minuten. „Das ist nicht allzu schlimm."

„Ich habe mir Sorgen gemacht. Wie geht es dir? Ich wollte gerade einen Rettungswagen rufen." Sie bückt sich, um den Waschbären hochzuheben, der an ihrem Bein scharrt, und ich bekomme einen Blick in ihr Dekolleté. Die Haut ihrer Brüste ist so glatt, dass sie schimmert.

Verdammt.

„Na ja, mir wurde auf den Kopf geschlagen, darin üben ein paar Schlagzeuger und ich habe keine Erinnerung. Ansonsten geht es mir gut." Ich runzle die Stirn. „Ich bin allerdings froh, dass du keinen Rettungswagen gerufen hast."

„Hm?" Sie setzt sich an ihren Tisch, mir schräg gegenüber, wobei sie das Fellknäuel immer noch hält, als wäre es ein Baby. Das Tier scheint es auch nicht zu stören.

„Es wäre nicht die beste Idee. Da ist ein Einschussloch in meinem Mantel und ich habe vielleicht auch einen Streifschuss am Kopf abbekommen." Ich untersuche erneut die Wunde und zwinge mich dann dazu, meine Hand wieder zu senken. „Wer auch immer das getan hat, ist vermutlich nicht auf der richtigen Seite des Gesetzes und sucht vielleicht nach mir."

Sie erblasst. „Wir sind hier mitten im Nirgendwo."

„Wo ist ‚hier'?" Das ist offensichtlich eine Hütte, wenn sie ein Waschbärbaby hat, das einfach bei ihr lebt, dann sind wir vermutlich irgendwo im Wald.

„Berkshires. Wir sind ungefähr eine Meile von der Straße entfernt, ganz oben. Und es kommt ein Schneesturm." Sie ist besorgt und introvertiert und bezaubert mich mit jeder Sekunde mehr. „Willst du die Polizei rufen?"

„Nein", sage ich so schnell, dass es selbst mich überrascht. „Ich weiß noch nicht einmal, was ich ihnen sagen soll." Aber da ist noch etwas hinter meiner Ablehnung: abrupte, unerklärliche Angst. Wer auch immer ich bin, und wie auch immer es dazu kam, dass ich in den Bergen von Massachusetts angeschossen und k.o. geschlagen wurde, ich bin vermutlich nicht die Art Kerl, die gerne eng mit der Polizei zu tun hat.

Und das gibt Grund zur Sorge.

„Was willst du tun?", fragt sie leise. „Ich bin außer den Tieren nicht an Gesellschaft gewöhnt, aber du bist verletzt und der Sturm bringt eisig kalten Wind im zweistelligen Minusbereich mit sich."

Meine Augenbrauen gehen in die Höhe. „Verdammt. Kannst du einen dieser Fensterdecken zur Seite ziehen, damit ich nach draußen sehen kann?"

Sie nickt und geht zu dem breiten Frontfenster, das von einem schweren, gesteppten Stoff bedeckt ist, der mit Klettband am Rahmen befestigt ist. Sie öffnet es mit einem reißenden Geräusch, das den Papagei aufgeregt mit den Flügeln schlagen lässt.

„Was zur Hölle ist mit deinem Papagei passiert?", frage ich, während sie vorsichtig den Stoff wegnimmt. Der Vogel beäugt mich und neigt den Kopf.

„Äh, er war in schlechten Umständen, bevor ich ihn bekommen habe, und er hat begonnen, sich seine Federn zu rupfen. Sobald er weniger gestresst ist, hoffe ich, ihm diese Angewohnheit nehmen zu können. Er hat ein paar Federn unter dem Pullover, aber er ist im Moment immer noch recht nackt." Sie rollt die Unterseite des Stoffs hoch, um das Fenster zu zeigen, und ich kann nicht anders, als zu starren.

Ein steiler, bewaldeter Abhang mit einer einzelnen Fußspur, die den Hügel hoch durch den Schnee führt. Frischer Schnee fällt bereits, kleine Flocken funkeln, als sie vorbeiwehen. Eine gefestigte Straße führt den Hügel hinunter von der Hütte weg, auf der anderen Seite meiner Fußspuren. „Hast du ein Fahrzeug?"

„Einen Jeep und ein Schneemobil. Ich würde nichts davon bei dem Wetter fahren, es sei denn, du wärst immer noch bewusstlos." Sie späht nach draußen in den stärker werdenden Sturm. „Wenn du bleiben willst, bekommen wir das hin. Wenn du allerdings weg willst, ist jetzt der richtige Zeitpunkt dafür."

Ich ziehe es in Erwägung, als ich mir die einsame Fußspur ansehe. Wer auch immer mir das angetan hat, ich bin irgendwie geflohen. Wenn sie meiner Spur nicht zum Haus gefolgt sind, bevor der Schnee begonnen hat, sie zu bedecken, dann werden sie jetzt viel Freude daran haben, mich zu suchen.

Ich öffne den Geldbeutel und betrachte das Bündel Geld und die beiden Ausweise darin, dann schließe ich ihn wieder, lehne mich zurück und schließe die Augen. Keiner der Namen ist meiner. Als ich das Handy kontrolliere, kann ich mich nicht an den Sperrcode erinnern.

Sie bedeckt das Fenster wieder und mein Blick wandert über sie: schüchtern, süß, verletzlich und mitfühlend, mit einem Körper, nach dem sich meine Hände bereits sehnen.

Vielleicht kann ich für eine Weile etwas gegen ihre Einsamkeit tun?

Und wirklich vielleicht hierbleiben, bis ich eine Ahnung habe, was vor sich geht? Wer auch immer versucht hat, mich zu erschießen, sucht vielleicht immer noch nach mir. Abzuwarten, bis der Sturm vorbei ist, wird mir die Möglichkeit geben, genügend Erinnerungen wachzurufen.

„Ich würde gerne ein paar Tage bleiben, wenn das in Ordnung ist", antworte ich, und sie nickt, wobei sie mir ein winziges Lächeln anbietet.

KAPITEL 4

Eve

E r hat kein Gedächtnis und jemand hat versucht ihn zu töten.
Ich fühle mich wie in einem Agentenfilm.
Außerdem habe ich eine solche Attacke der Befangenheit, dass ich
begonnen habe, im Wohnzimmer zu hantieren, bis er höflich hustet
und ich aufhöre, um mit einem Kissen in der Hand in seine Richtung
zu sehen.

„Weißt du, du hast mich aus der tödlichen Kälte gezogen und lässt
mich in deinem Zuhause bleiben. Du musst nicht auch noch für mich
aufräumen." Sein Lächeln schmilzt meine Nervosität wie Sonnenlicht
den Schnee.

Ich werde rot und lege das Kissen hin. „Es ist nur weine Weile her",
murmle ich mit noch immer heißen Wangen. Ich kann ihn nicht lange
ansehen, er kann mich starren sehen, also wende ich nach einem
kurzen Augenkontakt schnell den Blick ab.

Er ist zu gutaussehend! Was könnte passieren, wenn er erkennt,
dass ich nicht aufhören kann, ihn anzusehen? Gutaussehende Männer

können die grausamsten sein. In seine strahlenden, kohleschwarzen Augen zu sehen, ist, als würde man in die Sonne starren; ich kann nicht zu lange hinsehen, sonst fängt es an zu schmerzen.

Kein Mann hat mich je berührt. Natürlich habe ich in den letzten sechs Jahren nicht versucht, mit jemandem auszugehen. Aber davor, in meiner unbeholfenen Teenagerzeit, war es tagein und tagaus Zurückweisung.

Jetzt sitze ich einem Mann gegenüber, von dem ich mir bereits wünsche, er würde mich berühren, der in meinem Zuhause sitzt und jeden Grund hat, mich freundlich zu betrachten, da ich ihn gerettet habe. Und ich bin immer noch so nervös, dass ich kaum atmen kann!

„Wie soll ich dich nennen?", frage ich und verwende meine nervöse Energie stattdessen dazu, um uns Tee zu machen. Berry folgt mir immer noch umher, versteckt sich hinter meinen Beinen und späht zu dem Neuling, der jetzt, wo er wach ist, einschüchternder wirkt.

„Ich hoffe immer noch, dass ich mich bald erinnere." Er schenkt mir ein schiefes, ironisches Grinsen. „Daran und an den Sperrcode meines Handys." Er sitzt aufrechter, sein Ausdruck ist wachsamer. „Danke hierfür."

Wie soll ich darauf reagieren? Wäre ich so bereit, ihn aufzunehmen, wenn es kein Notfall wäre, egal wie heiß er ist? Allein heißt sicher, und ich gebe meine Sicherheit nicht leicht auf.

Außer ... sieh ihn dir an! Er sieht aus wie ein verwundeter römischer Gott. Ich könnte den ganzen Tag hier sitzen und ihn malen! Der einzige Grund, aus dem es nicht gut aussähe, wäre, dass ich meine Hände nicht vom Zittern abhalten könnte.

Ich mache ein leises Geräusch der Bestätigung und bringe ihm seine Tasse, nachdem ich ein wenig Honig in den Tee gegeben habe. „Bist du sicher, dass du dich nicht von einem Arzt durchchecken lassen willst?"

„Nein, es ist das Risiko des Fahrens nicht wert. Außerdem fühle ich mich nicht mehr so schlecht, jetzt wo ich warm werde. Ich bin vermutlich wegen der Kälte zusammengebrochen." Er hat einen leichten Akzent. Spanisch vielleicht?

Er nimmt die Tasse, unsere Finger streifen sich, und ich lasse sie fast fallen, bevor er sie gut greifen kann.

„Oh, entschuldige", murmle ich und er lächelt nur kopfschüttelnd.

„Du bist wirklich nicht an andere Leute in deiner Nähe gewöhnt, oder?"

Das lässt mich erschauern, als Erinnerungen zurückkehren. Ich schiebe sie beiseite. Zumindest habe ich Erinnerungen, auch wenn die meisten beschissen sind. „Ich, äh … bin mit Absicht hierhergezogen."

Diese Tage liegen weit hinter mir, und ich bin frustriert, dass mich trotzdem immer noch dieselbe Angst packt.

„Ich verstehe. Dann gibst du dir für mich besondere Mühe." Seine tiefe, warme Stimme hat einen reumütigen Unterton, und ich schüttle hastig den Kopf.

„Ich könnte nicht mit mir leben, wenn ich dich einfach hätte erfrieren lassen oder dich jetzt in die Kälte stoßen würde." Einer der Wege, um mit mir leben zu können, besteht darin, besser als meine Missbrauchstäter zu sein. Selbst wenn das bedeutet, jetzt einen kräftigen Fremden in meinem Haus zu haben, der vor kurzem vielleicht in eine Schießerei verwickelt war.

Es ist komisch, daran zu denken, besonders da ich den Kontext nicht kenne. Ist er ein Undercover-Polizist? Das würde Sinn ergeben, auch wenn es die falschen Ausweise unter anderem Namen in seinem Geldbeutel nicht tun.

Auf gewisse Weise ist es ein Trost, dass er so wenig weiß wie ich. Es sei denn natürlich, er lügt … es wäre nicht das erste Mal, dass mich ein Mann anlügt. Aber irgendwie glaube ich das nicht. Vielleicht ist es die Sorge, die in den tiefen dieser schwarzen Augen liegt?

„Naja, ich habe verdammtes Glück, mitten im Nirgendwo eine nette Person getroffen zu haben. Vermutlich einer der wenigen gütigen Menschen hier." Seine Augen funkeln, und ich sehe schnell weg, wobei ich einen brühend heißen Schluck Tee trinke.

„Nicht jeder hier ist so schlimm." Zumindest nicht in kleinen Dosen. „Sie bleiben überwiegend für sich, außer die Touristen, die in die Skihütte gehen."

Er hält kurz inne, als er seine Teetasse zum Mund hebt und die Stirn runzelt. „Skihütte?"

„Ja, es ist, äh … einer der größten Verkaufsschlager hier in der Gegend. Warum?" Sein ganzer Körper hat sich angespannt. „Erinnerst du dich an etwas?"

„… vielleicht. Es ist zu unklar." Er murmelt etwas Unverständliches mit frustrierter Stimme. „Ich hoffe nur, dass dieser Gedächtnisverlust so vorübergehend wie meine Bewusstlosigkeit ist."

„Du solltest vermutlich ein MRT machen lassen, sobald der Sturm vorbei ist." Bin ich zu aufdringlich? Er nickt nur.

„Ja, ich muss sichergehen, dass kein bleibender Schaden entstanden ist. Ich scheine mich allerdings schnell zu erholen. Das ist gut", sagt er, bevor er einen weiteren Schluck Tee trinkt.

„Es ist grüner Tee mit getrockneten Mangostücken. Ich dachte, Tee mit Honig würde helfen." Meine Wangen werden wieder warm. *Er hat danke gesagt. Er mag Tee. Vielleicht wird er mich mögen.*

Dann werde ich verzweifelt. *Was tust du? Konzentriere dich!*

„Naja, du hattest recht." Er leert seinen restlichen Tee. Außer dem trockenen Blut in seinem Haar sieht er fast aus wie ein Gast und nicht wie jemand, der auf meiner Veranda zusammengebrochen ist. „Es geht mir besser. Ich kann vermutlich selbst aufstehen."

„Würdest du dich, äh, gerne saubermachen?", frage ich zögerlich. Dieses Chaos in seinem Haar sieht nicht angenehm aus.

Er wird munter. „Ja, eine heiße Dusche würde auf viele Arten helfen. Vielleicht kann ich mich sogar noch an ein paar Dinge erinnern. Meine besten Gedanken kommen mir unter der Dusche."

„Wenigstens hat es dir geholfen, dich an das zu erinnern", scherze ich leicht und er lacht. Ich frage mich immer noch, ob er mit mir spielt.

„Es ist komisch", murmelt er und runzelt die Stirn, als er sich auf die Füße stellt und seine Tasse auf den schweren, hölzernen Couchtisch stellt. „Es ist weniger so, dass die Dinge fehlen, als dass sie verdunkelt sind. Als würdest du versuchen, dich an etwas von vor langer Zeit zu erinnern, aber die Details entgleiten dir immer wieder."

„Ich weiß nicht, wie Amnesie funktioniert", gebe ich zu. „Aber du scheinst ansonsten nicht verwirrt zu sein."

„Das war ich zuerst. Ich muss den Fußspuren nach zu urteilen eine Weile lang diesen Berg hinaufgegangen sein." Er hält inne und grinst unbeholfen. „Äh, ich nehme an, dass sie jetzt bedeckt sind."

Ich verstecke ein Lächeln hinter meiner Hand. „Ich habe sie gesehen. Du bist nur umhergetorkelt. Ich wünschte, ich hätte dich dort draußen früher gesehen."

„Du warst da, als ich dich gebraucht habe, und das ist genug", spricht er dazwischen, während er seinen Mantel auszieht. Ich trete nach vorne, um ihn zu nehmen, und etwas fällt aus seinen Taschen zu Boden. Glasstücke, an den Kanten blaugrün—Sicherheitsglas von einer zertrümmerten Windschutzscheibe.

„Autounfall", sagt er plötzlich, erneut mit gerunzelter Stirn. „Das war Teil davon."

„Es ist vermutlich ein hoffnungsvolles Zeichen, dass deine Erinnerung so schnell zurückkehrt", versichere ich ihm, während ich mich frage, welche Situation er überlebt hat.

„Das nehme ich an. Was zur Hölle werde ich über mich herausfinden? Also, wo ist das Badezimmer?"

Ich nehme das Handtuch vom Kissen und reiche es ihm, dann lege ich das Kissen und die Decke für später auf die Couch. „Den Flur entlang, linke Seite."

Er nickt und wirft das Handtuch über seine Schulter, bevor er durch den Flur geht. Ich sehe ihm zu — sein fester Po und der muskulöse Rücken betont durch einen engen Pullover und gut geschnittene Hosen — und kann nur starren, bis er ins Bad und aus meinem Blickfeld verschwindet — gefolgt von Freya, die ihn anmiaut. „Hey, Katze. Willst du mir beim Duschen zusehen? Pelziger Perverser."

Ich würde auch zusehen, denke ich — und werde sofort roter denn je. *Oh mein Gott, hör mir einer zu!*

Warum muss er so heiß sein? Ich könnte besser damit umgehen, wenn er ein gewöhnlicher Kerl wäre. Aber das ist die Situation, und sie muss gehandhabt werden, ohne dass ich mich völlig zur Idiotin mache.

Eins nach dem anderen. Ich gehe zu meinem Laptop und recherchiere Amnesie. Symptome, Anzeichen, Ursachen. Ich überfliege einen Mayo-Klinik-Artikel und runzle die Stirn.

Zwei Arten von Amnesie: die Art, die vergangene Erinnerungen betrifft und die, die einen davon abhält, neue zu schaffen. Eine temporäre Amnesie vergeht nach Stunden, eine andere kann innerhalb von ein paar Tagen oder Wochen nachlassen. Dann gibt es dauerhafte oder semidauerhafte Amnesie.

Die Ursachen sind unterschiedlich. Gehirnerkrankung, Tumore, Gehirnerschütterung und psychisches Trauma.

Wie angeschossen zu werden, einen Autounfall zu haben und fast zu sterben. Er ist ein zäher Ker, aber niemand ist so zäh.

Ich wäre völlig fertig, wenn jemand versucht hätte, mich zu töten. Wenn die Ausweise nicht gewesen wären, hätte ich mich gefragt, ob er ein Opfer der Gewalt im Straßenverkehr war. Sie passiert überall, besonders bei schlechtem Wetter.

Wir werden es irgendwann herausfinden. Ich hoffe nur, dass wir diesen Kerl in Kontakt mit seiner Familie bringen können. Sie müssen sich schreckliche Sorgen machen.

Interessanterweise trägt er keinen Ehering. *Aber er muss eine Freundin haben ... Kerle wie er sind nur single, wenn sie es sein wollen.* Mein Herz wird bei dem Gedanken schwer ... aber ich muss daran denken.

Bleib objektiv!

Das Wasser wird abgestellt, ungefähr eine Minute später öffnet sich die Tür und er lehnt sich hinaus. „Hey", sagt er, „Föhn?"

Er ist halbnackt, als er sich aus der Badezimmertür lehnt, seine Haut glänzt. Meine Augen werden groß. *Oh scheiße!*

Ich habe noch nie zuvor einen unbekleideten Mann gesehen, nicht persönlich. Geschweige denn einen, der so gut aussieht, dass ich ihn jedes Mal anstarre, wenn wer nicht hinsieht. Jetzt gibt es viel mehr anzustarren ... Und ich brauche all meine Willenskraft, um nicht zu sabbern.

Seine Haut glänzt im Licht. Ich sehe ein paar Narben, einschließlich einer neben seinem Bauchnabel, aber sie ist im Vergleich zum

Rest von ihm kaum zu sehen. Ein paar Wassertropfen hängen wie Juwelen an seiner olivfarbenen Haut und laufen langsam seine Brust hinab, dann über seinen harten Bauch, um sich in den Haaren unter seinem Nabel zu fangen. Mein Blick folgt ihnen gierig, bis ich mich erwische und wieder in sein Gesicht sehe.

„Äh …" *Heilige Scheiße. Reiß dich zusammen, Eve.* „Entschuldige, ich hatte ihn wegen künstlerischer Sachen hier." Ich nehme ihn von meinem Tisch, mein Herz pocht mir in den Ohren und mein Gesicht kribbelt vor Hitze. Und nicht nur mein Gesicht.

Sexuelles Verlangen hat für mich immer sexueller Frust bedeutet. Zwischen der Hemmung, der Misshandlung und der Tatsache, dass ich kurviger war, als es den meisten Jungs gefiel, konnte ich nicht einmal auf Jungs zugehen, die mir die Knie schwach werden ließen. Die grausamen Sticheleien wären nur schlimmer geworden.

Ich habe versucht, mein frustriertes Verlangen zu ignorieren wie meine Einsamkeit. Aber als ich ihn ansehe, durchfährt mich ein scharfes, beinahe schmerzhaftes Kribbeln, zentriert in meiner Mitte. Ich möchte ihm fast sagen, er solle herkommen, dass ich ihn mit Körperwärme trocknen kann, aber ich habe nicht den Mut dazu.

Stattdessen reiche ich ihm den Föhn, und er dreht sich um, um im Badezimmer zu verschwinden, wobei er mir einen noch besseren Anblick seines Hinterns gewährt. Ich beiße mir auf die Lippe und starre, jetzt wo er mir den Rücken zugewandt hat. Die Tür schließt sich, ich atme aus und schüttle den Kopf.

Hör auf. Du weißt nichts über diesen Mann—er weiß nichts über sich selbst. Und du hast sowieso keine Ahnung, wie man flirtet. Mach es nicht noch schlimmer.

Ich beschäftige mich damit, Diogenes zu füttern, den Fortschritt des Sturmes zu kontrollieren (die Fußspuren sind tatsächlich verschwunden) und mit Berry zu spielen, der mir immer wieder seinen klingelnden Ball bringt, um ihn für ihn und die Katzen zu werfen. Ein gutes Dreierspiel von Renn-dem-Ball-hinterher läuft, als sich die Badezimmertür wieder öffnet.

Mein Besucher kommt oberkörperfrei heraus, Hose und Stiefel angezogen, den Rest seiner Klamotten in der Hand. „Hey", sagt er mit einem unschuldigen Lächeln. „Hast du hier irgendetwas zu essen?"

Uff. Ich lächle unbeholfen und nicke, dann wende ich mich der Küche zu. „Viel. Komm schon."

Wie soll ich schlafen, wenn dieser unglaublich heiße mysteriöse Mann hier ist?

KAPITEL 5

Michael

Unter der Dusche habe ich viele Narben entdeckt. Alt und neu, überwiegend belanglos, manche davon verdächtig aussehend. Eine kleine Sonne im Narbengewebe auf jeder Seite meines rechten Oberschenkels, alarmierend weit oben und nah bei meinen Familienjuwelen. Eine dünne, gedrehte Narbe neben meinem Bauchnabel. Lange, dünne Narben auf meinen Unterarmen und eine auf meinem unteren Rücken.

Ich berühre die Narben in Form einer Sonne, als das Wasser langsam das getrocknete Blut aus meinem Haar wäscht, dann feuert etwas in meinem verunsicherten Gehirn vernünftig. Für einen Moment höre ich einen Schuss, dann ein harter Aufprall auf meinem Bein, als hätte mich jemand geschlagen. Ich blicke hinab und bin überrascht, Blut zu sehen.

Dann blinzle ich und es geht weg, ich betrachte wieder eine Narbe. Das ist eine Schusswunde. Jemand hat vor langer Zeit versucht, mich zu verkrüppeln—oder zu kastrieren. Jetzt merke ich davon nicht einmal mehr ein Zwicken.

Ich fahre mit dem Finger über die Narbe an meinem Bauchnabel und bekomme einen weiteren Flashback. Dieser ist entsetzlicher Schmerz, als ein Messer in mich eindringt. Der Gedanke *Ich habe drei Monate lang Antibiotika genommen* kommt mir in den Kopf, und dann verschwindet das auch. Ich war in vielen Kämpfen. Bin ich Soldat? Polizist? Söldner?

Ein Betrüger?

Warum zur Hölle kann ich mich nicht erinnern?

Trotzdem hat Eve recht, ich erinnere mich schnell an Dinge. Vielleicht liegt es daran, dass ich endlich warm und weit weg von der Gefahr bin? Die Quelle will nicht zwischen diesen Bildern hervorkommen, egal, wie sehr ich es versuche.

Ich wasche mir sehr vorsichtig die Haare, das heiße Wasser und die Seife brennen auf meiner Kopfhaut. Keine Blutung, aber das Wasser von meinem Kopf wird von fast schlammbraun zu teefarben innerhalb mehrerer Minuten, und es dauert eine Weile, bis es sauber wird.

Währenddessen geht das Pochen in meinem Kopf unverändert weiter und die Schwellung unter der Wunde ist groß geworden.

Zum Glück hat die Wunde nicht erneut geblutet. Was auch immer passiert ist, hat mich ordentlich erwischt, aber nicht mein Leben in Gefahr gebracht. Außer natürlich dem Verlust des Bewusstseins mitten im eisigen Wald.

Ich bin nur froh, dass es auf der Veranda einer so netten und reizenden Frau passiert ist.

Eve. Sie ist bezaubernd und genau mein Typ. Selbst in ihren altmodischen Klamotten habe ich das bemerkt, während ich realisiert habe, dass ich unter Amnesie leide.

Und sie ist einsam. Sehr sogar. Welches Trauma hat sie dazu gebracht, sich in einer Hütte in den Wäldern zu isolieren? Es ändert nicht die Tatsache, dass sie sich nach Gesellschaft sehnt. Die kleine Sammlung an Kreaturen, um die sie sich kümmert, ist Beweis genug.

Vielleicht kann ich etwas dagegen tun? Ich mag sie immerhin bereits, und sie verdient ein nettes Dankeschön dafür, dass sie mein

Leben gerettet hat. Ich lächle, während ich mein Haar ein letztes Mal auswasche und mich erneut ansehe.

Wer auch immer ich bin, ich bleibe gerne fit, und nicht nur des Nutzens wegen. Die rasierte Haut macht das klar, zusammen mit der gepflegten Haut. Der Kerl gefällt gerne Frauen, besonders ohne Klamotten.

Kein Ehering, keine Bräunungsstreifen.

Keine Fotos einer Frau in diesem merkwürdig schlichten Geldbeutel. Wie soll ich das verdammte Handy entsperren? Vielleicht kommt mir der Sperrcode wieder ins Gedächtnis, wenn ich lange genug warte?

Es ist seltsam, wie ich mit der Kopfwunde eines Streifschusses, zerbrochenem Glas in meiner Manteltasche und ohne eine Ahnung, wer vielleicht hinter mir her ist, bereits sichergehe, dass ich nicht bereits vergeben bin, damit ich eine junge Frau verführen kann, die ich kaum kenne.

Trotzdem bringt es eine angenehme Ablenkung von all dem Unwissen.

Ich trockne mich so gut wie möglich ab und suche in dem kleinen, pink gefliesten Bad nach einem Föhn. Er ist in keinem der Schränke und der Schubladen. *Hmm.*

Ich wickle das Handtuch um meine Hüfte, sodass ich meiner Gastgeberin nicht einen unerwarteten Blick auf meine Juwelen gebe, und gehe zur Tür, wobei ich der gestreiften Katze ausweiche, die miaut, sich aber nicht an meinem feuchten Bein reibt. „Hey Katze." Ich schiebe sie mit dem Fuß zur Seite, öffne die Tür und lehne mich nach draußen.

Eves Ausdruck, als ihr Blick über mich wandert, sagt mir alles. Es ist schmeichelhaft, als ihr Blick auf meinem Bauchnabel landet, merke ich, wie sich meine Männlichkeit unter dem Handtuch rührt. Ihre Augen werden groß und sie sieht schnell weg, wobei sie eilig den Föhn von ihrem überladenen Arbeitstisch nimmt.

Ich halte mein Lachen zurück, bis ich wieder im Badezimmer bin und das Summen des Föhns mein leises Lachen überdeckt. *Jemand ist verknallt. Das ist einfach bezaubernd.*

Das Problem ist, dass sie mir einen Ständer verpasst hat, an dem ich das Handtuch aufhängen könnte.

Während ich meine Haare föhne, denke ich an den Gang durch den Schnee und versuche mich daran zu erinnern, wie die Kälte in meine Knochen gesickert ist. Nichts kommt. Nur Frust und meine wachsende Erschöpfung. Zumindest verschwindet meine Erektion, ich muss wieder in meine Hose passen!

Ich ziehe den Stoff von dem einzelnen Fenster und blicke hinaus in das Weiß. Der Sturm hat wirklich zugelegt. Meine Fußspuren sind verschwunden, mein Pfad vergraben.

Jeder, der versucht hat mir zu folgen, hat sich vermutlich im Blizzard verirrt, wenn er nicht aufgegeben hat und nach Hause gegangen ist. Ich bin hier definitiv sicher, zumindest so lange der Sturm anhält. Ich sollte nach der Vorhersage fragen.

Ich ziehe meine Hose und meine Stiefel wieder an, nehme den Rest meiner Sachen und gehe hinaus—wo ich erneut von Eves aufgerissenen Augen begrüßt werde. *Meine Güte, Mädchen, hast du nie einen oberkörperfreien Kerl gesehen?*

Sie ist vermutlich Jungfrau! Sie weiß nicht, was sie sagen oder tun soll, als sie mich entkleidet sieht. Wir plaudern für einen Moment locker. Ich erwähne das Essen und sie führt mich in ihre Küche. Ich lasse meine Jacke auf das Sofa fallen und ziehe meinen Pullover an, bevor ich ihr folge.

„Wie lange soll der Schneesturm anhalten?", frage ich, als sie zu einem Schmortopf geht, der dampfend auf einer der Holzanrichten steht.

„Sechsunddreißig Stunden, plus weitere zwölf, bis die Straßen frei sind. Warum?" Sie holt zwei Steingutschüsseln aus einem Schrank und beginnt, sie mit duftendem Eintopf zu füllen.

„Ich versuche nur herauszufinden, wie lang meine Begnadigung ist." Ich schenke ihr ein Lächeln für die Schüssel und den Löffel, dann setze ich mich an den kleinen Tisch dem Herd gegenüber.

„Zwei Tage, es sei denn, es sind Bond-Bösewichte, die dich auf Skiern und Schneemobilen verfolgen. Dann anderthalb Tage." Sie versucht Witze zu machen. Ich lache und tue absichtlich so, als würde ich die Blicke nicht bemerken, die sie mir zuwirft.

„Das sollte mir ein wenig Vorbereitungszeit geben. Ganz zu schweigen von einer Chance auf Erholung ... Also, da ich überhaupt nichts über mich weiß, erzähl mir von dir."

„Oh, ich, äh ..." Sie setzt sich vorsichtig auf ihren Stuhl, nimmt ihren Löffel und legt ihn dann wieder weg. „Naja, ich bin Künstlerin. Ich bin zum Arbeiten hergekommen. Ich bin ursprünglich aus Portland in Maine." Sie sitzt steif da, Haltung und Gesichtsausdruck sind angespannt.

Ich nehme einen Bissen des Eintopfs, um ihr einen Moment zu geben, wobei ich kaue und schlucke. Er ist gut — überraschenderweise ausreichend gewürzt.

„Ich bin wegen der Kunstschule nach Boston gekommen und wollte bleiben." Sie stochert mit dem Löffel im Eintopf herum. „Ich ... hatte nicht wirklich etwas, weswegen ich zurückkehren konnte."

„Ist Portland so beschissen?" Ich habe keine Erinnerungen an Maine. Stephen King lebt dort, aber sonst weiß ich nichts.

„Das ... das war es für mich." Sie verzieht das Gesicht und nimmt einen winzigen Bissen. „Nichts Lebensbedrohliches, aber ... es war jeden Tag."

„Was meinst du?", frage ich sanft.

„Jeder. Familie, Kinder in der Schule, andere Leute. Sie haben ... mich einfach nicht gemocht." Sie seufzt. „Und sie hatten verschiedene Wege, um es mir zu zeigen."

Da steckt noch viel dahinter, von dem sie mir nichts erzählt. Sie will vermutlich vor einem Kerl ohne Erinnerung und mit einer Schusswunde am Kopf nicht wie eine Heulsuse wirken.

„Ist das ein schwieriges Thema?" Es war vielleicht tatsächlich anstrengend, einen Gast zu haben.

Wer auch immer ich bin, ich scheine gut darin zu sein, Details über Leute zu bemerken. Vielleicht habe ich einen Abschluss in Psychologie? Oder ich bin Ermittler?

Es ist, als würde ich auf einen Tisch voller Puzzleteile starren und darin Teile des Bildes sehen, aber nicht, wo was hingehört. Ich kann mehr der Teile erkennen, aber es ist immer noch rätselhaft und ärgerlich.

„Es geht mir gut", erwidert Emily standhaft, aber das tut es nicht. „Wie auch immer ... Portland war kein guter Ort für mich. Zu viele schlechte Erinnerungen."

Ich höre ein Quietschen und sie bewegt sich leicht. Berry klettert ihren Rock hoch, um auf ihren Schoß zu kommen. „Ich bin sicher, es ist nichts, was du verdient hast", sage ich, als der Waschbär seinen Kopf über die Tischplatte hebt und die Nase in Richtung des Eintopfes streckt.

„Nein, war es nicht." Sie lächelt, während sie den Waschbären streichelt. „Aber solche Leute brauchen keine Gründe. Sie brauchen nur Ausreden."

Irgendwie kommt mir das fürchterlich bekannt vor. Die Bestürzung, die in mich hineinsickert, ist tiefer und hässlicher als alles, wofür Tyrannen oder sogar Missbrauchstäter verantwortlich sein könnten. Ich spüre, dass sie etwas wirklich Fürchterliches verbirgt. Oder ist sie nur eine empfindliche Seele und eine der hässlichsten Erinnerungen späht durch den Nebel hindurch?

„Ich verstehe. Also wie bist du zur Kunst gekommen?" Ich halte ein Lächeln zurück, als sie ihre Schüssel außerhalb der Reichweite der gierigen Waschbärenpfoten hebt.

„Als Kind habe ich mir in meinen Tagträumen Länder, Kreaturen, solche Dinge ausgedacht. Ich habe begonnen sie zu malen, ab dem Alter von zehn." Wieder dieser zögerliche Anflug eines Lächelns.

„Das klingt cool. Nach dem Abendessen würde ich es gerne mal sehen." Ich esse weiter, während sie nickt.

„Äh, kein Problem." Ein Ausdruck der Überraschung in ihrem Gesicht, als würde sie erkennen, dass ich tatsächlich interessiert bin.

Sie ist definitiv Jungfrau. *Faszinierend.*

Ich sollte sie zu nichts drängen. Langsam. Aber je mehr ich darüber nachdenke, desto mehr will ich sie verführen.

Verdammt, im Moment würde ich sie einfach gerne umarmen. Sie scheint so vom Leben getreten worden zu sein, auch wenn die Dinge jetzt okay sind.

„Der Eintopf ist wirklich gut. Ist das Hammelfleisch?" Es hat genug Knoblauch, dass ich nicht sagen kann, welches leicht nach Wild schmeckende Fleisch es ist.

„Reh. Einer meiner Nachbarn tauscht während er Jagdsaison für Versandsachen mit mir. Die Pilze sind allerdings aus dem Laden. Meine Fähigkeiten bei der Nahrungssuche sind nicht die besten."

Sie nimmt einen weiteren kleinen Bissen, als wäre sie zögerlich, vor mir zu essen. „Ich habe Amnesie recherchiert, während du geduscht hast."

Ich lege interessiert meinen Löffel hin. „Ja?"

„Deine Pupillen haben die gleiche Größe, und du zeigst keine Anzeichen einer Gehirnerschütterung. Aber Gehirnerschütterung ist eine der Ursachen. Ich nehme an, je milder die Gehirnerschütterung, desto milder die Amnesie, aber ich bin kein Arzt."

„Hm." Ich esse weiter, während sie am Rest ihres Tees nippt. „Was sind die anderen möglichen Ursachen."

„Drogen, Hirnerkrankung, Tumor und, äh … Trauma." Sie wird ein wenig rot, ihre blasse Haut verfärbt sich rosa. „Wie PTBS-Trauma."

„Das Letzte beschreibt mich nicht sehr gut." Ich lache ... aber dann geben mir diese kalte Gefühl in meinem Bauch und die Kopf-schmerzen eine frische Erinnerung.

Da ist etwas in meiner Vergangenheit, was mich nächtelang wach-halten wird, wenn ich mich daran erinnere. Nicht zu wissen, was es ist, stört mich sehr.

„Wir sollten dich ins Krankenhaus bringen, wenn der Sturm vorbei ist." Daran hat sie sich festgebissen. Aber sie ist besorgt — und das aufrichtig, obwohl sie mich erst getroffen hat.

Es wärmt mir das Herz — und meine Lenden. „Du hast das jetzt zweimal erwähnt. Ich nehme an, deine Suche hat dir Angst gemacht?" Ich schenke ihr ein schiefes Lächeln.

„Ja, ich folge den Empfehlungen und meinem Instinkt. Ich kann dich hinbringen, sobald die Straße wieder frei ist." Sie redet schnell, verlegen durch ihre Sorge.

„Okay. Du hast recht. Ich werde mit dir gehen und mich untersuchen lassen, sobald es möglich ist." Ich esse weiter. Der Geschmack des Eintopfs hat mich daran erinnert, dass ich verhungere. Zuvor habe ich es wegen des Schmerzes nicht gemerkt. Ich schaufle es so schnell wie möglich herein, ohne geschmacklos zu sein oder es auf meine Kleidung zu bekommen.

„Okay." Sie lächelt erleichtert und ich nicke. Sie hat wirklich ein großes Herz.

Und erneut kann ich beim Blick in ihre sanften grauen Augen nur daran denken, sie vor faszinierter Lust größer werden zu lassen, während sie unter mir liegt. Ich drücke unter dem Tisch meine Erektion nach unten und wechsle das Thema. „Wie bist du zu dem Waschbären gekommen?"

„Er war als Baby auf der Straße neben seiner toten Mutter, also habe ich ihn aufgenommen und mit der Flasche gefüttert, bis er feste Nahrung zu sich nehmen konnte." Der Waschbär späht von ihrem Schoß aus wieder über die Tischkante und sie streichelt seinen Kopf, bevor sie ihn sanft aber entschieden wieder nach unten drückt.

„Und die Katzen?"

„Gerettet, wie den Papagei. Ich mag Tiere. Wenn ich mit Menschen umgehen könnte, wäre ich vermutlich Tierärztin geworden." Sie isst von ihrem Eintopf, als würde sie sich dazu zwingen, langsam zu sein und winzige Bissen zu nehmen. „Ich nehme an, du würdest es nicht wissen, ob du Haustiere hast."

„Nein, ich glaube, ich habe keine. Ansonsten wäre ich vermutlich besorgter. Sind sie trainiert?" Ein weiterer Bissen. Jeder Löffel ist nahrhaft.

„Äh, naja, Diogenes kann ein wenig Griechisch und kann in fünf Sprachen fluchen", beginnt sie und ich unterbreche sie mit ehrlichem Lachen.

„Wo hast du ihn gerettet, von einer multikulturellen Bande aus Juwelendieben?" Ich sehe zu, wie der Waschbär über die Tischkante hinweg mit mir Guckguck spielt, wodurch ich fast verpasse, wie Eves Lächeln wieder verblasst.

„Er war, äh, in einer schlechten Situation, wie ich", sagt sie einfach. Ich nicke, und nach einem Moment fährt sie fort. „Meine Tiere ... wir haben einander alle irgendwie gerettet. Ich habe sie aus schlechten Situationen geholt, und sie halten mich davon ab, wieder depressiv zu werden. Und die Katzen haben Berry genauso großgezogen wie ich."

„Irgendwelche menschlichen Freunde?" Ihre Isolation erschüttert mich, jetzt wo ich weiß, dass sie durch das Verstecken vor Verletzung entstanden ist.

„Ich kenne ein paar Leute in der Stadt."

„Aber keine Freunde. Nicht wirklich." Sie ist hübsch, klug, süß und nett und hat interessante Hobbys. Was gibt es da nicht zu mögen?

„Nein", murmelt sie. „Bei manchen dachte ich, sie wären meine Freunde, aber es hat nicht funktioniert." Der Schmerz in ihren Augen vertieft sich und ich möchte plötzlich den finden, der ihr wehgetan hat und —

— und was?

Ihn verdammt nochmal erschießen!

Ich lehne mich mit aufgerissenen Augen zurück, blinzle auf die Tischplatte und sie fragt sofort: „Was ist los?"

„Nichts", erwidere ich hastig. „Ich glaube nur, dass du mit ein paar ziemlich beschissenen Menschen gelebt hast." *Was war das?*

Der Gedanke, den Menschen Gewalt anzutun, die Eve verletzt haben, kam völlig natürlich, ohne Reue oder Hemmung. Was für ein Mann bin ich?

„Wie auch immer, wenn du einen Freund brauchst, du hast bewiesen, dass du ein guter bist. Also ich bin dabei." Obwohl ich keinerlei Absicht habe, nur ein Freund zu sein, möchte ich nichts anfangen, bevor ich weiß, dass sie dazu bereit ist. Ansonsten werden wir nur Freunde.

Als Antwort schenkt Eve mir das erste richtige Lächeln, das ich von ihr gesehen habe, und meine Sorgen schmelzen in ihrem Lächeln hinweg.

KAPITEL 6

Michael

„**D**u kannst einen solchen Job nicht sausen lassen, Mikey." Die Stimme hallt mir nach, als käme sie durch einen langen Tunnel. Sie ist männlich, tief, hat einen französischen Akzent. Nein, das stimmt nicht, nicht französisch — aus Québec.

„Ich bin fertig, Bertrand. Es reicht. Ich habe dem Boss gesagt, keine Kinder." Ich bin wütend, beleidigt. Außerdem ist eine Waffe auf mich gerichtet. Ich starre herausfordernd in den Lauf.

„Wenn der Boss sagt, dass du Kinder erledigst, erledigst du Kinder. Seine Mommy hat uns verlassen, sie wusste, was der Preis sein würde. Jetzt müssen wir ihn loswerden. Er ist oben in der Skihütte mit seinem Daddy, der gleiche wie Lucca." Das Gesicht des Mannes ist ein frustrierender Schleier, er stinkt nach Zigarren und Wein.

„Und was wirst du tun, wenn ich es nicht tue?", gebe ich zurück, während der Verrat seine Klauen in mein Herz treibt. Dieser Mann ist ein Freund. Er war mein Betreuer. Aber er war verdammt schnell damit, eine Waffe auf mich zu richten, wenn ich das ablehnte, was er einen ‚Nebenjob' nennt.

„Und dann? Wir erschießen sie nicht, weil der Boss sie zurückhaben will,

um für ihn zu vögeln? Stattdessen bringen wir ein unschuldiges Kind um?"
Mir ist speiübel. Derselbe Ekel, der mich flüchtig beim Abendessen verfolgt
hat, überwältigt mich jetzt.

„Das ist absolut richtig. Ich werde sie einsammeln, während du eine Kugel
in das Kind jagst. Mach es schnell, Mikey, aber ich schwöre bei Gott, wenn
du einen Rückzieher machst, verpasse ich dir genau jetzt eine Kugel." Sein
Gesicht wird klar: fast quadratisch, dunkel, Hängebacken. Seine Augen sind
von dumpfem Haselnussbraun.

„Nach zehn verdammten Jahren, Bertie, willst du mich abknallen, weil
ich kein Kind erschießen will? Meine Güte." Ich lache bitter und schüttle den
Kopf. „Du bist widerlich."

„Sieh mal, es ist nicht meine Entscheidung." Ein kurzes Aufflackern des
Zweifels in seinen Augen, aber diese Waffe ist immer noch auf mich gerich-
tet. „Du bist sein bester Auftragskiller. Wenn irgendjemand das schnell und
still machen kann —"

Ich atme tief ein, spanne die Hände an und ignoriere die Waffe im
Holster unter meinem Arm. Ich kann sie nicht rechtzeitig ziehen.

Ich muss nicht.

„Tu die Waffe weg, Bertrand, lass uns reden. Du weißt, was mit Leuten
passiert, die Waffen auf mich richten." Warum habe ich keine Angst vor
diesem gähnenden Waffenlauf? Ein Zucken seines Fingers und sie wird mir
den Tod mitten in die Stirn bringen—aber hauptsächlich macht mich wütend,
dass er sie auf mich richtet.

„Nein, versuch keinen Scheiß mit mir." Seine Lippen verziehen sich. „Ich
habe meine Anweisungen, Mikey!"

Ich hole aus—und schlage seine Hand mit der Waffe darin zur Seite,
wodurch die Kugel im Baum hinter mir landet. Dann nehme ich ihm die
Pistole ab und richte sie auf ihn.

Bertrand blinzelt angsterfüllt in den Lauf seiner eigenen Waffe, als ich
mich aufrichte. „Und jetzt hast du neue Anweisungen", knurre ich. „Nimm
deine anderen Waffen ab. Langsam."

Er schluckt und wird unter seiner halb algerischen Haut blass, dann
bückt er sich, um seine .38 aus seinem Knöchel-Holster zu holen. Ich kann
jetzt um uns herum sehen: ein Wald, Schnee auf dem Boden. Sehr bekannt.

„Mach jetzt nichts Verrücktes, Mickey", flüsterte er mit zitternder Stimme.

Es widert mich noch mehr an, und als er sieht, wie mein Blick finsterer wird, werden seine Augen groß. „Oh, komm schon, sind wir nicht Freunde?"

„Vor zwanzig Sekunden waren wir das nicht", erinnere ich ihn und er sieht aus, als würde er sich gleich einnässen, als er seine .38 in den Schnee wirft. Sie landet an den Wurzeln eines vom Blitz gespaltenen Baumes und sinkt nach unten.

Ich drücke die Mündung an seine Stirn und er beginnt in der Kälte zu schwitzen. „Lauf", verlange ich.

„Was wirst du mit mir tun?", fragt er, als er sich umdreht, um in den Wald zu gehen.

Ich schlage ihm mit dem Lauf auf den Kopf und er bricht schlaff zusammen, wobei sein Fall durch den Schnee gebremst wird. Ich suche nach seinem Handy und stecke es neben mein eigenes in meinen Mantel. Jetzt wird er keine Hilfe bekommen, ohne in die Stadt zu gehen.

„Bye, Bertie", seufze ich, als ich mich umdrehe, um zu meinem Auto zurückzugehen. Die .44 landet in einer Tasche, während meine Wut noch mehr an mir nagt. „Es war eine schöne Zeit."

Zehn verdammte Jahre, in denen wir beste Freunde waren, und dann versucht er mich dazu zu zwingen, als verdammten Nebenjob ein Kind umzubringen! Er weiß, dass ich einen Kodex habe. Er ist schon einmal für mich eingetreten, da ich einen habe. Was hat sich verändert?

Ein Teil von mir will ihn erschießen. Aber derselbe Teil von mir, der mich nach mehr als einem Jahrzehnt einen Job ablehnen lässt, hält mich davon ab, den Abzug zu drücken.

Stattdessen fahre ich weg.

Bertie weiß nicht, dass ich das bereits seit Monaten plane. Der Mord an einem Kind brachte das Fass endgültig zum Überlaufen. Ich bleibe in den Staaten und lasse Montreal hinter mir.

Mit sechs Millionen Dollar, nach zehn Jahren der Arbeit zurückgelegt, habe ich die wenigen persönlichen Dinge, die ich behalten möchte, bei mir. Die schicke Wohnung mit ihren dekorativen Möbeln und Kunstwerken kann meinetwegen brennen.

Meine Freiheit ist wesentlich mehr wert.

Ich bin tief in den Berkshires, auf derselben Landstraße, als ich zu spät erkenne, dass ich Bertrand doch in den Kopf hätte schießen sollen. Ich weiß es mit Sicherheit, als zwei dunkle Gestalten eine Viertelmeile vor mir auf die Straße treten und ihre Waffen auf mich richten. Ich drücke auf das Gaspedal, als sie das Feuer eröffnen —

Ich werde keuchend auf Eves Couch wach und setzte mich schnell auf — was mir einen stechenden Schmerz im Kopf einbringt. „Aua, scheiße", murmle ich und erinnere mich kaum rechtzeitig daran, nicht nach der Stelle zu greifen.

Ein Traum. Nur ein Traum. Außer ... irgendwie ist es das nicht. Ich wurde von Männern angeschossen, die auf die Straße traten, während ich hinter dem Steuer meines Autos saß. Ich muss meine Verletzung bekommen haben, als eine Kugel durch die Windschutzscheibe ging. Dann kam der Unfall ... ich kann mich an keine Kollision erinnern, aber das muss passiert sein.

Und mein Name. Michael.

Und mein Job.

Ich bin ein verdammter Auftragskiller! Sie haben versucht mich zu töten, als ich gehen wollte.

Das kann nicht sein! Das ist wie etwas aus einem Brian De Palma-Film. Niemand lebt wirklich so sein Leben.

Oder?

Zitternd schließe ich die Augen im Dunkeln und versuche mich zu konzentrieren. Manche Details des Traums verblassen bereits.

Vielleicht war es metaphorisch? Vielleicht hat es nichts mit der Realität zu tun und ich habe nur solche Träume, weil ich eine Kopfverletzung habe?

Ich beginne mich zu beruhigen und ignoriere das merkwürdige Gefühl der Sicherheit, dass mein Traum Wirklichkeit war. Immerhin wache ich immer noch auf. Im Moment wird mein Gehirn versuchen, die Lücken in meiner Erinnerung mit jeder Unwahrscheinlichkeit zu füllen, die es findet.

Hoffe ich.

Ich sehe mich in dem warmen Raum um, erkenne im orangefarbenen Schimmer hinter dem Ofenrost die Umrisse der Möbel, des Pelletofens und des schlafenden Papageis auf seiner Stange. Was auch immer das war, es hat mich nervös und in der Hoffnung zurückgelassen, dass es keine akkurate Erinnerung war.

Ein Knarren der Treppe und ich sehe auf, um eine kurvige Gestalt im Bademantel herunterkommen zu sehen, das Gesicht im Dunkeln verschwommen. „Geht es dir gut?", fragt sie leise, als sie den Rest des Weges hereilt.

„Albtraum", grummle ich und halte meine Schläfe. Die Decke ist an meine Taille gerutscht und entblößt meine nackte Brust und meine Schultern. Ich zittere ein wenig und ziehe sie wieder hoch.

Sie kommt herüber, öffnet den Ofenrost und gibt ein paar weitere Pellets hinzu. „Tut mir leid, brauchst du eine Schmerztablette?"

„Das würde vielleicht helfen."

Sie geht ins Badezimmer und kommt mit einem Korb voller Tablettendosen zurück. Sie stellt ihn ans Ende der Couch, öffnet ihn und beginnt darin herumzutasten.

Sie betrachtet die Etiketten im Licht des Feuers. „Multivitamin, nein...Coenzym Q10, nein...verschreibungspflichtige Ibuprofen, bitteschön."

Ich öffne die Packung und hole zwei Tabletten heraus, die ich trocken schlucke, während sie eine andere Dose nimmt und eine Tablette herausholt. „Danke. Woher wusstest du das?" Ich bemerke viel Steifheit und Schmerzen.

„Verletzungen tun am schlimmsten weh am Tag nach dem man sie bekommen hat", sagt sie so beiläufig, dass ich mich erneut frage, wer sie verletzt hat und wie sehr. „Du magst vielleicht ein harter Kerl sein, aber du brauchst trotzdem deine Ruhe."

„Ich weiß." Ich schenke ihr ein dünnes Lächeln und gebe ihr die Dose zurück. „Tut mir leid, dass ich dich aufgeweckt habe."

„Hast du nicht. Ich bin sowieso wegen einer Schlaftablette heruntergekommen." Sie klingt verwirrt, sie ist nicht daran gewöhnt, dass Leute sich entschuldigen.

„Wie viel Uhr ist es?", frage ich.

„Kurz nach vier." Sie geht zum Fenster und zieht eine Ecke des Stoffes zurück. Ihr Schnappen nach Luft lässt mich aufstehen.

„Was ist?" Ich stelle mich hinter sie und blicke ebenfalls nach draußen.

Der Sturm wütet immer noch, Schneewehen landen auf der Veranda und bilden dort eine dicke Schicht. Dahinter hat der Wind große Schneeberge aufgetürmt. „Das ist wesentlich mehr als sechzig Zentimeter", flüstere ich. „Wie lange soll der Schneesturm anhalten?"

„Mindestens noch einen Tag", seufzt sie. „Sieht aus, als bräuchten wir das Schneemobil, um dich in die Stadt zu bringen."

„Ja, sieht so aus." Auf gewisse Weise ist es eine Erleichterung. Wenn mein Traum real ist, dann sind die Männer, die nach mir suchen eindeutig wagemutig. Demnach ist es gut, zusätzliche Zeit um Heilen zu haben, bevor ich mich ihnen stelle.

Sie dreht sich um — und bleibt abrupt stehen, wobei sie fast mit mir zusammenstößt. Sie atmet zittrig aus. Diesmal bin ich nicht nur halbnackt, sondern ihr auch noch sehr nah. Sie spannt sich nicht an und sagt nichts. Gutes Zeichen.

„Wenn wir den nächsten Tag oder so miteinander verbringen", haucht sie mit zitternder Stimme, die meinen Körper kribbeln lässt, „dann brauche ich einen Namen, mit dem ich dich ansprechen kann."

Eine Strähne ihres tiefroten Haars ist aus ihrem Zopf gefallen und liegt auf ihrer Wange. Ich strecke bewusst die Hand aus und streiche sie ihr hinter das Ohr, während ihr Atem stockt.

„Michael", sage ich und streife ihr Ohrläppchen mit meinem Finger, bevor ich meine Hand zurückziehe. „Nenn mich Michael."

KAPITEL 7

Eve

E r möchte, dass ich ihn Michael nenne.

Es passt, mit seinem beinahe engelsgleichen Aussehen. Der Kerl sieht aus, als könnte er ein Fotoshooting für eine bekannte Modelagentur machen und jemand anders den Schädel einschlagen. All diese harten Muskeln nur wenige Zentimeter entfernt sehen gut aus, die von seinem Körper abstrahlende Wärme fühlt sich gut an. Seine Größe ist einschüchternd.

Und doch ist seine Berührung so sanft.

Zitternd nicke ich und er tritt zurück, um zur Couch zu sehen. „Versuch ein wenig zu schlafen", schlägt er vor. „Wenn ich hier unten Geräusche mache, ignorier sie einfach. Ich sage dir, wenn es ein wirkliches Problem gibt. Ich habe keine Probleme mehr beim Gehen."

„Das ist gut", hauche ich und kann nicht aufhören zu lächeln. „Ich verstehe. Mehr Schlaf."

„Gute Idee. Erschöpfe dich nicht — besonders nicht wegen mir."

Zurück im Schlafzimmer lege ich meine Hand dorthin, wo er mich berührt hat und spüre, wie mein Körper kribbelt. Er hat geflirtet. Nur ein wenig, aber er hat es eindeutig getan.

Er mag mich. Und erstaunlicherweise ... will er mich.

Eine Handvoll Männer war bereits von mir angezogen gewesen, aber nicht auf angenehme Weise. Mehre auf eine Art, die beinhaltete, mir zu folgen, mich zu belästigen und mir an die Brüste zu fassen. Aber ein einfühlsamer Mann? Ein Mann, den ich tatsächlich auch mag?

Unmöglich! Gänzlich unbekannt. Bis jetzt, zumindest.

Eine Welle des Leichtsinns trifft mich, als ich mich ins Bett lege. Der rätselhafte Michael mag vielleicht eine geheimnisvolle Vergangenheit haben, aber ... es ist mir egal!

Ich mag ihn. Er mag mich auch. Er ist kein schlechter Mensch.

Das ist mir noch nie zuvor passiert.

Jungs machen sich über mich lustig. Männer ignorieren mich. So war es schon immer.

Und jetzt ist da Michael, und er tut nichts davon. Er spielt vielleicht mit mir, sucht Trost in seinen unklaren Umständen. Aber er ist fantastisch und ich verbringe zweifelsohne die nächsten zehn Minuten mit Fantasien darüber, ihn zu küssen.

Was es noch schwieriger macht, danach einzuschlafen. Stattdessen liege ich einfach da, starre die Balkendecke an und fahre mir langsam mit einer Hand über den Bauch, während ich mich frage, wie es wäre, wenn ich ihn nach oben einlud.

Was würde er tun? Wie würde es sich anfühlen?

Ich stelle mir seinen glatten, starken Körper auf meinem vor, nackt, zitternd vor Lust. Ich bringe so etwas kaum zustande und fühle mehr dieses köstlichen Leichtsinns anstelle körperlicher Lust.

Oh wow. Das ist ... das ist einfach ...

Ich lächle in mein Kissen und kichere leise, meine Haut kribbelt und mein ganzer Körper ist warm. Der Schneesturm draußen ist nur eine kleine Unannehmlichkeit. Seine geheimnisvolle Vergangenheit und unsichere Zukunft? Nichts, mit dem wir nicht umgehen können.

Ich frage mich, wie sein Mund schmeckt, wie sich seine Erektion anfühlt. Und dann werde ich rot und kichere erneut.

Das ist unglaublich. Ich bin nur durch diese kleine Berührung so glücklich, dass ich mir nicht vorstellen kann, dass mir irgendetwas die Laune ruiniert. Schließlich schlafe ich ein, als die Tablette zu wirken beginnt, und lächle dabei die ganze Zeit.

„Du wirst wieder fett, Evie. Fang an, das Frühstück auszulassen." Meine Mutter sitzt auf der anderen Seite des Tisches, die schwabbeligen Arme verschränkt, während sie mich angewidert ansieht. Neben ihr grinst meine ältere Schwester Melody.

Ich sehe meinen bedauernswerten Körper in den dreckigen Spielklamotten an. Ich bin neun. Ich bin nicht einmal so mollig. Aber das werde ich erst in vielen Jahren erkennen.

Im Moment, als Kind, dringt das Gift meiner Mutter direkt in meinen Kopf ein, ohne infrage gestellt zu werden, und ich beginne zu weinen. „Es tut mir leid."

„Das reicht nicht, du musst das in Ordnung bringen. Kein Frühstück mehr, und ich möchte, dass du von jetzt an von der Schule nach Hause läufst." Das Gesicht meiner Mutter verzieht sich zu einem selbstzufriedenen Grinsen.

Der spöttische Ausdruck fällt aus Melodys Gesicht. „Mom, das sind zwanzig Blocks und es ist mitten im Winter."

Meine Mutter zieht die Nase hoch. „Die Kälte wird sie schneller Gewicht verlieren lassen."

Melody ist sechzehn und spindeldürr, groß, blond und in den Augen meiner Mutter perfekt. Aber das bedeutet nicht, dass meine Mutter auf sie hört, wenn sie einen ihrer Wutanfälle hat. „Mom, denk nach. Als sie letztes Jahr wegen doppelseitiger Lungenentzündung ins Krankenhaus kam, haben die Krankenschwestern das Jugendamt informiert. Möchtest du diesen Scheiß erneut durchmachen?"

Meine Mutter schlägt mit einer fleischigen Hand auf den Tisch und wir zucken beide zusammen. „In meinem Haus wird nicht geflucht! Sie läuft von jetzt an nach Hause und das ist endgültig!"

Am nächsten Morgen gibt mir meine Schwester Geld für den Bus und sagt, ich soll spät nach Hause kommen, um es glaubhaft wirken zu lassen. Ich bin erbärmlich dankbar, aber sie sieht mich nur mürrisch an, als ich mich bedanke. „Ich tue es nicht für dich", erklärt sie kalt. „Ich tue es, damit Mom nicht ins Gefängnis kommt, weil sie versucht, deinen fetten Arsch in Form zu bringen."

Ich starre sie erstaunt an und nicke, während die Tränen zu laufen beginnen.

Ich wache mit Tränen auf den Wangen auf und schluchze einmal laut auf, bevor ich mein Gesicht in den Händen vergrabe. Mein Herz tut weh, mein Magen ist verkrampft. Für eine kurze Weile war ich wieder neun—so verängstigt, hilflos und selbsthassend wie eh und je.

Ich weine so leise wie möglich und erinnere mich daran, dass es mir gut geht, weine aber trotzdem um das kleine Mädchen, das ich einmal war. Ich merke das leichte Gewicht der Katzen und Berry, die sich auf mir zusammengerollt haben, und konzentriere mich darauf und andere gute Dinge. Der Adonis dort unten hat mit mir geflirtet! Und ich denke an meine Erfolge beim Verkauf meiner Kunst und dass meine Mutter tot ist mir nicht mehr wehtun kann.

Es wird alles gut. Es tut nur weh, daran zu denken, denke ich, während mein Schluchzen und Schniefen langsam weniger wird.

Ich erinnere mich immer noch an die Unterhaltung mit meiner Schwester und ihre höhnische Bemerkung, dass sie es nicht wegen mir getan hatte. An jedem Morgen danach habe ich heimlich ihr Kleingeld gestohlen und bin jeden Nachmittag heimlich mit dem Bus gefahren, was unsere Mutter nie herausgefunden hat.

Und ich habe mich nie wieder bei meiner Schwester bedankt. Und jetzt ist sie mit einem Mann verheiratet, der sie betrügt, sie trinkt viel und ich habe sie ihrer Verbitterung und ihrem Elend überlassen.

Ich habe versucht zu vergessen und vergeben, aber ich bin bei nichts davon wirklich gut. Manchmal, wie im Moment, liege ich wach und denke an meine Mutter, die so schwer wie ein LKW war, aber ihre Tochter dafür misshandelt hat, ein kleines Bäuchlein zu haben.

Dann sehe ich auf — und sehe eine große Gestalt im Türrahmen stehen. Ich stoße einen überraschten Schrei aus — wie ist er so leise die Treppe heruntergekommen? Selbst Loki lässt die Treppe knarren.

Er kommt in das Zimmer, als er sieht, dass ich wach bin, wieder oberkörperfrei und seine Haut glänzt leicht im Licht meiner Uhr. „Geht es dir gut?" Michaels Stimme ist ein heißeres Flüstern, schwer vor Schlaf.

„Ich ..." Es geht mir nicht gut. Selbst mich daran zu erinnern, dass ich schon lange aus meiner Heimatstadt geflohen bin, hilft nicht.

„Ich arbeite daran ...", bringe ich gedämpft heraus. Meine Hände liegen wieder auf meinem Gesicht und ich bin dankbar dafür, dass meine Tränen im Dunkeln nicht sichtbar sind.

„Heilige Scheiße, Süße." Er durchquert den Raum mit ein paar Schritten, Sorge liegt in seiner Stimme und er streckt die Arme nach mir aus. Ich erstarre für einen Moment — und dann setzt er sich auf die Bettkante, legt seine Arme um mich und alles verändert sich auf einmal.

Wie lange ist es her, dass mich jemand umarmt hat? Zu lange. Ich schnappe nach Luft und senke die Hände, als meine Wange auf seine glatte Brust trifft. Meine Hände legen sich leicht auf seine Arme.

Seine Wärme dringt tief in mich ein und vertreibt die Kälte in meinen Knochen fast genauso schnell wie die qualvolle Einsamkeit. Er drückt mich ans ich. Seine Hand ist in meinem Haar und streichelt mich dort langsam und ruhig. „Es ist okay", sagt er und ich glaube ihm, allein durch die durch seine Berührungen ausgelösten Gefühle.

„Ich habe auch beschissene Träume", sagt er sanft. „Passiert dir das oft?"

„Ja, äh ... nicht so sehr, wie es das einmal getan hat." Im ersten Jahr in Boston ist es mehrmals die Woche passiert. Dann, mit Therapie, Medikamenten und all der Arbeit, sind sie weniger geworden. Hin und wieder kehren sie immer wieder zurück.

Und bisher konnte ich nichts dagegen tun, außer ein Beruhigungsmittel zu nehmen und es durchzustehen. Es gab niemanden, der mich trösten konnte, niemanden der mich beruhigen konnte. Es ist so ungewohnt, dass ich nicht weiß, wie ich reagieren soll.

Er vergräbt die Nase in meinem Haar und ich halte ein Wimmern zurück.

„Geht es dir gut?" Ich nicke leicht.

„Ich … ich bin nicht daran gewöhnt, berührt zu werden", flüstere ich.

Weder meine Mutter noch meine Schwester wollten mich je berühren. Die einzigen, die mich berühren wollten, wollten mir wehtun oder mich ausnutzen. Ich bezweifle, dass Michael auch nur eines davon tun will. Tatsächlich gibt er sich besondere Mühe, ersteres nicht zu tun.

„Oh." Er klingt verwirrt. „Ernsthaft, in der Umgebung welcher Leute bist du groß geworden?"

Ich breche erneut in Tränen aus. Es ist sowohl aus Ironie und Erleichterung als auch aus Schmerz. „Sie waren wirklich die schlimmsten. Aber sind nicht alle Menschen so?"

Es klingt dämlich, selbst als es meinen Mund verlässt, und ich vergrabe mein Gesicht an seiner Brust, anstatt ihn anzusehen. „Na ja, ehrlich gesagt weiß ich das nicht, Süße, ich habe keine Erinnerung. Aber nicht alle sind es. Du bist es nicht. Ich bin es nicht." Er küsst meinen Kopf und ich spüre eine weitere Welle der Wärme, die mich weiter beruhigt.

„Das … stimmt …", flüstere ich. Es ist so, dass ich jeden für grausam halte. Aber wenn es deine eigene Mutter ist, wenn deine eigene Schwester dir sagt, dass sie dich nicht mag, ist es schwer nicht zu denken, dass alle anderen noch schlimmer sein müssen.

„Danke, dass du hochgekommen bist", murmle ich, erkenne, dass ich mich an ihn klammere und lockere meinen Griff. „Es hilft."

„Es ist kein Problem. Ich lasse dich jetzt allein, wenn du das willst", murmelt er, aber das möchte ich überhaupt nicht. Alles, was ich im Moment möchte, ist seine Wärme, die mich tröstet, seinen Herzschlag an meinem Ohr.

„Ich möchte nicht, dass du mich allein lässt", flüstere ich mit angespannter Stimme.

Ich höre, wie er überrascht Luft einzieht und sein Griff dann fester wird. Ein Zittern schleicht sich in seinen Atem ein.

„Oh", erwidert er, als ich den Kopf hebe, um ihn anzusehen.

Er wischt mir mit dem Daumen die Tränen von den Wangen und

ich blicke in seine samtig schwarzen Augen. Mein Herz schlägt plötzlich schneller und alle Worte bleiben mir im Hals stecken.

Meine Hände liegen auf seinen Schultern. Seine Haut ist so glatt, dass ich sie einfach immer weiter berühren will, aber ich bin vorsichtig und berühre ihn immer ein wenig mehr. Ich bewege mich in unbekanntem Terrain, aber es fühlt sich so gut an, dass die Erinnerung an meinen Albtraum bereits verblasst.

Ich erstarre, als er mich küsst, meine Hände lösen sich von seinen Schultern und hängen in der Luft. Das heiße Drücken seiner Lippen entlockt mir eine Reaktion. Ich entspanne mich an ihm und seine Hände gleiten durch mein Haar hinter meinen Zopf und halten meinen Kopf, als dieser zurückfällt.

Meine Augen, groß vor begeistertem Schock, blicken verträumt an die Decke, während er meinen Hals mit Küssen bedeckt. Jede Berührung seiner Lippen löst eine Welle in mir aus, wie ein Stein, der in einen Teich geworfen wird. Und je mehr er es tut, desto mehr kribbelt mein Körper.

Er schiebt mein Flanell-Nachthemd zur Seite, wo meine Schulter auf meinen Hals trifft und küsst mich innig, wobei er mich leicht mit den Zähnen berührt. Dann beginnt er zu saugen — woraufhin ich die Kontrolle verliere und ein tiefes, zitterndes Stöhnen ausstoße.

Seine Hand gleitet gerade zu meiner Brust, als er sich nach vorne lehnt — und plötzlich vor Schmerzen aufstöhnt. „Fuck", grummelt er an meiner Schulter.

„Geht es dir gut?", keuche ich, als ein Teil meines erregten Nebels verschwindet.

„Die Schmerztabletten wirken nur bis zu einem gewissen Punkt." Er reibt meinen Rücken und ich hebe noch nicht den Kopf. „Da sprich mal einer von beschissenem Timing."

„Du wärst heute beinahe gestorben." Ich versuche das unangenehme Gefühl in meinem Bauch zu ignorieren.

„Ja, ich … mag dich nur wirklich." Er sieht mir in die Augen, sein Ausdruck ist abgespannt.

„Ich mag dich auch wirklich." Mein Herz pocht immer noch in

meinen Ohren. „Und wir haben mindestens zwei Tage miteinander, also, äh … ruh dich vielleicht noch ein wenig aus?"

Er lacht und streckt sich, wobei seine Schultern schmerzhaft knacken. „Du hast vermutlich recht."

Aber auf seinem Weg durch die Tür dreht er sich mit einem schiefen Lächeln um. „Wir werden das morgen fortführen müssen."

„Okay", sage ich atemlos und lege mich wieder hin, viel zu aufgedreht für Tränen.

KAPITEL 8

Michael

Toll, *jetzt habe ich einen Ständer und Kopfschmerzen. Yay.*
Vielleicht ist es egoistisch, mich an Eve heranzumachen, wenn sich die Realität darüber, wer ich wirklich bin, wie eine Welle über mir gebrochen hat. Vielleicht sollte ich mich darauf konzentrieren, meine Erinnerungen zurückzubekommen, bevor ich sie in mein Leben miteinbeziehe?

Besonders wenn dieser Traum real war. Was er im Moment zu sein scheint.

Und doch bin ich hier, mit einem Ständer und Lippen, die immer noch ihren zögerlichen ersten Kuss spüren, während ich mit pochendem Kopf auf dem Sofa liege. *Vielleicht hätte ich nicht nach oben gehen sollen?*

Aber sie hat geweint, und ich war es so leid, es zu wissen und ihr nichts als ein paar nette Worte zu geben. Ich will keine Kugel mehr in denjenigen jagen, der ihr wehgetan hat — aber ich würde denjenigen liebend gern in Angst und Schrecken versetzen.

Ich möchte eine Erklärung für diesen Mist. Warum eine so

wundervolle Frau so leiden musste. Mein Verlangen nach Gerechtigkeit für Eve ist genauso stark wie meine Sehnsucht nach meiner Erinnerung. Sie hat mich so sehr gerührt.

Ein dumpfes Aufprallen auf der Treppe und dann ein Keckern; ein paar Sekunden später klettert Berry zu mir auf die Couch. „Hi", murmle ich, als er sich auf die Steppdecke einlädt und auf meine Brust wandert.

Ich hoffe, dass er all seine Impfungen hat.

Er starrt mich mit seinen perlenartigen schwarzen Augen an, dann fiept er und rollt sich unter meinem Kinn zusammen. „Hey. Äh ... na ja, scheiß drauf, dann mach es dir eben gemütlich."

Mein Lachen irritiert wieder meinen Kopf und ich grummle. Wenn die Straßen frei werden, lasse ich die Verletzung besser begutachten. Aber für den Moment, sicher hinter Feldern voller Schnee, erwäge ich es tatsächlich, wieder nach oben zu gehen, sobald der Schmerz nachlässt.

Ich frage mich, ob je eine Frau so bei mir schwach geworden ist wie Eve. Das ist ein weiterer vernebelter Teil. Ich wünschte, ich könnte zu meinem alten Ich zurückkehren und herausfinden, wo diese Millionen sind und was meine Pläne waren, um meinen Boss loszuwerden.

In wieviel Gefahr habe ich Eve gebracht, allein indem ich auf ihrer Veranda zusammengebrochen bin? Daran lässt sich nichts ändern, aber das heißt nicht, dass ich mich deswegen gut fühle. Sie braucht ihre Ruhe und ihren Frieden, und das möchte ich nicht versauen.

An diesem Punkt weiß ich nicht viel mehr als sie. Ich sollte ihr von dem Traum erzählen ... aber wenn ich daran denke, spanne ich mich so an, dass Berry sich unruhig bewegt und mich ansieht.

„Tut mir leid, Kleiner." Er legt sich wieder hin. Ich sollte ehrlich zu ihr sein. Aber ich möchte ihr keine Angst machen, für den Fall, dass sich der Traum als halber Quatsch herausstellt — oder mehr.

Oder vielleicht möchte ich sie überhaupt nicht verschrecken?

Sie weiß, dass ich in einer Schießerei war. Sie vermutet bereits, dass ich auf der falschen Seite des Gesetzes stehen könnte. Sie weiß nur nicht, wie schlimm es ist.

Wenn es so schlimm ist, dann habe ich das Leben sowieso verlassen. Und ich bin reich. Irgendwie.

Und dann lässt mich eine weitere Sache über mich verzweifelt seufzen ... auch wenn ich ein wenig lächle. Ich bin Romantiker, auch wenn ich in Wirklichkeit ein Killer bin. Bereits der Gedanke daran, Eve zu verschrecken, spannt mich an.

Ich liege in der Dunkelheit, die Hitze des Pelletofens strömt über mich und ich versuche mich an mehr zu erinnern, bis ich schließlich einschlafe.

Ich wache desorientiert aber ausgeruht auf, als winzige Waschbärenpfoten mit meiner Unterlippe spielen. „Hey, hör auf, das ist mein Gesicht." Ich schiebe ihn sanft weg und er beginnt stattdessen mit meinen Fingern zu spielen. Ich öffne ein Auge und sehe Licht von der Treppe; Eve hat hier unten ausgeschaltet.

Wie viel Uhr ist es? Ich nehme Berry in einen Arm und setze mich vorsichtig auf, skeptisch bezüglich meines Kopfes. Er fühlt sich besser an, aber die oberflächliche Wunde beginnt zu jucken. Vermutlich muss sie wieder gewaschen werden.

Ich gehe mit Berry im Schlepptau ins Badezimmer und dusche ein weiteres Mal und wünschte, ich hätte Wechselklamotten. Ich werde diese Jeans ein paar Tage tragen, wie es scheint. Aber sobald ich sauber, trocken und wieder angezogen bin, fühle ich mich viel besser.

Als ich herauskomme, ist Eve am Fenster und hat eine Ecke des Stoffes zur Seite gezogen. Sie hat Jeans mit Farbflecken und einen übergroßen violetten Rollkragenpullover an. Ich mache ein Geräusch, sie dreht sich um und schenkt mir ein kleines, angespanntes Lächeln.

„Guten Morgen." Ich stelle mich hinter sie und lege eine Hand auf ihre Schulter, als ich nach draußen spähe. „... oh. Na ja, scheiße."

Es ist immer noch alles weiß und auf der Veranda hat sich so viel Schnee gesammelt, dass viel zu Schippen sein wird. „Ich werde dir helfen, sobald der Schnee nachlässt."

„Danke, aber äh ... wie geht es dir?" Sie macht den Stoff wieder fest und dreht sich mit Sorge im Blick zu mir um.

„Besser. Der Schlaf hat geholfen, auch wenn wir beide nicht viel davon bekommen haben." Ich lege meine Hand in ihren Nacken und ihre Augen schließen sich. Als ich sie küsse, reagiert sie weniger zögernd und berührt mein Gesicht mit ihrer Hand. Ihr Mund schmeckt nach Mundwasser, sie muss vor kurzem aufgestanden sein.

„Das ist gut", sagt sie, als der Kuss zu Ende geht.

Ich nehme sie in die Arme, ihre vollen Brüste pressen sich an meine Brust und ihr Herz schlägt trotz ihres sanften Lächelns schnell. „Also, kannst du mir deine Bilder zeigen?"

„Zuerst Frühstück", verkündet sie und ich nicke.

„Hast du Kaffee?" Die Gelüste schleichen sich fast genauso schnell an mich heran wie das Verlangen nach dem Sex, den ich noch nicht haben kann.

„Ja, ich kann ihn nicht oft trinken, aber ich habe ihn zum Backen." Ich lasse sie los und sie löst sich halbherzig, bevor sie in die Küche geht.

Zwei Katzen und ein Waschbär warten an ihren Futterschüsseln. Berry hat eine Auswahl an Obst, Nüssen und ein wenig Katzenfutter, zusammen mit einer kleinen Schüssel Wasser. Als ich in ihre Richtung sehe, hat Berry eine Heidelbeere in der Hand und wäscht sie vorsichtig.

Eve setzt den Teekessel auf und platziert einen Kaffeefilter auf einer Tasse, dann bringt sie eine weitere Schüssel mit geschnittenem Obst, Nüssen und Samen für Diogenes. Ich setze mich an den Tisch und lausche ihrem Geplauder, während der Teekessel aufheizt.

„Hey kleiner Mann. Ziehen wir dir einen anderen Pullover an, bevor du isst." Rascheln, das Rasseln von Samen in der Schüssel, als sie diese in ihre Halterung stellt.

„Mango!", kreischt der Vogel.

„Ja, da ist Mango. Hier ist dein roter Pullover. Nein, der Pullover zuerst." Weiteres Rascheln. „Guter Junge! Bitteschön. Jetzt tausche ich nur noch deine Einlage aus."

Sie kommt zurück und zerknittert eine Zeitung, die sie in einen Mülleimer unter dem Spülbecken stopft. „Ich bin gleich bei dir, ich mache nur meine Morgensachen."

„Kein Problem. Brauchst du Hilfe bei irgendetwas?" Ich könnte mich wirklich daran gewöhnen. Es ist langweilig, aber das liegt zum Teil nur daran, dass wir eingeschneit sind.

Und im Moment ist es ein Zufluchtsort fern von einer Welt, mit der umzugehen ich noch nicht bereit bin. Ein Zufluchtsort, den ich mit ihr teilen kann. Und das ist genug.

―――

UNTERBRECHUNG

Carolyn

„Die gute Neuigkeit ist, dass es in der Skihütte keinerlei Anzeichen von Problemen gibt", sage ich in mein Handy, während ich Luccas jüngsten Sohn am anderen Ende der Bar beobachte. Er trinkt viel und hat mindestens vier Bodyguards dabei. Zwei riesige Kerle flankieren ihn und zwei sitzen nicht sehr unauffällig an einem Tisch in der Nähe.

Sie haben mich nicht bemerkt, weshalb ich mich für sie schäme.

„Kein Anzeichen von Di Lorenzo?" Daniels klingt genervt. Er vermutet, dass er mich in die falsche Richtung geschickt hat. Das tue ich auch. Das Problem ist, dass wir wissen, wem er in seinem Bericht für seinen Vorgesetzten die Schuld geben wird.

„Niemand, der auch nur annähernd auf seine Beschreibung passt. Ich habe jemanden, der durchgängig die Überwachungskameras im Auge hat und der Sicherheitsdienst der Skihütte kooperiert."

„Es ist ausgeschlossen, dass sich jemand von draußen hereinschleicht? In Boston ist alles tot. Niemand hat sich an den älteren Bruder herangemacht und der mittlere ist in Schutzhaft." Er grummelt, und die Tatsache, dass in Boston nichts passiert, lässt mir das Herz in die Hose rutschen.

„Sir, wir sind hier oben abgeschnitten. Alles voller Schnee mit Orkanböen und mit steigendem Lawinenrisiko. Wenn Di Lorenzo nicht hier ist, dann wird er mindestens ein paar Tage nicht herkommen können." Wenn er überhaupt herkommt.

Eine schleichende Sorge, dass er entweder nie in die Berkshires wollte oder Prometheus recht hat und ihn Killer von der Sechsten Familie zuerst erreicht haben. Die zweite Möglichkeit beunruhigt mich. Ich brauche einen Sieg, um mir Daniels vom Hals zu schaffen.

Der Gedanke daran, dass die Sechste Familie einen weiteren Verdächtigen abknallt, lässt mich meinen Rum mit Cola mit weißen Knöcheln umklammern.

„Also werden Sie einfach auf Kosten des FBIs herumhängen?" Seine Stimme ist so abfällig, dass ich mein Glas mit einem lauten Klirren abstelle.

„Es war ihre Entscheidung, mich hierher zu schicken, Sir. Ich führe die Überwachung des potenziellen Ziels fort." Meine Stimme ist ausdruckslos.

„Kein Grund, wütend zu werden", spottet er … und dann, als ich nicht mit einem Ausbruch reagiere, entsteht enttäuschte Stille.

Daniels, Sie sind ein verdammtes Kind, und ich werde da sein, wenn ihr Mist zurückkommt, um Ihnen in den Arsch zu beißen. „Noch etwas, Sir?", frage ich mit derselben ausdruckslosen Stimme.

„Nein, es gibt nicht viel zu tun, bis das Wetter besser wird. Führen Sie die Überwachung fort und sehen Sie, ob sie irgendetwas über Di Lorenzo herausfinden können. Sie haben vermutlich etwas übersehen."

„Ja, Sir." Er legt auf und ich stecke das Handy weg, bevor ich den Rest meines Drinks leere und: „Arschloch", murmle.

Wie habe ich es geschafft, hier hochzukommen, bevor der Sturm kam? Der Himmel ist mit jeder Meile, die ich auf der Landstraße zurückgelegt habe, schwärzer und tiefer geworden. Und die ganze Zeit habe ich mich gefragt, ob es richtig ist, hierherzukommen.

Daniels Anweisung ist für einen Assistant Director nicht sehr gut. Aber so lange er Untergebene hat, die für ihn den Kopf hinhalten können, ist sein Job sicher. Meiner … hängt davon ab, ihn zu beeindrucken.

Ich bin es leid.

Lucca wird immer betrunkener und seine Männer schließen sich ihm an. Betrauert er den Mord an seinem Vater oder feiert er ihn?

Ich würde feiern. Und Luccas Tochter Melissa tut es in dieser Sekunde vermutlich.

Es ist traurig, dass das Beste, was ich im Fall von Luccas fliehender Tochter tun konnte, darin bestand, ihr eine problemlose Flucht mit Chase zu ermöglichen. Es hieß, Chase gehen zu lassen, aber außer den Problemen, die es meiner Karriere verursacht hat, ist mir das egal.

Außer dass er mir bei der Festnahme von Lucca geholfen hat, hat Alan Chase nie jemanden umgebracht, anders als Michael Di Lorenzo. Und trotzdem mache ich mir über diesen verdammten Auftragskiller fast Sorgen. Bin ich zu empfindsam für diese Arbeit?

Ich nippe das Wasser von meinem Eis, als mir der Barkeeper einen heißen Butterrum und ein Stück Schokoladen-Himbeer-Torte aus dem Restaurant bringt. „Äh, hi, danke, aber das habe ich nicht bestellt", sage ich verwirrt, als er es vor mir abstellt.

„Der Tisch in der Ecke hat es bestellt." Der kräftige Kerl schenkt mir ein Lächeln und wendet sich wieder dem Polieren von Gläsern zu.

Ich blicke hinüber — der Tisch ist verlassen. Ein verschlossener Umschlag mit meinem Namen in schöner Handschrift liegt darauf. Ein schneller Blick umher — aber wer auch immer es war, er ist verschwunden. Ich hole den Umschlag und kehre zu meinem Stuhl zurück.

Ich nehme einen Schluck des Drinks: teurer Alkohol, so angenehm auf der Zunge wie die Torte. Mein ‚Verehrer' hat keine Kosten gescheut. *Lucca?*

Seine Männer tragen ihn zurück zu seinem Zimmer, während sie darüber lachen und Witze machen. Nein, er ist nicht imstande für etwas so Subtiles.

Ich öffne den Umschlag und hole ein einzelnes Blatt Papier heraus.

Entschuldigen Sie das Eindringen, Special Agent, aber in Abwesenheit anderer verlässlicher Quellen dachte ich, Sie hätten gern ein Update zu Mr. Di Lorenzo. Er hat den Anschlag auf sein Leben überlebt und hat in den Bergen Schutz gesucht. Seine

ehemaligen Arbeitgeber wissen, dass er lebt und werden nach ihm suchen.

Ich bin nicht in der Skihütte. Ich habe einen Boten genutzt. Verschwenden Sie keine Zeit mit der Suche nach mir. Wenn der Sturm vorbei ist, gehen Sie zu diesen GPS-Koordinaten, um Di Lorenzos Auto und andere wichtige Beweise zu finden.

Ich kann Ihnen nicht Di Lorenzo geben, Carolyn, so gern ich das auch würde. Er wird gebraucht. Aber die Männer, die hinter ihm her sind, haben Gewalttaten auf amerikanischem Boden begangen, es gibt aussagekräftige Beweise dafür und es wird wesentlich einfacher sein, einen Fall damit zu eröffnen.

Ruhen Sie sich aus. Sie schlafen nie genug.

Er ist nicht unterzeichnet. Das muss er nicht sein. Es ist Prometheus.

„Verdammt", murmle ich. „Wenigstens eine verlässliche Quelle. Zu schade, dass er grenzwertig gruselig und vermutlich selbst Krimineller ist." Und aus irgendeinem Grund möchte er nicht, dass ich Di Lorenzo verhafte. *Naja, in diesem Fall wird er mit der Enttäuschung leben müssen.*

Ich notiere mir die GPS-Koordinaten, sie entsprechen einem Stück der Landstraße, ungefähr fünf Meilen entfernt. Wenn Prometheus' Brief korrekt ist, dann steckt Di Lorenzo genauso hier in der Gegend fest wie wir. Was bedeutet, dass ich immer noch eine Chance habe.

Ich frage mich allerdings, warum er wegen des Mannes verhandelt. Ist Prometheus Teil der Sechsten Familie? Nein, das ergibt keinen Sinn, es sei denn, er opfert freiwillig die Auftragskiller, die er an Di Lorenzos Stelle bietet.

Warum wird er gebraucht? Warum werde ich dazu gedrängt, einen weiteren meiner Verdächtigen laufen zu lassen?

Er hat allerdings mit einer Sache recht. Wenn ich ein paar von Di Lorenzos ‚Mitarbeitern' schnappe, könnte ich Daniels auch so zufriedenstellen.

Warum braucht Prometheus einen Auftragskiller, wenn der Kerl versucht, aus dem Geschäft auszusteigen?

So viele Fragen. Und der Mann, der sie beantworten kann, ist irgendwo anders, sicher hinter einem Handy- und einem Computerbildschirm, während unbekannte Zahlen an Männern seine Anweisungen ausführen.

Ich leere den Drink und esse die Torte, dann gehe ich nach oben, um ein wenig zu schlafen. *Wen ich festnehme, hängt davon ab, wen ich zuerst finde.*

Ich weiß nur eine Sache: Ich werde diese Berge nicht mit leeren Händen verlassen.

KAPITEL 9

Eve

Der Tag geht zu schnell vorbei, trotz des Sturms. Michael hat meine Talente gesehen. Wir haben mit meinen Haustieren gespielt und Mittagessen gekocht. Er erholt sich weiter. Und er erinnert sich an mehr.

„Jemand ist vor mein Auto getreten und hat auf mich geschossen. Ich erinnere mich nicht an den Unfall." Er trinkt seinen Kaffee, während wir uns den Sonnenuntergang durch die Reste des Sturms hindurch ansehen. Die Temperatur steigt weit genug an, dass ich den Stoff vor dem Fenster für eine Weile weglassen kann.

„Weißt du warum?" Sein Arm liegt um meine Schulter. Es fühlt sich so gut an, dass ich stumm bleiben und über nichts reden will. Aber wir haben immer noch ein Puzzle zu lösen.

Ich … möchte es nur nicht zu schnell lösen. Ich möchte, dass er hierbleibt. Es ist völlig egoistisch und selbstsüchtig, und ich sollte es besser wissen, als mich zu sehr an ihn zu klammern, aber …

Ich verliebe mich in ihn. Das ist mir noch nie zuvor passiert, und ich … kann es nicht ertragen, wieder verlassen zu werden.

Aber ich weiß, dass er gehen wird. Etwas Gefährliches wartet da draußen auf ihn, ein Leben, von dem ich keine Ahnung habe. Das Leben, das er vergessen hat, involviert Schießereien und Autounfälle, und selbst der Name, an den er sich erinnert, ist vielleicht nicht seiner.

Wo gerate ich hier hinein? Es ist so ironisch, dass dieser potenziell gefährliche Mann der erste ist, der mich mag und der nett zu mir ist.

Ich sollte mich darauf vorbereiten, ihn gehen zu lassen. Ich sollte mich an den Gedanken gewöhnen, dass er gehen wird, und mit dieser Geschwindigkeit wird er mein Herz mitnehmen. Dass er mich mag und mich begehrt wird vielleicht nicht ausreichen, dass er bleibt.

Er sieht mich stumm an, als würde er versuchen herauszufinden, was er sagen soll. „Ich weiß es noch nicht. Ich habe davon geträumt, aber ich weiß nicht, wie viel davon real war."

„Sobald wir morgen nach dem Sturm Schnee geschippt haben, werde ich die Straße hinuntergehen und sehen, ob irgendetwas an meiner Erinnerung an diesen Unfall real war." Seine Hand knetet sanft meine Schulter. „Dann werde ich wissen, ob das real war, was ich in meinem Traum gesehen habe."

Ich nicke und ignoriere den großen Kloß in meinem Hals. „Ich werde dich vermissen, wenn du gehst", gebe ich zu, als ich mich ihm zuwende.

Als Antwort nimmt er mich in die Arme und küsst mich. Diesmal ist es sehr sanft und hält an, bis ich atemlos bin und zittere. Meine Oberschenkel drücken sich zusammen und meine Knie werden nachgeben.

Der Kuss löst sich. „Ich werde dich auch vermissen", flüstert er an meine Lippen. Dann zuckt er zusammen und schiebt sich zurück, als müsste er sich zwingen. „Wie auch immer, du kannst mich ja wieder einladen."

Ich blinzle, überrascht, dass mir das nicht einmal eingefallen ist. Ich hatte einfach gedacht, dass er mein Leben endgültig verlassen würde, wenn er geht. „Du ... würdest zurückkommen?"

Er wirft mir einen sanft gequälten Blick zu. „Natürlich würde ich das. Du hast mir das Leben gerettet und dich um mich gekümmert, ohne einen Grund dafür zu haben. Ich weiß so gut wie nichts über meine Vergangenheit, aber so gute Menschen wie du sind ungewöhnlich."

„Oh." Ich wusste nicht, ob ich beruhigt oder enttäuscht sein sollte. „Ich hoffe, du hast nicht das Gefühl, als würdest du mir etwas schulden."

Er lacht und schüttelt den Kopf. „Natürlich habe ich das. Aber deshalb werde ich nicht zurückkommen."

Das beruhigt mich mehr als seine Dankbarkeit, aber jetzt bin ich verwirrt. „Warum dann?"

Ein weiterer Kuss — und dieser wird innig und heftig, wodurch ich in seinen Armen schwach werde. „Ich zeige es dir später", verspricht er mit einem schelmischen Lächeln.

Das reicht, um mich eine ganze Stunde auf einer Wolke treiben zu lassen, bevor meine Zweifel meine Glückseligkeit zerstören. Ich hatte noch nie Sex, und das Einzige, was ihn von mir hält, ist sein Kopf und meine Angst. Ich muss einen Weg finden, um ruhig zu werden, der mich nicht wie die Schlaftabletten ausknockt.

„Michael", sage ich, während er ein paar Hühnerbrüste mit Kapern macht, „worum ging es in deinem Traum?"

Er sieht mich eigenartig an, dann blickt er nach unten. „Ich erinnere mich kaum. Ich hatte einen Streit mit jemandem. Ich glaube, es war ein enger Freund. Und vielleicht zwanzig Minuten später wurde ich überfallen."

„Also ... du denkst, dass dein Freund das geplant hat?" Ich versuche, nicht besorgt zu klingen.

„Ich bin mir nicht sicher. Vielleicht. Nicht viel in diesem Traum hat Sinn ergeben." Er beschäftigt sich damit, die Filets umzudrehen. „Nur mein Name fühlt sich wirklich bekannt an. Das und der Hinterhalt selbst."

„Also ... wirst du den Ort suchen, an dem du den Unfall hattest?" Da ist etwas, das er mir nicht sagt. Ich bin normalerweise diejenige, die keinen Augenkontakt halten kann, aber im Moment sieht er überall hin, nur nicht zu mir.

„Ja, das ist der Plan." Er zögert, dann sieht er mich an. „Wie lange dauert es, bis die Straßen hier geräumt sind?"

„Sie sind normalerweise nachmittags frei." Ich sehe nach draußen, es ist jetzt dunkel und der Mond steht am Himmel, wodurch der Schnee blau-weiß schimmert. Kein Anzeichen von Vögeln oder Tieren. Ich werde morgen früh ein wenig Futter streuen müssen.

Hoffentlich schlafen die Bären jetzt richtig, trotz des milden Winters, den wir hatten.

„Wie sieht es aus?" Er lehnt sich vom Ofen weg, um nach draußen zu spähen. „Außer schön."

„Zwei Meter hohe Schneewehen. Es geht uns hier ganz gut, aber den Jeep bekomme ich ohne viel Graben nicht aus der Garage." Zumindest wird es mit Hilfe wesentlich einfacher sein.

„Das wird kein Problem sein." Er legt die Hühnerbrüste auf Teller und drückt ein wenig Zitronensaft in die Pfanne, dann mischt er alles. „Zu schade, dass du keinen Kochwein hast."

„Tut mir leid. Ich habe keinen Alkohol im Haus. Reagiert schlecht mit meinen Medikamenten. Und bereits zu viele Trinker in der Familie." Es ist mir ein wenig peinlich, meine Vorsicht mit Alkohol zuzugeben, aber er lächelt nur.

„Es ist in Ordnung, ich trinke nur manchmal, und heute scheint es mit meinem Kopf sowieso eine schlechte Idee zu sein." Er sieht während des Arbeitens nachdenklich aus. „Hey, Eve ... kann ich dich etwas fragen?"

Ich blicke beim Decken des Tisches auf. „Was ist denn?"

„Es scheint dich nicht zu stören, dass auf mich geschossen wurde. Ich bin vielleicht kein allzu guter Mensch, weißt du." Und er sieht mich nicht mehr an.

Ich atme tief ein, bevor ich antworte. „Michael ... mein Leben war voller Dinge, von denen die meisten Menschen traumatisiert wären. Dadurch habe ich schreckliche Angst vor jedem Menschen, nicht nur den schlechten. Ich muss viel Zeit damit verbringen, so zu tun, als hätte ich keine Angst, wenn ... wenn ich Angst vor Leuten habe, besonders in Gruppen. Wenn du irgendein Krimineller bist und das herausfindest, bring es nur nicht zu mir. Ich möchte keine Probleme in meinem Leben, ich bin hergekommen, um der schlechten Behandlung der Menschen untereinander zu entgehen."

Er sieht wieder zu mir auf. „Aber?"

„Aber … ich weiß, wie schlechte Menschen sind. Du … was auch immer du tun musstest, um zu überleben, das ist deine Sache. Ich bin hauptsächlich besorgt um dich — nicht, dass du mir wehtun wirst. Außer … vielleicht indem du gehst." Ich kann die Traurigkeit nicht aus meiner Stimme verbannen.

„Vielleicht habe ich Glück und es stellt sich heraus, dass ich James Bond bin oder sowas?" Er beabsichtigt, dass sein Witz beruhigend ist, aber ich habe die Bücher von Ian Fleming gelesen.

„James Bond war ein von der Regierung genehmigter professioneller Killer", betone ich — und er lässt die Zange, die er benutzt, in die Pfanne fallen. „Was ist?" Sein Ausdruck ist gequält. „Erinnerst du dich an noch etwas?"

„Vielleicht", krächzt er abgelenkt. „Ich bin mir noch nicht sicher. Aber du hast mit einer Sache recht, Süße. Ich würde dir nie bereitwillig wehtun."

Meine Augen brennen plötzlich. „Na ja … das ist fast das erste Mal in meinem Leben. Also … danke."

Er grinst schief. „Kein Problem. Du machst es leicht, dich zu mögen, Eve."

KAPITEL 10

Eve

Ich nehme eine halbe Beruhigungstablette nach dem Abendessen, im Wissen, dass ich entspannen muss. Michael und ich legen uns auf die Couch und sehen uns auf meinem Laptop einen Abenteuerfilm an, während wir beide je eine Katze auf dem Schoß haben. Der Film begeistert Diogenes, der obszöne Bemerkungen macht und in einen gespielten Streit mit Michael gerät.

Berry wandert umher. Hin und wieder muss ich Freya zur Seite setzen und ihn aus einem Schrank oder von einer Lampe holen. Draußen sinken die Temperaturen weiter, die Heizung hat Probleme, die Temperatur im Raum konstant zu halten, trotz unseres regelmäßigen Auffüllens des Pelletofens.

Michael und ich halten viel Händchen. Er nimmt die Schmerztabletten und sie sind immer noch nicht stark genug. Ich sehe ihn hin und wieder zusammenzucken und empfinde eine Mischung aus Sorge und Not, dass er immer noch Schmerzen hat.

„Wie geht es dir?", frage ich, sobald der Film zu Ende ist.

„Ich brauche noch eine Runde Ibuprofen und vielleicht ein

Nickerchen." Er sieht die Enttäuschung in meinem Gesicht und grinst. „Ich schulde dir noch etwas. Können wir es noch um ein paar Stunden verschieben?"

„Ich werde versuchen, die Zeit zu finden", necke ich ihn, als er mich küsst.

Verdammt, denke ich, während ich an die Decke starre. Dieser köstliche Leichtsinn kocht immer noch in mir und hält mich davon ab, allzu enttäuscht zu sein. Aber mein Körper ist voller Begierden, die ich jahrelang versucht habe zu vergessen — Begierden, die nie befriedigt wurden.

Es ist okay. Wir haben Zeit und wir wollen es beide. Es wird gut werden.

Ich bin warm unter all meinen Decken, aber das Schlafzimmer ist kühl. Selbst mit dem nicht zugedeckten Ofenrohr, das durch die Mitte des Raumes verläuft, sticht die kalte Luft an meinen Wangen. Michael hat mir versprochen, heute Nacht den Pelletofen nachzufüllen, also muss ich wenigstens nicht aus meinem gemütlichen Bett springen, um mich mitten in der Nacht darum zu kümmern.

Ich schlafe ein, diesmal ohne Träume, die mich mit Tränen aufwachen lassen. Nur die Enttäuschung, die nicht verschwinden kann — zumindest bis ich wieder in Michaels Armen bin.

Glücklicherweise wird das nicht lange dauern.

Ein leises Knarren auf der Treppe. Alle Tiere bis auf Loki sind unten, wo es wärmer ist. Ich sehe auf — und erkenne Michael im Türrahmen, das Gesicht im Schatten.

„Hey, geht es dir gut?", frage ich leise, als er zu mir kommt.

Er ist für einen Moment still, dann streckt er die Hand aus und lässt sie langsam durch mein Haar gleiten, wobei er seine Finger kurz um den Ansatz meines Zopfes legt. „Es geht mir gut."

„Sicher?" Mein Herz beginnt schneller zu schlagen, er hat mir etwas versprochen, sobald es ihm besser geht. Das bringt mich in ein unbekanntes Gebiet.

„Darf ich mich dir anschließen?", flüstert er, und für ein paar Sekunden bleiben mir die Worte im Hals stecken und ich bleibe stumm, um kein peinliches Quietschen zu riskieren.

„Äh, okay!" Oh Gott, das klang fürchterlich!

Er lacht leise und setzt sich auf die Bettkante, um mich in die Arme zu nehmen. „Nervös? Kann ich dich irgendwie beruhigen?"

Oh Junge. „Äh ... hast du Kondome in diesem Geldbeutel?" Ich bin wirklich nicht daran gewöhnt.

„Oh, das." Er schiebt eine Hand in seine Hosentasche und lässt drei davon auf meinen Nachttisch fallen. „Sie waren in meiner Hose. Ich nehme an, dort hast du mich nicht durchsucht."

„Äh, nein, das schien ein wenig ..." Peinlich! Wie jetzt, aber ohne die Wärme oder seine Einladung zur Berührung. Wozu ich immer noch Mut sammle.

Er streichelt meinen Rücken und hinterlässt einen kribbelnden Pfad, woraufhin ich zittere und den Kopf neige, um meinen Mund anzubieten, während er mich wieder in die Arme nimmt.

Es gibt so viele Arten zu küssen! Sanft, zögernd, selbstsicher, wild, zärtlich, neckend, sinnlich, zart ... Wir gehen sie alle durch, die Heftigkeit zwischen uns steigt wie Ebbe und Flut an, bis ich zwischen den Küssen nach Luft schnappe.

Als er sich schließlich zurücklehnt, bin ich atemlos und feucht. Er fühlt es ebenfalls: seine Muskeln zittern, als ich mit den Fingerspitzen über seinen Rücken fahre.

„Ich wusste nicht, dass es so sein kann", keuche ich leise, als er mich umarmt.

Er grinst. „Wir haben Glück, dass ich immer noch meine Fähigkeiten habe. Ich weiß nicht, wo ich sie herhabe, aber du kannst sie trotzdem genießen."

Ich weiß, was er meint: für ihn ist auch alles neu. Wenn ich seinen Rücken streichle, dann zittert er, weil er keine Erinnerung daran hat, wie es sich anfühlt — nicht mehr als ich! Seine Hände wissen, was sie tun müssen, aber er hat keine Erinnerung daran, so etwas zu empfinden.

Weiß er, wie sich ein Orgasmus anfühlt? Bin ich überhaupt selbst dazu fähig?

Aber auf der anderen Seite würden mich die meisten Männer überhaupt nicht interessieren. Ich hatte begonnen mich zu fragen, ob all die Jahre des Versteckens meiner Sehnsüchte, um mich zu beschützen, die Flamme in mir für immer erstickt hatten. Jetzt weiß ich, dass das nicht stimmt. Vielleicht stimmt keiner meiner Zweifel über Sex und meinen Körper — jedenfalls nicht mit dem richtigen Mann.

Und das ist eindeutig der richtige Mann.

Er bewegt sich von mir weg und steht auf. Er knöpft seine Jeans auf. „Ich werde nur die hier los."

Meine Augen werden groß, als der Reißverschluss nach unten wandert und er sich den Stoff langsam über die Hüften schiebt. Sein kurzes Schamhaar glänzt leicht im Licht von unten…und dann zieht er seine Hose komplett aus, zusammen mit seinen Boxershorts.

Seine Erektion springt an seinen Bauch und ich spanne mich an, leicht von seiner Größe eingeschüchtert. Ich war noch nie so nah, und er hat fast den gleichen Umfang wie mein Handgelenk. Ich merke sofort, wie ich mich vor Verlangen und Nervosität anspanne. Wie kann er ohne Schmerz in mich hineinpassen?

Er grinst, als er mein Starren bemerkt. „Gefällt dir, was du siehst?"

„Ja", hauche ich. „Aber … wie kann das in mich hineinpassen?"

Er greift nach einem der Kondome und zieht es an. „Indem ich dich zuerst schön feucht mache und entspanne."

Sein Grinsen verblasst und er greift nach der Decke. „Kann ich mit darunter? Ich friere."

Ich kichere und rutsche zur Seite, dann legt er sich neben mich. Ich schreie leicht auf, als seine kalten Füße mein Bein berühren. „Ah! Kalt!"

Er lacht. „Entschuldige, Süße. Ich verspreche dir, dass dir wieder warm wird."

Loki wird einmal zu viel gestört und springt grummelnd vom Bett. „Tut mir leid, Kleiner, aber ich mache keine Dreier", scherzt Michael und ich werde rot.

Er dreht sich um und küsst mich innig, während seine Hände über meinen Körper gleiten. Er erkundet jeden Zentimeter von mir, von meinen Knien bis zu meinem Kopf, wie ein blinder Mann, der sich meinen Körper einprägt. Seine glatten Hände necken und streicheln mich durch den Stoff und ich zittere und beginne zögerlich, auch seinen Körper zu erkunden.

Seine Haut ist so glatt, selbst seine Narben fühlen sich wie glattes Leder an.

Ich vergesse die Zeit, während wir einander befühlen. Dann findet er den Saum meines Nachthemds und lässt seine Hand darunter gleiten, um meinen Oberschenkel zu streicheln.

Ich stöhne leise. „Mehr", seufze ich, er lächelt und beginnt, den Stoff meinen Körper hinaufzuschieben.

Je weiter der Flanell verschwindet, desto mehr liebkost er meinen Körper. Seine Finger knöpfen das Oberteil auf, sodass er meinen Hals küssen und zu meinem Ausschnitt wandern kann.

Seine Daumen drücken in die Falte meiner Hüften und lassen unerwartete Lust durch meinen Körper schießen, als würde er mich direkt liebkosen.

Als er das Nachthemd über meinen Bauch schiebt, werde ich ungeduldig und setze mich auf, um es auszuziehen. Er starrt meine Brüste an, dann folgt er mir zurück auf die Matratze und hält sie wie Schätze.

Er kniet sich über mich und seine Daumen streichen über meine Brustwarzen, während ich mich winde und reflexartig die Hüften hebe.

„Na also", flüstert er. „Gefällt dir das?"

„Oh ja", stöhne ich bereits keuchend. „Bitte hör nicht auf ..."

„Kann ich nicht", murmelt er und senkt seinen Kopf zu meinen Brüsten.

Er beginnt sie zu küssen, fährt mit der Zunge darüber und knabbert leicht.

Sein heißer Mund umschließt meine Brustwarze und er zieht leicht daran, woraufhin meine Gedanken alle verschwinden.

Er hat die volle Kontrolle, jede Bewegung seines Mundes zieht meinen Körper nach oben, als hinge ich an Seilen. Sein Mund arbeitet auf meiner Haut, zieht und leckt, während elektrische Schläge der Lust mich zittern lassen.

Ich wimmere enttäuscht, als er aufhört und stattdessen beginnt, meinen Bauch unter der Decke zu küssen. Seine Fingerspitzen gleiten über meine Haut, bis seine Zunge meinen Bauchnabel berührt.

Ich bin so erregt, dass ich kaum denken kann. Ich kann mich nur winden und Geräusche machen, während er tiefer und tiefer geht, bis er eines meiner Beine über seine Schulter legt und warme Luft auf meine Mitte bläst.

Ich erkenne, was er im Begriff zu tun ist, als er mich mit den Fingerspitzen öffnet und sie dann langsam in mich hineingleiten lässt.

„Oh!" Seine Zunge, wie sie auf und ab geht und kreisende Bewegungen macht, erregt mich so sehr, dass sich meine Muskeln beinahe schmerzhaft anspannen.

Er muss mich festhalten, jede Bewegung seiner Zunge lässt mich wimmern und die Hüften rollen. Ich vergrabe meine Nägel im Bett und die Fersen in der Decke, als seine Zunge wieder und wieder nach vorne schießt.

Ein köstlicher Druck baut sich in mir auf, es ist angsteinflößend, aber hauptsächlich fühlt es sich so gut an, dass ich nur halb verständlich um mehr flehen kann. Dann beginnt er mich mit zwei Fingern zu streicheln und der Druck wird plötzlich so stark, dass ich nach Luft schnappe.

Die Lust wird ein paar Sekunden später zur Ekstase und jede Zelle in meinem Körper leuchtet auf. Mein brennendes Verlangen umgibt mich und ich schreie.

Und er macht einfach weiter.

Unglaublich! Nach diesem Rausch ruht sich mein Körper nicht aus. Er macht weiter und ein weiterer Höhepunkt bricht sich sofort über mir. Diesmal habe ich nicht den Atem zum Schreien, stattdessen stöhne ich heiser.

Schließlich löst er sich von mir und ich lasse mich schlaff auf die Matratze fallen. Er klettert schwer atmend über mich, und als sein Kopf unter der Decke auftaucht, brennen seine Augen vor Verlangen.

Ich nehme ihn in die Arme, die Beine bereits geöffnet. Ich spüre, wie er langsam in mich eindringt und angenehm dehnt. Es tut kaum weh!

Sein Kopf fällt zurück und er stöhnt mit aufgerissenen Augen. „Oh Gott", keucht er und drückt weiter, während sein ganzer Körper zittert. „Du fühlst dich so verdammt gut an …"

Mein Duft mischt sich mit dem seines Schweißes und seiner Erregung, während er beginnt, sich langsam zu bewegen. Seine Atmung stottert, er wird immer schneller und die Matratzenfedern quietschen unter uns.

Ich halte ihn, hebe die Hüften, um ihn zu treffen. Er dringt immer und immer wieder in mich ein, berührt Stellen, die nie jemand berührt hat und lässt meinen ganzen Körper kribbeln.

Er bewegt sich härter und schneller und es fühlt sich unglaublich an. Kein Schmerz, keine Unbeholfenheit, keine Distanziertheit von dem Moment oder meinem Körper; als meine Nägel über seinen Rücken kratzen, stöhnt er nur und wird schneller.

Ich merke, wie er steif wird und seine Atmung heftiger wird. Er beginnt mit seinen Bewegungen zu stöhnen, jedes Mal lauter und kehliger als zuvor. Das Bett zittert, ich zittere.

Ich versuche ihm Ermutigungen zuzuflüstern, schaffe aber nur unverständliche Geräusche. Seine Schreie werden verzweifelter … und dann höre ich, wie sich meine ihm anschließen, als ich mich wieder um ihn herum anspanne.

Wir kommen gleichzeitig zum Höhepunkt, selbst als ich stöhne und mich unter ihm winde, wölbt er den Rücken und schreit aus purer Lust.

Er zittert in mir und spannt sich über mir an, das Gesicht vor Ekstase verzerrt. Dann erschauert er ein letztes Mal, bevor er sich über mich legt.

„Oh Michael", flüstere ich mit meiner letzten Kraft. Er zieht sich hoch und küsst mich sanft.

„Hat dir das gefallen?", murmelt er schläfrig mit einem trägen Lächeln im Gesicht.

„Ja", erwidere ich, schockiert und befriedigt. „Oh ja."

„Gut." Er geht widerwillig von mir herunter und steht auf, um das Kondom loszuwerden. „Denn sobald wir uns ausgeruht haben, will ich mehr."

Ich lächle und kann kaum die Augen offenhalten. „Ich auch."

KAPITEL 11

Michael

Ich wache in Eves Bett auf und frage mich, ob ich das Falsche getan habe. Wenn dieser Traum wirklich wahr ist, dann habe ich sie bereits in ein Chaos gezerrt, für das sie mir vielleicht nie vergeben wird. Und doch hat sie klargemacht, dass sie mich akzeptieren wird, egal wer ich bin.

Das hat mich ganz gerührt! Wie war mein Leben außerhalb der Vorfälle in meinem Traum? Aber noch nie habe ich eine so grenzenlose Akzeptanz gespürt.

Vielleicht habe ich selbst zu viel Zeit mit beschissenen Menschen verbracht?

Ich drehe mich um, um Eve beim Schlafen zuzusehen. Sie ist unter der Decke nackt, ihre Haut ist seidig. Meine Erektion wird von ihrem morgendlichen Zustand innerhalb von Sekunden völlig steif, als ich ihren Duft einatme.

Sie rührt sich und öffnet die Augen, wobei sie schläfrig etwas murmelt. „Guten Morgen", flüstere ich und sie lächelt, als ich mich an sie drücke.

„Guten Morgen."

Ich küsse sie sanft und berühre mit einer Hand ihre volle Brust. Ihre Brustwarze wird fest, als ich sie mit dem Daumen reibe, und sie windet sich und wimmert leise. Ich lege mich auf sie und halte den Großteil meines Gewichts mit meinen Knien, während ich sie weiter küsse.

Ich dringe leicht in sie ein, während sie ihre Hüften unter mir hebt. Ihre Hände landen auf meinen Hüften und meinem Hintern, dann streicheln sie meinen Rücken, als sie mich an sich zieht. Ihr Seufzen und Keuchen verwandelt sich zu einem unterdrückten Stöhnen und sie vergräbt ihre Nägel in meiner Haut.

Ich halte es aus, necke und umarme sie und widerstehe dem Drang, immer und immer wieder in sie einzudringen, bis ich zum Höhepunkt komme. Die Methoden des Sex' mögen vielleicht immer noch in meinen Händen und meinem Körper sein, aber das Vergnügen des Sex ist wunderbar neu.

Letztendlich geht der Kuss zu Ende und ich vergrabe mein Gesicht an ihrem Hals, wo ich an ihrem Puls sauge und lecke, als sie beginnt, ihre Hüften an mir zu reiben. Ich atme schwer, meine Erektion schmerzt vor Verlangen, in ihr zu sein...und als sie meinen Hintern umfasst und die Nägel hineingräbt, weiß ich, dass sie bereit ist.

Ich ziehe eines der Kondome über und streichle sie, während ich eindringe. Sie wölbt den Rücken, ihr Mund öffnet sich. Ihre Augen sind zugekniffen.

Nichts fühlt sich so gut an wie sie, selbst ohne das Kondom. Ich versteife mich und schnappe nach Luft, als ich Zentimeter für Zentimeter eindringe. Dann lege ich mich geduldig über sie, abgestützt durch eine Hand, und stoße fest zu.

Ihr Kopf fällt auf das Kissen zurück, ihre Muskeln spannen sich an und sie spannt sich um mich herum an, bis sie in mir den Drang auslöst, mich wieder zu bewegen. Ich möchte es so sehr ... warte aber und bewege weiter meine Finger, bis sie zu zappeln beginnt.

Sie schreit vor Verlangen, reibt sich immer und immer wieder an mir. Ich stöhne durch die Zähne hindurch und dringe wiederholt schnell in sie ein, unsere Bäuche treffen aufeinander, während ich meine Finger schneller und schneller bewege.

Sie quietscht, ihre Nägel drücken so fest, dass es brennt — und dann spannt sie sich wieder um mich herum an und stöhnt heiser. Diesmal zieht mich ihre Reaktion mit über den Abgrund. Ich erstarre, wölbe den Rücken und Wellen der Ekstase brechen sich über mir. Ich stöhne in Richtung der Decke, während ich mich in mir ergieße.

Alles wird für einen Moment weiß. Als ich wieder zu mir komme, lege ich den Kopf auf ihre Schulter und sie hält mich fest.

Erst als ich merke, wie meine Erektion nachlässt, zwinge ich mich zum Aufstehen und entledige mich des Kondoms. Die kalte Luft schlägt auf meine nackte Haut, auf dem Weg zurück vom Badezimmer gebe ich ein paar Pellets in den Ofen. Dann gehe ich zurück nach oben in Eves Bett und ihre Arme.

Entspannt und zufrieden schließe ich die Augen, froh darum, dass der Wahnsinn meiner Situation noch eine Weile vor der Tür bleibt.

Es hält allerdings nicht an. Ich habe nicht einmal fertig geduscht, bevor ich mir Sorgen um meinen Traum, Bertie und die große Wahrscheinlichkeit mache, dass ich ein Mafia-Auftragskiller auf der Flucht bin.

Ich bin immer noch damit beschäftigt, als wir Stunden später die Veranda und die Autos freischaufeln. Ich möchte Eve nicht zurücklassen, aber so lange Bertie und seine Partner nicht meine Spur verlieren, verfolgen sie mich vielleicht unaufhörlich. Und ihr Zuhause ist zu Fuß von meinem Unfallort zu erreichen. Wer weiß, ob sie mit mehreren Leuten den Wald nach mir durchsuchen?

Eine Schneefräse lässt den Schnee schnell verschwinden, der noch nicht vereisen konnte. Und der Jeep hat einen kleinen Flug am Kühlergrill für die Auffahrt. Ich setze mich auf den Beifahrersitz und plaudere mit Eve, während sie vor und zurück fährt, um den Weg zur Landstraße zu räumen.

„Also, die schlechte Neuigkeit ist, dass die Notaufnahme nicht geöffnet ist. Wir können zum Krankenhaus, das zwanzig Meilen weiter ist, oder bis morgen warten." Sie seufzt verzweifelt. „Habe ich erwähnt, dass ich Schneestürme hasse?"

„Ich kann das eindeutig verstehen, obwohl uns der Sturm diesmal Zeit gegeben hat, einander besser kennenzulernen." Besonders körperlich.

Wie sie bei ihrem ersten Orgasmus aus schockierter Lust geschrien hat ... Wie sie sich unter mir gewunden hat ...

Ich kann es nicht erwarten, das Auto zu finden, zu beweisen, dass es existiert und alles daraus zu nehmen, was vielleicht hilft. Nicht nur, weil es mir beim Zusammensetzen meiner Vergangenheit helfen wird, sondern wir danach nach Hause gehen und wieder ins Bett gehen können.

Danach werde ich mir allerdings überlegen müssen, was ich wegen meiner Verfolger tun soll und muss Eve die unschöne Wahrheit erzählen. Wie soll ich das tun?

Die Straße ist mit einer dünnen Schicht Salz bedeckt, als wir durch den Schneehügel brechen, den der Schneepflug gebildet hat und sie befahren. Nur ein paar Reifenspuren, fast niemand ist heute unterwegs, nicht einmal zum Skifahren. „Fies hier draußen", bemerke ich. „Ich bin überrascht, dass es keinen Stromausfall gab."

„Ich habe einen zusätzlichen Generator, das wäre kein Problem gewesen. Es wird zu einem Problem, wenn der Wind stärker wird und die Bäume umstürzen. Das letzte Mal, als der Strom ausgefallen ist, war das, weil der Blitz in einen Transformator eingeschlagen ist." Sie verlangsamt, als ein Eichhörnchen über die Straße rennt.

„Zumindest sind die Tiere draußen", bemerke ich, als es wieder verschwindet.

„Ja", flüstert sie wehmütig. „Zwei Tage ohne draußen zu sein und sie nutzen die Chance, ein wenig Sonne zu bekommen und zu hamstern."

„Du magst Tiere wirklich sehr, oder?" Ich finde es reizend.

„Ja. Sie sind ehrenhafter als die meisten Menschen." Ihr Lächeln ist für einen Moment angespannt, aber sie fährt einfach weiter.

Wir kommen auf unserem Weg über die Straße an keinen Autos vorbei. Ich sehe mich nach irgendetwas Bekanntem um. Dann kommen wir an einem vom Blitz gespaltenen Baum vorbei — und ich erinnere mich aus meinem Traum daran.

„Wir fahren die richtige Richtung. Fahr weiter da lang." Mein Körper spannt sich an, als wir dorthin fahren, wo ich überfallen wurde.

„Erinnerst du dich an mehr?" Sie klingt erwartungsvoll, aber etwas lauert da, das ich nicht wachrufen will.

Es kommt trotzdem. Plötzlich sind meine Hände am Lenkrad eines größeren Autos, ich fahre schneller, die Straße vor mir ist klar und es ist kaum Schnee zu sehen. Wut und Trauer, mein Gefühl des Verrats, meine Sorge — und ja, meine Angst, auch wenn ich mich davon nicht aufhalten lasse. So ein Mensch war ich noch nie.

Ich kann das nicht glauben! Bertie, mein Cousin, mein einzig lebender Verwandter. Ich habe ihm bei der Immigration und mit seinem Job beim Don geholfen.

Und was tut er, um es mir zurückzuzahlen, als ich sage, dass ich seinen Mist nicht länger machen kann? Was hält er für die richtige Reaktion auf seinen Verwandten und besten Freund, der sich weigert, ein Kind zu töten?

Er richtet eine Waffe auf mich und versucht, mich zu zwingen. Dieser Hundesohn hätte es besser wissen sollen.

Gut, vergessen wir das. Ich fahre an der Skihütte vorbei und fahre weiter Richtung Westen, bis ich die Staatsgrenze erreiche. Dann einfach weiter nach Südwesten. Colorado klingt gut.

Ich blinzle und ziehe Luft ein. „Geht es dir gut?", fragt Eve besorgt.

„Ich hatte irgendeine Auseinandersetzung mit einem alten Freund und Kollegen. Nicht sicher, was er von mir wollte, aber ich habe ihn k.o. geschlagen und zurückgelassen. Dann bin ich auf dieser Straße gefahren." Viele Details fehlen. Es ist feige, aber ich möchte sie nicht verschrecken.

Kann ich sie behalten, wenn sie von meinem alten Job erfährt? Deshalb kann ich es nicht erwähnen.

„Also du denkst, dass dein Freund dich in einen Hinterhalt geführt hat?" Sie klingt beunruhigt, nicht angewidert. *Verdiene ich diese Loyalität und Unterstützung überhaupt?*

Naja, ich werde tun, was auch immer ich kann, um sie zu verdienen. Jetzt, wo ich erkenne, wie unglaublich selten es ist, jemanden zu finden, der liebevoll ist. Wie ungewöhnlich es ist, jemanden zu finden, bei dem ich entspannt sein kann.

Wenn ich sie behalten und glücklich machen kann, kann ich vielleicht als guter Mann wieder anfangen, nicht als Killer. Aber zuerst sollte ich jeden loswerden, der hinter mir her ist.

„Ich bin mir ziemlich sicher. Aber nicht warum." Ich fühle mich fürchterlich, es ihr nicht zu erzählen. Aber sie muss keine Angst vor mir haben, und wenn sie herausfindet, dass ich ein Auftragskiller für die Mafia in Montreal war, dann bekommt sie die vielleicht.

„Also du sagtest, es wäre zehn Minuten in diese Richtung?" Sie wird langsamer. „Suchen wir nach einem Loch in der Leitplanke."

„Gute Idee." Es wird da sein müssen — sobald wir das Auto finden, habe ich noch mehr Teile dieses Rätsels.

Hoffentlich einschließlich einer Idee, wie ich die Leute loswerde, die hinter mir her sind. Im Moment ist meine einzige wirkliche Hoffnung, dass sie denken, ich sei bereits tot.

„Da vorne ist es." Bauarbeiter stehen auf der Straße. „Sie reparieren den Schaden. Wir werden an der nächsten Abzweigung parken und laufen müssen." Mein Herz sinkt bei der Tatsache, dass der Unfallort greifbar ist, aber ich habe mich darauf vorbereitet.

„Ich bin dabei", sagt sie sofort. „Ich muss mir nach all der Zeit im Haus die Beine vertreten." Sie hat keine Ahnung, dass es so aussieht, als würde sich meine Geschichte als noch gruseliger herausstellen als gedacht.

Wir fahren an der Stelle vorbei. Fünf Kerle in Warnwesten reparieren die Leitplane, zwei weitere stehen herum und trinken Kaffee. Eine blaue Limousine steht in der Nähe.

Einer der Kerle sieht mich lang an, als wir vorbeifahren. Er kommt mir nicht bekannt vor, aber das beruhigt mich nicht.

Wir parken an der nächsten Abzweigung und ich helfe Eve über die Leitplanke in den Wald neben der Straße. Überall ist Schnee, aber glücklicherweise ebener als auf der Straße darüber. Weg von der Leitplanke, unter dem Schutz der Kiefern, kann man laufen.

Ich trage eine Schaufel, sie hat ihre tragbare Schneefräse und einen zusätzlichen Akkusatz. Außerdem haben wir ein paar leere

Rucksäcke. Der Mietwagen ist definitiv nicht im Zustand, hier wegzufahren. Ich bin nicht einmal verärgert, ihn nicht zurückbringen zu können. Aber alles von mir könnte ein Beweisstück sein, und ich muss es holen, bevor jemand das Auto bemerkt und neugierig wird.

Wir halten Händchen, während wir laufen. Ich kann ihre Wärme durch die Handschuhe nicht spüren. Ich bin nur froh, dass ich ihr helfen kann. Wir bleiben bewusst außerhalb des Blickfeldes der Bauarbeiter, während wir von unten an den Unfallort herangehen.

Was werden wir finden? Ein paar meiner Habseligkeiten müssen da drin sein. Was wird passieren, wenn eine weitere Welle hässlicher Erinnerungen ausgelöst wird, die ich vielleicht nicht mit Eve teilen möchte?

Aber das muss ich. Sobald wir zurückkommen, setzen wir uns hin und besprechen alles, was ich bisher bestätigen konnte. Es verschreckt sie vielleicht, aber es ist meine Pflicht.

„Warum ist niemand gekommen, um das Auto zu holen?", fragt Eve, als wir das Loch in der Leitplanke sehen. Wir sind unterhalb und ich spähe um die Schneewehen, auf der Suche nach Hinweisen auf meinen Mietwagen.

„Vielleicht konnten sie es nicht sehen? Ich habe selbst Probleme, es zu finden." Ich schütze meine Augen vor der unerwartet grellen Sonne, die den Schnee wie Diamanten glänzen lässt. Nur die blauen Schatten unter den Kiefern bieten Erleichterung vor dem blendenden Anblick, weshalb ich mich auf sie konzentriere.

Von den Bäumen sind Zweige abgebrochen und die Büsche sind plattgedrückt. Ich seufze erleichtert. „Da haben wir es. Komm schon."

Den Hügel hinauf sind orangefarbene Helme zu erkennen, während die Männer an der Leitplanke arbeiten. „Okay. Wir müssen eine der Türen und den Kofferraum ausgraben, ohne aufzufallen. Vermeiden wir die Nutzung der Schneefräse, es sei denn, ich bin erschöpft."

Sie nickt und wir gehen zu dem vergrabenen Auto. Glücklicherweise ist der Schnee noch nicht fest geworden, er liegt im Schatten und ist nicht warm genug. Ich grabe gerade nach unten, bis ich eine

Ecke des roten Autos finde und schließlich auch den Kofferraum. „Okay, hier ist ein Teil davon."

Ich fische meine Schlüssel heraus und versuche jeden, bis sich einer dreht. Der Kofferraum öffnet sich, der restliche Schnee rutscht herunter und ein einziger grauer Koffer ist darin.

„Okay." Ich hole ihn hervor und gehe dann dorthin, was ich für die Beifahrerseite halte. „Ich werde meinen Koffer zur Straße tragen müssen. Er ist ziemlich schwer. Kannst du auf dem Weg zurück die Schaufel und die Fräse tragen?"

Sie nickt entschlossen. „Absolut." Sie ist ebenfalls aufgeregt, herauszufinden wer ich bin.

Ich hoffe, dass sie nicht enttäuscht wird!

Nach viel Graben, Kratzen und Ziehen öffnet sich die Beifahrertür und ich bin so warm geworden, dass ich für eine Weile meine Mütze ausziehe. Dann klettere ich hinein.

Die Windschutzscheibe ist zerbrochen, auf den Sitzen liegt Schnee. Weiteres Graben. Ein paar getrocknete Blutstropfen auf den blassblauen Bezügen. Dieser Hinterhalt ist genauso gelaufen wie in meinem Traum. Selbst das Schussloch, das durch das Armaturenbrett gegangen ist.

„Ja, dieser Teil des Traums war definitiv richtig", seufze ich.

„Wird dir kalt?", fragt sie und ich sehe auf, um in ihrer Hand eine große Thermoskanne zu finden.

„Oh wow, ist da der Rest des Morgenkaffees gelandet? Du bist ein Engel." Das ist sie wirklich! Kaffee, Liebenswürdigkeit, toller Sex und sie verehrt mich! „Ich habe so ein Glück, dich getroffen zu haben."

Sie wird rot. „Ich äh, habe ein wenig Schokolade dazu", gibt sie zu. „Das macht ihn genießbarer."

„Kaffee unterwegs? Okay." Ich schraube den Deckel ab und nehme einen Schluck, der meine Zunge verbrennt, mich aber aufwärmt. „Das ist gut."

Ich ruhe mich ein paar Minuten aus und wärme mich mit dem Kaffee auf. Wir reichen die Thermoskanne hin und her und trinken, bis sie leer ist. Ich trinke den Großteil davon. Ein Auto aus einer

Schneewehe zu schaufeln ist harte Arbeit. Ich wappne mich und kehre zur Arbeit zurück, sobald die Kanne leer ist.

Im Handschuhfach ist ein Bündel Geld, Mietdokumente und ein paar beheizbare Handschuhe. Im Fußraum liegt viel zerbrochenes Glas, eine kaputte Sonnenbrille und eine .44 Automatik, die ich schnell in den leeren Holster unter meinen Arm schiebe, bevor Eve sie sehen kann. Ich fühle mich sofort sicherer mit einer Waffe an meinem Körper.

Es ist vermutlich eine so alte Gewohnheit, dass sie meine Emotionen verändert hat. Ich werde es vor Eve verstecken müssen, bis ich es ihr erklären kann, ohne dass sie ausflippt. Vielleicht in dem Koffer, sobald ich ihn geleert habe?

Als letzten Punkt, unter dem Bremspedal, finde ich etwas Unerwartetes: ein weiteres Handy, durch einen Lufteinschluss vor dem Schnee gerettet. Ich erkenne es sofort. „Hey, ich habe mein Handy gefunden."

„Das andere gehört nicht dir?" Sie späht durch die Tür.

„Ja, deshalb konnte ich mich vielleicht nicht an den Sperrcode erinnern." Ich wische darüber, aber natürlich ist der Akku leer. „Ich hoffe, dass das Ladekabel in meinem Koffer ist."

„Würde Sinn ergeben, wenn es nicht in deinen Klamotten war", spekuliert sie.

Die Rückbank ist leer. „Okay", flüstere ich, erleichtert darüber, dass uns keiner der Bauarbeiter über den Baulärm gehört hat. „Ich glaube, wir sind hier fertig."

„Gut, denn ich friere mir die Zehen ab. Möchtest du wegen irgendetwas in die Stadt oder lieber nach Hause?" Ihre Stimme ist fröhlich, trotz ihrer kleinen Beschwerde.

Ich denke an ihre Hütte im Wald, warum und gemütlich, und an das Bett mit den vielen Steppdecken, wo sie mich in der Dunkelheit gehalten hat. Meine Erektion rührt sich trotz der Kälte und ich lächle. „Ja, ich möchte meine Sachen an einem warmen und privaten Ort durchsehen."

Ich nehme den Koffer und will Eve folgen, als ich einen weiblichen

Schrei von der Baustelle höre. Ich sehe auf—und erkenne eine Frau mit weißem Zopf, die den Abhang zu uns hinunterkommt.

„Hey!", ruft sie. „FBI! Lassen Sie alles fallen und bleiben Sie stehen!"

„Was —", beginnt Eve, aber ich schüttle nur den Kopf.

„Lass alles fallen und lauf", sage ich — und das tut sie. Sie lässt Schaufel und Schneefräse fallen und stolpert so schnell sie kann den Hügel hinauf. *Gott sei Dank.* Ich renne ihr hinterher.

„Michael Di Lorenzo! Stehenbleiben oder ich schieße!", ertönt es weiter und ich ducke mich, während ich Eve mit dem Rucksack auf dem Rücken hinterherlaufe.

„Was geht vor sich?", keucht Eve alarmiert vor mir, die trotz ihres kleinen, rundlichen Körpers sehr schnell ist.

„Diese Frau ist nicht vom FBI", keuche ich zurück. Ein paar Männer auf der Straße brüllen. Eve wimmert vor Angst und rennt schneller. „Oder wenn sie es ist, ist sie verrückt!"

„Ich beginne dir zu glauben!", ruft Eve über ihre Schulter hinweg. Ich höre die Frau fluchen und dann schreit sie einmal, bevor das Rufen aufhört.

„Wir müssen uns beeilen. Sie wird erraten haben, dass wir die Straße runter geparkt haben." Ich dränge nach vorne und greife Eves Hand, um ihr auf dem Weg zurück zum Jeep zu helfen.

„Wer ist das?", schnauft Eve.

„Ich weiß es nicht, aber ich vertraue nicht darauf, dass sie nicht auf uns schießt, wenn sie uns einholt." Selbst wenn sie vom FBI ist, kann ich nicht erwarten, dass sie nicht schießen wird.

Verdammte FBI-Agenten! Genau was ich brauche: zwei schießfreudige Verfolger. Aber wenn sie wirklich vom FBI ist, gibt es vielleicht einen Weg, sie dazu zu bringen, stattdessen Bertie und seine Unterstützer zu verfolgen?

Woher wussten sie von mir, wenn ich die ganze Zeit Berties Handy hatte? Sie mussten bereits in der Gegend gewesen sein — was bedeutet, dass entweder die Familie sie als meine Unterstützung geschickt hat — oder als seine, falls ich ihren ‚Nebenjob' ablehne.

War meine Loyalität fragwürdig? Habe ich Anzeichen gezeigt, dass ich gehen wollte? Oder wollten sie mich loswerden, da sie wussten, dass ich nie ein Kind umbringen würde, selbst wenn sie das sagten?

All diese Fragen nagen an mir, als wir zurück zum Jeep stolpern. Ich bete immer noch, dass diese Frau weiter den Abhang hinunter und uns direkt gefolgt ist. Ansonsten muss sie nur in ihre blaue Limousine steigen, ein wenig weiterfahren, und —

Und als wir ankommen, ist es genau, wie ich befürchtet habe. Die blaue Limousine parkt direkt hinter uns und die blonde Frau wartet, die Waffe im Holster, während sie mit verschränkten Armen am Jeep lehnt.

Eve grummelt überrascht und ich trete vor sie, um sie mit meinem Körper zu schützen. „Was zur Hölle wollen Sie?"

Diesmal holt sie ihre FBI-Marke heraus, die entmutigend real aussieht. „Wir müssen reden", sagt sie bestimmt.

KAPITEL 12

Eve

Ich stehe erstarrt da, voller Fragen, während Michael sich vor mich stellt, als erwartet er eine Kugel. Der Ausdruck der Verzweiflung in seinem Gesicht verstärkt meine Fragen nur. Wer ist diese Frau?

„Na ja, ich bin froh zu sehen, dass Sie nicht verstorben sind", seufzt die Frau. Ich spähe um Michael herum und sehe mir ihre Marke an. Carolyn Moss, FBI. Und sie kennt Michaels vollen Namen.

Das ist kein gutes Zeichen.

„Wer sind Sie und wer bin ich für Sie?", will Michael wissen.

„Wie gesagt, wir müssen reden. Kommen Sie mit mir und wir bringen das in Ordnung." Ihre Stimme ist vernünftig ... und eigenartig ermüdet.

„Werde ich festgenommen?", fragt Michael und mir fällt ein kalter Stein in den Magen. Ich beginne zu zittern.

„Nicht zu diesem Zeitpunkt. Allerdings gibt es ein paar Dinge, die Sie wissen sollten." Sie lehnt sich weiter an meinen Jeep, als würde er ihr gehören, und wirft mir einen neugierigen Blick zu, bevor sie mich wieder ignoriert.

„Michael, wer ist diese Frau und warum solltest du festgenommen werden?" Panik liegt in meiner Stimme. Er sagte, sein Leben sei gefährlich. Jemand hatte versucht, ihn zu töten. Aber das?

Die Frau schreckt leicht auf und blinzelt mich in völliger Verwirrung an, als bemerke sie mich zum ersten Mal und frage sich, wo ich hergekommen bin. „Das ist einfache Routine", sagt sie hastig, scheinbar besorgt darüber, mich zu beunruhigen oder mir den falschen Eindruck zu verschaffen. „Sind Sie die Besitzerin des Autos am Fuße dieses Hügels?"

„Lassen Sie sie da raus!", knurrt Michael mit Verzweiflung in der Stimme. „Es ist nicht ihr Auto."

„Hätten Sie dann etwas dagegen, mir zu erklären, warum Sie es ausgegraben haben?" Ihr Blick landet immer wieder auf Michaels Stirn, wo seine Verletzung unter seinem Haaransatz hervorlugt.

„Es ist mein Mietwagen." Michaels Stimme ist ruhig und gleichmäßig. „Ich war bei dem Autounfall allein. Es hat mir einen ordentlichen Schlag auf den Kopf versetzt und seither versuche ich herauszufinden, was passiert ist."

Ihr Gesicht fällt für einen Moment, dann wirft sie ihm einen argwöhnischen Blick zu. „Woher soll ich wissen, dass Sie mir keinen Müll erzählen?"

„Lady, ich wusste nicht einmal meinen Nachnamen, bis ich ihn auf den Formularen des Mietwagens gesehen habe. Ich war bisher eingeschneit, mit einer Verletzung und ohne Chance darauf, einen Arzt zu sehen. Und da Sie nichts haben, um mich festzunehmen, außer dass auf mich geschossen wurde und ich mein Auto geschrottet habe —"

„Tony Lucca." Die FBI-Agentin — wenn sie das tatsächlich ist — sagt das mit emotionsloser Stimme, als wäre sie sich sicher, dass es ihn innehalten lassen würde.

Stattdessen scheint es Michael nur zu verwirren. „Wer?"

Ihre Augen werden groß, als sie seine Wunde betrachtet, dann fällt ihr Gesicht. „Sie verarschen mich doch! Sie erinnern sich *wirklich* nicht?"

„An kaum etwas." Er schiebt sein Haar beiseite und sie schnappt nach Luft.

„Okay, ich beginne Ihnen zu glauben. Aber wir haben hier ein Problem. Wer auch immer auf Sie geschossen hat, ist immer noch in der Gegend und sucht nach Ihnen. Und wir wollen sie." Sie entspannt sich ein wenig.

Oh. Das klingt weniger absurd. War Michael bei irgendetwas Zeuge? Etwas, wegen dem Kriminelle ihn tot sehen wollen?

„Ich würde gerne helfen, wenn ich mein verdammtes Hirn wieder in Ordnung bringe. Wie es aussieht —" Plötzlich erstarrt er.

„Runter!" Er greift mich und zieht mich hinter den Stahlpflug des Jeeps, gerade als eine Kugel in den Baum hinter uns einschlägt.

Ich schreie instinktiv auf, als die FBI-Agentin umherwirbelt und eine riesige silberne Schusswaffe hervorholt. Sie geht halb hinter ihrer Limousine in Deckung und zielt auf die Bäume. Michael schirmt mich mit seinem Körper ab. „Halt einfach still, es wird alles gut", versichert er mir.

Aber es ist nicht gut. Nichts hieran ist gut, und als die FBI-Agentin einen Schusswechsel mit demjenigen führt, der hinter den Bäumen ist, beginne ich zu zittern und zu weinen. Die Tränen fühlen sich wie Eis auf meinen Wangen an, und ich warte die ganze Zeit darauf, dass er vor Schmerzen zu stöhnen beginnt, als ihn eine weitere Kugel trifft. Nur dass diese ihn mir wegnehmen wird.

Und irgendwie bin ich mehr darüber besorgt als über die Schwierigkeiten, in denen wir stecken oder darüber, dass nicht auf mich geschossen werden würde, wenn ich ihn nie getroffen hätte. Dieser Gedanke kommt in einer Welle der panischen Feindseligkeit; es ist einfacher, es beiseitezuschieben.

„Verdammt! Es sind mindestens zwei Schützen", knurrt die Agentin, als sie sich wieder duckt.

„Haben Sie keine Verstärkung?" Michael klingt erstaunt.

„Nein! Mein Vorgesetzter ist ein Arschloch." Sie klingt weniger feindselig ihm gegenüber — aber verzweifelter.

„Wer ist dann der Kerl von den Bauarbeitern?" Einer der Männer an der Straße hat uns eigenartig angestarrt, auch wenn ich mir zu diesem Zeitpunkt nichts dabei gedacht habe.

Wir drehen uns alle gleichzeitig um — rechtzeitig, um einen der Bauarbeiter mit einer Pistole in der Hand auf uns zukommen zu sehen. Sie ist direkt auf die FBI-Agentin gerichtet.

Die Agentin schreit auf und hebt ihre Waffe — dann löst sich direkt neben mir ein Schuss, der meine Ohren klingeln lässt. Der Kopf des Kerles fliegt in einer Wolke roten Nebels zurück, während er zu Boden fällt und die Pistole loslässt.

„Meine Güte!", ruft jemand auf dem Hügel, laut genug, dass ich es über das Klingeln in meinen Ohren hören kann. Die Agentin springt auf und feuert einen weiteren Schuss in diese Richtung ab, dann brüllt jemand. Die Schießerei geht zu Ende.

Michael beugt sich über mich und hat eine schwarze Pistole in der Hand. Seine dunklen Augen sind hart. Er steckt die Pistole in den Holster unter seinem Arm und dreht sich zu mir um.

Sein Gesicht fällt. „Tut mir leid", sagt er leise. „Geht es dir gut?"

Das tut es, und auch wenn das Risiko von ihm ausgegangen sein mag — und zwar unabsichtlich — hat er getan, was getan werden musste. Dem Ausdruck von Besorgnis und Verwirrung nach zu urteilen, hat er es aus Instinkt getan.

Und es hat nicht nur das Leben der FBI-Agentin gerettet. Es hat auch meins gerettet.

„Ich habe nur Angst, ich brauche meine Tabletten." Ich fühle mich schrecklich unausgerüstet für diese Situation.

„Okay", sagt er und umarmt mich, wobei er die Agentin für einen Moment ignoriert. Sie schreit in ihr Handy, etwas über zusätzliche Agenten, einen Rettungswagen und örtliche Behörden. „Es ist okay. Wir bringen das in Ordnung und gehen nach Hause."

Ich schluchze kurz, bevor ich mich unter Kontrolle bringe. Die Tränen kühlen meine Wangen weiter herunter und brennen. „Was ist all das?" Ich murmle in seine Brust, während er über mein Haar streicht.

„Ich bin mir nicht sicher", antwortet er. „Aber ich werde dir sagen, was ich herausgefunden habe, sobald wir von hier verschwunden sind."

Die Agentin legt fluchend auf und dreht sich zu uns um. Michael sieht sie an. Sie starrt zurück, anscheinend sprachlos.

„Sie hätten mir in den Rücken schießen können", murmelt sie überrascht. „Stattdessen haben Sie mir das Leben gerettet."

„Hören Sie zu, Lady", erwidert Michael heiser. „Ich weiß wenig über das, was vor sich geht, aber ich lege mich nicht mit diesen Kerlen an. Und nein, ich werde Sie nicht von irgendeinem Arschloch erschießen lassen, nur weil Sie mir Ihre Marke unter die Nase halten."

„Sie sind nicht, wie ich erwartet habe …" Sie zögert. Dann wird ihr Ausdruck wieder kalt. „Wo haben Sie die Waffe her?", fragt sie und ich festige meinen Griff an seiner Schulter, da ich es auch wissen will.

„Sie war im Mietwagen." Er hat mir nicht gesagt, dass er sie gefunden hat, was meinem Vertrauen in ihn einen Dämpfer verpasst. Aber ich warte mit meinem Urteil, bis ich weitere Tatsachen habe.

„Deshalb sind Sie zurückgekommen?" Ihre Waffe ist immer noch draußen, aber nicht auf uns gerichtet.

„Ich bin wegen des Koffers zurückgekommen und um zu sehen, an was ich mich erinnern kann, indem ich das Auto ansehe. Ich trage seit zwei Tagen die gleichen Klamotten. Ich bin wegen meiner persönlichen Habe gekommen. Ich weiß nicht einmal, ob die Waffe mir gehört." Ärger tropft von jedem Wort.

„Also stört es Sie nicht, wenn ich nach Fingerabdrücken suche und die Zulassung überprüfe?" Ihre Stimme ist nicht so kalt wie zu Beginn, aber sie ist unerbittlich, als sie eine Hand zu ihm ausstreckt.

„Meinetwegen." Er dreht die Waffe um und reicht sie ihr mit dem Griff zuerst. „Ich bezweifle, dass Sie irgendetwas in Verbindung zu mir finden werden, aber machen Sie nur."

Sie runzelt die Stirn. „Ernsthaft. Sie sind nicht der Kerl, den ich erwartet habe."

„Vielleicht haben Sie jemanden erwartet, der nicht existiert?", gibt Michael zurück. „Ich möchte einfach nur reingehen und einen Eisbeutel auf meinen Kopf legen."

„Meinetwegen." Sie sucht in ihrem Mantel nach einer Karte und reicht sie ihm. „Rufen Sie mich an. Ich möchte einen Deal mit Ihnen machen. Versuchen Sie nicht, wegzulaufen, ich werde Sie aufspüren."

„Gut. Können wir gehen?" Michaels Stimme ist so hart wie Nägel.

„Für den Moment", antwortet sie und wirft mir einen weiteren neugierigen Blick zu. „Aber ich erwarte, morgen von Ihnen zu hören."

Michael seufzt resigniert und nickt.

KAPITEL 13

Eve

Ich kann nicht sprechen, als wir wegfahren und in Richtung der Stadt rasen anstatt nach Hause, für den Fall, dass wir verfolgt werden. Michael fährt, während ich auf dem Beifahrersitz zittere. Meine Ohren tun durch den Schuss immer noch weh.

Ich glaube, er hat diesen Mann getötet.

Welche Wahl hatte er? Wenn er die Waffe nicht benutzt hätte, wären wir dann jetzt tot? Oder diese FBI-Agentin?

Was soll ich tun? Der Mann, in den ich verliebt bin, ist gleichzeitig ein Held und ein Monster.

Michael spricht, bevor ich mich dazu durchringen kann. „Wenn du willst, können wir durch die Stadt kehrtmachen. Ich rufe ein Taxi, sobald ich dich nach Hause gebracht habe und verschwinde aus deinem Leben. Ich hätte dich nie so in Gefahr gebracht, wenn ich das gewusst hätte."

Wie viel davon ist wahr? Es liegt viel stumme Begierde dahinter. Ich merke, wie ich am Rand einer Panikattacke stehe und dränge ihm bei dem Thema nicht weiter.

„Mir fällt jetzt mehr ein. Wenn ich gewusst hätte, dass die einen Kerl bei den Bauarbeitern haben, um nach mir zu suchen, hätte ich dich nie darum gebeten, mit mir zu kommen. Ich hätte dich bestimmt nicht absichtlich in eine Schießerei verwickelt."

„Natürlich nicht", bringe ich mit Tränen in den Augen und schniefend heraus.

Er verzieht das Gesicht, konzentriert sich aber weiter auf die Straße. „Sag … sag mir einfach, wie ich das in Ordnung bringen kann."

Meine Angst ergreift mich und ich möchte schreien, dass er das nicht in Ordnung bringen kann, dass es dafür zu spät ist. Aber ich halte diese Worte zurück und atme tief ein.

„Weißt du, vielleicht besteht der einzige Grund, dass ich dir nicht sage, du sollst verdammt nochmal aus meinem Leben verschwinden, darin, dass sich nie jemand um mich geschert hat oder Dinge mit mir in Ordnung bringen wollte." Die Worte brechen hervor und klingen sinnlos, aber zumindest nicht voller Hass.

„Was meinst du? Meine Güte, das mindeste, was ich dir schulde, ist eine verdammte Entschuldigung. Du hast mir das Leben gerettet, und als Gegenleistung habe ich dich in Gefahr gebracht." Er zögert, dann fährt er fort. „Das ist mein Schlamassel, und zwar ein großer."

„Ja, ist es." Meine Stimme zittert und ist kindisch, meine Tränen fließen und verwandeln die Straße vor uns in grau-weiße Schlieren. „Das hat mir Angst gemacht und ich möchte das nie wieder durchmachen."

„Ich auch nicht. Ich weiß nicht, was ich wegen meiner Vergangenheit tun soll, aber ich wünsche mir, dich davon so weit wie möglich fernzuhalten. Deshalb habe ich angeboten, zu verschwinden." Seine Fingerknöchel am Lenkrad sind weiß. Er mag vielleicht stoisch sein, aber er versteckt seine eigenen Ängste unter seinem kühlen, grimmigen Äußeren.

Ich wische mir über die Augen und sehe durch das Fenster auf die weißen Schleier, während ich versuche, nicht daran zu denken, wie rot mein Gesicht ist oder dass meine Nase bald anfangen wird zu laufen.

„Fang … einfach mit der Wahrheit an. Und ja … lass uns nach

Hause gehen. Ich möchte keinen Zusammenbruch in der Öffentlichkeit haben."

„Ich verstehe. Ich glaube nicht, dass diese Kerle, die auf uns geschossen haben, irgendwo mit Verkehrskameras arbeiten." Seine Stimme hat sich verändert. Sie ist nicht nur voller Entschlossenheit, sondern irgendwie auch unerbittlich, als wäre er bereit, durch eine Armee hindurchzupflügen, um uns sicher nach Hause zu bringen.

Ich hoffe wirklich nur, dass es nicht dazu kommt.

„Folgendes weiß ich mit Sicherheit. Mein Name ist Michael Di Lorenzo. Ich bin Kanadier, aber vielleicht in Italien geboren. Ich habe in Montreal für ein paar gefährliche Männer gearbeitet. Mafia, glaube ich. Dieser Kerl Bertie war einer von ihnen. Die Kerle, die auf uns geschossen haben, müssen seine Kumpanen gewesen sein. Ich wollte schon seit langer Zeit aussteigen." Zwischen seinen Worten liegen lange Pausen, als versuchte er immer noch herauszufinden, wie viel dessen, was er sagt, real ist und was davon Einbildung. Es klingt so verrückt, dass ich gedacht hätte, es wäre das Ergebnis seines angeschlagenen Kopfes, wenn vor zehn Minuten nicht auf mich geschossen worden wäre.

„Sie wollten, dass ich einen Job in einer Skihütte annehme. Ich sollte für sie ein Kind umbringen. Ein verdammtes Kind! Sie müssen damit gerechnet haben, dass ich nein sage." Er lacht humorlos.

Mir wird schlecht. „Ein Kind? Wie … warum?"

„Um die Mutter des Jungen dafür zu bestrafen, weggelaufen zu sein. Es war abstoßend und ich habe mich vehement geweigert." Wir fahren an einem Tanklaster vorbei, der die Straße entlang tuckert. Vor uns ist die Abzweigung für Great Barrington.

„Wie auch immer, Bertie wusste, dass ich nie so einen Job erledigen würde. Aber er hat eine Waffe auf mich gerichtet und versucht mich zu zwingen. Er wusste, dass der Boss bereits entschieden hatte, mir eine Falle zu stellen. Die Strafe für Weigerung ist schließlich der Tod."

Er verstummt, und als ich in sein Gesicht sehe, hat er konzentriert die Augenbrauen zusammengezogen. Er wird vor der Abzweigung langsamer und sagt: „Ich bin nicht sicher, ob ich den Mann mag, der ich einmal war, aber er hätte nie ein Kind getötet."

„Wen hat er dann getötet?" Ich kann nicht glauben, dass ich ihn das frage.

„Mafiosi, nehme ich an. Es war ein Krieg. Unsere Jungs und Jungs aus anderen Städten wollten unser Revier." Er seufzt vor Erleichterung, als wir die Stadt erreichen.

Sie sieht jetzt so gewöhnlich aus. Die Menschen gehen einkaufen, in das winzige Theater, bauen Schneemänner in ihren Gärten. Ich habe mich von diesen Menschen einmal weit entfernt gefühlt, getrennt durch etwas Unerklärliches, das uns davon abhielt, uns verbunden zu fühlen. Jetzt erkenne ich, dass es Außenseiter gibt ... und Menschen, die so weit von normal entfernt sind, dass ihr Leben wie ein Actionfilm wirkt.

„Bertie und ich waren für lange Zeit Freunde. Ich habe ihm diesen Job verschafft. Am Ende hat er den Beruf mir vorgezogen."

Ich nicke, kann ihn wieder ansehen und entdecke Dunkelheit in seinen Augen. Mein Herz hämmert und mein Brustkorb schmerzt durch zu viel Elend und Qual. Ich wünschte, die Dinge könnten wieder so sein wie vor ein paar Stunden, als ich in seinen Armen aufgewacht bin.

Stattdessen muss ich mich einer so hässlichen Wahrheit stellen, dass ich beginne zu verstehen, wie seine Amnesie durch ein Trauma entstanden sein kann. „Dieser Mann war dein bester Freund?" Wie schrecklich! Das Schlimmste, was ich je hatte, waren Schwätzer und Tyrannen. Sein ‚bester Freund' hat ihm eine Falle gestellt, um ihn hinzurichten!

„Ja, und er hat eine Waffe auf mich gerichtet. Er hat den Hinterhalt vielleicht veranlasst. Einer der Kerle muss nach ihm gesehen haben, als er nicht aufgetaucht ist. Aber sobald ich an der Abzweigung zum Skiort vorbeigefahren bin, haben sie auf mich gewartet."

„Sie müssen erkannt haben, dass du den Auftrag abgelehnt hast, wenn du die Abzweigung nicht genommen hast. Es war in der Skihütte?" Das ist mit Abstand die bizarrste Unterhaltung, die ich je hatte!

Er grunzt zustimmend. „Vermutlich. Das scheint richtig zu sein."

Er wirft mir einen weiteren verstohlenen Blick zu. „Ich frage mich immer noch, warum du mich nicht aus dem Jeep schmeißt. Ich habe jetzt das Geld, um mich selbst um mich zu kümmern. Du hast keine Verpflichtung mir gegenüber."

Er versucht, mich vom Haken zu lassen. Er lässt mich wissen, dass er gehen kann, wenn ich mich nicht sicher fühle.

„Ich weiß." Mein Zittern hat aufgehört und das Klingeln in meinen Ohren hat nachgelassen. „Wenn überhaupt …"

Ich fühle mich wie auf dünnem Eis. Aber mit Menschen war ich immer auf dünnem Eis. Das macht die verdammte Angst mit mir. Also mache ich weiter.

„Wenn überhaupt, hast du eine Verpflichtung mir gegenüber, Michael Di Lorenzo." Ich kann nicht einmal sprechen, nachdem ich diesen Satz herausgebracht habe. Panik steigt in mir auf.

„Da stimme ich zu", sagt er mit gemäßigter Stimme. „Es liegt an dir, mir zu sagen, wie ich mich bei dir revanchieren soll."

Er hat das Thema gemieden und war nur ein paar Mal direkt gewesen. Vielleicht erinnert er sich nicht an das volle Ausmaß der Wahrheit. Es ändert nichts an der Tatsache, dass ich einen Mann liebe, der versucht, einen klaren Schnitt mit der Mafia zu machen.

So viel verdammte Angst, ich kann kaum ein paar Stunden mit jemandem ertragen, ohne erschöpft zu sein! Und doch hat er möglicherweise tausendmal schlimmere Dinge durchgemacht.

Vielleicht war die Schussverletzung nebensächlich? Etwas in seinem Verstand hat das als Ausrede genutzt, um sein altes Ich loszuwerden — alles … Die Vergangenheit verschwindet nicht, nur weil man sich dazu entscheidet, sie zu vergessen!

„Erzähl mir den Rest von dem, was du weißt." Meine Stimme ist nicht länger ein zitterndes, peinliches Durcheinander. Das ist ein gutes Zeichen.

„Niemand ist zu Hause, denn das Einzige, das zurückzulassen ich bedauert habe, war meine Wohnung in Montreal und meine Kunstsammlung. Ich habe daran gedacht, als der Hinterhalt passiert ist. Wenn es … jemanden … gäbe, hätte ich stattdessen an sie gedacht."

„Das ist gut zu wissen." Ich lache nervös. „Du warst bereits in

Massachusetts, als Bertie dich eingeholt hat, oder?"

„Muss ich gewesen sein. Ich war wegen jemand anderem hier. Die Zielperson war ein Schläger, kein Kind."

Er hält an der Ampel an und wir sehen einer Reihe von bunt eingepackten Kindern zu, die einer Frau wie Entenküken über den Zebrastreifen folgen. Ein Mann folgt dahinter, verstohlen, als hätte selbst er Schwierigkeiten damit, den Überblick darüber zu behalten, wie viele Kinder er hat. Michael lächelt.

„Ich habe schon immer Kinder und Tiere gemocht. Ich glaube, es hat meinen Boss manchmal verärgert. Keine Unschuldigen. Besonders keine Kinder. Nur Kämpfer wie ich, die wussten, worauf sie sich einließen."

Eines der kleinen Kinder rutscht auf halber Strecke aus und wir spannen uns beide an, aber der Vater springt nach vorne und fängt es. „Wie hat dein Boss kapiert, dass du gehen wolltest?"

„Vielleicht habe ich mich Bertie anvertraut?" Der Zebrastreifen ist leer, die Ampel springt um und er fährt wieder los.

„Ich weiß nicht, was ich davon halten soll." Dieser Mann, der nichts als nett zu mir war, hat jemanden direkt vor mir getötet? Es ist noch schwerer zu begreifen, dass Menschen zu töten sein Job war.

„Ich bin nur dankbar, dass du immer noch mit mir redest." Seine Stimme bekommt einen grimmigen Unterton, trotz der Ehrlichkeit seiner Aussage. „Warum tolerierst du mich immer noch?"

„Weil es nicht *tolerieren* ist! Du bist der Erste, der sich einen Dreck um mich schert. Du machst mir keine Angst, obwohl ich weiß, was du tun kannst — getan hast." Die Worte quellen hervor und ich kann sie nicht aufhalten. Ich schaffe es nur, die Verzweiflung aus meiner Stimme zu halten.

„Ich hatte mit viel zu kämpfen, Michael, und dank meiner Hirnchemie war es härter. Heutzutage kann ich niemandem um mich herum vertrauen. Und doch vertraue ich dir. Dafür muss es einen Grund geben. Ich bin nicht völlig unvernünftig. Tatsächlich geht es in die andere Richtung." Meine Stimme füllt sich mit Zynismus. „Du bist nach mehr als zehn Jahren die einzige Person, in deren Nähe ich tatsächlich sein *will*."

„Selbst ... mit dem Wissen?" Er klingt erstaunt.

„Ja", gebe ich mir gegenüber genauso sehr wie ihm zu. „Selbst mit dem Wissen, dass du beruflich Mafiosi getötet hast."

Den Rest der Strecke fährt er schweigend. Wir fahren auf dem Rückweg wieder auf die Fernstraße, bevor er wieder spricht. „Jetzt bin ich nicht sicher, was ich davon halten soll. Aber das liegt überwiegend daran, dass ich dich vielleicht nicht verdiene."

„Niemand hat das je zu mir gesagt", seufze ich, das Herz versunken in der Vergangenheit, Depression über mir wie eine schwere Schneedecke. Ich schüttle einen Teil dessen ab und mache weiter. „Erinnerst du dich sonst noch an etwas?"

„Ja, ich habe Bertie die Waffe abgenommen, sein Handy und habe ihm eins übergezogen. Und ..." Er runzelt die Stirn. „Ich erinnere mich immer noch nicht an den Unfall, aber daran, der Straße gefolgt und dann den Berg hinauf zu deinen Lichtern gegangen zu sein."

„Die beiden Männer?" Wie war das? Sich mit einer Kopfwunde durch die kalte Nacht schleppen, nur mit dem Schimmern einer weit entfernten Verandabeleuchtung, das ihm Hoffnung auf Überleben gibt.

„Ich muss sie getötet haben. Das Auto, meine Schusswaffe. Es kam nicht in die Nachrichten, also werden sie die Leichen vermutlich finden, wenn der Schnee schmilzt." Er verzieht das Gesicht. „Noch ein Grund, aus dem ich vermutlich gehen und weitere Schwierigkeiten von dir fernhalten sollte."

„Es ist zu spät." Nicht nur, weil ich ihn liebe und ihm zu meinem Liebhaber habe werden lassen. „Es ist eine kleine Stadt. Sie werden bald wissen, wo ich wohne. Die FBI-Agentin hat mittlerweile zweifelsohne meinen Aufenthaltsort."

Ich schließe aufgrund der plötzlichen Tränen die Augen. Ich kann das nicht ertragen. Es ist nicht fair. Er hat unbeabsichtigt Gefahr und Unsicherheit in mein Leben gebracht.

„Es tu mir leid", flüstert er, der Schmerz und die Schuld wiegen schwer in seiner Stimme. „Aber ich möchte trotzdem einen Weg finden, das in Ordnung zu bringen."

„Dann ist es jetzt keine Option, zu gehen. Lade das nicht alles auf mir ab und lauf dann weg. Ich hasse das. Mein Vater hat es getan." Ich hasse es, überhaupt an den Samenspender zu denken, dessen unvorsichtige Handlungen mich beinahe genauso ruiniert haben wie die missbräuchlichen meiner Mutter.

„Was meinst du? Ich weiß nicht viel über deine Vergangenheit!" Schnell fügt er hinzu: „Wenn dir danach ist, darüber zu reden ..."

„Es ist in Ordnung. Quidproquo, nehme ich an." Wo soll ich anfangen?

Ich rase hinein. „Mein Dad hat meine Mom geschwängert und ist abgehauen, als er es herausgefunden hat. Er sagte, weil sie zu fett sei. Das hat sie an mir ausgelassen. Also war ich angeschlagen, bevor ich überhaupt in die Schule kam. All diese beschissenen Klassenkameraden haben die Fährte gewittert und sind darauf angesprungen. Es hat mich gebrochen. Kinder ohne gute Erziehung sind grausam, also haben sie mich als leichtes Ziel gesehen, als ich auf den Schulhof kam." *Verdammte Miniatur-Monster.*

Ich erinnere mich an diese Momente hauptsächlich als Meere aus Gesichtern, gestohlene Bücher, spöttische Stimmen. Warum waren alle so grausam zu mir? Es hat sie begeistert, so zu sein, und ich war das Ziel, weil ich zu zerbrochen war, um mich zu wehren.

„Es ist einfach so weitergegangen. Irgendein Arschloch schadet mir, dann sieht ein anderes Arschloch, dass ich ein leichtes Ziel bin und richtet noch mehr Schaden an. Und immer so weiter. Dann habe ich mit dem Daten angefangen und ... es war furchtbar."

„Die meisten jungen Kerle sind schrecklich, Süße, das musst du mir nicht sagen." Die Straße ist fast leer, nur ein paar Autos konkurrieren mit uns um einen Platz. „Du bist eine empfindliche Seele und hast viel durchgemacht. Das verstehe ich jetzt. Ich würde lieber als alles andere hierbleiben und dich beschützen", gibt er zu, woraufhin mein Herz hüpft und schneller zu schlagen beginnt. „Aber zuerst muss ich herausfinden, wie ich die Männer loswerde, die hinter mir her sind."

„Hinter uns", erinnere ich ihn nachdrücklich.

Er nickt. „Ja, hinter uns. Ich sollte damit anfangen, in dem verdammten Koffer nachzusehen."

KAPITEL 14

Michael

Der Koffer hat einen doppelten Boden. Deshalb ist er so schwer. Im Inneren ist wenig Ungewöhnliches. Ein paar Skiklamotten und Schneestiefel, zweimal Wechselkleidung und eine Tasche mit Hygieneartikeln.

Ich muss fünf Minuten suchen, um den Riegel für den doppelten Boden zu finden. Amnesie ist so nervig!

Eve sieht ängstlich zu, während wir auf dem Sofa sitzen, der Koffer auf dem hölzernen Kaffeetisch vor uns. Freya ist bereits in die andere Hälfte des Koffers gesprungen und hat sich auf meinem Schneeanzug zusammengerollt. Selbst Diogenes sitzt am Kofferrand und späht zu mir, als würde er versuchen herauszufinden, was ich tue.

Endlich finde ich den Riegel unter dem Futterstoff und drehe ihn. Es klickt und der doppelte Boden öffnet sich. Ich greife ihn und ziehe ihn hoch, dann starre ich das an, was darunter verborgen ist.

„Na, scheiße", murmle ich, als Eve nach Luft schnappt.

Eine kleine Box mit mehreren Geldbündeln, ein paar exotisch anmutende elektronische Geräte, einschließlich Richtrohrmikrofons für Fernspionage, und der Schlüssel eines Bankschließfaches. Daneben ist ein dick gepolsterter Waffenkoffer. Ich starre auf das auseinandergebaute Scharfschützengewehr und die Munition daneben, mit dem langen, schweren Schalldämpfer und Mündungsfeuerdämpfer.

Diogenes flattert mit seinen kleinen Flügeln. „Mehr dakka!"

„Ja", murmle ich. „Sowas in der Art."

„Was hast du damit zu tun geplant?"

„Ich weiß es nicht." Mir ist ein wenig schlecht. „Miss FBI-Agentin kann es mir vermutlich sagen."

„Du musst sie anrufen, oder nicht?" Sie klingt verängstigt und niedergeschlagen, weshalb ich einen tröstenden Arm um sie lege.

„Ja. Ich weiß nicht, ob sie wirklich bereit ist, mich in Ruhe zu lassen, wenn ich die anderen verrate, oder ob sie bereit ist, einen Deal zu machen, um uns in Frieden zu lassen … ich muss es versuchen …"

Sie nickt und lehnt sich für einen Kuss nach vorne. Ich gebe ihn ihr gern, in der Hoffnung, dass es nicht unser letzter sein wird.

Wir gehen in die Notaufnahme, bevor ich mich um die Agentin kümmere. Ich werde untersucht, bekomme ein Rezept für Schmerztabletten und werde weggeschickt. Kein bleibender Schaden. Das ist eine Erleichterung.

Warum ist dann der Rest meiner Erinnerung noch nicht zurückgekehrt?

Eve sitzt neben mir, während ich den Anruf tätige. „Hier ist Michael Di Lorenzo", sage ich, als sie abnimmt. „Wir müssen reden."

„Ja, das müssen wir definitiv." Ihre Stimme ist rein geschäftlich, jegliche Überraschung bleibt verborgen. „Amnesie hin oder her, Sie sind ein Verdächtiger in einem kürzlich stattgefundenen Mord in den Vereinigten Staaten. Ganz zu schweigen von dem Mord, den sie direkt vor mir begangen haben."

Meine Augen werden zu Schlitzen. *Dreistes Miststück!* „Sie meinen, als ich Ihnen das Leben gerettet habe?"

Es entsteht eine Pause. „Die Tatsache, dass Sie mein Leben gerettet haben, ist der einzige Grund, aus dem diese Begegnung für Sie nicht in Handschellen geendet hat. Sie und Ihre Komplizin."

Bei dieser Andeutung kocht mein Blut. „Sie ist meine Freundin, nicht meine Komplizin. Sie wollen unschuldigen Menschen mit Festnahmen drohen?" Ich sehe Eve an und erkenne, wie verängstigt sie ist, weshalb ich knurre: „Schikanieren Sie nicht sie, weil Sie mich wollen. Oder die Kerle, die hinter mir her sind."

„Ich will Sie", faucht sie. „Aber ich werde sie nehmen."

„Und Sie können sie haben. Ich werde sogar bereit sein, als Köder einzuspringen. Als Gegenleistung dafür und meine Aussage, lassen Sie mich — und insbesondere Eve — in Ruhe." Meine Stimme ist eiskalt. Im Moment bin ich halb versucht, dieses Scharfschützengewehr zusammenzubauen und stattdessen nach ihr zu jagen!

„Wenn Sie abliefern können, wer auch immer noch hier in der Gegend zurückgeblieben ist, und wenn Sie zu einer Aussage bereit sind, haben wir einen Deal. Ansonsten können Sie es vergessen." Sie wartet auf meine Antwort.

„Ich werde es arrangieren. Holen Sie sich Verstärkung und warten Sie auf meinen Anruf." Eine kalte Selbstsicherheit hat mich ergriffen. Mein Bewusstsein mag sich vielleicht nicht daran erinnern, dass ich auf vertrautem Boden bin, aber der Rest von mir tut es.

Ich lege auf und gehe mein Handy noch weiter durch. Ich finde Berties Handynummer. Er hat zwei Einträge. Beim zweiten nimmt er ab.

„Mikey, du hast verdammt viel Mut, mich nach der Sache anzurufen", knurrt er. „Du hast mir die verdammte Nase gebrochen!"

„Besser als dir den Schädel zu brechen. Ich kann immer noch zurückkommen und es andersherum machen." Und allein mit ihm zu reden, löst in mir den Drang aus, es zu tun.

„Der Boss ist richtig wütend, Mikey. Du kannst nicht einfach gehen. So läuft die Sache nicht."

„Weil ich nicht zurück nach Kanada gehe? Ich werde nie wieder einen Job erledigen! Sie mich als pensioniert, Bertie. Mein einziger Fehler bestand darin, dir davon zu erzählen, anstatt einfach zu verschwinden."

„Nein, dein Fehler bestand darin, den Job abzulehnen." Er klingt wütend.

„Was ist aus dir geworden, Bertie?", belle ich. „Was zur Hölle denkst du, was aus dir geworden ist? Seit wann ist es für dich in Ordnung, Kinder zu töten?"

Eve macht ein leises Geräusch des Unwohlseins und ich drücke beruhigend ihre Hand.

Bertie zögert. Für einen Moment erinnert sich etwas in mir an meinen Cousin und ich hoffe. Es ist nicht in Ordnung. Er wird auch gezwungen. Nur dieses kleine bisschen Widerwille. Das ist alles, was nötig ist, um ihm zu vergeben — zumindest ein wenig.

„Seit wann es für mich in Ordnung ist? Seit der Boss uns zehn Millionen angeboten hat, um es zu erledigen? Es stellt sich heraus, dass diese Frau seine ist. Sie ist eines seiner wertvollsten Besitztümer." Er sagt das so beiläufig, als würde er über eine Pferdewette sprechen.

Oh, du riesiger Arsch. „Dann ist das Kind vermutlich seins!"

„Nenn es rückwirkende Abtreibung."

Meine Backenzähne tun durch das ganze Knirschen weh. Ich weiß, was zu tun ist! „Wir müssen uns treffen", sage ich. „Von Angesicht zu Angesicht darüber reden."

Diesmal kann ich förmlich hören, wie sich die Räder in seinem Kopf drehen. „Okay, in Ordnung, das können wir tun. Ich brauche ein wenig Vorbereitungszeit, um zurück in die Stadt zu kommen. Wie wäre es mit dem hinteren Ende des Skihütten-Parkplatzes heute Abend um neun?"

„Ich werde da sein." Ich hänge mit einem Gefühl der Übelkeit auf.

Eve sieht den Ausdruck in einem Gesicht und kommt zu mir, um mich zu umarmen. „Ist es schlimm?"

„Er ist erledigt", seufze ich. „Es ist nichts mehr von meinem alten Freund übrig. Es wird kein Problem geben, ihn zu übergeben."

Ich rufe die FBI-Agentin zurück und wir treffen die Vorbereitungen. Um ungefähr acht Uhr an diesem Abend gebe ich Eve einen Abschiedskuss und sage ihr, dass sie auf mich warten soll, während ich das Scharfschützengewehr zusammenbaue.

„Du wirst zurückkommen, oder?" Sie sieht mich mit traurigen Augen an und ich kann fast nicht durch die Tür gehen.

„Ich verspreche es."

Ich fahre mit ihrem Jeep zum Eingang, ziehe das Gewehr auf meinen Rücken und erklimme die Anhöhe, die den Parkplatz überblickt. Ich klettere einen Baum hinauf und richte mein provisorisches Scharfschützennest ein, dann warte ich mit den Kopfhörern für das Richtrohrmikrofon auf den Ohren und angeschaltetem Gerät, das auf den Treffpunkt gerichtet ist.

Ich sehe mehrere unauffällige Limousinen auftauchen. Männer steigen aus und verteilen sich zwischen den an dieser Ecke geparkten Autos. Männer ... und eine Frau, die aus einer dunkelblauen Limousine aussteigt und deren Zopf im Halbdunkeln beinahe silberfarben aufleuchtet.

Zehn Minuten später erscheint eine weitere Reihe von Limousinen. Sie parken näher am Treffpunkt. Außer Bernie sind noch mindestens sechs Schlägertypen darin, der genervt aussieht, als er sieht, dass ich nicht auf ihn warte.

„Ihr Jungs verteilt euch", sagt er den anderen. Ich ziele mit dem Gewehr und sehe seinen finsteren Blick durch den Sucher. „Dieses Arschloch hat hoffentlich nicht gekniffen!"

Mein Finger legt sich flüchtig auf den Abzug, als ich in Versuchung gerate. Aber ich habe Schlimmeres für ihn geplant als einen schnellen Tod. Ich löse den Finger, sehe zu und lausche.

Ein paar Sekunden später holt er sein Handy heraus und ruft mich an. Ich schalte das Mikrofon aus und nehme ab.

„Wo zum Teufel bist du?", will er wissen.

„Nah genug, um zu sehen, dass du immer noch nicht gelernt hast, wie man eine Krawatte richtig bindet, Kapitän Clip-On."

Er dreht sich nervös um. „Du bist auf dem Parkplatz?"

„Ich bin unterwegs. Warte ab."

Er lächelt breit, seine Stimme wird warm und vernünftig und voller Lügen. „Hey, wie auch immer du willst. Du warst ein loyaler Killer, Cousin. Der Boss wird dich gehen lassen, wenn du nett genug fragst."

„Du meinst, wenn ich zu dir zurückgehe?" Das Zittern in meiner Stimme kommt durch unterdrücktes Lachen, aber es klingt wie Nervosität.

„Ja. Komm einfach her und wir finden eine Lösung." Er späht zu einem der Autos. Ein Kerl auf den Vordersitzen hat gute Ladung in seiner Schrotflinte.

„Klar, bin gleich da." Ich lege auf und rufe die Agentin wieder an. „Sind Sie positioniert?"

„Wie viele haben Sie gezählt?" Ihre Stimme hat eine stählerne Ruhe, durch die ich froh bin, ihr den Deal angeboten zu haben. Ansonsten hätte ich sie nicht abschütteln können, ohne sie zu töten — und ich könnte nicht nach Hause kommen und Eve das erklären.

„Sechs. Mindestens einer hat eine Schrotflinte. Alle sind bewaffnet. Haben Sie genug Männer dafür?" Es ist wesentlich leichter mit ihr zu reden, jetzt wo wir auf derselben Seite sind.

„Wir bekommen das hin. Wo sind Sie?" Sie klingt ein wenig skeptisch.

„Ich sorge dafür, dass Sie lange genug leben, um unseren Handel zu Ende zu bringen. Schnappen Sie sie besser schnell, Bertie war schon immer unvernünftig." Außer bei mir. Irgendwie vertraut er immer noch darauf, dass ich auftauche und meinen Teil einhalte, selbst nachdem er mich verraten hat.

Idiot.

„Verstanden. Bis dann." Sie legt auf und ich ziehe meine Kopfhörer wieder auf und richte das Mikrofon auf Bertrand.

Hier kommt es, du Bastard.

Der Ausdruck in seinem Gesicht, als ein Dutzend FBI-Agenten hinter den Autos und aus einem Van hervorkommen, macht fast den Mist wett, den er mich hat durchmachen lassen.

Die Mafiosi kommen hervor, um ihn zu unterstützen, als Special Agent Moss mit gezogener Waffe näherkommt und ihre Männer nachziehen. Plötzlich richtet jeder auf jeden Waffen ... und ich bin plötzlich ratlos, auf wen ich meine zuerst richten soll.

Ich habe Cops gehasst. Aber ich will keine Schwierigkeiten und ich hasse Bertie jetzt noch viel mehr. Ihn und alle seiner Art. Also nehme ich an, dass ich ein letztes Mal zu meinem alten Job zurückkehre: Mafiosi erschießen!

Bertie dreht sich um, um seine Waffe auf Moss zu richten, die feuert und verfehlt. In diesem Sekundenbruchteil habe ich ein Ziel.

Ich drücke den Abzug, Bertie klappt zusammen und geht zu Boden, wobei er seine Waffe fallen lässt und sich festhält. Er schreit, flucht aus vollem Halse, während die anderen Agents kommen, um seine Verstärkung festzunehmen.

Moss ruft mich erneut an. „Sie haben ihm durch den Hintern geschossen!"

„Größtes Ziel", sage ich ausdruckslos und sie lacht ungläubig, während sie ihre Handschellen herausholt. „Außerdem kann er den Kanadiern nichts über seinen Boss zwitschern, wenn er tot ist."

„Das kann er nicht." Sie klingt beinahe hibbelig. „Wissen Sie, ich tausche jederzeit einen Mafia-Auftragskiller gegen sieben. Es ist mir eine Freude, Geschäfte mit Ihnen zu machen."

„Denken Sie nur an Ihr Versprechen", erinnere ich sie. „Sie lassen uns jetzt in Ruhe, so lange Sie keinen Zeugen brauchen."

„Oder einen Bodyguard! Heilige Scheiße." Sie schließt die Handschellen an dem immer noch ununterbrochen meckernden Bertrand und richtet sich dann auf und tritt zur Seite, damit sich ihre Männer um ihn kümmern können.

„Ich beschütze bereits jemanden in Vollzeit", sage ich leise.

Sie hält inne und ihre Stimme ist ein wenig sanfter, als sie wieder spricht. „Der Rotschopf?"

„Ja", seufze ich. Es gibt mir ein merkwürdiges Gefühl des Friedens, es jemandem gegenüber zuzugeben. „Ich werde dort gebraucht. Ich sterbe lieber, als dass ich ihre Seite länger als für eine Gerichtsverhandlung verlasse. Nicht, dass ich von Ihnen Verständnis erwarte."

Ein trauriger, wehmütiger Ausdruck legt sich auf ihr Gesicht, von dem ich nie gedacht hätte, dass ich ihn je dort sehen könnte. „Sie wären überrascht", sagt sie unaufdringlich. „Wir sind hier fertig. Behalten Sie dieses Handy, für den Fall, dass ich Sie anrufen muss."

„Werde ich."

Es ist eiskalt und ein paar Flocken fallen vom Himmel, aber ich bleibe da und sehe zu, wie auch der letzte der Männer, die geschickt wurden, um mich zu töten, in Handschellen gelegt und in den Van verfrachtet wird. Für Bertie kommt ein Rettungswagen, der immer noch in drei Sprachen meckert, als er eingeladen wird. Er kann nicht glauben, dass ich ihn so übers Ohr gehauen habe."

„Fick dich, Bertie", murmle ich, als ich meine Ausrüstung auseinanderbaue. „Ein guter Verrat verdient einen anderen."

Der Schnee fällt stärker, als ich den Jeep auf Eves Land steuere und ihn in der Garage parke. Ich lasse das Gewehr auf der Rückbank. Sie hat mich darum gebeten, es nicht mit ins Haus zu bringen, bis sie sich mehr daran gewöhnt hat.

Als ich durch den Schnee gehe, kommt die Erinnerung an meinen ersten Gang den Hügel hinauf zurück: *eiskalt, Beine aus Blei, der Kopf schmerzt und ist durch das heruntertropfende Blut kalt. Sind das da vorne Lichter? Wer ist zu Hause? Kann ich demjenigen vertrauen?*

Wie sich herausgestellt hat, konnte ich Eve vertrauen und kann es immer noch. Mit meinem Leben, meinen Geheimnissen ... und meinem Herzen.

Diesmal falle ich nicht hin, als ich die Veranda betrete. Stattdessen gehe ich zur Tür und klopfe.

Eve rennt zur Tür und reißt sie auf — und ist ein zitterndes, schluchzendes Bündel in meinen Armen, bevor ich hallo sagen kann. Diesmal bin ich derjenige, der sie hineinträgt.

„Ist es vorbei?", fragt sie eine Weile später, ausgeweint und zusammengerollt auf meinem Schoß auf der Couch.

„Ja", sage ich. Ich habe ihr alles erzählt — einschließlich des Deals, den ich gemacht habe. „Wenn irgendeiner der Männer der Sechsten Familie auf der Suche nach Ärger herkommt, habe ich immer noch das Gewehr und es geht mir besser. Ich werde es für meinen alten Boss zu kostspielig machen, immer wieder Männer zu schicken. Jeder letzte von ihnen wird erschossen oder festgenommen."

„Also wirst du weiter mit der FBI-Lady arbeiten?" Sie sieht mich an und ich wische die Tränen von ihren Wangen. Anscheinend weint sie auch, wenn sie erleichtert ist.

„Ich bezweifle, dass sie sich über die Fahrt beschweren wird, um weitere Drecksäcke festzunehmen und dafür die Anerkennung zu bekommen", sage ich überzeugt. Wer würde das schon? Es ist klar, dass diese Agentin nicht nur unkonventionell, sondern auch ehrgeizig ist.

Gute Sache, dass sie einen eigenen Kodex hat!

„Es wird zu viel Aufmerksamkeit bringen, wenn immer wieder tote Mafiosi auftauchen." Sie legt ihren Kopf auf meine Schulter, als Freya hochspringt, um sich uns anzuschließen.

„Ja, und wir kriegen wahrscheinlich auch nur ein halbes Dutzend oder so unter den Garten", überlege ich.

Sie wirft mir einen Blick zu. „Michael."

Ich lache und vergrabe das Gesicht in ihrem Haar, bevor ich sie dort küsse. „Nur ein Witz, Süße. Ich liebe dich. Außerdem will ich nicht, dass die Tomaten komisch schmecken."

„Ich liebe dich auch. Und keine Leichen im Garten!"

Wir lachen beide, dann schließe ich die Augen und lehne mich zurück. Ich habe immer noch verschwommene Erinnerungen und meine Millionen aus dem Bankschließfach zu holen, und vielleicht gibt es noch mehr. Aber all das ist jetzt nicht wichtig.

Es reicht, dass ich zu Hause bin, sicher an diesem gemütlichen und privaten Ort mit Eve!

EPILOG

Carolyn

Ich kann es nicht glauben. Sie konnten Di Lorenzo nicht finden, „also haben Sie mir stattdessen jeden verdammten Mafiosi gebracht, der hinter ihm her war? Wie haben Sie das hinbekommen?" Zum ersten Mal, seit ich ihm gesagt habe, dass er zu seiner Frau zurückgehen und aufhören soll, mich anzubaggern, starrt mich AD Derek Daniels vor Erstaunen an.

Ich kann nur schwer meine professionelle Fassung bewahren. Ich möchte mich brüsten. Sieben Verhaftungen in einer Stunde, ohne einen Verletzten — bis auf Bertrand Brand, natürlich.

„Ja, Sir. Ich dachte, dass selbst wenn sie Di Lorenzo kriegen, wonach es aussieht, ich uns trotzdem ein paar Mitglieder der Sechsten Familie schnappen könnte."

Er nickt langsam und sieht tatsächlich beeindruckt aus. „Nicht schlecht. Aber Sie haben meine Frage nicht beantwortet."

„Ich habe Bertrand glauben lassen, dass Di Lorenzo noch am Leben sei und nicht mit weggeschossenem Gesicht an der Unfallstelle liegt. Sie wollten ihn tot sehen und er war gefährlich, also haben sie all ihre Männer in die Gegend gebracht. Dann haben wir sie einfach nur geschnappt."

„Und Sie sind sicher, dass der Kerl, mit dem Sie einen Schusswechsel hatten, der als Bauarbeiter getarnt war — Sie sind sicher, dass das Di Lorenzo war?" Er spielt mit Dingen auf seinem Tisch, vermutlich nervös, da er nichts hat, wegen dem er mich anmeckern kann.

„Ich habe aus der Deckung gefeuert, ich habe nie einen klaren Blick auf sein Gesicht bekommen, bis er keins mehr hatte. Aber er hat die richtige Größe, den richtigen Körperbau und die richtige Haarfarbe, und mit Verkleidung aufzulauern ist eine seiner üblichen Taktiken." Ich weiß natürlich, dass dieser Kerl nicht Di Lorenzo war, aber da wir keine Fingerabdrücke, DNA oder Odontogramme in den Akten haben, lässt sich das unmöglich sagen.

Di Lorenzo hat mich nicht darum gebeten, seinen Tod vorzutäuschen, damit kein anderer Agent nach ihm sucht und dabei vielleicht erschossen wird. Das war meine Idee. Zum Teil weil ein Deal ein Deal ist—und zum Teil, wer er mir das Leben gerettet hat. Zweimal.

Vielleicht hatte Prometheus recht damit, dass er dem Gefängnis fernbleiben soll und stattdessen auf eine schüchterne Künstlerin aus Massachusetts aufpasst.

„Nur eine Sache", sagt er, als er die Akte vor sich schließt. „Warum haben Sie Brand durch die Pobacken geschossen?"

„Er hat auf Rogers gezielt, während Rogers damit beschäftigt war, einen seiner Männer in Handschellen zu legen. Es war das größte, nicht tödliche verfügbare Ziel." Ich sage es todernst.

Er prustet und muss für einen Moment mit dem Gelächter kämpfen. „Sehr professionell."

„Danke, Sir."

Er schüttelt den Kopf. „Ja, na ja, ich werde Sie für einen Bonus empfehlen. Aber ich gebe Ihnen nur bis zum Ende des Wochenendes frei. Wir haben immerhin noch drei weitere Männer auf unserer Liste."

Ich nicke und verbanne das triumphierende Lächeln aus meinem Gesicht, bis ich gehen kann. „Ja, Sir. Ich werde bereit sein."

„Gut, verschwinden Sie. Ich muss zu Luccas Gerichtsverhandlung." Er winkt mich ab und ich drehe mich um und gehe zum Ausgang.

Sobald ich sicher in meinem Auto bin, stoße ich einen Schrei des Triumphes aus und schlage auf das Lenkrad ein. Ein paar Sekunden später vibriert mein Handy. Es ist eine Nachricht von einer unbekannten Nummer.

Gut gemacht, Carolyn. Sie haben sieben böse Männer eingesperrt und einem guten Mann die Chance gegeben, wieder gut zu sein.

Ich runzle dir Stirn und schreibe meine Antwort. **Warum wollten Sie nicht, dass er ins Gefängnis kommt?**

Eine kurze Pause. **Weil das Justizsystem kaputt ist. Es lässt nicht länger neunzig Prozent der Zeit Gerechtigkeit walten. Das muss korrigiert werden.**

Ich lehne mich zurück und denke darüber nach. Dieses verängstigte rothaarige Mädchen, das ich hinter Di Lorenzo gesehen habe, sah aus, als hätte es vor der ganzen Welt Angst. Vielleicht braucht sie ihn mehr an ihrer Seite als ich die Rache für den Verlust von Lucca brauche.

Besonders da ich jetzt weiß, dass er es auf Anweisung der Sechsten Familie getan hat, während er versucht hat, diesem Leben zu entfliehen. Und besonders weil es mir sieben andere eingebracht hat, ihn gehenzulassen.

Manchmal hat die Straße zur Gerechtigkeit ein paar wirklich merkwürdige Kurven, gestehe ich schließlich ein.

Genau. Jetzt ruhen Sie sich aus, Sie haben sich wieder vernachlässigt. Ich werde mich bald wieder melden.

Ich atme tief ein und stelle eine letzte Frage. **Werden Sie mir je sagen, wer Sie sind?**

Eine weitere Pause. **Keine Sorge, Carolyn. Wir werden uns schon früh genug kennenlernen.**

Er blockiert meine Nummer und lässt mich noch neugieriger als zuvor zurück. Wer ist dieser Prometheus? Und warum ist er so an mir interessiert?

Die Zeit wird es zeigen.

JESSICA F.

. . .

E*nde.*

BRAUT BIS ZUR GRENZE

Eine dunkle Mafia-Romanze
(Nie erwischt 3)

Jessica F.

KLAPPENTEXT

Mein Boss hat mich geschickt, um einen Buchhalter zu beseitigen, der Geld abgezweigt hat.

Er hat vergessen zu erwähnen, dass da ein Kind ist.

Und dass die Frau eine Wucht ist.

Ich werde sie nicht ebenfalls verschwinden lassen.

Deshalb muss ich ohne Verstärkung über die Grenze kommen.

Sie suchen nach einem einzelnen Mann.

Nicht nach einem Mann mit Frau und kleiner Tochter.

Die beiden sind jetzt mein Ticket über die Grenze.

Die Familie ist falsch … aber die Anziehung zu meiner neuen ‚Ehefrau' nicht.

PROLOG

Carolyn

Datum: 2. Februar 2019

Standort: Las Vegas, Nevada

Zielperson: Brian Stone

Vorstrafenregister: Jugendakten versiegelt. Bekannter Mitarbeiter und mutmaßlicher Agent für die in Las Vegas basierte Cohen-Verbrecherfamilie. Tatverdächtig in den Morden von fünf Männern mit Verbindung zu der in Los Angeles basierten Dragna/Milano-Verbrecherfamilie während ihres Übernahmekriegs gegen die Cohen-Familie zwischen Juni und September 2017. Tatverdächtig in drei zusätzlichen Morden: örtlicher Metamphetamin-Dealer Kellan Keating in 2015, in Verbindung mit der Cohen-Familie stehender Casinobesitzer David Lutz im November 2017 und bekannter russischer Mafia-Durchstrecker Vladimir Rostov im Mai 2018.

Verdächtiger ist ein ehemaliger Navy SEAL, der unehrenhaft entlassen wurde, als er Verdächtiger bei Keatings Tod wurde. Außer durch Hörensagen gab es nie eine Verbindung zu den Morden; es gibt keine direkten Zeugen oder Beweise.

Informanten in der Gegend deuten an, dass er vor kurzem nach ausgedehnter Abwesenheit in die Vereinigten Staaten zurückgekehrt ist und erneut in Las Vegas lebt und vermutlich für die Cohens arbeitet.

Stone hat Kontakte in seiner alten Truppe in Baja California, die ihm immer noch ergeben sind. Es wird vermutet, dass er die letzten acht Monate in dieser Gegend verbracht hat. Seine Aktivitäten in dieser Zeit sind unbekannt. Seine Rückkehr in die Gegend deutet wahrscheinlich darauf hin, dass die Cohens ihn aufgesucht haben, um ein weiteres Ziel zu beseitigen.

„Also, wer ist der Glückspilz?" *Bei meinem letzten Verdächtigen wusste ich wenigstens, wer sein Ziel war. Jetzt muss ich den Cops in Las Vegas Honig ums Maul schmieren, um Hilfe dabei zu bekommen, neue Morde zu überprüfen und hoffen, dass manche von ihnen nicht unter dem Einfluss der Mafia stehen.*

Ich sehe mir die Akte an, die mir über Stone geschickt wurde und schüttle den Kopf. Und noch ein weiterer lächerlich heißer, lächerlich schwer zu erwischender Krimineller, genau wie die letzten beiden. Die hatte ich tatsächlich erwischt — nur um sie aufgrund einer Mischung aus Mitgefühl und der Chance, noch größere Kriminelle zu erwischen, laufen zu lassen.

Beim Letzten war es sehr gut gelaufen. Anstatt eines Mafia-Auftragskillers, gegen den die Beweislage dünn war, bekam ich sieben Mafia-Auftragskiller mit umfangreichen Akten. Jetzt war ich hier in der Zentrale momentan angesagt — jedenfalls für die zwei Sekunden, die ich in meinem Home-Office verbringen konnte.

Jetzt starre ich Brians Foto an und runzle die Stirn. Der Kerl sieht aus wie ein blonder Clark Kent. Groß, kräftig, ehrliches Gesicht, kantiger Kiefer, selbstsichere dunkelblaue Augen, die beständig in die Kamera starren. Sein Haar ist kurz und stachelig und hat die Farbe von Weizen. Er ist ein Meter neunzig groß, gut gebaut und zeigt ein

Filmstarlächeln. Eines der Observationsfotos ist in voller Größe, mein Blick richtet sich auf die harte Wölbung seines muskulösen Hinterns in abgetragenen Jeans. Ich rolle mit den Augen, als ich mich dabei erwische.

Ugh. Ich muss flachgelegt werden, und zwar bald. Entweder foltert Daniels Liste mich absichtlich mit den heißesten Männern, die ich je gesehen habe, oder mein Verlangen lässt jeden Mann besser aussehen, der mir unter die Augen kommt. Ich kann die fünfte Akte gar nicht erst öffnen, ansonsten starre ich am Ende erneut auf das Foto meiner letzten Zielperson, anstatt zu arbeiten.

Und ich bin immer noch hier, um zu arbeiten. *Komm schon, Carolyn.*

Ich stoße mich von meinem Tisch ab und reibe mir den Nasenrücken. Nach dem Nachtflug nach Vegas und den schmerzenden Augen durch das Tippen von Berichten hämmert mein Kopf.

Ich gehe zum Fenster meines Hotelzimmers im fünften Stock und starre hinaus in eine nasse Nacht, die mit Neonlichtern blinkt. Mein blasses Spiegelbild ist nur ein Umriss, bis auf meine Bluse und meinen platinblonden Zopf. Ich sehe nach draußen und richte meine müden Augen bewusst auf Dinge in der Ferne, um ihnen Ruhe zu gönnen.

Tief unten strotzen die Straßen um vier Uhr morgens immer noch vor Leuten. Das Rumpeln der Stadt auf der anderen Seite des Glases ist unerbittlich. Ich muss zum Schlafen vielleicht Ohrstöpsel tragen; nach Wochen in winzigen Städten in New York und Massachusetts habe ich mich zu sehr an die Ruhe gewöhnt.

Wenigstens habe ich endlich den Schnee und die Kälte hinter mir gelassen. Draußen sind es milde fünfzehn Grad, selbst im Regen des frühen Morgens. Vor weniger als zwei Wochen habe ich einen Schneesturm in den Berkshires ausgesessen und mein letztes Wochenende in New York verbracht, zusammengekauert neben meiner Heizung, während ein unglaublich kalter Wind durch die Straßen heulte. Hieran könnte ich mich jedoch gewöhnen.

Und das ist nicht einmal das Ende der guten Neuigkeiten.

Assistant Director Daniels, mein Arschloch-Chef, lässt mich für ein paar Tage in Ruhe. Ich kenne nicht all die Details, aber anscheinend bin ich nicht die Einzige, der dieser Idiot hinterhergestiegen ist, während seine Frau gegen den Brustkrebs ankämpft. Jemand hat Aufnahmen einer Überwachungskamera an die E-Mail-Adresse unseres Sektionsleiters geschickt, die zeigen, wie Daniels seine Sekretärin belästigt, und jetzt muss er sich vielen Fragen stellen.

Ich wünschte fast, ich wäre da, um ihm beim Zappeln zuzusehen.

Daniels kann wenigstens nicht mir die Schuld für seine momentane Zwangslage geben. Ich war nicht einmal in der Stadt. Er lässt mich jetzt schon seit Wochen an der Ostküste und in Kanada herumrennen. Ich habe gerade genug Zeit in meiner Wohnung gehabt, um die Klamotten in meinem Koffer zu wechseln. Aber ich beginne mich zu fragen, ob ich weiß, wer dafür verantwortlich ist.

Prometheus.

Während der Untersuchung von Daniels Liste noch flüchtiger Verdächtiger einen wohlwollenden Hacker-Verbündeten zu bekommen. Von dem Moment an, in dem die Liste der fünf Kriminellen in meinem Postfach landete, begann ich Nachrichten zu bekommen.

Nachrichten von Wegwerfhandys. E-Mails von nicht zurückverfolgbaren Konten. Selbst eine richtige Nachricht während meiner letzten Observierung, elegant geschrieben und abgeliefert mit einem Drink und einem Nachtisch.

Wer auch immer er ist, er weiß fürchterlich viel über diese Fälle und über mich und meine Reisen. Manchmal mache ich mir über seine Zugriffsrechte Sorgen ... nur, dass er nie etwas anderes als hilfsbereit war. Er hat mit seinen Warnungen vielleicht ein paar Leben gerettet—möglicherweise sogar meins.

Jetzt frage ich mich wirklich, ob er meine einzige Chance ist, Brian Stone rechtzeitig aufzuspüren. In einer schwer von der Mafia kontrollierten Stadt zu viel herumzuschnüffeln — eine Stadt, die die Cohens gegründet haben, Herrgott noch mal — und ich werde allerhand Probleme anziehen. Ich bin eine einzelne FBI-Agentin, die Außenstelle hier hat in Sachen Verstärkung nicht viel zu bieten, und mein Boss ist ... beschäftigt.

Ich bin erschöpft, aber verleitet, in diesem Platzregen einen Spaziergang zu machen. Ein billiges Casino-Steak essen, einen

Brandy trinken und dann mit vollem Bauch schlafen gehen, nachdem ich mir die Beine vertreten habe. Es ist zu spät, als dass irgendjemand mich zurückruft. Obwohl Prometheus nicht zu schlafen scheint, also ist er eine Ausnahme.

Ironisch, dass ein weiteres Mal der gesetzlose Hacker zuverlässiger ist als das FBI.

Okay. Eine schnelle E-Mail, und dann gehe ich los, um ein nettes Stück Kuh zu essen und den warmen Regen auf meinem Gesicht zu spüren.

Ich setze mich wieder an meinen Tisch und kontrolliere meinen Posteingang — dann sitze ich blinzelnd da. Von dem anonymen Account, den er benutzt, wurde mir bereits eine Nachricht geschickt.

Wie war Ihr Flug? Zu schade, dass das Wetter in Las Vegas momentan so trostlos ist. Ich habe Ihnen übrigens ein Geschenk an der Rezeption hinterlassen. Ich hoffe, dass es Ihnen gefällt.

Na, scheiße. Ich habe mehr als einmal verlangt zu wissen, wie er das tut, aber er sagt mir einfach, dass ein Zauberer nie seine Geheimnisse verrät. Äußerst ärgerlich ... und doch ist er manchmal der Einzige, der wirklich auf meiner Seite zu stehen scheint. Ich tippe eine Antwort, während ich mich frage, wie mein Leben beim FBI so schnell so merkwürdig geworden ist.

Danke. Mein Flug war ereignislos. Ich muss Sie nach Brian Stone fragen, angeblicher Auftragskiller für die Cohens in Las Vegas. Ich bin nicht sicher, warum Sie mich so genau beobachten.

· · ·

E ine Minute später kommt die Antwort.

Brian Stone möchte aus dem Geschäft aussteigen. Wir haben ein paar gemeinsame Partner und dieses Gerücht folgt ihm seit mindestens einem halben Jahr. Ich bin mir sicher, dass er die Staaten vorübergehend verlassen hat, um sich für eine dauerhaftere Flucht ins Ausland vorzubereiten.

„**O**kay, na ja, das ist etwas, aber ich bin nicht sicher, wie ich das nutzen soll." Jedenfalls noch nicht sicher. Und doch ... das Thema kommt mir sehr bekannt vor.

Die ersten beiden Männer auf Daniels Liste wollten ebenfalls Hilfe, um von Verbrecherfamilien wegzukommen. Der Erste hat den ersten Nicht-Genueser als Don in New York seit Jahrzehnten verärgert. Der andere war es leid, für die Sechste Familie in Montreal zu arbeiten. Jetzt möchte Brian weg von den Cohens.

Daniels hat mir gesagt, dass die Dinge, die diese fünf Männer gemeinsam haben, ihre umfangreichen Nichtstrafregister sind: Verbrechen, in die sie verwickelt waren, für die sie wegen des Mangels an wertbaren Beweisen aber nicht festgenommen werden konnten. In jedem Fall hat er mich angewiesen, sie aufzuspüren und zur Befragung herzubringen, in der Hoffnung, dass sie entweder nachgeben oder ...

Oder was? Ich habe seine Beweggründe nicht ernsthaft hinterfragt, mir diese lauwarmen Fälle mit geringem Aufklärungspotential zuzuweisen. Ich tippe hastig meine Antwort.

Wissen Sie, wer sein neues Ziel für die Cohens ist? Das, für das er in die Staaten zurückgekehrt ist, meine ich.

. . .

E ine weitere Pause, diesmal kürzer.

E inen Moment.

I ch muss darum kämpfen, nicht mit den Zähnen zu knirschen. Mein Verstand rast.

Bisher haben drei von drei der Verdächtigen versucht, schlechten Situationen in Verbindung mit der Mafia zu entkommen. Der Erste war vielleicht aus Versehen, aber selbst er hatte am Ende mit jemandem zu tun, der vor der Mafia geflohen ist. Nicht, dass Daniels das hätte erwarten können … es sei denn, er weiß etwas, das ich nicht weiß.

Was wahrscheinlich ist. Agents werden andauernd mit Absicht von Vorgesetzten ausgenutzt, und ich bin neu im Vergleich zu allen anderen in meinem Büro. Und Daniels ist bewiesenermaßen ein Stück Scheiße, das Frauen hasst, die nicht mit ihm schlafen wollen. Also wofür benutzt er mich?

Ich habe eine Liste von Kriminellen, die keine Kriminellen mehr sein wollen und die Verbindungen zu oder dreckige Informationen über gefährliche, sehr begehrte Verbrecherfamilien haben. Hofft er, dass all diese Männer als Kronzeugen auftreten werden und dass er dann den Ruhm für die Verhaftungen einheimsen kann, bei denen sie uns helfen?

Mein Laptop meldet sich erneut. Ich öffne die E-Mail.

W egen des Mangels an momentanen Konflikten zwischen den Cohens und anderen Verbrecherfamilien, vermute ich eine innere Angelegenheit. Es gibt sechs Individuen, von denen ich weiß, die momentan für die Cohens arbeiten und die nicht

länger einen guten Stand bei ihnen haben. Ich werde Ihnen ihre Informationen heute Morgen zukommen lassen.

Erleichterung durchfährt mich. Ich weiß nicht, wie ich bei diesen Fällen ohne diesen Kerl weitermachen sollte. Aber es wirft in mir immer noch die Frage auf, warum zur Hölle er mir überhaupt hilft.

Ich werde von einem Assistant Director des FBIs beschissen und ausgenutzt und bekomme Hilfe von einem Gesetzlosen. Ich treffe immer wieder auf Kriminelle, die verständnisvoller sind als manche meiner Kollegen. Was zur Hölle geht vor sich?

Ich habe immer nach harten Prinzipien gelebt. Ich habe sie immer genutzt und meinen Antrieb, die Welt zu einem besseren Ort zu machen, als meine Quelle der Hoffnung. Sie haben mich durch Quantico gebracht. Ich weiß nicht, ob sie mich durch das hier bringen werden.

Ich will ihm gerade danken, als er noch etwas schickt. Ich erstarre, während ich es lese, mein Herz klopft in meinen Ohren.

Wenn es darum geht, warum ich Sie kontaktiert habe, dann reduzieren sich die Antworten auf eine Sache: Sie interessieren mich. Und was die momentan sehr genaue Aufmerksamkeit angeht, die Situation ist dringlicher als normal. Ich befürchte, dass Sie mehr Hilfe brauchen, als Sie sich bewusst sind.

Ich bin zu der Überzeugung gekommen, dass Ihr Vorgesetzter Ihnen absichtlich einen Metzgersgang mit ausweglosen Fällen zugewiesen hat, um Sie zum Aufgeben zu bringen. Jetzt, wo die Situation eskaliert ist, beabsichtigt er vielleicht, Sie in Gefahr zu bringen. Haben Sie in letzter Zeit von ihm gehört?

· · ·

Ein Verdacht, der an mir genagt hat, vergräbt sich tiefer in meinem Kopf, während ich meine Antwort tippe. *Er ist ein Hacker. Die Gebäudesicherheit in meinem Büro ist online zugänglich. Er hätte sich in unser System hacken können.* Ich bin mir nicht sicher, ob ich mehr getröstet oder besorgt bin.

Daniels steckt in Schwierigkeiten. Dann waren Sie das? Die Aufnahmen, die an seinen Vorgesetzten geschickt wurden?

Ich warte ganze fünf Minuten auf seine Antwort, trinke Hotelzimmerkaffee und gehe auf und ab, während ich auf das Geräusch meines Laptops lausche, das mir sagt, dass seine Antwort gekommen ist. Als sie kommt, weiß ich nicht, ob ich mich deshalb besser oder schlechter fühlen soll.

Er muss für ein paar Tage beschäftigt werden, während Sie im Cohen-Revier sind. Mein Einfluss dort ist begrenzt. Wie ich bereits erwähnt habe, habe ich Beweise, dass er seinen Rachefeldzug gegen Sie ausweiten wollte.

Ich werde Ihnen mehr Details geben, sobald ich genug habe, damit Sie reagieren können. Es würde helfen, wenn Sie mir den Grund für seine seltsame Rache nennen.

Ich lache traurig, während ich meine Antwort tippe. Es ist ausgeschlossen zu wissen, wie viel dessen, was er mir erzählt, Mist ist, aber er hat bisher nichts als zuverlässige Hinweise bereitgestellt. Daniels schien es schon immer auf mich abgesehen zu haben — ich wusste bisher nur nicht, dass es so weit über die Büropolitik hinausging.

. . .

249

Ich bin überrascht, dass Sie es nicht bereits wissen. Dasselbe wie mit der Sekretärin und einem Haufen anderer Frauen. Seine Frau hat Brustkrebs und er hat entschieden, dass Frauen, die unter ihm arbeiten, in Sachen Sex für sie einspringen sollten. Ich hoffe, dass sie ihn deshalb verlässt.

Diesmal ist die Stille zwischen den Antworten noch länger. Ich gehe zurück ans Fenster, gähne und warte darauf, dass all das Koffein und der Zucker aus dem Kaffee in mein Blut übergehen. Als mein Laptop piepst, überrascht mich die einzeilige Antwort.

Und er hat es Ihnen auch angetan? Weiß es seine Frau?

Er scheint beinahe wütend zu sein. Warum schert sich dieser Fremde so um mich?
Ich schließe die Augen und versuche, in meinem Kopf ein Bild von Prometheus zu bilden. Brillant, tief interessiert an Gerechtigkeit, absolut desinteressiert an dem, was legal ist ... und irgendwie, aus irgendeinem Grund, interessiert an mir.

Was werden Sie tun, Prometheus?

Seine Antwort ist knapp.

· · ·

B eantworten Sie freundlicherweise die Frage.

I ch atme tief ein. Ich stehe an der Kante einer Klippe: Ein Schritt nach vorne wird mein Leben für immer verändern. Sicherlich wird es Daniels Leben verändern, denn ich bin mir sicher, dass Prometheus auf das reagieren wird, was auch immer ich ihm sage.

W enn sie die Scheidung noch nicht eingereicht hat, dann nein. Sie hat keine Ahnung.

I *ch glaube, ich brauche jetzt etwas Stärkeres als Kaffee.* Es fühlt sich an, als hätte ich soeben bei Daniels den Abzug gedrückt. Aber selbst wenn die Hälfte dessen stimmt, was Prometheus sagt — zum Teufel, selbst wenn alles eine Lüge ist — dann verdient Daniels den Zorn seiner Frau und Schlimmeres.

D ann ist es Zeit, das zu ändern. Danke für Ihre Zusammenarbeit. Sie werden schnell feststellen, dass Assistant Director Daniels ersetzt oder zumindest verwarnt wird. Vom FBI, meine ich. Seine Frau wird ihn vielleicht umbringen.
Genießen Sie Ihr Geschenk, Carolyn.

D anke", murmle ich und schließe mein Laptop. Ich weiß bereits, dass er heute Nacht nicht mehr antworten wird. Und ich bin neugierig wegen dieses Geschenks, das er mir dagelassen hat. Ich werde vermutlich mehrere Stunden warten, um seine Liste mit Brian Stones möglichen Zielpersonen zu bekommen, also ist es kein Problem, die Arbeit Arbeit sein zu lassen, um mir ein wenig Zeit für mich zu nehmen.

Aber die ganze Zeit, während ich meine Winterklamotten ausziehe und Jeans und eine Windjacke anziehe, denke ich an drei Männer: Derek Daniels, Prometheus und Brian Stone. Was auch immer Stones Gründe dafür sind, die Mafia verlassen zu wollen, ich bin bereit zu wetten, dass er wertvolle Hinweise im Austausch für Hilfe bei der Flucht haben wird.

Wenn Daniels denkt, dass er derjenige ist, der den Ruhm für diese Hinweise bekommt, dann wird er große Augen machen. Und wenn er denkt, er kann mir eine Falle stellen ... dann wird er noch größere Augen machen.

KAPITEL 1

Brian

„Ich kann nicht glauben, dass du eine verdammte Insel gekauft hast, Mann!" Jamies fröhliche Stimme über die Freisprechanlage hat ein leichtes Kratzen, Er hat wieder hinter dem Rücken seiner Frau Zigarren geraucht. „Was wirst du damit anfangen? Am Strand abhängen und an deiner Bräune arbeiten?"

„Sonnenbrand, Jamie. Ich bin blond." Er lacht und ich schmunzle, während ich meinen gestohlenen Van durch eine tiefe Regenpfütze lenke. Wasser spritzt zu beiden Seiten meiner Fenster hoch und kracht dann hinter mir wieder zu Boden. „Verdammt, diese Straße ist beschissen."

„Wo zur Hölle bist du überhaupt? Es muss dort drüben vier Uhr morgens sein!"

„Ich mache Besorgungen, Mann. Mein Haus war acht Monate lang verschlossen. Nichts im Kühlschrank."

Meine To-Do-Liste für heute Nacht: in den Südosten von Las Vegas fahren. Einen Buchhalter umbringen, der den Boss um zehn Millionen betrogen hat. Milch kaufen.

„Ich verstehe. Also können wir über das Wochenende dein Boot leihen?" Er klingt so begierig wie ein Kind. Jamie liebt Angeln: Forellen, Speerfisch, Thunfisch—was auch immer er fangen und grillen kann.

„Sieh mal, wenn du auf mein Boot aufpasst und es vollgetankt und bereit ist, wenn ich zurückkomme, dann kannst du es so viel benutzen, wie du willst. Ernsthaft."

Ich halte meine Stimme zwanglos, während ich die Nebenstraße Naturschutzparkes östlich von South Summerlin hinauffahre. Das ausgedehnte Zuhause meiner Zielperson besitzt sechs Schlafzimmer und liegt am Naturschutzpark, was mir einen niedrigen, mit Gestrüpp gespickten Hügel bietet, der seinen umzäunten Garten überblickt. Der perfekte Ort für mich … wenn dieser verdammte Regen nachlässt.

Ansonsten werde ich auf das Gelände gehen und mich aus der Nähe darum kümmern müssen. Ich hoffe nicht. Aber ich werde durchnässt werden, egal was ich tue.

„Der Regen hier wird schlimmer, Bruder. Ich muss auflegen." Ich muss mich darauf konzentrieren, den verdammten Job zu erledigen. Jamie kennt nicht all die Details darüber, was ich tue, und das ist auch besser so. Wir sind beide Söldner, aber ich bin bei einer Verbrecherfamilie, die ihre Privatsphäre mag.

Das Letzte, was ich will, ist meinen Kumpel bei ihnen in Schwierigkeiten zu bringen.

„In Ordnung. Aber genug damit, in diesem Chaos Besorgungen zu machen. Geh nach Hause und schlaf, verdammt nochmal!" Jamie legt auf; ich schalte den Lautsprecher aus und richte all meine Aufmerksamkeit auf die dunkle Straße vor mir.

Das ist der letzte Job. Zieh es einfach durch und gönn dir diesen letzten Zahltag. Dann kannst du dich davon zurückziehen, Witwen zu machen, um dorthin zu gehen, wo die Cohens dich nicht erreichen können und wo Jamie dich immer besuchen kann.

Jamie Chang wurde nicht wie ich bei den SEALs rausgeschmissen. Er hat eine Kugel in einer irakischen Operation abbekommen und seine ehrenhafte Entlassung erhalten. Alles, was es ihn gekostet hat, war ein Hinken, das mit jedem Jahr besser wird.

Er lebt mit der Familie seiner Frau unten in Baja — unter der Woche repariert er Boote und läuft an den Wochenenden mit ihnen aus. Jamie ist ein guter Mensch: loyaler Freund, liebt seine Familie, freundlich zu seinen Nachbarn. Sein Leben ist unkompliziert und nett, abgesehen von gelegentlich engen Finanzen, einem schlechten Tag beim Angeln oder einem kranken Kind.

Meins? Nicht so sehr. Am Ende kann ich allerdings niemandem außer mir die Schuld dafür geben. Mir, Peck und einem Angebot, das ich nicht ablehnen konnte.

Ich werde diesen Auftrag ausführen, dem Boss den Beweis schicken, mein Geld einsammeln und das gottverdammte Land verlassen. Und dann werde ich nichts mit meinem Leben tun, was ich vor meinem besten Freund verbergen muss.

Er weiß von dem Meth-Dealer, den ich erschossen habe, und er weiß warum. Er weiß nicht, dass die Cohens kamen und anboten, die Mordanklage verschwinden zu lassen, wenn ich für sie arbeitete. Es war das oder Gefängnis; ich nahm ihr Angebot an und frage mich manchmal, ob ich den anderen Weg hätte einschlagen sollen.

Aber das Gefängnis hätte auch einen Mörder aus mir gemacht, nur um zu überleben, und so war ich wenigstens frei und wurde bezahlt. Aber nach zehn Jahren … das ist es einfach nicht mehr wert. Obwohl keine der Leute, zu denen ich geschickt werde, unschuldig sind, sind es ihre Familien, und sie verlieren am Ende einen geliebten Menschen.

Außerdem ist es manchmal gefährlich. Dieser Kerl Rostov … der halbe Grund meines ausgedehnten Urlaubs war, dass ich mich von all den Messernarben erholen musste, die er auf mir hinterlassen hatte. Dieser verrückte Bastard hat sechs Kugeln im Torso abbekommen und brauchte trotzdem ein Messer durch die Kehle, bevor er aufhörte zu versuchen, mich umzubringen.

Aber es war er oder ich — oder was noch wichtiger ist, ich und die dreizehnjährige Enkelin des Dons. Denn die Russen wollten dem alten Mann das Herz brechen, bevor Rostov ihn umbrachte. Aber es war verdammt ausgeschlossen, dass dieses Kind — oder irgendein Kind — unter meinen Augen starb.

Ich mag vielleicht der einzige Kerl sein, der *wegen* seiner Prinzipien und nicht aus Mangel daran dazu gekommen ist, Mafia-Auftragskiller zu sein. Bei diesem Mal hätte es mich beinahe umgebracht.

Und der alte Mann hat mir nach all dem kaum ein Dankeschön ausgesprochen. Die Eltern des Kindes überhäuften mich mit Geld, von dem der Don nichts weiß, aber wie üblich hat dieses Arschloch es nur als meinen Job gesehen. Was Teil dessen ist, weshalb ich mich jetzt auf ein geheimes Inselparadies weit außerhalb der amerikanischen Grenze zurückziehen kann — und werde.

Geld ist bemerkenswert gut darin, Probleme zu lösen.

Donner grollt in der Ferne und der Wind bläst den Regen seitlich an meine Fenster. Ich wäre bei diesem Wetter nicht einmal draußen, wenn der Don nicht befohlen hätte, dass der Job heute Nacht erledigt wird. Im Regen zu schießen ist nicht einfach, und während eines Gewitters an einem nackten Abhang zu sein, ist nicht clever.

Umso mehr Gründe, aus denen ich darauf erpicht bin, verdammt nochmal diesen Job hinter mich zu bringen.

Ich schaffe es zum richtigen Punkt und parke, dann warte ich darauf, dass der Regen nicht mehr in Strömen fällt. Ich kann deutlich den Garten des Geländes mit seinem Pool und Jacuzzi sehen, einschließlich einer perfekten Sichtlinie zu ihrer Hintertür, aber das hilft mir nicht viel. In diesem Wetter wird Tobi Whitman vermutlich nicht nach draußen kommen, wo ich ihn schnell und sauber erschießen kann.

Entweder gehe ich rein ... oder ich locke seinen Arsch nach draußen und jage ihm so eine Kugel rein.

Das Problem dabei, hineinzugehen, ist, dass er ein verheirateter Mann ist. Ich mag Kollateralschäden nicht und ich weiß, dass der ‚keine Zeugen'-Grundsatz der Cohens zu einer toten, völlig unschuldigen Frau führen wird, wenn sie zu Hause ist. Ich werde stattdessen clever sein müssen.

Meine Tarnung, die sich auf den Van des Elektrizitätsversorgers ausweitet, der mir bereitgestellt wurde, ist ein Versorgungsmitarbeiter, der sich um nächtliche Stromausfälle kümmert. Wasserdichter Overall, Werkzeugkasten mit einer schallgedämpften Kaliber Fünfundvierzig darin. Eine Kappe, um mein Haar zu bedecken.

In einem solchen Sturm sind Vans des Elektrizitätsversorgers allgegenwärtig. Niemand bemerkt sie — oder erinnert sich an sie, wenn sie es tun.

Ich wünschte, ich hätte eine volle Tarnung annehmen können, aber außer des Veränderns von Haar- und Augenfarbe und anderer Klamotten, macht das nicht viel Sinn. Ich bin als Lügner nicht gut genug, um mir spontan eine falsche Identität einfallen zu lassen, falls mich jemand fragt. Also trage ich stattdessen die Uniform, fahre den mir gegebenen Van und folge meinen Anweisungen, genau wie ich es beim Militär getan habe.

Ich habe nur einmal eine Person getötet, weil ich es wollte ... und selbst dann war es weniger ein Verlangen als Notwendigkeit. Das war es nicht wert, ich bezahle seither für diese Entscheidung. Aber alles davor oder danach war anders. Heute Nacht ist anders.

Mafiosi zu töten ist wie den Feind auf dem Schlachtfeld zu töten. Die Bastarde wissen, was in der Unterwelt passiert. Du gehst in die falsche Richtung, du stirbst.

Dieser Kerl Toby ist in die falsche Richtung gegangen. Und dann ist er weitergegangen. Jacob, mein Betreuer, hat mir die gottverdammten Bücher gezeigt, von denen dieser Kerl zehn Jahre lang abgezweigt hat. Millionen von Dollar.

Ich weiß nicht, warum er dachte, dieser Mist würde funktionieren — wie er annahm, niemand würde es bemerken. Er war während der ersten paar Jahre ziemlich subtil gewesen: ein paar Tausend hier, ein paar Hundert da, nichts, das der Boss wirklich vermissen würde. Aber dann wurde er gierig. Er wurde offensichtlicher. Größere Zahlen. Häufigere Diebstähle.

Man kommt hier nur mit einer gewissen Menge Mist davon, bevor man dafür bezahlt. Toby war ein guter Buchhalter. Er hat nur zwei Fehler gemacht — er dachte, er könnte die Cohens betrügen, und er hat es so schlecht gemacht, dass er dabei erwischt wurde.

Jetzt bin ich im Regen und kümmere mich um die Sache. Und dafür würde ich Toby gern vor der Kugel in den Arsch treten. Aber ich muss an die Diskretion denken.

Der Wind weht über den Abhang, der Regen schlägt hart genug auf das Gras, um es zu plätten, und während ich den Hügel hinab auf Tobys Garten starre, wird klar, dass ein Schuss aus der Ferne heute Abend nicht funktionieren wird. Ich muss näher ran.

„… scheiße." Warum ist der Boss so erpicht darauf, dass es heute Nacht erledigt wird? Es ist einfach, eine Mordanweisung zu geben, wenn man nicht derjenige ist, der in einem verdammten Monsun durch das Unterholz kriecht, um es zu erledigen.

Ich spähe durch den Regen auf die Hintertür und versuche herauszufinden, wie ich dieses Arschloch nach draußen und weg von seiner Frau bekommen kann, damit ich ihn erschießen und nach Hause gehen kann. Ich könnte hier draußen Geräusche machen — ihn denken lassen, es sei ein Tier oder ein Nachbarskind. Aber dann ruft er vielleicht die Polizei, bevor er nach draußen kommt.

Dann fällt mein Blick auf seine Satellitenschüssel. Es ist eine dieser riesigen Luxusausgaben, die vermutlich eine Übertragung vom Mars empfangen könnte — wenn sie in die richtige Richtung zeigt. Man drehe sie in die falsche Richtung und sie hört auf, all diese Premiumkanäle zu empfangen, für die er vermutlich über zweihundert pro Monat bezahlt.

Ich lächle langsam, als sich in meinem Kopf ein Plan bildet. Ich werde ihn letzten Endes doch nach draußen locken, indem ich ein praktisches kleines ‚Reicher Kerl'-Problem nutze. Eines, das ihn vermutlich so in den Wahnsinn treiben wird, dass er niemals den Hinterhalt erwartet, der hier draußen auf ihn wartet.

KAPITEL 2

Ophelia

Ich höre unten ein Poltern, als mein Mann in seinem Wutanfall etwas umwirft. Ich erstarre. Ich stehe neben dem Bett meiner Tochter, da ich sie soeben nach einem weiteren frühmorgendlichen Albtraum zurück in den Schlaf getröstet habe. Der Klang von Tobys Zorn sorgt dafür, dass ich mich stattdessen darunter verstecken möchte.

Der Sturm wirkt sich aus irgendeinem Grund auf den Satellitenempfang aus und das hat Toby wieder wütend gemacht. Ich kann hören, wie er von Raum zu Raum geht, wie er schnaubt, während ich regungslos in Mollys Zimmer bleibe und ängstlich auf seine Schritte auf der Treppe lausche. Sobald er zu mir heraufkommt, weiß ich, was passieren wird.

Nicht vor Molly. Das wagt er nicht.

Aber Toby redet sich heraus und er eskaliert. Langsam, langsam, während der Jahre — wobei er hinterher jedes Mal voller Entschuldigungen und Versprechungen ankam, sich zu bessern. Versprechungen, die sich immer als leer erweisen, genau wie seine angebliche Liebe für mich.

Das Medaillon, das mir meine Großmutter geschenkt hat? Zerschmettert unter seinem boshaften Absatz, während er fünfmal darauf getreten ist. Hier ist ein glänzender Ring, um es wiedergutzumachen. Das Glas, das er auf mich geworfen hat? Aufgekehrt und ersetzt. Der gebrochene Kiefer an meinem Geburtstag? Er wird das nie wieder tun.

Ich bleibe nur wegen meines Kindes und weil ich Angst davor habe, was er tun wird, um sich zu rächen, wenn ich sie nehme und weglaufe. Tobys Bosse sind gefährliche Männer und sie werden mich auf jeden Fall einfangen und zu ihm zurückbringen. Tobys Bosse sind die Cohens.

Niemand entkomm den Cohens. Also kann ich Toby nicht entkommen. Ich kann nur hoffen, dass er während einem seiner Wutanfälle die falsche Person schlägt oder von all dem Zorn einen Herzinfarkt bekommt.

Zu Beginn war es nett, mit jemandem zusammen zu sein, der immer Geld hatte. Es war nett, mir zum ersten Mal in meinem Leben keine Sorgen darum machen zu müssen. Zu dieser Zeit war ich verzweifelt und er nutzte die Gelegenheit.

Ich kam mit großen dummen Träumen nach Las Vegas und wurde von der Realität geohrfeigt wie eine Million anderer Mädchen auch. Mein Job als Kellnerin ermöglichte es mir kaum, mir eine Wohnung zu leisten, die ich mit drei anderen Leuten teilte. Meine Versuche, ein Showgirl zu werden, führten ins Nichts, da ich die Kerle nicht vögeln wollte, die das Casting machten.

Als Toby kam, sich nett und großzügig verhielt und mich wie eine Lady behandelte, hatte es bereits mein Urteilsvermögen getrübt, arm und verängstigt in Las Vegas zu sein. Als er mich einlud, bei ihm einzuziehen, damit ich keine Probleme hätte, stimmte ich zu. Als ich erkannte, was für ein dummer Fehler das war, war Molly bereits in meinem Bauch.

Toby ist tatsächlich nicht schlecht zu seiner Tochter. Er ist in sie vernarrt. Er ist in ihrer Nähe nie gewalttätig.

Ironischerweise macht es das schwerer, ihm zu glauben, wenn er behauptet, er würde nur bei mir ‚die Kontrolle verlieren‘. Ich weiß es besser. Toby ist ein kleiner Mann mit einem kleinem Schwanz. Er nutzt Gewalt, um mich auf Linie zu halten, damit er sich groß fühlen kann.

Aber wenigstens fasst er seine Tochter nicht an oder tut mir in ihrer Nähe irgendetwas an, außer mich anzuschreien. So weit ist er nicht gegangen. Also bleibe ich in ihrem Schlafzimmer und frage mich, wie lange dieser kleine, begrenzte Raum tatsächlich vor ihm sicher sein wird.

Vermutlich nicht lange. Er wird mich rufen, wenn alles andere fehlschlägt, und es gibt Konsequenzen, wenn ich nicht sofort antworte. Am Ende geht es bei ihm nur um Kontrolle — Kontrolle über mich als sein Besitz.

Mom hatte recht mit ihm. Sie hat das absolute Minimum für mich getan, als ich unter ihrem Dach gelebt habe. Sie hatte einen Jungen gewollt und hatte keine Probleme damit, mich jedes Mal daran zu erinnern, wenn ich sie nervte. Und das tat ich schon, wenn ich zu laut zu atmete.

Aber sie sagte mir die nackte Wahrheit über Toby. Ich hätte ihr zuhören müssen, aber ich tat es nicht.

Es ist egal, wie nett er ist, Ophelia. Dieser Mann wird dir wehtun. Und er ist vermutlich enttäuschend im Bett.

Ich blinzle Tränen zurück. *Du hattest zweimal recht, Mom. Nicht, dass ich das dir gegenüber jemals zugeben würde.*

Molly ist mein Trostpreis für diese grauenvolle Ehe, und ich weiß nicht, wie viel länger ich sie in seine Nähe lassen kann, bevor sie ebenfalls zu leiden beginnt. Ich muss einen Ausweg finden. Einer, der nicht damit endet, dass ich tot bin oder im Gefängnis lande.

Mein Baby braucht mich.

Er hat die Firma der Satellitenschüssel angerufen. Ich kann jetzt seine Hälfte der Unterhaltung hören, während er durch den gefliesten Flur läuft und seine Budapester klacken.

„Ich *sage* Ihnen, dass ich *jeden* Monat für das Luxuspaket einen Haufen Geld bezahle, und ich *möchte*, dass Sie einen Mann herschi-

261

cken, um das *heute Nacht* in Ordnung zu bringen! Sie sind nicht die einzige Möglichkeit in der Stadt, wissen Sie!" Er beginnt so laut zu schnauben, dass es klingt, als wäre er direkt neben mir.

Scheiße. Manchmal frage ich mich, was ihn davor bewahrt, von seinen eigenen Arbeitgebern erschossen zu werden. Er hat solche Schwierigkeiten, sein Temperament zu kontrollieren. Er hat uns aus Arztpraxen herausgetobt, uns bei Handwerkern auf die schwarze Liste gebracht und sogar eine Dose Suppe auf eine Politesse geworfen. Letzteres hätte ihn fast ins Gefängnis gebracht, ich bin sicher, dass es die Cohens waren, die das verhindert haben.

„Ich möchte sofort mit Ihrem Manager sprechen!", brüllt er und stößt dann eine Reihe von Flüchen aus, vermutlich aus Reaktion darauf, warten zu müssen.

Wie viel länger, bis er mich umbringt oder Molly angreift? Wie viele weitere Narben muss ich noch auf meiner Haut und meinem Herzen tragen, bevor das zu Ende ist? Ich weiß nicht, was mehr wehtut: die Angst, die Verzweiflung oder die hilflose Wut.

Vor zwei Monaten, nachdem ich von einem Aufenthalt im Krankenhaus zurückkehrte, dank eines ‚kleinen Sturzes‘ unsere Haupttreppe hinunter, stand ich mitten in der Nacht auf, schlich mich nach unten und kam mit einem Filetiermesser aus unserer Küche zurück. Ich stand an seiner Seite des Bettes, starrte sein schlafendes Gesicht an, auf den dünnen Hals darunter, wog meine Möglichkeiten und dann das Messer in meiner Hand ab.

Ich nahm an, dass ich einen guten Schnitt setzen konnte, bevor er aufwachte, und wenn ich kein Blutgefäß traf, dann würde er aufstehen und mich angreifen und ich bekäme nie eine zweite Chance. Aber es war das Risiko beinahe wert, für die Chance auf Freiheit.

Was mich zögern ließ, war der Gedanke, dass er mich vielleicht umbrächte, und dann wäre Molly mit ihm allein.

Am Ende packte ich das Messer weg und sah nach meiner Tochter, um mich daran zu erinnern, dass es andere Wege gab.

Ich habe nur noch nichts gefunden, das funktioniert.

„Dann lecken Sie mich am Arsch, Sie verdammter Idiot! Sie wissen gar nichts!" Er wirft das Handy mit einem teuer klingenden Krachen nach unten und seine schnellen, leichten Schritte werden schneller, als er im Foyer auf und ab geht.

Mein Herz hämmert in meinen Ohren, als ich Mollys Zimmer verlasse und leise die Tür schließe, da ich mich nicht ewig bei ihr verstecken will. Das ist nicht richtig. Das Geschrei weckt sie vielleicht auf, sie sieht vielleicht, wie ihre Mutter geschlagen wird.

Also, trotz des Wissens, wie es enden wird, gehe ich weg wie ein Muttervogel mit herunterhängendem Flügel, um den Fuchs von ihrem Nest wegzulocken. Ich glätte die Vorderseite meines züchtigen weißen Nachthemdes und hoffe, dass grober Sex alles ist, was dieser Bastard diesmal verlangen wird.

„Ophelia!" Das Brüllen lässt mich zusammenzucken. Ich weiß nicht, wie dieser erbärmliche kleine Haufen von Mann es schafft, so aggressiv beängstigend zu sein, aber hier sind wir wieder, meine Haut kribbelt bereits in Erwartung von Schmerzen.

Ich zwinge mich an Mollys Zimmer vorbei, den ganzen Weg bis zur Treppe. „Ja?" Ich halte meine Stimme ruhig. *Lass ihn dich nie schwitzen sehen.*

Toby funkelt zu mir hinauf, seine Brille und seine kahle Stelle glänzen im Licht des kitschigen Kristall-Kronleuchters im Foyer. Hinter diesen leeren Kreisen werden seine kleinen schwarzen Augen genauso leer sein. Er ist in einer gefährlichen Stimmung, vergisst jegliches Vortäuschen von Liebe und Anstand.

Aber anstatt die Treppe hinaufzustampfen, zeigt er durch den Flur zur Hintertür. „Geh nach draußen und sieh nach der verdammten Satellitenschüssel."

Das ist unerwartet. Aber es beinhaltet kein Bluten, also bin ich sofort dabei. „Okay, lass mich meinen Mantel und meine Schuhe holen. Wo ist die Taschenlampe?"

Er wird sofort lila und taumelt mit bereits erhobenen Fäusten zum Fuß der Treppe. „Ich sagte, schaff deinen Arsch nach draußen und sieh nach! Jetzt!"

Innerlich erstarrt gehe ich mechanisch die Treppe hinunter, die Augen nach vorne gerichtet, während er mich anstarrt. Ich muss tun, was er will, ohne emotionale Reaktion, ansonsten geht die Prügel los.

Ich hatte Albträume davon, einen Boden voller Murmeln im Dunkeln überqueren zu müssen, mit einem Fläschchen Nitroglyzerin in meiner Hand. Das ist dasselbe Gefühl. Während des Traums kann ich schreien und weinen. Momentan kann ich nichts davon tun oder es wird ihn explodieren lassen.

Manchmal funktioniert ruhig wirkender Gehorsam und er beruhigt sich selbst und kehrt zu seinen Pornos und seinen Unterhaltungen mit den zwielichtigen Arschlöchern zurück, mit denen er arbeitet. Oder er bestellt mich nach oben und will mich nackt, für ein paar Minuten des unangenehmen Vögelns. So oder so, ich muss mich danach für eine Weile ausruhen, genauso als würde ich geschlagen — aber ohne den Schmerz und den Schrecken, die mich noch tagelang danach verfolgen.

Tobys Starren bohrt Löcher in mich, als ich an ihm vorbeigehe und so viel Abstand von ihm halte, wie ich mir leisten kann. Ich weiß, dass er will, dass ich es irgendwie vermassle. Falsch auftrete. Eine Träne vergieße. Ihm eine Ausrede gebe.

Aber ich werde gut darin. Ich gehe mit ausdruckslosem Gesicht an ihm vorbei, auf dem Weg zur Hintertür, während meine Wut beginnt, meinen Schrecken schmelzen zu lassen. Ich zucke nicht einmal, während ich Befehlen folge. Hier bin ich und gehe in meinem Nachthemd bei fünfzehn Grad und einem Gewitter nach draußen—aber ich habe ihm immer noch nicht den Vorwand gegeben, den er will, um mich zu schlagen.

Er beginnt erneut zu schnauben, als ich von ihm weggehe, verärgert darüber, dass ich ihn nicht verärgere. Seine verdrehten Prinzipien lassen nicht zu, dass er auf mich losgeht, solange er es nicht in seinem eigenen Kopf entschuldigen kann. Das braucht fast nichts— aber solange ich ihm die Illusion völliger Kontrolle über mich gebe, kann sein Durst nach Gewalt nicht herauskommen.

Es ist wie ein Kreuz für einen Vampir — zumindest bis er einen Weg findet, um das Brechen seiner eigenen Regeln zu rationalisieren, damit er trotzdem mit den Fäusten auf mich losgehen kann. Das ist bereits passiert. Und deshalb beginne ich, mir Sorgen um meine Tochter zu machen.

Ich hätte ihn erstechen sollen. Es ist leicht, hier draußen in dieser Wüste eine Leiche zu verstecken. Und ich weiß bereits, wie man Blut aus der Bettwäsche bekommt.

„Beeil dich", knurrt er. Ich lege meine Hand auf die Türklinke und wappne mich, dann öffne ich sie und trete hinaus in den Regen.

Es ist, als würde man von einem Feuerwehrschlauch getroffen. Ich schwanke unter dem Gewicht des vom Wind angetriebenen Regengusses, schnappe nach Luft und blinzle. Ich bin sofort durchnässt und zittere, der durchnässte Flanell klebt an mir, während ich durch den Garten auf den verschwommenen, schemenhaften Umriss der Satellitenschüssel zugehe.

Ich kann bereits etwas Merkwürdiges daran entdecken. Der Winkel ist ungewöhnlich. Hat der Wind das verursacht?

Es ist der eine Teil des Gartens, den das Licht nicht erreicht; ich bewege mich sehr vorsichtig vorwärts, meine Füße sinken in das matschige Gras ein. Der Wind drückt mich seitwärts. Toby brüllt mir von der Tür aus etwas zu. Ich tue so, als könnte ich es nicht hören. Stattdessen dränge ich weiter, dazu entschlossen, das zu erledigen und verdammt nochmal wieder ins Haus zu kommen.

Ich stutze, als ich das Problem sehe: die Satellitenschüssel ist komplett umgedreht. Hat der Wind es irgendwie geschafft, die Schrauben zu lösen? Hat er die Schüssel wie ein Segel erwischt und gedreht?

„Verdammt." Ich seufze, ziehe den durchnässten Stoff von meinen Oberschenkeln und bewege mich weiter vorwärts in den Schatten. Ich kann Tobys Blick wie ein Stück heißes Metall, das auf meine Haut gedrückt wird, auf mir spüren . *Ich würde alles geben, um mich und mein Baby von dir wegzubringen.*

Aber für den Moment muss ich herausfinden, ob dieses Chaos in Ordnung gebracht und das Monster in der Tür besänftigt werden kann. Ich lehne mich nach unten, um die Schrauben zu kontrollieren, die die Satellitenschüssel fixieren und stelle fest, dass sie locker sind.

Stirnrunzelnd richte ich mich auf. Plötzlich lehnt sich eine große Gestalt aus dem Schatten und greift mich.

Mein überraschtes Quietschen wird sofort von einer großen behandschuhten Hand unterdrückt. Der Mann zieht mich so schnell in die Dunkelheit, dass ich erstarre. „Sei still", sagt eine tiefe Stimme ruhig in mein Ohr. „Ich bin nicht hier, um dir wehzutun."

Merkwürdigerweise ist der Griff des Mannes an mir fest, aber nicht grob. Seine Hand bedeckt meinen Mund, aber seine Stimme ist beruhigend. Sein großer Körper hinter meinem strahlt Wärme ab und blockiert den Regen.

„Ruf nach deinem Mann", sagt die Stimme in mein Ohr.

Ich erstarre, meine Gedanken drehen sich. Dieser Mann ist hier, um Toby zu töten.

Ist er von einer konkurrierenden Verbrecherfamilie? Oder hat Toby endlich solchen Mist gebaut, dass die Cohens ihn verschwinden lassen wollen? So oder so … ich weiß, was passiert, wenn Toby herkommt. Er wird eine Kugel abbekommen. Ich sterbe vielleicht auch, aber … so eine Gelegenheit gibt es nur einmal.

Er nimmt seine Hand von meinem Mund. „Werden Sie mich umbringen, wenn Sie fertig sind?", will ich mit leiser Stimme wissen.

„Nein. Du hast den Boss nicht verärgert. Aber wenn du nicht kooperierst, werde ich dich umlegen müssen."

„Ich habe eine sechsjährige Tochter da drin", warne ich ihn und merke, wie er leicht versteift.

„Du lügst besser nicht."

Ich erkenne, dass das Seltsamste an diesem Moment nicht ist, dass ein Auftragskiller hinter mir steht und mir sagt, ich solle meinen Mafia-Buchhalter-Ehemann herrufen, damit er erschossen werden kann. Das Seltsamste daran ist, dass die Berührung des Auftragskillers sanfter ist als die meines Mannes.

„Toby!", rufe ich aus voller Lunge.

„Was, Schlampe?", brüllt er zurück. „Ich komme nicht da raus!"

Der Mann hinter mir öffnet etwas und ich höre, wie er eine Waffe zieht. Und plötzlich kocht die Wut, die jahrelang in mir gebrodelt hat, über. „Ich sagte, ich brauche die Taschenlampe aus einem Grund, du blöder, kleiner Saftsack. Jetzt hol sie und schaff deinen haarigen Hintern hierher!"

Der Kerl hinter mir zuckt leicht zusammen und beginnt dann zu zittern, woraufhin ich bemerke, dass er leise lacht. Vermutlich hat er erwartet, ich würde aus Angst gehorchen. Aber ich habe zahlreiche andere Gründe, um bei einem Anschlag auf Toby zu kooperieren.

„Was?" Tobys Stimme bricht auf eine Art, die Eis durch mein Herz fahren lässt. Aber ich weiß jetzt, dass er mich nie wieder anfassen wird — und ich nie wieder die Chance bekommen werde, ihm zu sagen, was ich wirklich denke.

„Was hast du zu mir gesagt?"

„Du hast mich gehört, du mickriges Stück Scheiße! Mach dich einmal in deinem Leben nützlich. Hol die verdammte Taschenlampe und komm hierher!"

Heilige Scheiße. Ich habe das laut gesagt. Mehr als das — meine Stimme war schroff, voller Verachtung. Nach Jahren des Leidens unter seinen Fäusten, unter seinen Regeln, während jeder Aspekt meines Lebens kontrolliert wurde … fühlt es sich gut an, diesem Arschloch die Meinung zu sagen.

„Wenn du wieder reinkommst, werde ich dich fertigmachen, du Hure!", brüllt er, wobei seine Stimme durch den stärker werdenden Wind kaum hörbar ist.

Ich warte, bis er ein wenig nachlässt, dann erwidere ich noch lauter: „Dann komm raus und tu es, du Feigling! Oder hast du Angst, dass es deine kahle Stelle größer aussehen lässt, wenn dein Haar nass wird?"

Sein undeutliches Knurren des Zornes mischt sich mit dem Knacken des fremden Fingers, der sich am Abzug anspannt.

Und dann verliert Toby die Kontrolle, stampft über den Rasen und schert sich nicht länger um den Regen oder irgendetwas anderes. Hungrig darauf, mich zu schlagen, mir die Haare auszureißen, mein Gesicht auf den Rand der Satellitenschüssel zu schmettern. Begierig darauf, mit dem zu beginnen, auf das er sich die ganze Nacht vorbereitet hat.

Der Mann mit einem Arm um mich — sein großer, harter Körper

an meinem Rücken — versteift sich erneut ein wenig und greift mich fester, aber nicht schmerzhaft. Beschützend. Er dreht sich zur Seite, hebt mich einarmig tatsächlich für einen Moment hoch und stellt sich zwischen mich und meinen anstürmenden Mann.

Er ist ein Mafia-Auftragskiller! Wer tut das?

Toby ist so blind vor Wut und Durst nach meinem Blut, dass er den Kerl im Schatten nicht bemerkt, bis er fast in uns hineinläuft. Dann bemerkt er die auf seine Nase gerichtete Pistole und bleibt stehen, während ihm entsetzt die Kinnlade herunterfällt.

„Das ist dafür, dass du zehn Jahre lang Geld abgezweigt hast. Und dafür, dass du ein beschissener Ehemann bist", fügt der Fremde hinzu. „Hast du irgendwas für mich, das ich den Bossen außer deinem Todesfoto mitbringen kann?"

„Ich … ich …" Toby starrt zwischen uns hin und her, während ich stumm dastehe und mich auf den Schuss vorbereite. „Ich habe nicht …"

„Zehn Millionen Dollar, Kumpel. Und du hast wirklich gedacht, dass es niemand bemerken würde." Der Fremde klingt beinahe amüsiert, seine Stimme ist tadelnd. „Was dachtest du, würde passieren? Hast du geplant, deine Frau auch dafür zum Sündenbock zu machen?"

Die Schärfe in der Stimme des Fremden fasziniert mich. Aber was mich mehr fasziniert, ist die Blässe in Tobys Gesicht, als der Blitz grelles Licht über den Garten wirft. Der Blick meines Mannes trifft meinen … und füllt sich dann mit ohnmächtiger Wut. „Du hast mich hintergangen …"

„Nein, hat sie nicht." Und dann kommt der Donner. Der Schuss klingelt in meinen Ohren, verliert sich aber trotzdem in den Geräuschen des Gewitters.

Toby ächzt einmal, die Hand über der Brust, die Augen aufgerissen. Er hält meinen Blick und mein Herz bricht in zwei Teile: Eine Hälfte trauert bereits um den Mann, von dem ich weiß, dass er nur eine Fassade war, um mich anzulocken, und die andere Hälfte ist erleichtert, dass der echte Toby endlich weg ist. Ich erinnere mich an den gebrochenen Kiefer, den ersetzten Zahn, die Fehlgeburt durch Schläge in den Bauch ... und erzwinge ein Lächeln.

Es ist das Letzte, was er sieht, bevor seine Augen glasig werden und er rückwärts auf den Rasen fällt.

Ich stoße ein erleichtertes Seufzen aus und der Mann lässt mich los. Aber er steckt die Waffe nicht in den Holster. Nach einem Moment erkenne ich es und drehe mich nervös um.

Die Waffe hängt an seiner Seite, aber die geheimnisvolle Gestalt steht nur da und sieht mich an. Ich erhasche einen Blick auf einen Arbeitsoverall, eine Kappe und ein Paar blaue Augen, die mich mit überraschender Sorge anstarren.

„Was jetzt?", frage ich atemlos und versuche, das Röcheln hinter mir zu ignorieren.

KAPITEL 3

Brian

Plötzlich habe ich es auf einmal mit drei unerwarteten Faktoren zu tun. Faktor Nummer eins: Die Frau des Kerls hat alles gesehen. Sie hat mir sogar geholfen und ich bezweifle, dass es nur daran lag, dass sie Angst hatte. So wie er sich verhalten hat, hat Toby Whitman ihr das Leben zur Hölle gemacht.

Faktor Nummer zwei: Sie haben eine kleine Tochter. Noch ein weiterer Grund für mich, die ‚Keine Zeugen'-Regel der Cohens zu brechen.

Faktor Nummer drei: Sie ist die schönste Frau, die ich je gesehen habe. Durchnässt, erschöpft, verängstigt, das goldene Haar aus dem Knoten gelöst, große braune Augen voller Angst ... diese zierliche Nymphe starrt mich an, als wäre sie verwirrt, wie ich fortfahren werde. Ihr Mann nimmt seinen letzten Atemzug und sie sieht ... erleichtert aus.

Und ich bin sowohl schockiert als auch froh.

„Er hat dir wehgetan." Ich stecke die Waffe in den Holster. Ich nutze sie nicht, selbst wenn sie wegläuft und nach der Polizei schreit. Ihr Mann war mein letzter Auftrag. Ich bin fertig.

„Während unserer ganzen Beziehung", murmelt sie und sieht zu mir auf. Sie entspannt sich ein wenig mehr, als ich das Kaliber Fünfundvierzig wegstecke. „Sie sind von den Cohens."

„Ehemals. Das war mein letzter Job." Ich reibe mir das Kinn, während ich sie ansehe. „Gehen wir rein und reden. Ich glaube, wir können einander vielleicht aushelfen."

„Wenn Sie irgendetwas tun, um meinem Kind wehzutun ...", beginnt sie, aber ich schüttle den Kopf.

„Ich bin kein Stück Scheiße wie dein Mann. Ich möchte einen Deal machen, nicht noch mehr Probleme verursachen." Ich drehe mich um und starre die ausgebreitete Gestalt auf dem Boden an. „Geh rein. Zieh dich um. Ich kümmere mich darum."

Ich weiß nicht, warum ich ihr vertraue, nicht zur Polizei zu gehen. Vielleicht hat sie verstanden, dass sie soeben geholfen hat, ihren Mann in den Tod zu locken und dass das bei der Polizei keinen guten Eindruck hinterlassen wird. Vielleicht ist sie zu froh darüber, dass er tot ist, um mir großartig Schwierigkeiten zu machen. Aber als sie nickt und sich umdreht, um hineinzugehen, empfinde ich nichts als Erleichterung.

Ab mit dem Kerl in einen Leichensack. Er wiegt nicht viel, selbst schlaff. Ich nehme ihn auf eine Schulter, gehe zurück über den Zaun und schaffe ihn in den Van. Draußen in der Wüste wartet ein offenes Grab auf ihn.

Zum Glück musste ich es nicht ausheben. Ein anderer Kerl, der ein wenig tiefer auf der Abschussliste des Bosses steht als Toby, bekam die Aufgabe. Es ist besser als eine Kugel — aber in diesem Wetter nicht viel.

Für ein paar Sekunden denke ich darüber nach, einfach auf den Fahrersitz des Vans zu steigen und wegzufahren. Die Polizei unterliegt größtenteils dem Einfluss der Cohens und ich weiß, dass ich nicht von der Überwachungskamera erwischt wurde. Tobys Frau scheint erleichtert zu sein, dass er tot ist.

Ich möchte weiterziehen und sie in Ruhe lassen, um eine wohlhabende Witwe zu sein. Sie kann einfach allen sagen, dass ihr Mann verschwunden ist.

Nur ...

Nur dass sie vielleicht ein genauso schlechter Lügner ist wie ich. Und selbst wenn ich außer Landes bin, sind das Probleme, die mir folgen könnten. Und ...

Und wenn sie mit der Polizei spricht, wenn sie sie brechen, werden die Cohens nächstes Mal jemanden schicken, dem es egal ist, unschuldiges Blut zu vergießen.

„Ich muss sie mitnehmen." Es klingt lächerlich, selbst als es aus meinem verdammten Mund kommt. „Sie und das Kind. Der einzige Ort, an dem sie sicher sein werden, ist weit weg."

Aber das ist verrückt. Wenn sie an der Grenze nach mir Ausschau halten, wird sie erneut in Gefahr geraten, wenn sie bei mir ist.

Es sei denn ...

Vielleicht bin ich müde. Vielleicht ist es die Tatsache, dass ich vom Regen durchweicht werde. Vielleicht lässt mein Urteilsvermögen nach, da ich mich ohnehin auf dem Weg aus diesem gottverdammten Geschäft befinde.

Oder vielleicht ist sie es. Unerwartet.

Vielleicht sind es diese riesigen braunen Augen, die jetzt in mein Gedächtnis eingebrannt sind und mich anstarren, als wäre ich ein gottverdammter Held. Das letzte Mal, als mich jemand so angesehen hat, war es die Tochter meines Nachbars. Die ich vor diesem verdammten Meth-Dealer gerettet habe.

Ich bin nur froh, dass sie keine Ahnung hat, dass ich es auf denjenigen abgesehen hatte, der herauskam, um die verdammte Satellitenschüssel in Ordnung zu bringen und dass ich nicht erwartet hatte, dass das faule, ausfallende Arschloch sie in ihrem Nachthemd nach draußen schickt. Gut, dass sie nicht weiß, dass ich eine Sekunde, bevor ich nach ihr gegriffen habe, eiligst meine Waffe zurück in ihren Holster gesteckt habe. Ich hoffe, dass sie nie erfährt, dass ich kurz davor war, sie versehentlich zu erschießen.

Das ist vermutlich ein Teil davon — die Schuld. Ich habe in meinem Leben genau null unschuldige Menschen getötet. Wenn sie nicht bewaffnet, gefährlich und auf der Todesliste meines Bosses oder der Regierung waren, rührte ich sie nicht an. Alle außer diesem Dealer — dessen Tod mein Leben ruiniert hat.

Es hat mich erschüttert, beinahe diese schöne junge Mutter getötet zu haben. Sie scheint zu denken, ich sei ein Held, weil ich sie und ihre Tochter von was auch immer befreit habe, was ihr Mann ihnen angetan hat. Da ich weiß, wie kurz ich vor einem fatalen Fehler war, möchte ich jetzt dieser Held für sie sein.

Ich schließe die Augen. *Gehe ich hin und rede mit ihr oder fahre ich weg und hoffe, dass es ihr Leben nicht durcheinanderbringt oder beendet?*

„Ich gehe und rede mit ihr." Meine eigene gemurmelte Antwort erhebt sich über das Prasseln des Regens. Ich schüttle seufzend den Kopf. Das ist vermutlich unklug, wahrscheinlich aber gleichzeitig das Richtige.

Als ich zu ihrem Garten zurückkehre, zögere ich, da ich nicht sicher bin, ob ich klopfen oder einfach hineingehen sollte. Es scheint ein wenig lächerlich zu sein, so höflich zu sein, aber sie ist keine Zielperson. Sie ist eine Frau, mit der ich eine schnelle und hoffentlich wechselseitig vorteilhafte Verhandlung führen werde.

Ich klopfe an die längs unterteilte, gläserne Hintertür und warte höflich unter dem Vordach darauf, dass sie kommt. Stattdessen bekomme ich ein winziges Mädchen in einem riesigen taubenblauen T-Shirt, dessen glattes haselnussbraunes Haar vom Schlafen zerzaust ist. Sie tappt die Treppe herunter, nimmt jede Stufe sehr vorsichtig, ihre großen braunen Augen sind voller Entschlossenheit.

Oh. Uh. Ich stehe blinzelnd da. Unerwartetes Szenario Nummer zwei beim Job dieses Morgens: klitzekleines, niedliches Kind mit Schlaflosigkeit. Yay.

Ich versuche meinen Gesichtsausdruck zu einem freundlichen Lächeln zu arrangieren, als sie ans Glas tritt und mich mit einem winzigen Stirnrunzeln betrachtet. „Hallo. Kannst du deine Mama holen? Du solltest die Tür nicht allein öffnen."

Das ist das verantwortungsvolle Erwachsenenzeug, das man zu Kindern sagen soll, oder? Es ist eine Weile her.

Sie runzelt die Stirn und greift nach dem Türknauf. „Es regnet! Dir wird kalt werden!"

„Nein, nein, du kennst mich nicht, Süße. Mach nicht die Tür für Fremde auf. Manche von ihnen sind nicht nett. Warte einfach auf deine Mama." *Na, das ist unangenehm.*

Ich weiß nicht, was die Mutter ihrer Tochter darüber erzählen will, was passiert und warum ihr Vater weg ist. Ich weiß nicht, ob sie Angst vor ihrem Vater hat, ob sie ihn liebt oder beides. Das muss ich ihrer Mutter überlassen … denn ich war überfordert, sobald das kleine Kind zur Tür gekommen ist.

„Mommy weint unter der Dusche. Komm rein und mach mir Kakao." Sie schmollt aufsässig und beginnt, den Türknauf zu drehen. „Es ist kalt und nass! Sei nicht dumm!"

„Ähhh …" Es wird auf diese arme Frau sehr schlecht wirken, wenn sie vom Duschen zurückkommt und ich mit ihrem Kind im selben Zimmer in ihrem Haus bin. „Es ist okay, Süße. Ich muss deine Mutter entscheiden lassen. Das sind die Regeln. Wenn sie mich reinlässt, mache ich dir Kakao."

Schritte ertönen auf der Treppe. Ich blicke durch das Foyer auf die große Treppe und sehe, wie diese sanftäugige blonde Nymphe herunterkommt, eingehüllt in einen Bademantel, das Haar in ein Handtuch gewickelt. Sie sieht besorgt aus und schießt nach vorne, als sie sieht, wie ihre Tochter versucht, mich hereinzulassen.

Das Mädchen sieht schmollend zu ihr auf. „Er ist dumm. Er will nicht hereinkommen, solange du nicht sagst, dass es ist okay! Aber es regnet und ich will Kakao."

Sie entspannt sich leicht und sieht zu mir auf. Ich nicke ihr zu — und bemerke, wie ihre Augen etwas größer werden, als sie mich im Licht sieht.

Ich muss dagegen ankämpfen, damit mein Lächeln nicht zu einem Grinsen wird, als ihr Blick über mich wandert. Es gibt viele Frauen da draußen, die einen großen, gut gebauten Mann mögen, der weiß, wie man sanft ist. Und meine eine Begegnung mit Toby und ihre Beziehung hat mir bereits gesagt, dass der Mann es für sie im Bett nicht gebracht hat — oder irgendwo anders.

„Oh, hat er das? Na, gut. Du weißt, dass du auf mich warten sollst." Sie scheucht ihr Kind sanft von der Tür weg und kommt vor, um sie zu öffnen. „Kommen Sie herein."

Ich achte darauf, keine plötzlichen Bewegungen zu machen, als ich das Haus betrete, aber ich lasse meinen Blick über den ganzen Bereich wandern. Dieses Haus hat nirgendwo Kameras, die ich sehen kann. Meine Vermutung ist, dass Toby ein prügelnder Ehemann war und keine Kameras in der Nähe wollte, die seine Angriffe aufzeichnen konnten.

„Wie ist Ihr Name?", fragt sie mit schwacher Stimme. Ich sehe herüber und merke, wie sie bereits ihren Ehering auszieht und in die Tasche ihres Bademantels gleiten lässt. Ich weiß nicht, ob es wegen mir ist oder weil es sich während ihrer Ehe mit diesem widerlichen kleinen Kerl wie eine Fessel angefühlt hat.

Vermutlich Letzteres, egal wie sehr mein Ego gern Ersteres hätte.

„Brian. Du?" Ich lasse mein Verhalten so ruhig und freundlich wie möglich. Die Anwesenheit des Kindes verlangt Leichtigkeit, selbst in dieser verrückt schweren Situation.

„Ophelia. Das ist Molly." Sie schenkt mir trotz der roten Augen ein winziges Lächeln. „Sie ist sechs."

Ich lächle das Kind an. „Hi, Molly. Nett, dich kennenzulernen."

„Kakao!", ertönt die piepsige Forderung und Ophelia und ich tauschen einen unbehaglichen Blick aus.

„Äh, ja, klar." Ich lasse uns von Ophelia — reizender Name für ein reizendes Mädchen — in die Küche führen. Sie sieht mich ein paar Mal nervös an und ich habe Schwierigkeiten, meinen Blick von den umwerfenden Kurven ihres Hinterns abzuwenden, die sich durch den weißen Frottee drücken.

„Wollen Sie etwas Stärkeres als Kakao?", fragt sie, während sie die Schränke aufmacht und ich Milch aus dem Kühlschrank hole. Sie bleibt ruhig, verhält sich normal, vermutlich ihrem Kind zuliebe. Aber ihre Augen sind immer noch rot und ich weiß, dass es ihr sehr zusetzt.

„Pfefferminzschnaps, wenn du welchen hast." Ich möchte loslegen und ihr sagen, dass es mir leidtut und ihr versprechen, dass ich helfen werde, dafür zu sorgen, dass sie keine Nachwirkungen hiervon zu spüren bekommt. Aber im Moment ist die oberste Priorität, der Kleinen zu versichern, dass nichts Merkwürdiges oder Angsteinflößendes vor sich geht. Man macht sich bei einer Frau schnell unbeliebt, wenn man ihrem Kind Angst macht.

„Ich habe nur Kahlua und Whiskey." Sie sieht mich über ihre Schulter an und ich bemerke den verblassenden blauen Fleck auf ihrem Wangenknochen. Die Dusche muss das Make-up abgewaschen haben, das es verdeckt hat. Sie ist wirklich daran gewöhnt, Schläge zu bekommen. Das ist einfach … krank.

„Eigentlich klingt Kahlua gut. Danke." Ich schenke ihr ein Lächeln und sie sieht schüchtern weg. *Hör auf, Brian. Jetzt ist nicht die Zeit zum Flirten, selbst wenn sie so dankbar ist, wie sie wirkt, dass ihr Mann tot ist. Sie hat trotzdem unter der Dusche geweint. Sie ist zu verletzlich, als dass ich irgendetwas übereilen dürfte. Es wäre nicht richtig.*

„Okay." Sie stellt die Flasche auf die Anrichte in der Nähe und sucht weiter, während ich die Milch erhitze.

„Also, willst du deinen Kakao mit vielen Marshmallows oder superduper vielen Marshmallows?", frage ich Molly, als eine Tüte mit Mini-Marshmallows neben mir auf die Anrichte gelegt wird. Ich rühre Schokoladenraspel aus einer Tüte in die Milch.

„Superduper viele!", beharrt das Kind und strahlt mich mit riesigen Augen an, die denen ihrer Mutter so ähnlich sind.

Was zur Hölle geht hier eigentlich vor sich?, denke ich, während ihre Mutter stumm drei Tassen auf die Anrichte stellt. „Ist für Mom superduper viel okay?", frage ich nach, da ich mir nicht sicher bin, das Kind noch vor der Dämmerung mit einem Zuckerschock aufgedreht sein zu lassen. Meinen eigenen Eltern wäre es egal gewesen, aber ich weiß, dass es bei richtigen nicht so ist.

„Es ist in Ordnung. Unter diesen Umständen wird sie sowieso wach sein. Möchtest du nach dem Kakao deine Miyazaki-Filme sehen, Liebling? Wir müssen eine langweilige Erwachsenenunterhaltung führen."

„*Chihiros Reise ins Zauberland!*", quietscht Molly, die begeistert zu sein scheint, dass ihr niemand sagt, sie solle ins Bett gehen. Ich lache und schüttle den Kopf, während ich weiterrühre.

Aber lustige Sache. Sie hat nicht einmal gefragt, wo ihr Vater ist.

Sobald Molly im Wohnzimmer mit geschlossener Tür sitzt, der Film eingeschaltet und Kakao mit einer Handvoll Marshmallows darin in der Hand, dreht sich Ophelia mit vor sich verschränkten Händen zu mir um. „Gehen wir nach oben."

Ich versuche die Reaktion meines Schwanzes auf eine Einladung zu ignorieren, die nichts mit Sex zu tun hat, und nicke einfach, bevor ich ihr zur Treppe und diese hinauf folge.

„Können Sie mir die ganze Geschichte erzählen, warum mein Mann jetzt tot ist?", fragt sie mit ihrer leisen, sanften Stimme.

„Mir wurde gesagt, er hätte während des letzten Jahrzehnts zehn Millionen Dollar abgezweigt. Er wurde gut bezahlt, aber er hätte sich dieses Haus nicht leisten können, ohne von jemandem etwas zu stehlen. Er hat sich dafür die Cohens ausgesucht." Ich nippe an meinem Drink, während ich ihr folge und es nicht näher ausführe.

„Das klingt nach einer grauenvollen Idee." Sie führt mich in einen Raum, der sich als kleines Büro entpuppt. Aufgrund der schönen, bequemen Stühle und der geblümten Kunst an den Wänden nehme ich an, dass es ihres ist. „Bitte setzen Sie sich. Ich, äh ... ich weiß nicht, was ich diesbezüglich sonst noch fragen soll."

Ich setze mich auf einen der übermäßig gepolsterten Sessel. Sie macht es sich auf der Couch mir gegenüber bequem und nippt an ihrem Drink. „Es ist ziemlich klar. Er hat Geld unterschlagen, er wurde erwischt, er hat alles abgestritten. Das hat ihm die Kugel eingebracht."

Ich versuche meine Stimme sanft zu halten, aber sie versteift sich leicht. Ich warte, bis sie sich mit einem weiteren Schluck gestärkt hat. Sie spricht nicht mehr, also fahre ich fort.

„Die Bosse ... jetzt meine ehemaligen Bosse ... mögen keine Zeugen, und sie mögen nichts Unerledigtes. Deshalb habe ich versucht, ihn aus dem Haus zu locken. Wenn die Dinge gelaufen wären wie geplant, na ja, dann hättest du mich gar nicht gesehen. Er wäre einfach aus deinem Garten verschwunden."

„Ich verstehe." Sie presst ihre Lippen zusammen und sieht mir in die Augen. „Also werden mich die Cohens tot sehen wollen. Und mein

Kind." Tränen glänzen in ihren unteren Wimpern und mein Herz brennt.

„Wenn sie herausfinden, dass du etwas gesehen hast, ja. Sie werden jemanden schicken, der nicht meine Moral, und er wird den Job zu Ende bringen." Ich fahre mir mit einer Hand durch das Haar und wende den Blick ab. „Es tut mir leid."

„Aber deshalb sind Sie nicht zurückgekommen. Also, was — eine Warnung, aus der Stadt zu verschwinden?" Ihre Stimme zittert.

„Eher eine Einladung. Ein Weg, damit *wir alle* endgültig von den Cohens wegkommen." Als sie überrascht blinzelt und Hoffnung blass in ihren Augen aufleuchtet, lächle ich aufrichtig.

KAPITEL 4

Ophelia

Der attraktivste Mann, den ich je persönlich gesehen habe, trinkt in meinem Büro Kakao mit Kahlúa mit mir, nicht einmal eine halbe Stunde, nachdem er mit meiner Hilfe meinen Mann erschossen hat. Ich gehe diese Tatsache immer und immer wieder geistig durch, während er mir ruhig unsere momentane Zwickmühle erklärt — und seine geplante Lösung.

„Also, wir finden das, was von den gestohlenen Millionen übrig ist und alles andere, was wir mitnehmen können, du packst Taschen für dich und das Kind und wir fahren nach Los Angeles. Wir besorgen uns ein anderes Auto und ein paar Touristenklamotten, dann machen wir uns auf den Weg nach Baja California." Er hebt leicht seine Augenbrauen. „Wie ist dein Spanisch?"

„Äh … na ja …" Ich lächle verlegen. „Meine Nachbarin hat mir ein wenig beigebracht. Aber ich weiß, dass ihr mein Akzent vermutlich in den Ohren wehtut und ich die Hälfte der Zeit irgendwelchen Quatsch erzähle." Maria wird sich fragen, was zur Hölle passiert ist, wenn ich plötzlich verschwinde.

Ich werde ihr eine E-Mail schicken müssen, dass ich vor Toby weggelaufen bin und nicht darüber reden kann, wo ich im Moment bin. Sie hat mich ermutigt, mit Molly Zuflucht zu suchen. Ich werde ihr sagen, dass es mir gutgeht und sie dann einfach annehmen lassen, dass ich einen sicheren Ort gefunden habe.

Brian prustet und blickt hinab in seine Tasse. Dieses schmale Lächeln bezaubert mich mehr, als es ein Grinsen tun würde. Ein Grinsen von einem Kerl, von dem ich weiß, dass er töten kann, würde mich einfach nur nervös machen. „Es ist in Ordnung. Ich habe es auch von einem Muttersprachler gelernt und viel geübt. Ich springe für dich ein, bis du besser bist."

Er will das wirklich tun — und ich beginne zu denken, dass es die beste Wahl ist. Selbst mit all der Angst, unter der ich heute Nacht gelitten habe, möchte ich ihm vertrauen. Ich habe gesehen, wie er mit Molly umgeht — und mit mir.

Sein Name ist Brian. Er ist ein Auftragskiller für die Cohens und er will genauso sehr raus wie ich. Und er hat blaue Augen und einen Superhelden-kiefer und einen unglaublichen Körper. Er ist sogar gut mit Kindern.

Träume ich? Habe ich den Verstand verloren? Oder spielt er mit mir wie die dumme Schlampe, als die Toby mich immer bezeichnet hat?

Er will, dass wir mit ihm nach Mexiko gehen. Nicht für immer, nur lange genug, dass ich meine fünf Sinne zusammennehmen und woanders hinreisen kann. Aber er hat es klar gemacht: Solange wir noch in den Staaten sind, sind wir nicht sicher.

„Warum müssen wir über die Grenze? Und warum Kalifornien?" Ich durfte Toby nie Fragen stellen. Er hat mir immer gesagt, ich solle meine verdammte Nase aus seinem Geschäft heraushalten und hat es dabei belassen.

„Die Cohens haben Feinde in Südkalifornien. Die Milanos. Es ist für mich sogar gefährlich, dort zu sein. Ich habe ein paar von ihnen umgebracht." Er trinkt einen Schluck und stellt die Tasse beiseite, wobei er den Untersetzer benutzt, den ich auf dem Beistelltisch gelassen habe.

„Deshalb färbst du deine Haare und schlägst falsche Ausweise vor? Kannst du das ohne das Wissen der Cohens arrangieren?" Mir gefällt die Idee nicht, dass er das Gold in seinem Haar wegfärbt. Ich versuche mein Interesse an seinem Aussehen zu ignorieren, aber mein Verstand kehrt immer wieder dahin zurück.

Ich habe nie Freude daran gehabt, Tobys Körper anzusehen. Drahtig, dickbäuchig, haarig — wie ein unterernährter Affe mit rasiertem Oberkopf. Außerdem hat er nie die verdammte Brille abgesetzt. Nicht einmal, wenn er mich gevögelt hat.

Ich nehme an, dass es ihm Zeit gespart hat, sie oder seine Klamotten oder manchmal sogar seine Schuhe nicht auszuziehen. Er war allemal ... *zweckmäßig* ... beim Sex.

Er war ebenfalls der einzige Mann, mit dem ich je Sex hatte. Sex mit ihm war eine Verpflichtung, ein Friedensangebot, so mühsam und demütigend wie das Schrubben einer Toilette. Jedes Mal hat ihn für eine Weile beruhigt, also habe ich es hingenommen.

Ich hätte nie gedacht, dass ich einen Mann treffen würde, den ich wirklich will, egal wie verrückt oder erschütternd die Situation ist. Aber genauso ist es jetzt ... zum ersten Mal seit meinen Schwärmereien auf der Highschool. Wild, schwindelig, zeitlich unpassend, völlig unlogisches Verlangen.

Es ist das Adrenalin. Und ich bin betrunken vor Freiheit. Der Mistkerl ist tot — und es ist nur Glück, dass der Mann, der mich vor ihm gerettet hat, ein herrlicher Muskelprotz ist.

„Bin ich ein schlechter Mensch, weil ich froh bin, dass er tot ist?", frage ich plötzlich und bereue es sofort. Meine Wangen kribbeln vor Verlegenheit.

Brian ist für einen Moment still. Dann sagt er langsam: „Dieser Mann hat dich misshandelt. Dich kontrolliert. Dich bedroht. Ich weiß nicht einmal, was noch, aber er hat es jahrelang getan, richtig?"

„Richtig." Meine Kehle hat sich allein durch den Gedanken daran zugeschnürt.

„Dann bin ich froh, dass das Arschloch tot ist, und es ist mir scheißegal, ob mich das zu einem schlechten Menschen macht. Und dir sollte es auch egal sein. Wenn du dich besser fühlst, jetzt wo er weg ist, dann muss er der schlimmste verdammte Ehemann gewesen sein."

Das Mitgefühl in seiner Stimme erinnert mich an seine Berührung — kräftig, aber irgendwie liebevoll, als wäre er sich seiner Kraft so bewusst, dass er es nicht riskieren will, mich zu verletzen. Ich presse meine Knie zusammen und versuche eine weitere Welle des Verlangens zu ignorieren.

„Danke", murmle ich und entscheide, das Thema für den Moment ruhen zu lassen. „Also … wir gehen nach Kalifornien, tun so, als wären wir eine Familie, überqueren die Grenze, und was dann?"

„Es gibt in Baja einen Ferienort, wo wir ein paar Wochen bleiben können, während du dich wieder sammelst. Dann, wenn du willst, können wir einfach getrennte Wege gehen. Du wirst das Geld haben, das du mitgenommen hast, und ich werde meine Freiheit haben." Seine Augen funkeln.

„Aber bis dahin tun wir so, als wären wir Mann und Frau, um kein Misstrauen zu erregen." Ich versuche zu ignorieren, wie verlockend das klingt. „Mit Molly als unsere Tochter."

Nachdem ich ihn dabei gesehen habe, zweifle ich seine Fähigkeit nicht an, die Rolle des liebevollen Vaters zu spielen. Es wirft in mir die Frage auf, wie er so gut mit Kindern geworden ist. Aber so zu tun, als sei ich seine Frau?

Ein Bett teilen?

Ich nehme einen hastigen Schluck aus meiner Tasse, da mein Mund plötzlich trocken ist. *Es ist nur der Schock. Er lässt mich verrückte Dinge denken.*

„Das ist richtig. Wir tun einfach so, als wären wir Touristen mit ihrem Kind, haben irgendetwas über vier Wochen Spaß, und sobald mein neuer Ruhesitz fertig und alles ein wenig abgeklungen ist, entscheiden wir, was als Nächstes passiert." Er neigt leicht den Kopf. „Was denkst du?"

Das ist alles so plötzlich. Genau wie Tobys Tod. Und doch … hat er recht.

Denk schnell, Ophelia. Diese Gelegenheit wird sich nicht ewig bieten.

„Kann ich dir vertrauen, uns nicht in Gefahr zu bringen?" Ich hätte Toby damit nie vertrauen können. Ich bin Männer leid, denen ich nicht vertrauen kann.

„Kann ich dir vertrauen, während der ganzen Sache nicht aus der Rolle zu fallen?" Sein Blick ist beständig, herausfordernd.

„Ja. Wir werden nur Wege finden müssen, um es für Molly einfacher zu machen." Ich beiße mir auf die Lippe. Ich kann nicht glauben, dass ich solche Pläne mache, anstatt im Schlafzimmer für eine weitere Stunde zu zerbrechen.

Es gibt keine Alternative. Ich muss stark für mich und mein Baby sein. Ich bete nur, dass ich die richtige Wahl treffe.

Er nickt, wobei er mich immer noch ansieht. „Dann verspreche ich es. Wir machen es für Molly so leicht wie möglich — und für dich."

Ich fühle eine tiefe Wärme in meinem Bauch, als er das sagt. Ich weiß, dass er ein Mafia-Auftragskiller ist. Ich weiß, dass er für Geld vermutlich Dutzende Menschen umgebracht hat. Aber ich stimme der Sache und den Plänen trotzdem zu. Und nicht nur des Überlebens wegen.

Selbst halb betäubt, selbst wenn ich wegen allem, was vor sich geht, irgendwo unterwegs die Fassung verliere, ich kann bereits spüren, wie ich zu dem mysteriösen Brian hingezogen werde. Ich weiß, dass es mein Urteilsvermögen trübt. Aber er bietet mir ebenfalls eine Chance, dort neu anzufangen, wo die Cohens uns nicht erreichen können.

„Dann bereiten wir uns vor", sage ich so ruhig ich kann.

Bitte lass mich die richtige Wahl treffen.

KAPITEL 5

Brian

Wir sind seit einer Stunde in diesem Gewitterregen auf der Straße und das Kind hat immer noch nicht gefragt, wo ihr Daddy ist. Das ist die Sache, die für mich am meisten herausticht. Kein Wort über ihn — keine Sorge, keine Neugier.

Sie will wissen, wo wir hingehen: Kalifornien. Sie will wissen, warum wir gehen: Urlaub. Sie will wissen, wer ich bin: Moms Freund, der ihnen hilft.

Aber es gibt kein „Wo ist mein Daddy?" oder „Wann kommen wir zurück?" oder „Warum machen wir das so spät abends?". Keine Angst. Sie ist nach zwanzig Minuten eingeschlafen, das Gesicht so friedlich, als wäre sie in ihrem eigenen Bett.

Was ist mit diesem Kind? Ich dachte, Ophelia hat gesagt, ihr Vater wäre in sie vernarrt gewesen. Ist es einfach normal für ihn, dauernd weg zu sein?

Ich sehe auf die Rückbank der alternden, mit Bargeld gekauften Limousine, die wir benutzen, als wir an einer Kreuzung anhalten, wo Molly schläft, umgeben von ihren Kuscheltieren. Jeder von ihnen sollte nur einen Koffer packen, während ich Daddys Leiche in ein

Loch in der Wüste geworfen habe, aber natürlich wollte Molly all ihre Freunde mitnehmen.

Ich wollte nicht mit ihr diskutieren. Sie machte keinen Aufstand, vor dem Morgengrauen ohne ihren Vater irgendwo hinzugehen, und das war es wert, die Rückbank mit einem Regenbogen aus Kuscheltieren zu füllen.

„Also, ich nehme an, Toby hatte keine Lebensversicherung." Ich hoffe nur, dass sie finanziell klarkommen wird, jetzt wo er weg ist.

„Nein, er hat nie viel darüber nachgedacht, was mit uns passieren würde, befürchte ich." Sie seufzt und sieht nach hinten zu ihrer Tochter. „Ich glaube nicht einmal, dass er ein Testament hatte. Ich glaube, ihm hat vermutlich der Gedanke gefallen, dass wir ohne ihn nicht leben könnten."

„Wirst du klarkommen?" Ich sollte das gar nicht fragen. Es geht mich verdammt nochmal nichts an. Ich helfe ihr, wegzukommen. Sie hilft mir, keine Spur zu hinterlassen, indem sie mitkommt. Das ist genug.

Sie ist erwachsen. Sie kann sich um sich selbst und ihr Baby kümmern. Der Großteil meines Jobs hier ist erledigt. Ich werde ein für allemal fertig sein, sobald wir diese Grenze überquert und ein paar Wochen lang Familie gespielt haben.

Aber selbst während ich mir das sage, denke ich an die Bauchgefühl-Entscheidung, mich zwischen sie und ihren Angreifer zu stellen, und weiß, dass die Sache trotz meiner besten Bemühungen bereits ein wenig persönlich geworden ist.

Den Job zu erledigen war trotz des Wetters einfach. Ich bin mit dem Leichensack gekommen, habe ihn in das Loch fallen lassen und dem armen Trottel, der im Regen auf mich gewartet hat, dabei geholfen, ein paar Meter Dreck darüberzuschaufeln. Wir haben ein paar der örtlichen Rosmarinbüsche darüber gepflanzt und uns ohne ein Wort getrennt.

Ich habe mich gemeldet, sobald ich den Van abgeliefert und wieder meine Jeans und meine Lederjacke angezogen hatte. „Hier ist Stone. Es ist erledigt. Keine Komplikationen."

Jacob unterdrückte ein Gähnen. Er war an Anrufe zu verrückten

Uhrzeiten gewöhnt und seine Antwort war ruhig und geschäftlich. „Ich schicke das Geld. Ruf in zehn Minuten zurück, wenn du es nicht bekommst."

Fünfhunderttausend Dollar später machte ich mich wieder auf den Weg, um die Damen abzuholen. Jetzt haben wir ein Fünftel der Strecke nach San Diego hinter uns, wo eine zwei-Zimmer-Suite in einem Mitteklasse-Motel auf uns wartet. Und ich versuche mir zusätzlich zu meiner nicht auch noch Sorgen um die Zukunft der beiden zu machen.

„Es wird kein Problem sein. Ich habe … eine unglaubliche Menge Geld in Tobys Safes gefunden", versichert Ophelia mir, als die Ampel umspringt und wir losfahren. „Stapel aus Hunderten mit diesen Papierbändern. Es ist der Großteil dessen, was in meinem Koffer ist."

„Oh? Wolltest du nichts mitnehmen?" Ich frage nicht, wie viel Geld sie hat, aber es ist ein großer Koffer. Man bekommt eine Million Dollar in einen normalgroßen Aktenkoffer; was sie hat, klingt nach genug, um ihr Leben neu zu beginnen, und das ist gut genug.

„Toby hat all meine Klamotten ausgesucht. Er hat alles Persönliche, mit dem ich kam, entweder weggeworfen oder zerstört. Nichts in meinem Kleiderschrank war nach meinem Geschmack, bis auf ein wenig Nachtwäsche, die Molly ausgesucht hat." Dieser leise, flache Tonfall, den sie benutzt, wenn sie darüber spricht, was dieser Kerl ihr angetan hat, löst in mir den Wunsch aus, ich hätte ihn an einer wesentlich schmerzhafteren Stelle erschossen.

„Außerdem", sagt sie vorsichtig, wobei das Leben in ihre Stimme zurückkehrt, „hast du nicht gesagt, wir müssten unser Aussehen verändern?"

„Müssen wir. Also werden wir einfach einkaufen, wenn wir uns ausruhen konnten." Sie wird hier und da vermutlich wieder anfangen zu weinen, aber das ist zu erwarten. „Wie schlägst du dich?"

„Ich …" Sie sieht aus dem Fenster in die vorbeiziehende Wüste. Wir haben den Sturm mit der letzten Stadt hinter uns gelassen und das helle Mondlicht taucht die Umgebung in Silber und Blau. „Ich versuche immer noch herauszufinden, wie sehr ich dir vertrauen kann."

„Na ja, ich nehme an, das ist keine Überraschung. Es ist für mich wirklich dasselbe — immerhin, wenn du mich verpfeifst, dann bin ich erledigt." Ich halte meine Stimme ruhig und leise, für den Fall, dass unsere kleine schlafende Mitreisende aufwacht.

„Wenn ich dich verpfeife, dann sind wir vermutlich beide erledigt und dann wird Molly niemanden haben." Sie zögert, dann sagt sie bestimmt: „Ich wusste, was ich tue. Ich wollte unbedingt von ihm weg, ich hatte keine Angst vor dir."

Wow. „Ich würde sagen, das ist ziemlich skrupellos, aber wie ich bereits gesagt habe, ich glaube nicht, dass du dich schlecht fühlen solltest. Der Kerl verdient Skrupellosigkeit. Ich hätte an deiner Stelle dasselbe getan." Ich kann eine gewisse Schärfe in meiner Stimme nicht verbergen, als ich darüber rede.

„Ich nehme an, wir müssen einfach lernen, einander zu vertrauen." Sie lacht nervös, wobei ihre Stimme zu einem kurzen Quietschen aufsteigt. Sie braucht ein paar Sekunden, um sich danach zu beruhigen und fährt einfach fort mit: „Aber du kümmerst dich, und das hilft sehr viel."

„Du scheinst überrascht zu sein. Ist es mein Beruf?" Ich sage es scherzhaft, aber ihr Lachen wird zu einer Art Schluchzen und klingt dann ab.

„Nein, ich glaube, ich bin einfach nur so ausgebrannt." Sie fährt mit dem Finger über das Fenster, über die Tropfen, die immer noch am Glas hängen. „Viele Frauen in meiner Position hören einfach gänzlich auf, Männern zu vertrauen. Es ist einfacher."

„Und hier bin ich und bitte dich darum, mir zu vertrauen, nachdem ich vor deinen Augen jemanden erschossen habe." Kein Wunder, dass sie keine Ahnung zu haben scheint, was sie denken oder fühlen soll.

„Ja, es ist ein wenig … schwierig. Aber … überwiegend gewöhne ich mich immer noch an den Gedanken, dass er weg ist. Ich … ich hätte nie erwartet, auf meinen eigenen zwei Beinen diese Beziehung zu verlassen." Jetzt ist sie dem Fenster voll zugewandt. Ich sehe, wie ihre Wangen im Spiegelbild des Glases schimmern und mein Herz wird schwer.

„Es ist okay. Wenn wir ankommen, kannst du dich ausschlafen. Der letzte Ort, an dem die Cohens nach mir suchen werden, ist Südkalifornien. Wir können für ein oder zwei Tage durchatmen." Es wäre sicherer, wenn es weniger wäre, aber ich habe es mit einer schockierten Frau zu tun, die sich über ihre nächsten Züge im Unklaren ist.

„O-okay", murmelt sie, dann sieht sie mich an. „Da ist allerdings etwas, das ich nicht verstehe."

„Was denn?" Wenigstens öffnet sie sich und stellt Fragen. So weit vertraut sie mir.

„Wie ... wie ist ein Kerl wie du ... bei deinem Job gelandet?" Sie flüstert es förmlich.

Ich lache. „Oh, das? Na ja ... es ist irgendwie eine lange, hässliche Geschichte. Aber kurz gesagt, ich habe einen Drogendealer in meinem Viertel umgebracht, nachdem er ein Kind von dort entführt hatte. Ich wurde erwischt und musste ins Gefängnis. Dann sind die Cohens aufgetaucht und haben mir ein Angebot gemacht."

„Und es war das oder Gefängnis." Ihre Stimme wird stärker und nachdenklich. „Nur weil du einen Drogendealer erschossen hast."

„Ich war nicht mal da, um den Mistkerl zu erschießen", platze ich heraus. „Aber das Mädchen war zwölf und er hat versucht, sie süchtig zu machen, sodass sie ... immer wiederkommen würde. Ich ... werde nicht weiter ins Detail gehen. Aber du erfasst vermutlich den Sinn."

„Ja, ja, das tue ich." Sie wischt sich die Tränen von den Wangen und verzieht angewidert den Mund. „Also musstest du für sie arbeiten. Keine Wahl."

„Mir mein Leben zu ruinieren, weil ich dort eingegriffen habe, wo es die Polizei nicht tun wollte, war nicht wirklich eine Wahl. Aber du hast recht—ich wollte das nie. Seither spare ich, habe bescheiden gelebt und auf den Tag gewartet, an dem ich einfach aussteigen kann."

Von dem Sturm, den wir hinter uns gelassen haben, ertönt leises Donnergrollen. Es fühlt sich an, als würde er uns verfolgen. Aber die Luft hier ist trockener, er wird abklingen, bevor wir San Diego erreichen.

Ihre Stimme ist immer noch leise, aber sie bekommt einen leicht misstrauischen Unterton. „Wenn du dir nur irgendeinen Mist ausdenkst, damit ich mich besser fühle, dann danke, aber ich hätte lieber die Wahrheit. Toby hat mich mit so einem Quatsch angelockt, aber sobald er mich hatte, hat er damit aufgehört und ich war am Ende verletzt. Also ... bitte sei ehrlich."

Plötzlich wünsche ich mir, ich hätte etwas Stärkeres zu trinken als diesen Klecks Kaffeelikör vor ein paar Stunden. „Ich verarsche dich nicht. Ich weiß, dass ich es verbockt habe, indem ich mich bei diesen Kerlen verpflichtet habe, aber Menschen treffen schlechte Entscheidungen, wenn sie unter so viel Druck stehen."

„Ich weiß", wirft sie ein. „Es tut mir leid, wenn ich skeptisch bin. Aber es ist, wie du gesagt hast — ich stehe unter viel Druck und will keine schlechte Entscheidung treffen." Sie blickt nach hinten auf ihre schlafende Tochter. „Wie ich es getan habe, als ich Toby geheiratet habe. Das einzig Gute daraus sitzt hinter uns."

„Ich verstehe dich. Und ich weiß, dass ich dir in einer Situation wie dieser sagen kann, mir zu vertrauen, aber nur meine Handlungen werden beweisen, dass ich es verdiene. Nichts, was ich sage." Ich rase. Ich merke es und nehme den Fuß vom Gas.

„Ich habe eigentlich keine Geheimnisse wie du." Sie sieht wieder aus dem Fenster. „Ich bin nach Las Vegas gekommen, um Showgirl zu werden, bin als Kellnerin geendet. Ich wollte auf keine Castingcouch, also bekam ich auch keine Auftritte. Toby hat mich aufgesammelt, als ich unten und verzweifelt war."

Mann, je mehr sie von ihm spricht, desto froher bin ich, ihn erschossen zu haben. „Das tun Räuber. Das haben sie mit mir gemacht. Andere Umstände, dieselbe Methode."

Sie beginnt beinahe stumm zu lachen, leises Husten und Kichern bricht die Stille zwischen uns. Natürlich sind ihre Augen wieder feucht, als ich zu ihr herübersehe. „Es ist irgendwie verkorkst, das gemeinsam zu haben."

„Ja. Aber vielleicht bedeutet es, dass wir einander weniger verurteilen werden." Das hoffe ich. Was weiß ich, vielleicht kommen wir nach Kalifornien und sie verschwindet mit ihrem Baby, bevor wir unsere Pläne durchziehen können. Aber ich sage mir immer wieder *so weit, so gut* und hoffe, dass ich recht habe.

„Ich habe nicht versucht, dich zu verurteilen. Nur der … Job, und den verlässt du bereits." Sie zuckt zusammen, als es irgendwo hinter uns blitzt.

Vielleicht wäre es besser gewesen, wenn ich in Baja bei Jamie und seiner Familie geblieben wäre. Einfach nie zurückgekommen wäre; das Risiko nicht eingegangen wäre. Letztendlich war diese halbe Million aber nötig, um meinen Fluchtplan zu vervollständigen.

Ansonsten wäre ich für sehr lange Zeit Jamies Gast gewesen.

„Ja, tue ich. Ich gehe vorzeitig in den Ruhestand. Die Cohens können mich am Arsch lecken." Ich sage es genauso ruhig wie alles andere und sie unterdrückt ein Lachen.

„So lange sie uns dabei nicht erwischen." Sie schlingt ihre Arme um sich und zittert in dem warmen Auto. „Wenigstens gibt es nichts in Vegas, bei dem ich ein Problem habe, es zurückzulassen."

„Nichts, hm?"

Sie sieht zu ihrer Tochter und lächelt. „Das Kostbarste für mich habe ich bereits bei mir."

Danach nickt sie neben mir für eine Weile weg, erschöpft durch die späte Stunde und all das Drama. Ich bin auch ziemlich müde, also halte ich kurz für ein wenig Koffein an. Ich verbrenne mir innerhalb der nächsten halben Stunde den Mund an Tankstellenkaffee, bis sich der Nebel in meinem Kopf zu lichten beginnt.

Mein Wegwerfhandy vibriert eine halbe Stunde später. Zuerst ignoriere ich es. Lasse sie denken, ich würde in meinem Haus in Las Vegas schlafen. Mit all den Klamotten und Annehmlichkeiten, die ich jetzt zurücklassen muss.

Ich habe nicht erwartet, alles so hinter mir zu lassen, nicht so schnell. Ich habe viel des leichteren Zeugs bereits zuvor verschickt, in Erwartung meiner Flucht—aber nicht alles. Da sind vielleicht Fünfzigtausend in Trainingsausrüstung, Elektronik und Sport-Sammlerstücke in diesem Haus, von denen ich mir wünsche, ich hätte sie mitnehmen können, aber sie können ersetzt werden.

Mein Leben kann nicht ersetzt werden. Ophelia und ihre Tochter — ihre Leben können auch nicht ersetzt werden.

Aber das Handy klingelt weiter.

Schließlich gebe ich auf und halte bei der nächsten Gelegenheit an, um nachzusehen. Keine Nachrichten hinterlassen — nur die Nummer meines Auftraggebers. Fünfmal. Ich steige aus dem Auto aus, lehne mich an die Motorhaube und rufe Jacob zurück.

„Das hat eine Weile gedauert", beschwert er sich, als er abnimmt.

„Manche Menschen schlafen. Was ist los?" Ich schalte das Handy stumm, als ich sehe, wie ein Sattelschlepper auf uns zukommt. Er fährt in einer Staubwolke an uns vorbei und ich muss angestrengt seiner Antwort lauschen.

„Unerledigtes. Die Frau und das Kind sind nicht im Haus. Sieht aus, als hätten sie ein paar Dinge mitgenommen, einschließlich Koffer."

Ich verziehe das Gesicht und lehne mich zurück, wobei ich in den wolkenbehangenen Himmel sehe, der im Osten Anzeichen von Blitzen zeigt. Ich bin nicht gut darin, mir Dinge auszudenken, also verändere ich die Geschichte stattdessen so weit, wie ich es wage.

„Als ich dort ankam, gab es irgendeinen häuslichen Zwischenfall. Ich kenne keine Einzelheiten, aber ich weiß, dass die Frau und ihr kleines Mädchen mit zwei Koffern in einem Taxi weggefahren sind."

Eine Pause. Ich spanne mich an und frage mich, ob er das Loch in der Geschichte entdeckt hat, die ich soeben erzählt habe. Aber nach einer Weile murmelt er nur: „Das erklärt ein paar Dinge. Hast du seine Safes geleert?"

„Mann, ich bin nicht einmal ins Haus gegangen. Warum, hat sie bei ihm ausgeräumt?" Es braucht nicht viel, um ein Lachen in meine Stimme zu bringen.

„Zwei große. Blitzblank. Ich bin mir nicht sicher, warum die Zielperson es nicht bemerkt hat. Ging es ihm gut?"

„Betrunken." Die Worte fallen von meinen Lippen wie ein Stein in einen Brunnen, dumpf und endgültig.

Er schnaubt. „Na ja, deshalb konnte er sie nicht aufhalten."

„Ja, das würde ich sagen." Ich unterdrücke ein Gähnen. „Gibt es sonst noch was?"

„Nur das. Wie hast du ihn bei diesem Wetter nach draußen bekommen?" Sein Tonfall ist ruhiger geworden, umgänglicher. Als wären wir plötzlich wieder Kollegen, jetzt wo er weiß, dass ich den Job nicht vermasselt habe.

„Nachdem sie gegangen ist, hat er nicht einmal fünf Minuten gebraucht, um seine Pornos anzumachen. Dann habe ich seine Satellitenschüssel sabotiert, damit er rauskommt, um danach zu sehen." Dafür haben sie vermutlich Beweise gefunden.

Ich weiß seit einer Weile, dass die Cohens einen Reiniger schicken, sobald die Tötung erledigt ist, um alle Beweise zu vernichten. Ich wusste allerdings nicht, dass der Reiniger auch mich kontrollieren würde.

Vielleicht hätte ich das tun sollen. Oder vielleicht vermuten sie etwas und haben mich noch nie zuvor so kontrolliert. Ich kann es nicht wissen und der Gedanke lässt meinen Blutdruck in die Höhe schießen.

Sein Lachen klingt plötzlich falsch für mich. „Clever."

„Ich habe meine Momente. Wie auch immer, ich werde erst mal trocken nach dem Wetter. Hast du noch etwas, das nicht warten kann?"

Wie viel wissen sie? Wie genau haben sie kontrolliert?

Sind sie mir zum Haus gefolgt?

Folgen sie mir jetzt?

Nein, es ist ausgeschlossen. Ich habe mich umgezogen, das Auto gewechselt, bin von Ort zu Ort gefahren, bevor ich zurück bin, um die Mädchen zu holen … Moment. Haben sie das Haus überwacht? Haben sie gesehen, wie ich sie abgeholt habe?

Mein Herz beginnt schnell und stark zu schlagen, aber seine Stimme ist ruhiger denn je, als er antwortet.

„Nichts Dringendes. Der Boss will dich allerdings morgen sehen. Punkt fünfzehn Uhr im Royale. Sitzungssaal, wie üblich." Jetzt ist er wieder geschäftlich.

„Oh. Okay, ich werde da sein." Das gibt mir einen Vorsprung von weniger als zwölf Stunden, bis sie nach mir suchen—falls überhaupt. *Scheiße. Scheiße. Scheiße.*

Er legt auf und ich lehne mich noch eine Weile an das Auto, bis ich meinen Herzschlag unter Kontrolle bekomme. Ophelia ist bereits gestresst genug. Ich werde ihr nicht sagen, was ich herausgefunden habe. Es ist mein Problem.

Aber wir setzen uns besser in Bewegung.

Ich steige zurück ins Auto ein, sehe nach meinen schlafenden Fahrgästen und starte dann den Motor, bevor ich so schnell fahre, wie ich kann, ohne Aufmerksamkeit zu erregen.

KAPITEL 6

Ophelia

Ich schlafe in Nevada ein und wache in San Diego auf, als der Morgen bereits graut. Ich blinzle im grauen Licht und strecke mich so gut, wie es unter dem Anschnallgurt möglich ist.

„Wir sind da", sagt Brian fröhlich, während er sich durch den bereits starken Verkehr kämpft. „Wie geht es dir?"

Ich gehe gedanklich alles schnell durch. Der heiße Fremde neben mir hat gestern Nacht meinen Mann getötet und wir sind mit Tobys Geld geflohen. Ich bin mitschuldig, ich habe ihm geholfen.

Aber es nicht so, als hätte Toby mir nicht jeden Grund gegeben. Einschließlich mich zu bedrohen, weil seine verdammten Pornokanäle nicht funktioniert haben. Ich kann ihm für nichts vergeben.

Kann ich mir selbst vergeben? Werden die Cohens mich in Ruhe lassen?

Ich sehe auf die Rückbank. Molly gähnt und blinzelt mich mit schweren Lidern an. „Können wir Kakao trinken?", fragt sie mit ihrer flötenden Stimme völlig ruhig.

„Sobald wir angekommen sind." Ich lächle erleichtert, als ich Brian wieder ansehe. „Es geht mir gut."

„Okay, das ist gut. Ich bringe euch in das Zimmer und gehe dann Essen holen." Sein Lächeln ist im Sonnenlicht noch umwerfender. Ich verschränke die Finger in meinem Schoß, als mich eine weitere peinliche Welle des Verlangens überkommt.

Dieser Mann hat meinen Ehemann umgebracht und hat mich mit auf seine Flucht vor der Mafia genommen. Jetzt will ich ihn vögeln. Was für eine Frau bin ich geworden?

Verzweifelt. Eine verzweifelte Frau, die sich beschützt, ihr Kind beschützt. Die Tatsache, dass Brian meinen Körper mit nur einem Lächeln zum Kribbeln bringt, ist irrelevant.

„Vergiss nicht den Kakao!", beharrt Molly.

„Werde ich nicht. Versprochen. Es wird nur eine Weile dauern, weil ich mir die Haare schneiden lassen muss." Brian kämpft zum dritten Mal gegen ein Grinsen an, während er mit Molly spricht. Es ist seltsam, es zu sehen. Hier ist ein Mann, der ohne zu zögern den Abzug drücken kann, solange es kein Unschuldiger ist, und hier ist er … hier ist er und kümmert sich um mein Kind.

Vielleicht mag Brian einfach Kinder. Aber es gibt so viele Unterschiede zwischen seinem Verhalten mit Molly und der Art, wie Toby mit ihr umgegangen ist, dass ich nicht umhin kann, darüber nachzudenken, als wir auf den Hotelparkplatz fahren.

Hat Toby unsere Tochter wirklich gut behandelt? Oder hat er ihr nur Dinge gekauft und sie ignoriert, und verglichen mit dem, was ich durchgemacht habe, erschien es mir als gute Behandlung? Und was tut dieser Mann im Vergleich?

Ist es möglich, dass ein Mörder so freundlich ist? Oder ist es eine Farce, damit ich ihm vertraue? Die Frage taucht immer wieder auf und ich weiß immer noch nicht, wie ich sie beantworten soll.

Aber Gott, ich bin froh, jetzt eine Staatsgrenze zwischen den Cohens und uns zu haben. Ich bin so darauf erpicht, all dieses Chaos hinter mir zu lassen, dass ich nicht einmal frage, was Brian mit Tobys Leiche gemacht hat.

Kein Regen hier. Alles ist trocken und ein wenig versmogt, der frühe Morgenhimmel ist am Rand leicht gelblich. Als ich aussteige und mich strecke, knacken meine Schultern und ich spüre die Prellung auf meinem Wangenknochen, während ich gähne.

Der Schmerz der Prellung führt zur Erinnerung an Tobys Faust, und die Erinnerung an Tobys Faust bringt mich zurück auf den verregneten Rasen und wie meine Ohren nach dem Schuss geklingelt haben und wie ich mich zum Lächeln gezwungen habe, als Toby mich mit sterbenden Augen angestarrt hat.

Bin ich ein schrecklicher Mensch?

Plötzlich treten mir Tränen in die Augen. Es ist mir egal. Vielleicht bin ich das, aber wenn das nötig ist, damit Molly und ich frei sind, dann werde ich das sein. Ich werde so wild und schrecklich sein, wie ich sein muss — einschließlich zu Brian, wenn es dazu kommen sollte.

Aber für den Moment kann ich nur daran denken, mich mit meinem kleinen Mädchen in einem richtigen Bett auszuruhen.

Ich wische mir über die Augen, bevor ich ihr aus dem Auto helfe. Sie blinzelt mich müde an. Ich sehe Sorge in ihrem Gesicht und schenke ihr ein strahlendes Lächeln. „Komm schon, Süße, wir gehen in ein Hotelzimmer, damit wir uns besser ausruhen können."

„Okay." Sie nimmt ihr Kissen und ihren lilafarbenen Teddy, dann springt sie hinaus, als ich die Tür öffne, und gähnt erneut. „Ich will trotzdem aufbleiben."

„Das ist in Ordnung, aber lass uns duschen und frische Sachen anziehen." Ich nehme das Kissen und ihre Hand, skeptisch wegen des geschäftigen Parkplatzes.

„Nehmt auch all die Stofftiere. Ich tausche nachher die Autos." Brian öffnet bereits den Kofferraum.

„Klar." Ich bin fasziniert, wie Brian so konzentriert bleiben kann, nachdem er die ganze Nacht auf war. Soldaten gewöhnen sich an solche Zeiten — und Auftragskiller müssen irgendwie ähnlich sein — aber als meine Knie zittern und mein Kopf durch meinen unterbrochenen Schlaf pulsiert, bin ich von seiner Kontrolle beeindruckt. „Lass mich nur Molly reinbringen."

Brian trägt mühelos beide Koffer, während er uns die Treppe

hinauf in unsere Suite führt. „Klar. Was hättest du gern zum Frühstück? Sind Bagels in Ordnung?"

„Klingt, äh, gut." Ich sehe ihm in die Augen, und jedes Mal ist es so, als würde ich in die Sonne starren. Es wärmt mir das Gesicht und blendet mich und ich muss schnell wegsehen.

Ich glaube nicht, dass ich mir in der Nähe dieses Mannes trauen kann.

Er hat uns eine Zwei-Zimmer-Suite besorgt. Die Hoteleinrichtung in San Diego erinnert mich an Florida: Pastell, seltsam gemischt mit Erdtönen, bogenförmige Eingänge und Deckenventilatoren in jedem Raum. Die Suite riecht leicht nach Lufterfrischer und Cannabis, aber nicht nach Insektenspray, Schimmel oder Dreck.

„Nimm das Zimmer hinten. Ich will der Tür am nächsten sein, für den Fall, dass es Schwierigkeiten gibt." Er sagt es ruhig und leise, aber mir läuft ein Schauer den Rücken hinunter.

„Ich dachte, du hättest gesagt, wir wären hier sicher?", frage ich mit gesenkter Stimme. Molly klettert bereits in das Bett im hinteren Zimmer, die Augen vor Schläfrigkeit fast geschlossen, ihr Wunsch nach Kakao vergessen.

Seine Hand legt sich auf meine Schulter, ich drehe ich mich um und versuche die Wärme zu ignorieren, die in meine Haut eindringt. „Wir sind hier wesentlich sicherer als in Vegas. Aber die Cohens sind nicht dumm, und San Diego hat seine eigenen Probleme."

Mein Mund ist trocken. Ich schlucke schwer und nicke. „Ich … helfe jetzt, die Stofftiere reinzuholen." Es bringt nichts, sich darüber zu beschweren, große Städte sind nicht sicher. Miami war es nicht, Las Vegas war es nicht. Warum sollte San Diego anders sein?

Als wir die letzten Stofftiere auf das Bett bringen, wo sie Molly umgeben, und Brian los ist, um sich um seine Besorgungen zu kümmern, schließe ich die Tür hinter ihm ab. Ich hake die Türkette ein und schiebe dann einen Stuhl unter die Tür, bevor ich nach Molly sehe und unter die Dusche gehe.

Ich bin geübt darin, unter der Dusche zu weinen, wo ich nicht gesehen und wegen das Wassers vermutlich nicht gehört werde. Diesmal allerdings, als ich die verglaste Kabine betrete, fließen die

Tränen nicht. Vielleicht bin ich ausgeweint. Ich habe in den letzten Tagen viel geweint.

Oder vielleicht liegt es daran, dass die Quelle meiner Tränen tot ist, sein vertrocknetes kleines Herz verteilt auf seinem Rasen. Toby... du Mistkerl, du hättest einen langsameren Tod verdient. Aber selbst dieser Gedanke lässt meine Augen nur leicht brennen.

Ich kann nicht wegen ihm weinen. Ich habe keinen Grund mehr, für mich oder Molly zu weinen, seit er tot ist. Also fließen keine Tränen. Aber meine Gedanken drehen sich immer noch.

Ich habe nicht all das Geld gezählt, das ich mit meinen Klamotten und Büchern eingepackt habe. Ich realisiere, dass ich das tun sollte — und definitiv, bevor Brian zurückkommt. Aber als ich aus dem Bade-zimmer komme und meinen Koffer öffne, sind meine Lider schwer und ich gähne fast die ganze Zeit.

Ich starre all diese Geldbündel an, dann seufze ich und nehme das Spitzen-Nachthemd vom Klamottenstapel und ziehe es an. Ich werde es später zählen. Jeder Stapel enthält zehntausend Dollar und davon gibt es mindestens vierzig Stück, also komme ich damit eine gute Zeitlang klar.

Ich lege mich neben meine Tochter unter die Decke und vergrabe meine Nase in ihrem Haar. Sie wimmert leise und dreht sich dann um, um ihren Kopf unter mein Kinn zu schieben. „Es ist in Ordnung, Süße. Wir sind jetzt frei."

„Okay", ertönt die halbwache Antwort leise an meinem Hals. „Ver-giss nur nicht meinen Kakao."

Ich lächle in ihr Haar. Ich weiß nicht mit Sicherheit, ob es ihr gutgehen wird. Sie war die ganze Nacht merkwürdig ruhig bezüglich Toby. Kein „Wo ist Daddy?" oder „Wann gehen wir nach Hause?" ... nichts dergleichen.

Ich dachte, sie hinge ziemlich an ihm. Sie hat mich immer gefragt, wann Daddy nach Hause kommt, wenn er weg war. *Was geht in deinem Kopf vor sich, Liebling?*

Aber ich kann kaum herausfinden, was in meinem vor sich geht. Vertraue ich Brian? Folge ich meinem Verlangen nach ihm und bekomme den Geschmack von Toby endgültig aus meinem Mund?

Was tue ich jetzt mit all dem Geld und der Mafia, die möglicherweise hinter mir her ist — und sicherlich hinter Brian?

Als ich in den Schlaf gleite, erinnere ich mich wieder an den Moment, in dem Toby auf mich losging und dieser Mann, dieser Mörder, diese völlig Fremde sich zwischen mich und Toby gestellt und eine Waffe auf ihn gerichtet hat. Die Waffe war Teil seines Jobs. Aber mich vor meinem eigenen Mann abzuschirmen?

Das war eine persönliche Entscheidung. Die Entscheidung, einzugreifen, auf eine Art, die ich mir jahrelang von jemandem gewünscht habe. Und deshalb bekomme ich ihn nicht aus dem Kopf.

Wer bist du wirklich, Brian? Und warum kümmerst du dich so sehr um eine völlig Fremde?

UNTERBRECHUNG

Carolyn

„Sie waren das, nicht?"

Daniels ist nicht nur betrunken, er ist sturzbesoffen. Er ruft mich um sieben Uhr morgens an, um mich anzuschreien. Er lallt und seine Stimme bricht immer wieder, zusätzlich ist im Hintergrund zu hören, wie die Absätze von Frauenschuhen aggressiv auf dem Holzboden auf und ab gehen.

„Es tut mir leid, Sir, wovon sprechen Sie? Ich bin in Las Vegas und arbeite am Stone-Fall." Ich weiß genau, wovon er spricht. Das harte Zuschlagen eines Koffers im Hintergrund bestätigt es.

Seine Frau geht. Genau jetzt. Prometheus hat genau das getan, was ich erwartet hatte, das er tun würde, und jetzt wird Mrs. Daniels wieder ihren Mädchennahmen annehmen — zusammen mit der Hälfte von allem, was Daniels besitzt.

Und ich bin diejenige, die Prometheus wie einen Hund auf ihn gehetzt hat.

„Sie wissen es — Sie wissen es verdammt nochmal bereits! Ist das Ihre Rache dafür, dass ich Sie im Winter die Küste hochgeschickt habe?" Seine Stimme bricht erneut, wie die eines hysterischen Teenagers.

„Sir, nein. Das tue ich wirklich nicht. Wenn Sie mich etwas beschuldigen wollen, würde ich gerne wissen, um was es geht." Meine Stimme ruhig und gleichmäßig zu halten, wenn ich erschöpft, seinen Mist leid — und irgendwie schuldig — bin, braucht all meine Konzentration.

„Sie haben mich bei meiner Frau verraten! Sie haben diese E-Mail mit all den Anhängen geschickt!" Er klingt beinahe, als würde er gleich weinen.

„Sir, ich habe keine E-Mails geschickt. Ich habe nicht einmal Ihre persönliche E-Mail-Adresse, geschweige denn ihre." Er verdient nicht das Wissen, dass ich es war … mit der Hilfe eines nachtragenden Hackers. „Das Einzige, was ich letzte Nacht verschickt habe, war das vorläufige Update unserer Akte über Brian Stone. An Ihre *Arbeits*adresse."

Er wird sehr still. Ich kann hören, wie er vor Wut nach Luft schnappt, als seine Frau in zänkischem Tonfall etwas zu ihm sagt, das ich nicht ausmachen kann. „Ich verstehe."

„Tun Sie das, Sir? Denn ich versuche immer noch zu sortieren, warum Sie mich angerufen haben." Ich entspanne mich leicht, als ich erkenne, dass er wirklich keinen blassen Schimmer hat, wer ihn bei seiner Frau verpfiffen hat. Ich weiß nicht, ob er seine überlaute Beschuldigung an jede Frau beim FBI richten wird, die er sexuell belästigt hat … aber es ist ein guter Tipp.

„Ich verstehe. Sie verfolgen nur eine … Spur. Ich gebe Ihnen nachher weitere Einzelheiten. Machen Sie weiter." Und er legt so schnell auf, dass ich mein Handy überrascht anstarre.

Ich lasse es auf das Kissen neben meinem fallen und drehe mich mit einem Seufzen um, bevor ich durch das Fenster in das graue Licht starre, das durch die Wolkenschicht hindurchkommt. Es ist ein weiterer warmer, regnerischer Februarmorgen. Ich habe einen Geschenkkarton von Prometheus auf dem Tisch und vermutlich entscheidende Informationen in meinem Postfach, die auf mich warten, und Daniels Frau verlässt ihn wegen seiner dauerhaften Versuche, ihr fremdzugehen.

Abgesehen von dem Schlafmangel und dem Nichtwissen, wo zur Hölle meine Karriere hinführt, scheint es ein verdammt guter Tag zu werden.

Ich sehe erneut herüber zu dem Karton von Prometheus und frage mich, womit er sich die Mühe gemacht hat, es mir zu schicken. Mit Prometheus zu arbeiten ist, als hätte man einen wohlwollenden Stalker: Er macht mich nervös, ist aber voller angenehmer Überraschungen. Ich frage mich, ob er einfach nicht weiß, wie man normal auf Leute zugeht — oder ob er sich zu sehr davor in Acht nimmt, dass ihm seine Privatsphäre oder Freiheit genommen wird, um das zu tun.

Was um alles in der Welt schickt ein Kerl wie er als Geschenk?

Ich stehe auf und ziehe unbewusst an meinem Nachthemd, obwohl ich allein bin. Ich weiß, dass Prometheus genauso wenig im Raum ist wie Daniels, und doch dusche ich und ziehe mich an, bevor ich überhaupt auf den Karton zugehe. Ich werde es leid, nie zu wissen, wo ich mit den Männern in meinem Leben stehe, ungeachtet der Beziehung.

Nicht, dass ich viel über die Art Beziehung weiß, die Daniels haben wollte. Einer der Gründe, aus denen ich nie mit einem Mann geschlafen habe, ist, dass so viele von ihnen mehr oder weniger wie er zu sein scheinen. Mir ist nicht danach, ausgenutzt zu werden oder zu spät herauszufinden, dass es eine Ehefrau gibt. Ich habe einmal einen Schritt in diese Richtung gemacht und werde das nicht erneut tun.

Ich untersuche den Karton. Er sieht wie eine stinknormale Postzustellung aus, nichts neu verklebt, keine Flecken, keine merkwürdigen Gerüche. Ich starre ihn noch kurz an, dann hole ich mein Schnappmesser aus meiner Tasche und schneide den Karton auf.

Darin finde ich drei Dinge: einen unbeschrifteten, hochtechnologisch aussehenden Laptop, ein dazu passendes Handy in einer beinahe gepanzert aussehenden Hülle und eine Notiz. Ich kenne die Handschrift; er hat mir in Massachusetts eine ähnliche Nachricht zukommen lassen.

Liebe Carolyn,

ich weiß, dass Sie es merkwürdig finden müssen, dass ich mich dazu entschlossen habe, über Sie zu wachen. Jedoch kann ich Ihnen nur versichern, dass ich es nicht böse meine — tatsächlich das genaue Gegenteil, und ich beabsichtige, das weiter zu beweisen, bis Sie mir glauben.

Die Geräte sind erheblich sicherer als die Ihnen vom FBI zur Verfügung gestellten und sollten wesentlich effizienter agieren. Sie zu benutzen wird uns eine bessere Verbindung schaffen und wird mir erlauben, Ihnen direkter zu helfen.

Natürlich liegt es an Ihnen, ob Sie sie benutzen oder nicht, aber ich bitte Sie darum, sie nicht loszuwerden, auch nicht durch Verkauf. Es sind Prototypen und nicht für die Benutzung durch die Allgemeinheit gedacht.

Ich öffne das Laptop zögerlich. Es ist klobig, sieht robuster aus als die förmlich biegbaren Modelle, die in letzter Zeit immer beliebter geworden sind. Es schaltet sich stumm ein, ohne irgendwelche Logos von Computermarken oder Betriebssystemen zu zeigen und zeigt so schnell einen Desktopbildschirm, dass ich für einen Moment denke, es sei eine Panne.

Der Bildschirm ist auf ein Minimum reduziert, mit einer Programmliste, die hauptsächlich aus Freeware und ein paar Ordnern zu bestehen scheint. Ich öffne das E-Mail-Programm und verbinde mich mit dem Netzwerk des Motels. Die Geschwindigkeit dieses Computers schlägt mein Laptop bereits um Längen.

Ich kontrolliere das System gründlich und finde neben der merkwürdigen Geschwindigkeit und dem völligen Mangel an Markennennung nichts Seltsames vor, dann kontrolliere ich meine E-Mails darauf. Eine Nachricht von Prometheus wartet auf mich.

Brian Stones Zielperson war Tobias Whitman, ein Buchhalter der Cohens, der erheblicher und offensichtlicher Unterschlagung schuldig war. Er und seine Familie werden der Polizei innerhalb der nächsten Tage als verschwunden gemeldet werden.

Tobias ist tot. Seine Frau und Tochter sind bei Stone, momentan auf dem Weg nach San Diego.

Er ist wieder unterwegs nach Baja California. Aber warum nimmt er die Frau und das Mädchen mit? Geißeln? Ich lese weiter und mein verwirrtes Stirnrunzeln vertieft sich dabei.

Leider haben mir meine Quellen bei den Cohens angedeutet, dass Brian bereits wegen der gezwungenen Art seiner Einstellung, seiner Verweigerung, Unschuldige zu töten und seines kürzlichen sehr langen Urlaubs unter Verdacht steht. Deshalb bin ich mir fast sicher, dass er von einem von den Cohens angeheuerten Auftragskiller verfolgt wird, der sich seiner Lieblings-urlaubsplätze sehr bewusst ist. Der Auftragskiller wird auch die Frau und das Mädchen ins Visier nehmen, da sie Zeugen sind.

Baja California ist natürlich weit außerhalb Ihres Zuständigkeitsbe-reichs. Allerdings sind zwei unschuldige amerikanische Bürger in Gefahr — und der Auftragskiller, der ihnen nachgeschickt wurde, wird danach wieder in die Staaten zurückkehren wollen, ungeachtet dessen, ob er oder sie erfolg-reich ist.

Die unten genannte Adresse ist der Ferienort, an dem Stone unter einem Decknamen bleiben wird. Wenn ich die Identität des Auftragskillers bestimme, werde ich Ihnen diese Information so schnell wie möglich zukommen lassen. Ihr genauer Aufenthaltsort in San Diego kann nicht bestimmt werden, aber Sie können sie vielleicht an der Grenze erwischen.

Viel Glück. Wenn der Auftragskiller, der hinter Stone her ist, der ist, für den ich ihn halte, dann werden Sie es brauchen.

San Diego. Wenigstens ist es ein kürzerer Flug an einen warmen Ort. Ich kann nur hoffen, dass der Kerl, der für Daniels einspringt, dem Ortswechsel zustimmen wird, bevor Stone völlig verschwindet.

KAPITEL 7

Brian

Zum ersten Mal seit langer Zeit wünschte ich, ich könnte mich
Jamie gegenüber öffnen und ihn wissen lassen, wovor genau ich
in den Staaten flüchte. Es besteht keine Chance, dass das passiert …
aber ich könnte bei meinem momentanen Vorgehen wirklich eine
zweite Meinung brauchen. Besonders die Tatsache, dass ich nicht
allein vor den Cohens fliehe.

Ich habe immer nach meinem Instinkt gelebt, und der hat mir
gesagt, ich solle Ophelia und Molly mitnehmen, damit die Cohens
nicht herausfinden, was sie wissen und sie dann umbringen, damit
nichts an die Polizei gerät. Das ist bei ihnen Standardprozedur und
ich weiß es verdammt gut. Es schien eine gute Idee zu sein, sie mitzunehmen, und eindeutig das Richtige, aber jetzt …

Jetzt werden die Dinge ziemlich kompliziert. Ich habe eine traumatisierte Misshandlungsüberlebende und ihr rätselhaftes, seltsam
belastbares Kind, um die ich mich kümmern muss, und um es noch
schlimmer zu machen, kann ich nicht aufhören, an Ophelia zu
denken.

Was ich am meisten daran hasse, das Leben auf der kriminellen Seite zu leben, ist zu sehen, wie unschuldige Menschen verletzt werden. Egal, wie ‚opferlos‘ das Verbrechen ist, ob Drogen oder Glücksspiel oder legale Bordelle, hinter den Kulissen wird immer jemand verletzt. Ich muss das viel zu oft sehen und so tun, als würde es mich nicht quälen.

Dazwischenzugehen, als meine Zielperson Ophelia bedroht hat, war Instinkt. Fünf Stunden auf der Straße damit zu verbringen, immer wieder allein vom Geruch ihres Parfüms einen Ständer zu bekommen, ist … ein wesentlich weniger praktischer oder logischer Instinkt. So lustig es auch war, mit ihr zu flirten, um die Anspannung zu lösen, meine Anziehung zu ihr beeinflusst mein Urteilsvermögen.

„In Ordnung, Mr. Smith, Sie sind fertig“, sagt der Friseur fröhlich. Ich öffne die Augen, um den bunten Salon zu betrachten, dann wende ich mich dem Spiegel zu, um mich mit neuer Frisur anzusehen, wobei meine Augenbrauen in die Höhe gehen.

Es ist genau dasselbe Kastanienbraun wie Mollys Haar. Ich habe Extensions gewählt, um die Länge zu ändern, sodass es nicht so hochsteht. Ich musste dem dünnen, kaum erwachsenen Friseur ausreden, mir die Seiten zu rasieren — zweimal. Ich bin diese modischen Hipster-Haarschnitte leid, die Kerle aussehen lassen, als wären ihre Schädel einen Meter lang.

„Das genügt, danke.“ Ich lege auf dem Weg nach draußen einen Zwanziger als Trinkgeld auf die Theke, wobei ich mir gedankenverloren andere Kunden ansehe. Der Bürgersteig ist voller Leute in Shorts und Sommerkleidern, die mitten im Winter Bräune zur Schau stellen. Es ist nicht einmal eine dünne Jacke zu sehen. Wir sind zurück im Land der Sonne — nicht so weit im Südwesten, wie ich es gerade gerne wäre, aber nah dran.

Ich habe seit heute Morgen in aller Frühe keine weiteren Nachrichten mehr von den Cohens bekommen. Ich hoffe, dass niemand neugierig geworden ist und bei meinem Haus vorbeigeschaut hat. Ich brauche nur einen Vorsprung von ein oder zwei Tagen, um über die Grenze zu kommen. Ich bezweifle stark, dass die Cohens mir jemanden nach Mexiko hinterherschicken werden. Immerhin sind die

Kartelle noch weniger freundlich zu ihnen als rivalisierende Mafiafamilien.

Als ich zurück ins Hotel komme, habe ich neue Klamotten, gefärbtes Haar, einen Termin, um mir am Abend ein Auto zum Barkauf anzusehen und einen Kontakt in der Gegend, der für uns drei an falschen Papieren arbeitet. Für letzteres habe ich einen Arsch voll Geld bezahlt, aber das war es wert. Das Letzte, was wir brauchen, ist, an der Grenze aufgehalten zu werden.

Als ich mit meinen Taschen hereinkomme, ist die Tür zum Schlafzimmer geschlossen. Ein Rascheln und ein Seufzen ist zu hören, dann das dumpfe Geräusch von Ophelias Füßen auf dem Boden, als sie aufsteht. Ich höre ein kratzendes Geräusch, als würden Möbel über den Teppich gezogen. Die Tür öffnet sich und Ophelia späht heraus — dann blinzelt sie mich überrascht an.

Ich lächle sie an. „Was denkst du? Ich habe nicht zugelassen, dass sie mir einen Fade Cut schneiden."

„Die sehen mit glattem Haar sowieso seltsam aus. Sieht gut aus. Aber irgendwie ironisch. Wir haben die Haarfarben getauscht." Sie berührt abwesend ihre blonden Locken.

„Du bist keine Naturblondine?" Ich bin nicht enttäuscht, nur überrascht.

„Ich bin eine Vegas-Blondine, Herzchen. Show-Runner stellen keine Brünetten ein. Und Toby ist wütend geworden, wenn ich auch nur den Ansatz habe herauswachsen lassen." In ihren Augen flackert trauriger Frust auf. „Ich habe darüber nachgedacht, es jetzt wieder zu färben."

„Vielleicht eine gute Idee. Sie werden immerhin nach zwei Blonden suchen, wenn irgendjemand hinter uns her ist." Und je mehr wir sie von unserer Spur ablenken können, desto besser.

Sie trägt ein knielanges, ärmelloses Nachthemd. Es legt sich um ihre Oberschenkel, als sie auf mich zugeht. Ich muss meinen Blick abwenden, sodass er nicht an ihren Kurven hängenbleibt.

„Ich muss dich etwas Wichtiges fragen", sagt sie über mein plötzlich hämmerndes Herz.

„Schieß los." Ich setze mich auf die Bettkante und beginne die

Shirts, Unterwäsche und Jeans durchzugehen, die ich gekauft habe, um die Schilder abzumachen und sie für meinen Koffer zu falten. Ich habe genug davon, billige Anzüge zu tragen, wenn ich keine Tarnung trage.

„Wie ... lange werden Molly und ich untertauchen müssen?" Die Sorge in ihrer Stimme grenzt an wirkliche Angst. „Bevor sie nicht mehr hinter uns her sind?"

„Wahrscheinlich nicht lange. Einen Monat, vielleicht zwei, bevor sie annehmen, dass du vor deinem Mann und nicht ihnen weggelaufen bist und entscheiden, dass du keine Bedrohung bist. Danach ... hast du irgendetwas, für das es sich lohnt, nach Vegas zurückzukehren? Denn das ist nicht die beste Idee für dich." Ich hole Socken aus einer Verpackung und nehme die Paare zusammen.

„Nur eine Freundin. Aber sie denkt bereits, ich hätte die Stadt verlassen, um in ein Frauenhaus zu gehen." Sie lächelt, aber ihre Finger sind in ihrem Schoß verschränkt, als würde sie beten.

Ich nicke ... spanne mich aber innerlich an. „Hast du ihr gesagt, wo du hingehst?", frage ich schnell.

„Ich habe gesagt, ich ,verlasse die Stadt mit Molly und einem Freund'. Nicht mehr als das." Sie zieht die Augenbrauen zusammen und wird ein wenig blass. „War das schlimm?"

„Vermutlich nicht." Aber eine Sorge wird nur stärker, während ich darüber nachdenke. Theoretisch bestätigt das, was ich den Cohens erzählt habe ... aber was, wenn sie tatsächlich die örtlichen Frauenhäuser kontrollieren?

Mühsam. Riskant. Das Timing muss ihnen verdächtig vorkommen.

Sie zieht einen der Stühle herüber, um sich zu setzen, während wir reden.

„Geht es dir gut?" Das frage ich immer wieder. Aber es scheint ihr nicht gutzugehen—sie scheint nur gut darin zu sein, Dinge zu ertragen.

„Besser als zuvor." Sie setzt sich und verschränkt die Beine. Ich versuche zu ignorieren, wie die Spitze an einem Oberschenkel nach oben rutscht. „Ich habe die Tür blockiert, während du weg warst, habe dann aber realisiert, dass ich nicht wach sein würde, um sie für dich zu öffnen. Stattdessen habe ich die Schlafzimmertür blockiert."

„Blockierst du normalerweise die Tür, wenn du schlafen gehst?", frage ich leise und halte das letzte Paar Socken, ohne dem Zusammenfalten Aufmerksamkeit zu schenken.

„Wenn ich mich sicher fühlen will und nicht dazu gezwungen bin, neben der Quelle des Problems zu schlafen, dann tue ich das, ja. Und ich kenne diese Stadt nicht." Sie wendet nervös den blick ab.

„Du kennst mich auch nicht wirklich. Es ist okay. Wie geht's der Kleinen?" Ich starre erneut ihren glatten Oberschenkel an. Ich kehre wieder zum Sortieren meiner Socken zurück und versuche mich abzulenken.

„Sie hat fürchterlich viel geschlafen. Friedlich. Das ist ... ungewöhnlich für sie. Es gibt mir zu denken." Sie scheint meinen umherstreifenden Blick nicht zu bemerken. Vielleicht ist sie zu müde.

„Hat sie normalerweise einen leichten Schlaf?" *Sie hat auch gemerkt, dass etwas komisch ist. Gut.*

„Wenn ich nicht bei ihr bin, dann wacht sie normalerweise nachts mindestens dreimal auf." Ophelia sieht zurück zur geschlossenen Schlafzimmertür. „Es hat vor ungefähr einem Jahr angefangen."

Und dann bringe ich ihren Vater um und nehme sie und ihre Mutter mit, und plötzlich schläft sie, als würde sie Versäumtes nachholen. Fühlt sie sich fern von dort sicherer?

„Darf ich dich etwas sehr Persönliches fragen?" Ich hole einen Energydrink aus einer der Einkaufstaschen und biete ihn ihr an, bevor ich einen für mich hole.

„Äh, okay." Sie späht durch ihre Wimpern hindurch zu mir und ich lasse beinahe meine Dose fallen. Sie hat keine Ahnung, wie verdammt sexy sie ist, selbst wenn sie gestresst und nur halbwach ist.

Dieser Mistkerl Toby hatte Gold in den Händen und hat sie wie Müll behandelt. Ich huste in meine Faust. „Ich weiß, dass gewalttätige Kerle nicht gewalttätig anfangen. Sie arbeiten sich irgendwie dorthin, üblicherweise über die Jahre. Wann hat er angefangen, dich regelmäßig zu schlagen?"

Ihr fällt die Kinnlade herunter und die Farbe verlässt ihr Gesicht, weshalb ich meine Frage sofort bereue. „Vor ungefähr einem Jahr", sagt sie mit so leiser Stimme, dass ich es, obwohl ich ihr gegenübersitze, kaum hören kann.

Sie zieht die Verbindung im selben Moment wie ich und ihr treten Tränen in die Augen. „Ich habe so sehr versucht, sie vor dem abzuschirmen, was vor sich ging…"

Oh scheiße. Verdammt, Brian, was hast du getan? Ich strecke eine Hand aus und nehme ihr die Dose ab, bevor sie sie fallen lässt, und nehme sie in meine Hände. „Hey, hey, es tut mir leid. Ich hätte es nicht ansprechen sollen."

Leider sind die Schleusentore bereits geöffnet. Sie vergräbt das Gesicht in den Händen und beginnt zu schluchzen. „Ich bin eine schlechte Mutter! Sie konnte erst schlafen, als wir von ihm weg waren!"

„Kinder sind aufmerksam. Es ist nicht wirklich deine Schuld …" Ich versuche es, aber sie hat ihr Gesicht jetzt auf den Knien und zittert und weint hemmungslos.

Gute Arbeit, sie zu zerbrechen, Blödmann. „Heilige Scheiße. Es tut mir leid. Komm her. Es wird alles wieder gut." Ich nehme sie in die Arme und ziehe sie auf dem Bett auf meinen Schoß. Sie vergräbt ihr nasses Gesicht an meinem Hals und klammert sich schniefend an mich.

Sie riecht so gut. Zitronig und süß, irgendein teures Duschgel, das vermutlich in Glasflaschen mit Metallpumpen verkauft wird. Darunter der warme Duft einer Frau, wodurch ich sie nur umso mehr will.

Ich halte sie und murmle tröstende Worte und bete, dass ich das Richtige tue. Sie scheint sich zu beruhigen. Ich hoffe nur, dass sie nicht bemerkt, was es mit meinem Körper macht, sie so nah bei mir zu haben. Der Schritt meiner Jeans fühlt sich drei Größen zu eng an.

„Es ist okay", sage ich. „Du bist frei, du bist weg von ihm und bald wirst du auch frei von den Cohens sein. Du und deine Tochter seid sicher. Ich werde nicht zulassen, dass euch etwas zustößt."

Ich weiß nicht wirklich, ob ich dieses Versprechen halten kann. Ich konnte es meiner Mutter gegenüber nicht halten. Aber auf der anderen Seite … war ich zu dieser Zeit ungefähr in Mollys Alter.

Die Erinnerung nagt flüchtig an mir. Ich habe Moms Grab in Montana seit Monaten nicht mehr besucht. Ich würde es öfter tun, aber mein alter Herr wohnt immer noch in dieser winzigen Stadt, betrinkt sich und jammert darüber, dass sein Sohn ihn nicht liebt.

Das tue ich nicht. Aber niemand in dieser Stadt, niemand der meine Mutter kannte und weiß, was passiert ist, nimmt mir das übel. Nur er — denn nie ist etwas seine Schuld. Nicht einmal Mord.

Ich halte Ophelia, bis ihre Tränen aufhören und ignoriere die Wellen der Lust, wenn sie sich auf meinem Schoß bewegt. Es dauert eine Weile, aber am Ende hat sie die Arme um mich gelegt und zittert nicht mehr. Ich streiche ihr über das Haar, und als sie schließlich den Kopf hebt, wird sie rot und sieht beschämt aus.

„Es tut mir leid", murmelt sie und ich lege einen Finger auf ihre weichen Lippen.

„Shh. Es ist okay. Du bist okay. Man muss sich nicht dafür schämen, wegen so etwas zu weinen." Ich möchte ihre Lippen mit meinem Finger streicheln, ziehe ihn aber stattdessen weg und tippe ihr sanft auf das Kinn.

Sie lächelt mich schüchtern an und bewegt sich nicht weg. Aber dann fällt ihr Blick und sie schluckt. „Woher ... weißt du so viel? Über das, was Toby getan hat. Über ... all das."

„Meine Mom", sage ich schlicht. Ihre Augen werden groß. Ich nicke und führe es nicht weiter aus. „Du musst verstehen — Kinder werden bemerken, wenn es ein Problem gibt. Selbst kleine Kinder. Sie wissen vielleicht nicht, was los ist, aber sie fühlen es. Ich wusste nicht genau, was mein Dad getan hat, als ich ein kleiner Stöpsel war, aber ich wusste, dass meine Mom Angst vor ihm hatte und immer traurig war. Und ich wusste, dass es seine Schuld war. Aber ich wusste nicht, wie ich danach fragen oder was ich tun sollte."

Ich habe mein ganzes Leben lang niemandem davon erzählt. Mein Magen zieht sich zusammen, aber sie entspannt sich. Es scheint zu helfen, die Dinge aus dem Blickwinkel des Kindes zu sehen — selbst wenn das Kind jetzt ein großer Kerl ist, der töten kann und sie beschützen will.

Dann umarmt sie mich so fest, dass ich für einen Moment erstarre, unsicher darüber, wie ich reagieren soll. „Danke", flüstert sie an meinem Hals — und ich kann es bis in meine Zehen hinein spüren.

„Es ist okay, Süße, wirklich. Er ist weg. Ich war bisher nur einmal froher, einen Mann getötet zu haben — aber es ist wichtiger, dass ich dich und Molly von ihm weggeholt habe, bevor ..." Meine Kehle schnürt sich zu und ich verstumme.

Sie hebt langsam den Kopf, ihre Augen sind hell und sanft, als sie in meine sehen. Ich kann sehen, dass sie versteht. Vielleicht nicht völlig, aber genug, um es zu wissen. Es hat keinen Erwachsenen in der Nähe gegeben, um meiner Mutter zu helfen.

„Also deshalb ...", flüstert sie und sieht zu mir auf, als wäre sie völlig geblendet.

„Ja." Da die Krise und das Weinen vorbei ist, werde ich mir immer mehr ihres Körpers an meinem bewusst, ihrem schnellen Herzschlag an meiner Brust, ihrem Duft, der mir in die Nase steigt. Meine Hand in ihrem Haar ist bewegungslos und hält die Rückseite ihres Kopfes.

Als sie sich nach vorne lehnt und schüchtern ihre Lippen auf meine presst, explodiert das Verlangen in mir und alles andere verschwindet aus meinem Kopf.

KAPITEL 8

Ophelia

Manche Entscheidungen können nicht zurückgenommen werden. Man kann nicht sehr gut behaupten, dass man nicht beabsichtigt hat, jemanden zu küssen.

Aber noch nie hat ein Mann so darauf reagiert, zum ersten Mal geküsst zu werden, wie Brian es tut. Er erschaudert, als hätte er seit Monaten keine Frau berührt, sein Griff um mich wird fester und er stößt ein leises Geräusch aus, das wie ein Schnurren klingt, als seine Lippen beginnen, meine zu liebkosen.

Scham, Schuld, Angst — all das löst sich auf, während wir uns küssen, die Körper zusammengepresst, meine Oberschenkel auf seinem Schoß. Ich erinnere mich nicht einmal daran, wann das passiert ist oder wann seine Hände begonnen haben, mich über meinem Nachthemd zu berühren.

Ich wimmere an seinem Mund, als er meine Zunge mit seiner berührt. Mein Atem stockt für einen Moment, als seine Hand meinen Oberschenkel hinaufgleitet. Tief in meinem Kopf sagt eine kleine

Stimme: „*Toby ist kaum tot und dieser Mann hat ihn umgebracht*", und für einen Moment lässt es mich innehalten.

Aber dann lehne ich mich wieder heftig in den Kuss, trotzig, als würde ich die Erinnerung an Toby attackieren. *Gut. Ich will, dass er verschwindet — besonders die Erinnerung daran, wie er mich berührt hat. Ich werde meinen Kopf stattdessen mit Erinnerungen an Brian füllen.*

Seine Hand gleitet meinen Oberschenkel ganz hinauf und unter mich, wo er meinen inneren Oberschenkel auf eine Art drückt, die mich kribbeln lässt. Ich trage keinen Slip. Befangenheit trifft mich für einen Moment, als seine Finger über meine bereits feuchte Haut rutschen. Es ist mir egal, ob ich im Moment nuttig wirke — solange er nur nicht aufhört.

Er nimmt mich erneut in die Arme und beginnt sich umzudrehen, dazu bereit, mich auf dieses Bett zu legen. Ich werde schwach, nicht nur bereit, sondern beinahe mich danach sehnend, seine nackte Haut auf meiner zu spüren. Aber er hat mich kaum hingelegt, als ein leiser Ruf aus dem anderen Zimmer ertönt.

Wir erstarren beide. Brians Griff lockert sich und er unterbricht den Kuss, um zur Tür zu sehen.

„Mommy?" Mollys Ruf ist hoch und nervös. Keine Überraschung: fremdes Schlafzimmer, unbekannte Umstände.

Plötzlich verlegen setze ich mich auf, während Brian sich zurückzieht und aufsteht. Ich kann Enttäuschung in seinen Augen sehen, aber er tut es so würdevoll und setzt sich auf den Stuhl, den ich zurückgelassen habe. „Hier draußen, Süße. Es ist alles in Ordnung."

Ich stehe auf, ziehe mein Nachthemd wieder meine Oberschenkel hinunter und gebe Brian einen entschuldigenden Wangenkuss auf dem Weg, um mein Baby zu trösten. Ich öffne die Tür und sehe sie auf dem Bett sitzen, wo sie so viele Stofftiere festhält, wie ihre Arme halten können und mich anblinzelt. „Ich bin aufgewacht und du warst weg", piepst sie besorgt.

„Ich war nur im Zimmer nebenan, Süße." Ich kletterte zu ihr ins Bett und lege einen Arm um sie. Sie lehnt sich an mich und entspannt sich.

„Okay. Lass mich nur nicht zurück. Ich will nicht allein sein." Ich kann Tränen auf ihren Wangen sehen und umarme sie fester.

„Das wird nie passieren, Molly. Versprochen." Ich küsse ihre Schläfe und sie lächelt.

Was Brian angeht … Ich werde zu unserer kleinen ‚Unterredung' zurückkehren, wenn sie das nächste Mal schläft.

Es dauert den Rest des Tages, um alles für unsere Reise nach Mexiko vorzubereiten. Brian führt mich herum, kauft mir neue Klamotten und Schuhe, lässt mir die Haare glätten und zu ihrer ursprünglichen Farbe zurückfärben. Es fühlt sich an, als kehrte ich zu mir selbst zurück: mein altes Haar, mein altes Outfit aus Jeans und einer fließenden Bluse, Unterwäsche, die mir nicht absichtlich halb in den Arsch rutscht.

Molly bekommt ebenfalls neue Sachen, obwohl sie mehr von sich mitgebracht hat. Ich will nicht, dass sie sich ausgeschlossen fühlt — allerdings ziehe ich die Notbremse, als sie sich beim Friseur die Haare pink färben lassen will. Brian findet einen orangefarbenen Hund für ihre Sammlung aus Stofftieren und sie rennt den Rest des Tages damit und mit ihrem vor Liebe abgenutzten violetten Bären herum.

Eine Sorge nagt an mir, während wir herumlaufen. Ich trage immer noch das Kribbeln mit mir herum, die Brians beinahe verzweifelten Küsse in mir zurückgelassen haben. Wird er mich weniger mögen, jetzt wo ich nicht mehr auf den Vegas-Showgirl-Glamour aus bin?

Er sieht mich allerdings immer noch mit diesem Schimmern in den Augen aus und er ist mir immer noch nah, so oft er kann, als würde es ihn magnetisch zu mir hinziehen. Das beruhigt meine Zweifel und ich genieße die Freiheit, zum ersten Mal seit meiner Hochzeit in flachen Schuhen und bequemen Klamotten unterwegs zu sein.

Ich weiß nicht, wie ich es je geschafft habe, Molly in diesen verdammten Stripper-High Heels hinterherzulaufen, auf die Toby immer bestanden hat. Meine Füße schmerzen an Stellen, die ich nicht gewöhnt bin, aber das ist es wert.

Molly lächelt, lacht und ist erfrischt, da sie ausnahmsweise einmal ausreichend Schlaf bekommen hat. Sie spricht mit ihrem neuen Hund und rennt im Park umher, wo wir für ein spätes Picknick-Mittagessen Halt machen. Und niemals — nicht einmal — spricht sie von ihrem abwesenden Vater.

Wie viel weißt du, Kleine? Wie viel hast du durch Körpersprache, mysteriöse blaue Flecken und weit entfernte Streits mitbekommen? Ich werde mit ihr darüber sprechen müssen ... aber bis wir uns mehr erholt haben, scheint es keine gute Idee zu sein.

Ich bin froh, dass Brian es versteht — wirklich versteht — auf eine tiefe Art, die ich mir nie hätte vorstellen können. Ich bin mir fast sicher, dass seine Mutter durch die Hand seines Vaters gestorben ist, und er wollte keine Einzelheiten ansprechen. Natürlich wollte er das nicht.

Bei Sonnenuntergang bringt er uns zu einem kleinen Parkplatz am Stadtrand, um das neue Auto abzuholen. Er lässt uns im alten warten, während er mit dem langgliedrigen Rotschopf in dem schmuddeligen Arbeitsoverall verhandelt, der sich lässig an das große, klotzige Fahrzeug lehnt. Ich halte Mollys Hand die ganze Zeit und versuche die Fremden zu ignorieren, die auf dem dreckigen Bürgersteig in der Nähe vorbeigehen.

Die beiden reden für ein paar Minuten wie alte Freunde, wobei der große Fremde grinst und mit dem Kopf nickt. Brian zeigt auf das Auto, in dem wir sitzen. Der Mann nickt und hebt drei Finger. Für nur einen Moment, während ich dieser zwielichtigen Abwicklung an diesem zwielichtigen Ort zusehe, werde ich erneut daran erinnert, dass mein Semi-Held und Lustobjekt versuchen mag, in Rente zu gehen ... aber er ist trotzdem ein Krimineller.

Ich bin eine fürchterliche Menschenkennerin. Das weiß ich daher, wie ich mich von Toby habe einlullen lassen. Was, wenn ich mit Brian auch falschliege? Was, wenn er nicht das Auto verkauft ... sondern uns?

Nein, das ist lächerlich. Ich bin paranoid. Ich weiß bereits, dass er um Längen besser ist, als Toby sich je hätte träumen können.

„Geht es dir gut, Mommy?", fragt Molly an meinem Ellbogen. „Tut dein Gesicht weh?"

Meine Hand landet auf dem beinahe verblassten Bluterguss. Ich wusste nicht einmal, dass sie es unter meinem Make-up bemerkt hat. Betrübt schüttle ich den Kopf. „Nein, es ist fast verheilt. Es wird wieder, Liebling."

Sie nickt mit einem winzigen, nachdenklichen Stirnrunzeln und blickt dann zu Brian, als er dem Mann einen dicken Umschlag reicht, der hineinspäht und dann erneut mit dem Kopf nickt. „Hat Brian uns vor Daddy gerettet?"

Mir rutscht das Herz in die Hose. Ich bin nicht bereit hierfür. Aber hier ist sie und fragt mich, und ich muss eine Antwort geben, die sie nicht ausflippen lässt, aber auch keine Lüge ist.

„Ja", murmle ich, als Brian gerade dabei ist, zu uns zurückzukommen. „Ja, hat er. Wir werden irgendwo hingehen, wo Daddy uns nicht finden kann."

Sie weint und tobt nicht, sie sieht nur feierlich zu mir auf. „Ich bin froh. Er war gemein und hat dir wehgetan."

Ich schließe meine tränenerfüllten Augen und nicke stumm, da ich zu überwältigt bin, um zu sprechen.

KAPITEL 9

Brian

Es ist ein warmer Abend, selbst für San Diego, als wir uns der langen Schlange am Grenzübergang anschließen. Die riesige alte Ford Limousine, die Jamies Kumpel Willy mir verkauft hat, ist verschrammt und hässlich, aber sie läuft rund und ist Innen bequem. Molly plappert auf der Rückbank, während wir darauf warten, an die Reihe zu kommen.

Ich bin nicht allzu besorgt, dass die Sicherheitsbeamten unsere neuen Ausweispapiere durchsehen werden. Sie sind von guter Qualität und wir geben allen Anschein, eine typische amerikanische Familie zu sein, die dem kalten Wetter entflieht, indem sie Urlaub macht. Außerdem … normalerweise ist es die Rückkehr in die USA, die das Problem ist, und das plane ich in den nächsten Jahren nicht, wenn überhaupt.

„Wo wirst du nach dem Ferienort in Baja hingehen?", fragt Ophelia mich, während sie Molly eine geöffnete Flasche Orangensaft reicht.

„Ich habe ein Haus. Ich arbeite seit Jahren daran — es ist mein Zufluchtsort von allem. Es liegt vor der Küste in internationalen

Gewässern. Es ist noch nicht fertig, ansonsten könnten wir einfach dorthin." Ich habe bisher überlegt, ob ich ihr von der Insel erzählen soll, aber nach diesem Kuss … nach all den hässlichen Geheimnissen, die wir miteinander geteilt haben … Ich will sie nicht gehen lassen.

Ich weiß, dass ich nicht klar denke. Es ist mir egal. Aber ich arbeite daran, sie und ihr kleines Mädchen einzuladen, mit auf die Insel zu kommen, von der ich einmal geglaubt habe, ich würde dort alleine leben Ich weiß nicht, ob es für immer ist. Wenn wir Glück haben und den Monat in Baja miteinander auskommen, dann kann es das vielleicht sein.

„Du hast eine private Insel?" Ihre Augenbrauen wandern in die Höhe, während ich ein Grinsen zurückhalte. Ich weiß bereits, dass es nicht viel mehr als wirkliche Freundlichkeit braucht, um Ophelia nach all dem zu beeindrucken, was sie durchgemacht hat, aber es ist erfreulich zu sehen, wie sie von etwas umgehauen ist, das ich erreicht habe.

„Na ja, sie ist nicht sehr groß oder luxuriös, aber sie hat alles Notwendige, und in einem Monat werde ich ein Haus mit Windrad, Solaranlage und wasserbetriebener Elektrizität haben." Außerdem erstklassige Sicherheit, Lebensmittel und Vorräte für ein Jahr, Funkkontakt mit dem Festland und einen Steg für mein Boot. „Wenn alles funktioniert, führe ich dich herum."

„Das würde mir gefallen." Ophelia blinzelt immer noch nicht ausreichend und ich lache, während ich mich wieder darauf konzentriere, auf den nächsten Platz in der Schlange zu fahren.

„Hast du darüber nachgedacht, was du danach tun willst?" Vielleicht ist es zu früh, das zu fragen. Aber ich habe Hoffnung, dass ich ihre Meinung von mir so weit verbessern kann, dass sie bliebe wollen wird.

„Ich … weiß es einfach nicht. Ich habe immer gedacht, dass es in den Staaten sein würde, wenn ich wegziehe. Und ich nehme an, dass das immer noch sein kann, aber … ich weiß noch nicht wo oder wie." Sie nimmt einen Schluck aus ihrer eigenen Flasche. „Ich nehme an, ich werde einen Monat haben, um es zu regeln."

„Keine Familie?" Sie verhält sich nicht so, als würde sie jemanden zurücklassen. Soweit ich weiß, hat sie nur eine Nachbarin angerufen. Ich hoffe, dass sie ehrlich damit war, ihrer Freundin nicht gesagt zu haben, wo sie hingeht oder mit wem. Aber auf der anderen Seite hatte sie zu diesem Zeitpunkt nicht viele Informationen zum Weitergeben.

„Niemanden, der eine Rückkehr wert wäre", murmelt sie nach einem Moment, wobei sie meinen Blick auf eine Art meidet, wie man es tut, wenn das Thema hässlich wird.

„Ich verstehe." Ich frage mich, ob ihre Familie so dramatisch war wie meine, aber ich hüte mich, danach zu fragen. Sie entspannt sich, als ich nicht nach Details frage. „Der Ferienort ist etwa zwei Stunden die Küste hinunter."

Ich sage nicht, dass ich immer noch ein klein wenig nervös bin wegen des Grenzübergangs. Ich sage ihr nicht, dass ich ein wenig mehr angespannter bin, mit jeder Autolänge, die wir vorfahren und dem Grenzübergang näher und näher kommen. Mein Magen dreht sich. Ich habe mich nie damit wohlgefühlt und habe vor so kurzer Zeit die Grenze überquert, dass ich besorgt bin, dass mich jemand trotz meines veränderten Aussehens erkennt.

Aber das ist lächerlich. Wie stehen die Chancen, dass dieselben beiden Kerle auch in dieser Schicht arbeiten? *Beruhige dich.* Wir sind fast durch. Und dann muss ich mir keine Sorgen mehr machen, dass mir die Cohens jemanden hinterherschicken.

Zumindest … ist das eine *überwiegend* sichere Annahme. Ich habe die Reservierungen unter dem falschen Namen auf meinem neuen Ausweis gemacht, den ich noch nie zuvor benutzt habe. Nicht viele Leute wissen, dass ich in Baja Urlaub mache — und ich bezweifle, dass es irgendeiner von den Cohens weiß oder weiß, wen man diesbezüglich fragen muss.

Das ist der riskante Teil. Genau hier. Wenn ich nach Mexiko komme, wird alles gut sein. Einfach ruhig bleiben.

„Es ist heiß hier. Der Regen ist weg." Molly presst ihre Wange an das Fenster und späht hinaus. Im Auto neben uns sitzt ein älterer Golden Retriever auf der Rückbank, der hüpft und wackelt und am Fenster kratzt, als er sie sieht. „Ooh, großer Hundi! Ich mag es hier."

„Dir wird es besser gefallen, sobald wir zum Ferienort kommen", verspricht Ophelia ihr fröhlich, dann unterdrückt sie ein Gähnen. „Obwohl ich denke, dass wir hauptsächlich schlafen werden, wenn wir dort ankommen. Oder ich werde es tun."

„Ich bin nicht müde", beharrt Molly, bevor sie selbst gähnt. „Oh, ups."

Ich kann nicht umhin zu lächeln, als ich wieder ein Stück vorfahre. Zwei weitere Autos und dann werden wir in Mexiko sein, dann kann ich mich ein wenig entspannen. Und dann …

Ich frage mich, ob Ophelia es sehr stören wird, wenn ich ihren Schlaf für eine Weile störe. Mein Lächeln wird ein wenig breiter.

Ich bin fast entspannt genug, um problemlos durch die Sache durchzukommen, als sich die Haare in meinem Nacken aufstellen. Ich fühle mich plötzlich, als würde ich beobachtet, und ich weiß nicht warum. Ich sehe mich sowohl unter den Leuten und den Kameras um, aber weder Augen noch Linsen sind auf mich gerichtet. Also warum dieses Gefühl?

„Was ist?" Ophelia betrachtet mich genau.

Ich musste die Waffe loswerfen, mit der ich den Mord erledigt habe. Ich habe ein geheimes Lager auf der anderen Seite der Grenze, wo ich mich bewaffnen kann, aber bis ich dorthin komme, habe ich nichts außer einem Stiefelmesser. Ich sehe mich immer wieder mit zusammengekniffenen Augen um. „Ich weiß nicht. Vielleicht ist es die Überquerung der Grenzkontrolle, die mich beunruhigt."

„Ich bin auch ein wenig nervös", murmelt Ophelia und berührt leicht meinen Arm.

Ich nicke und tätschle ihre Hand, während ich angespannt lächle. Aber ich kann mich nicht entspannen und kann nicht mehr so überzeugend so tun, als wäre ich entspannt. Ich war schon immer ein schlechter Lügner und meine schauspielerischen Fähigkeiten haben ihre Grenzen.

Molly spielt ‚Kuckuck!' mit dem sehr aufgeregten Hund, während die Rentner auf den vorderen Sitzen lachen und strahlen. Überall um uns herum warten schläfrige Touristen darauf, an die Reihe zu kommen. Nichts Außergewöhnliches.

Ich habe die Grenze bei San Ysidro schon ein Dutzend Mal überquert. Man zeigt seinen Pass, füllt eine Einreiseerlaubnis aus und fährt dann durch. Sie wollen wissen, wo man hingeht, was bedeutet, dass ich ihnen den Namen des Ferienorts nennen muss.

Ich überlege, ob ich lügen oder allgemein bleiben und einfach nur sagen soll, dass wir nach Baja fahren. Aber ich bin bereits an meiner Grenze. Es ist wichtig, echt zu wirken, und es nichts Verdächtiges daran, an einen Ferienort zu gehen. Außerdem ist es nicht so, als würden die mexikanischen Behörden nach mir suchen.

Also beiße ich in den sauren Apfel, als wir an der Reihe sind und fülle das verdammte Formular aus, während Ophelia ihres neben mir ausfüllt. Ich kontrolliere genau, dass die Namen von unseren Ausweisen auf den Formularen stehen und nicht unsere echten, dann reiche ich sie dem dünnen jungen Mann mit gewaltigem Schnurrbart, der sie überfliegt, dann abstempelt und uns durchwinkt.

Und das war's. Eine Minute später sind wir unterwegs nach Tijuana, ohne jegliche Probleme. Molly winkt dem Hund zum Abschied zu und wir fahren los.

Aber das Gefühl, beobachtet zu werden, folgt mir nach Mexiko und verblasst auch nach mehreren Minuten nicht.

KAPITEL 10

Ophelia

Der Ferienort in Ensenada ist Lichtjahre von Vegas entfernt. Kein Neon, keine Menschenmengen, und obwohl es hier nicht viel wärmer ist als zu Hause, fühlt sich die feuchte Brise wie eine Liebkosung an. Das Zimmer wurde im Voraus bezahlt und wir haben vorher angerufen, also haben sie unsere späte Ankunft unaufwendig akzeptiert. Jetzt stehe ich auf einem breiten Stuck-Balkon, blicke auf den Pazifik und lasse mich von der Erleichterung überkommen.

Wir sind davongekommen.

Im Moment ist alles sehr ruhig. Molly schläft wieder, in ihrem eigenen Zimmer am anderen Ende der Suite. Ich bin vor ein paar Minuten aufgewacht. Brian hat eine Nachricht hinterlassen, dass er unterwegs ist, um uns Burritos zu holen. Ich weiß nicht, wo er sie kurz vor Mitternacht zu finden plant, aber er kennt die Gegend wesentlich besser als ich.

Ich vertraue ihm, dass er das regelt. Vielleicht vertraue ich ihm zu sehr. Verlasse mich zu sehr auf ihn. Aber bisher musste ich das — und bisher hat er jedes Mal Wort gehalten.

Dann ist da die Sache mit dem Kuss ... und wo er fast hingeführt hätte. Wenn er zurückkommt, wird Molly schlafen und wir werden zum ersten Mal seit Tagen allein und sicher sein. Der Gedanke lässt meinen Bauch flattern.

Ich wollte noch nie zuvor in meinem Leben jemanden so sehr. Mit Toby war es nur Pflicht und Friedensangebot. Das hier ist ein unglaublich tiefes Verlangen, so grundlegend und wesentlich wie das Bedürfnis nach Wasser oder Luft.

Was bedeutet, dass es mein Urteilsvermögen trübt, genau wie es die Verzweiflung bei Toby getan hat. Das ist gefährlich. Ich muss clever sein. Molly zuliebe, wenn schon nicht für mich.

Aber ich scheine die taumelige Erwartung nicht davon abhalten zu können, in mir zu brodeln. Meine Brustwarzen sind hart, meine Mitte sehnt sich danach, gefüllt zu werden. Es wird schwer, an etwas anderes zu denken, geschweige denn die Gefühle abzuwehren.

Ich weiß nicht, wie lange Brian tatsächlich schon weg ist, aber gerade als ich beginne, mir Sorgen zu machen, rasseln Schlüssel im Schloss der Eingangstür. Er sieht müde aus und kommt nicht nur mit einer vollen Papiertüte mit Fettflecken, sondern auch mit etwas unter dem Arm herein, das wie eine Truhe aussieht. Er schenkt mir ein Lächeln, als er die Tür hinter sich abschließt und dann zu dem kleinen Tisch geht, um beides abzustellen.

„Was ist das?", frage ich, den Blick auf die Box gerichtet. Sie sieht alt und ramponiert aus, die Wüstentarn-Lackierung blättert ab und ist verkratzt.

„Versicherung", erwidert er und lädt die Tüte auf dem Tisch aus. Das erste ist ein in Alufolie gewickelter Burrito, der so riesig ist, dass er mit einem hörbaren Aufprall auf der Tischplatte landet. „Nur für den Fall, dass etwas passiert."

Ich löse meine Blick von den überdimensionierten Gerichten, die er auspackt und greife nach dem Schloss. Er legt eine Hand über meine. „Weißt du, wie man eine Waffe benutzt?", fragt er mit plötzlich ernster Stimme.

„Oh." Ich lasse meine Hand sinken. „Nein, ich weiß kaum, wo die Sicherung ist."

„Willst du es lernen?" Sein Blick fängt meinen und ich halte inne, um tatsächlich darüber nachzudenken.

„Vielleicht. Könntest du sie bis dahin irgendwo hintun, wo Molly nicht herankommt?" Natürlich wird er sich ohne Waffe nicht sicher fühlen. Allerdings frage ich mich, ob ich mich damit sicherer oder *weniger* sicher fühle.

Aber ich fühle mich definitiv mit ihm in der Nähe sicherer, auch wenn wir in ein anderes Land flüchten mussten, um seinen ehemaligen Arbeitgebern zu entgehen.

„Natürlich." Er stellt die Truhe auf ein Regal über dem Fernseher und wir stellen alle Möbelstücke außer Reichweite, auf die man steigen kann. Molly ist klein, aber flink und entschlossen. Dann lässt er sich auf einen Stuhl am Tisch fallen. Er knarzt unter seinem Gewicht, als er einen Burrito nimmt und das eine Ende aufwickelt.

Der herzhafte Duft steigt mir in die Nase und mir läuft das Wasser im Mund zusammen. Ich setze mich ihm gegenüber, als er einen großen Bissen nimmt. „Ich kann nicht glauben, dass du so spät ein offenes Restaurant gefunden hast."

„Nicht so schwer. Wir sind hier nicht gerade auf dem Land." Er zwinkert und schiebt einen der Burritos in meine Richtung. „Hier, nimm das in den Mund. Wenn du denkst, du schaffst es."

Ich rolle mit den Augen und nehme den Burrito. „Du *musstest* den Witz einfach machen, oder?" Ich wickle das Ende auf und nehme einen Bissen: heiß, fleischig und gerade würzig genug, um ein wenig zu brennen. Perfekt.

„Ja, na ja, ich bin praktisch zwölf, wenn es um solche Witze geht. Sorry." Es tut ihm nicht leid und ich pruste nur und schüttle den Kopf.

„Ich werde überleben. Molly hätte das sowieso nicht verstanden." Ich versuche nicht zu schnell zu essen, aber genau wie mein Hunger nach ihm, fühlt sich mein Magen wie eine leere Höhle an. Ich verstumme für eine Weile, während ich ein paar weitere Bissen esse.

„Schläft sie?" Es liegt ein schwaches Funkeln in seinen Augen, als er einen weiteren riesigen Bissen nimmt.

„Ja, tief und süß. Sie schläft nie so." Ich bin gleichzeitig dankbar und beschämt. Wie konnte ich nicht bemerken, wie sehr sie das traf, was Toby tat? Vielleicht hat mich der Umgang mit ihm zu sehr gestresst, um vernünftig zu denken.

„Oh, gut", sagt er, ohne es weiter auszuführen, während sich dieses ungezogene Lächeln auf seinen Lippen breitmacht und er erneut abbeißt.

Oh. Ich schlucke und merke, wie meine Wangen kribbeln, während ich meine Oberschenkel unter dem Tisch zusammenpresse. Ich weiß nicht genau, was er für mich geplant hat, aber ich weiß, dass es damit anfängt, dort weiterzumachen, wo wir aufgehört haben.

Ich versuche mich dazu zu bringen, einen Witz zu machen, das Geplänkel aufrechtzuerhalten, aber die Worte bleiben mir im Hals stecken. Er lacht über meine Schüchternheit und streckt die Hand aus, um mir ein Reiskorn von der Wange zu streichen.

„Du bist wirklich erstaunlich, Liebes. Keine Sorge ... Ich werde nicht beißen. Jedenfalls nicht fest." Er zwinkert und ich sehe mit heißen Wangen nach unten.

Wie kann er nur mit einem Lächeln und ein wenig Flirten dafür sorgen, dass ich mich wieder wie ein Teenager fühle? Vielleicht war ich einfach so lange ausgehungert, dass es wie eine Fremdsprache wirkt. Es ist so lange her, dass jemand Sex mit etwas anderem als ‚Geh hoch und zieh dich aus' vorgeschlagen hat.

Der Sex selbst war immer eine Enttäuschung gewesen, aber zum ersten Mal seit Ewigkeiten mit jemandem zu flirten, der so attraktiv ist, lässt meinen Körper warm glühen. Ich lächle ihn schüchtern an und das Funkeln in seinen Augen wird stärker.

Ich will ihn. Selbst wenn es frustrierend ist, selbst wenn es ein wenig wehtut, ich will ihn in mir. „Okay", murmle ich.

„Entschuldige, wie war das?" Seine Stimme ist sanft geworden, aber er zieht mich trotzdem auf. „Du bist nicht zu schüchtern, um zu spielen, oder, Ophelia?"

Der Bissen Burrito in meinem Mund wird trocken und ich schlucke ihn mit großer Mühe. „Nein, es ist nur ... lange her." Nicht der Sex, sondern dass ich es wollte. Aber das ist deprimierend, also erkläre ich es nicht weiter.

„Na ja", schnurrt er und legt seinen Burrito auf den Tisch. „Lass uns das ändern."

Ich bringe ein winziges Nicken zustande, aber ich bin aus Nervosität halb erstarrt.

Er starrt mich für einen Moment an, dann drückt er sich aus seinem Stuhl hoch und kommt hinter mich. Seine Hand landet auf meiner Schulter.

„Komm her."

Ich stehe auf und werfe ihm einen schüchternen Blick zu, sein Lächeln wird breiter und er zieht mich in seine Arme. Ich entspanne mich ein wenig und fahre mit den Händen über seine Brust. Sein Herz schlägt noch schneller als meins. Es schockiert mich. Ich bin nicht daran gewöhnt, von jemandem gewollt zu werden, den zu wollen es wert ist.

Aber Erinnerungen an grapschende, fordernde Teenagerjungs, an grinsende Casting-Direktoren und mürrische Show-Runner, an Toby und seine unverblümten Forderungen, sie alle verlassen meinen Kopf, als Brian mich küsst. Plötzlich ist es eine wilde, neue Sache, geküsst zu werden, sie berauscht mich und lässt mich zittern.

Ich zittere vor Freude, als er mich in die Arme nimmt und zum Bett trägt, auf das er mich legt und wo er mich erneut küsst, während er sich über mich beugt. Seine Zunge bewegt sich in meinem Mund, während er ungeduldig sein Hemd aufknöpft und es auszieht. Meine Fingerspitzen fahren über die Muskeln aufn seinem Rücken und an seinen Seiten, jede Vertiefung und Wölbung, bis hinunter zu seinem Hintern, während ihn ein Zittern der Freude durchströmt.

Wir ziehen uns hastig aus, schleudern Schuhe durch die Gegend, werfen meine Bluse in die Ecke und schälen uns aus unseren Jeans, während wir den Mund des anderen verschlingen. Die ganze Zeit versuchen wir so still wie möglich zu blieben, uns immer Molly bewusst, die nur eine Tür entfernt in ihrem Bett schlummert.

Ich drehe mich um und hebe den Po, um meine Jeans auszuziehen. Er knurrt genüsslich und zieht sie mir aus, dann beugt er sich über mich und beginnt, meinen Po durch meinen Slip hindurch zu reiben und zu kneten.

„Verdammt. Du bist wunderschön", murmelt er verehrend, als seine Fingerspitzen fest in mein Fleisch drücken und Stoßwellen der Lust durch mich schießen.

Er streichelt und küsst meinen Rücken, fährt mit der Zunge über meinen Rücken, streift mich mit seinen Zähnen und hinterlässt Knutschflecken auf den Rückseiten meiner Oberschenkel, während ich mich an die Bettdecke klammere und in ein Kissen stöhne. Er öffnet meinen BH, zieht meinen Slip herunter und beginnt mit dem Mund über die nackte Haut zu fahren, während er den Rest meiner Kleidung auszieht.

Ich sehne mich nach ihm. Meine Brüste kribbeln und mein Schritt pulsiert voller Sehnsucht nach ihm.

„Dreh dich um, wenn du bereit bist", schnurrt er, seine Stimme heiser vor Verlangen. Ich blicke über meine Schulter und sehe, wie er seine Boxershorts auszieht, woraufhin seine Erektion befreit wird.

Er sucht in der Tasche seiner Jeans nach einem Kondom, reißt das Päckchen auf und zieht sich das schwarze Latex über. Er ist so erregt, dass ich sehen kann, wie seine Hände zittern und seine Erektion zusammen mit seinem Herzschlag ein wenig vibriert.

Ich bringe den Mut auf und drehe mich um, um mich an den Berg von Kissen am Kopfende zu lehnen. Er bückt sich über mich und küsst mich erneut, große Hände bedecken meine Brüste und streicheln sie. Er dreht meine Brustwarzen zwischen seinen Fingern, während ich mich winde und den Kopf nach hinten auf die Kissen werfe. Meine Augen fallen zu und ich merke, wie das Bett nachgibt, als er hineinklettert.

Als er seine Hände von meiner Brust nimmt und sie stattdessen mit seinem Mund umschließt, beiße ich mir auf die Lippe, um nicht aufzuschreien. Er saugt, während seine Hände mich erkunden. Ich habe Schwierigkeiten, leise zu bleiben und umklammere seinen Kopf, presse mich an ihn, begierig nach mehr Empfindungen.

Er gibt nach, zieht fester und benutzt seine Zunge. Ich zitterte, wimmere flehend, während sich mein Rücken wölbt. Er legt einen Arm um mich, um mich an sich zu ziehen und ich merke, wie seine Zähne meine Haut necken und meine Lust verstärken.

„Mehr", flüstere ich.

Er wechselt die Brust, die Spitze seiner Erektion reibt an meinem Oberschenkel, als er sich zwischen meine Beine kniet. Ich verliere das Zeitgefühl, jegliche Schüchternheit, jegliches Zögern. Das innere meiner Oberschenkel wird feucht. Er taucht zwei Finger hinein und schiebt sie weiter hoch.

Er streicht mit seinen Fingern auf und ab, während er die Brust wechselt und noch intensivere Empfindungen auslöst, jedes Mal wenn seine Finger meine Klitoris streifen; auf und ab, seine Bewegungen werden schneller, bis er schließlich wieder nach oben kommt und dort langsame Kreisbewegungen macht.

Elektrische Funken durchfahren mich, von den Brustwarzen nach unten und nach außen zu meinem ganzen Körper. Ich habe mich in meinem ganzen Leben noch nie so gut gefühlt — oder so erregt.

„Ich will dich in mir", keuche ich heiser.

Er hebt den Kopf, die Augen so wild, dass sie blind aussehen. Dann nimmt er mich und hebt mich auf seine kräftigen Oberschenkel. Er greift seine Erektion und dringt langsam in mich ein, dehnt mich auf unbekannte Arten und ich schnappe nach Luft und muss eine Hand auf meinen Mund legen, um meine Schreie zu unterdrücken.

Schließlich ist er in mir vergraben, er küsst mich und berührt mich dann wieder mit den Fingern. Ich beginne, stärker zu zittern, in mir baut sich ein Druck auf. Ich spanne mich um ihn herum an, mein Körper kribbelt, als er mit dem Finger kreisförmige Bewegungen macht. Ich öffne den Mund für seine Zunge und stöhne dann an seinen Lippen, während sich meine Hüften reflexartig bewegen.

Ich klammere mich mit ganzer Kraft an ihn. Sein Mund presst auf meinen, als mir ein überraschter Schrei entfährt und seine Hand wird schneller. Die Intensität macht mir beinahe Angst. Etwas in mir will sich davor zurückziehen, als würde es mich vielleicht völlig überwältigen.

Aber ich gebe nicht nach. Und er hört nicht auf. Und eine Sekunde später erreicht die Lust ihren Höhepunkt, bis ich mich auf ihm winde und ihm wilde Geräusche entlocke, die ich über meinen eigenen Herzschlag kaum hören kann.

Oh ... was ist das ...

Ich erstarre, zittere, als etwas in mir explodiert und Flutwellen der Ekstase durch meinen Körper schickt. Ich zittere und schluchze in seinen Mund, während ich in der Lust ertrinke.

Als die letzte Kontraktion abebbt, hört er auf mich zu streicheln und nimmt seine Lippen von mir. „Geht es dir gut?", fragt er mit heiserer Stimme.

„Oh ...", flüstere ich. „Oh ja ... bitte hör nicht auf."

Er grinst wild. „Gut, denn ich bin noch lange nicht mit dir fertig."

KAPITEL 11

Brian

Ich habe es seit Jahren für eine Frau nicht so lange ausgehalten. Sie zittert auf mir, schlaffe Arme um mich gelegt, die Beine immer noch mit meinen verschlungen, während ich mich so langsam bewege, wie ich mich dazu zwingen kann. Ich sehne mich danach, schneller zu werden und zum Höhepunkt zu kommen, aber ich will nicht, dass das zu Ende geht.

Sie stöhnt in mein Ohr, ihre Muskeln spannen sich wieder an, als ich sie mit dem Daumen streichle. „Hör nicht auf ...", wimmert sie, als ich immer und immer wieder Kreisbewegungen mache. Ihr Zittern wird zu rhythmischem Zucken ihrer Hüften, als sie zu keuchen beginnt; ich bereite mich vor, als sie die Augen schließt und ihr Kopf zurückfällt.

„Aah! Ah ..." Ich dämpfe sie mit meinem Mund, bevor sie schreien kann. Sie windet sich an ihr und bringt mich damit beinahe zum Höhepunkt. Ich drücke die Nägel meiner freien Hand in meinen Oberschenkel, um mich abzulenken. Es funktioniert kaum. Ihr unterdrücktes Schreien ist Musik in meinen Ohren.

Schließlich bricht sie zusammen und rutscht ein wenig an den Kissen herunter, als ich mich wieder bewege. Sie ist so entspannt, so erschöpft, dass sie kaum die Augen offenhalten kann. Ihre Hände gleiten über meine schweißnasse Haut, fahren über die angespannten Muskeln in meinem Rücken, während ich mich an ihr reibe.

Ich presse den Atem durch meine Zähne, all meine Aufmerksamkeit auf die steigenden Empfindungen in meinem Schritt gerichtet, beginne ich mich schneller zu bewegen. Der Raum wird verschwommen, bis ich meine Augen zukneife. Ophelia windet sich unter mir, hebt ihre Hüften mit ihrer letzten Kraft an meine, während ich mich auf sie lege.

„Oh Brian", schluchzt sie und klammert sich an mich — und irgendwie ist es ihr Stöhnen der Wonne, genauso sehr wie ihre Umarmung, das mich zum Höhepunkt bringt.

Ich werfe den Kopf zurück und atme zischend durch zusammengebissene Zähne, während die ganze Welt verschwindet und ich mich entleere. „Ja", stöhne ich, bevor ich es zurückhalten kann — und dann unterdrücke ich mein Stöhnen an ihrem Hals. Für den Bruchteil einer Sekunde ist es so intensiv, dass es beinahe schmerzhaft ist ... und dann ...

Ich kehre glückselig in das richtige Bewusstsein zurück: Ich liege in ihren Armen, den Kopf auf ihrer Schulter, während ihre Finger meinen Rücken kribbeln lassen. „Unh", stöhne ich und nehme mein Gewicht von ihr — und erinnere mich beim Herausziehen gerade noch an das Kondom, damit es nicht wegrutscht.

Sie schnappt enttäuscht nach Luft, als ich mich zurückziehe. Ich küsse sie sanft und stehe auf, um ins Bad zu gehen und das Kondom loszuwerden, wobei ich mich auf wackligen Beinen bewege. Ich schwebe nach dem stärksten Orgasmus meines Lebens auf Wolke sieben, jeder Schritt löst ein frisches Kribbeln aus. Als ich das Licht im Badezimmer einschalte, sind meine Haare zerzaust, meine Augen leicht glasig und mein Lächeln träge.

Ich werde das Gummi los, wickle es in Toilettenpapier und schiebe es tief in den Mülleimer, damit Molly es nicht sieht. Ich bin nicht bereit, Kondome, Samen oder Sex einer Sechsjährigen zu erklären. Wenigstens haben wir sie nicht geweckt.

Als ich zurückkomme, verschwindet ein Teil meiner Glückseligkeit, als ich Ophelia in Mondlicht sehe, die Decke um sich gezogen und Tränen auf den Wangen. Ich erstarre.

Oh scheiße. Was ist passiert? Was habe ich falsch gemacht?

Ich lege mich neben sie. „Hey", sage ich in ihr Ohr. Sie entspannt sich ein wenig. „Du weinst. Habe ich dir wehgetan?"

„Nein", murmelt sie schniefend. „Ich bin nur überwältigt. Ich habe mich nie ... ich meine, niemand hat sich je die Mühe gemacht ..."

„Entschuldige, was?" Verwirrt streiche ihr ihr das Haar aus dem Gesicht und küsse ihren Nacken. Sie zittert und der Duft von Sex strahlt von ihr ab. Wenn ich es nicht schon getan hätte, wäre ich jetzt über sie hergefallen.

„Sex war nicht ... so. Es war eine lästige Arbeit, es war ... etwas, das ich *für* ihn getan habe." Sie hat Schwierigkeiten, die Worte zu finden, während ich sie halte ... Und plötzlich verstehe ich, was sie sagen will.

Oh. Heilige Scheiße. Ich weiß nicht, ob ich mir ein High-five geben soll, weil ich ihr den ersten Orgasmus beschert habe oder ob ich zurück in die Wüste Nevadas gehen soll, nur um Toby erneut zu erschießen.

„Dein Mann war ein Dummkopf, ein Schwein und ein beschissener Liebhaber. Du wirst nichts davon von mir bekommen." Ich küsse ihre Schulter und sie beginnt sich zu entspannen. „Versprochen."

Wir kuscheln und dösen eine Weile, bevor sie duschen geht und bei ihrer Tochter schläft. Ich weiß, dass es daran liegt, dass Molly nicht erneut aufwacht und nach ihr ruft, aber ihre Abwesenheit nagt an mir, während ich eine Pyjamahose anziehe und mich wieder hinlege. Zuerst dusche ich nicht. Ich mag es, ihren Duft an mir zu haben.

Als ich aufwache, ist es Tag und sie schlafen immer noch. Ich stehe leise auf und nehme die Truhe aus dem hohen Regal über dem Fernseher, dann mache ich sie auf. Darin sind zwei nicht zurückverfolgbare Fünfundvierziger, zwei Boxen mit Munition und ein Wegwerf-

Handy auf fünfhundert Pesos. Nach diesem seltsamen Gefühl bei der Grenzüberquerung konnte ich nicht ruhig werden, bis ich mich wieder bewaffnet hatte.

Mein Instinkt sagt mir, dass es noch nicht ganz zu Ende ist.

Mir ist nicht nach Burritos, also mache ich mich fertig und ziehe mich an, bevor ich nach unten gehe, um mir am Büffet Frühstück zu holen. Es ist ein netter Ferienort, die Art, an den Familien hingehen. Das Büffet bietet eine Mischung aus einheimischen Gerichten und der Standardverpflegung amerikanischer Touristen an. Abgesehen von meiner Größe, wirke ich nicht fehl am Platz, wie ich in Jeans umherwandere und meinen Teller fülle.

Ich bemerke ein paar Leute, die wie ich ein wenig unter denen herausstechen, die um die dutzenden keinen Tische herumsitzen. Da ist ein riesiger junger Mann, der mit einer winzigen, nett aussehenden älteren Dame bruncht, die ihn anstrahlt, während er ihr lustige Geschichten von seinen Einsätzen erzählt. Mutter oder Großmutter, vermute ich. Da ist eine statueske, elegant angezogene Frau, die ihr Haar streng zu einem Zopf geflochten hat, der ihren halben Rücken hinunterreicht. Es ist das hellste Blond, das ich je gesehen habe.

Da ist ein kleiner, mysteriöser, ordentlicher Mann, der einen altmodischen Anzug und Brille trägt, ein Omelett isst und kein Fleisch auf dem Teller hat. Seine Hände stecken in Handschuhen und er isst sorgfältig, Messer und Gabel bewegen sich mit chirurgischer Präzision.

Niemand sieht sonderlich bedrohlich aus ... aber ich kann spüren, wie sich die Haare in meinem Nacken erneut aufstellen. Ich belade meinen Teller mit genug Fleisch, Eiern und Obst, um zwei Bodybuilder zu füttern. Ich beabsichtige, all das später im Bett zu verbrennen. Kinder machen Mittagsschlaf, oder nicht?

Ich setze mich an einen Ecktisch und beobachte die Leute, während ich esse. Immer noch kein Anzeichen dafür, wer vielleicht meine Alarmglocken schrillen lassen könnte. Niemand sieht in meine Richtung, bis auf ein paar neugierige Blicke.

Nach der Hälfte meines Essens steht der ordentliche kleine Mann still auf und geht, da er sein vegetarisches Frühstück beendet hat.

Ich esse gerade meine Eier, als ich aufsehe und die Frau mit dem weißblonden Haar vor meinem Tisch steht. „Ist dieser Platz besetzt?", fragt sie leise.

„Ich bin mit jemandem hier", warne ich höflich, da ich keine Missverständnisse verursachen will.

Sie lächelt. „Ich will nicht Ihre Attraktivität beleidigen, aber deshalb frage ich nicht." Sie zieht eine Augenbraue hoch und deutet auf den Stuhl.

Ich nicke und schiebe ihn mit dem Fuß heraus. Sie setzt sich unauffällig hin und ich lege meine Gabel ab. „Also, was ist los?"

„Mein Name ist Carolyn Moss. Ich bin geschäftlich hier, Mr. Stone." Ihre Stimme ist ruhig und nicht bedrohlich, aber die Verwendung meines echten Namens lässt mich sofort aufmerksam werden. „Zu ihrem Glück komme ich nicht von den Cohens. Aber sie sind hier."

Ophelia. Molly. Sie sind immer noch nicht sicher. „Von wem sind Sie dann? Den Milanos?"

„Gut geraten, aber nein." Sie nimmt eine Marke aus der Innentasche ihres taubengrauen Leinenanzugs und mir rutscht das Herz in die Hose. Sie schiebt sie herüber, ohne die Verdeckung zu heben. „Sehen Sie nach. Sie werden feststellen, dass sie echt ist."

Tue ich. Special Agent Carolyn Moss, FBI. *Scheiße.* „Sie sind weit außerhalb Ihres Zuständigkeitsbereiches", erinnere ich sie monoton und sie nickt.

„Ich bin nicht hier, um Sie festzunehmen. Ich bin nach jemand Größerem und Gemeinerem her. Sie haben Ihnen und Ihrer Begleitung einen Reiniger hinterhergeschickt. Mr. Assante." Sie sieht mir mit ihren kühlen, blauen Augen in meine, während mir das Blut aus dem Gesicht weicht. „Ich sehe, Sie haben von ihm gehört."

„Jeder, der in Vegas jemand ist, hat das." Reiniger tun mehr, als Beweise von Tatorten zu entfernen. Sie entfernen Zeugen und oft jeden Mafioso, der es so verschissen hat, dass der Reiniger überhaupt nötig ist. Mr. Assante ist momentan der beste Problemlöser der Cohens: ein mysteriöser Mann, dessen Herkunft und Aussehen beinahe jedem unbekannt sind.

„Na ja, sie wissen, dass Sie hier sind und sie kennen Ihren falschen Namen und die der kürzlich verwitweten Mrs. Whitman und ihrer Tochter. Laut der Kommunikation, die ich abgehört habe, wurde Assante Ihnen drei hinterhergeschickt." Sie sieht mich feierlich an, während ich sie anstarre, das Frühstück lang vergessen.

„Wie haben sie mich gefunden?" *Wo habe ich Mist gebaut? Habe ich überhaupt Mist gebaut? War es Ophelia oder einfach nur Pech?*

„Sie haben anscheinend den falschen Namen herausgefunden, den Sie zum Einchecken benutzt haben. Sie haben ebenfalls herausgefunden, welchen Grenzübergang Sie benutzt haben. Ich vermute, dass sie einen Computerexperten haben, um an die Informationen zu kommen. Glücklicherweise hat dieser Experte eine Spur hinterlassen, der einer meiner Kollegen gefolgt ist."

„Oh …" *Scheiße.* „Warum warnen Sie mich?" Ich vertraue den Cops nicht. Sie schienen immer mehr daran interessiert gewesen zu sein, Menschen zu verletzen, anstatt sie zu beschützen.

„Warum ich Sie warne, wenn Sie und ich die einzigen in Reichweite sind, die diesen Mann davon abhalten können, eine unschuldige Frau und ein unschuldiges kleines Mädchen zu ermorden?" Ihr Blick ist entnervend ruhig.

„Sie können mir nicht sagen, dass Sie das nur aus Idealismus tun. Obwohl ich, glauben Sie mir, für die Vorwarnung dankbar bin." *Was zur Hölle ist ihre Absicht?*

„Nein, tue ich nicht. Ein Teil davon ist guter, alter eigennütziger Ehrgeiz." Sie trommelt mit den Fingern.

Ich entspanne mich ein wenig. *Also will sie irgendeine Art von Deal.* „Was meinen Sie?"

„Einen gewöhnlichen Auftragskiller festzunehmen, der aufhören will und seinen Hals riskiert, um zwei Zivilisten zu beschützen, ist nicht allzu interessant für mich. Eine amerikanische Mafialegende mit einer Opferzahl von mehreren hundert allerdings …" Sie lächelt, als mir ihre Bedeutung dämmert.

„Sie wollen Assante."

„Das ist richtig." Ihre Augen funkeln über mein Staunen.

„Und Sie wollen … was von mir? Ich kann nicht als Kronzeuge

gegen ihn auftreten. Ich weiß kaum etwas über den Kerl." Ich sehe mich erneut um, mir schmerzhaft bewusst, dass ich keine Ahnung habe, wie er aussieht. Niemand weiß das. Assante hat immer nur mit dem Don selbst zu tun.

„Oh, wir haben Berge von Beweisen gegen den Mann, dank eines Partners von mir." Sie führt es nicht weiter aus. „Ich möchte ihn nur erwischen und zurück in die Staaten bringen, wo ich ihn offiziell verhaften kann."

„Also welche Rolle spiele ich? Den Köder?"

Sie lächelt mich friedlich an.

„*Fuck*", murmle ich leise. „Haben Sie irgendwelche Verstärkung?"

„Wenn ich Verstärkung hätte, würde ich Sie nicht um Hilfe bitten", erwidert sie. „Das Büro in San Diego hätte sowieso nicht viel getan, um zu helfen, wenn man bedenkt, dass all das in Mexiko geschieht."

„Was, wenn ich mich weigere?" Ich bin skeptisch … und doch habe ich vielleicht keine andere Wahl, als mitzumachen. Assante mit Ophelia und dem süßen kleinen Mädchen in Gefahr allein gegenüberzustehen klingt nicht nach einer guten Idee.

„Dann gehen Sie das Risiko ein, dass Assante Sie erwischt, bevor ich ihn schnappen kann." Keine Erwähnung, dass sie selbst hinter mir her ist. Vielleicht weiß sie, dass es in dieser schrecklichen Abteilung nicht besser wird als Assante.

„In Ordnung. Vielleicht sollten wir uns über Assante unterhalten. Versuchen herauszufinden, wer zur Hölle er ist, bevor er zuschlagen kann." Im Hinterkopf plane ich bereits einen Notfallanruf an Jamie und seine Familie, um mein Boot so schnell wie möglich herzubringen.

Sobald Ophelia und Molly sicher an Bord sind, wird Assante einen Riesenspaß haben, uns zu erwischen. Selbst wenn er ein Boot klaut und uns folgt, ich werde ihn kommen sehen können.

„Abgesehen von seinen vielen bestätigten Morden und den dutzenden, denen er verdächtigt wird, ist das hier alles, was ich über ihn habe. Er ist Mitte fünfzig, ein Meister verschiedener Kampfkünste und zeigt mehrere diagnostische Zeichen eines Soziopathen." Ihre

Stimme ist geschäftlich und ruhig, als würde sie mit einem Kollegen reden.

Sie behandelt mich nicht wie einen Kriminellen. Es ist irgendwie erfrischend. Sie ist eine Art Querdenkerin. „Sonst noch was?"

„Er ist sehr sorgfältig und strikter Vegetarier. Außerdem scheint er Mysophobier zu sein." Sie sieht mein Gericht und neigt den Kopf. „Klingelt da was?"

Tut es … aber ich brauche einen Moment, um zu verstehen, warum. Als ich es tue, stehe ich sofort auf. „Fuck."

„Stone. Reden Sie mit mir." Sie steht ebenfalls auf.

„Er hat an dem Tisch da drüben gesessen, hat Handschuhe beim Frühstück getragen. Er war der Einzige im Raum, der kein Fleisch auf seinem Teller hatte. Richtiges Alter, richtiges Verhalten, sah sizilianisch aus." *Bitte lass mich recht haben. Und lass mich fähig sein, diesen Mistkerl wiederzufinden.*

„Dann finden wir ihn besser, bevor er Ihr Hotelzimmer findet." Wir eilen zusammen hinaus, während meine Gedanken rasen. Ich muss zu Ophelia und Molly — und zu meinen Waffen. Es ist mir egal, ob dieser Cop die Chance bekommt, Assante lebend festzunehmen, aber er rührt dieses kleine Mädchen nicht an — oder meine Frau.

Wir rennen zu meinem Zimmer — die Tür ist unverschlossen. Es sind kleine Kratzer am Schlüsselloch, die vorher nicht dort waren. Jemand ist eingebrochen. *Oh Gott.*

Ich stoße die Tür auf. „Ophelia!"

Die Stille zerreißt mich. Aber es gibt keinen Geruch von Kordit oder Blut, und als ich in das andere Zimmer renne, finde ich es ebenfalls leer vor. Eines der Stofftiere — Mollys zerschlissener Liebling — fehlt aus der Aufreihung auf dem Bett so offensichtlich wie ein fehlender Zahn. Aber sie ist nirgends zu sehen.

Beruhige dich. Denk nach. Ich halte inne und atme tief ein. *Hat er sie entführt?*

„Stone, da ist eine Nachricht." Die Stimme von Agent Moss ertönt ruhig aus dem anderen Zimmer und ich komme zu ihr.

Es ist eine Nachricht von Ophelia. Sie ist an den Fernseher

geklebt. „‚Mache mit Molly einen Spaziergang am Strand, wir sind in einer halben Stunde zurück' … Scheiße. Er wird das gesehen haben."

„Wir müssen ihnen hinterher." Sie kontrolliert ihre Faustfeuerwaffe.

Ich gehe eilig zur Truhe. Es ist eine wirklich schlechte Idee, unbewaffnet auf Assante Jagd zu machen. Aber als ich sie öffne, kann ich den Inhalt nur anstarren.

Die Waffen fehlen.

„Glauben Sie, dass Assante eine Schusswaffe hat?", fragt Moss, während sie ihre eigene in den Holster steckt.

„Jetzt schon", murmle ich in atemlosem Entsetzen — dann drehe ich mich um, um durch die Tür zu rennen.

KAPITEL 12

Ophelia

„Du lächelst viel, Mommy. Das ist schön." Molly strahlt mich an, während ich ihre Hand halte. Unsere Fußabdrücke liegen hinter uns im weichen Sand am Rand des Meers — ein Morgenspaziergang vor dem Frühstück.

Es ist immer noch ein wenig kühl, am Horizont hängt eine graue Schicht Wolken am blassblauen Himmel. Die Wellen sind durch den Wind unruhig, der mir meinen olivgrünen Rock um die Beine weht.

„Ich habe einen Grund zum Lächeln", antworte ich mit leichter Stimme. Manche der Gründe kann ich ihr erzählen: wir sind weg von ihrem Vater, wir sind sicher, niemand wird uns je wieder so verletzen. Es tut mir im Herzen weh, dass sie es in einem so jungen Alter versteht, dass ihr Vater ein schrecklicher Mensch war — jemand, vor dem man Angst haben muss.

Dann gibt es den einen großen Grund, den ich ihr nicht erzählen kann — zumindest nicht, bis sie ein wenig älter ist. Ich habe letzte Nacht eine völlig neue Dimension von Sex kennengelernt, vom Höhepunkt bis dazu, danach gehalten zu werden. Ich konnte Brian zu diesem Zeitpunkt nicht vollständig erklären, warum ich weinte, aber jetzt verstehe ich die tiefe Traurigkeit, die mich getroffen hat, als ich erkannte, womit ich mich jahrelang an der Stelle von Liebe abgefunden habe.

„Werden wir von jetzt an bei Brian bleiben?", fragt Molly, die bei dieser Aussicht begeistert klingt. „Ich mag ihn. Er ist viel netter als Daddy."

Heilige Scheiße, Süße. „Ich möchte, dass du weißt, wenn ich gekonnt hätte, hätte ich dich genommen und Daddy schon vor langer Zeit verlassen. Brian hat geholfen." *Und ich erzähle dir auch diese ganze Geschichte erst in ein paar Jahren.*

Ich habe geholfen, meinen Mann umzubringen. Ich kann das jetzt ohne Scham denken. Ich habe geholfen, meinen Mann umzubringen, aber er war ein Monster und seine Vorgesetzten waren Monster. Und ein solcher Mann ist nicht aufzuhalten. Ein Mann, der die Mafia zur Verfügung hat, um mich zu verfolgen und zu ihm zurückzubringen, wenn ich eine Flucht versuche. *Zumindest nicht ohne eine gottverdammte Kugel aufzuhalten.*

„Also bleiben wir bei ihm? Auf der Insel?" Sie hüpft neben mir und bleibt dann stehen, um etwas im Sand zu inspizieren, das Wasser herausspritzt.

Ich bleibe mit ihr stehen. „Ich denke definitiv darüber nach. Wie auch immer, wir haben einen ganzen Monat hier, um uns zu entscheiden."

„Okay. Aber ich bin dafür, dass wir ihn behalten." Sie springt nach vorn und wieder zurück, dann geht sie in die Hocke, um in einem Loch im Sand zu bohren. „Was ist das?"

„Das ist eine Venusmuschel, Süße. Ihnen gerät Sand in die Schale hinein und sie spucken Wasser aus, um sich zu reinigen." Ich setze mich neben sie und nehme meinen Rock in eine Hand, damit er nicht im nassen Sand landet.

„Warum leben sie im Sand, wenn sie ihn nicht in ihrer Schale wollen?" Sie neigt den Kopf und bohrt erneut in dem Loch. Ein weiterer Wasserstrahl spritzt heraus und sie zieht ihre Hand mit einem Aufschrei zurück.

„Damit die Vögel ihre Schale nicht aufbrechen und sie essen." Wie lange ist es her, dass ich einen unschuldigen Moment mit meiner Tochter hatte, in dem ich ihr einfach nur Dinge beibringe und Mutter bin? Zu lange. Ich bin wirklich froh, es wieder tun zu können.

Und nichts davon wäre ohne Brian möglich gewesen. In den ich mich verliebe, wenn das nicht schon der Fall ist. Und so wie er sich verhält ... Ich glaube, er empfindet dasselbe.

Was für ein wundervoller Morgen.

„Wir sollten bald zurückgehen und unsere Burritos essen", setze ich an, als ich einen Ruf hinter uns höre.

Ich drehe mich in der Hoffnung um, dass es Brian ist. Aber es ist ein älterer Mann, den ich nicht erkenne und der energisch über den Strand auf uns zugeht, mit etwas in der Hand, das schlaff und violett ist. Er hat dunkles, grau werdendes Haar und trägt Brille und Handschuhe. Er lächelt sanft, als er das Objekt hochhält.

„Hallo!", ruft er, als er näherkommt. „Es tut mir sehr leid, aber Ihre Tochter scheint das hier fallengelassen zu haben."

„Mein Bär!" Molly richtet sich auf und strahlt — dann rennt sie mit ausgestreckten Händen auf den Mann zu. „Oh, danke! Ich habe ihn wohl vergessen."

Moment.

Vielleicht ist es die Zeit, die ich mit Brian verbracht habe. Vielleicht ist es, dass ich jahrelang mit der Mafia verheiratet war. Aber meine natürliche Vorsicht schaltet sich ein — und ich greife den Arm meiner Tochter eine Sekunde, bevor mir der Grund einfällt: Sie hat den Bären nicht mitgenommen, als wir das Hotelzimmer verlassen haben. Wie und warum hat er ihn überhaupt?

Sie bleibt stehen und blinzelt mich an. „Aber Mommy, mein Bär!"

„Es ist okay, Liebling. Gib mir nur eine Sekunde." Ich sehe zu dem Mann auf, dessen Augen hinter der Brille ein warmes Schokoladenbraun haben ... nur dass sein Lächeln sie nicht ganz erreicht. „Wer sind Sie?"

Er seufzt verzweifelt und wirft den Bär in den Sand. Ich sehe die Pistole in seiner Hand, woraufhin mir das Blut in den Adern gefriert.

„Mein Name ist Assante. Sie werden nicht von mir gehört haben.

Ihre Verbindung zu meinem Arbeitgeber ist schließlich gänzlich zufällig."

Er ist von den Cohens. Oh Gott. Brian ... wo bist du? Du hast gesagt, du würdest uns beschützen!

„Sie sind im Blickfeld des Resorts. Es wird Zeugen geben. Sie können nicht einfach ..." Ich erstarre, als er seine freie Hand gebieterisch hebt.

„Ich nehme an, dass es die geben wird, aber bis es jemand schafft, nah genug zu kommen, um uns zu identifizieren, werde ich weg sein. Glauben Sie mir, junge Dame, ich mache diesen Job länger, als Sie leben." Sein Lächeln zuckt leicht, was in mir eine Welle des Entsetzens und der Übelkeit auslöst.

Ich schiebe Molly hinter mich und sehe mich hektisch um. Keine Deckung. Wir könnten ins Wasser rennen, aber er würde uns einfach in den Rücken schießen.

„Es tut mir wirklich leid. Wenn überhaupt, dann ist Mr. Stone schuld daran. Er weiß es besser, als Zeugen zu hinterlassen." Seine Stimme ist beinahe heiter, als sein Finger in den Abzugsbügel gleitet.

„Mommy?", ruft mein Baby ängstlich. Ich umarme sie fest und bedecke ihre Augen mit meiner Hand, während ich versuche, sie mit meinem Körper abzuschirmen. Wir können nicht fliehen und nichts tun, als zu beten, dass es schnell geht.

Aber bevor Assante den Abzug drücken kann, höre ich ein entrüstetes Brüllen, das von einem wütenden Bullen hätte kommen können. Der Mann mit der Waffe dreht den Kopf — und seine Augen werden vor Sorge ein wenig größer, bevor er sich schnell umdreht und stattdessen auf einen wütenden und rennenden Brian zielt.

„Molly, runter!", schreie ich, als ich nach vorne springe und den Arm des Mannes mit der Waffe zur Seite schiebe. Ein Schuss löst sich. Brian stöhnt vor Schmerzen auf und hält seine Seite, gerät aber nicht einmal aus dem Tritt.

Der Mann dreht sich um, um mich mit überraschender Kraft zu ohrfeigen, wodurch ich sofort in den Sand falle. Ich lande mit klingelnden Ohren neben Molly, aber bevor er seine Aufmerksamkeit auf Brian richten kann, ertönt ein markerschütternder Aufprall und ein schmerzvolles Stöhnen. Die Pistole fliegt an mir vorbei und landet mit einem Plopp auf dem Boden.

Ich hebe den Kopf, um zu sehen, wie Brian dem Mann gegenüber Angriffsposition einnimmt, dessen Augen zu belustigten Schlitzen werden. „Du blutest", bemerkt er, als Brian eine blutige Faust von seiner Seite löst.

„Ja, tue ich", knurrt Brian, das Gesicht weiß vor Wut. „Ich werde dir trotzdem in den Arsch treten."

Ich sehe den Hügel hinauf zum Resort, wo ein paar Leute sind, aber bis auf eine laufen alle vor der Konfrontation weg, nicht hin. Die Einzige, die es nicht tut — eine elegant aussehende Frau mit hell-blondem Zopf — rennt mit einer Pistole in der Hand direkt auf uns zu.

„Ich weiß nicht, wie du planst, das zu tun", antwortet der Mann, als er eine weitere Waffe unter seiner Anzugjacke herausholt. „Da ich bewaffnet bin und du nicht …"

Ich habe noch nie gesehen, wie sich jemand von Brians Größe so schnell bewegt hat. Ich sehe nur, wie er sich dreht, während er das Bein hebt — und dann gibt es einen Knall und die zweite Waffe fliegt durch die Luft, während Assante seine eindeutig gebrochene Hand hält.

„So, Arschloch", knurrt Brian und stürzt auf den Mann zu.

KAPITEL 13

Brian

Ich bin in meinem ganzen gottverdammten Leben noch nie so
schnell gerannt. Ich schieße hinunter zum Strand, erschrecke
Passanten, scheuche Vögel in die Luft und lasse meine Muskeln und
meine Lunge brennen. Der Strand ist fast verlassen. Ich erkenne
Fußspuren, die am Ufer entlangführen. Zwei barfüßige — mittel und
winzig — und einmal von Budapestern.

Er ist hinter ihnen her. Er ist ihnen bereits auf den Fersen. Ich ignoriere
die Schmerzen und treibe mich noch stärker an.

Agent Moss folgt mir, ruft mir aber nicht hinterher, ich solle langsamer werden. Ich würde auch nicht auf sie hören, selbst wenn sie es
täte. Dann sehe ich Gestalten in der Ferne — und alles geht sehr
schnell.

Ich spüre die Kugel nicht, die meine Seite trifft, als Assante feuert.
Ich zögere nicht für einen Moment, als er die andere Fünfundvier-
ziger herausholt. Es gibt nichts zu tun, als weiter anzugreifen, bis
Assante mich entweder umbringt oder Moss uns einholt und ihre
Waffe auf ihn richtet.

„Gut gespielt. Aber ich kann euch immer noch alle drei umbringen, bevor euch irgendjemand zu Hilfe kommt." Der Mistkerl will zusätzlich zum Kampf auch noch Geplänkel.

Ich komme dem nicht nach und entfessle stattdessen eine Reihe von Schlägen bei dem Versuch, ihn von Ophelia und Molly wegzutreiben — und weg von dort, wo die Waffe gelandet ist. Ich kann nicht darauf vertrauen, dass der nasse Sand sie funktionsunfähig gemacht hat.

Jetzt, da er weiß, dass ich fähig bin, spielt er keine Spielchen mehr und bewegt sich so flüssig, dass ich nicht einen einzigen Schlag oder Tritt landen kann. Ich dränge trotzdem nach vorne, merke, wie meine Seite klebriger und feuchter wird, spüre den knarrenden Schmerz in meinen Rippen, weiß aber, dass ich ihn in der Defensive halten muss.

„Meine Güte, du gibst wirklich alles, was du hast", bemerkt er, immer noch unerträglich ruhig. „Man könnte denken, du hast an diesem Strand außer deinem eigenen Leben noch etwas zu retten."

Ich schlage schnell, um ihn auf Abstand zu halten. Er lehnt sich aus dem Weg und kommt kurz unter meine Deckung, greift meinen Arm und hält ihn fest. Ich lehne mich in seine Bewegung, bevor er den Knochen brechen kann. Seine verletzte Hand verliert den Griff und ich ramme meinen freien Ellbogen nach hinten in sein Gesicht.

Seine Brille zerbricht und er stolpert zurück, Blut sickert durch seine Finger, während er sein Gesicht hält. Ich versuche einen weiteren Schlag zu landen, aber dann reißt er die blutige Brille weg und blockt unfehlbar, selbst halb blind.

„Willst du mir sagen, dass du deinen Eid an uns wegen einer Frau, die du kaum kennst, gebrochen hast und geflohen bist?", spottet er, während er einem weiteren Schlag ausweicht. „So unprofessionell. Es gibt einen Grund dafür, dass Romantiker hoffnungslos genannt werden."

Der Blutverlust verursacht mir Schwindel — aber ich stehe immer noch auf den Füßen und er ist ebenfalls verletzt. „Du verspottest die Liebe nur, weil du sie nicht fühlen kannst, du gefühlloses Arschloch." Ich bin überrascht, als tatsächlich Wut in seinem blutenden Gesicht sichtbar wird.

„Nur ein Narr ist stolz auf seine Schwächen!" Ich weiche gerade so seinem Tritt unter meinem Kinn aus. Er treibt den Angriff voran, ganz allein auf mich konzentriert, und verwirrt mich mit der kalten Wut in seinem Gesicht. „Und jetzt hast du dein dreckiges Blut auf mir verteilt!"

Oh, richtig. Ein Mysophobier. „Du hast mich angeschossen und meckerst mich jetzt an, weil ich blute? Wirklich?" Ich kann es mir nicht leisten, über meine Schulter zu sehen, um zu erkennen, wie weit Moss über den Strand gekommen ist. Assante kämpft jetzt wirklich, die Schläge kommen schnell, hart und es ist fast unmöglich, ihnen auszuweichen.

„Widerlich. Danach werde ich Antibiotika brauchen. Aber zuerst breche ich dir den Hals." Und dann stößt er so schnell mit zwei Fingern nach mir, dass ich mich kaum rechtzeitig bewegen kann, um zu vermeiden, dass sie mich am Kehlkopf treffen.

Ich weiche aus, dann spucke ich ihm ins Gesicht.

Er stolpert zurück und wischt sich heftig über das Gesicht, sein Ziel mich zu töten für einen Moment vergessen. Und in diesem Bruchteil einer Sekunde folge ich dem Spucken mit einer Faust.

Ich treffe ihn so hart, dass die Haut an meinen Fingerknöcheln mit frischem Schmerz aufreißt. Er fliegt nach hinten in den Sand und landet dort benommen. „Du dreckiger, verlogener Schuft ...", setzt er an, eine Sekunde bevor ich ihm ins Gesicht trete und zusehe, wie ein paar seiner Zähne fliegen. Sein Hinterkopf trifft auf den Sand und er blinzelt hinauf zum Himmel, als wäre er schockiert darüber, dass ich verzweifelter, schmutzig kämpfender Arsch ihn tatsächlich geschlagen habe.

Aber das ist die Sache mit Meisterkampfsportlern. Der Gegner, den sie fürchten, ist kein anderer Meister. Es ist irgendein verzweifelter Fremder ohne Sportsgeist, dessen Handlungen nicht vorhergesehen werden können und der nichts zu verlieren hat.

„Brian!" Ophelia ist auf den Füßen, und Gott sei Dank, sie hat die Waffe. Sie rennt zu mir, dann umarmt sie mich vorsichtig. Ich erwidere die Umarmung mit einem Arm, während sich Molly weinend an mein Bein klammert.

„Es ist okay, Ladies. Es ist vorbei. Er kann euch nicht mehr wehtun." Und wenn er es versucht, zerschmettere ich ihm den verdammten Schädel.

„Weißt du", sagt Assante leise, „andere werden kommen, sobald ich ihnen sage, wo du bist."

„Oh, wir werden nicht mehr hier sein, sobald jemand anderes kommt." Ich lächle trotz meiner Schmerzen. „Außerdem, denkst du wirklich, jemand wird versuchen wollen, den Mann zu erwischen, der *dir* den Arsch versohlt hat?"

Er hat keine Antwort darauf und wendet beleidigt den Blick ab.

Einen Moment später taucht Moss auf und richtet ihre eigene Pistole auf Assante. Ophelia blinzelt über die plötzliche Ankunft. „Wer sind Sie?"

„Carolyn Moss, FBI. Ich bin hinter diesem mordenden Bastard hier her." Sie hält die Waffe weiter auf Assante gerichtet. „Denken Sie nicht einmal daran, sich zu bewegen", sagt sie zu ihm.

„Das … wäre unter diesen Umständen schwierig", sagt er, seufzt und hält brav still. „Aber sind Sie nicht außerhalb Ihres Zuständig-keitsbereichs?"

„Vielleicht. Aber niemand wird dir glauben, wenn du ihnen das sagst", informiere ich Assante. Das Adrenalin beginnt nachzulassen und meine Rippen beginnen wirklich wehzutun. Ich wende mich der Agentin zu. „Haben Sie Handschellen?"

„Nope", erwidert sie mit überraschender Belustigung. Sie reicht mir ihre Waffe. „Halten Sie die auf ihn gerichtet. Ich habe etwas Besseres."

Als sie eine Rolle Klebeband hervorholt, werden Assantes Augen groß vor Empörung. Ich grinse, während ich die zitternde Ophelia an mich drücke.

„Machen Sie eine Klebebandmumie!", verlangt Molly hinter meinem Bein. „Er hat meinen Bären entführt und allen Angst gemacht!"

„Also das ist einfach übertrieben …", protestiert Assante. „Mein Anzug …"

Mit breitem Grinsen reißt Agent Moss das erste Stück Klebeband ab. „Ich werde mein Bestes tun", verspricht sie Molly.

Dann klebt sie das Stück direkt über seinen Mund.

KAPITEL 14

Ophelia

Brian kommt erst am späten Nachmittag aus dem Krankenhaus. Sie können nicht viel gegen gebrochene Rippen tun, aber sie haben die Wunde an seiner Seite genäht und ihm Antibiotika und Schmerzmittel gegeben. Dadurch und durch die Schläge, die er durch Assante eingesteckt hat, hat er Schmerzen und ist ein wenig mürrisch, als wir zum Auto gehen.

Mir geht es besser, aber Molly ist total erledigt und schläft an meiner Schulter, während sie sich wie ein Baby-Koala vorn an mir festhält. Ich klammere meine Arme fest um sie, nicht bereit dazu, sie wieder loszulassen.

„Bist du wütend auf mich?", fragt er. „Ich hätte mein Versprechen fast nicht halten können."

„Nein. Die einzigen Kerle, die schuld sind, sind die Cohens und dieser Mistkerl Assante. Hat diese FBI-Agentin ihn wirklich so mit Klebeband verschnürt ins Krankenhaus gebracht? Ich kann mir nicht vorstellen, dass sie so nett ist, aber auf der anderen Seite bin ich selbst bereit, diesen Mistkerl dafür umzubringen, dass er eine Waffe auf meine Tochter gerichtet hat."

„Er ist laut der Polizisten, die mit mir geredet haben, nie im Krankenhaus angekommen. Sie wissen nichts von Agent Moss, was vermutlich gut ist." Er setzt sich auf die Fahrerseite und stöhnt leise wegen der Schmerzen in seiner Seite.

„Du denkst nicht, dass er sie getötet hat und geflohen ist?", frage ich.

Er lacht. „Nein. Ich denke, er fährt im Kofferraum ihres Mietwagens zurück nach Amerika."

Ich erinnere mich an den Ausdruck der Empörung auf Assantes Gesicht, als Agent Moss ihm den blutigen Mund zugeklebt hat. „Hätte keinem netteren Kerl passieren können."

„Ich weiß nicht, was wir getan hätten, wenn sie nicht aufgetaucht wäre", gibt Brian zu, während ich Molly auf die Rückbank setze und anschnalle. „Wirkt komisch. Fast, als hätte sie jemand anderes als das FBI geschickt."

„Ich denke, du verkaufst dich unter Wert. Sie hat nur die Warnung gegeben. Du hast den Mann allein niedergestreckt. Aber es *ist* ein wenig seltsam. Hast du irgendwelche geheimen Agentenfreunde?", frage ich, als ich Mollys Tür schließe und auf meinen Platz rutsche.

„Nicht, dass ich wüsste. Aber ihre Hilfe war … wesentlich. Und wenn ich nicht wüsste, dass es vermutlich alles nur Zufall war, würde ich glauben, dass sie dafür geschickt wurde."

„Fast genug, um dich deine Gefühle überdenken zu lassen, dass alle Polizisten Mistkerle sind, hm?" Ich schnalle mich an.

Er lacht und nickt, während er den Motor startet. „Wie auch immer, ich schulde ihr was. Ich hoffe, ihr Stern steigt schnell auf, wenn sie dieses Arschloch abliefert."

„Ich auch. Aber wie auch immer, genug davon. Ich bin am Verhungern und meine Füße tun weh. Gehen wir zurück ins Hotel. Du sagst, dein Freund Jamie und seine Familie treffen sich mit uns zum Abendessen?"

„Ja. Sie bringen mein Boot. Wir können auf dem Deck ein

Barbecue machen. Seine Töchter sind in Mollys Alter. Denkst du, sie hat Lust dazu?" Er klingt besorgt und ich lächle.

„Sie wird in Ordnung kommen, sobald ich sie gewaschen und ihren Bären genäht habe. Sie ist ein zähes Kind. Vielleicht zäher als ich."

Molly öffnet ein Auge. „Es tut besser niemand mehr meinem Bären weh."

„Nein, das tun sie besser nicht, ansonsten verprügle ich sie ebenfalls. Versprochen." Brian scheint so verblüfft zu sein wie ich, wie belastbar Molly ist. Wir werden sie nach dieser Sache natürlich beobachten müssen. All dieses Unglück muss seine Spuren hinterlassen. Aber trotzdem denke ich, dass sie klarkommen wird.

„Gut. Du kannst Bösewichte verprügeln wie Batman", sagt Molly.

Er lacht, anscheinend nicht allzu gestört durch den Vergleich. „Ich bin nicht reich genug, um Batman zu sein. Aber ich werde es versuchen."

„Also wann gehen wir auf die Insel?" Molly beendet ihre Frage mit einem Gähnen und blinzelt langsam. „Ich will dorthin."

Brian und ich tauschen einen warmen Blick aus. Er möchte mich bei ihm auf der Insel haben, für immer. Molly auch. Ich habe gemischte Gefühle. Molly wird Schuldbildung brauchen und ich bin nicht sicher, ob ich all das allein tun kann. Aber für den Moment … klingt eine idyllische Zuflucht im warmen Pazifik beinahe perfekt.

„Wir können nicht einziehen, bevor das Haus gebaut ist", sagt Brian nachdrücklich. „Deshalb der Monat. Aber wir können es dieses Wochenende besuchen, wenn du magst."

„Wir fahren mit einem Boot? Yay!" Sie hüpft begeistert auf ihrem Sitz unter dem Anschnallgurt.

„Ja." Brian lächelt, während er sich auf die Straße konzentriert. „Und dann auch noch eine geheime Insel. Das wird klasse."

„Kann ich all meine Stofftiere mitbringen?" Natürlich, die wichtigste Frage meiner süßen Tochter. Und ihr Fragen macht es noch deutlicher: sie wird klarkommen.

Und solange wir drei zusammen sind … werde ich das auch.

Ich lächle, als wir uns auf den Weg zurück zum Hotel machen, um uns verdientermaßen auszuruhen. Es wird vielleicht ein wenig dauern, bis Brian so weit geheilt ist, um mich wieder zu lieben ... aber das ist in Ordnung.

Dank ihm haben wir mehr als genug Zeit.

E nde.

EPILOG

Carolyn

„Also, Sie werden Stone hinterhergeschickt, verfolgen ihn nach San Diego und kommen dann stattdessen mit Geraldo Assante zurück?" Daniels klingt völlig verblüfft. „Er ist im Moment tatsächlich unter Bewachung im Gefängnis? Wie zur Hölle haben Sie das geschafft?"

„Ich habe herausgefunden, dass Stone versucht hat, sich abzusetzen. Die Cohens nutzen Assante üblicherweise, um Auftragskiller zu bestrafen, die abhandenkommen, also habe ich mich für den Mann entschieden, gegen den wir einen wesentlich aussichtsreicheren Fall haben, als es darum ging, sich zu entscheiden, wer verfolgt werden soll." Es steckt so viel mehr dahinter, aber Daniels muss nicht all die Details kennen.

Die sind Prometheus vorbehalten.

„Wir versuchen seit fünfzehn Jahren, diesen Mistkerl zu erwischen und Sie stolpern im Einsatz zufällig über ihn. Verdammt nochmal." Er lehnt sich auf seinem Schreibtischstuhl zurück und lacht ungläubig.

Ich halte mein Lächeln erstarrt auf meinem Gesicht, meine Fäuste spannen sich hinter meinem Rücken an und lösen sich wieder. „Chancen wie diese klopfen nicht sehr oft an, Sir."

„Nein. Ich vermute, das tun sie nicht." Er beäugt mich mit einem Anflug von Argwohn. „Trotzdem … Sie hatten in letzter Zeit fürchterlich viel Glück."

„Glück kommt mit guten Hinweisen, Sir. Der Rest war harte Arbeit." Er muss nicht wissen, dass neunzig Prozent meiner ‚guten Hinweise' nicht von ihm kommen.

„Na ja, ich kann nicht behaupten, dass Sie nicht hart arbeiten." Er klingt neidisch. Daniels' Rückkehr zur Arbeit steht unter sehr großen Vorbehalten, wenn die Gerüchte stimmen, aber trotzdem sitzt er hier an seinem Tisch und tut so, als wäre nichts passiert.

Ich kenne die Wahrheit. Deine Frau ist weg, dein Ruf geht mit gewaltiger Geschwindigkeit den Bach hinunter, dein Job ist gefährdet und die weibliche Agentin, die du mit einer Reihe unmöglicher Jobs versucht hast zu bestrafen, leistet stattdessen perfekte Arbeit.

Daniels' Stern sinkt, während meiner aufsteigt, und ich weiß, wem ich für beides zu danken habe.

Aber die Frage bleibt: Warum hilft Prometheus mir?

„Assante behauptet, Sie hätten ihn nach Mexiko verfolgt, ihn entführt und im Kofferraum Ihres Autos wie ein verdammter Mafioso zurück in die Staaten geschmuggelt." Er macht Notizen, während wir reden. „Dafür gibt es keine Beweise, auch wenn er verletzt war. Haben Sie irgendetwas dazu zu sagen?"

„Ich denke, Geraldo Assante wird alles sagen, um zu versuchen, dass sein Fall fallengelassen wird."

Ich denke ebenfalls, dass es einmalig befriedigend war, ihn mit Klebeband zu fesseln und in meinen Kofferraum zu stecken. Genau wie all die Umwege über steinige, gewundene mexikanische Nebenstraßen auf dem Weg nach Hause.

„Na ja, wir haben dutzende Zeugen gegen ihn. Wir brauchen wirklich keine weiteren Aussagen. Selbst wenn diese Festnahme abgewiesen wird, können wir umdrehen und ihn wegen fünfzig anderer

Dinge erneut festnehmen." Er schnieft. „Ich würde Ihnen eine Empfehlung schreiben, aber ich will nicht, dass Ihnen die Dinge zu Kopf steigen."

Sie mich auch. Aber ich bekomme trotzdem die Anerkennung für die Festnahme. „Ist das alles, Sir?", frage ich beinahe sanft.

Er grunzt und wedelt mit einer Hand. „Ja, Zeit, mit Nummer vier auf Ihrer Liste weiterzumachen. Ich werde die Akte und die Flugtickets nach Detroit bis morgen früh an Sie schicken. Der Flug geht an diesem Nachmittag." Er wedelt erneut mit der Hand, als würde er einen Diener wegschicken. „Abmarsch."

„Ja, Sir", antworte ich, als ich mich zum Gehen wende und gegen den Drang zu lachen ankämpfe.

In meinem Auto sehe ich mich um, dann hole ich das Handy hervor, das Prometheus mir gegeben hat und schreibe ihm.

Daniels ist zurück und wird argwöhnisch. Er schickt mich morgen zu einem weiteren Fall. Keine Empfehlung. Ich glaube, er versucht herauszufinden, wie er die Anerkennung für meine Festnahme einheimsen kann.

Die Antwort kommt innerhalb weniger Minuten.

Das wird schwierig werden. Interessant, dass er jegliche ernsthafte Disziplinarverfahren meiden konnte. Er muss Beziehungen im Bureau haben, denen ich mir nicht bewusst bin.

„Oder höllisches Glück", grummle ich. Aber das ist in Ordnung. Ich kann mir mein eigenes Glück erschaffen — besonders mit der richtigen Hilfe.

Ich wollte Ihnen danken. Sie haben mir sehr geholfen.

Seine Antwort überrascht mich.

Ich habe nur die Informationen geliefert. Sie haben sich entschieden, mir zuzuhören und zu reagieren. Ich bin froh, Sie gefunden zu haben. Es ist selten, jemanden zu finden, dessen Moral zu seinen Ambitionen passt.

Ruhen Sie sich aus, Carolyn. Ich werde Sie kontaktieren, wenn Sie nach Detroit kommen.

„Woher weiß er, dass ich nach …", beginne ich, aber es hat keinen Sinn, ihn zu fragen. Ich weiß, dass Prometheus so wie bei vielen anderen Dingen seine Geheimnisse nicht verrät.

Aber eines Tages werde ich ihn finden und Antworten von ihm bekommen. Ich weiß nicht, wie dieses Treffen sein wird, aber ich weiß bereits, dass ich nicht aufhören werde, bis ich ihn finde.

E nde.

THE LAST BOUT

Eine dunkle Mafia-Romanze

(Nie erwischt 4)

KLAPPENTEXT

Ich habe seit zehn Jahren keinen Kampf verloren.

Ich herrsche jetzt seit mehr als einem Jahrzehnt über das Untergrundboxen in Detroit.

Ich habe eine Legende aus mir gemacht.

Aber als ich eine unschuldige Frau vor ihrem Stalker rette, verliere ich gegen sie ...

Auf die bestmögliche Art.

Ich beginne keine ernsten Beziehungen – zu riskant.

Aber Josie ist anders – sie ist das Risiko wert.

Aber als ihr Stalker das FBI auf mich und meinen Boss ansetzt, muss ich wie der Teufel kämpfen, um sie zu beschützen.

PROLOG

Carolyn

Datum: 16. Februar 2019
Standort: Detroit, Michigan
Zielperson: Jacob Todd „Jake" Ares
Vorstrafenregister: Jugendakten versiegelt. War vor dem Militärgericht, drei Monate in Haft und wurde anschließend unehrenhaft aus der US Army entlassen. Sein Verbrechen bestand darin, wiederholt als bezahlter Kämpfer in einem Untergrund-Boxring in der Joint Base San Antonio angetreten zu sein. Da Private Ares, damals neunzehn, keine anderen Verstöße hatte, wurden ihm weitere Disziplinarmaßnahmen erspart. Ares ist mit seiner biologischen Familie zerstritten, zum Teil aufgrund dieses Vorfalls.

Ares ist 2007 nach Detroit gezogen, sechs Monate nach seiner Entlassung, um eine professionelle Karriere in den Mixed Martial Arts anzustreben. Jedoch konnte er trotz einer Reihe von Siegen im Amateurring keinen Sponsor finden, vermutlich wegen seiner unehrenhaften Entlassung und des Rufs, den sie bei ihm hinterlassen hat.

Ares wurde wegen mehrerer Auseinandersetzungen in Bars in

Detroit festgenommen, aber die Anklagen wurden fallen gelassen, da dies alle Teil beidseitiger Handgemenge gewesen waren. Er hat den Ruf, bei Vorfällen mit Schikane dazwischenzugehen, um das Opfer zu beschützen. Er hat keine Vorgeschichte von Gewalt gegen Nichtkombattanten.

Ares hat keine Beschäftigungsnachweise außer eines Teilzeitjobs als Sicherheitsmann im Iron Pit Nachtclub (siehe Bemerkungen zur Beschäftigung). Allerdings liegt sein Lebensstil mehrere Steuerklassen über dem, was seine Beschäftigung abdecken könnte. Das schließt seine Ersparnisse aus seiner Militärkarriere mit ein.

Der Wind bläst gegen mein Hotelzimmerfenster und bedeckt das Fenster mit dicken Flocken. Ich sehe von meinem Computer auf und seufze, bevor ich aufstehe und mich strecke. *Verdammt. Ich friere schon wieder und kann mich nicht konzentrieren.*

Draußen sammelt sich der Schnee auf den vollen Straßen. Als ich zu dem breiten Fenster gehe und nach unten sehe, rutscht ein Pick-up unter einem Chor aus Hupen in das Heck eines SUVs. *Detroit Mitte Februar. Vielen Dank, Boss. Ich vermisse San Diego bereits.*

Ich habe den ganzen Winter damit verbracht, auf der Suche nach Verdächtigen durch die Vereinigten Staaten, Kanada und Mexiko zu rennen. Sie sind alle von einer Liste, die mir mein Boss, Assistant Director Derek Daniels, als meinen ersten Langzeitauftrag gegeben hat. Sie beinhaltet fünf Männer, die ernster Verbrechen verdächtigt werden, die bisher weder das FBI noch örtliche Behörden erfolgreich belangen konnten.

Ich habe diese Fälle auf wirklich unerwartete Arten abgeschlossen, aber ich habe sie abgeschlossen. Ich bin bei den letzten beiden: der wirklich berüchtigte am Ende der Liste und Jake Ares, ein gesetzloser Boxer, der verdächtigt wird, ein paar Kerle im Ring getötet zu haben. Allerdings ... Nichts in seinem Muster von Verbrechen oder seinem psychologischen Profil passt zu diesem Verdacht.

Ich glaube nicht, dass dieser Kerl absichtlich jemanden getötet hat. Er ist ein Schlägertyp und liebt einen guten Kampf. Aber Untergrundkämpfe haben eine ziemlich hohe Opferzahl – und beide Tötungen könnten Unfälle gewesen sein.

Oder vielleicht ist mir die ironische Art, auf die die letzten drei dieser Fälle geendet sind, schließlich zu Kopf gestiegen und ich spreche mich unvernünftig zu Gunsten dieses Kerls aus. Hauptsächlich, weil ich erwarte, dass er genauso ist: ein Gesetzloser, aber keine klare und gegenwärtige Bedrohung für die Gesellschaft.

Ich war eine so blinde Idealistin, bevor ich begonnen habe, unter AD Daniels zu arbeiten. Unschuld und Güte wurden dadurch bestimmt, ob man dem Gesetz gehorchte oder nicht. Ich habe nicht an den Charakter oder Reumütigkeit von Gesetzlosen gedacht. Und jetzt ... Jetzt hat sich alles verändert.

Derek Daniels steht unter Verdacht, beinahe jede weibliche Angestellte unter ihm im New Yorker Büro sexuell belästigt zu haben, mich eingeschlossen. Er ist ein Assistant Director des FBIs, mit mehr Geld und Macht, als ich es mir jemals erträumen könnte. Er tut es bereits seit Jahren und ist damit davongekommen.

Als ich ihn abgewiesen habe, hat er mir diese Liste gegeben und mich dazu gezwungen, im Winter umherzurennen, mich mit gefährlichen Stürmen, gestrichenen Flügen und zugeschneiten Straßen herumzuschlagen. Und all das, um eine Gruppe Männer aufzuspüren, von denen er wusste, dass sie genauso schwer zu verurteilen wie zu fangen waren.

Der einzige Grund, aus dem die Dinge für Daniels jetzt den Bach hinuntergehen, ist, dass es da draußen einen Hacker gibt, dem es nicht gefällt, wie mein Boss mich behandelt und sich deshalb dazu entschieden hat, einzuschreiten – derselbe Hacker, der mir dabei geholfen hat, diese Männer aufzuspüren, ihre wahren Geschichten zu erfahren und zu überlegen, was zu tun ist. Ich weiß nicht einmal wirklich, warum er es tut, außer dass er mich mag.

Der Gesetzeshüter tut mir weh und bringt mich in Gefahr. Der Gesetzlose hilft mir, ihm die Stirn zu bieten und es in Ordnung zu bringen. Die Welt ist auf den Kopf gestellt ... und hat mich dazu gezwungen, jeden dieser Männer zu betrachten – nicht nur als einen zu fangenden Verbrecher, sondern als menschliches Wesen.

Ich bin dafür vermutlich ein besserer Mensch, aber ich bin mir nicht sicher, ob ich dafür ein glücklicherer Mensch bin.

Das Leben war einmal so viel einfacher. Und nicht nur, weil ich die Dinge jetzt differenzierter betrachten musste. Ich habe einige grundlegende, persönliche, ursprüngliche Bedürfnisse, die mich immer wieder daran erinnern, dass sie nicht erfüllt werden.

Ich kehre zu meinem Tisch zurück und rufe Ares' Fotos auf – und rolle verzweifelt mit den Augen, als eine weitere Erinnerung an mein ‚kleines Problem' auf meinem Bildschirm auftaucht. *Oh, um Himmels willen – schon wieder?*

Ich weiß nicht, ob das bei Daniels' Entscheidung eine Rolle gespielt hat, wen er mir auf die Liste gesetzt hat, aber *jeder einzelne* dieser Kriminellen war nicht nur von zweifelhafter Moral, sondern auch ein verdammter Snack.

Große, mysteriöse und attraktive Kerle. Blauäugige Blonde mit jungenhaften Gesichtern. Das Foto des fünften Falls kann ich mir nicht einmal ansehen, ohne dass mir der Mund trocken wird ... ein Sammelsurium von echten Kerlen. Und ich date nicht einmal. *Versucht Daniels, mich zu quälen?*, frage ich mich, während ich das letzte Exemplar anstarre.

Ares hat das Aussehen eines athletischen Superstars, was mich vermutlich nicht überraschen sollte. Es ergibt absolut Sinn, dass ein Kampfkünstler, der in der Untergrundszene arbeitet, aussieht, als wäre er mit Lasern aus einem Block Stahl geschnitten worden. Aber das hilft mir kein bisschen, während ich diese Fotos anstarre.

Außerdem kleidet er sich entsprechend, um diesen fantastischen Körper zur Schau zu stellen – er ist vermutlich einer dieser Kerle, die ärmellos unterwegs sind, bis jeder um ihn herum völlig eingepackt ist. Er sieht groß und kräftig aus, seine gebräunte Haut glänzt fast genauso strahlend wie sein großes, verwegenes Hollywood-Lächeln. Ich weiß nicht, wie er trainiert, aber es macht sich eindeutig bezahlt.

Sein Haar ist so kurz geschnitten, dass es nur ein dunkler Flaum ist. Strahlend bunte, kunstvolle Tattoos bedecken seine beiden Arme. Seine großen, mandelförmigen Augen sind so grün, dass es aussieht, als würde er bunte Kontaktlinsen tragen.

Ein weiterer Mann, der so gut aussieht, dass ich ihn in meinem Bett haben wollen würde, wenn ich nicht wüsste, dass er so gefährlich ist. Aber das ist er. Selbst wenn diese tödlichen Fäuste nicht mit der Absicht zu töten geschwungen werden, haben sie getötet. Dessen muss ich mir bewusst bleiben.

Mein Job diese Woche besteht darin, ihn zu finden und ihn in Bezug auf diese beiden Morde zu befragen. Wenn ich diesen Kerl, oder noch besser den Anführer des illegalen Boxrings festnehmen kann, dann kann ich aus Michigan verschwinden, bevor ich erfriere.

Mein exotischer neuer Laptop in der gepanzerten Hülle gibt ein Geräusch von sich und ich sehe ihn an. Eine weitere E-Mail von Prometheus, meinem Hacker-Schutzengel. Ich weiß immer noch so gut wie nichts über ihn, bis auf seine Zuverlässigkeit und sein umfangreiches Wissen über die amerikanische und kanadische kriminelle Unterwelt. Das ist, was ich im Moment brauche.

Daniels gibt mir eine Liste, eine Akte, ein Budget und Flugtickets. Danach sieht dieser korrupte, dilettantische Idiot seinen Job als erledigt an. Ich hatte bis auf einmal noch nie Verstärkung bei mir gehabt, und das war, als wir dachten, wir hätten den derzeitigen Don von New York in der Tasche.

Prometheus schickt mir Geschenke und Informationen. Er hat mich davor bewahrt, in Gefahr zu geraten. Er hat mich davor bewahrt, jemanden festzunehmen, der es wesentlich weniger verdiente als die Leute, die auf ihn angesetzt wurden. Er hat mir sogar dabei geholfen, einen berüchtigten Mafia-Auftragskiller zu schnappen, der *hinter* einem der Kerle auf meiner Liste her war. Wenn er nicht gewesen wäre …

Ich stütze meine Stirn auf meiner Hand ab, während der Wind die Fensterscheibe vibrieren lässt. *Die Pause in San Diego war nicht lang genug.*

Der Winter ist die einsamste Jahreszeit: dunkel, kalt, isolierend und voller familienbezogener Feiertage, die ich dieses Jahr während der Jagd auf Kriminelle überwiegend verpasst habe. Es beeinflusst meine Stimmung und mein Urteilsvermögen. Es sorgt dafür, dass ich mich auf die E-Mails eines freundlichen, aber kriminellen

Fremden freue, der mich vermutlich genauso ausnutzt, wie er mir hilft.

Nichtsdestotrotz spüre ich die leise Erwartung in mir, als ich zurück zu meinem Tisch gehe, um die Nachricht zu lesen.

C *arolyn,*

W *illkommen in Detroit. Ich entschuldige mich für die Kürze dieser Nachricht, aber ich habe heute Abend Geschäfte, um die ich mich kümmern muss. Drei Dinge, die du wissen solltest:*

1. *Derek Daniels steht momentan wegen seines anhaltend fragwürdigen Verhaltens unter Beobachtung und wurde dabei gesehen, wie er auf der Suche nach belastenden Informationen eine Hintergrundüberprüfung über dich gemacht hat. Natürlich hat er nichts gefunden, aber ich bezweifle, dass dies sein letzter leiser Versuch sein wird, dir Schwierigkeiten zu machen.*
2. *Ein Hacker, bekannt als YokaiPrince, agiert momentan in dieser Gegend und wird sich vielleicht in deine Untersuchungen bezüglich Mr. Ares einmischen. Informationen über seine wahre Identität und seinen Aufenthaltsort liegen noch nicht vor. Wenn es so weit ist, wirst du es erfahren.*
3. *Mr. Ares ist kein Mörder. Der Kampfring, für den er arbeitet, betreibt keinen Blutsport, er hatte kein Motiv und die Obduktionsberichte der beiden Männer werden offenbaren, dass ihr Tod ein Unfall war.*

H *ab einen schönen Abend, Carolyn. Ich werde dich mit weiteren Informationen kontaktieren, wenn ich sie habe.*

. . .

Ich lehne mich auf meinem Stuhl zurück und schließe die Augen, während ich versuche, mich trotz meiner Enttäuschung darüber, dass ich heute Abend nicht mit Prometheus plaudern werde, versuche zu konzentrieren. *Also weiß Prometheus von der Situation bezüglich Jake Ares' angeblicher Verbrechen und Behauptungen, dass es unmöglich sein wird, ihn strafrechtlich zu verfolgen. Stattdessen spricht er irgendeinen Hacker in der Gegend an, von dem er behauptet, dass er damit zu tun hätte.*

Ich frage mich, warum er diesen Hacker erwähnt hat. Ist es Territorialität oder ist dieser YokaiPrince wirklich so gefährlich? Und welche Verbindung hat er zu dem Fall?

Sieht aus, als hätte ich ein wenig zu recherchieren. Das ist in Ordnung. Mein Schlafrhythmus ist so durcheinander, dass ich sowieso stundenlang nicht schlafen werde. *Also, lass uns sehen, was du getan hat, YokaiPrince, und herausfinden, was es mit Jake Ares zu tun hat.*

KAPITEL 1

Jake

„Billy? Komm schon, Mann, hör auf damit. Ich habe dich doch gar nicht so hart geschlagen ... Billy?"

„Er ist tot, Jake. Es tut mir leid. Es war ein Unfall, das haben wir alle gesehen, aber der Boss will mit dir reden."

„Oh Gott. Warte, nein, das ist nicht möglich. Er hat eben noch mit mir geredet –"

Licht. Lärm. Der Geruch von Blut. Billys ausdruckslose Augen, die nach oben starren, der erstaunte Ausdruck ist in sein Gesicht eingebrannt.

Ich setze mich mit einem atemlosen Aufschrei auf und öffne die Augen, woraufhin ich mein dämmriges Schlafzimmer erkenne. Ich schiebe die Decke zur Seite und stellte meine Füße auf den Holzboden, bevor ich mich wieder unter Kontrolle bringe und mich der Adrenalinschub zittern lässt. „Scheiße", keuche ich und starre in die Luft, um meine Fassung wiederzuerlangen.

Billy ist seit zwei Jahren tot. Es ist nur wieder derselbe Albtraum. Reiß dich zusammen. Ich reibe mir über das Gesicht, dann drehe ich den

Kopf, um mir meine zusammengesackte Gestalt im Spiegel an der Tür anzusehen.

Für eine Sekunde sehe ich aus wie ein einhundert Kilo verängstigtes Kind. Dann stoße ich den Atem aus und lege mich zurück, um an die Decke zu starren. *Dieser Mist scheint nie leichter zu werden.*

Zwei meiner Gegner sind im Ring gestorben. Einer davon ein dämliches Arschloch, Carl, der sich vor dem Kampf irgendetwas eingeworfen hatte. Ich weiß immer noch nicht, was es war, aber als es im Ring heiß her ging, wurde er in der zweiten Runde ohnmächtig.

Damals war ich Anfang zwanzig und es hätte mich beinahe aus dem Job verschreckt. Ein privates Gespräch mit dem Besitzer des Motor City Iron Pit, dem Boss selbst, war nötig, um mich wieder zurück in den Ring zu bringen. Jetzt haben wir Bluttests wie die legale Liga, und meistens kann ich mit der Sicherheit kämpfen, dass niemand unerwartet ins Gras beißen wird.

Wir kämpfen bis zum ersten Blut oder bis zum K.O. Das ist alles. Niemand soll sterben.

Billy war ein Fehler. Kein Unfall – mein Fehler und auch Billys. Wenn ich von der Verletzung in seiner Kindheit gewusst hätte, die ihm ein schwaches Genick beschert hatte, hätte ich ihm nie ins Gesicht geschlagen.

Ich wusste es nicht. Es war etwas, das er durch Muskelaufbau und Lügen verbarg, damit er weiterhin kämpfen konnte. Als er zu Boden ging, dachte ich, er würde mich verarschen.

Das tat er nicht.

Der Boss sagte mir, dass es nicht mein Fehler gewesen sei. Ich war ein Veteran von zu vielen Kämpfen, um mich so zu verkalkulieren, dass ich jemanden umbrachte. Es war schlicht eine Sache von Fehlkommunikation und ein Unfall.

Er änderte die Regeln erneut. Jetzt müssen alle Kämpfer alle sechs Monate eine ärztliche Untersuchung über sich ergehen lassen. Er kümmert sich gut um seine Leute, da kann ich mich nicht beschweren. Aber irgendwie wache ich zwei Jahre später immer noch schreiend auf, wenn ich mich an den schockierten Ausdruck auf Billys totem Gesicht erinnere.

Er war mein bester Freund.

Die nackte Frau, die warm und entspannt neben mir liegt, rührt sich und macht ein leises Geräusch wie ein Vogel, bevor sie ihr Gesicht in das Kissen drückt. Ich bin nicht überrascht, dass meine Bewegungen sie nicht aufgeweckt haben. Ich habe den Großteil des Nachmittags damit verbracht, sie in den Schlaf zu wiegen.

Sie ist ein weiterer Kampf-Groupie. Ich bringe pro Woche ein paar von ihnen mit nach Hause, lasse ihre Fantasien wahr werden und lasse sie dann sanft gehen. Alles, was sie wirklich von mir wollen, ist eine heiße Nacht und dann die Rückkehr in ihr Leben irgendwo auf der Welt, ohne weitere Verpflichtungen.

Alle bekommen das, was sie wollen. Und was ich im Moment will, ist Erleichterung und Ablenkung – und vielleicht die Chance, ein wenig länger zu schlafen. Es ist noch zwei Stunden, bevor mein Wecker klingelt, und ich will die Zeit gut nutzen.

Nicht damit verschwenden, über eine Vergangenheit nachzudenken, die ich nicht ändern kann.

Mein alter Mann ist ein Mistkerl, aber er hat mir ein paar Dinge beigebracht. *Man bewegt sich immer vorwärts*, sagte er mir immer. Selbst wenn es wehtut, man muss die Lektion annehmen, die einem die Vergangenheit beibringt und dann den Rest hinter sich lassen. Ansonsten trägt man dieses Gewicht am Ende auf den Schultern und wird für den Rest seiner Tage ausgebremst.

Ich muss meine Gedanken von Billy ablenken. Also drehe ich mich um und sehe stattdessen die Frau neben mir an.

Nackt in einem Quadrat aus Straßenbeleuchtung, immer noch wohlig in dem warmen Zimmer, liegt sie auf der Seite und ihre großzügigen Kurven fallen mir ins Auge. Ihre Haut schimmert im Halbdunkeln, das blonde Haar ist durch den Sex zerzaust, der Lippenstift ist abgeküsst. Ich fahre sanft mit den Händen ihren Körper hinab und sie streckt sich unter mir, als ich mich über sie beuge, um ein weiteres Kondom von meinem Nachttisch zu nehmen.

Ihre dunklen Augen öffnen sich und sehen verschwommen zu mir auf – dann werden sie vor Erkenntnis und Freude groß. „Hi!" Ich lächle sie an. „Möchtest du noch mehr?"

„Hmhm!", bringt sie heraus, dann lächle ich und bücke mich, um mein Gesicht zwischen ihren vollen Brüsten zu vergraben.

Ich habe eine Stunde unseres ersten Mals damit verbracht, nur ihren Körper zu erkunden, während sie unter meinen Händen gesurrt und gezittert hat, weshalb ich jetzt weiß, wie ich sie berühren muss. Ihre Finger krallen sich in meinen Rücken, als ich sie streichle und warte, bis sie danach fleht, bevor ich in sie eindringe. Sie erreicht ihren Höhepunkt, als ich hineingleite, windet und spannt sich unter mir und um mich herum an, während mein Finger auf ihrer Klitoris sie erregt hält.

Wir reiben uns aneinander wie Tiere, bis Billy meinen Kopf verlässt, bis alles meinen Kopf verlässt, ich schreie und auf meinen Höhepunkt zusteuere. Mein Rausch lässt sie erneut explodieren. Sie schreit *ja, ja, ja* in mein Ohr, laut genug, dass es wehtut, und mir ist es völlig egal, als ich den Endspurt beginne.

Als ich meine Ladung verschieße, stoße ich einen unterdrückten Schrei aus und presse sie so hart in die Matratze, dass das metallene Bettgestell quietscht. Ich spüre erneut ihr Zusammenziehen, als ich mich leere und ihr schläfriges, zufriedenes Lächeln sehe, eine Sekunde, bevor sich meine Augen vor Glückseligkeit schließen.

Ich bin immer laut, wenn ich komme. Es ist mir egal. Als ich in ihren Armen zusammenbreche, hält sie mich – und für eine Weile habe ich Frieden.

Diesmal schlafe ich traumlos.

Nachdem mein Wecker geklingelt hat, duschen wir nacheinander. Ich toaste ihr einen Bagel, während ich mein Steak brate und meinen Smoothie mixe. Ich bin ein Könner in der Küche. Wenn man es mit der Ernährung ernst meint, wie es gute Bodybuilder und Athleten tun, dann kennt man sich mit Essen aus.

Wir reden über nichts, dann beginnt sie, über sich selbst zu reden und ich beginne, mich unwohl zu fühlen.

Sie geht zurück nach Mallorca und zu einem reichen Ehemann, der dreißig Jahre älter ist als sie. Sie ist ziemlich glücklich damit, dass ich sie befriedige, etwas, mit dem sich ihr Mann in den fünf Jahren ihrer Ehe nie bemüht hat. Sie drückt halb scherzhaft Bedauern darüber aus, dass sie mich nicht mitnehmen kann – wie ein gebräuntes, muskulöses, persönliches Sex-Spielzeug.

In dem Moment, in dem sie ihren Mann erwähnt und ihre besitzergreifende Wehmut darüber beginnt, mich zu ihrem Spielzeug zu machen, löst sich mein post-koitales Strahlen auf und ich falle zurück auf die Erde. Ich lächle. Ich bin höflich, aber bestimmt. Ich habe eine Verpflichtung gegenüber dem Iron Pit und seinem Besitzer, die vorgeht, schlicht und einfach.

Eine halbe Stunde später trennen wir uns, beide gegen die Kälte eingepackt – sie zu ihrem Mercedes, ich zu meinem Pick-up. Es werden keine Telefonnummern ausgetauscht. Ich erwarte, dass sie sich in einer Woche an das Gefühl meines Schwanzes, aber nicht an meine Adresse erinnern wird. So läuft es mit diesen Dingen.

Ich gehe früh zur Arbeit, da ich nicht ihr Parfüm riechen will, das noch in der Luft hängt. Plötzlich bin ich unzufrieden, dasselbe nagende Gefühl, das mich oft nach dem Sex verfolgt.

Es ist nicht genug. Es ist nie genug. Aber es ist eine schöne Ablenkung, zumindest so lange, bis ich jemanden finde, der es wert ist, ihn zu behalten. Auf so vielen Ebenen unbefriedigend, aber nicht wert, deswegen in Depressionen zu verfallen.

Das Iron Pit hat mich zu einer Nachtkreatur gemacht, ich muss mich jetzt unter Lampen bräunen. Mein üblicher Schlafrhythmus muss ungewöhnlich sein, um mich sowohl an Besorgungen bei Tageslicht als auch an Käfigkämpfe nach Mitternacht anzupassen. Es ist nicht einmal elf Uhr abends, und das ist ein früher Arbeitsweg für mich.

Der Wind bläst stark, überall ist Blitzeis, das meinen Pick-up auf der Schnellstraße zur Seite gleiten lässt. Die Winter in Detroit lassen mich Texas vermissen, aber ich komme nach über zehn Jahren gut mit ihnen klar. Ich spanne den Kiefer an und kämpfe mit meinem Auto um die Kontrolle, während ich nach anderen Autos Ausschau halte, die zu dieser späten Stunde ausgedünnt, aber trotzdem eine potenzielle Gefahr sind.

Blitzeis ist tödlich. Ich sehe fünfmal Warnblinkanlagen und

zerbrochenes Glas, in dem sich das Licht spiegelt, bevor ich meine Ausfahrt erreiche und in das Industriegebiet fahre.

Ich sollte wirklich hierher umziehen. Aber obwohl sich die Einrichtung unsichtbar macht, bin ich mir nicht sicher, ob es eine gute Idee ist, in derselben Gegend zu wohnen, für den Fall, dass etwas passiert.

Vielleicht mache ich mir unnötig Sorgen. Das Iron Pit wurde noch nie durchsucht, ich habe gesehen, wie der Polizeipräsident Kämpfe besucht hat, was ziemlich deutlich macht, dass die Cops von uns wissen, es ihnen aber entweder egal ist oder sie ständig in eine andere Richtung gelenkt werden.

Die Polizei ist überfordert. Der Boss führt den saubersten Betrieb, von dem ich je gehört habe, also haben sie normalerweise keinen Grund, uns Schwierigkeiten zu machen. Die Machthaber interessiert es einen Scheißdreck, was wir tun, solange niemand stirbt, die Presse oder das FBI keinen Wind davon bekommen und der Commissioner gute Kämpfe zu sehen bekommt.

Ich liefere immer einen guten Auftritt ab. Ich weiß, wie das Geschäft läuft, und ich mag die Aufmerksamkeit. Es ist derselbe Grund, aus dem ich mich in Topform halte, mich mit den besten Tattoos schmücke und so viel von meinem Körper zeige, wie es das Wetter erlaubt. Ich bin genauso eine Augenweide, wie ich ein exzellenter Kämpfer bin. Es ist kostspielig und erfordert Arbeit, aber es hilft bei den Frauen und meiner Karriere.

Und Frauen helfen beim Stress dieses Jobs, wesentlich besser als Alkohol oder Drogen oder auch der Rausch der Kämpfe selbst.

Aber während ich älter und reicher werde und meine Legende wächst, wird diese eine fehlende Sache immer offensichtlicher. Ich will jemanden, zu dem ich nach Hause kommen kann. Ich will eine Frau, die immer da ist, deren Gesicht ich sehe, wenn ich nachts aufwache und deren Namen ich nie vergessen werde.

Ich denke darüber nach, als ich auf den Parkplatz des Iron Pit fahre. Aber ist immer noch besser, als über Billy nachzudenken. Bei meinem Liebesleben habe ich wenigstens die Chance, etwas daran zu ändern.

KAPITEL 2

Josie

„Was meinen Sie damit, dass mein Mann angerufen hat und meinem Bankkonto hinzugefügt werden wollte?" Ich kann meinen Herzschlag in meinen Ohren hören, meine Hand, in der ich das Telefon halte, zittert. „Ich bin alleinstehend!"

„Oje. Es ist gut, dass wir das immer überprüfen." Plötzlich klingt der fröhliche Bankangestellte am anderen Ende fast so besorgt, wie ich mich fühle. „Er hatte Ihren vollen Namen und Ihre Adresse. Soll ich die Behörden verständigen?"

„Ja, bitte tun Sie das." Ich weiß nicht, für wen sich Marvin hält, dass er das versucht, aber ich bin ihn so leid. Ich würde mich sicherer fühlen, wenn dieser stinkende, stalkende Irre im Gefängnis wäre. „Ich werde auf den Anruf der Polizei warten."

Ich habe Glück, dass Marvin nicht meine Konto- oder Sozialversicherungsnummer kennt. Aber die Informationen, die er hat, sind bereits schlimm genug. Meine Adresse und meine neue Telefonnummer, die ich dreimal geändert habe, seit er sich ‚in mich verliebt' hat.

Ich bin Synchronsprecherin. Ich mache viele englische Synchronisationen in Animes, ich habe bisher ungefähr sechs Videospiel-Charaktere gemacht und springe für Hörbücher und Werbefilme ein. Es ist gut verdientes Geld – aber einige der Fans sind so entsetzlich, dass ich manchmal am liebsten aufhören würde.

Die Problemfälle sind immer männlich, fast immer älter als ich und eine fürchterliche Mischung aus sozial ahnungslos und frauenfeindlich, was sie bei Conventions nach meiner BH-Größe fragen lässt. Sie tendieren dazu, unordentlich, übelriechend und unrasiert zu sein, mit wenig Sinn für persönliche Distanz. Und jeder Einzelne von ihnen scheint gleichzeitig anhänglich und emotional unausgeglichen zu sein.

Marvin ist all diese Dinge und noch schlimmer. Er hat sich davon überzeugt, dass wir Seelenverwandte sind, er ignoriert regelmäßig meine einstweilige Verfügung und benutzt dauernd seine beachtlichen Fähigkeiten als Hacker, um zu versuchen, sich in mein Leben zu drängen. Es ist sechs Monate her, seit er zum ersten Mal an meinen Tisch bei einer Convention gewatschelt ist – eine Begegnung, von der ich wünschte, sie könnte aus der Geschichte gelöscht werden.

Und ich habe soeben herausgefunden, dass er meine Privatadresse hat.

Er wurde aus dem Aufnahmestudio verbannt, nachdem er zweimal dort aufgetaucht ist. Er wurde von mehreren Conventions verbannt, einschließlich derer, auf der ich ihn kennengelernt habe, wegen ‚unangemessenen Benehmens‘ Frauen und Mädchen gegenüber. Er hat vermutlich ein Vorstrafenregister und treibt es noch weiter, indem er mich belästigt … aber es ist ihm egal.

Er hat einmal zu mir gesagt, ich würde ihn nie loswerden, bis ich gelernt habe, seine Zuneigung zu schätzen. Jetzt vergeht kein Tag, an dem ich mir nicht wünsche, dass er einfach vom Bus überfahren wird und mich in Frieden lässt.

Ich denke darüber nach, mir eine Waffe zu besorgen, denn es ist ausgeschlossen, dass ich umziehe, nur weil er meine Adresse in Rivertown herausgefunden hat. Ich bin es einfach so leid: sein fettes, grinsendes Gesicht, sein fauliger Geruch der Trenchcoat, den er immer trägt – und natürlich sein wahnsinniges Verhalten.

Seine Mischung aus unechter britischer Förmlichkeit und Japan-Macke. Seine Tendenz dazu, mich im selbem Atemzug tief zu beleidigen und ungeschickt mit mir zu flirten, zu versuchen, mich danach über meine eigene Branche zu ‚belehren'. Sein rotgesichtiges, wütendes Schmollen, wenn ihm etwas verweigert wird.

Bevor das Stalking begonnen hat, war ich den Mistkerl leid. Jetzt habe ich Angst vor ihm.

Ich melde die letzte einfallsreiche Verletzung meiner einstweiligen Verfügung bei meinem Anwalt und der Polizei, dann stehe ich von meinem überladenen Tisch auf, um über den beheizten Betonfußboden zu laufen. Mein Loft war vor einem Feuer und anschließenden Reparaturen eine Großküche; die alten Edelstahlschränke und Anrichten stehen immer noch an den Wänden und bieten mir viel Platz für meine Bücher, Comics und Modelle. Die Bar ist ein weiterer dieser Schränke und wird kaum geöffnet, es sei denn, ich feiere oder bin gestresst.

Leider trinke ich so selten, dass ich vergessen habe, dass ich meine letzte Flasche Scotch geleert habe.

„Verdammt", murmle ich und beäuge die kleine Flasche teuren Sakes, die allein in dem Schrank steht, bevor ich die Idee verwerfe. Ich will so angeheitert sein, dass ich schlafen kann, und dieses sechzig Mäuse teure Geschenk importierter japanischer Schönheit ist für einen besonderen Anlass bestimmt.

Zum Beispiel für ein Date mit einem richtigen Mann.

Ich spähe hinaus und runzle die Stirn, die Lichter auf dem Gebäudeparkplatz sind erneut erloschen – vermutlich durch den peitschenden, eiskalten Wind. Der Winter ist dieses Jahr spät und hart nach Detroit gekommen, wir hatten in der letzten Woche zwei verrückte Schneestürme. Die Überbleibsel sitzen wie kleine, dreckige Eisberge an jeder Ecke und jedem Spalt und schmelzen langsam, nur damit ihr Rest zu Blitzeis werden kann, sobald die Temperatur wieder unter Null fällt.

Es wird eine kühle Fahrt zum Spirituosenladen. Aber ich denke, dass ich immer noch eine Flasche holen kann, bevor es zu kalt wird.

Rivertown ist in den letzten zehn Jahren gehobener geworden,

auch wenn es hier und da immer noch echte Lagerhäuser und seltsame unvollendete oder verlassene Ruinen gibt. Die Aufwertung
geschieht Block für Block, wobei einige langsamer sind als andere.
Mein Block ist Teil der umgebauten Fabrik und ihres Geländes. Als
ich eingepackt in einen unauffälligen grauen Mantel nach draußen
gehe, ist der Bürgersteig angenehm verlassen.

Ich gehe auf den Eingang des Parkplatzes zu und fische dabei die
Schlüssel meines pinkfarbenen VW Käfers heraus. *Ich sollte meine
Schwester anrufen und sie das Neueste wissen lassen.*

Maggie und ihr Man leben mit ihren drei Kindern in Arizona, weit
weg von dieser verrückten Stadt, in der wir aufgewachsen sind. Ich
beneide sie um ihr einfaches Leben, ihre stabile Beziehung – und
ihren angenehmen Mangel an Stalkern. Ich weiß ebenfalls, dass sie
sich Sorgen machen wird, wenn sie von Marvins neuesten Taten hört
– aber sie hat mir das Versprechen abgenommen, sie mit allem auf
dem Laufenden zu halten.

Manchmal denke ich darüber nach, Detroit zu verlassen. Es ist
leicht für mich, meine Arbeit mitzunehmen, ich muss nur überall Zeit
bei einem Aufnahmestudio buchen und darauf vorbereitet sein, zu
pendeln, wenn Videokonferenzen nicht ausreichen.

Aber das ist mein Zuhause. Selbst wenn ich Teile davon nicht
mehr wiedererkennen kann. *Will ich wirklich zulassen, dass Marvin mich
von hier vertreibt?*

Ich habe einen Fuß auf den Parkplatz gesetzt, als ich eine große
Gestalt an mein Auto gelehnt sehe, die Arme erwartungsvoll
verschränkt. Ich kann von hier den Trenchcoat sehen, der über
seinem beträchtlichen Bauch geöffnet ist, und seinen Filzhut, den er
tief in sein bärtiges Gesicht gezogen hat. *Marvin.*

Ich mache einen Schritt zurück und hole mein Handy heraus, um
sofort ein Foto von ihm zu machen und an meinen Polizeikontakt zu
schicken. Dann drehe ich mich um, um zu meiner Haustür zu eilen,
wobei ich durch den vereisten Bürgersteig frustrierend verlangsamt
werde. *Bastard, ich hoffe, dass du beim Warten auf mich Frostbeulen
bekommst!*

Ich höre seinen Aufschrei hinter mir, die Stimme dramatisch und wütend, als würde ich ihm das Herz herausreißen, indem ich weglaufe. Dann höre ich das schwere Aufprallen seiner Stiefel und das Klingeln seiner Schlüssel. Ich blicke zurück und erkenne, wie er mir mit entschlossenem Gesichtsausdruck folgt, wobei er den rutschigen Untergrund gänzlich ignoriert.

Oh Scheiße, Scheiße, Scheiße ...

Ich weiß sofort, dass ich es nicht schaffen werde, die Treppe hinaufzukommen und die Tür zu öffnen, bevor er mich erreicht. Das Letzte, was ich will, ist, ihm eine Chance zu geben, mich hineinzudrücken und in mein Zuhause einzudringen. Also werde ich stattdessen an einen öffentlichen Ort gehen müssen, wo er es nicht wagen wird, mir etwas anzutun, und dort warten, bis die Polizei kommt.

Glücklicherweise kenne ich diese Gegend nach drei Jahren besser als er es je könnte. Ich renne über die Straße, weiche dem Verkehr aus und danke mir selbst dafür, Stiefel und keine High Heels zu tragen. Auf der anderen Straßenseite ist eine Bar und in der Gasse daneben etwas, was ich für einen Nachtclub halte.

Er schnaubt und knurrt hinter mir, er schreit erneut, durch den Wind und den Verkehrslärm immer noch unverständlich. Reifen quietschen und jemand hupt. Ich sehe hoffnungsvoll nach hinten, aber er wurde nicht angefahren. Er rennt mir immer noch hinterher.

Dieser Kerl wurde nicht einmal eine Stunde, nachdem er meinen Tisch auf der Convention verlassen hatte, verbannt, weil er ein fünfzehnjähriges Mädchen sexuell genötigt hatte. Er fasste ihre Brust an und ohrfeigte sie, als sie ihn anschrie. Er musste zu Boden geworfen werden und brüllte und kämpfte, bis die Polizei ihn abführte.

Darüber nachzudenken, lässt mich das Risiko des Fallens ignorieren und schneller laufen. Natürlich – die Bar auf der anderen Straßenseite ist wegen einer besonderen Veranstaltung geschlossen. Aber die Glastüren des Nachtclubs sind jetzt beleuchtet und zeigen die breite weiße Lobby dahinter, wo sich eine Gestalt bewegt.

Ich zögere nicht, bevor ich die Gasse hinunterrenne.

Das Klimpern und das Aufprallen von Marvins Stiefeln auf dem Gehweg wird lauter.

Er keucht jetzt zu sehr, um zu schreien – ein wahrer Segen. *Vielleicht setzt das Asthma dieses Mistkerls ein und er muss aufhören.*

Die glänzenden Glastüren des Clubs vor mir sind wie das Tor zum Himmel. Ich realisiere, dass es zu früh ist, als dass sich Schlangen bilden könnten, während ich die leer aussehende Lobby scanne. Steht dort ein Türsteher, eine große Wand aus Muskeln und Sicherheitstraining, hinter der ich mich verstecken kann – oder bin ich gerade in meine eigene Falle gelaufen?

Ich habe Glück: Marvin rutscht aus und landet mit einem dumpfen Aufprall auf dem Eis, das er ignoriert hat. Ich laufe weiter, den Blick auf die Tür gerichtet und betend, dass er sich verletzt hat und nicht wieder aufstehen wird. Er schreit mir in einer seltsamen Mischung aus Melodram und rasender Wut hinterher, während er versucht, das Herz der Frau anzusprechen, für die er mich hält.

„Du kannst nicht ewig vor mir weglaufen! Du musst zulassen, dass ich dich vor deinen Ambitionen rette!" Das kommt noch mehr aus dem Nichts als sonst. Er hat mich schon zuvor damit zugequatscht, dass Frauen keine Ambitionen haben sollten – dass unsere Aufgabe und unser einziges Glück darin bestehen, einen Mann zu unterstützen. Vorzugsweise ihn.

Diesmal kommen dieselben Worte allerdings aus seinem Mund, während er mich mit der durchgeknallten Wut eines Axtmörders verfolgt. Ein Blick nach hinten zeigt, dass er wieder auf den Füßen ist, knallrot, der Hut hinter ihm auf dem Boden und mit zunehmender Geschwindigkeit. Dann bin ich an der Tür, hämmere verzweifelt gegen das Panzerglas und starre in die leere Lobby dahinter, auf der Suche nach irgendeinem Zeichen nach der Gestalt von zuvor.

Komm schon, komm schon! Ich weiß nicht, ob der Koloss, der auf mich zu trampelt, eine Waffe hat oder nur plant, mich zu Tode zu vergewaltigen, aber er lacht heiser, als er aufholt. Es erfüllt mich mit Wut und Angst, als ich flehend zur Überwachungskamera hinaufsehe.

„Bitte lasst mich rein!", rufe ich verzweifelt. Ich wünschte, ich hätte mich vor dem Verlassen meines Zuhauses bewaffnet. *Ich wünschte, ich wäre nie losgegangen, um den verdammten Scotch zu holen.*

Die Tür öffnet sich mit einem Summen und ich zerre daran, dann schlüpfe ich hinein und schließe sie hinter mir – praktisch vor Marvins Gesicht. Ich höre, wie er an das Glas prallt und dann beginnt, darauf einzuschlagen, während ich durch den leeren, nichtssagenden Eingangsbereich renne.

„Danke, Sicherheitskerl! Ich werde dir Kekse backen. Leck mich am Arsch, Marvin –", keuche ich atemlos, während ich um mein Leben renne.

Wer auch immer mich hereingelassen hat, zeigt sich nicht. Ich renne an einer Reihe von Fahrstühlen gegenüber mehrerer Türen vorbei und durch etwas, das wie eine Tickethalle aussieht. *Der eigentliche Nachtclub muss im oberen Stockwerk sein. Ich nehme an, dass sie vor Mitternacht nicht öffnen.*

Ich kann Marvins gedämpfte Schreie hören, während er weiterhin versucht, das Glas zu zerbrechen. Ich habe keine Ahnung, was er sagt, aber ich kann es mir denken.

Wartet, Milady! Das Schicksal hat uns zusammengebracht!

Du frigide, verdammte Schlampe, du solltest dankbar sein, dass ich dir so viel Aufmerksamkeit schenke!

Wenn du das nicht willst, hättest du dich nicht anpreisen sollen, indem du an Animes arbeitest!

Er hat nur ungefähr zwei Dutzend Sätze, die er verwendet und gelegentlich abwechselt, ansonsten aber kaum von ihnen abweicht. Es ist, als würde er mit einer englischen Sammlung von Redewendungen arbeiten, die jemand geschrieben hat, der in seinem Leben noch mit keiner Frau gesprochen hat. Es wäre lustig, wenn er nicht so bedrohlich wäre.

Dann hört er auf zu klopfen und zu schreien und verstummt. Ich blicke zurück, um sicherzugehen, dass er nicht irgendwie hineingekommen ist, nur um zu sehen, wie er am Glas hockt und etwas in seiner Tasche sucht. *Was tut er da?*

Es ist egal. Lauf einfach weiter! Er gibt nicht auf, also werde ich nicht langsamer. Ich renne in die Lobby auf der anderen Seite des Gebäudes, wo durch den hinteren Parkplatz die Stammgäste hereingelassen werden.

Ein schwarzer Pick-up fährt auf einen der Parkplätze ganz vorn und in diese Richtung renne ich in der Hoffnung, dass dieser jemand freundlich ist und helfen kann.

Dann höre ich ein fürchterliches Geräusch: ein Geräusch des Verrats oder vielleicht nur ein Fehler. Das Summen der Tür hinter mir. Der Sicherheitsmann lässt Marvin herein.

„Oh, nein, nein, nein. Was tust du –!" Ich rase zur Hintertür, als er durch die vordere schießt und über den Marmorboden zu mir trampelt. Ich erreiche die Tür – und entdecke zu meinem Entsetzen, dass sie auf beiden Seiten mit Sicherheitskarten geöffnet wird.

Marvin ist bereits an den Fahrstühlen. Ich sitze in der Falle.

Verzweifelt beginne ich, auf die Tür einzuschlagen und daran zu zerren, im Versuch, die Aufmerksamkeit desjenigen zu bekommen, der diesen Pick-up fährt. „Komm schon! Lass mich nicht hier zurück und sieh zu –"

Eine fleischige Hand greift mich am Pferdeschwanz und zerrt mich nach hinten – dann schlägt sie mir das Gesicht in das Glas. Marvin hat nach all dem Rennen nicht mehr viel Kraft, aber das gleicht er durch bösartige Begeisterung wieder aus.

„Schlampe!", presst er hervor, als mein Gesicht aufprallt.

Ich habe Probleme, stehenzubleiben, als er mich erneut zurückzieht – und mich wieder gegen das Glas knallt. Diesmal drehe ich gerade rechtzeitig den Kopf, um meine Nase zu retten, die bereits blutet.

„Du willst an die Tür klopfen, Schlampe? Du willst an die Tür klopfen? Los! Lass uns klopfen!" *Bam.* „Lass uns noch mal klopfen!" *Bam.*

Mit jedem Aufprall schießt Schmerz durch meinen Nacken; sein Gestank erfüllt meine Nase, während er während seines Versuches, mir das Gesicht einzuschlagen, keucht und flucht. Ich sehe verschmiertes Blut auf dem Glas und frage ich, ob das Arschloch in dem Pick-up nur angehalten hat, um zuzusehen. *Ich werde hier sterben,* denke ich und meine Ohren klingeln so laut, dass ich für einen Moment denke, dass das summende Geräusch nur Teil davon ist.

Ich realisiere, dass es der Summer der Tür neben mir war, als ich die kalte Luft und Marvins entsetzten Schrei höre, der durch einen

Schlag unterbrochen wird. Sein Griff an mir verlagert sich; er wimmert panisch und zerrt an mir herum, um mich wie ein Schutzschild zwischen ihn und jemand anders zu schieben.

„Sie können mich jetzt nicht schlagen, sonst schlagen Sie sie!", keucht er, als dieser jemand vor uns beiden aufragt.

„Lass sie gehen", knurrt eine tiefe, männliche Stimme, in der der texanische Akzent in jedem Wort zu hören ist. „Sofort. Oder ich werde dir die Zähne bis in die Kehle schlagen."

„Das ist etwas zwischen mir und meiner Frau!", jammert Marvin und duckt sich hinter mir.

Das Klingeln in meinem Kopf verblasst. Ich blinzle schmerzerfüllte Tränen aus meinen Augen und blicke in das attraktive, eisige Gesicht eines Mannes auf, der einen Kopf größer ist als Marvin.

„Ich bin nicht seine Frau", presse ich heraus. „Er ist mein Stalker."

Marvin beginnt durch seine Zähne hindurch zu zischen. „Wie kannst du das sagen, Liebste?", weint er, wobei seine Stimme vor Panik bricht.

„Er hat mich hierher verfolgt und jemand hat ihn hereingelassen. Bitte hören Sie nicht auf ihn!" Ich sehe in die strahlend grünen Augen des Mannes … und sehe, wie er sie zusammenkneift, als sein Blick von mir zu Marvin wandert.

„Du hast drei Sekunden", warnt er den keuchenden Widerling an meinem Rücken. Lass sie los und tritt zurück. Drei …"

„Nein, nein, Sie verstehen das falsch!", schreit Marvin und presst mich enger an sich. Würgend ramme ich meinen Ellenbogen in seine Magengrube, aber er prallt unwirksam an den Schichten aus Daunen und Fett ab, woraufhin er an meinem Haar zerrt. „Benimm dich!"

„Zwei …" Die Stimme des Neuankömmlings wird mit jedem Wort kälter.

Marvins Stimme erhebt sich zu einem panischen Kreischen. „Sie können nicht einfach herkommen und –"

„Eins." Der Mann vor mir verwandelt sich für den Bruchteil einer Sekunde in einen dunklen Fleck und ich höre ein Geräusch, als würde jemand auf ein Stück Rindfleisch einschlagen. Es geschieht über meinem Kopf, so nah, dass ich den Windstoß durch die Faust des Mannes spüre.

Marvin lockert seinen Griff und ich stolpere nach vorne in die Brust des Fremden. Es ist, als liefe man in einen Baumstamm. Er legt flüchtig einen Arm um mich, um mich zu stabilisieren, dann lässt er los und geht an mir vorbei, während Marvin zurückstolpert.

Ich drehe mich um und lehne mich an die Tür, während ich versuche, zu ordnen, was soeben passiert ist. *Ich wurde gerettet. Aber wer ist dieser Kerl?* Er muss den Pick-up gefahren und letzten Endes doch gekommen sein, um mir zu helfen.

Marvin blutet wesentlich mehr als ich. Blut quillt zwischen seinen Fingern hervor, als er beide Hände vor sein Gesicht presst und mit gedämpfter, nasaler Stimme jammert: „Oh mein Gott. Oooh, was hast du getan? Warum hast du das getan?"

Der Mann, der über ihm steht, ist größer als er und scheint gänzlich aus Muskeln zu bestehen. Er trägt eine Lederjacke und eine zerschlissene Jeans, sein dunkles Haar ist kurz geschnitten – was seine umwerfenden Augen noch mehr herausstechen lässt. Er sieht wie die Art Mann aus, dem Frauen den ganzen Tag lang zu Füßen liegen. Ein Filmstar. Ein Sportstar.

Er sieht ebenfalls so aus, als empfände er mehr Zorn, als Marvin sich je erträumen könnte. „Ich habe dich gewarnt. Mehrfach. Ich habe dir auch einen verdammten Countdown gegeben. Nicht meine Schuld, dass du nicht gehört hast, du weinerlicher Bastard."

Marvin beginnt etwas von einem Gerichtsverfahren zu faseln. Der Mann lacht und verschränkt seine mächtigen Arme vor der Brust, wobei seine Lederjacke leicht quietscht, als sie sich über seine Muskeln spannt. „Die Überwachungskameras haben dich aufgezeichnet, wie du diese Frau verfolgst und schlägst, und ich garantiere dir, dass sie gegen dich aussagen wird, nicht mich."

„Du äh ... bist du dir absolut sicher, dass du Anwälte und die Polizei mit hineinziehen willst? Denn du wirst verlieren." Er sieht mich an und Sorge flackert in seinem Ausdruck auf, bevor er wieder ein Grinsen an Marvin richtet.

Ich fahre mir mit den Fingerspitzen über das Gesicht. Meine Nase brennt und ist blutig, einer meiner Wangenknochen fühlt sich stark geprellt an. Ansonsten geht es mir gut – und wesentlich besser, als wenn dieser Kerl nicht gekommen wäre.

Marvin hört nicht zu. Er schreit weiterhin „Ich werde dich *verklagen!*" und „Wie ist dein *Name?*" und „Sie gehört *mir*. Bleib weg von ihr!" in derselben schluckenden, explosiven Stimme wie ein weinendes Baby.

Der Mann seufzt und holt sein Handy hervor, um jemanden anzurufen. „Ja, hier ist Jake. Irgendein Arschloch hat eine Frau verfolgt – hm? Oh, du hast das gesehen? Warum hast du nicht ein paar Jungs geschickt?"

Er hört ein paar Sekunden lang zu. „Okay, na ja, schick ein paar Jungs, um ihn festzuhalten. Ich kümmere mich um das Mädchen." Eine weitere Pause. Er nickt. „Ja, geht klar." Er legt auf und schiebt das Handy wieder in seine Tasche. „Okay, wir warten hier, bis die Security kommt."

Marvin löst seine Hände von seinem blutigen Gesicht und starrt sie entsetzt an. Dann fällt sein Gesicht und wird wieder dunkler – dann stürzt er auf mich zu.

Ich ducke mich gerade rechtzeitig weg und er knallt in die gepanzerte Glastür. Ich stolpere mit panisch verkrampftem Magen zurück, als er sich umdreht und seine fleckigen Zähne fletscht. „Das ist alles deine Schuld! Du hast mich provoziert!"

Er rennt erneut auf mich zu – und bleibt stehen, als Jake ihn am Genick packt und an die Wand stößt.

„Setz dich hin!", brüllt er – und Marvin gleitet zu Boden, wobei er mit weißem Gesicht zu ihm aufstarrt. „So ist besser. Jetzt bleib da."

Mein Retter dreht sich um und seine strahlend grünen Augen richten sich auf mich, plötzlich voller Sorge. „Alles gut, kleine Lady?"

„Hör nicht auf ihn, Josephine! Er ist ein dreckiger Halunke! Du gehörst zu mir!" Marvin erstarrt, als Jake ihm einen tödlichen Blick zuwirft.

Ich nicke mit einer Hand auf dem Gesicht. Nichts gebrochen. Ich wurde nicht vergewaltigt, erstochen, erschossen oder zu Tode geprügelt. Letzten Ende kam doch jemand zur Hilfe …

… jemand Außergewöhnliches.

„Ich könnte vermutlich einen Eisbeutel vertragen", gebe ich zögerlich zu, woraufhin er nickt.

„Mach dir da keine Sorgen, wir haben unten welche. Lass uns nur diesen Trottel wegbringen, sobald die Security da ist, und dann helfe ich dir, dich sauberzumachen." Er schenkt mir ein strahlendes Lächeln, welches ich schmerzhaft erwidere.

Marvin beginnt zu schluchzen wie ein Rotzbengel, der beim Klauen erwischt wurde, und meine Angst beginnt zu verschwinden. Ich bin gerettet.

KAPITEL 3

Jake

Wenn es eine Sache gibt, die ich hasse, dann sind das Tyrannen. Besonders, wenn sie es auf Frauen abgesehen haben.

In der Schule bin ich dreimal in Schwierigkeiten gekommen, jedes Mal wegen Schlägereien – aber nicht wegen Mobbings. Der Unterschied schien über den Verstand meiner Eltern hinauszugehen, genau wie der der Schulleitung, aber es gibt ihn trotzdem. Ich bin mehr als berechtigt, mich auf einen Mistkerl zu stürzen, der sich entschieden hat, jemanden zu schikanieren, der kleiner und weniger grausam ist als er.

Als ich diesen schmuddeligen Widerling gesehen habe, wie er auf ein so hübsches, zierliches Mädchen losgeht, habe ich für ein paar Sekunden die Fassung verloren. Ich erinnere mich kaum daran, über den Parkplatz geeilt zu sein, meine Karte durchgezogen und die Tür aufgetreten zu haben. Die Zeit normalisierte sich erst in dem Moment, als meine Faust auf sein gerötetes, grinsendes Gesicht traf.

Ich hätte ihn wesentlich härter schlagen können. Das wollte ich.

Aber ich konnte nur daran denken, ihn von ihr wegzubekommen. Es ergab keinen Sinn, ihn ins Krankenhaus zu bringen, wenn es reichte, ihn bluten zu lassen, auch wenn er eine widerliche Verschwendung menschlichen Lebens war.

Sobald die Sicherheitsmänner in ihrer einfachen schwarzen Uniform da sind, um den zerzausten, wütenden Stalker wegzubringen, wende ich mich der Frau zu, die ich vor ihm gerettet habe und sehe sie von oben bis unten an.

Sie ist jung, klein und zierlich, auf ihrer Wange bildet sich bereits ein Bluterguss. Seidig aussehendes braunes Haar fällt über ihre Schultern, durch den Wind zerzaust, ihre sanften grauen Augen sind riesig und schüchtern, ihr Blick flirtet mit meinem, bevor sie ihn wieder abwendet. Sie ist eingepackt, aber trotzdem erkenne ich die schlanken Kurven unter ihrem Mantel.

Ihr winziges Lächeln ist wie ein Sonnenstrahl, der durch Gewitterwolken hindurchbricht.

Ich löse meinen Blick von der zarten Wölbung ihrer Lippen und hebe ihn, um ihr in die Augen zu sehen. „Gibt es jemanden, den du anrufen kannst?", frage ich behutsam, da sie immer noch schockiert zu sein scheint.

„Er hat die einstweilige Verfügung gebrochen und mich angegriffen", murmelt sie und hält sich das Gesicht, wobei sie meinen Blick meidet. „Ich sollte es bei der Polizei melden. Zu, äh, spät, um jemand anders anzurufen."

Polizei? Scheiße. Natürlich hat sie keine Ahnung, was das hier für ein Ort ist oder warum wir die Polizei nicht mit hineinziehen wollen. „Wir haben ihn auf der Überwachungskamera und Zeugen. Der Chef der Security wird mit dir darüber reden wollen. Dein Fall ist an diesem Punkt unter Dach und Fach. Stress dich deswegen nicht."

Sie blinzelt mich an und ein Ausdruck der Erleichterung legt sich auf ihr Gesicht. „Ist es wirklich vorbei?"

„Du meinst den Teil, wo dich dieser Kerl verfolgt und schlägt? Der ist vorbei. Wenn du willst, passe ich selbst auf dich auf, bis du dich sicher genug fühlst, nach Hause zu gehen."

Das bedeutet, sie während des Kampfes bei mir zu behalten, aber

... ich weiß bereits, dass mich das nicht stören wird. Jedenfalls, wenn sie keine Probleme mit der Gewalt hat.

„O-okay." Sie holt ein Feuchttuch aus ihrer Handtasche und wischt sich das trocknende Blut ab. Sie zuckt nur ein bisschen zusammen; sie ist eindeutig taffer als sie aussieht, aber sehr verunsichert.

„Wie ist dein Name?" Ich betrachte sie ein wenig genauer, während sie ihre Fassung wiedererlangt. Auf ihrer weißen Ledertasche, von der Anhänger mit Chibi-Monstern baumeln, ist eine Sammlung von Anime-Buttons.

„Josie. Ich, äh ... danke, dass du mich gerettet hast. Das habe ich noch nicht gesagt, oder? Das hätte ich tun sollen. Danke." Sie ist durcheinander, zittert.

Besser, als vor Schrecken erstarrt zu sein, aber nicht viel. Ich will nach unten in die Zelle gehen und diesen Kerl erneut schlagen.

„Hey, kein Problem. Ich hasse solche Kerle." Ich lächle sie an und strecke eine Hand aus. Sie zögert, dann greift sie danach und ihre schlanken, behandschuhten Finger fahren schüchtern über meine Handfläche, bevor sie in meinem vorsichtigen Griff verschwinden. „Ich bin Jake. Holen wir dir den Eisbeutel."

Während der kurzen Fahrt nach unten im Aufzug steht sie still, die Augen geschlossen, als würde sie sich immer noch davon überzeugen, dass ihre Rettung kein Traum war. Ich bin nicht sicher, was ich sagen kann, das helfen würde, also lasse ich es. Wenigstens ist sie nicht hysterisch.

Jeder der Starkämpfer hat eine Suite in der ersten Kelleretage. Mit meiner zehnjährigen Gewinnakte ist meine die größte. Ich führe sie durch die Stahltür in das Gewirr aus Betonräumen dahinter, das ich mit Spiegeln, Pflanzen und natürlichem Licht versucht habe, weniger wie ein Grab wirken zu lassen. Wenigstens ist es hier unten nie kalt oder feucht. „Setz dich. Willst du Musik?" Ich halte auf dem Weg zu meinem Trainingsraum neben der Stereoanlage inne.

„Jazz, wenn du das hast", murmelt sie und betrachtet stirnrunzelnd ihr Spiegelbild in einem meiner Spiegel.

„Habe ich." Ich bin mehr ein Hard-Rock-Kerl, aber Jazz ist angenehmer, wenn man Kopfschmerzen hat, wie es bei ihr vermutlich der

Fall ist. Ich lege eine Ella Fitzgerald-Sammlung auf und hole ihr den Eisbeutel.

„Also, was machst du beruflich?", frage ich, während ich im winzigen Gefrierfach meines Minikühlschranks nach einem Eisbeutel in der richtigen Größe suche. So, wie sie sich all meine Kampfausrüstung und Erinnerungsstücke ansieht, ist es recht eindeutig, dass sie gerade beginnt zu verstehen, was *ich* beruflich tue. Vermutlich wird sie auch schnell erkennen, warum dieses Gebäude so viel Security hat.

Auf der anderen Seite haben wir ihr den Arsch gerettet. Ich bezweifle, dass sie ein Problem mit dem Bewahren von Geheimnissen haben wird, besonders, wenn der Boss sie entschädigt. Was er wahrscheinlich tun wird, sobald er all die Details erfährt. So ein Mensch ist er einfach.

„Ich bin Synchronsprecherin. Überwiegend Animation." Sie lächelt – und zuckt dann zusammen, als es die Verletzung an ihrer Wange schmerzhaft reizt. „Aua." Sie nimmt schnell den Eisbeutel, den ich ihr entgegenstrecke und legt ihn auf die Verletzung.

„Das ist cool. Du hast es mittlerweile vermutlich bereits herausgefunden, aber ich bin Kämpfer. Die Arena ist unten."

„Du bist ... Boxer?" Sie zieht eine Augenbraue leicht hoch.

„Mixed Martial Arts." Ihr überraschter Gesichtsausdruck amüsiert mich und ich grinse kurz. „Ich wette, du wusstest nicht, was das hier für ein Ort ist."

„Ich hatte keine Ahnung. Ich dachte ehrlich gesagt, es sei ein Nachtclub." Sie berührt mit einem Finger ihre Unterlippe. „Schicke Klamotten, schicke Autos, Besucher nach Mitternacht."

„Oh, ist es. Es gibt oben einen, der ebenfalls dem Boss gehört. Völlig legal. Aber ich arbeite unten."

Sie begutachtet weiter das Zimmer, mein Regal mit Übungspolstern, die Vintage-Boxer-Poster an den Wänden, die Kugelhanteln, die nicht mehr in meinen Trainingsraum gepasst haben. „Unten ist eine private Sportarena?"

„Sehr privat." Sie hat es noch nicht ganz verstanden, aber das ist in Ordnung. Ich will ihr eigentlich nicht allzu viele Details geben. „Teil des Grundes, aus dem der Sicherheitschef vermutlich mit dir reden wollen wird."

„Ist … er derjenige, der mich hereingelassen hat? Denn jemand hat auch Marvin hereingelassen, ansonsten hätte ich mich einfach hier verstecken können." Sie sieht so besorgt aus, dass ich weiß, dass sie nicht übertreibt oder etwas durcheinanderbringt.

Was zur Hölle, Dave? „Okay, das ist einfach verkorkst. Warte eine Sekunde." Ich hole mein Handy hervor, während sie nickt und das Eis an ihr Gesicht drückt. Es dauert nur eine halbe Sekunde, den Sicherheitschef zurückzurufen. „Jo, Dave, wir haben ein Problem."

„Was?" Ich kann ein paar der Sicherheitsmänner im Hintergrund reden hören. „Seid still!", brummt er sie an, bevor diese verstummen. „Was hast du gesagt, Jake?"

„Jemand hat den Kerl reingelassen, der sie verfolgt hat. Hat ihm hinter ihr geöffnet. War das dein Werk? Denn sie ist irgendwie aufgebracht." Ich sage das in einem Tonfall, der deutlich macht, dass ich selbst *irgendwie aufgebracht* bin.

„Er hatte keine Karte? Das System zeigt eine durchgezogene Karte an." Ich höre ein Rascheln und das Klappern einer Computertastatur. „Ja, da steht, dass er mit einem Hausmeisterausweis reingekommen ist."

„Na, er arbeitet offensichtlich nicht hier, also was ist los? Hat er sie geklaut?" Ich wende mich Josie zu. „Die haben ihn nicht reingelassen. Sie sagen, laut System hätte er eine Karte gehabt."

Sie wird sehr blass und reißt die Augen auf. „Oh Gott. Ich hatte keine Ahnung, dass Marvin so schnell arbeiten kann." Sie starrt mich aufrichtig an. „Sie müssen ihn nach allem absuchen, was auch nur im Entferntesten mit Technologie zu tun hat. Der Kerl ist ein Hacker. Er hat viele meiner Informationen gestohlen – so hat er mich gefunden."

„Scheiße. Okay." Ich nehme wieder das Handy ans Ohr. „Hast du all das gehört?"

„Ja, habe ich." Er klingt nachtragend. „Warum hat sie so lange gebraucht, um uns zu warnen?"

„Fick dich, Dave. Sie hat kaum aufgehört, zu bluten", knurre ich noch gereizter. Ich weiß nicht, ob er wieder betrunken ist oder ob er sich von einer weiteren Freundin getrennt hat – oder beides – aber er ist nicht er selbst und muss aufhören, anderen die Schuld geben. „Warum habt ihr ihn nicht bereits durchsucht?"

„Diesen Teigklumpen? Wie könnte er gefährlich sein? Du hast ihn bereits zum Weinen gebracht." Ein leises Summen ruft Aufschreie und Geplapper hervor. „Wir haben ihn nach Waffen durchsucht."

Ich rolle mit den Augen. „Dieser Kerl ist ein Hacker, Dave. Hast du ihn nach *elektronischen Geräten* durchsucht?"

In diesem Moment flackert das Licht und ich höre einen leisen Alarm. Dave flucht leise und ich zucke mit geschlossenen Augen zusammen. „Ich nehme das als ein Nein."

Am anderen Ende der Leitung bricht Chaos aus und ich schlage mir die Hand vor die Stirn, wobei ich mir die geistige Notiz mache, den Boss diesbezüglich anzurufen. „Ruf mich zurück, wenn du das unter Kontrolle hast. Nimm es einmal ernst – er hat versucht, sie umzubringen, und nicht, ihr einen verdammten Valentinsgruß zu überbringen."

Ich lege auf und wende mich meinem Gast zu, der immer noch sehr still und sehr blass ist. „Oh Gott", murmelt sie.

Ich sehe den Damm, der kurz vor dem Durchbruch steht und diesen Ausdruck der Panik, woraufhin mir das Herz in die Hose rutscht.

„Oh, hey, warte. Nein, nein, nein. Komm schon. Nicht weinen. Lass dich von diesem Mistkerl nicht wieder zum Weinen bringen." Ich gehe vor ihr in die Hocke, fange ihren Blick und sie bringt kaum ein zittriges Lächeln zustande. „Okay. Okay, das ist besser."

„Halte einfach durch. Dieser Kerl kommt nicht an mir vorbei, Süße, selbst wenn er durch diese Tür kommt." Ich halte ihren Blick … diese großen, schönen Augen, die mich starren lassen würden, selbst wenn ich nicht versuchte, ihre Aufmerksamkeit zu bekommen. „Verstanden?"

Sie schluckt und nickt. Die Tränen stehen immer noch in ihren Augen, aber die Verzweiflung lässt nach.

Ich schenke ihr das beruhigendste Lächeln, das ich aufbringen kann. „Gut. Ich habe noch nie einen Kampf verloren, kleine Lady, und ich werde den für dich nicht verlieren."

Ich realisiere, wie das klingt, als es meinen Mund verlässt und sehe in ihrem Gesicht etwas aufflackern, das ich nicht erkenne. Dann wird sie rot und wendet den Blick ab. „Äh. Danke, Jake."

„Warum sagst du mir nicht, was dieser Kerl vorhatte? Ich denke, ich werde es dem Besitzer sagen müssen. Dave hat offensichtlich Mist gebaut, und ich will nicht, dass du dafür bezahlst, also ist es Zeit, über seinen Kopf hinweg zu handeln." Ich bleibe, wo ich bin, sitzend auf den Fersen und nah bei ihr.

So nah kann ich ein zartes, leicht würziges Parfüm mit Blumenduft riechen, das von ihrer Haut und ihrem Haar ausgeht. In meiner Anwesenheit entspannt sie sich. Ich frage mich, wie lang es her ist, seit sie sich sicher gefühlt hat.

„Es gibt viele Anime-Fans, die einfach wundervoll sind. Aber dann gibt es diese Minderheit, die ... es übertreibt. Dieser Marvin ist vor sechs Monaten auf einer Convention aufgetaucht, bei der ich Autogramme gegeben habe, und seither stalkt er mich." Ihre Lippen zittern.

Ich bringe ihr eine Flasche Wasser und sie trinkt davon, dann nickt sie dankend, bevor sie fortfährt.

„Er hat mir nie wirklich gesagt, warum er mich gewählt hat. Ich vermute, dass ich die englische Synchronisation für einen der Charakter gemacht habe, von denen er besessen ist, und das hat es ausgelöst. Was noch seltsamer und widerlicher ist, da ich das bereits mache, seit ich fünfzehn bin und einige meiner Charaktere gerade einmal neun Jahre alt sind."

Ich lehne mich zurück und mein Augenwinkel zuckt. „Igitt."

„Ja, und ich bin zierlich und sehe für mein Alter jung aus, selbst wenn ich mich wie eine Vierzigjährige kleide. Es sind die großen Augen." Sie stellt die Flasche ab und legt den Eisbeutel wieder auf ihre Wange. „Er hat entschieden, dass ich sein Traummädchen bin und ich nicht nein sagen darf."

„Ich hätte ihm stattdessen in die Eier treten sollen", grummle ich ein wenig laut, woraufhin sie nervös lacht. „Entschuldige", murmle ich mit kribbelnden Ohren. „Aber ernsthaft, was soll das?"

Sie lacht ein wenig, ich lächle vor Erleichterung und ziehe einen Stuhl zu mir, um mich zu setzen.

„Ich musste schon zuvor mit sozial unbeholfenen Fans und auch ein paar richtigen Arschlöchern umgehen", erzählt sie. „Schwanzbilder, der übliche Müll, den Frauen online bekommen, wenn sie auch nur ein kleines bisschen berühmt werden." Sie wird nüchterner. „Aber das ist anders. Bei Marvin liegt so viel Hass unter der Oberfläche. Wenn ich mich nicht wie sein perfektes Püppchen verhalte und genau nach seinen Fantasien handle, dann ist es, als müsste ich bestraft werden."

Von dort aus fährt sie fort und erzählt mir von dem Stalking, der einstweiligen Verfügung, den Verstößen gegen diese und davon, wie er heute Abend bei ihr zu Hause aufgetaucht ist, welches auf der anderen Straßenseite unseres Hintereingangs liegt. Das Eindringen in die Privatsphäre, seine widerlichen E-Mails und selbst die Preisgabe im Internet war nichts im Vergleich hierzu.

Schließlich ist sie fertig und hat wieder Tränen in den Augen, als ich sie ungläubig anstarre. „All dieser Mist in sechs Monaten?", flüstere ich und sie nickt.

Mein Handy klingelt und sie zuckt leicht zusammen. Es ist Dave.

„Na ja, er ist durch das elektronische Schloss der Zelle gekommen und ist getürmt", sagt er viel zu locker. „Wenn er immer noch im Gebäude ist, dann haben wir ihn bald. Ansonsten ist er weg."

Fick dich, Dave. „Na, ist das nicht wundervoll. Das sagst du besser dem Boss." Er beginnt zu stammeln und murmelt dann, dass er sich darum kümmern wird, bevor er schnell auflegt.

Ich starre mein Handy an. „Verdammte Scheiße. Toll gemacht, Dave."

Dann höre ich Josies leises Wimmern und drehe ich um, woraufhin ich sehe, dass die drohenden Tränen schließlich doch fallen. *Oh, Mann.*

Ich werde diesem Kerl persönlich in den Arsch treten, wenn ich ihn finde. „Josie?"

„Ich kann nicht nach Hause gehen", flüstert sie. „Er weiß, wo ich wohne."

In diesem Moment treffe ich eine Entscheidung, die ich vielleicht bereuen werde, aber aktuell fühlt sie sich nicht nur richtig an – es fühlt sich nach dem Einzigen an, das mich nicht zu einem gefühllosen Arschloch macht. „Dann wirst du heute Abend nicht nach Hause gehen. Ich bringe dich irgendwohin, wo es sicher ist, und ich werde dich nicht unbewacht lassen, bis die Polizei den Kerl hat. Okay?"

Ihre Augen werden groß vor Schock. „Das würdest du tun?"

Ich nicke grimmig. „Ich habe es dir gesagt. Ich hasse Tyrannen. Dieser Kerl muss aufgehalten werden. Die Polizei ist drei Schritte hinter ihm und jetzt hat Dave es verbockt. Ich werde das nicht tun", verspreche ich ihr. „Du kannst auf mich zählen."

KAPITEL 4

Josie

N och nie zuvor hat mich jemand vor irgendetwas beschützt.

Während ich in Jakes strahlend grüne Augen sehe, durchströmt mich der Gedanke, wie er all seine Kraft nutzt, um Marvin davon abzuhalten, zu mir zu gelangen, und es hat eine seltsame Wirkung. Mir wird überall warm und der Schrecken beginnt zu verblassen. Vielleicht sollte ich fragen, warum dieser völlig Fremde so viel für mich tut, aber … ich kann nicht ändern, was es mit meinen Gefühlen macht.

Oder meinem Körper.

„Also, es läuft so", sagt er. „Ich habe heute Abend einen Kampf. Ich besorge dir einen Platz, wenn du magst, und jemanden, der bei dir sitzt. Eine meiner Bekannten sieht sich all meine Kämpfe an. Ich bin mir sicher, dass sie es tun wird. Niemand legt sich je mit Cynthia an."

Ich habe noch nie zuvor einen Mixed Martial Arts-Kampf gesehen, geschweige denn einen im Untergrund. Und es ist ausgeschlossen, dass ich dieses Gebäude unbegleitet verlasse. Marvin wird das nicht auf sich beruhen lassen, und ich kann nicht darauf vertrauen, dass ihn die Kälte nach drinnen treibt. „Ich … ich denke, das würde mir gefallen. Aber was passiert danach?"

Er lächelt langsam, und ich sehe ein blasses Schimmern in seinen Augen, durch das ich noch schwindeliger und verlegener werde.

„Dem Boss gehört ein Hotel beim Flughafen. Er bringt seine VIP-Gäste dorthin und lässt sie von Limousinen für die Kämpfe holen. Ich werde dir dort für ein paar Nächte ein Zimmer besorgen."

Ich sehe zu, wie er anruft und reserviert, einfach so. Dieser Kerl scheint alle Antworten zu haben. Es ist so einfach, ihm zu vertrauen, dass ich merke, dass ich umso tiefer in die Verliebtheit gleite, je mehr er das Kommando übernimmt.

„Okay", murmle ich atemlos. *Er ist vielleicht nur nett*, versuche ich mich zu erinnern. *Oder er will vielleicht nur mit mir schlafen.*

Das Problem ist, dass mich beides auf verschiedene Art enttäuschen würde. Wenn er nicht nett ist, dann will ich nicht mit ihm schlafen. Aber wenn er *nur* nett ist, dann habe ich keine Chance bei ihm. *Bin ich einfach launisch?*

Ich hätte nie gedacht, dass ich je eine Chance mit einem so prachtvollen Exemplar von Mann haben *würde*. Er ist alles, was Marvin nicht ist – einschließlich sanft genug, dass mir all diese massive Kraft und die beeindruckende Größe ein Gefühl der Sicherheit geben. Während ich dasitze und zu ihm aufsehe, frage ich mich, wie es wäre, in seinen Armen zu sein.

Konzentrier dich. Es wäre großartig, Marvin für die Nacht aus dem Kopf zu bekommen und stattdessen an diesen Kerl zu denken, aber ich muss mich trotzdem konzentrieren.

„Okay", presse ich heraus. „Aber was ist mit der Polizei?"

„Bis Dave seinen Scheiß geregelt kriegt und herausfindet, wo der Kerl hin ist, haben wir ein Problem. Wir können hier drin keine Cops haben." Seine Stimme ist bestimmt, und ich bin nicht allzu überrascht, immerhin ist das, was sie hier tun, nicht legal.

Mit bis zum Hals schlagendem Herzen nicke ich … und spüre, wie die Hitze tief in meinem Bauch nur intensiver wird. Ich war noch nie in meinem Leben Teil von etwas Illegalem, besonders nicht wissentlich.

„Wie wäre es, wenn wir ihnen sagen, dass ihn jemand gesehen hat, wie er um mein Auto herumgeschlichen ist? Dann können sie in der Gegend nach ihm suchen, ohne mich zu belästigen – oder dich."

Er denkt darüber nach, dann nickt er. „Das ist clever. Ich würde allerdings bis nach dem Kampf warten. Wenn er auf dem Parkplatz oder dem Gebäude auf dich lauert, dann kannst du den Penner genauso gut auch eine Weile lang frieren lassen. Es ist nicht so, als würde er gänzlich verschwinden. Wie du gesagt hast, er ist besessen."

Ich stelle mir eine Erinnerung mit Wecker für in drei Stunden ein, damit ich nicht so erschöpft bin, dass ich es vergesse. „Ich mache mir immer noch Sorgen, was er mit seinen Computerfähigkeiten tun könnte. Er ist wirklich ziemlich gut."

„Ja, na ja, ich würde das GPS auf deinem Handy ausschalten und es vermeiden, irgendwelche Check-in-Funktionen wie bei Facebook zu verwenden. So kann er deinen Standort nicht verfolgen."

Ich habe immer noch mein Handy in der Hand und erledige es sofort. „Daran habe ich nicht einmal gedacht. Danke." *Scheiße! Hat Marvin so herausgefunden, wo ich war?*

„Ja, na ja ..." Sein Lächeln wird schief. „Ich bin bereit zu wetten, dass du es noch nicht mit allzu vielen Drecksäcken zu tun hattest. Aber ich hatte leider schon viele."

„Du scheinst nicht der Typ zu sein", sage ich und er lacht.

„Oh Süße, viele Leute auf der falschen Seite des Gesetzes sind immer noch auf der richtigen Seite von allem anderen. Der einzige Grund, aus dem ich hier und nicht beim UFC kämpfe, war, dass ich keinen sauberen Sponsor bekommen konnte. Hier kann ich keine Titel und Auszeichnungen gewinnen, aber ich kann einen großen Haufen Geld verdienen, und der Boss behandelt uns gut."

„Aber du musst dich trotzdem mit Drecksäcken herumschlagen." Ich trinke weiter Wasser. Der Sturm aus Tränen und Adrenalin hat mich erschöpft und ausgetrocknet.

„Oh ja. Dave ist kein Preis – er hat es jetzt schon zweimal verbockt. Das erste Mal war, als er eine Gruppe betrunkener College-Studenten nach unten gelassen hat, anstatt nach oben in den Nacht-club, weil sie ihm einen Haufen Geld gezahlt haben. Urteilsvermögen getrübt durch Gier und Jack Daniels. Manche der anderen Sponsoren oder Zuschauer sind korrupte Politiker, Drogenbarone, solche Leute. Oder sie stellen jemand Beschissenes ein oder bringen so jemanden in ihrem Gefolge mit. In der Unterwelt zu arbeiten, es mit fürchterlichen Menschen zu tun zu haben, das ist ein Berufsrisiko."

Ich beiße mir leicht auf die Lippe, während ich zu ihm aufsehe. „Wird Dave ein Problem für mich sein?" Jedenfalls mehr, als er das bereits ist, seine Nachlässigkeit hat mich bisher schon einmal in Gefahr gebracht. Wenn er mich gar nicht erst ins Gebäude gelassen hätte, wäre ich wesentlich wütender.

Jake lacht. „Oh nein. Nicht mit mir, Baby. Dave weiß es besser, als mich herauszufordern, wenn ich einer Lady ein Versprechen gebe."

Er zwinkert und mein Herz hüpft, mein Bauch flattert und ich vergesse ein paar Sekunden lang, wie man atmet. *Er hat mich bereits um den kleinen Finger gewickelt*, realisiere ich und schenke ihm ein wackeliges Lächeln an. „Ich bin froh, Jake. Niemand ... hat bisher so etwas für mich getan."

„Klingt, als hättest du nie einen Freund gehabt, der seinen verdammten Job erledigt hat." Er klingt angewidert von diesen hypothetischen Jungs ... aber ich korrigiere ihn schnell.

„Es ist mehr so, dass ich nie einen Freund hatte."

Alles in mir erstarrt. *Oh Scheiße, warum habe ich das eben gesagt?*

Es erregt seine Aufmerksamkeit, bevor ich weitermachen oder es als Witz abtun kann. Er starrt mich mit leicht aufgerissenen Augen an. „Du verarschst mich. Du bist verdammt hinreißend. Bist du in einer Kolonie aus Blinden aufgewachsen?"

Ich *kichere*. Es kommt aus mir heraus wie Blasen beim Mineralwasser, mit einem Mal, während meine Wangen rot werden und ich ihn nicht mehr ansehen kann. *Scheiße. Was passiert mit mir?*

Zu viel Zeit auf der emotionalen Achterbahn. Die Tiefpunkte, an denen ich fast sechs Monate am Stück festgesteckt habe. Die Höhepunkte sind unbekannt und machen mich desorientiert und atemlos.

„Nein, ich ... hatte nur nie die Zeit." Ich nehme einen tiefen Atemzug und schließe die Augen, während ich mich erinnere. „Meine Eltern waren Broadway-Stars. Meine Mom hat diese Bühnen-Mutter-

Sache gemacht und meine Schwester und mich in dieses Leben gezerrt, also hatte ich ab dem Alter von zehn sowohl einen Job als auch die Schule."

„Du, äh … warte. Du warst hier in der Gegend auf der Bühne? Wie kommt es, dass ich dich bei keinem Stück gesehen habe?" Er neigt den Kopf und das Licht fängt sich in seinen grünen Augen.

Ich öffne den Mund, um zu fragen, warum ein Kerl wie er die Theater dieser Gegend kennt, dann realisiere ich, dass ich ihn in eine Schublade stecke und erkläre es einfach.

„Weil meine Schwester und ich uns emanzipiert haben, als ich fünfzehn war, und dann bin ich allein zur Synchronisationsarbeit gegangen. Ich habe während der High School meine Privatsphäre gebraucht, und danach gefiel es mir so besser." Ich mag es nicht einmal, an meine erste Zeit in der Industrie zu denken. Aber wenigstens bin ich auf der anderen Seite herausgekommen und zu einem guten Leben gekommen.

Bis Marvin kam. Aber vielleicht habe ich jetzt einen Ausweg. Marvin hat möglicherweise eine Gruppe Menschen aufgebracht, gegen die er sich nicht behaupten kann.

Jake runzelt die Stirn und verarbeitet die Informationen über meine verrückte Jugendzeit, dann kehrt sein schiefes Grinsen zurück. „Na ja, ich kann definitiv sehen, warum du mit einem so verrückten Terminplan keine Zeit für Dates hattest. Aber Dates in der Jugend sind das pure Chaos. Du hast nicht viel verpasst."

Das lässt mich prusten. „Ja, meine Freunde erzählen mir Geschichten. Es klingt alles andere als lustig." Ich bin irgendwie froh, dass er nicht nach dem ganzen Chaos mit meiner Familie gefragt hat.

Ich will meine Stimmung nicht wieder dämpfen, indem ich ausführe, wie meine Mutter meine Kindheit versaut hat, während mein Vater danebenstand. Es ist alles sehr einfach: zu schnell aufgewachsen, meine Eltern verprassten mein Geld, während sie mich dazu drängten, noch mehr zu verdienen, dann habe ich auf die einzige mir bekannte Weise die Kontrolle übernommen. Ich habe diese Jahre bereits weit hinter mir gelassen, genauso wie ich hoffe, es mit Marvin zu tun.

„Ja, ich habe es versucht. Die Sache ist, ich war im Football-Team, also haben alle von mir erwartet, mit den Cheerleadern zu flirten. Du wirst keine kleinkariertere, grausamere Gruppe von Mädchen treffen. Heilige Scheiße." Er bekommt eine Nachricht auf seinem Handy und sieht nach. „Okay, also meine Bekannte wird gleich da sein, um dich in die Arena zu eskortieren. Ich muss bald mit dem Aufwärmen anfangen, ansonsten würde ich es selbst tun." Er zuckt entschuldigend die Achseln.

„Das ist kein Problem." Es ist ein Problem. Ich will mich an ihn klammern wie an einen Schiffsmast während eines Sturms. Aber ich weiß, dass es sowohl dumm als auch eine Überreaktion ist.

Trotzdem, ich hätte mir keine bessere Gruppe von Menschen wünschen können, um mich hinter ihnen zu verstecken.

KAPITEL 5

Josie

W ie sich herausstellt, ist Cynthia eine hübsche, athletische Blondine, die zur Begrüßung grinst, als sie Jake sieht. Meine Gedanken nehmen sofort den Weg eines verknallten Teenagers: *Ist das die Freundin? Die Ehefrau? Ich habe keinen Ring gesehen, aber das hat nichts zu bedeuten ...*

Hör auf, Josie. Du kennst den Kerl kaum und wirst bereits besitzergreifend?

„Hi." Ich erzwinge ein Lächeln und strecke eine Hand aus.

Sie umfasst sie fest, schüttelt einmal und lässt wieder los. „Hey, Kleine. Hab gehört, du hast einen beschissenen Tag. Wie sieht dieses Arschloch nochmal aus, das hinter dir her ist?"

„Eins achtzig, vielleicht hundertdreißig Kilo, zerzaustes rotes Haar und Bart, Trenchcoat, Filzhut, blass, dramatisch." Plötzlich kann ich mich nicht mehr an seine Augenfarbe erinnern. Die Farbe seiner Zähne ist einprägsamer.

Sie sieht meinen Gesichtsausdruck und spannt nickend den Kiefer an. „Niemand wie er wird dir nahekommen, Süße. Ich bin da, bis mein

Bro hier gewinnt, seine Dusche bekommen hat und wieder zu dir zurückkann."

Mein Lächeln wird etwas weniger erzwungen. „Danke."

Ich will Jakes Seite momentan nicht verlassen, aber er hat Arbeit zu erledigen – verrückte, gefährliche Arbeit, von der ich nie gedacht hätte, dass ich sie mit eigenen Augen sehen würde. Er lächelt ruhig und selbstsicher, während er uns nachwinkt. Für mich ist es ein Abenteuer, aber für ihn ist es ein gewöhnlicher Dienstagabend.

„Kümmere dich gut um sie, Cyn, ich zähle auf dich."

„Keine Sorge. Ich werde sie dir in einem Stück zurückbringen." Sie sieht zu mir hinab, während sie mich wegführt. „Du siehst ziemlich erschöpft aus. Brauchst du einen Sportdrink oder sowas?"

„Vielleicht. Das Wasser hat geholfen." Ich sehe nur einmal zurück, aber Jake hat bereits seine Tür geschlossen, vermutlich, um sich umzuziehen. „Bist du eine der Kämpferinnen?"

„Ja, der Boss betreibt keinen Sexismus. Besonders da ich fast genauso gut Publikum anziehe wie Jake." Sie lacht, als sie die Anhänger an meiner Handtasche sieht. „Du machst wirklich Stimmen für Videospiele und sowas?"

„Ein wenig. Der Großteil meiner Arbeit ist Anime. Aber leider ..." Ich verstumme, denke an Marvin und hoffe, dass er nicht meine Tür eintritt, während wir reden.

„Hast du je daran gedacht, einen Selbstverteidigungskurs zu besuchen?" Sie führt mich zu einem der Fahrstühle und drückt den Knopf.

„Ich habe daran gedacht, mir eine Waffe zu kaufen und an den Schießstand zu gehen", gebe ich zu, woraufhin sie mir einen belustigten Blick zuwirft.

„Direkt dazu? Ich kann es dir nicht wirklich verübeln. Aber Jake und ich könnten dir ein bisschen was beibringen, mit dem du einen solchen Widerling auch ohne Waffe fertigmachst. Wenn du interessiert bist, natürlich." Sie sieht mich von oben bis unten an.

„Er ist ungefähr dreimal so schwer wie ich", merke ich an, aber sie lacht nur.

„Bruce Lee wog dreiundsechzig Kilo und könnte selbst Jake in den Arsch treten, Süße. Es geht nicht darum, wie groß du bist. Es geht darum, wie hart du trainierst." Der Fahrstuhl kommt und öffnet sich, woraufhin wir eintreten. „Da der Großteil seiner Masse keine Muskeln sind, hat er einen ernsthaften Nachteil Leuten gegenüber, die wissen, was sie tun."

Das ist ein paar Nummern zu groß für mich, also kann ich nur nicken und zuhören. Sie lehnt sich an die entgegengesetzte Wand, verschränkt die Arme und sieht mich ernst an. „Aber eins nach dem anderen. Dieser Kerl weiß, wo du wohnst, und er kennt sich ziemlich gut mit Computern und Elektronik aus."

„Das ist richtig. Er ist irgendwie durch eure äußeren Sicherheitsmaßnahmen gekommen. Ich weiß nicht genug über Computer, um herauszufinden wie, aber dieser Ort scheint ziemlich Hightech zu sein, also … das sollte dir einen ungefähren Eindruck vermitteln, warum ich besorgt bin." Ich sehe auf zur Überwachungskamera, in der Hoffnung, dass Marvin mich dadurch im Moment nicht irgendwie anstarrt.

„Verdammter Dave. Weißt du, wir haben es mit ihm versucht, aber als Katie ihn eingestellt hat, hatte ich ein schlechtes Gefühl, und es hat sich genauso entwickelt, wie ich es mir gedacht habe." Ihr finsterer Blick erinnert mich an den von Jake. „Wenigstens hat er dich reingelassen, als der Kerl dich verfolgt hat."

„Ja." Ich schließe die Augen und lehne mich an die Wand des Fahrstuhls. „Hat er. Und dann ist Jake aufgetaucht und hat den Rest erledigt."

„Du hattest Glück. Lass dir von uns ein bisschen was beibringen, und dann wirst du dich nicht mehr auf das Glück verlassen müssen." Ihre Stimme ist ein wenig härter als Jakes, aber es liegt auch Wärme darin. Sie scheint es gut zu meinen.

Ich öffne die Augen und sehe zu ihr auf, dann nicke ich. „Okay. Ich meine, ihr habt schon so viel für mich getan, aber … das ist etwas, was ich will. Ich will keine Angst mehr haben."

Sie grinst breit und stößt mich leicht an der Schulter an. „Geht doch. Wir können nach dem Kampf darüber reden, dich einzuplanen. Jetzt lass uns in meiner Garderobe vorbeischauen und dein Make-up in Ordnung bringen."

Ich bin schockiert, als wir dort ankommen, mich diese Walküre von Frau auf ihren Make-up-Stuhl setzt und beginnt, sich wie eine Backstage-Hausmutter um mich zu kümmern. „Du machst dich gut", bemerkt sie, während sie arbeitet.

„Danke. Ich stand als Kind auf der Bühne. Ich habe aufgehört, um zu synchronisieren." Ich zögere, aber ... *was du heute kannst besorgen ...* „Also, wie haben du und Jake euch kennengelernt?"

„Wir trainieren zusammen mit anderen Kämpfern. Der Boss sponsert zehn von uns – vier Frauen und sechs Männer. Wir kämpfen gegeneinander. Wir kämpfen gegen Gäste. Ich habe ihn vor sechs Jahren im Kraftraum getroffen." Sie lacht ein wenig. „Sein Akzent war damals so stark, dass ihn die Leute immer gefragt haben, auf welcher Rinderfarm er aufgewachsen sei. Dann hat er im Ring jedem mindestens einmal in den Arsch getreten und sie haben aufgehört zu lachen und begonnen, ihm sein Bier zu kaufen."

„Wow." Ich lächle ein wenig – und höre dann auf zu reden, als sie beginnt, meinen Lippenstift aufzutragen.

„Ja. Wie auch immer, wir haben uns schnell gut verstanden, viel voneinander gelernt und er kommt mit meiner Familie klar, also ... so ziemlich mein bester Freund." Sie neigt leicht den Kopf und trifft im Spiegel meinen Blick. „Du verknallst dich nicht bereits in ihn, oder?"

Ich sehe im Spiegel zu, wie mein Gesicht rot wird. „Ä-äh ..."

Sie prustet und trägt das Setting-Spray auf. „Das ist ein großes Ja."

Oh Scheiße. Anscheinend weiß ich selbst jetzt nicht, wie man seine Gefühle verbirgt. „Na ja, er hat mich gerettet, und er ist ... äh ..."

„Heiß", beendet sie den Satz und ich gebe ein unbeholfenes Quietschen von mir, das sie kichern lässt. „Es ist okay. Wenn ich nicht mit Henry verheiratet wäre, hätte ich ihn vermutlich selbst angemacht. Und wenn du spielen willst, na ja ... er wird dich gut behandeln."

Ist es möglich, vor Beschämung zu sterben? „Ich weiß nichts übers ... Spielen", murmle ich in Richtung meiner Schuhe.

„Oh, wirklich? Na ja, lass ihn das nicht wissen, ansonsten wird er freiwillig anbieten, dir zu helfen. Er hat Freude daran, der Erste einer Frau zu sein." Ihre Augenbrauen zucken kurz. „Oder du könntest ihn einfach nach einem Kampf oder einem großen Training abfangen."

Oh mein Gott. Ich habe ihm mehr oder weniger gesagt, dass ich Jungfrau bin. Aber dann realisiere ich, was sie soeben gesagt hat und schaffe es, zu ihr aufzusehen. „Wie? Wird er nicht müde und verletzt sein?"

„Verletzt? Nicht allzu sehr. Der Kerl ist ein Fels. Müde? Oh, Süße. Zwischen dem Adrenalin und der Hormonausschüttung nach einem guten Training wird er stundenlang oben sein. Wenn du weißt, was ich meine." Ihre Augen funkeln.

„Äh …?" Tue ich nicht. Und dann tue ich es. Meine Augen werden groß und ich bin für eine Weile stumm, während sie gegen das Lachen ankämpft. *Oh. Oh mein Gott.*

Er bringt mich hiernach in ein Hotelzimmer, während er sich … so fühlt. Und alles, was ich tun muss, ist … es anzubieten. Ich schlucke schwer, mein ganzer Körper vibriert vor Aufregung und Verlangen.

Es ist so verlockend. Nicht nur, weil die Chance da ist, nicht nur, weil er mich mag und ich ihn will, nicht nur, weil er die perfekte ironische Rache an Marvin ist, nach allem, was er getan hat. Sondern weil ich die Chance will, in Jakes Armen zu liegen, um friedlich und sicher zu schlafen, wie ich es seit Monaten nicht mehr konnte.

„Ich werde daran denken", piepse ich und sie lacht, während wir uns bereitmachen, ihre Garderobe zu verlassen und unsere Plätze in der Arena zu finden.

Dieser Ort ist so gut schallgedämpft, dass ich schockiert bin, als wir wieder in den Fahrstuhl zurückkehren und ihn gefüllt vorfinden. Die Leute darin sind so unterschiedlich, dass sie aussehen, als würden sie auf unterschiedliche Veranstaltungen gehen. Punk-Rock-Kerle und Athleten verkehren mit reichen Leuten in schicken Anzügen und glitzernden Kleidern.

Cynthia ignoriert sie alle, während sie mit mir über die Kämpfe, ihre Regeln, ihre Vorgaben und das, dem sich Jake heute Abend stellen wird, redet. „Irgendein Kerl aus Thailand. Die bringen ein paar ernsthaft harte Kämpfer hervor, aber ich weiß nicht viel über diesen. Sein Sponsor hat einen Deal mit dem Boss gemacht, dass er als Gast da ist."

„Wie … gefährlich ist das?", frage ich zögernd, während die Fahrstuhl nach unten rattert. „Jake wurde bei diesen Kämpfen noch nie schwer verletzt, oder?" Er ist stark, er ist mein Held, aber ich will nicht, dass er blutet.

„Jake hat seit zehn Jahren keinen Kampf mehr verloren", antwortet Cynthia schlicht, wobei ihre Stimme noch mehr an Selbstsicherheit gewinnt. „Wenn er irgendwann verliert, dann wird das nicht heute Abend sein."

Ich erinnere mich daran, wie er sich bewegt hat, als er mich gerettet hat. Meine Augen konnten es nicht einmal verfolgen. Ich weiß, dass er sich damit zurückgehalten hat, Marvin wirklich fest zu schlagen, aber es war nur ein einzelner, präziser Schlag nötig, um meinen besessenen, sturen, bösen Angreifer in einen heulenden Haufen Nichtsnutz zu verwandeln.

„Ich glaube dir. Ich habe noch nie gesehen, wie jemand so schnell einen Kampf beendet hat." Der Moment, in dem Jake Marvin dazu gebracht hat, mich loszulassen, fühlt sich immer noch ein wenig wie ein Wunder an.

Der Fahrstuhl spuckt uns an einem schicken Hightech-Eingang mit intarsierten Marmorböden, verspiegelten Decken und riesigen Bildschirmen an den Wänden aus. Die Türen sind aus poliertem Stahl. Ich versuche, nicht zu starren, aber mein Herz hämmert erneut.

Wie lange betreiben sie das hier schon in meiner Nachbarschaft, ohne dass ich es überhaupt weiß?

Normalerweise bin ich ein recht aufmerksamer Mensch. Das ist Teil des Grundes, aus dem ich wusste, wie ich bei der ersten Gelegenheit aus der Schauspielerei herauskomme. Man muss eine gewisse Härte haben, um als Frau auf der Bühne oder den Bildschirmen zu überleben, und so bin ich nicht.

Natürlich wusste ich mit fünfzehn nur, dass ich unglücklich war, aber ich wusste genug, um auf meinen Instinkt zu hören. Jetzt tue ich es regelmäßig und liege fast nie falsch.

Aber dieses Etablissement blieb bei mir völlig unbemerkt, bis mich die Leute hier vor Marvin gerettet haben. *Dieser Boss von Jake ist so clever, dass es mir ein wenig Angst einjagt.* Aber wer auch immer sie sind, ich schulde ihnen auch Dank.

Die Arena ist nicht sehr groß, sie bietet Platz für fünfhundert

Menschen auf vornehmen Plätzen. Ich lasse mich auf mein Sitzpolster sinken und blicke den Hang der ringförmigen Arena hinunter zu dem Käfig in der Mitte.

Zwei Maschendraht-Tunnel führen von entgegengesetzten Seiten zu Toren auf jeder Seite des Rings. Der Käfig selbst ist eine riesige Maschendraht-Kuppel, die mit schweren Stahlsäulen verstärkt ist. Trotz der bequemen Sitze hat der ganze Ort ein hartes, industrielles Aussehen: viel gebürsteter Stahl und Nieten, die Kabine des Ansagers liegt auf einer hohen Metallsäule wie ein Kommandoturm.

In der Wand über den normalen Plätzen kann ich eine Reihe von Stadionlogen sehen, jede groß und mit Einwegspiegeln verglast, um die Privatsphäre der sich darin Befindlichen zu schützen. Die größte davon ragt ein wenig über die anderen heraus; ich kann einen großen Schatten am Glas stehen sehen, der sich nicht rührt. „Wer ist da oben?"

„Das ist die Loge des Bosses. Heilige Scheiße. Ich wusste nicht, dass er heute Abend kommt." Cynthia sieht plötzlich besorgt aus. „Dave wird nach dem Kampf schwer was aufs Dach kriegen."

„Der Boss?" Ich spähe zum Glas und erinnere mich an den Respekt, mit dem Jake von ihm gesprochen hat. *Könnte ich ihn vielleicht bezüglich der ganzen Situation mit Marvin um Hilfe bitten?*

„Ja, der Big Boss. Irgendeine Art von Computermilliardär. Das ist eines seiner Lieblingsprojekte – eine private, unerlaubte Liga, die nach seinen Regeln läuft. Die Einsätze ist unglaublich hoch – es werden Millionen auf diese Kämpfe gewettet."

Ich drehe mich zu ihr um. „Ich hoffe, dass die Bezahlung für die Kämpfer auch so hoch ist." Die Maschendrahtwände des Käfigs erinnern mich daran, dass Jake kurz davor ist, sein Leben für die Unterhaltung dieser Menschen zu riskieren.

„Oh ja, der Kerl kümmert sich gut um uns. Er ist allerdings irgendwie ein Einsiedler. Er und sein Gefolge reisen meist in aller Stille." Sie blickt mit gerunzelter Stirn zur Loge. „Fast keiner von uns hat sein Gesicht gesehen – bis auf Jake."

Wie viel weiß er über das, was heute Abend passiert ist? War es *seine* Hand auf dem Knopf, als mich jemand gerade rechtzeitig hereingelassen hat? Weiß er, dass sich Marvin spontan in das Sicherheits-system des Gebäudes gehackt hat – einmal sogar unter Bewachung?

„Wie … bringt man eine Nachricht zu ihm?", frage ich, während ich die Gestalt anstarre. „Er muss von Marvin erfahren." Marvin, der gefährlich ist: ein soziopathischer, hasserfüllter Kindskopf mit zerstö-rerischen Fähigkeiten und ohne jegliche Selbstbeherrschung.

„Durch Jake. Er ist einer der einzigen Jungs hier, die direkt mit dem Boss reden. Normalerweise bekommen wir E-Mails oder SMS." Sie sieht mich von oben bis unten an, als ich meinen Mantel öffne und meine Handschuhe ausziehe. „Geht es dir besser?"

„Ja." Ich sehe mich erneut um und suche in der kleinen Menge nach Marvin. Keine Spur von ihm. Aber das lässt mich stattdessen nur nach Überwachungskameras Ausschau halten.

Ich kann in der Arena keine finden, und ich weiß nicht, warum. Vielleicht sind sie zu gut versteckt, oder vielleicht gibt es einen guten Grund dafür, keine Aufnahmen der Kämpfe zu machen. Was auch immer der Grund ist, es gibt mir ein besseres Gefühl, keine davon auf mich gerichtet zu sehen.

„Also, warum willst du wissen, wie man mit dem Boss in Kontakt tritt? Ich in mir sicher, dass er durch Jake und Dave die ganze Geschichte erfahren wird." Sie neigt den Kopf in meine Richtung, die Augen direkt auf mich gerichtet.

„Das verstehe ich. Es ist nur … Ich bin besorgt, dass euer Boss das Problem so auf die leichte Schulter nehmen wird, wie Dave es getan hat." Ich hoffe, dass ihr Boss nicht derjenige war, der die Sicherheit programmiert hat, ansonsten ist er Marvin nicht gewachsen, Milli-ardär hin oder her.

„Das bezweifle ich ehrlich. Er nimmt die Sicherheit sehr ernst. Wir hatten sehr wenig Probleme. Er ist allerdings ein wenig verzettelt … niemand hier weiß, wie viele Firmen er tatsächlich besitzt." Sie nickt vor sich hin. „Ja, sag Jake, was du weitergeben willst. Er wird sich darum kümmern."

„Okay." Die Plätze sind fast voll, als ich mich umsehe. Kein einziges bekanntes Gesicht zu sehen – vor allem nicht Marvins. Der Kampf wird definitiv bald beginnen, die Aufregung der Menge ist greifbar, als die große Uhr an der Wand der vollen Stunde immer näher rückt.

Und dann wird Jake gewinnen und sich sauber machen und mich dann allein mitnehmen ... und ich weiß nicht, was dann passieren wird. Aber zum ersten Mal in meinem Leben bin ich wirklich versucht, mit jemandem zu schlafen, den ich kaum kenne. Und das ist gefährlich, unlogisch, vermutlich dumm ... und fühlt sich fantastisch an.

Wenn gut zu leben die beste Rache ist ... dann wünschte ich fast, ich könnte Marvin zusehen lassen. Aber in Wirklichkeit wünsche ich mir, er würde einfach verschwinden.

Von der Polizei festgenommen, von den Wachmännern dieser Arena erschossen, von einem Bus überfahren, von einem Herzinfarkt ereilt, während er sich an seinem *loli waifus* aufgeilt. Es ist mir egal, was es ist. Ich will nur, dass er verschwindet.

Für den Moment jedoch fühle ich mich sicher und aufgeregt und wieder an meinem Leben interessiert – und all das habe ich Jake zu verdanken.

„Also, synchronisierst du wirklich Animes? Für die englischen Versionen? Irgendwelche Charaktere, die ich kenne?" Cynthia scheint aufrichtig neugierig zu sein. Ich nenne ein paar Namen aus verschiedenen Serien, und bei einigen von ihnen nickt sie anerkennend. Aber dann steigt der elegant gekleidete, muskulöse Ansager durch einen versteckten Aufzug aus dem Podium auf und die Menge beginnt zu applaudieren.

Ich lasse das Thema fallen, als er mit dröhnender Stimme spricht, uns alle begrüßt und verkündet, dass der Kampf in fünf Minuten beginnen wird. „Finale Wetten müssen jetzt abgegeben werden, Ladies und Gentlemen. Bitte melden sie jetzt ihre Überweisungen zur Hinterlegung."

Ich sehe mich um, wie alle ihre Handys herausholen, um genau dies zu tun. Ich belasse meins in meiner Tasche – ich habe kein Geld für Wetten dieser Höhe. Aber es ist interessant, dieser Menge aus reichen Leuten, Prominenten, Künstlern und denen, die verdächtig nach Bikern und Gang-Mitgliedern aussehen, dabei zuzusehen, wie sie alle einen Haufen Geld auf oder gegen meinen Held des Abends setzen.

„Er hat wirklich seit zehn Jahren keinen Kampf mehr verloren?", frage ich erstaunt, als die letzten Wetten platziert und die Lichter gedimmt werden.

„Nicht einen. Das ist Jake. Wenn es eine Sache über ihn gibt, dann die, dass er zuverlässig ist."

Und dann ruft der Ansager seinen Namen, die Musik setzt ein und wir stehen alle auf, um zu applaudieren, als Jake grinsend und winkend durch seinen Tunnel kommt.

Ich starre mit größer werdenden Augen zu ihm hinab. Ich wusste, dass Kämpfer bis auf Shorts und Tiefschutz beinahe nackt in den Ring steigen. Aber ich wusste bisher nicht, wie kräftig Jake unter seiner Kleidung wirklich gebaut ist.

Meine Augen wandern über jede Wölbung und Härte seines prachtvollen Körpers – all diese glänzende, gebräunte Haut, seine breiten Schultern und der runde, feste Hintern unter den schwarzen Satin-Shorts. Mein Blick versucht seinem harten Bauch bis hinunter zu seinem kaum verborgenen Schritt zu folgen. Ich sehe zu, wie sich seine Brust hebt, während er seinen Fans zuwinkt und sich dann umdreht, um den schlankeren, würdevoll schreitenden Gegner anzuerkennen, der durch den Maschendrahttunnel auf ihn zukommt.

Alles, was nötig wäre, um ihn heute Nacht zu haben, ist eine Einladung, denke ich, während sich meine Zehen in meinen Stiefeln krümmen. Ich starre ihn an, als er sich zu seinem Ausgangspunkt bewegt und der andere seine Position einnimmt, wobei ich die wachsende Versuchung spüren kann, ihm eine sehr, sehr eindeutige Einladung auszusprechen, sobald wir wieder zusammen sind.

Aber wage ich es?

KAPITEL 6

Jake

Der schlaksige, dunkelhaarige Kämpfer mir gegenüber ist nicht zum Scherzen aufgelegt. Das ist mir recht – er war höflich und hat der Menge zugewunken, als sein Name genannt wurde, und das reicht aus, um ihre Aufmerksamkeit zu behalten. Aber jetzt geht es los, und Chanchai hier ist nicht nur stumm – er sieht mich kaum an.

Konzentrier dich, Kumpel. Ich will mich nicht so sehr zurückhalten, dass wir keine gute Show abliefern. Es macht keinen Spaß, wenn ich dich schlagen kann, während du kurz davor bist, dein Handy herauszuholen und dir dein Tinder-Profil anzusehen. Oder was auch immer ihn so ablenkt.

Ich bin ein ziemlich geduldiger Mann, aber in letzter Zeit war ich mit meinem Job alles andere als zufrieden. Ich mache einen Haufen Geld, habe viel Sex und genieße die Gesellschaft der meisten meiner Kollegen. Aber obwohl ich mit jedem Ausdruck und jeder Geste Begeisterung zeige ... bin ich mit diesem Kampf bereits ein wenig unzufrieden.

Diese meisten MMA-Kämpfer im Untergrund-Ring hier in den Vereinigten Staaten sind Boxer, Kickboxer und andere Wettkampfsportler, die mit nur der kleinsten Chance legal werden würden. Sie sind daran gewöhnt, nach gewissen Regeln zu kämpfen, wie Gewichtsklassen oder verbotene Regeln. Ich kämpfe seit mehr als zehn Jahren gegen solche Kerle und bin so an ihre Techniken gewöhnt, dass es zu leicht geworden ist, ihnen entgegenzutreten.

Aber viele Untergrundkämpfer kommen aus einer ganz anderen Tradition des Kämpfens im Ring, mit ihren eigenen Regeln und Vorgaben, was sie für mich unberechenbar macht – und zu einer größeren Herausforderung. Deshalb bin ich begeistert, wenn ein Kerl aus einem ganz anderen Teil der Welt gegen mich antritt.

Aber dieser hier tut so, als wäre er noch gelangweilter als ich. Und das macht mich irgendwie wütend. *Komm schon, Mann, gib mir hier etwas, mit dem ich arbeiten kann!*

Auf der anderen Seite bin ich in der perfekten Position, um etwas gegen Unaufmerksamkeit zu tun – indem ich ihm einen Warnschuss gebe. Nichts, was das Spiel beendet, nur genug, um ihn aufzuwecken.

Die Glocke ertönt und wir legen los, umkreisen einander, auf der Suche nach einer Lücke. Ich täusche einen überraschenden Angriff auf ihn vor, er geht unwesentlich zurück, aber seine schwarzen Augen sind mehr auf die Menge als auf mich fixiert. *Das sind nur ein Haufen reiche Arschlöcher, die Wetten darauf abschließen, wer von uns zuerst bluten wird. Ich bin derjenige im Schlagbereich.*

Scheiße, vielleicht leidet der Kerl nur unter Jetlag und ich bin völlig sinnlos verärgert. Ich habe den Ring durch die Sache mit Marvin bereits gereizt betreten. Das ist vermutlich alles, was das hier ist.

Mir ist nicht danach, ihn den ganzen Tag lang zu verfolgen, also setze ich zu einem Schlag in sein Gesicht an, um seine Reflexe zu testen. Und plötzlich, unerwartet – der prachtvolle Mistkerl erwacht zum Leben.

Es ist, als hätte er plötzlich entschieden, dass ich die Mühe wert bin, er weicht dem Schlag aus und versucht sofort, meinen Arm festzuhalten. Er ist schneller, als ich dachte, und sein Griff ist perfekt. Ich lehne mich in seine Bewegung und schaffe es, mich zu befreien, bevor er die Gliedmaße gänzlich lahmlegen kann, aber mein Arm tut trotzdem weh, als ich ihn löse.

Jetzt bin ich an der Reihe, wegzutanzen, auf den Fußballen zu hüpfen, wachsam auf die nächste Überraschung wartend, die der Kerl auf mich loslassen wird. Ich lächle wieder, und nicht nur der Show wegen. *Endlich.*

Chanchai hat jetzt ein Funkeln in den Augen, den Anflug eines Lächelns auf den Lippen. Wovon auch immer er zuvor abgelenkt war – oder von dem er so getan hat, als sei er davon abgelenkt – er hat es aus seinem Kopf verdrängt. Er ist voll dabei.

Die Menge grölt, als wir die ersten Schläge austauschen, wir testen einander und umkreisen uns wieder. Er explodiert mit harten, scharfen Tritten nach vorne und zwingt mich dazu, auszuweichen und Abstand zwischen uns zu bringen. Er scheint von mir nicht zu erwarten, so leicht in die Defensive zu gehen; seine Augenbrauen gehen vor Überraschung leicht in die Höhe.

Bisher bin ich mit klassischen Box-Techniken auf ihn losgegangen. Nichts Besonderes, nichts, das darüber hinaus Fähigkeiten oder Training zeigt. Vielleicht denkt er, ich sei ein einfacher Schläger ohne Tiefe oder Breite in meinen Fähigkeiten. Aber niemand gewinnt zehn Jahre lang jeden Kampf, wenn er so faul ist.

Es braucht perfektes Timing. Ich lasse ihn Energie verbrennen, indem er mich nach hinten an den Maschendraht treibt – dann drücke ich mich hart davon ab, als er sein Bein oben hat, und bringe ihn aus dem Gleichgewicht. Er springt auf die Füße – direkt in meinen Ellbogen.

Ich ziehe den Schlag in letzter Sekunde zurück. Nicht viel, aber genug, um zu wissen, dass er wieder aufsteht. Er landet erneut auf der Matte, die Augen aufgerissen und verblüfft, aber nicht regungslos. Als das Zählen beginnt, steht er bei drei wieder auf, schüttelt es ab und beäugt mich misstrauisch.

Das ist richtig, Kumpel. Ich bin nicht nur ein Schläger. Jetzt gib alles und lass uns diese blutgierigen Arschlöcher unterhalten.

Ich bin ein Stratege. Genau wie mein Gegner. Wir taxieren einander, während wir im Kreis gehen, und die aufgeregte Menge brüllt Vorschläge. Ich blende sie aus und konzentriere alles auf ihn.

Der Mann, der den ersten Schritt macht, hat einen Nachteil, es sei denn, er sagt akkurat einen Schlag des Gegners voraus. Sobald er sich entscheidet, fällt die Unsicherheit über den nächsten Schritt seines Gegners auf ein paar eindeutige Möglichkeiten zusammen. Möglichkeiten für Handlungsabläufe verschwinden.

Währenddessen lehrt jede Handlung deinen Gegner etwas über deine Fähigkeiten, deinen Stil und dein Maß an Aggression. Momentan sind wir uns beide der Tatsache bewusst, dass wir einander unterschätzt haben, und wir sind beide in der Defensive. Aber ich bin mir auch etwas anderem bewusst: all diesen Leuten, die eine gute Show erwarten.

Wenn ich zulasse, dass ihnen zu langweilig wird, dann werden der Boss und ich Verluste anderer Art haben. *Meinetwegen. Das wird vielleicht ein wenig wehtun, aber das ist es wert.*

Ich bin zäh genug, um ein paar Schläge einzustecken. So lange er mich nicht bluten lässt. Ich gewinne diesen Kampf, selbst wenn ich ein paar blaue Flecken kühlen muss, um es gut aussehen zu lassen. Also gehe ich in die Offensive – aber nicht leichtsinnig. Ich lasse es nur so aussehen. Ich gehe hoch mit Tritten zum Kopf und Schlägen auf den Körper. Ich gehe tief, um ihn von den Füßen zu holen, wobei ich mich dazu dränge, nicht zu lange auf derselben Höhe zu bleiben. Er erwartet meine Geschwindigkeit nicht, dafür sehe ich zu groß und massig aus.

Aber solche Annahmen sind nur eine weitere Schwäche, die ich ausnutzen kann. Und ich nutze sie aus – indem ich das Feuer mit einer Salve zurückgebe, die doppelt so schnell und komplex wie seine ist. Ich treffe ein paar Mal. Nichts so gut wie dieser Ellbogen – aber dann gibt er zurück und ich stecke selbst ein paar Schläge ein.

Es geht vor und zurück. Das nächste Mal, als ich treffe, geht er zurück und hält seine Seite, erholt sich aber schnell. Es wird mich etwas kosten, ihn zu erschöpfen. Aber ich will nicht zu früh irgendwelche den Kampf beendende Schläge verwenden.

Die Menge brüllt. Das ist der Teil, den ich am meisten liebe – diese Matronen und Großindustriellen und Regierungsbonzen meinen Namen schreien zu lassen, während sie mich als Kind auf der Straße hätten sterben lassen. Jetzt schwimme ich mit jedem Gewinn in

Haufen ihres Geldes, und alles, was es mich kostet, ist viel Schweiß und ein wenig Schmerz.

Die Reaktion meines Gegners darauf, an den Maschendraht getrieben zu werden, ist eine Schönheit, er springt vom Käfig ab und entfesselt einen weiteren Tritt, den ich kaum mit beiden Unterarmen blocken kann. Er ist hart genug, dass ich schwanke und meine Arme für ein paar Sekunden taub werden. Noch mehr Gebrüll außerhalb des Käfigs. Ich tue mein Bestes, es auszublenden und mich darauf zu konzentrieren, einen Gegenschlag ausführen zu können, bevor er sein Gleichgewicht wiedererlangt.

Während sich meine Arme erholen, wechsle ich den Stil und verpasse ihm stattdessen einen harten Snap-Kick. Sein Kopf kippt gefährlich weit nach hinten und bringt ihn beinahe aus dem Gleichgewicht. Ich sehe ein paar rote Tropfen von seinem Gesicht fliegen, weiß aber, dass es nicht genug ist, um die ‚First Blood‘-Regeln zu erfüllen. Stattdessen halte ich weiter auf ihn zu, schleudere einen Ellbogen in seine Brust und versuche dann, ihm die Beine unter ihm wegzutreten.

Er springt zur Seite, um mir auszuweichen und landet auf den Füßen. Wir atmen jetzt beide schwer, schwitzen und spüren das leise Pulsieren sich entwickelnder Prellungen. Käfigkämpfe gehen so lang, bis ein Mann fällt oder genug blutet. Keine Verschnaufpausen. Keine Schonung.

Während wir uns erneut umkreisen, kehren meine Gedanken unaufgefordert zur Konfrontation von vorhin zurück. Dieses beschissene Exemplar eines Mannes, der sich so an Josie vergreift. Ich weiß, dass Cynthia sie irgendwo im Publikum sitzen hat und dass sie sicher und beschützt ist.

Aber das lässt immer noch das Thema ihres Stalkers zurück, den Dave hat entwischen lassen. Er könnte überall sein. In ihrem Haus. Im verdammten Publikum.

Ich muss hiernach dem Boss jedes einzelne Detail erzählen, damit ich nicht riskiere, dass Dave etwas auslässt, um seinen Arsch zu retten –

Plötzlich weiche ich einem Schwinger, gefolgt einem Spinning Kick aus, als mein Gegner meine Ablenkung bemerkt und versucht, dies auszunutzen. *Scheiße!* Schnell korrigiere ich meinen Fehler und konzentriere mich darauf, seine nächste Lücke zu finden.

Der Boss hat mir einmal gesagt, ich solle dem ganzen Kampf gute fünf Minuten oder mehr geben, um sicherzugehen, dass die Menge das bekommt, wofür sie bezahlt. Mit einem fast garantierten Sieg wäre mein Auftritt ansonsten weniger fesselnd. *Es sind gerade einmal knapp drei Minuten.*

Ich greife ihn an der Taille, während er sich erholt und schleudere ihn über meinen Kopf auf die Matte. Ich höre ihn grunzen. Ich lasse los, springe über ihm auf die Füße und trete nur für eine Sekunde zurück, um zu kontrollieren, wie er sich erholt.

Immer noch da. Er ist auf den Händen und Knien und schüttelt den Kopf; er ist weit offen für einen Tritt in die Rippen, aber ich weiß, dass das den Kampf zu schnell beenden wird. Natürlich täusche ich dem Publikum zuliebe in diese Richtung an, und er rollt sich zur Seite, bevor er wieder aufsteht.

Jedes Mal, wenn ich jetzt einen Gegner hart schlage, muss ich immer danach kontrollieren, ob er nicht auf dem Weg ins Krankenhaus ist oder schlimmer. Es ist nicht nur meine Kraft. Verrückte Unfälle und Überdosen mögen im Ring jetzt vielleicht minimiert sein, aber manche Dinge … bleiben einfach an einem haften.

Außerdem hilft es mir, den Kampf auf diese wertvollen fünf Minuten zu strecken, wenn ich meinem Gegner eine winzige Verschnaufpause gebe.

Ich treibe ihn erneut mit einem überraschenden Angriff und ein paar Schlägen nach hinten, bevor ich ein Knie in seine Körpermitte stoße. Er schafft es kaum, sich rechtzeitig mit dem Aufprall zu bücken, ihm stockt der Atem und ich schlage weiter auf ihn ein, bis er fast wieder am Maschendraht ist.

Von diesem Winkel aus bemerke ich, dass die Loge des Bosses erleuchtet ist und entdecke seine große, schlanke Gestalt in der Nähe des Glases. Er kommt fast immer zu meinen Kämpfen, und heute Abend ist keine Ausnahme. Und wie immer, wenn ich ihn sehe, denke ich daran, was er in der Nacht, in der Billy gestorben ist, zu mir gesagt hat.

Ich verstehe, dass du dir Gedanken machst, möglicherweise einen weiteren Gegner im Ring zu töten. Allerdings war diese Situation ein tragischer Unfall, kein Anzeichen, dass du zu hart gegen deine Gegner bist. Du bist zu großer Gewalt fähig, ja, aber du bist auch dazu fähig, deine Kraft zurückzuhalten. Du darfst nicht das Vertrauen in dich selbst verlieren.

Ich blockiere einen Faustrückenschlag, der sich anfühlt, als hätte Chanchai mit einem Baseballschlager nach mir ausgeholt. Das Muay Thai dieses Kerls lässt meins wie eine blasse Imitation aussehen – aber davon abgesehen, scheint er nicht viel Spielraum in seinen Kampftraditionen zu haben. Der Boss hat mich als Generalisten trainieren lassen: Ich bin in nichts ein lebenslanger Spezialist, aber die Männer, die mich trainiert haben, kamen aus allen Teilen der Welt.

Muay Thai-Kämpfer tendieren dazu, ihr Gewicht auf ihr hinteres Bein zu geben und mit den anderen drei Gliedmaßen anzugreifen. Außerdem nehmen sie eine hohe Haltung ein. Der Grund, aus dem ich ihn mühelos über mich schleudern konnte, bestand in meinem Wrestling-Training, das mich dies ausnutzen ließ. Aber im Moment bedeutet die relative Bewegungslosigkeit dieses belasteten Beins, dass er jedes Mal, wenn ich ihn in Bewegung halte, nicht seine ganze Kraft in die tödlichen Tritte des Muay Thai geben kann.

Halte ihn in Bewegung. Lass ihn arbeiten, um einen Treffer zu landen. Ich wechsle zu Karate und nutze meine Fußarbeit, um ihn davon abzuhalten, mich von unten anzugreifen oder mich zu treten. Er keucht jetzt stärker, da seine energischen Angriffe langsam ihr Tribut fordern. Ich bin auch müde und es schmerzt, wo er mich getroffen hat, aber wenigstens habe ich den Rausch eines guten Kampfes.

Ich nutze unser nächstes Starren als Chance, um meine potenziellen nächsten Züge zu planen. Wir haben noch ein paar Zusammenstöße vor uns, bevor ich ihn niederschlagen und mit meiner Nacht weitermachen kann. Ich will bereits eine Dusche, nachdem ich mit ihm unter diesen heißen Lichtern gekämpft habe. Und danach … kann ich Josie wiedersehen.

Mein Gegner zieht sein Bein unter mich durch und lässt mich hochspringen – dann lässt er seinen seitlichen Tritt los, der mich aus dem Gleichgewicht bringt. Jetzt bin ich wütend.

Ich gehe nach unten, springe in einen Handstand und trete nach ihm, wobei ich ihn erneut hart nach hinten treibe. Aber es ist Muay Thai, also weiß er natürlich, wie er aus der Schusslinie kommt, bevor er getroffen wird.

Eigentlich gefällt es mir, dass er mich arbeiten lässt. Der Boss sorgt normalerweise dafür, gute Kämpfe zu arrangieren, aber dieser hier ist außergewöhnlich. Chanchai hat ein paar Schläge auf mich losgelassen, die ich zuvor bisher nur auf Video gesehen habe.

Ich wünschte nur, wir hätten eine gemeinsame Sprache, damit ich ihn fragen könnte, ob er zusammen trainieren will, während er in der Stadt ist. Ich bin mir sicher, dass mich dieser Kerl weiterhin auf neue Arten herausfordern wird. Ausnahmsweise habe ich tatsächlich Spaß.

Ich erwische mich immer noch dabei, wie ich mich frage, wie es Josie und Cynthia geht. Ich war mir sicher, dass sie sich verstehen würden, und das schienen sie auch, als sie gemeinsam gegangen sind. Aber ich weiß nicht, was Josie nach dem Kampf von mir denken wird. Oder ob sie für die Dinge bereit ist, die ich liebend gern mit ihr tun würde.

Ein kurzer Blick auf die Fußsohle meines Gegners zwingt mich dazu, mich gerade rechtzeitig zu ducken, um mir nicht die Nase zertrümmern zu lassen. *Schon wieder abgelenkt.* Was ist heute Abend mit mir los?

Aber ich weiß es. Es ist die hübsche kleine Josie und die Krise, die sie in mein Leben gebracht hat. Es ist die großäugige, beinahe verehrende Art, auf die sie mich ansieht. Es ist die Aussicht darauf, die Nacht mit ihr zu verbringen.

Erst muss ich diesen Kerl erledigen, erinnere ich mich ein wenig genervt. Und so greife ich bei seinem nächsten Kick sein Bein und halte es fest, dann nutze ich es, um ihn mit dem Gesicht zuerst auf die Matte zu drehen.

Diesmal bleibt er bis zur Zahl fünf unten und kommt mit Blut an einem Nasenloch wieder nach oben. Immer noch nicht genug. Aber ich habe ihn eindeutig besorgt – und besorgt bedeutet aggressiv.

Und aggressiv bedeutet Fehler. Und dreißig Sekunden später macht er einen großen.

Er geht komplett in die Offensive, ich weiche aus, lenke um, manchmal blocke ich seine Schläge und lasse ihn auf mich einschlagen und sich weiter erschöpfen. Nur ein paar seiner Versuche treffen tatsächlich und lassen meine Unterarme, Oberschenkel und eine Wange schmerzen. Ich gebe so gut zurück, wie ich es bekomme, während die Menge auf der anderen Seite des Maschendrahts wahnsinnig wird.

Fünf Minuten. Zeit, Feierabend zu machen und eine hübsche Lady zu besuchen. Entschuldige, Kumpel.

Chanchais Wut und Frust vermindern seine Fähigkeiten nicht, aber seine Aggression hinterlässt Löcher in seiner Abwehr. Ich warte auf meine Chance, als er darum kämpft, einen richtigen Schlag anzusetzen. Dann bleibt er für den Bruchteil einer Sekunde offen – und ich treffe ihn mit der Handfläche direkt unter dem Kiefer.

Der erschrockene Ausdruck in Chanchais Gesicht verblasst, als sein Kopf nach hinten knickt und er rückwärts auf die Matte fällt. Ich weiß, dass er k.o. ist, bevor das Zählen überhaupt beginnt. Ich starre genau auf seine Brust und sehe, wie sie sich normal hebt und senkt. Er wird einen schmerzenden Kiefer und blaue Flecken haben, aber es geht ihm gut.

Dann erreicht der Schiedsrichter die Zehn und verkündet mich als den Gewinner, woraufhin ich die Arme in die Luft reiße, während die Menge brüllt.

„Applaus für Jake Ares, unseren ungeschlagenen Champion!"

Ich sehe mich im Publikum um und entdecke Josie, die mit den anderen aufgestanden ist und mich mit großen Augen anstarrt. Cynthia jubelt neben ihr, aber ich kann mich nur auf sie konzentrieren.

KAPITEL 7

Jake

I ch vibriere vor Adrenalin und Endorphinen vom Kampf und kann nicht wirklich spüren, wie es mich strapaziert hat, bis ich in meine Garderobe zurückkomme und meine ersten Schlucke eines Sportdrinks trinke. Normalerweise mag ich das Zeug nicht einmal, da es für mich wie schwache, fruchtige Spucke schmeckt. Aber wenn ich brauche, was darin steckt, dann schmeckt es fantastisch und ich kann nicht genug bekommen.

Sobald die Flüssigkeiten und Elektrolyte meinen Körper erreichen, schlucke ich das Zeug plötzlich gierig herunter. *Oh ja. Dieser Kerl hat mich arbeiten lassen.* Ich nehme eine zweite Flasche mit in mein Badezimmer und leere sie ebenfalls, bevor ich unter die Dusche gehe.

Sobald mich das heiße Wasser trifft und sich meine Muskeln entspannen, macht mein Körper seine üblichen Veränderungen nach dem Kampf durch. Ich werde mir des leichten Schmerzes bewusst: meine Unterarme tun weh, meine Muskeln brennen, jede Stelle, wo Chanchai mich getroffen hat oder wo ich vom Boden und dem Maschendraht abgeprallt bin, pulsiert dumpf durch die sich entwickelnden blauen Flecken. Meine Fingerknöchel und meine Füße spüren es auch ein wenig, aber meiner Handfläche geht es gut.

Der Schlag auf den Kiefer ist Teil meines Krav Maga-Trainings. Es gibt eine Stelle an der Unterseite des Kinns, die einen Kerl mit minimalem Krafteinsatz umfallen lässt, wenn man sie richtig trifft.

Die Handfläche wird durch stumpfe Gewalteinwirkung nicht so leicht verletzt, also ist es eine Win-win-Situation. Er bekommt vielleicht nicht einmal einen blauen Fleck.

Ich habe meine Karriere damit begonnen, hart zuzuschlagen, und der Kerl ist gestorben. Jetzt schlage ich clever zu und die Kerle gehen k.o., aber ich tue mein Bestes, dafür zu sorgen, dass sie gehen und wieder trainieren können. Wenn ich erneut töte, dann wird es absichtlich sein, weil ich keine andere Wahl hatte – und es wird weit außerhalb des Rings stattfinden.

Während ich mich schrubbe und das Adrenalin nachlässt, bleiben mir die Endorphine und Hormone, die meinen Körper durchströmen. Meine Haut kribbelt, als wäre ich high, und mein Schwanz steht steif hoch, steinhart und überempfindlich. Das macht es schwierig, mich zu bücken und meine Zehen zu waschen.

„Scheiße. Gut. Meinetwegen." Ich gebe ein wenig Feuchtigkeitscreme auf meine Handfläche und nehme meine Erektion in die Hand, damit ich mich fertigmachen kann und tatsächlich in eine saubere Hose passe. *Nicht, als würde das sonderlich lange dauern.* Normalerweise bin ich stolz darauf, es aushalten zu können, aber meine erste Nummer nach Kämpfen ist sowieso immer hoffnungslos schnell.

Umso mehr Grund dazu, es hinter mich zu bringen, bevor Josie auftaucht. Wenn sie auf mich steht, dann will ich es lang genug aushalten, um ihr eine schöne Zeit zu bereiten. Wenn sie nicht auf mich steht, dann wird der unangenehme Ständer zum Problem.

Ich versuche, an den Groupie des Nachmittags zu denken: das gute Betthäschen mit schlechtem Charakter, das meinen Schwanz wie ein Champ genommen hat. Sie wollte es ‚hart', also musste ich mich nicht so sehr zurückhalten wie sonst. Mein Hintern brennt ein wenig, als der Wasserstrahl darauf trifft: Nagelspuren ihrer schicken Maniküre.

Aber als ich die Augen schließe, an sie denke und versuche, mich an ihren Körper an meinem und ihre heisere Stimme zu erinnern, die in mein Ohr stöhnt, steigt die Unzufriedenheit, die ich nach unserem Zusammentreffen gespürt habe, in mir auf, um mich zu verfolgen. Diese namenlose Frau, die mich in Mallorca als ihr Sexspielzeug haben wollte. Als könnte man mich kaufen.

Ich versuche, Begegnungen mit anderen Frauen heraufzubeschwören ... aber es sind alles Abwandlungen derselben Sache. Sie wollten meinen Ruhm und meinen Schwanz in ihrem Leben, scherten sich aber einen Dreck um mich. *Und sie haben mich eindeutig nie so angesehen, wie es dieses süße Mädchen tut.*

Meine fieberhaften Gedanken kehren wieder zu Josie zurück. Dieser Blick, den sie mir zugeworfen hat, nachdem ich sie gerettet habe. Derselbe Blick, den sie mir in der Arena durch den Maschendraht hindurch zugeworfen hat. Diese beinahe verehrende Überraschung.

Ich will es erneut in ihrem Gesicht sehen, während sie unter mir bebt. Ich will, dass sie sich an mich klammert, vor Lust wimmert und um mehr fleht. Und während ich mir diese Vorstellungen erlaube, trifft mich mein Höhepunkt und ich stöhne durch die Zähne hindurch, bevor ich erleichtert an der Wand zusammensacke.

Sehr vorübergehende Erleichterung. Meine Haut kribbelt immer noch und ich denke immer noch fast obsessiv an Sex. *Sex mit Josie. Die denkt, ich sei ihr verdammter Held.* Ich werfe meine Kleidung für das Hausmädchen in den Wäschekorb und wickle mir ein Handtuch um die Hüfte, als mein Handy mit dem Klingelton des Bosses ertönt. *Scheiße.* Ich renne aus dem Badezimmer und nehme sofort ab. „Hey, Boss, tut mir leid, dass ich dich habe warten lassen."

„Exzellenter Auftritt heute Abend", erwidert die ruhige, kultivierte Stimme mit ihrem Baltimore-Akzent. „Ich bemerke, dass du deine Schläge immer noch zurückziehst."

„Ja, Sir." Ich bleibe ruhig. Ich bin nicht derjenige, der es heute Abend verbockt hat, und ich weiß, dass ich nicht in Schwierigkeiten stecke. *Aber das kontrolliere ich besser.* „Ist das ein Problem?"

„Nicht besonders. Du hast es kreativ gehalten und nicht zugelas-

423

sen, dass er deine Sorge um Sicherheit ausnutzt." Ich höre das leise Geräusch, als er sein Likörglas abstellt. Er hat es immer bei sich und nippt sehr langsam an einem seiner sehr ausgefallenen Liköre. Der Kerl hat eine der elegantesten Vorlieben für Süßes, die ich je gesehen habe.

„Okay, ich wollte es nur wissen. Also, wie kann ich dir heute Abend helfen?" Ich bin mir ziemlich sicher zu wissen, was es ist. *Dave, du armer, dummer Mistkerl.*

„Die junge Dame, die du vorhin gerettet hast. Ist sie sicher?" Es liegt sogar ein Anflug von Dringlichkeit in seiner normalerweise ruhigen Stimme.

Es überrumpelt mich. Ich weiß, dass der Boss Ehre hat, und ich weiß, dass er irgendwo hinter diesem spießigen Äußeren ein Herz hat, aber ich habe von ihm kein so ritterliches Benehmen erwartet.

„Es geht ihr gut, Boss. Cynthia bringt sie bald zu mir nach unten. Ich wollte sie ins Hotel bringen. Wäre das ein Problem?" *Kennt er Josie irgendwoher?*

Das Seltsamste am Boss ist, dass er, so zurückgezogen und privat er auch lebt, immer alles über jeden zu wissen scheint. Manche der Jungs denken, er sei übernatürlich.

Andere schreiben es seinem mysteriösen Stellvertreter zu, einem völlig anonymen Hacker namens Prometheus.

Ich denke nur, dass er verdammt clever ist und all die richtigen Beziehungen hat, um ihm die Informationen zu beschaffen, die er braucht. Außerdem hat er mehr Gespür als jeder Kerl, den ich je getroffen habe – auch mehr als jede Frau. Ich würde nicht gegen ihn pokern, so viel ist sicher.

„Ich öffne das zweite Penthouse für dich. Besorg dir ihre Adresse. Ich werde ein Sicherheitsteam hinschicken, um nachzuforschen. Dieser Mann muss gefunden werden." Er klingt ... genervt. Das ist auch neu für ihn. Normalerweise ist er so gelassen und ruhig wie ein steinerner Buddha während eines Sturms.

„Klasse. Dann hole ich den Schlüssel an der Rezeption ab. Willst du direkt mit ihr sprechen? Es stört mich nicht, Informationen weiterzugeben, aber sie wollte sichergehen, dass du alle Informationen über diesen Marvin bekommst."

Ich kann Schritte hören, die auf meine Tür zukommen und blicke über meine Schulter in diese Richtung. Ich trage immer noch lediglich mein Handtuch. *Oh, was soll's. Dann bekommen die Ladys eine kleine Show.*

„Das wird an diesem Punkt nicht nötig sein. Sie ist vermutlich sehr müde. Nur ihre Adresse und Marke und Modell ihres Autos. Das sind die Orte, an denen er wahrscheinlich sein wird."

„Sie sagte, sie lebt auf der anderen Seite des Hintereingang. Ich nehme an, es ist eines der Lofts." Jemand klopft an die Tür und ich rufe: „Bin gleich da!"

„Der Loft-Komplex. Und das Auto?" Ich kann das schnelle Klappern einer Computertastatur in der Leitung hören.

„Das hat sie nicht gesagt, aber ich nehme an, es ist das kleinste, süßeste Ding auf dem Parkplatz." *Genau wie sie.*

„Hmm." Weiteres Tippen. „Ich sehe einen pinkfarbenen VW Käfer auf dem Parkplatz dieses Wohnblocks. Auf der Tür scheint die Cartoonzeichnung einer Bärenkatze im Kleid zu sein."

„Das ist definitiv ihr Auto." *Warum lächle ich so viel? Ich weiß noch nicht einmal, ob sie mich überhaupt will.*

Aber ich bin mehr als hoffnungsvoll.

Der Boss hustet leise und ich höre ein Piepen. „Danke für deine Hilfe. Ich kann ihre Kennzeichen kontrollieren und den Rest ihrer Informationen dadurch beschaffen. Wenn Marvin sie durch diese Informationen stalkt, dann können wir seine nächsten Züge vorhersagen. Hab einen schönen Abend. Nimm dir die nächsten drei Tage, um nach dem Mädchen zu sehen. Lass sie nicht allein. Ich werde dir einen Bonus sowie ein Gehalt für alle Unkosten zukommen lassen."

Das ist eine weitere Überraschung. „Danke, Sir. Gibt es sonst noch etwas?"

„Ja. Ich werde in dieser Angelegenheit Prometheus hinzuziehen. Du wirst vielleicht Nachrichten bekommen. Beantworte sie sofort, es sei denn, du kümmerst dich gerade um die Bedürfnisse unseres Gasts." Mehr Tippen. „Hast du irgendwelche Fragen."

„Nur eine. Was wird mit Dave geschehen?" Vielleicht ist es Sensationsgeilheit. Vielleicht ist es nur, damit ich es Cynthia und Josie sagen kann, wenn sie fragen.

„Ich werde nach einem nächtlichen Sicherheitschef suchen." Keine Einzelheiten. Seine Stimme ist wieder zu ihrer üblichen Eintönigkeit zurückgekehrt. „Wenn du dich für die Stelle bewerben willst, lass es mich am Morgen wissen."

Er beendet den Anruf, das Geräusch seines Tippens wird mittendrin unterbrochen.

Er ist noch mehr darauf aus als ich, dieses Arschloch Marvin zu finden. Ich frage mich, ob es daran liegt, dass er das Sicherheitssystem des Gebäudes geknackt hat. Das schockiert mich, genau wie der Bonus und sein Angebot. Ich bin mir nicht sicher, aber es fühlt so an, als würde der Boss all das persönlich nehmen.

Was Dave angeht … ich habe das Gefühl, dass ich ihn nicht wiedersehen werde. Mir gefällt nicht, was das vielleicht bedeutet, aber ich werde kein verdammtes Wort darüber verlieren.

Ich lege mein Handy hin und gehe zur Tür, um die Damen hereinzulassen. „Hey. Tut mir leid, dass ich euch habe warten lassen."

Beide sehen mich einmal von oben bis unten an und Josie wird wieder rot, während sie die Augen aufreißt. Cynthia grinst nur.

„Hey. Ich muss mich mit meinem Mann zum Frühstück treffen, bevor er seinen Flieger nimmt, also werde ich euch zwei allein lassen. Gute Nacht."

Ich lächle Josie verschmitzt zu, die schluckt und mich erneut von oben bis unten ansieht. „Entschuldige. Der Boss hat angerufen, als ich aus der Dusche gekommen bin. Komm rein … du kannst im Wohnzimmer warten, während ich mich umziehe."

Sie zögert, rehäugig und schüchtern, dann nickt sie und kommt herein.

———

UNTERBRECHUNG

Carolyn

Mein Handy weckt mich aus meinem tiefen Schlaf. Ich greife blind danach und klappe es auf. Ich realisiere, dass mich Daniels aufgeregt anschreit, bevor ich ein spätes „Hallo?" herausbringe.

„Moss! Bewegen Sie Ihren Hintern, sie verdammter Glückspilz! Wir hatten gerade einen riesigen Durchbruch in Ihrem Fall!" Er ist beinahe manisch aufgeregt. „Sie müssen die gottverdammte Festnahme durchführen, bevor die örtliche Polizei Ihren Kerl schnappt. Ich lasse Ihnen durch einen unserer Techniker die Infos per E-Mail zukommen."

„Moment, was?" *Setzen Sie mich bewusst auf aussichtslose Fälle an oder versuchen Sie sich durch mich einen Namen zu machen – oder irgendwie beides?* Ich dachte immer, seine Gründe, mich auf diese fünf Männer anzusetzen, bestünden aus Rauche dafür, dass ich nicht mit ihm schlafen wollte. Aber sowohl Prometheus und seine eigenen gemischten Handlungen sagen, dass es komplizierter ist.

Vielleicht hat Daniels eine Impulskontrollstörung. So wirkt es momentan jedenfalls. Ich unterdrücke ein Gähnen und den Drang, etwas Sarkastisches zu erwidern.

„Wir haben eine Adresse für die illegale Arena, wo dieser Kerl kämpft! Die Polizei wird sie um sechs Uhr heute Morgen durchsuchen. Sie müssen zuerst dort sein und hineingelangen!"

Adrenalin durchstürmt meinen Körper und ich setze mich auf. *Oh Scheiße!* „Okay, Sir, ich werde meine E-Mails kontrollieren und mich auf den Weg machen."

„Tun Sie das. Versauen Sie das nicht." Er legt auf, und das Erste in meinem Kopf ist *Prometheus*.

Ich nehme mein Laptop und öffne die E-Mail der Außendienststelle, dann öffne ich einen sicheren Chat mit Prometheus.

Bist du wieder online?

„Bitte sei da. Ich bin gänzlich ohne Verstärkung." Ich überfliege die E-Mail und ihre Anhänge. Irgendjemand hat anonym Daten an die Außenstelle Detroit geschickt, die es wiederum an Daniels weitergeleitet hat, dank meiner Anrufe. Sie sind nicht bereit, mit der Polizei zu vermitteln, zu unterbesetzt.

Es sind viele Informationen. Nicht nur die Akten über Jake Ares, die ich bereits habe, sondern verschiedene Fotos aus dem angeblich Inneren der Anlage, von der der Versender behauptet, sie beherberge die Arena. Allerdings keine Fotos der Arena selbst.

Eine winzige Alarmglocke schrillt in meinem Hinterkopf und meine Augen werden schmal. *Jemand hat behauptet, die Arena sei unter dieser Adresse, präsentiert aber keinerlei direkte Beweise dafür? Irgendetwas stinkt.*

Außerdem gibt es ein kurzes Überwachungsvideo von Ares, wie er einem nicht identifizierten Mann ins Gesicht schlägt. Darauf konzentriere ich mich – und genau in diesem Moment bekomme ich meine Antwort von Prometheus.

Ich bin hier. Geht es dir gut?

Ich lächle vor Erleichterung, während Wärme meinen Körper durchfährt.

Es geht mir gut, aber ich bin unterwegs. Jemand hat eine große Menge Informationen über Jake Ares an das FBI und die örtliche Polizei gegeben, und die Polizei von Detroit plant um sechs Uhr eine Razzia. Ich muss vorher hinein. Kannst du helfen?

Es folgt eine lange Pause. Dann klingelt unerwartet mein Handy.

Als ich abnehme, sagt eine tiefe, kultivierte Stimme mit leichtem Maryland-Akzent: „Carolyn?"

Mein Atem stockt und meine Augen werden groß. „Prometheus?", flüstere ich.

„Ja", schnurrt er zur Antwort, und diese wunderschöne Stimme liebkost meine Ohren. Ich kann es bis hinunter in die Zehen spüren. *Was passiert mit mir?* „Es war an der Zeit, dass wir direkt miteinander reden."

„Was hat das hier veranlasst?" Mein Herz schlägt so schnell, dass ich seine Antwort fast nicht höre. „Wie bitte?"

„Ich sagte, dass dieser ‚Durchbruch im Fall' eine völlige Zeitverschwendung ist und nur zu Beschämung führen wird, falls du ihm folgst." Er klingt leicht bedauernd. „Ich entschuldige mich dafür, der Überbringer schlechter Nachrichten zu sein."

Hat Prometheus irgendetwas damit zu tun? Ich habe ihm noch nicht einmal irgendwelche Informationen geschickt! „Also wusstest du bereits von dieser Situation."

„Ja." Ich höre das Klirren von Kristall und ein schlürfendes Geräusch. „Es ging über meinen Tisch, kurz nachdem es der örtlichen Polizei zugespielt wurde. Ich habe Detroit sehr gut abgedeckt."

Es lässt mir einen Schauer über den Rücken laufen. *Er ist hier. Er ist in Detroit. Ich bin mir sicher.* Und das Ausmaß seiner Fähigkeit, Informationen zu beschaffen, ist wesentlich größer, als ich dachte.

Ich frage mich, wie gefährlich er wohl wäre, wenn er keine Moral hätte. „Was ist mit den Aufnahmen von Ares, wie er einen Kerl verprügelt?"

„Die Behauptungen sind fingiert und das Video in falschen Kontext gesetzt. Es sind Überwachungsaufnahmen von Mr. Ares, wie er eine junge Frau vor dem Mann beschützt, den er schlägt. Es ist ein Ausschnitt eines wesentlich längeren Videos, das ich dir schicken werde." So ruhig. Seine Stimme beruhigt mich ein wenig, aber ich bin trotzdem beunruhigt.

„Aber der Angriff hat an dieser Adresse stattgefunden." Das erinnert mich an etwas. Ich öffne die Akte über Ares und beginne, nach den Informationen über seinen Arbeitsplatz zu suchen.

„Ja, da er von einem Nachtclub im ersten Stock als Security eingestellt ist. Der Mann im Video hat seine Geliebte gestalkt, und sie ist auf der Suche nach Schutz zu ihm gelaufen."

Momente später bestätige ich es: die der Polizei von dem anonymen Informant zugespielte Adresse ist die Adresse des Iron Pit-Nachtclubs. Wo Jake Ares einen völlig legalen Job hat. *Aber wer ist der andere Kerl in dem Video?*

„Mach dir nicht die Mühe, die Adresse zu besuchen. Die Polizei wird dort nichts Bedeutungsvolles finden und bald dem Mann nachgehen, der für den falschen Bericht verantwortlich ist." Seine Stimme ist überraschend nett. „Carolyn, vertrau mir. Unterbrich deinen Schlaf nicht länger."

„Ist das das Werk des anderen Hackers? Dieser YokaiPrince?" Ich kann immer noch nicht glauben, dass ich nach fast einem Monat des Kontakts tatsächlich mit dem mysteriösen Prometheus spreche.

„Marvin Ackerman, rechtlich von Marvin Ecklund geändert, Alter achtunddreißig, ist ein gewalttätiger, zum Hacker gewordener Serien-Sexualstraftäter, der momentan die Geliebte von Mr. Ares stalkt. Ich werde dir die Details schicken. Ich versichere dir, dass seine Festnahme der öffentlichen Sicherheit wesentlich zuträglicher sein wird als die von Jacob Ares."

Ich denke über all das nach, nehme es ihm aber immer noch nicht ganz ab. „Warum will er diese Adresse mit hineinziehen."

„Weil er gewaltsam des Geländes verwiesen wurde, und weil Mr. Ares eingeschritten ist, als er Ares' Geliebte angegriffen hat." Im Hintergrund klappert eine Tastatur.

„Oh, ich verstehe. Also ist das ein Racheakt auf Seiten Ackermans." *Unbedeutender Mistkerl.*

„Ja, und ich fürchte, dass die Polizei aufgrund dessen ein wenig Demütigung erfahren wird. Du wirst dir Zeit und Mühe sparen und dein Gesicht wahren, indem du zu Hause bleibst. Aber ich werde sichergehen, dass du Mr. Ackerman für die Verursachung all dieses Ärgers festnehmen kannst."

Ich halte mich davon ab, ihn zu fragen, ob ich nur seine schmutzige Arbeit dabei erledige, einen lästigen Rivalen loszuwerden. Er hat mich noch nie zuvor falsch gelenkt. „Gut", sage ich schließlich. „Schick mir alles, was du hast und wir machen einen Deal."

KAPITEL 8

Josie

Jake hat gerade in nichts als einem Handtuch die Tür geöffnet. Zurückgelassen von einer verschmitzt lachenden Cynthia zögere ich. Er schließt die Tür, schließt sie ab und dreht sich mit einem Lächeln zu mir um.

Ich brauchte meine ganze Willenskraft, um in sein Gesicht zu sehen. Nicht auf seine mächtige Brust, die nach seiner Dusche immer noch feucht glänzt. Nicht auf seine wunderschön tätowierten und geformten Arme.

Nach einem Moment kann ich wieder sprechen. „Das war unglaublich. Danke für die Einladung", quietsche ich fast.

Er lächelt sanft. „Ich wollte, dass du siehst, was ich tue, wenn ich nicht gerade reizende junge Damen vor stinkenden Arschlöchern beschütze." Er macht keine Anstalten, in Richtung des Badezimmers zu gehen, als ich zur Couch gehe. Stattdessen folgt er mir, nah genug, dass ich die von ihm ausgehende Wärme spüren kann.

„Es war fantastisch. Geht es dir danach gut?" Mein Blick wandert zu einem seiner Unterarme. Selbst unter den Tattoos werden die blauen Flecken sichtbar.

Er grinst nur und zuckt die Achseln, bevor er zu dem Minikühlschrank in der Ecke geht und einen Sportdrink herausholt. „Ein weiteres Berufsrisiko. Wie fühlst du dich?"

„Mein Gesicht tut nur ein bisschen weh", gebe ich zu. „Ich habe es während des Kampfes kaum gemerkt."

„Das ist gut. Na ja, also haben wir beide ein wenig Schmerzen, und mir gefällt nicht, wie wir uns kennengelernt haben, aber –"

„Mir gefällt es", unterbreche ich ihn und er blinzelt, bevor sich in seinen Augenwinkeln Fältchen bilden. „Du hast mich gerettet", erkläre ich. „Niemand tut das. Die meisten gehen einfach vorbei, während jemand anderes verletzt wird."

Er schluckt und seine Brust bebt. „Ich glaube, du verklärst das ein wenig. Aber … du weißt, dass ich es jederzeit wieder tun würde." Dieses Funkeln ist wieder in seine Augen zurückgekehrt – nur jetzt ist es fast wie ein durchgehendes Schimmern, wie glühende Asche, die wieder zum Leben erweckt wird. „Und auch nicht nur, weil ich dich so gern mag."

Ich blicke schüchtern nach unten, mein ganzer Körper hat sich durch sein Versprechen erwärmt. Ich habe das Gefühl, als würde ich gleich vor Glückseligkeit über dem Boden schweben. Aber dann bemerke ich etwas, das mich noch atemloser macht.

Ich kann den klaren Umriss seiner Erektion unter dem Handtuch sehen. Sie schwillt an, wird hart … richtet sich auf, als er erregt wird.

Wegen mir.

Dieser fantastische, heiße, zuvorkommende Mann will mich. Und doch bleibt er stumm und berührt mich nicht. *Es ist wirklich so, wie Cynthia gesagt hat.*

Ich sehe ihm ins Gesicht. Er betrachtet mich ruhig. „Jake?", frage ich sehr leise.

„Ja." Seine Stimme ist ein wenig heiser.

„Mache ich dich an?"

Obwohl ich mir fast sicher bin, dass ich die Antwort bereits kenne, brauche ich all meinen Mut, um die Frage laut zu stellen.

„Oh ja." Er nimmt einen zittrigen Atemzug und sieht mich aufrichtig an. „Kleine Lady ... sag nur das Wort und ich gehöre dir, bis du entscheidest, mich loszulassen."

... *Oh*.

Ich presse die Oberschenkel zusammen und unterdrücke ein leises Wimmern. Aber dann strecke ich eine zitternde Hand aus ... und fahre sanft mit den Fingern über seinen warmen, harten Bauch.

Er gibt ein tiefes, melodisches Stöhnen von sich. Ich tue es erneut, erkunde seine Brust und er steht keuchend und bebend da, lässt aber zu, dass ich jeden Zentimeter von seiner Taille bis zu seinen Schultern berühre. Meine linke Hand schließt sich meiner rechten an, während er stillhält, leise atmet und ein erstaunliches Seufzen der Lust von sich gibt.

„Siehst du, was du getan hast?", murmelt er, als die Wölbung unter seinem Handtuch wächst. Ich sehe zu, wie sie größer wird. Meine Augen werden groß, sie sieht riesig aus. „Oh Baby", schnurrt er. „Du hast mich steinhart gemacht."

„Nur durch die Berührung?" Meine Fingerspitzen gleiten über seinen Arm zu seinem Handrücken, dann über seinen Bauch. Er wirft den Kopf zurück und murmelt ein leises „Oh", die Augen vor Lust zugekniffen.

„Du hast keine Ahnung, was du mit mir machst." Seine tiefe Stimme hat jetzt einen atemlosen Unterton. „Ich kann mich nicht daran erinnern, je glücklicher darüber gewesen zu sein, herauszufinden, dass eine Frau mich will."

Mein Herz wird leicht und ich umarme ihn, wobei ich spüre, wie seine Erektion an seinen Bauch gedrückt wird, während er zittert und seine Arme um mich legt. „Mich hat noch nie zuvor jemand gewollt, den ich tatsächlich mochte. Ich ..." Ich flüsterte an seiner Brust und er zittert, bevor er meinen Hinterkopf umfasst, während sich meine Lippen auf seiner Haut bewegen.

Ich lehne mich ein wenig zurück, sodass ich meine Handtasche ablegen und meinen Mantel ausziehen kann, den ich hinter mich werfe. Seine Arme spannen sich wieder an, seine großen, warmen Hände gleiten über meinen pinkfarbenen Cardigan und meine Jeans.

Ich stelle mich auf die Zehenspitzen, um ihn zu küssen und sein Mund bedeckt meinen hungrig.

Der Kuss lässt meinen ganzen Körper kribbeln. Sein tiefes Grummeln der Lust, als unsere Lippen einander liebkosen, lässt mein Herz nur schneller schlagen. Fieberhaft drücke ich mich weiter hoch, die Arme um seinen Hals gelegt, und küsse ihn mit mehr Begeisterung als Geschick.

Nicht, dass es ihn zu stören scheint.

Ich öffne den Cardigan und ziehe auch diesen aus, da ich diese sanften, kräftigen Hände noch mehr spüren will. All der Schmerz, die Einsamkeit und Angst verblassen, als seine Küsse mir den Atem rauben.

Es fühlt sich an, als wäre er so erregt, dass er sich kaum kontrollieren kann, er schnurrt und knurrt tief in seiner Kehle, während er mich küsst und unter meinen Händen bebt. Mein Wimmern mischt sich mit seinem; seine vom Handtuch bedeckte Erektion pulsiert, als er sie an meinen Bauch drückt. Als er mich nach hinten zur Couch schiebt, gehe ich bereitwillig mit.

Der Kuss wird unterbrochen und er sieht mich keuchend an. „Du musst mir sagen, ob ich ein Kondom brauchen werde oder nicht", sagt er heiser.

Ich unterdrücke den Anstieg von Unsicherheit. *Sei ehrlich, Josie. Das ist, was du willst. Und wann wird die Chance wiederkommen?*

„Ja", flüstere ich und sehe zu ihm auf. „Du ... holst besser welche."

Seine Couch hat keine Armlehnen; er legt mich darauf und zieht mir Schuhe und Socken aus, bevor er mich erneut küsst. Seine Hand gleitet fest über meinen Oberschenkel. „Bist du sicher?", fragt er und seine Fingerspitzen lassen meine Haut förmlich brennen.

„Ja." Ich bin nervös genug, um es immer noch zu spüren, selbst unter dem sanften Schimmern von Lust und Verlangen, aber ich dränge weiter. „Ich bin mir sicher."

Er holt die Kondome, macht aber keine Anstalten, eines überzuziehen. Stattdessen hilft er mir dabei, mein Shirt auszuziehen und küsst meinen Hals, als ich schüchtern meine Hände über meinen BH lege.

Seine Lippen sind magisch auf meiner Haut und lassen mir schwindelig werden, als er meinen Puls küsst und dann seine Zähne benutzt. Ich wimmere, meine Hände verlassen meine Brüste und gleiten stattdessen über seinen Rücken.

Als ich mich hinlege, schwebt er über mir, küsst und neckt mich mit seinem Mund, fährt mit den Händen über meine nackte Haut und hilft mir, mich weiter zu entblößen. Als der BH verschwindet, nimmt er eine meiner Brüste in die Hand, wobei seine große, warme Handfläche sie beruhigend umfasst.

„Gefällt dir das, Baby?", flüstert er, als sein Daumen über meine Brustwarze streicht. Ich winde mich unter ihm und habe plötzlich das Gefühl, als würde ich ihn meinen Jeans ersticken. „Oh ja, das tut es." Er wandert meinen Körper hinunter und sein warmer Atem fließt über mein Schlüsselbein. „Ich wette, dass dir das hier noch mehr gefallen wird."

Plötzlich bedeckt sein heißer Mund meine andere Brustwarze; er saugt begierig und ich schreie auf, winde mich, drücke meine Hüften hoch, da ich völlig überwältigt bin. Er hält mich in seinen Armen und presst meinen bebenden Körper an seinen, während er an meiner empfindlichen Haut zieht.

„Ohh!", keuche ich und presse meine Brust reflexartig in sein Gesicht, während ich mich frage, ob ich es weiter ertragen kann. Es fühlt sich so intensiv an, dass ich befürchte, ich könnte zu schreien anfangen. „Das fühlt sich so gut an ..."

Er zittert und knurrt, als sich meine Nägel in seiner angespannten Rückenmuskulatur vergraben. Meine Stimme wird abwechseln lauter und leiser und ich keuche und stöhne unkontrolliert. Mein Körper spannt sich mit jeder seiner Bewegungen an, meine Hüften heben sich reflexartig.

Seine Hand lässt meine andere Brust los und zieht meinen Reißverschluss nach unten. Ich hebe erneut die Hüften, er öffnet meine Jeans und zieht sie zusammen mit meinem Slip nach unten. Dies tut er langsam, Zentimeter für Zentimeter, und folgt ihnen meinen Körper hinab.

Ich stöhne vor Enttäuschung, als er meine Brust loslässt, und zittere, als er sich meinen Bauch hinabküsst. Seine Zunge gleitet über meine Haut, umkreist meinen Bauchnabel, bevor er über die Wölbung zu meinem Schritt weitergeht.

Als ich erkenne, was er vorhat, setze ich mich aus Nervosität auf. Er hält meine Hände in seinen und drückt sie sanft, als seine Lippen ihren Weg fortführen. Ich lege mich bebend zurück und er belohnt meine Gehorsamkeit, indem er mich zärtlich küsst.

Seine Zunge gleitet zwischen meine unteren Lippen und liebkost mich, geht langsam auf und ab, während ich mich gegen seinen mächtigen Griff wehre. Ich stöhne durch die Zähne hindurch, spanne mich an, alles aus Reflex. Es fühlt sich so gut an.

Er lässt meine Hände los und ich greife seine Schultern, als er beginnt, sich meiner Klitoris zuzuwenden. Eine Welle der Lust explodiert mit jeder Bewegung in mir, ich muss mich zurückhalten, nicht seinen Kopf zu halten und an mich zu drücken. „Oh, es ist gut", summe ich, als er seine Zunge schneller bewegt.

Er muss mich festhalten. Ich habe noch nie etwas so Gutes gespürt wie seine Zunge, meine Muskeln spannen sich an und beben mit jeder Bewegung. Seine kräftigen Arme ziehen meine Oberschenkel auseinander und halten mich davon ab, mich zu winden. Es gibt kein Entkommen.

„Ja … ja … *ja* … oh, hör nicht auf, bitte … ich –"

Er presst seine Lippen auf meine und zieht leicht daran, während er weiter seine Zunge schnellen lässt, was mir einen Schrei entlockt. Meine Nägel vergraben sich in seinen Schultern und ich kann mich nicht aufhalten. Ich kann nichts hiervon aufhalten … und ich will es auch nicht.

Die Empfindung wird mit jedem Schlag seiner Zunge stärker. Ich zittere, es kribbelt und ich bin bereit, zu explodieren. Meine Stimme ist nur noch ein unverständliches Flehen.

Dann saugt er härter – und ich explodiere. Große Wellen der Lust durchströmen mich, während ich schreie und den Kopf von einer Seite zur anderen werfe und meine Hüften an seinem Gesicht reibe. Meine Augen sind geöffnet, können aber nichts sehen. Ich kann nur fühlen, fühlen und fühlen, als mich mein erster Orgasmus überkommt.

Ich breche zusammen, zitternd und schweißnass, als er den Kopf hebt. Sein Haar ist wild, seine Augen sind wild und seine Wangen strahlen. Er wischt sich den Mund mit dem Handrücken ab und greift dann nach einem Kondom. „Ich muss dich haben."

„Tu es", bringe ich heraus, zu schlaff und erschöpft, um mich zu bewegen.

Er reißt sich das Handtuch vom Leib und offenbart seine glänzende, dicke Erektion, die mit seinem Herzschlag leicht zittert, als er das Kondom überzieht. Er nimmt meine Hüften und hebt sie hoch, während er sich auf den Rand der Couch kniet. Dann dringt er langsam in mich ein.

„Ohhhh", stöhnt er. „Oh Baby, ich wollte dich so sehr vögeln." Er bewegt seine Hüften und gleitet tiefer, was neue Schockwellen auslöst. „Oh ja …"

Ich lege meine Arme um ihn und halte ihn, während er mich zitternd und knurrend nimmt. Es tut nicht weh. Stattdessen erfahre ich nur weitere Lust, als er sich immer schneller und schneller bewegt.

Er ist völlig darin versunken, genau wie ich es vor meinem Höhepunkt war: seine Augen sind geschlossen, sein Mund geöffnet, er keucht und stöhnt, wenn sich unsere Hüften treffen. Ich betrachte sein Gesicht, fasziniert davon, wie es ihn beben lässt, wenn ich meine Hüften hebe.

Unsere Bäuche schlagen aufeinander, als er immer tiefer in mich eindringt, schneller und schneller. Unsere Schreie prallen von den Wänden der Garderobe ab, als er auf dieselbe Ekstase zurast. Ich keuche und zittere erneut. Als er hart genug wird, um meine Gelenke knacken zu lassen, erreicht meine Erregung erneut ihren Höhepunkt, woraufhin ich schreie und mich unter ihm winde.

„Ahh!" Er vergräbt sich vollständig in mir und ich spüre, wie seine Erektion pulsiert. Seine Augen schließen sich und seine Hüften zucken unkontrolliert. „Ja! Ja … oh …" Er sackt über mir zusammen, keuchend und zittern. „Oh", flüstert er in mein Ohr, während ich ihn halte. „Oh Josie, Baby. Oh."

Ich starre die Decke an, fassungslos und triumphierend. *Ich bin gekommen. Zweimal sogar. Oh Gott.*

„Bleib heute Nacht bei mir", flüstere ich, als er sich über mich legt. „Im Hotel. Liebe mich erneut."

Er hebt den Kopf und lächelt müde. „Sehr gern."

Als wir das Penthouse erreichen, mit seinen Wänden aus Fenstern, großen Sofas und der mächtigen Heizung, hat er sich wieder an mich gepresst, als wir unsere Mäntel ausgezogen haben. Er küsst und knabbert und zieht mich aus, während er mich in Richtung des Schlafzimmers führt und dabei einen Pfad aus Klamotten hinterlässt. Als er mich ins Schlafzimmer trägt und auf das Bett legt, sind wir beide vollkommen nackt.

Diesmal ziehe ich ihm das Kondom über, während er zittert und ermutigend stöhnt. Als er sich mir auf dem Bett anschließt und mich in die Arme nimmt, bin ich feucht und ungeduldig.

Er tut es langsam, zärtlich, flüstert Worte der Lust und Zärtlichkeit in mein Ohr, während seine Finger meine Klitoris reiben. „Ich will dich so sehr, Baby. Lass uns das ganze Wochenende hierbleiben. Nur vögeln und essen und schlafen."

„Oh ja", stöhne ich, sowohl durch seinen Finger und durch seinen Vorschlag. Dann spannen sich meine Muskeln um ihn herum an, fester und fester, und wir beide hören auf zu reden.

Ich verliere den Überblick über die Zeit und die Orgasmen, während wir uns aneinander reiben. Er braucht zwei weitere Kondome und sorgt dafür, dass ich zufrieden bin, bevor er sich selbst den Höhepunkt erlaubt. Ich schließe die Augen und halte ihn, als er vor Ekstase schreit.

Die zweite Runde endet damit, dass er aus dem Badezimmer zurückkommt und die Decke über uns beide zieht, als er sich hinlegt.

„Ich könnte mich wirklich daran gewöhnen, Baby", murmelt er an meinem Ohr und mein Herz fliegt trotz meiner Erschöpfung.

Ich lege meine Arme wieder um ihn und küsse seinen geöffneten Mund. „Ich auch."

Als ich schlafe, habe ich keine Albträume von Marvin, keine Angst. Ich bin in Jakes Armen sicher, genau so, wie ich es wollte.

Ich wache halb ausgeruht auf, ohne jede Ahnung, wie viel Uhr es ist oder wie lange ich geschlafen habe. Jake liegt hinter mir, sein langsamer Atem in meinem Haar – und seine Erektion an meinem Po. *Oh. Hallöchen.*

Mein Liebhaber. Das ist mein Liebhaber. Ich habe einen und wir waren die ganze Nacht, bis in den Morgen hinein zusammen.

Ich drehe mich vorsichtig um und blicke über Jakes muskulöse Schulter auf das große Fenster. Draußen ist es taghell, der Schnee ist bereits auf einigen Dächern geschmolzen.

Ich war den ganzen Morgen mit ihm im Bett, hatte Sex und habe geschlafen. Ich fühle mich ... dekadent. Und dadurch fühle ich mich mutig.

Jake seufzt und dreht sich auf den Rücken, wobei seine Erektion unter der Decke sichtbar wird. Ich kichere, erregt und aufgeregt, als ich unter den Stoff greife und mit den Fingern darüberfahre. Er schnappt leise nach Luft, als ich die seidige Haut mit meinen Fingerspitzen erkunde und dabei immer erregter werde.

Es gefällt mir, ihn zum Stöhnen zu bringen. Ich mag es, ihn zittern zu lassen. Er kann jeden fertigmachen, aber sieh dir nur an, was ich allein mit meinen Fingern tun kann.

Der Gedanke erregt mich so sehr, dass ich entscheide, mehr zu tun, als ihn nur zu berühren. Ich habe bereits den Überblick darüber verloren, wie oft wir es getan haben ... aber ich will mehr.

Ich bin schläfrig, benommen und fieberhaft vor Lust, als ich meinen Körper auf seinen lege. Jake lächelt im Schlaf und seine Erektion pulsiert an meinem Bauch. Ich wandere höher, reibe mich an ihm und er belohnt mich mit einem tiefen, melodischen Stöhnen.

Ich nehme seine Erektion in die Hand und fahre mit den Fingern darüber, als er zittert und lauter stöhnt. Erinnerungen an seine tiefe, wunderschöne Stimme, die vor Lust lauter wird, jedes animalische Knurren, Keuchen und Stöhnen vom ersten Kuss bis zum Höhepunkt strömen durch meinen halbwachen Verstand und machen mich hungrig, sie erneut zu hören.

Ich halte ihn fest und lasse ihn in mich hineingleiten, dann sinke ich langsam nach unten. Auf einmal wölbt er den Rücken, seine Hände landen auf meinen Hüften und er dringt begierig in mich ein.

Dann öffnet er die Augen, das Gesicht voll schockierter Freude und ich lächle ihn an. „Hallo, mein Geliebter."

KAPITEL 9

Jake

Ich wache langsam mit der köstlichen Empfindung auf, wie meine Morgenlatte sanft von einer Frau umhüllt wird. Josies Duft umgibt mich, als ihr Körpergewicht auf mich hinabsinkt und sich wieder hebt, langsam, und meine Erektion mit jeder Bewegung vollständig umschließt.

Es fühlt sich so gut an, dass ich kurz glaube, ich würde träumen, bevor mich die Intensität der Lust wachrüttelt und ich realisiere, dass sie real und hier ist – und mich reitet.

„Oh Baby", schnurre ich schläfrig und fahre mit den Händen über ihre Hüften. Sie lächelt mich stumm an, die Hände auf meiner Brust abgestützt, ihre starken kleinen Beine um meine Hüften gelegt, während sie sich auf mir bewegt. Ich lächle breit und lehne mich nach oben, um sie zu küssen, während wir uns aneinander reiben.

Sie ist bereits erregt, als ich beginne, sie zu liebkosen. Ihre Brustwarzen sind hart und ihre Haut zittert unter meinen Fingerspitzen. Es ist leicht, sie dazu zu bringen, nach Luft zu schnappen und schneller zu werden. Dann lasse ich zwei Fingerspitzen über ihre

Klitoris gleiten und ihre Augen fallen zu. Ihre Hüften reiben sich auf wunderbare Weise an mir.

Es hat sich noch nie so gut angefühlt, eine Frau zu vögeln. Nicht nur wegen der Zärtlichkeit oder weil sie innerhalb von einer Nacht von schüchtern zu mutig übergegangen ist. Sondern weil die körperliche Lust in diesem Moment so intensiv ist, dass ich nicht aufhören könnte, selbst wenn ich es wollte.

Ich kann alles spüren, glatt und heiß, wie sie über meine Erektion gleitet, als ich eindringe. Ich kann jedes Zittern und jede Anspannung spüren. Ich …

Oh mein Gott, sie hat entschieden, es ungeschützt zu tun. „Oh!", stöhne ich und keuche, während ich darum kämpfe, nicht auf der Stelle zu explodieren. „Oh Baby, du fühlst dich so verdammt gut an …"

Sie reitet mich ein wenig schneller, lächelt mich immer noch an wie ein Engel, und ich lasse den Kopf in die Kissen zurückfallen und kann nichts anderes tun, als animalische Geräusche von mir zu geben. Ihre kleine, zierliche Gestalt muss darum kämpfen, mich ganz in sich aufzunehmen, aber sie ist entschlossen … und ich bin begeistert.

Jedes Mal, wenn sie sich auf die Knie setzt und mich aus ihr herauszieht, sehnt sich meine Erektion so sehr nach ihr, dass ich zittere.

„Hör auf nicht auf. Ja. Genau so." Ich bewege meine Hüften so langsam ich kann, mein Bauch ist angespannt, während ich mich kaum zusammenreißen kann.

Ich weiß nicht, wie ich es schaffe, meine Finger weiter an ihrer Klitoris zu bewegen, als sie dem Höhepunkt näherkommt und sich immer schneller und härter an mir reibt. Jede Bewegung ihrer Hüften liebkost meine Erektion auf neue Weise. Ich presse mich nach oben, fluche und stöhne und nenne sie meinen Engel, schwöre, dass ich ihr gehöre und meine jedes Wort.

Dann kneift sie die Augen zusammen und schluchzt vor Lust, als sie sich um mich herum anspannt. Ihre unkontrollierten Bewegungen treiben mich immer weiter, bis ich schließlich meine Hüften nach oben stoße und heiser schreie. Ich werde durch die Intensität beinahe ohnmächtig, als ich den Höhepunkt erreiche.

Ja. Oh ... ja.

Ich leere mich tief in ihr, zitternd und keuchend, ihr Name in meinem Herzen, aber aus meinem Mund kommt nichts als Geräusche. Am Ende breche ich unter ihr zusammen und schließe zufrieden die Augen.

Ich öffne sie wieder, während sie immer noch zu Atem kommt. Sie hat sich auf meiner Brust zusammengerollt und schläft bereits ein, während ich völlig entspannt unter ihr liege. Ich streichle mit einer Hand über ihren Rücken und sie schauert vor Freude.

Ich kribble am ganzen Körper, ich bin immer noch in ihr vergraben, aber wie der Rest von mir bin ich auch dort entspannt. Ihre Brüste gleiten über meine Brust, während sie atmet, aber selbst das kann mich jetzt nicht erregen.

Ich bin in meinem ganzen Leben noch nicht so hart gekommen.

Ich lächle und lehne mich nach oben, um meine Nase in ihrem zerzausten Haar zu vergraben. Ich habe keine Ahnung, warum sie entschieden hat, es ohne Kondom zu tun, aber Risiko hin oder her, ich kann mich nicht beschweren. Ich habe noch nie zuvor jemanden ohne Gummi gevögelt und ... das war definitiv denkwürdig.

Ich nehme an, sie nimmt die Pille. Seltsam, sie sagte, sie würde mit niemandem ausgehen. Vielleicht nimmt sie sie aus gesundheitlichen Gründen oder einfach vorausschauend.

Ich weiß es nicht. Ich werde sie später fragen. Aber im Moment ... ich warte nur darauf, dass sich mein Schwanz erholt, damit wir es erneut tun können.

Leider bekomme ich keine Chance dazu. Ich habe sie zugedeckt und bin aufgestanden, um den Schweiß unter der Dusche abzuwaschen, als der besondere Klingelton des Bosses zum ersten Mal seit mehr als einem Tag ertönt. Ich hole mein Handy aus meinem Mantel und ziehe mich ins Badezimmer zurück.

„Hast du dir in letzter Zeit die Nachrichten angesehen?", kommt die Frage anstelle einer Begrüßung. Sofort bin ich alarmiert. Aufgrund meiner verwirrten Stummheit fährt er fort: „Anscheinend nicht. Es hat heute Morgen eine versuchte Polizeirazzia in der Arena gegeben."

Ich lasse das Handy vor Schock beinahe fallen. Es reicht aus, um Gedanken an weiteren Sex sofort aus meinem Kopf zu treiben. „Was? Heilige Scheiße – was ist passiert? Sind wir aufgeflogen?"

„Überhaupt nicht. Wir wurden von einem meiner Spione vorgewarnt. Die Betonschotten, die die Kelleretage verbergen, wurden gesenkt und die Tastaturen der Fahrstühle wurden geändert, um den Zugang herauszunehmen. Für Außenstehende gab es keinerlei Beweise dafür, dass die Kelleretage überhaupt existiert."

Mir fällt die Kinnlade herunter. *Das ist richtiger James Bond-Scheiß.* Aber auf der anderen Seite ist es der Boss, vielleicht sollte ich es also einfach erwarten.

„Der für die Sicherheitslücke verantwortliche Hacker konnte aufgrund fehlender Videoüberwachung in diesen Bereichen nicht den genauen Standort der Arena festmachen. Die Polizei hat den zugelassen Nachtclub im ersten Stock kontrolliert und nichts gefunden."

Ich merke, wie mein Blutdruck ansteigt. *Verdammter Marvin. Er muss es gewesen sein.*

„Also haben sie ein paar Clubgänger verschreckt und sich lächerlich gemacht." Ich reibe mir über das Gesicht. *Dieser verdammte Marvin hat sie auf die Arena angesetzt, weil er uns nicht finden konnte.* „Klagen wir?"

„Gerichtliche Schritte werden eingeleitet, nachdem Marvin Ackerman gefunden und entweder festgenommen oder zum Schweigen gebracht wurde. Er kann uns online dank Prometheus keinen weiteren Schaden zufügen, aber dank deines ehemaligen Kollegen hatte er eine volle Stunde, um in die Gebäudesysteme einzudringen und Informationen zu sammeln."

Ich muss nicht fragen, ob er von Dave spricht. Ich weiß es bereits. „Okay. Also, was brauchst du von mir?"

„Die Polizei wird weiter nach dir und der jungen Dame suchen, genau wie dieser Stalker. Wir müssen Ackerman finden, bevor sie es tun. Aber die einzige Spur, die wir aktuell über seinen Aufenthaltsort haben, ist seine Besessenheit von Josephine Cotter."

Seine Stimme ist sehr ernst und mir rutscht das Herz in die Hose.

„Josie kann sich ihm wirklich nicht erneut stellen. Ich kann sie beschützen, aber –"

„Ich habe keinerlei Absicht, ihn in die Nähe der jungen Dame zu lassen. Im Moment besteht mein Ziel darin, dem FBI bei seiner Festnahme zu helfen. Aber dafür ist die Kooperation der jungen Dame erforderlich. Ich will, dass du sie überredest. Ich werde dir zwei Stunden dafür geben und dich erneut kontaktieren." Er ist so ruhig, dass ich nicht gewusst hätte, dass es eine Krise ist, wenn ich keine Details hätte.

„Warte, warte. Du arbeitest mit dem FBI?" So weit ich weiß, verabscheut der Boss Strafverfolgungsbehörden.

„Nein, ich habe einen Spion im FBI und arbeite mit ihr. Ich möchte, dass du dich mit ihr triffst und Wege planst, um Ackerman zu erwischen." Es liegt eine gewisse Schärfe in seiner Stimme. „Das ist nicht optional, Jacob."

Ich versteife mich leicht. Im anderen Zimmer kann ich hören, wie Josie wach wird. „Natürlich nicht. Ich bin nur überrascht, dass du den Kerl an die Behörden gibst."

„Deine neue Geliebte hat eine geregelte Arbeit zu schützen. Wenn sie mit den Behörden legal gegen einen dokumentierten Stalker zusammenarbeitet, dann werden sie und mein Spion davon profitieren. Und wir ebenfalls."

Er ist immer noch fast gelassen. *Wie macht er das? Meditation? Xanax? Oder nur gute schauspielerische Fähigkeiten?*

Ich bin ein wenig besorgt über die Vollständigkeit dieser Informationen. „Woher wusstest du, dass Josie meine –", setze ich an.

Er unterbricht mich ein wenig scharf. „Vor zwei Stunden hat Ackerman versucht, sie mit einer Audioaufnahme eures Schäferstündchens zu erpressen. Prometheus hat die Nachrichten abgefangen, das Betriebssystem des ursprünglichen Computers zerstört und überwacht die Freigabe irgendwelcher Kopien der Aufnahme."

Ich spüre, wie meine Fingerknöchel knacken, als ich meine Hand zur Faust balle. Wut durchfährt mich brennend heiß und lässt meine Muskeln beben. „Red weiter."

„Wir glauben, dass er es mit dem Mikrofon ihres Smartphones

macht und es genutzt hat, um sie auszuspionieren. Wir wissen nicht, wie viel er von deinen Interaktionen mit ihr oder Cynthia erfahren konnte. Aber da sie Synchronsprecherin mit einer charakteristischen Stimme ist – die Aufnahmen könnten ihre Karriere ruinieren."

Als ich an das Stöhnen und Schluchzen der süßen Josie denke, während ich ihr ihre ersten Orgasmen beschert habe, wird meine Wut nur noch stärker. Dieser Mistkerl Marvin hat versucht, einige der besten Momente meines Lebens zu Erpressungsmaterial zu machen. *Vermutlich hat er sich dazu auch einen runtergeholt.*

„Boss", sage ich mit so ruhiger Stimme wie möglich. „Lass mich ihn umbringen. Vergiss die FBI-Agentin –"

„Nein."

Seine Stimme hat sofort von gelassen zu unerbittlich umgeschlagen. Mir stockt der Atem, die einzelne Silbe ist wie kaltes Wasser in meinem Gesicht. „Sir?"

Sein Tonfall wird ein wenig sanfter. „Folge meinen Anweisungen, Jacob. Nicht nur, weil es für uns alle besser sein wird, wenn du es tust, sondern weil du kein Mörder bist. Das warst du noch nie. Lass diese Arbeit denen, die sie nicht krank macht."

„Sir, ich habe zwei Menschen getötet –"

„Nein." Jetzt klingt er ein wenig genervt. „Du hast versehentlich *einen* Menschen getötet. Der andere wurde dank eines unverantwortlichen Trainers durch eine Überdosis getötet. Und trotzdem quälst du dich wegen beiden." Er seufzt. „Ich verstehe völlig das Verlangen, diesen verdorbene kleinen Mann zu Mus zu schlagen, aber er muss als Beispiel dienen und sich sehr öffentlichen Konsequenzen stellen. Erst sobald er aus dem Rampenlicht verschwunden ist, kann er würdevoll eliminiert werden ... und du wirst nicht derjenige sein, der es tut."

Ich habe Schwierigkeiten, meine Wut zu kontrollieren und gewinne schließlich, als ich mich mit einem lautem Atemzug ergebe. „Ja, Sir." *Verdammt. Er hat recht.*

„Konzentriere dich einfach auf die Sicherheit des Mädchens ... und darauf, sie vom Reden zu überzeugen. Ich werde dir die Handynummer von Special Agent Moss geben. Geh sicher, dass du innerhalb der nächsten zwei Stunden ein Treffen vereinbarst. Wir haben einen sehr knappen Zeitplan."

„Ich werde es erledigen." Er legt auf und ich starre mein Handy an, bevor ich es weglege.

Fuck.

Der Drang, Marvin zu prügeln, bis er nie wieder aufsteht, brennt in meinen Muskeln. Ich nehme eine kalte Dusche, um mich abzukühlen und mich aufzuwecken. Mir steht eine harte Unterhaltung mit Josie bevor.

Ich glaube nicht, dass ich ihr von der Aufnahme erzählen kann. Ich will nicht, dass sie sich mit einer solchen Demütigung herumschlägt. Aber ich werde sie mit verdammter Sicherheit darum bitten, ihr Mikrofon auszuschalten, wenn sie nicht telefoniert.

Und wenn ich wieder auf Marvin treffe, werde ich ihn vielleicht nicht umbringen – aber er und ich werden einen verdammten Showdown erleben.

KAPITEL 10

Josie

Ich war fast einen ganzen Tag im Himmel, und der Sturz zurück auf die Erde tut weh.

Jake tut sein Bestes, es abzumildern. Er hat beide Hände auf meine gelegt und hält sie, während er mir die Tatsachen mitteilt. Aber jede trifft mich hart ... und ich habe das Gefühl, dass er einen Teil seines Wissens zurückhält.

„Der Boss will, dass du dein Handy komplett ausschaltest, wenn du es nicht benutzt, oder zumindest das Mikrofon stummschaltest und die Kameras bedeckst. Es gibt Beweise, dass Marvin dich mithilfe deines Handys gefunden hat."

Benommen nicke ich und greife in meine Tasche – dann seufze ich erleichtert. Der Akku ist leer – vermutlich schon seit Stunden. Ich lasse es ausgeschaltet, während ich es lade. „Es ist schon eine Weile aus. Ich weiß nicht, wie lange. Ich habe nicht nachgesehen."

Er sieht nicht allzu erleichtert aus. „Na ja, so hat er dich gefunden. Hast du irgendeine Ahnung, wo dieser Bastard lebt?"

„Nein, er, äh ... seine Mutter hat ihn rausgeschmissen, nachdem ich ihr gesagt habe, was er mir antut. Aber er halt Geld. Aber keine Verbindungen zu irgendjemandem, von dem ich weiß." Mir wird schlecht, wenn ich daran denke.

Jedes Mal, wenn Marvin wegen seiner Handlungen Konsequenzen erfährt, kommt er doppelt so schlimm zurück. Es ist, als würde er planen, mich dazu zu zwingen, ihn zu lieben, und als würde er denken, dass es irgendwie funktioniert.

Aber Jake wird das nicht zulassen, genauso wenig wie ich. „Okay, das mit dem Handy habe ich verstanden. Aber was ist das mit dem FBI? Das war viel auf einmal."

„Ihr Name ist Carolyn Moss. Der Boss hat sie eine ‚Spionin' genannt, also nehme ich an, dass sie viel mit ihm zusammenarbeitet. Wir müssen zusammenarbeiten, um einen Weg zu finden, um Marvin herauszulocken, damit sie die Festnahme durchführen kann. Anscheinend muss er sich für wesentlich mehr verantworten als nur Stalking und einen Angriff auf dich." Plötzlich kann er keinen Augenkontakt mehr halten.

Was hat Marvin getan? „Was zum Beispiel?"

„Na ja, ich weiß nicht viel, aber es reicht aus, um ihn für das FBI interessant zu machen, besonders nachdem er versucht hat, sowohl die Polizei als auch das FBI zu nutzen, um die Arena zu durchsuchen. Das war so ziemlich das Dümmste, was er hätte tun können, wenn man bedenkt, dass die Cops bereits nach ihm suchen", sagt er. „Also … ja. Dein Stalker wird für lange Zeit hinter Gitter gehen, wenn wir ihn herauslocken können." Er reibt mit seiner großen Handfläche über meinen Handrücken und mein Bauch spannt sich trotz des Stresses vor Verlangen an.

Können wir nicht einfach zurück ins Bett gehen, uns erneut lieben und all das vergessen?

Aber sein ernster Gesichtsausdruck sagt mir bereits das Gegenteil. Ich wappne mich und nicke mit Tränen in den Augen. „Es gibt viel mehr, das du mir nicht erzählst, oder? Sachen, die ich verpasst habe, während ich … geschlafen habe."

Der süßeste, tiefste Schlaf meines Lebens – absolut friedlich. Und davor und danach Sex und Zärtlichkeit, als ich mich mit jeder Minute, die ich in seinen Armen verbrachte, mehr verliebte. Ich will das zurück ... aber Marvin versucht, all das endgültig zu ruinieren.

Jack sieht mich besorgt an. „Baby, es ist wirklich nicht nötig, sich mit all den hässlichen Details zu befassen. Dadurch bekommst du nur Bauchschmerzen."

Ich starre ihn traurig an, da ich mich einfach von ihm vor dem beschützen will, was es ist, aber ... „Jake, ich muss Beweismaterial gegen ihn zusammentragen –"

„Du musst dir darüber keine Sorgen mehr machen. Es ist größer als das, was er dir angetan hat. Alles, was du dokumentiert hast, wird im größeren Fall den Beweisen beigelegt." Es klingt, als würde er etwas wiederholen, das ihm gesagt wurde. Ich bin mir nicht sicher, warum mich das beunruhigt, aber das tut es.

„Jake ... ich weiß, dass es nicht nur um mich geht. Aber bitte lass mich wissen, wovor du mich beschützt."

Er blickt zu meinem ladenden Handy. „Bisher hat er versucht, die Arena zu entblößen, er hat bearbeitete Überwachungsvideos veröffentlicht, sodass sie nur zeigen, wie ich ihn schlage und nicht das, was er dir angetan hat, und er ..." Sein Atem stockt und er muss seine nächsten Worte förmlich herauspressen. „Prometheus, der Hacker des Bosses, hat einen Versuch, dich zu erpressen, abgefangen."

Was? „Wie?"

„Er hat gedroht, peinliche Informationen über dich zu veröffentlichen, um deine Karriere zu ruinieren, wenn du nicht aus deinem Versteck kommst und zustimmst, dich mit ihm zu treffen." Er bleibt ungenau und meidet erneut meinen Blick.

„Welche peinlichen Informationen?" Ich gehe gedanklich alles Skandalöse durch, das ich je getan habe und mir fällt absolut nichts ein. „Hat er sich etwas ausgedacht?"

„Ich weiß nicht. Ich habe keine Kopie bekommen. Aber was auch immer es ist, es ist nichts, weswegen du dich möglicherweise schämen müsstest." Er drückt zärtlich meine Hand. „Dieses Arschloch macht Scheiße, um dich aus der Bahn zu werfen, dir Angst zu machen und zu versuchen, dich aus deinem Versteck zu treiben. Aber wir werden mit dieser FBI-Agentin zusammenarbeiten, um den Spieß umzudrehen."

Es klingt nicht so, als hätte ich eine Wahl – und das stört mich. Aber das ist nicht Jakes Schuld. „Also, wie lautet der Plan?"

„Ich bin mir nicht sicher." Er runzelt die Stirn und lehnt sich an die Kopfstütze. Ich krieche auf seinen Schoß und rolle mich zusammen, woraufhin er seine Arme um mich legt. „Aber ich weiß eines. Wenn wir wollen, dass er einen Fehler macht, dann müssen wir ihn aufhetzen. Ihn wütend machen."

„Dieser Teil macht Sinn." In meinem Kopf bildet sich eine Idee. *Was würde Marvin so verrückt machen, dass er aus seinem Versteck kommt?*

„Mein ganzes Leben lang wurde mir beigebracht, Jungs nicht zu provozieren. Ich wollte Frieden schaffen, nett sein und nie jemanden wütend machen. Jake … das wird für mich nicht natürlich sein. Aber er verdient es." Er verdient jedes Elend und jede Demütigung, die er anderen je zugefügt hat.

„Du wirst etwas finden, um diesen Bastard wütend zu machen. Ich werde ihn davon abhalten, in deine Nähe zu kommen, und dann wird ihn die FBI-Lady schnappen. Wir können ohne ihn weitermachen." Er vergräbt die Nase in meinem Haar.

„Ich hoffe, du hast recht." Ich lege meinen Kopf unter sein Kinn. Ich habe Angst davor, was diese Störung mit dem tun wird, was zwischen uns wächst. Aber Marvins Entschlossenheit, mein Leben zu zerstören, wird nicht dafür sorgen, dass ich Jake aufgebe.

Ich werde es nicht zulassen. Ich entscheide, mit wem ich zusammen bin. Nicht dieses herzlose Stück Müll.

„Okay", sage ich schließlich und tue mein Bestes, tapfer zu sein. „Lass uns ein Treffen mit dieser Frau arrangieren und herausfinden, wie wir Marvin aus der Reserve locken."

Ein paar Minuten später stehe ich unter der Dusche, als ich realisiere, dass es mich immer noch beunruhigt, nicht zu wissen, womit Marvin versucht hat, mich zu erpressen. So nett es auch ist, Jake und irgendeinen wohlwollenden Computersicherheitskerl zu haben, fühle ich mich trotzdem unvorbereitet, da ich es nicht weiß.

Als ich herauskomme und mich anziehe, ist mein Handy geladen.

Ich schalte es besorgt ein. Ich kann Jakes Augen auf meinem Rücken spüren, während ich dastehe und zuhöre, wie immer mehr Benachrichtigungen hereinströmen.

340 verpasste Anrufe innerhalb von zehn Stunden. Diese Nummer sagt mir mehr, als ich je über Marvins Besessenheit wissen wollte. Ungelesene Nachrichten: 634. E-Mails: 216. Sie sind noch nicht einmal so gefiltert, dass ich sie lesen kann; ich habe mein Handy auf Jakes Bitten hin auf dem Weg zum Hotel gesperrt.

Marvin, was stimmt nicht mit dir? Vermutlich hat er diese zehn Stunden rotgesichtig und prustend verbracht, mit Spucke auf den Lippen und die Haut durch den Zorn von Schweiß bedeckt, selbst draußen in der Kälte. Wo er anruft und anruft und schreibt und schreibt und immer wieder dieselbe E-Mail schickt.

Ich frage mich, ob seine Mutter je in Angst vor ihm gelebt hat, wie ich es getan habe, bevor Jake kam. Hat sie jahrelang darauf hingearbeitet, ihn rauszuschmeißen und sein Stalking nur als Ausrede benutzt?

„Ihn die Fassung verlieren lassen." Ich starre benommen mein Handy an. „Es sieht aus, als wäre das bereits geschafft, Jake."

„Ja, na ja, wenn wir mit ihm fertig sind, wird er weder seinen Stolz noch irgendwelche Freunde haben. Und kurz darauf wird er seine Freiheit und jeglichen Zugang zu Computern verlieren." Er reibt beruhigend meine Schultern.

Ich starre mein mit Verrücktheit gefülltes Handy an und denke an die letzten Tage zurück. „Ich mache mir Sorgen darum."

Er seufzt in mein Haar. „Es gefällt mir auch nicht, Baby, aber wenigstens werden wir Hilfe haben."

Wir. Es bedeutet ihm auch etwas. Das ist für mich im Moment ein Licht in der Dunkelheit. Wenn wir das hier zusammen durchstehen können und am Ende etwas Festes und Reales haben, kann ich all diesen Mist ertragen.

Und selbst wenn der Teil mit dem „Wir" nicht funktioniert, ist der andere Punkt, dass ich jetzt Hilfe habe. Ich muss mich Marvin nicht allein stellen.

Ich versuche, darin Trost zu finden, während Jake seine Anrufe tätigt, um das Treffen mit Special Agent Moss zu arrangieren.

Tatsächlich fühle ich mich besser, dass es eine weibliche Agentin ist. Die Männer in meinem Umfeld waren nett, aber ich bin bereit zu wetten, dass keiner von ihnen je gestalkt oder schikaniert wurde.

Das Traurige daran ist, dass ich praktisch wetten kann, dass jede Frau in der Strafverfolgung schon mit der Aufmerksamkeit irgendeines Widerlings zu tun hatte. Genau wie jede Frau mit auch nur einem Anflug von Berühmtheit wird eine Frau mit jeder Art von Autorität zum Ziel für die Art Männer, die es nicht ertragen können, dass sie diese nicht haben. Männer wie Marvin.

Meine Geschichte jemandem zu erzählen, der sich in diesem Bereich auskennt, wird einfacher sein als bei jemandem, der es nicht tut. Das habe ich auf die harte Tour gelernt, als ich begonnen habe, Marvins Belästigungen zu melden.

„Für mich klingt er nur nach einem Fan. Haben Sie in Erwägung gezogen, mit ihm zu reden? Oh. Haben Sie. Haben Sie Ihren Manager mit ihm sprechen lassen? Oh. Na ja, vielleicht wird es vorübergehen und er findet an jemand anderem Interesse."

„Das geht schon seit zwei Monaten so? Sie haben alles davon dokumentiert? Na, warum haben Sie so lang damit gewartet, etwas zu tun? Oh, haben Sie. Sie haben eine Liste der Dinge, die Sie versucht haben? Interessant."

„Ich bin mir immer noch nicht sicher, ob Sie hier einen Fall haben. Der Kerl ist einfach in Sie verknallt."

Der Detective, den mir die Polizei von Detroit zugewiesen hatte, war ein junger blonder Mann, der mich anstarrte, als wäre mir ein zweiter Kopf gewachsen, als ich ihm erklärte, dass ich eine einstweilige Verfügung und Marvins Belästigung bei der Polizei dokumentieren lassen wollte. Er konnte es einfach nicht verstehen, egal, wie viel ich erklärte, dass es eine ausreichende Sorge war, um die Polizei hinzuzuziehen.

Er war ebenfalls erstaunt, als ich über seinen Kopf hinweg handelte und nach einem anderen Detective fragte. Seine Vorgesetzte, eine Frau mittleren Alters, rollte mit den Augen, als ich meine Gründe erklärte und wies mir keinen anderen Beamten zu. Stattdessen gab sie ihm hinter geschlossenen Türen eine Standpauke, während ich wartete. Er kam mit rotem Gesicht heraus, nahm meine Aussage auf und machte mir keine weiteren Schwierigkeiten.

Ich hätte nicht so viel Zeit damit verbringen müssen sollen, diese Sache einem Kerl zu erklären, der einen solchen Schrecken noch nie erfahren hat, dass die Bedrohung für mich real ist und ich Hilfe verdiene. Aber wenigstens weiß ich, dass Jake mir das nie antun wird. Das hat er bereits mehr als einmal bewiesen.

Schließlich legt Jake auf. „Wir treffen uns in einer Stunde in deinem Loft. Die Polizei und das FBI sind bereits mit ihren Beweisermittlern durch. Du solltest heute Abend wieder einziehen können, wenn du das wirklich willst. Aber ansonsten kannst du ein paar Sachen holen, während du dort bist."

„Das klingt gut." Mein Bauch flattert bei dem Gedanken. „Lass uns unterwegs etwas zu Essen holen." Ich bin nicht wirklich hungrig. Ich verschaffe mir nur Zeit, da ich Angst davor habe, was ich vorfinden werde, wenn wir mein Loft erreichen.

Wie sich herausstellt, beginne ich selbst mit einem Bauch voller Hühnchen-Spinat-Omelette zu zittern, als wir fünfundvierzig Minuten später vor meinem Gebäude vorfahren. Jake parkt seinen Truck an der Straße und hilft mir hinaus in den dünnen, eisigen Regen. Er läuft dicht hinter mir, als ich uns hereinlasse.

Mein Herz schmerzt durch das starke Hämmern, als wir meinen Briefkasten erreichen, der voll mit handgeschriebenen Nachrichten ist. Ich lasse sie für die Polizei zurück und gehe nach oben. Und dort … eine große Welle der Erleichterung überkommt mich, als ich sehe, dass meine Stahltür verbeult und verkratzt, aber intakt ist.

Als ich drinnen nachsehe, ist alles so, wie ich es zurückgelassen habe. Nichts ist kaputt, gestohlen oder bewegt worden. „Er ist nicht durch die Tür gekommen." Ich seufze erleichtert, als Jake mich von hinten umarmt.

„Sieht so aus." Ich drehe mich um und er küsst mich auf die Stirn. „Das ist jedenfalls eine Erleichterung."

Als ich jedoch durch mein großes, längs unterteiltes Seitenfenster auf den Parkplatz blicke, realisiere ich, dass meinem süßer kleiner VW Käfer eine andere Geschichte widerfahren ist. Ein Rechteck aus

Polizeiabsperrband umgibt meinen Parkplatz, der nichts als zerbrochenes Glas enthält.

„Oh scheiße", keuche ich und lege eine Hand auf das kalte Glas vor mir, während mir Tränen die Sicht verschleiern. „Dieser Widerling hat mein Auto geklaut."

Ich liebe dieses Auto. Es war ein Geschenk einer riesigen Animationsfirma, nachdem ich einen Zehn-Jahres-Vertrag unterzeichnet hatte, um Synchronisationen ihrer Kinderabteilung zu übernehmen. Das erste große Geschenk meiner ganzen Karriere.

Ich weine am Fenster, während Jake einen Arm um mich legt. Dann drehe ich mich an seine Brust, bis meine Tränen versiegen. „Damit hat er mich vermutlich bedroht. Bastard. Aber ich hätte trotzdem nicht nachgegeben."

Aber ich bin mir nicht sicher. Vielleicht gibt es noch mehr. Wenn er damit zufrieden war, mein Auto zu zerstören, dann hätte er nicht versucht, meine Tür einzutreten. „Jake …?" Ich sehe zu ihm auf und bereite mich auf weitere Ausflüchte vor.

„Ja?" Er küsst meine Nasenspitze.

„Ich will immer noch wissen, was all diese Nachrichten waren. Ich bekomme es nicht aus dem Kopf. Du hast gesagt, der Hacker deines Bosses hat nachverfolgt, was Marvin getan hat. Wird er mit mir reden?" Es verlässt meinen Mund entschlossener, als ich dachte. „Du musst es wenigstens versuchen."

„Na ja, ich werde ihn fragen. Aber nachdem wir mit der Agentin gesprochen haben. Der Boss wollte das schnell erledigt haben." Er zögert, bevor er langsam fragt: „Bist du sicher, dass du willst, dass dich Marvin bewusst terrorisiert?"

„Was meinst du?" *Was weißt du, Jake? Was denkst du, wovor du mich beschützt?*

„Was ich meine, ist, dass Marvin dir mit Erpressung gedroht hat, die schlimm genug war, dass es selbst den Boss beunruhigt hat. Ich bin eigentlich ziemlich froh, dass ich keine Details bekommen habe, ansonsten würde ich den Kerl vermutlich umbringen wollen." Seine Augen leuchten mit solch aufrichtiger Wut auf, dass meine Vermutungen einen Teil ihrer Kraft verlieren.

„Jake ... sprich nicht so. Ich habe dich erst gefunden. Ich will dich nicht wegen irgendeines Arschlochs an eine Gefängnisstrafe verlieren." Ich streiche ihm über die Wange. „Ich will nur sagen, dass ich nicht von etwas wirklich Hässlichem überrumpelt werden, weil jemand die Wahrheit vor mir verborgen hat."

Er verzieht das Gesicht und blickt nach unten. „Ich plane nicht, ihn dir nah genug kommen zu lassen, um dich mit irgendetwas zu überrumpeln. Aber ... es ist nett zu hören, dass du mich lieber behalten würdest, anstatt mich für Rache auszunutzen."

„Du bist niemand, den ich je ausnutzen wollen würde", murmle ich und er küsst mich so zärtlich, dass ich jetzt aus anderen Gründen Tränen in den Augen habe.

Aber er hat immer noch nicht meine Frage beantwortet. „Also denkst du, dass nur indem ich gehört hätte, was er mir schicken wollte – seine Drohungen, seine Wut, was auch immer – es mir solche Angst gemacht hätte, dass nur das Anhören seinen Zweck erfüllt hätte?"

„Das ist die Hälfte." Er lässt seine Hände langsam über meinen Rücken gleiten, um mich zu beruhigen. „Er wollte dir Angst einjagen, das ist sicher, und er wollte dich brechen. Also warum es anhören, wenn es dir nur wehtut?"

Das ergibt schließlich Sinn, auch wenn es mir nicht die Informationen bringt, die ich vielleicht brauchte. „Kontaktiere Prometheus, wenn du das kannst. Ich brauche wirklich keine fiesen Überraschungen", überlege ich. „Obwohl ich denke, dass ich ihn einfach um eine Zusammenfassung bitten werde, anstatt mir das anzuhören, was Marvin gesagt hat. Ich bin mir sicher, dass er ziemlich beleidigend war, jetzt, wo ich darüber nachdenke."

„Gut." Er seufzt erleichtert und küsst dann meinen Hals.

Ich spüre aufblühendes Verlangen in meinem Bauch und presse mich an ihn ... als sein Handy klingelt. Er tritt mit einem entschuldigenden Grinsen zurück. „Ich glaube, das ist das FBI."

Scheiße. Ich gehe zur Seite und setze den Teekessel auf.

Special Agent Carolyn Moss ist eine große, elegante Frau mit einem langen, beinahe silberfarbenen Zopf und ruhigem, offenem

Verhalten. „Bringen wir uns zuerst auf den neuesten Stand", sagt sie ruhig, als sie durch meine Tür geht. „Ich fange an."

Sobald wir mit Pfefferminztee an meinem Esstisch sitzen, holt sie Ausdrucke aus ihrer Aktentasche und schiebt sie mir zu. „Ihr Stalker, Marvin Ackerman, ist Verdächtiger bei mehreren Datenpannen sowie Belästigung, tätlichen Übergriffen und möglicherweise illegalem Vertrieb. Er folgt seit zehn Jahren den Anime Conventions im Land. Er wurde mehrere Conventions wegen seines Verhaltens verwiesen und ist in zwei Fällen in Gerichtsverfahren beteiligt. Mehrere Synchronsprecherinnen in den Vereinigten Staaten haben einstweilige Verfügungen gegen ihn."

Sie späht mit einem Stirnrunzeln auf ihre Notizen. „Zusätzlich dazu wurde seine Mutter wegen seiner Angriffe mehrfach ins Krankenhaus eingeliefert, hat sich aber geweigert, Anzeige zu erstatten."

Ich werde innerlich kalt. *Du Bastard. Deine eigene Mutter?* „Sie hat so für ihn gesorgt, weil sie Angst vor ihm hatte."

„So scheint es." Die Agentin sieht zwischen uns hin und her und hebt eine Augenbraue. „Wie viel wissen Sie über Marvin Ackerman?"

Ich gehe die ganze Geschichte durch, während Jake unter dem Tisch meine Hand hält. Hin und wieder trinke ich von meinem Tee und tue mein Bestes, mich zu beruhigen. Mein Magen ist verknotet, bevor ich überhaupt den Teil erreiche, wie er mich über die Straße in Jakes Gebäude hinein verfolgt hat.

Sie nickt. „Das bestätigt die Berichte, die Sie der Polizei gegeben haben. Als Ackermans Name in Verbindung mit den ‚Beweisen', die er uns geschickt hat, aufgetaucht ist, wurden wir uns der Verbindung zwischen seiner ‚Prügelei' und den Stalking-Vorfällen bewusst."

„Sie … wissen, dass Jake mich nur verteidigt hat, oder? Er hat Marvin jede Chance gegeben, mich in Ruhe zu lassen." Es ist mir unglaublich wichtig, dass Jake nicht für Marvins Taten verantwortlich gemacht wird. Er ist mein Held. Er verdient alles Gute – und nichts von der Neugier dieser Frau.

„Das habe ich gesehen. Mir wurde das ganze Überwachungsvideo zugespielt und ich habe es von Anfang bis Ende gesehen. Jake hat Sie vor Körperverletzung, Entführung und möglicherweise Schlimmerem bewahrt. Er wird wegen dieser Sache nicht festgenommen", sagt sie. „Allerdings hat Ackerman, jetzt wo er sowohl von der Polizei von Detroit und dem FBI kontrolliert wird, entschieden, diesen Fall öffentlich zu machen. Er hat die bearbeitete Version und seine Erklärung des Vorfalls online veröffentlicht und versucht, bei Ihnen beiden Rufmord zu begehen."

Ihre ernste Aussage sorgt dafür, dass Jake sich anspannt und ich innerlich kalt werde. „Wir können ihn damit nicht davonkommen lassen", keuche ich und wende mich dann Jake zu. „Kann dein Freund Prometheus helfen –"

Jakes Augen werden etwas größer und meine Wangen beginnen zu brennen. Ich habe den Namen ausgeplaudert, ohne vorher zu fragen, ob es überhaupt in Ordnung ist. Aber es ist die Reaktion der FBI-Agentin, die mich wirklich verunsichert.

Sie wird völlig steif und reißt die Augen auf. „Sie … Sie wissen von Prometheus' Beteiligung bei dieser Sache? Was wissen Sie über ihn?"

Ich verstumme entsetzt, als sie sich erwartungsvoll Jake zuwendet.

KAPITEL 11

Jake

Na, *Scheiße, Liebes.* Ich kann nicht einmal wütend auf Josie sein. Sie ist unschuldig, unerfahren mit allem, was außerhalb des Gesetzes ist, und sie ist sehr aufgebracht. Aber dass sie Prometheus' Namen so ausplaudert, macht die FBI-Agentin plötzlich sehr interessiert an allem, was ich über ihn weiß.

„Der Kerl ist ein Computerexperte. Er kümmert sich für meinen Boss um IT und Internetsicherheit. Warum?" *Bleib einfach cool. Wenn sie denkt, du weißt nichts – was beinahe stimmt – wird sie einfach weitermachen.*

„Haben Sie irgendeine Ahnung, wie ich direkt mit ihm in Kontakt treten könnte? Von Angesicht zu Angesicht?" Ihr Starren irritiert mich ein wenig. Sie ist so entschlossen wie ein Gegner im Kampf.

„Von Angesicht zu Angesicht? Äh … hören Sie, Special Agent Moss, ich enttäusche Sie nur ungern, aber ich weiß nicht einmal, ob der Boss diese Person je von Angesicht zu Angesicht gesehen hat. Ich weiß nicht mal, ob es ein Mann oder eine Frau ist." Ich bin Experte darin, unter Druck ruhig auszusehen, aber plötzlich rebelliert mein Inneres gegen das Steak und die Eier, die ich gegessen habe.

Der Boss sagt, sie sei eine Spionin, erinnere ich mich. Der Boss muss die Mittel haben, um sie zu kontrollieren, wenn sie zu neugierig wird. Aber meine Güte, zu ihm zu gehen bedeutet, zuzugeben, was Josie soeben ausgeplaudert hat und dass ich nicht daran gedacht habe, sie davor zu warnen. Konzentrier dich. Warum ist sie plötzlich so interessiert am Technologiekerl des Bosses?

„Er ist ein Mann", sagt die Beamtin plötzlich und klingt dabei so wehmütig, dass ich mich wirklich frage, worin ihr Interesse besteht. „Ich versuche nur, ihn zu erreichen."

„Wenn Sie den Boss wirklich kennen, dann wird es ihm leichter fallen als mir, Ihnen Kontakt zu diesem Kerl zu verschaffen. Ich kenne ihn nur durch Nachrichten und E-Mails." Anhand der Enttäuschung in ihrem Gesicht kann ich zwei Dinge sagen: Sie will diesen Kerl wirklich finden, und bisher hat ihr der Boss nicht geholfen.

Was bedeutet, dass ich ihr ebenfalls nicht helfen kann. Ich kann mich nur entschuldigen und hoffen, dass sie nicht der Typ ist, der seine Macht für Rache ausnutzt.

Sie scheint erschrocken zu sein, dass ich von ihrer Verbindung zu meinem Arbeitgeber weiß. Aber es ist das einzige wirkliche Druckmittel, das ich über sie habe, und sie beginnt, neugierig zu werden. Ich bin sicher, dass ihren Vorgesetzten der Gedanke nicht gefallen wird, dass sie eine Verbindung zu einem Milliardär hat, der eine Untergrund-MMA-Liga führt.

Wir sehen uns eine Sekunde lang an, dann nickt sie langsam. „Ich nehme an, das hätte ich erwarten sollen. Es stimmt mit dem überein, was ich bereits weiß." Sie runzelt die Stirn und ist ein paar erstarrende Sekunden lang stumm. Ich warte, während Josie meine Hand drückt.

„Machen wir mit dem Ackerman-Fall weiter." Sie klingt resigniert und Josies Griff lockert sich, als ich mich ein wenig entspanne. „Ich habe basierend auf all den verfügbaren Daten ein psychologisches Profil von Mr. Ackerman erstellt. Ihre Erfahrungen stimmen mit dem überein, was ich sehen konnte. Mr. Ackerman ist Narzisst. Er hat vermutlich eine Reihe weiterer psychischer Erkrankungen, einschließlich seiner Neigung zu Gewalt, seiner Frauenfeindlichkeit und anscheinenden Pädophilie, und seinem Stalking. Aber all diese sind auf sein übertriebenes Selbstgefühl, seine Arroganz, Missachtung anderen gegenüber und Besessenheit mit Bestätigung und Unterstützung für seine wahnhaften Vorstellungen über sich selbst zurückzuführen."

„Die findet man hin und wieder im Ring oder im Fitnessstudio", bemerke ich. Der riesige Wutanfall, den Marvin hatte, nicht nur als Reaktion auf Josies Flucht vor ihm, sondern aufgrund meiner Schläge, war nicht das Verhalten eines Mannes mit gutem Verständnis seines Platzes in der Welt. Ich sehe herüber und Josie nickt ebenfalls.

„Bitte fahren Sie fort, Agent Moss." Sie klingt sehr nachdenklich.

„Na ja, ein Individuum wie er gedeiht durch ein Gefühl der Kontrolle und Wichtigkeit. Leider ist Marvin ein gesellschaftlich Ausgestoßener mit schlechtem Verständnis von angemessenem Verhalten und ohne Interesse, daran zu arbeiten, seine Situation zu verbessern. Er ist von hoher Intelligenz und hat hoch spezifizierte Fähigkeiten in Verbindung zu seinen Interessen – überwiegend im Bereich von Computern. Da er von denen in seinem Umfeld nicht das bekommt, was er für nötig hält – oder von denen, die aus der Ferne sein Interesse wecken, wie Sie es getan haben – wird er zuerst versuchen, sie dazu zu zwingen, seinen Wünschen zu entsprechen. Wenn das nicht funktioniert, wird er versuchen, die Nonkonformisten zu bestrafen, weil sie ihn enttäuscht haben." Sie trinkt einen Schluck ihres Tees. „Er ist gut. Arabisch?"

„Russisch." Josie starrt abgelenkt in ihre Tasse. „Ich werde Ihnen ein paar Beutel geben. Der Name der Firma steht darauf."

„Danke." Agent Moss sieht zwischen uns hin und her und dieser wehmütige Ausdruck kehrt in ihr Gesicht zurück. Ich frage mich, ob ihre Suche nach Prometheus persönlich ist und gar nicht mit ihrem Job zu tun hat.

Aber als sie fortfährt, ist sie rein geschäftlich. „Seine Wut und Besessenheit kommen durch sein Verlangen nach Kontrolle, und seine Gewalt ist lediglich der Ausdruck dessen. Er strebt absolute Macht über diejenigen an, von denen er besessen ist, aber er hat keine Kontrolle über sich selbst."

„Einen Kerl wie ihn im Ring kann man mühelos wütend machen", überlege ich. „Sobald ein Kämpfer die Fassung verliert, verliert er die Kontrolle und macht Fehler."

„Ja, darüber haben wir vorhin gesprochen. Das macht es leicht, ihn zu provozieren." Josie presst die Lippen aufeinander und blickt auf den Tisch. „Er will mich zerstören, weil er mich nicht haben kann."

„Und wahrscheinlich, weil Sie nicht in seine narzisstischen Fantasien passen. Er hat eine Rolle für Sie in seinem Leben kreiert und sieht es als Ihre Verpflichtung, dieser nachzukommen. Je mehr Sie zu sich stehen und kein Interesse daran zeigen, ihm zu gehorchen, desto wütender wird er." Sie sieht zu Josies Wohnungstür. „Er hat sich dabei wahrscheinlich verletzt, was ihn zum Rückzug gezwungen hat. Das würde ebenfalls erklären, warum er keine weiteren physischen Verbrechen begangen oder versucht hat, Sie physisch zu finden."

Ich habe absolut kein Problem damit, mir diesen Idiot vorzustellen, bereits mit aufgeplatzter Lippe und einem fehlenden Zahn dank mir, wie er sich ein oder zwei Knochen bricht, während er mit seiner kindischen Wut auf diese verdammte Tür losgeht. Aber Josie sieht besorgt aus.

„Wir müssen ihn aus seinem Versteck locken", sagt sie, während sie immer noch abgelenkt in ihren Tee starrt.

„Ja, ansonsten wird die örtliche Polizei schnell weiterziehen, wenn man Detroits hohe Verbrechensrate bedenkt, und unsere Hilfe wird so schnell verschwinden wir unsere anderen Zeugen." Moss' Stimme erinnert mich ein wenig an die des Bosses – sie ist fast eisig ruhig.

„Das bedeutet, dass wir ihn wütend machen müssen." Josie schluckt. „Ich muss ihn wütend machen. Sehr wütend."

„Das sollte bei ihm nicht schwierig sein." Ich nehme einen großen Schluck Tee und unterdrücke den Drang, zu protestieren. Ich bin gegen alles, was diese süße junge Dame wieder ins Visier bringt. Aber wir haben keine Zeit mehr und ich weiß nicht, was dieser Mistkerl als Nächstes tun wird. „Er ist derjenige, der im Sichtfeld mehrerer Überwachungskameras eine Straftat begangen hat."

Josie bekommt wieder diesen nachdenklichen Gesichtsausdruck. „Ich denke, ich weiß, wie ich ihn so wütend machen kann, dass er herauskommt."

„Oh?" Die Agentin konzentriert sich allein auf sie, während ich mir die Hand auf den Mund pressen muss.

Es ist nötig. Aber es ist nicht sicher, und das weiß ich, bevor sie ihre Gedanken überhaupt laut ausspricht.

„Er versucht, uns beide zu diffamieren", sagt sie bestimmt. „Also werde ich auch vor das Gericht der öffentlichen Meinung ziehen. Ich werde eine Pressekonferenz abhalten und allen die Wahrheit über Marvin Ackerman und das erzählen, was er mir angetan hat."

Meine Backenzähne beginnen zu schmerzen. *Sei still, Jake, lass sie tapfer sein.*

„Das wird definitiv effektiv sein, sowohl beim Eindämmen der Gerüchte als auch der Entblößung des Verdächtigen", stimmt Agent Moss zu. „Aller Wahrscheinlichkeit nach wird er nicht widerstehen können, bei der Pressekonferenz aufzutauchen, wenn sie zuvor ange-kündigt wird."

„Und dann können wir ihn uns schnappen." Ich korrigiere mich. „*Sie* können ihn schnappen."

Moss sieht mich an und nickt. „Ja. Aber ich sollte Sie warnen, dass jemand noch gefährlicher wird, wenn er unter einer so starken narzisstischen Störung leidet. Er wird vielleicht seine eigene Sicher-heit zugunsten dessen missachten, was er als Rechtfertigung sieht."

Josie sieht besorgt aus, dann hebt sie das Kinn. „Jake wird da sein. Sie werden mit einer verdammten Waffe dort sein, und es wird in der Öffentlichkeit stattfinden. Wenn es all das beendet, dann bin ich bereit, das Risiko einzugehen."

Aber ich bin es nicht, will ich sagen, selbst als die Agentin und ich zustimmend nicken.

KAPITEL 12

Josie

Ich habe noch nie zuvor eine Pressekonferenz einberufen. Aber nachdem ich die Polizei und meinen Anwalt so gut wie möglich auf den neuesten Stand gebracht habe, ohne Jakes Boss oder die Arena zu erwähnen, gehe ich online und tue genau das. Ich verkünde traurig, dass ich wegen den Handlungen eines hartnäckigen Stalkers möglicherweise eine Pause von meinen Synchronisationstätigkeiten nehmen und auf der Konferenz alle Details und meine Pläne nennen werde.

Ich verkünde es in den sozialen Medien, auf meiner Webseite und auf Fanseiten für meine Arbeit. Es dauert ein paar Stunden. Jake hat bereits seinen Boss angerufen, der darauf besteht, dass wir die Konferenz tagsüber im Nachtclub abhalten, wenn er geschlossen sein wird, er den Raum aber mit Security füllen kann. Damit geht es mir ein klein wenig besser.

Ich bin von der Menge an Reaktionen überrascht. Anime-Blogger, Leute in der Branche und Nachrichtenreporter beginnen alle, ihre Anwesenheit anzukündigen und schreiben mir Fragen. Ich bekomme innerhalb der ersten Stunde dutzende davon und es hört nicht auf.

Es gibt auch Hass – nicht proportional, aber obwohl ich noch keine Details genannt habe, beginnen ein paar Anonyme und Nicht-Anonyme, mich anzufauchen. Interessanterweise sind sie alle wütend darüber, dass ich an den Ruhestand denke … alle, bis auf einen, der mich ermutigt, es zu tun und mich als Hure bezeichnet.

Ich leite die Hassnachrichten an Jake weiter, der sie sowohl an die FBI-Agentin und an Prometheus schickt, um sie nachzuverfolgen. Ich beantworte Fragen, die mir geschickt werden, lehne aber höflich alle Anfragen ab, ein Transkript oder Details vor der tatsächlichen Konferenz zu veröffentlichen. Die Idee besteht darin, die Leute tatsächlich herzubringen, und diese Details sind der Köder.

Genau wie ich.

„Ich fühle mich nicht gut, dass du dich einem solchen Risiko aussetzt", gibt Jake spät am Abend zu, nachdem er mich endlich mit der doppelten Verlockung aus Sex und Pizza vom Computer weggeholt hat. Er zieht mich eng an sich, als wir wieder zu Atem kommen und auf unsere Lieferung warten. „Er könnte eine Waffe in die Finger bekommen."

„Vielleicht. Aber es wir deine bewaffnete FBI-Agentin und das Sicherheitsteam deines Bosses da sein, um dir bei meinem Schutz Verstärkung zu bieten." Ich zögere, bevor ich besorgt zu ihm aufsehe. „Äh. Dave … wird das Sicherheitsteam nicht anleiten, oder?"

Er wirft mir einen ironischen Blick zu. „Dave arbeitet nicht mehr für den Boss, Baby. Ich werde das Sicherheitsteam selbst anleiten."

„Oh." *Gut.* Sofort fühle ich mich schuldig, das gedacht zu haben. Daves eine Handlung, mich in das Gebäude zu lassen, *hatte* mir geholfen.

Aber alles danach war dank ihm eine Katastrophe gewesen, einschließlich dessen, dass er Marvin hatte entkommen lassen. „Ich fühle mich wesentlich sicherer, wenn du die Kontrolle hast."

Er lächelt und küsst meinen Hals. Ich unterdrücke eine Welle des Verlangens, da ich dem Zimmerservice keine Show bieten will, wenn er endlich kommt. Ich bin mutiger geworden … aber nicht *so* mutig.

Später, mit fertigten Plänen und gefüllten Bäuchen, die Körper durch den Sex erschöpft, rolle ich mich an einem schlafenden Jake ein und denke erneut darüber nach, welches Glück ich hatte, ihn gefunden zu haben. *Es würde Marvin verrückt machen, zu realisieren, dass ich Jake vielleicht nie getroffen hätte, wenn er nicht gewesen wäre.*

Ich werde definitiv nicht erlauben, dass Marvin uns auseinandertreibt. Egal, was passiert, egal, was er sagt oder tut, ich bleibe genau hier.

Aber ich habe immer noch ein wenig Angst. Es hält mich noch lange nach Jake wach, obwohl ich in seinen Armen liege. Ich wünschte nur, ich wüsste, was Marvin tun wird.

Am nächsten Abend öffnet der Nachtclub früh um sieben – aber die Türsteher lassen nur Anime-Fans und Reporter herein. Ihnen wurde gesagt, dass sie auf alle achten, auf die Marvins Beschreibung passt, und es Jake sofort mitteilen sollen.

Ich habe einen einfachen lavendelfarbenen Rock und eine Spitzen-bluse angezogen, mein Haar ist zum Knoten gebunden, mein Make-up mädchenhaft und konservativ zugleich. Als ich die dämmrige, ruhige Kaverne des Clubs betrete, zeigen die großen Flachbildschirme an den Wänden Videos von meinen Anime-Charakteren. Ich bin auf der niedrigen Bühne, vor mir ist ein Podium, auf dem ein Stapel Notizen liegt ... es ist genauso, als würde ich auf einer normalen Convention sprechen.

Ich falle in meine Rolle der unschuldigen, jungen Synchronspre-cherin, während mein Blick über die Menge geht. Noch keine Spur von Marvin.

Ich weiß, dass zwanzig Wachmänner im Raum verteilt sind – zehn in Straßenklamotten, zehn in der Uniform des Clubs, bestehend aus Cargohose, Baseballmütze und engem T-Shirt mit dem Iron Pit-Logo darauf – alle darauf wartend, auf Jakes Anweisung hin zuzuschlagen. Jake steht direkt am Rand der Bühne, in einem lockeren Shirt, aber in derselben Uniform, und steht dauerhaft durch ein Mikrofon, wie es normalerweise der Secret Service trägt, mit seinen Männern in Kontakt. Aber ich bin trotzdem sehr nervös.

Endlich schlägt es halb acht und die Türen werden geschlossen. Jake lauscht aufmerksam etwas in seinem Mikrofon. Ich kann sehen, wie die Wachmänner beginnen, die Menge zu durchsuchen. Marvin ist hier irgendwo, der Türsteher muss gesehen haben, wie er hereingekommen ist.

Jetzt müssen wir dafür sorgen, dass er sich so in der Menge zeigt, dass die anderen auf ihn losgehen können. Mit vor Angst flatterndem Magen trete ich an das Mikrofon und schalte es an.

„Hallo", sage ich mit der freundlichsten, fröhlichsten Stimme, die ich aufbringen kann. „Danke für euer Kommen! Ich wollte euch allen sagen, was passiert ist, dass ich meinen Ruhestand in Erwägung ziehe, und was ich entschieden habe, zu tun. Dann werde ich eure Fragen annehmen. Okay?"

Eine Welle geht durch die Menge. Normalerweise versuche ich, mich mit ihnen zu verbinden, ihnen in die Augen zu sehen, ihnen das Gefühl zu geben, sich erkannt und mit eingeschlossen zu fühlen, wenn ich mit dem Blick über sie schweife. Aber im Moment suche ich nur nach Marvin.

Der Bildschirm zeigt plötzlich den Beginn des Überwachungsvideos, wie ich geschlagen werde. „Viele von euch haben mir auf den Fanseiten und meinen sozialen Medien Nachrichten geschickt und nach diesem Video gefragt. Ich bin hier, um es richtigzustellen. Das Erste, was ihr wissen solltet, ist, dass das, was online veröffentlicht wurde, nur ein kleiner Teil eines wesentlich längeren Videos ist, das von den Überwachungskameras aufgenommen wurde. Dieses Segment wurde online von einem Hacker veröffentlicht, der sich YokaiPrince nennt. In Wirklichkeit ist er der Mann in dem Video. Sein Name ist Marvin Ackerman."

Ein weiteres Murmeln geht durch die Menge. Ich sehe ein paar nickende Köpfe, ein paar Menschen, die mit den Augen rollen. Er ist in den Online-Foren bekannt, vermutlich dafür, dass er dort ein genauso fürchterlicher Mensch ist wie im realen Leben auch.

„Ackerman hat den Videoausschnitt und andere Fehlinformationen online veröffentlicht und sogar versucht, die Polizei miteinzubeziehen, um zu versuchen, den anderen Mann, meinen Freund, festnehmen zu lassen und den Ruf des Geschäfts zu schädigen, bei dem er arbeitet. Er lügt. Ich werde euch das ganze Video zeigen, um es zu beweisen." Ich zwinge Entschlossenheit in meine Stimme, recke das Kinn und beschwöre die tapferste meiner Rollen, obwohl mir überhaupt nicht danach ist.

Ich blicke in Jakes Richtung. Er beobachtet mich mit Argusaugen, schenkt mir ein Lächeln und streckt beide Daumen in die Höhe. Es rüttelt mich wach und ich fahre fort.

„Marvin Ackerman stalkt mich seit sechs Monaten. Das ist sowohl eine Sache der Öffentlichkeit als auch des Gesetzes. Ich habe eine einstweilige Verfügung gegen ihn erlassen und er hat sie durchgängig ignoriert." Ich höre schockiertes Schnappen nach Luft und leises Fluchen.

Meine Wut, die ich durch all die Angst hindurch kaum gespürt habe, wird jetzt angefacht, als ich die Anime-Welt wissen lasse, was für ein Mann Marvin Ackerman ist. Es gibt mir noch mehr Kraft.

„Er ist zu meiner Arbeit gekommen. Er hat meine privaten Informationen gestohlen. Er hat mir tausende obszöne Drohmails und Nachrichten geschickt. Er hat mich dazu gezwungen, dreimal meine Telefonnummer zu ändern."

Viele in der Menge beginnen ebenfalls, wütend und entsetzt auszusehen. Ein Reporter aus Tokio, ein älterer, bärtiger Mann mit Brille, schüttelt den Kopf und murmelt missbilligend auf Japanisch in der ersten Reihe.

„Vor zwei Abenden, habe ich meine Wohnung verlassen, um eine Besorgung zu erledigen, als ich Ackerman entdeckt habe, wie er sich an mein Auto lehnte." Die Menge bewegt sich mehr, als dass die Wachmänner ihre Suche fortführen. *Ich wünschte, es wäre hier drin nicht so dunkel.*

Vielleicht hätte ich ihnen sagen sollen, wie er riecht, nicht wie er aussieht. Ich blicke zu Jake, der ebenfalls beginnt, frustriert auszusehen.

Mach weiter. Er wird die Fassung verlieren und schreien oder zu mir rennen. Und dann werden sie ihn sich schnappen.

„Er hat mich verfolgt, also bin ich über die Straße zu diesem Gebäude gerannt, wo sich mein Freund Jake für seine Schicht vorbereiten sollte. Ich habe an die Tür geklopft. Der Schichtmanager hat mich hereingelassen. Marvin hat sich in das Sicherheitssystem gehackt und kam herein, während ich nach einem Versteck suchte. Der Rest ist auf dem Video. Ich werde es kommentieren."

Das Video beginnt, auf jedem der vier Bildschirme ist je ein Kamerawinkel zu sehen. Ich höre ein kollektives Schnappen nach Luft und blicke zurück, um zu sehen, wie ich an die Glastür hämmere, im Versuch, die Aufmerksamkeit des Mannes im schwarzen Pick-up zu erregen. Der Mann, der sich Gott sei Dank als Jake herausstellte.

Erneut geht Empörung durch die Menge, als Marvin auf dem Video auf mich zu rennt und mich greift, um mein Gesicht in das Glas zu schlagen. Ich spüre, wie sich mein Magen zusammenzieht, als mein eigenes Abbild kämpft und blutet, da ich mich an meinen Schrecken erinnere.

Sekunden später öffnet Jake die Tür und kommt zu meiner Rettung.

„Wie ihr sehen könnt, als mein Freund diesen Kerl geschlagen hat, lag es daran, dass Ackerman mich verfolgt und versucht hat, mich vor ihm bewusstlos zu schlagen. Ackerman hat mich auch nach mehreren Warnungen nicht losgelassen. Ihr könnt es hier selbst sehen."

Ich fühle mich plötzlich leer, erschöpft, als hätte ich Gift hochgewürgt. Tränen brennen mir in den Augen. „Wenn er nicht gefunden und aufgehalten wird, dann denke ich nicht, dass ich noch ein öffentliches Leben haben kann, nicht einmal als Synchronsprecherin."

Ich höre Schreie der Empörung, brodelnde Wut, und für einen schrecklichen Moment denke ich, dass sie alle auf mich wütend sind. Aber dann höre ich, was sie sagen.

Der japanische Reporter bezeichnet Marvin als abscheulichen Idioten. Ein großer Kerl, der Marvin nur in Bart und Profil ähnlich sieht, grummelt darüber, wie sich seine Tochter die Augen ausweinen wird, wenn dieser Bastard damit durchkommt. Ein paar Frauen haben Tränen in den Augen.

Heilige Scheiße. Die Erkenntnis, dass sie auf meiner Seite sind, schockiert mich auf angenehme Weise. Ich war so lange deprimiert gewesen, dass ich nicht einmal daran gedacht hatte, dieselben Leute um Hilfe zu bitten, die meine Karriere ermöglicht hatten.

Ich senke den Kopf über dem Podium. „Vielen Dank für euer Verständnis –"

„Ohh!"

Ein Schrei der Verzückung ertönt durch mein Mikrofon. Weiblich. Bekannt. Es ist meine Stimme.

Ich erstarre vor Schock, als ich mich seufzen höre. „Das fühlt sich so gut an …"

Entsetzt schalte ich das Bluetooth-Mikrofon aus, während ich Jake höre, wie er dem Tontechniker zuruft, er solle abschalten. Das Geräusch hört auf, während ich mich verwirrt umsehe.

„Wartet bitte! Irgendetwas stimmt nicht mit dem Soundsystem." Ich lächle sie an und werde rot, während mein Körper von kalten Schockwellen durchfahren wird.

Was war das? Was hat Marvin getan?

Ich drehe mich zu Jake um – und als ich die rasende Wut in seinem Gesicht sehe, weiß ich es. Und er weiß, dass ich es weiß.

Das Mikrofon meines Handys. Die Nacht, in der Jake und ich zum ersten Mal miteinander geschlafen haben. Dieses Monster hat uns ausspioniert! Er hat es aufgenommen! Er spielt es jetzt ab!

„Die Unannehmlichkeiten tun mir leid. Ich bin mir nicht sicher, was los ist –", stammle ich, als sich das volle Entsetzen über diese Verletzung der Privatsphäre über mir ergießt.

„Hört zu!", ertönt ein Kreischen aus dem hinteren Teil des Raumes. Alle Köpfe drehen sich – und plötzlich springt die Menge von einer Stelle zurück, als wäre sie von etwas abgestoßen. Ich recke den Hals und sehe Marvin aus dem Schatten kommen, wie er sein Handy in die Höhe streckt.

Die Geräusche meines ersten Mals mit Jake ertönen aus den kleinen Lautsprechern, während er es schwenkt. Über die schockierten und wütenden Schreie, die um ihn herum ausbrechen, ist es kaum zu hören. Aber seine Stimme strengt sich so an, die lauteste zu sein, dass sie bricht.

„Hört euch an, wie sich eure perfekte Prinzessin einem Mann an den Hals wirft, den sie erst kennengelernt hat! Sie ist eine Hure! Sie ist eine verdammte Hure! Hier ist der Beweis!"

Ich öffne entsetzt den Mund, als er fortfährt und zur Bühne rennt, so entschlossen, dass er einen Überwältigungsversuch von einem der Sicherheitsmänner abschüttelt. „Er ist nicht ihr Freund! Sie lieben sich nicht! Sie mag ihn nur, weil er heißer ist als ich!"

Neben mir höre ich wildes Knurren der Wut. Ich drehe mich um und sehe Jake, der angespannt ist, als würde er gleich von der Bühne springen und Marvin zu rotem Mus verarbeiten.

Ich muss diese Konfrontation beenden, bevor sie anfängt, sonst geht Jake ins Gefängnis.

Ich nehme all meinen Mut zusammen, stemme die Hände in die Hüften und recke das Kinn. „Na, hallo, Marvin!", schreie ich.

Die Menge verstummt und lauscht meiner Antwort. Ich lehne mich nach vorne und starre ihm direkt in die Augen, während er sich zu mir durchkämpft. Die Sexgeräusche kommen immer noch aus seinem Handy. Es braucht meine ganze Kraft, sie zu ignorieren und weiterzumachen.

„Die Kehrseite eines Nilpferdes ist heißer als du, Marvin. Dazu braucht es nicht viel!"

Er erstarrt und öffnet den Mund. Ich sehe zu, wie sein Gesicht von Weiß zu Rot und wieder zu Weiß übergeht, während Gelächter in der Menge ertönt.

„Und würdest du endlich deinen Porno-Klingelton abschalten? Wir stehen es. Du bist ein Perverser. Es ist widerlich." Ich beschwöre dreizehnjährige, gemeine Mädchen und meine Stimme trieft vor Verachtung.

„Aber … das bist du!" Er scheint völlig verblüfft zu sein, dass ich nicht unter Tränen zusammenbreche und ihn anflehe, aufzuhören. „Das bist du da drauf!"

„Nein, bin ich nicht!" Meine Antwort ist pampig und abweisend. In mir bricht ein Teil zusammen, mein Herz schmerz und brennt in einer Brust, die öffentliche Demütigung droht, mich zu überwältigen. Aber erneut spricht das Gericht der öffentlichen Meinung.

„Mann, das klingt nicht mal nach ihr!", grummelt der Bärtige. Köpfe nicken. „Und selbst wenn sie es wäre, welcher kranke Widerling stalkt ein Mädchen und nimmt sie auf, wie sie mit ihrem Freund schläft?"

„Er ist nicht ihr Freund!", kreischt Marvin, obwohl die Männer durch die Menge auf ihn zuströmen. „Ich bin es! Sie gehört mir!"

„Nein, tue ich nicht!", schreie ich mit der Gehässigkeit und Wut aus Monaten dahinter zurück. „Ich werde nie mit dir zusammen sein!"

Ich höre die Menge schreien, bevor sich der Nebel aus Zorn so weit lichtet, dass ich sehe, was sie so beunruhigt. Ich erkenne etwas Dunkles in Marvins Händen. Er richtet es auf mich, sein Gesicht ist violett und vor Hass verzerrt.

Alle sind durch einen Metalldetektor gegangen, denke ich benommen und ungläubig, bevor ich realisiere, dass das Objekt aus Polymer besteht. Eine Leuchtpistole.

Das Podium ist zu schmal, um mich dahinter zu verstecken.

Die Zeit verlangsamt sich. Meine Augen werden groß. Ich spanne mich an, um mich zur Seite zu werfen, der weite Lauf wird grell und Marvin grinst verrückt und mit Tränen in den Augen. Dann landet etwas Großes auf mir und wirft mich zu Boden.

Es ist Jake – der mich bedeckt, abschirmt. Ich höre Marvin frustriert aufschreien und dann den dumpfen Aufschlag des Sicherheitspersonals, wie es ihm umwirft. Und ein paar glückliche Sekunden lang denke ich, dass doch alles in Ordnung ist.

Wir haben ihn! Er hat sein Bestes versucht und ist wieder und wieder gescheitert, und jetzt wird ihn das FBI für immer aus unserem Leben entfernen!

„Wir haben es geschafft, Jake!", keuche ich und drehe mich in seinen Armen, um ihn zu umarmen. Er reagiert nicht.

Jemand ruft nach einem Krankenwagen.

„ … Jake?"

Er ist schlaff in meinen Armen. Und dann rieche ich es. Versengter Stoff … und verbranntes Fleisch.

„Jake!", schreie ich entsetzt und setze mich auf. Ich entdecke, was die Leuchtkugel mit seiner Seite angerichtet hat … und breche über ihm zusammen, bevor mein Sichtfeld grau wird und dann gänzlich verblasst.

KAPITEL 13

Jake

Ich wache auf und starre eine Krankenhauswand an. Ich bin auf einer Seite gestützt, die andere ist von meinem Unterarm bis zu meiner Hüfte bandagiert. Mein Kopf ist durch die Medikamente benebelt, aber ich kann trotzdem den Schmerz unter dem Verband spüren.

Ich sehe mich um, betrachte das kleine Zimmer, die leicht verwelkten Blumensträuße auf dem Regal gegenüber meines Betts und die Schläuche und Sensoren, die in oder an mir sind. Ich kann mich nicht umdrehen, um hinter mich zu blicken, aber ich höre ein raschelndes Geräusch, das mir sagt, dass noch ein Bett in dem Zimmer ist.

Dann rieche ich ein bekanntes Parfüm und erkenne, wer der andere Bewohner ist. Mein Herz hüpft. „Josie?"

„Jake?" Ich höre das Aufprallen nackter Füße auf dem Fliesenboden, dann eilt sie her, um mich anzusehen.

Es ist definitiv nicht derselbe Abend, realisiere ich mit sinkendem Herzen. Sie trägt nicht mehr diese süßen Klamotten, sondern ein pinkfarbenes Flanellnachthemd mit Kitten darauf. „Hi Baby." Ich schenke ihr trotz meiner Verwirrung ein Lächeln.

„Du bist wach!" Ihr Gesicht beginnt zu strahlen und sie lehnt sich über mich, um mich vorsichtig zu umarmen, wobei sie den bandagierten Bereich meidet. „Ich habe dich so sehr vermisst. Wie fühlst du dich?"

„Als hätte ich für die Liebe eine Leuchtkugel in die Rippen bekommen, Baby. Was denkst du, wie ich mich fühle?" Ich sehe ihr Gesicht und drücke schnell ihre Hand. „Es ist in Ordnung. Du bist es wert."

Ihre Augen füllen sich mit Tränen und sie lächelt. „Danke, Jake. Für alles."

„Kein Problem. Also, was habe ich verpasst? Wie lange war es?" Ich lehne mich für einen Kuss nach oben … aber ihr Lächeln verblasst leicht, bevor sie mir einen gibt.

„Drei Wochen", gibt sie schließlich zu. „Du warst sediert. Sie mussten Hauttransplantate machen und sowas. Aber es heilt."

Drei Wochen? Heilige Scheiße. Das sind viele verpasste Kämpfe und Trainings. Aber das ist in Ordnung. Ich habe mich schon von gebrochenen Knochen und Gehirnerschütterungen erholt.

Verbrennungen heilen ebenfalls. Und ich werde diese besondere Narbe mit Stolz tragen.

„Okay, entschuldige, das kommt mir einfach irgendwie verrückt vor. Was ist passiert, nachdem ich angeschossen wurde?" Ich versuche, meine Stimme fröhlich zu halten, aber hauptsächlich fühle ich außer des Schocks … Erleichterung.

Es ist erledigt. Ich habe meine Geliebte verteidigt, mit deren Gesicht ich jeden Tag aufwachen will und deren Namen ich nie vergessen werde. Und obwohl ich einen ernsthaften Schlag eingesteckt habe … ich habe es überlebt.

„Marvin ist zusätzlich zu allem anderen wegen versuchten Mordes in den Knast gewandert. Agent Moss hat ihn festgenommen und wir haben seither nicht mehr von ihm gehört. Der Prozess beginnt nächste Woche. Ich sage gegen ihn aus." Sie klingt ruhig, entschlossen. Es ist schön, das zu hören.

„Das werde ich auch tun, wenn ich mich bis dahin aus diesem Bett befreien kann." Das hoffe ich wirklich. Im Moment fühlt sich mein Körper, der normalerweise zu so viel fähig ist, schwer und nutzlos an.

„Na ja, die Ärzte sagen, dass du gut heilst, auch wenn du es noch mit Wundpflege und vielleicht plastischer Chirurgie zu tun haben wirst." Sie sieht traurig aus, beinahe beschämt.

„Hey, zieh nicht so ein Gesicht, Liebling. Ich werde wieder gesund. Ich würde eine echte Kugel für dich abfangen, wenn ich müsste." Ich meine es von ganzem Herzen.

Sie nickt, schluckt schwer und wischt sich über die Augen. „Entschuldige. Es war nur eine lange Zeit und ich war so besorgt. Die Polizei hat eine förmliche Entschuldigung an deinen Boss veröffentlicht, weil sie sein Etablissement mit einem anderen illegalen Geschäft mit gleichem Namen verwechselt und die Razzia durchgeführt haben. Und, äh, ich habe immer noch all meine Fans und niemand glaubt, dass ich ... du weißt schon ... eine Hure bin." Sie beißt sich auf die Lippe und wendet den Blick ab.

„Es tut mir so leid, dass er das getan hat, Baby." Ich hebe unbeholfen die Hand, um ihr durch das Haar zu fahren.

„Wusstest du, dass er uns aufgenommen hat?", fragt sie leise.

Ich erstarre, dann schließe ich die Augen. „Ja. Habe ich. Aber ich wusste nicht, was ich dagegen unternehmen sollte."

Sie runzelte die Stirn. „Ich habe dir gesagt, dass ich nicht überrumpelt werden wollte."

„Und Prometheus hat mir verdammt nochmal gesagt, dass alle Kopien dieser verdammten Aufnahme verschwunden seien." *Sie hätte nie wissen sollen, dass er versucht hat, diese wunderschönen Erinnerungen als Waffe gegen uns zu verwenden.*

„Bis auf die persönliche, die Marvin auf seinem Handy hatte", korrigiert sie mit schmerzverzerrtem Gesicht. „Ich ... habe immer noch Albträume von diesem Moment."

„Es tut mir so leid, Baby. Ist das ... ein Ausschlusskriterium?" Ich bin es nicht mehr gewöhnt, mich unsicher zu fühlen. Nicht, seit ich zum Mann geworden bin. Selbst mit all den Beruhigungsmitteln spüre ich eine kalte Welle der Sorge.

Aber dann lacht sie und schüttelt den Kopf, woraufhin sich das Gefühl sofort auflöst. *Oh, Gott sei Dank.*

„Ich bin nicht glücklich, dass du das getan hast. Aber ich weiß, dass du es gut gemeint hast. Und dann bist du fast gestorben, weil du versucht hast, mich zu beschützen. Das hast du auch getan, als du die Wahrheit vor mir verborgen hast, so sehr ich es auch hasse." Sie streichelt meine Hand mit ihrer kleinen.

„Ich werde es nicht wieder tun", verspreche ich und sie wirft mir einen fast strengen Blick zu.

„Na, das will ich auch hoffen, denn ich kann nicht mit jemandem zusammen sein, der das gewohnheitsmäßig tut." Ihre Stimme ist bestimmt und ich nicke, dann grunze ich und frage mich, warum es sogar wehtut, meinen Kopf zu bewegen. „Außerdem wirst du von jetzt an nicht nur mich enttäuschen, wenn du das tust."

„Wie bitte?" Sie streicht mit der Hand über ihren flachen Bauch. „Habe ich etwas verpasst?"

„Ich in schwanger", gibt sie zu.

Ich starre sie an. *Oh ... scheiße.*

„Du ... äh ... erinnerst dich an das eine Mal, als ich dich aufgeweckt habe –", beginnt sie und ich unterbreche sie.

„Liebling, das ist unter den Top Zwanzig meiner besten Erinnerungen. Natürlich erinnere ich mich daran." Die Lust. So stark, so süß, so voller Verbundenheit. Ein Orgasmus, so intensiv, dass meine Erinnerung die Empfindung nicht eindeutig behalten konnte.

Aber dann realisiere ich es und mir fällt die Kinnlade herunter.

Heilige Scheiße. Sie hat es nicht absichtlich ungeschützt getan. „Hast du das Kondom vergessen?"

Sie nickt und wird rot. „Es tut mir leid. Es ist nur ... weißt du, ich kann wirklich nicht wütend sein, weil du es verbockt hast, weil ... ich es auch getan habe."

Ich lasse den Kopf auf das Kissen fallen und blase vor Überraschung die Wangen auf. „Na, verdammt."

„Ich will es behalten", sagt sie zögernd. „Aber ich, äh, wollte mit dir darüber reden, bevor ich eine Entscheidung treffe."

Ich starre langsam blinzelnd die Wand an und dann wieder sie.

„Ich …" Sie spannt sich an und ich spüre eine Welle der Wärme in mir, als ich meine Chance sehe, wirklich jeden Morgen neben ihr aufzuwachen … so, wie ich es bereits will.

„Das Kind wird einen Vater brauchen", sage ich nachdrücklich. „Und ich brauche dich. Also nehme ich an, dass das geklärt ist." Ich weiß nicht, ob ich bereit bin, Vater zu sein – oder eine Ehemann.

Aber ich bin daran gewöhnt, die Dinge so zu nehmen, wie sie kommen, und mich durchzusetzen.

„Bist du sicher?", haucht sie und hüpft dabei ein klein wenig, als könnte sie sich nicht beherrschen.

Ich grinse trotz des Schmerzes. „Ja."

Josie lächelt.

EPILOG

Carolyn

„Also wollen Sie mir sagen, dass das Iron Pit wirklich nur ein verdammter Nachtclub und Ares nur ein Türsteher ist? Die ganze verdammte Sache mit einem Boxring aus Gesetzlosen im Warenhausdistrikt von Detroit ist nur ein Hacker-Gerücht?" Daniel schnaubt und prustet am Telefon, so offen enttäuscht wie ein Kind.

„Das ist, was die Polizei in ihrem Bericht sagt. Die ganze Sache war nur ein Hacker auf Rachefeldzug, der Internetgerüchte genutzt hat, um zu versuchen, die Mitarbeiter des Nachtclubs und Josephine Cotter zu ‚bestrafen'." Nur, dass es so viel mehr ist als das.

Ich bin mir absolut sicher, dass die Arena existiert, auch wenn sie das vielleicht nicht innerhalb dieses Gebäudes oder sogar innerhalb von Detroit tut. Aber verglichen mit Marvin Ackerman, ist Jake Ares kaum ein Krimineller. Und er ist eindeutig keine Gefahr für andere.

Ihm dabei zuzusehen, wie er eine verdammte Leuchtkugel in die Seite abfängt, um die Frau zu beschützen, die er liebt, hat etwas mit mir angestellt, das ich nicht erwartet habe. Niemandem war ich je so wichtig, dass er ein solches Risiko eingehen würde. Und jetzt, während ich in Detroit alles beende, merke ich, wie sehr ich mit der Einsamkeit kämpfe.

Daniel wirft mit einem Grunzen etwas an die Wand seines Büros, das dumpf aufprallt. „Scheiße! Ich kann es nicht glauben!"

„Hey. Ich habe dem FBI eine Blamage erspart und den Kerl erwischt, der Ihnen all die Schwierigkeiten gemacht hat." Ich nutze besänftigenden Tonfall, obwohl ich insgeheim grinse.

Er schnaubt. „Ja, okay, dieser Teil stimmt. Also sind Sie mit den Cops und dem Clubbesitzer fertig?"

„Alles hier ist erledigt. Hat eine Weile gedauert, wegen all der Rechtsfragen, aber ja, endlich ist alles unter Dach und Fach." Und ich bin froh. Ich habe den ganzen Februar in Detroit verbracht und habe es jetzt satt.

Er weiß nicht, dass ich, während ich mit den Häuptlingen der Detroiter Polizei über den Gewahrsam des Verdächtigen gekämpft und vergeblich versucht habe, den Clubbesitzer persönlich zu sehen und Zeugen zu beschaffen, gleichzeitig jede Nacht damit verbracht habe, die Stadt nach Prometheus abzusuchen.

Ich habe ihn angefleht, sich mit mir zu treffen. Er wollte nicht. Ich habe darüber geweint, geflucht, bin jeder Spur gefolgt, die ich finden konnte … um Nirgendwo anzukommen.

Schließlich hatte ich es geschafft, mich zu beruhigen, aufzugeben und daran zu arbeiten, mich dazu zu zwingen, stattdessen über meine Einsamkeit hinwegzukommen. Denn ich suche nicht wegen der Arbeit nach ihm.

Ich suche nach ihm, weil ich zum ersten Mal in meinem Leben jemanden vermisse, den ich noch nie getroffen habe.

„Na ja", sagt Daniels schließlich. „Ich nehme an, dann sind Sie jetzt bei Ihrer fünften Zielperson. Viel Glück dabei, ihn zu fangen. Noch nie hat jemand sein Gesicht gesehen."

„Ich werde es schaffen, Sir."

„Meinetwegen. Ich buche Ihnen einen Flug nach Baltimore für morgen früh. Seien Sie um sieben Uhr bereit." Die Verbindung wird unterbrochen.

Ich schenke mir einen Brandy aus der Hotelbar ein, bevor ich es erneut bei Prometheus versuche.

„Carolyn?" Es überrascht mich, es hat kaum geklingelt. „Du bittest mich hoffentlich nicht erneut um ein Treffen. Ich habe deutlich gemacht, dass ich ein sehr privater Mann bin."

„Ja, hast du. Deswegen habe ich nicht angerufen. Ich …" *Wollte nur wieder deine Stimme hören.* „Ich packe hier zusammen und bin unterwegs nach Baltimore."

„Ich verstehe." Eine Pause. Ich höre das Klirren von Glas und einen Schluck. „Ich nehme an, du wirst wegen deines nächsten Falls anrufen, sobald du dort bist?"

Ich werde rot. Ich bin von ihm abhängig geworden, und er weiß es. „Nein, dieser Anruf … dreht sich auch nicht um die Arbeit."

„Oh? Was dann?" Seine Stimme ist sehr sanft. Als hätte er es bereits erraten. Oder vielleicht erwartet er fröhlich meine Antwort?

Wunschdenken von einer Frau mit dämlichen Gefühlen.

„Ich habe mich nur gefragt, ob du reden möchtest. Du weißt schon, wie normale Menschen." *Wie ein Mann und eine Frau.*

„Faszinierend." Er stellt sein Glas mit einem weiteren Klirren ab. „Bitte, fahr fort."

Und plötzlich kann ich nicht aufhören zu lächeln.

E nde.

ENDGAME

Eine dunkle Mafia-Romanze
(Nie erwischt 5)

Jessica F.

KLAPPENTEXT

Arme, mutige Carolyn.

So engagiert und fleißig.

Sie hat Jahre mit dem Zusammensetzen der Puzzleteile verbracht, um mich zu finden.

Und jetzt ist sie hinter mir her.

Ohne Verstärkung und mit dem Messer ihres Chefs im Rücken ist sie entschlossen, ihren Ruf zu retten, indem sie mich festnimmt.

Aber niemand spielt dieses Spiel mit mir und gewinnt.

Trotzdem ist sie mir ins Auge gefallen … und niemand hat das je zuvor geschafft.

Ich habe entschieden, ihr zu zeigen, wer hier das Sagen hat.

Und ich bin mir absolut sicher, dass sie es lieben wird.

PROLOG

Derek

Datum: 14. März 2019
Standort: Baltimore, Maryland
Zielperson: Adrian DuBois
Vorstrafenregister: [Unter Verschluss. Keine ausreichenden Daten: Bitte alle relevanten Details unter Nutzung der Assisant Director-Zugriffsrechte eintragen, da meine unzureichend sind].

Adrian Michel DuBois' Hintergrund ist unbekannt. Von den Erzählungen, die wir sammeln konnten, scheinen drei davon am wahrscheinlichsten zu sein.

Eins: Er ist französisch-kanadischer Abstammung, mit der Sechsten Familie verbunden und hat sein Vermögen und seinen Einfluss durch Verbindungen zur Mafia aufgebaut.

Zwei: Er ist der inoffizielle Sohn eines französischen Milliardärs und hat diesen Mann um Startkapital für seine Projekte erpresst.

Drei: Er ist ein Selfmademan mit Cajun-Wurzeln, der mehrere Finanzinstitute angegriffen hat, um sein Startkapital zu bekommen.

Wie auch immer, unser handfestes Wissen über diese Zielperson ist auf ein paar Fotografien, seinen Namen und eine Handvoll Tatsachen beschränkt.

Erstens: Er lebt in der Gegend von Baltimore und hat möglicherweise Familie dort.

Zweitens: Er ist unabhängig wohlhabend, besitzt überdurchschnittlich hohe Intelligenz und hat weltweit umfangreiche Kontakte in der Unterwelt. Das macht ihn zu einem sehr wertvollen Agenten, aber auch äußerst gefährlich.

Drittens: Obwohl er in alles verwickelt war, von organisierter Kriminalität bis zu hochrangigen Cyber-Verbrechen, hat es nie ausreichend Beweise oder Zeugen gegeben, um ihn einer Tat zu überführen.

„Ja, Süße, und du wirst nicht diejenige sein, die ihn überführt." Ich lache und blättere zurück zu den mageren Notizen und der Handvoll Fotos, die alles sind, was meine nervige Schlampe von Ermittlerin für mich über DuBois hat. Die geheimen Informationen, zu dem sie keinen Zugang hat – ich aber schon – sind nicht viel. Nur ein paar entscheidende Details, die ich auszulassen plane, damit sie nicht vorgewarnt ist.

Details wie: DuBois wird verdächtigt, hinter der Ermordung mehrerer hochrangiger Politiker und Großindustrieller zu stecken. Er hat ganze kriminelle Familien in der Tasche. Politiker. Polizeibehörden.

Im FBI kann die Unwissenheit darüber, wie böse die Bösen wirklich sind, tödlich sein. Ich werde dafür sorgen, dass sie nicht nur mit der Ermittlung scheitern wird, sondern sich dabei auch noch in Gefahr bringen wird. Wenn ich Glück habe, wird DuBois für mich den Müll wegschaffen.

Carolyn Moss. Nur Stolz, kein praktischer Ehrgeiz, keine Bereitschaft, das Spiel zu spielen, das sie spielen muss, um mein Interesse zu halten.

Und mein Interesse zu behalten war ihre einzige Möglichkeit, unter meiner Führung irgendwo hinzukommen. Aber nicht einmal das konnte sie. Und jetzt hat mich irgendjemand in diesem Büro bei meinen Vorgesetzten und meiner baldigen Exfrau verraten ... und es war vermutlich Carolyn.

Und ich werde DuBois nutzen, um sie dafür büßen zu lassen.

DuBois ist ein unerreichter, internationaler Meisterverbrecher ohne Vorstrafenregister oder irgendetwas anderem, das seine sich ausbreitende Macht behindert. Er ist von Gerüchten umgeben, wie Moss bereits erfahren hat, und ist sowohl reicher als auch mächtiger als die meisten legitimen Milliardäre in den Staaten.

Es ist absolut ausgeschlossen, dass sie DuBois erwischen, geschweige denn vor Gericht stellen kann. Sie ist bereits daran gescheitert, die anderen vier festzunehmen. Sie hatte nur unglaubliches Glück, gerade genug Kriminelle zu erwischen, die am Rande dieser Fälle lagen, um mich davon abzuhalten, sie abzuziehen. Aber jetzt ist ihr Glück dazu bestimmt, sein Ende zu finden.

Der Plan ist einfach. Sie mit wenig Hinweisen, ohne Verstärkung (wie immer) und wenig Unterstützung oder Informationen losschicken. Dafür sorgen, dass sie DuBois nervt, indem sie ihre Nase in seine Angelegenheiten steckt und sie dann entweder so terrorisiert wird, dass sie das FBI verlässt oder praktischerweise stirbt.

So oder so, sie wird für immer aus meinem Leben verschwinden. Vermutlich nachdem sie ein paar Tage lang fürchterlich gelitten hat. Und Gerüchte haben es so an sich, Leuten derart viel Angst zu machen, dass sie sich weigern, auszusagen.

Sobald ihre Anführerin weg ist, werden diese anderen Schlampen im Büro ihre Beschwerden über mich fallen lassen. Sie werden sich weigern, mit den Ermittlern zu kooperieren, und ich bin mir sicher, dass es dann aufhören wird.

Es ist schwer zu verstehen, warum noch keiner der anderen Kerle Moss umgebracht hat. Ich habe sie selbst aus der FBI-Datenbank der tödlichsten mutmaßlichen Polizistenmörder in den Vereinigten Staaten ausgewählt. Nicht, dass ich ihr das gesagt habe.

Als ich meinem Computertechniker befohlen habe, eine Suche nach den Schlimmsten der Schlimmsten durchzuführen, habe ich ihm ebenfalls gesagt, er solle einen Teil ihrer Geschichten verändern, um sie harmloser wirken zu lassen. Außerdem hat er mir die Kopien der Originalakten gegeben, um mir einen Überblick darüber zu geben, welche Aufgabe ich ihr stelle. Diese Kerle sind Monster.

Ich habe ihr irgendetwas darüber erzählt, dass sie einfach ungewöhnlich schwer zu erwischen wären, sodass ihr Stolz und ihr Verlangen, sich beim FBI einen Namen zu machen, dazu bringen würden, direkt vor ihr Zielfernrohr zu laufen. Dann habe ich sie losgeschickt und darauf gewartet, dass sie scheitert oder stirbt.

Und doch ist sie jedes gottverdammte Mal fast völlig unbeschadet zurückgekommen. Das Schlimmste, das ihr widerfahren ist, waren der Jetlag und ein Schneesturm. Ich weiß nicht, wie sie es ständig schafft, nicht umgebracht zu werden. Es ist, als hätte sie einen Schutzengel.

Währenddessen hat sie mir allerhand Schwierigkeiten bereitet, während ich darauf gewartet habe, dass sie als die leichtsinnige, untalentierte Anfängerin stirbt, die sie ist. Aber ihre Fähigkeit, mir nur mehr Probleme zu bescheren, wird bald ihr abruptes Ende finden.

Ich gehe erneut ihre Notizen und den Bereich durch, den sie mir freigelassen hat. Ich überlege, etwas Irreführendes einzutragen, das zum Rest passt.

Etwas, das es aussehen lässt, als hätte sie einen Fehler gemacht. In der falschen Akte nachgesehen. Sich vielleicht sogar etwas ausgedacht. Alles, das es wie das aussehen lässt, was ich will: dass sie durch ihre eigene Inkompetenz gestorben ist. Immerhin muss niemand wissen, dass sie mich darum gebeten hat, einen Teil hiervon zu schreiben.

Es reicht nicht, sie mir vom Hals und aus dem FBI zu schaffen. Sie muss dafür büßen, mit Schmerz und Erniedrigung, dass sie mich nicht rangelassen hat.

Aber um dies zu tun, muss ich herausfinden, wie ich den Bereich des Formulars ausfülle, und mein Kopf ist leer.

Ich lehne mich auf meinem Stuhl zurück und verdrehe die Augen. *Wie zur Hölle fasst diese Frau all diesen Mist zu einem kurzen Bericht zusammen? Vielleicht sollte ich sie doch behalten – als meine Sekretärin.*

Aber nur, wenn sie endlich entscheidet, mir wie ein gutes Mädchen den vollen Service zu geben.

Mein schallendes Gelächter erfüllt mein beengtes Büro und der Hausmeister, der die andere Seite meines Vorzimmers putzt, sieht kurz auf. Er ist irgendein anonym aussehender Kerl in Uniform, wie die fünf oder sechs anderen, die ich gesehen habe. Er ist nachts da, ironischerweise immer zur selben Zeit, zu der ich jeden Abend länger bleibe, um meine Rache zu bekommen, wenn es niemand sehen kann.

Ich würde mir größere Sorgen darum machen, aber der Kerl ist ein verdammter Hausmeister. Selbst wenn er sich meine Büroakten oder meinen Computer ansehen würde, wie hoch sind die Chancen, dass er überhaupt wüsste, was er sich da ansieht?

Ich weiß, dass mich der Sektionsleiter zur Schnecke machen würde, wenn er wüsste, was ich während der Arbeit mit den Unternehmensmitteln mache. Aber die Frau dieses Mistkerls ist jung und heiß. Er hat kein Recht dazu, Männer zu verurteilen, die nicht sein Glück haben.

Wenn er nicht flachgelegt würde, würde er verstehen, wozu sich ein Mann getrieben fühlt, wenn er nicht einmal seine verdammten Untergebenen ins Bett bekommt.

Aber jetzt ist Carolyn Moss losgezogen und hat mich wegen ,sexueller Belästigung‘ verpfiffen. Also reicht es jetzt nicht aus, dass sie verletzt wird, scheitert und wie eine Idiotin dasteht. Sie muss sterben.

DuBois wird diesen Monat meine rechte Hand sein und die Welt von einer lästigen kleinen Schlampe befreien. Und sie hat keine Ahnung, was auf sie zukommt.

KAPITEL 1

Carolyn

Es hängt ein Gewitter tief über Baltimore, als ich meinen Koffer und mein Handgepäck endlich in mein Hotelzimmer bringe. Das Aufleuchten eines Blitzes erschreckt mich, als ich die Tür mit dem Ellbogen schließe. Ich zucke leicht zusammen, bevor ich seufzte, meine Taschen fallen lasse und mich an die Tür lehne.

Der Flug war nicht einmal lang, aber ich bin völlig fertig. Wegen des Sturms hat es eine dreistündige Verspätung gegeben, am Ende sind wir in DC gelandet und mit einem Shuttle hergekommen. Jetzt, während ich zusehe, wie Hagel auf das große Glasfenster trifft, durch das nur der dunkelgraue Himmel zu sehen ist, bin ich nur froh, dass es kein Schnee ist.

Es war ein höllischer Winter. Ich war in Massachusetts eingeschneit, war weit außerhalb meines Zuständigkeitsbereiches in Kanada und Mexiko, habe gesehen, was passiert, wenn sich Mafiosi mit einem erstklassigen Fahrer eine Verfolgungsjagd auf eisiger Straße liefern, und ich bin mit einem zur Klebebandmumie verwandelten Auftragskiller in meinem Kofferraum über die Grenze gefahren. Und vier verdammte Male habe ich zugesehen, wie Bösewichte vor meinen Augen zu Helden wurden und mich dabei vollständig verwirrt haben.

Es ist nicht gut, oft innere Debatten über Gesetz und Moral zu haben, wenn man ein Special Agent des FBIs ist. Besonders nicht, wenn man neu ist und eine Million andere Probleme hat, um die man sich kümmern muss, einschließlich eines Chefs, der es scheinbar auf einen abgesehen hat. Aber je mehr ich in diesen Fällen auf eigene Faust ermittelt habe, desto mehr habe ich all die Feinheiten gesehen, die einem in Quantico nicht beigebracht werden.

Mein Job besteht darin, Kriminelle festzunehmen und Fälle zu klären. Aber ich werde immer wieder in Situationen befördert, bei denen es mich umbringt oder einen besseren Menschen ins Gefängnis bringt, während ein schlimmerer Mensch weiter frei herumläuft, wenn ich die Dinge so erledige, wie es mein Boss erwartet.

Prometheus verstärkt meine Verwirrung nur. Er ist mein Hacker-Kontakt, dessen Informationen und Warnungen mir dabei geholfen haben, am Leben zu bleiben und meinen Job zu behalten – aber Gott weiß, wie viele Bundesgesetze und örtliche Gesetze er dabei gebrochen hat. Menschen im Gesetzesvollzug sehen bei kleineren Verbrechen im Austausch gegen Informationen oft in die andere Richtung … aber ich denke nicht, dass Prometheus' Straftaten klein sind.

Trotzdem weiß ich zwischen ihm und meinem Boss, wem ich wichtig zu sein scheine und wer es scheinbar nicht nur auf mich abgesehen hat, sondern auch noch unvernünftig und korrupt ist. Ich hoffe nur, dass Derek Daniels bald wegen seiner Probleme mit sexueller Belästigung abstürzt. Ich bin ihn leid.

Anstatt mich zuerst bei ihm zu melden, schicke ich Prometheus über unsere sichere Verbindung eine Nachricht.

Bin angekommen. Danke für das Upgrade meines Hotelzimmers.

Die Luxussuite ist das genaue Gegenteil von den Räumlichkeiten, in denen Daniels mich für gewöhnlich unterbringt. Zum ersten Mal seit Mexiko ist es warm genug, das Glas des Fensters klirrt nicht in seinem Rahmen, wenn der Wind darauf trifft und das Bett ist groß genug. Mein Haar trocknet bereits – na ja, bis auf den Zopf, der noch stundenlang feucht sein wird.

Ich habe die Nachricht über das Upgrade vor kaum einer halben Stunde bekommen, während ich immer noch darauf gewartet habe, mein Mietauto abholen zu können. Sie kam plötzlich und unerwartet. Vielleicht war es nur Prometheus' Art, mich wissen zu lassen, dass er von meiner Ankunft in der Stadt weiß. Oder vielleicht hatte er eine etwas weniger protzige Absicht damit, mich das Zimmer wechseln zu lassen.

Gibt es einen besonderen Grund für das unerwartete Geschenk?

Immer noch keine Antwort. Ich bestelle Hühnchen-Piccata vom Zimmerservice und baue mein mobiles Büro auf dem großen Tisch des Zimmers auf. Ich fahre mein Laptop hoch und schalte die Kaffeemaschine ein, als mein Handy klingelt.

Ich gehe ran, ohne auf die Nummer zu achten. „Hey, ich habe keinen Anruf erwartet."

„Warum nicht?", grummelt Daniels, was mich überrascht. „Sie haben noch nicht in Ihr Hotelzimmer eingecheckt und es ist schon fast fünfzehn Uhr."

Ich erstarre für einen Moment, bevor ich einen beruhigenden Atemzug nehme und monoton antworte. „Ich bin noch nicht einmal zehn Minuten hier."

„Das ist wohl kaum eine Entschuldigung. Haben Sie sich schon in Zimmer 401 eingerichtet?"

Ich halte inne, da es seltsam ist, dass er meine alte Zimmernummer erwähnt hat. Normalerweise scheint er so unwichtigen Details keine Aufmerksamkeit zu schenken. „Sie hatten dort eine undichte Decke wegen der Badewanne im Stockwerk darüber, deshalb bekomme ich ein anderes Zimmer."

Ich höre ein unterdrücktes Fluchen.

„Sir?", frage ich.

„Meinetwegen. Geben Sie mir Ihre neue Zimmernummer." Er verstummt, während er auf seiner Tastatur tippt, und plötzlich flattert mein Bauch vor Besorgnis.

Ich nenne die Nummer einer der anderen Suiten, die von der

Rezeptionistin als leerstehend bezeichnet wurden. Ich weiß nicht, warum ich ihm nicht die richtige Nummer gebe, aber als ich darüber nachdenke, bleiben mir alle Worte im Hals stecken. Hat er unser Vertrauen so tief erschüttert? „407."

Vielleicht sollte ich eine Versetzung beantragen, sobald das zu Ende ist.

„Gut. Ich habe Ihnen das aktualisierte Profil für DuBois geschickt. Sehen Sie es sich an und fangen Sie so schnell wie möglich an." Er legt auf, woraufhin ich nur mit hämmerndem Herzen der toten Leitung lauschen kann.

Was hat er jetzt vor? Was ist so besonders an Nummer 401? Vielleicht sollte ich nachsehen, wenn das Zimmer nicht bereits anderweitig vergeben ist.

Ich habe keine Ahnung, was ich dort finden würde, wenn ich das Zimmer durchsuche – oder wonach ich überhaupt suchen sollte. Aber meine Ausbildung sagt mir, dass irgendetwas nicht stimmt.

Aber auf der anderen Seite stimmt so gut wie nichts, wenn es um Daniels geht. Also vielleicht verhalte ich mich ein wenig paranoid … aber das bedeutet nicht, dass ich das Zimmer nicht kontrollieren sollte.

Ich hinterlasse einen Anruf an der Rezeption und bitte darum, in Zimmer 401 gelassen zu werden, unter der Behauptung, dass ich versehentlich mein Gepäck dorthin hätte schicken lassen. Während ich darauf warte, dass sie oder Prometheus mich kontaktieren, fahre ich mein Laptop hoch, um mir das anzusehen, was Daniels mir geschickt hat.

Ich runzle die Stirn, als ich das Dokument aufrufe. Er hat mich immer angewiesen, zu ihm zu kommen, wenn ich die Informationen, die ich brauche, nicht aus den FBI-Akten bekomme. Die Details über DuBois' kriminelle Vergangenheit und internationale Verbrechen waren mit einem Passwort versehen, als ich versucht habe, Zugang dazu zu bekommen, wurde mir mitgeteilt, dass die Informationen nur für Assistant Directors und darüber zugänglich seien. Also habe ich so viel wie möglich ausgefüllt und ihm dann eine Anfrage geschickt, die restlichen Informationen zu ergänzen.

Jetzt, nachdem er mich zwei Tage hat warten lassen, hat er nur ein paar Zeilen für mich. *Fick dich, Daniels. Hältst du mich hin oder bist du einfach nur faul?*

Über Adrian DuBois' Verbrechen ist aufgrund viel fehlender oder gelöschter Daten auf amerikanischen und internationalen Behördenseiten nicht viel bekannt. Es wird vermutet, dass Bestechung oder Erpressung innerer Quellen daran beteiligt war.

DuBois ist nicht für Gewaltverbrechen bekannt und ist überwiegend in Diebstahl von Eigentum und Informationen verwickelt.

„Das ist nicht einmal annähernd gut genug", grummle ich, aber ich weiß, das es alles ist, mit dem ich arbeiten kann. Ich habe eine Handvoll Geschäfte zu besuchen, die sich angeblich unter falschem Namen im Besitz von DuBois befinden, und ich habe alles, was Prometheus mir liefern kann – mehr nicht. Und Prometheus war online recht still, seit ich in Detroit ins Flugzeug gestiegen bin.

Es ist seltsam. Innerhalb weniger Monate habe ich begonnen, mich einem Mann, den ich nie getroffen habe, näher zu fühlen als ich es je mit einem anderen Mann getan habe. Natürlich ist das mit meiner Vorgeschichte keine Überraschung. In meiner Behörden- und Militärfamilie wollte Dad nichts als Söhne.

Er hat mit sechs Versuchen sechs Töchter bekommen und hasst uns alle.

Einen Vater zu haben, der dich nicht einmal ansieht, fünf Schwestern, die ihren Selbsthass an dir und einander auslassen und eine Mutter, die aufgegeben hat und nach zwanzig Jahren des Versuchens verschwunden ist, fordert seine Opfer. Ich habe mein ganzes Leben lang jegliche Intimität mit Männern gemieden – zum Teil, um weiteren Schmerz zu meiden, und zum Teil, weil ich keine Ahnung habe, wie man mit dem komplexen Gesellschaftsspiel des Datings umgeht.

Ich kann Flüchtige mit wenigen Hinweisen aufspüren, ein psychologisches Profil über jemanden erstellen und oft seinen nächsten Zug vorhersagen, ohne ihn je getroffen zu haben, und ich kann einen Chef überlisten, der entschlossen zu sein scheint, meine Entlassung ins Rollen zu bringen. Aber zu verstehen, wie man einen guten Mann findet, geht möglicherweise über meinen Verstand hinaus.

Ich nehme an, dass ich deshalb starke Gefühle für einen Mann entwickelt habe, dessen Stimme ich jetzt zwar gehört, den ich aber noch nie gesehen habe. Jedoch nicht wegen mangelnder Versuche. Ich habe einen zusätzlichen Monat in Detroit verbracht, um nach Prometheus zu suchen, nachdem ich erfahren habe, dass er mit dem Besitzer eines dortigen Untergrundboxrings zusammenarbeitet.

Er hat sich geweigert, sich mit mir zu treffen, hat sogar einmal darauf bestanden, dass es zu meiner eigenen Sicherheit sei. Jetzt sehe ich mich einem kriminellen Superhirn gegenüber, das so mysteriös ist, dass selbst mein Boss kaum mehr weiß als die Gerüchte und Anekdoten, mit denen ich arbeite.

Ich wechsle zu den angehängten Dateien und öffne sie mit einem tiefen Atemzug. Ich habe es gemieden, mir diese Datei in meiner mir zugewiesenen Reihe von fünf Kriminellen anzusehen, seit ich sie das erste Mal geöffnet habe – und das liegt an seinen Fotografien.

All die Männer, die ich verfolgt habe, waren verdammt heiß und aus irgendeinem Grund gleichzeitig Verbrecher und gute Menschen. Ich bezweifle, dass die zweite Eigenschaft auf DuBois zutreffen wird, aber was die erste angeht … er ist das Kronjuwel von ihnen.

DuBois sieht aristokratisch aus – das ist das richtige Wort. Groß, schlank, elegant, selbstsicher. Seine scharfen, dunkelgrauen Augen weisen in den Winkeln leichte Falten auf und sind bedächtig schmal. Er hat eine schmale, leicht gebogene Nase, rabenschwarzes Haar, das aus einer hohen Stirn zurückgestrichen ist, und auf zwei der Fotos hält er ein kleines Kristallglas mit Likör in seiner langfingrigen Hand.

Er ist die Art Mann, die einen Siegelring tragen und es nicht nur gut, sondern passend aussehen lassen kann. Ich starre ihn an und mein Gesicht wird heiß, ich kann nicht einmal mit einem Foto von ihm Augenkontakt halten.

Wie um alles in der Welt soll ich mit ihm in Fleisch und Blut umgehen?

Es gibt nur eine Möglichkeit, da ich ohne Verstärkung da bin. Ihm nahekommen, andere Menschen treffen, die ihm nahestehen und so viele Informationen wie möglich sammeln. Seine Organisation zu infiltrieren könnte Monate dauern, aber das ist mir egal. Ich gebe nicht auf – und mit der sexuellen Belästigung, die währenddessen für Daniels ein Problem wird, bin ich weit weg von New York besser dran.

Es gibt zwei Wege, um ihm an ihn heranzukommen: Verführung, was riskant und nicht mein Ding ist, oder die verzweifelte, korrupte FBI-Agentin spielen, die versucht, auf seine Gehaltsliste zu kommen. Hilflosigkeit und zerstörte Unschuld vortäuschen, die er ausnutzen kann, angeschlagen zu ihm kommen, da ich, sagen wir, von meinem sexistischen Chef betrogen und belästigt wurde.

Das lässt mich grinsen. *Das funktioniert. Ich muss mir nicht einmal etwas ausdenken.* Na ja, bis auf meine Beweggründe.

Ich habe einen Eid geleistet, das Gesetz aufrechtzuerhalten. Aber je mehr ich weitermache, desto mehr sehe ich den Unterschied zwischen einem klobigen, altmodischen System aus Gesetzen, das dringend modernisiert werden muss, und tatsächlicher Gerechtigkeit. Ich will das aufrechterhalten, was richtig ist – nicht nur das, was das FBI, die Regierung und die Gerichte als am nützlichsten erachten. Dann habe ich einen Boss, der gern jedes Gefühl für richtig und falsch aus dem Fenster wirft, was die Spaltung noch offensichtlicher gemacht hat. Ich muss trotz Daniels mein Bestes geben, ansonsten fliege ich gänzlich aus dem Job raus. Dank ihm werde ich genauestens kontrolliert, und es hat mich dazu getrieben, ein paar ziemlich verrückte Dinge zu tun, nur um zu versuchen, beim FBI als Agentin einen Stein im Brett zu haben, die Fälle aufklärt und Verbrecher festnimmt. *Ich weiß nur nicht, wie viel ich noch ertragen kann, wenn er nicht bald das FBI verlässt. Ich hoffe nur, dass sein Ersatz ein besserer Mensch ist.*

Aber währenddessen muss ich einfach weiterkämpfen.

Mein Handy vibriert. Eine Nachricht. Sie ist von Prometheus.

Ich habe gerade keine Zeit zum Reden. Ich bin unterwegs. Ich schicke einen Kurier mit einem Ausrüstungsgegenstand, der deine Frage über den plötzlichen Ortswechsel beantworten wird. Auch wenn ich es vorziehe, dass du es bequem hast, ziehe ich es vor allem vor, dass deine Privatzeit in deinem Hotelzimmer auch wirklich privat ist. Erwarte den Kurier in zwanzig Minuten.

Ich runzle die Stirn, schicke ihm ein Dankeschön und beginne, erneut meine Notizen über DuBois durchzugehen. *Ich nehme an, dass ich damit warten muss, Prometheus nach dem Mann der Stunde zu fragen, bis er dort angekommen ist, wo er hinwill.*

Aber ich frage mich, was zur Hölle so dringend ist, dass er einen Kurier schickt. Was schickt er mir, und warum?

KAPITEL 2

Adrian

„Wie war New York?" Marissa bringt mir meinen süßen Tee, nachdem mein Privatflugzeug vom JFK-Flughafen abgehoben hat. Sie ist zierlich und hat zarte Züge, mit braunen Augen und einem strengen, schwarzen Bobhaarschnitt. Der Haarschnitt und ihr adretter schwarzer Anzug lassen sie aussehen wie Anfang Dreißig, aber sie ist dreiundzwanzig und hat fast zehn Jahre mit dem Versuch verbracht, mich zu beeindrucken, wenn sie mich nicht gerade aufzieht.

Als ich herausgefunden habe, dass mein Vater nach Mutters Tod eines unserer Hausmädchen geschwängert hatte, habe ich mich auf die Suche nach meiner verstoßenen Halbschwester gemacht. Ich habe sie in einer schäbigen Pflegestelle gefunden, bei mir aufgenommen und für ihre Bildung bezahlt. Sie ist ungemein loyal und genauso clever wie ich.

Ich pflücke die Zitronenscheibe vom Rand des Glases und drücke sie in mein Getränk. „Trostlos, liebe Schwester, und langweilig. Aber unsere Quellen haben ihre Aufgabe erledigt." Ich lasse das ausgedrückte Stück Zitrone in mein Glas fallen und trinke einen Schluck, wobei ich spüre, wie das Innere meiner Lippen ein wenig prickelt. *Perfekt.*

„Einschließlich des Hausmeisters?" Sie grinst schelmisch, als sie sich auf die Couch mir gegenüber setzt und ihr eigenes Glas in die Hand nimmt.

„Ja. Er hat jetzt Kopien aller Akten von Daniels und hat ebenfalls den Inhalt seiner Festplatte kopiert, den ich mir ansehen werde, sobald wir ankommen." Meine Lippen zucken vor Belustigung. „Ich habe ihm einen netten Bonus geschickt, um das zusätzliche Risiko abzudecken."

„Müssen seine Kinder aufs College?"

„Hat seine Hypothek abbezahlt. Er ist alleinstehend." Ich nehme einen weiteren genüsslichen Schluck. Meine Vorliebe für Süßes ist meine große Schwäche – abgesehen von Gefühlen, natürlich.

„Das war es vermutlich wert, wenn wir diesen Widerling zerstören können. Allein sein Foto anzusehen löst in mir den Drang aus, ihm eine zu verpassen. Argh." Sie stellt ihr Getränk ab und stützt ihr Kinn auf ihren Händen ab. „Also …"

Sie grinst langsam und ich wappne mich, im Wissen, dass Sticheleien auf mich zukommen. Sie ist der einzige Mensch auf der Welt, der damit durchkommt – und leider liebt sie es, dieses Privileg auszunutzen.

„Mach schon."

„Wirst du diese Agentin von Angesicht zu Angesicht sehen oder wirst du einfach weiterhin wegen ihr Trübsal blasen?" Ihre Nase rümpft sich vor Schalk, als ich ihr einen genervten Blick zuwerfe.

„Ich blase keine Trübsal", erwidere ich ein wenig steif. Ich grüble, denke nach, liege nachts gelegentlich wach – selbst wenn eine andere Frau neben mir schläft. Aber mein Interesse an der fraglichen Dame muss rein beruflich bleiben.

Ich erlaube mir aufgrund der Sicherheitsbedenken nie, mich Langzeitbeziehungen mit Frauen hinzugeben. Eine Langzeitgeliebte oder Ehefrau zu haben, stellt bei meiner Sicherheit und in meinem Leben eine verletzliche Stelle dar, und von diesen erlaube ich nur so wenige wie möglich. Wenn ich erwischt werde, wird es in mein Lebenswerk eingreifen, und das darf nicht passieren.

Meine Maßstäbe für eine langfristige, feste Partnerin sind so hoch, dass ich nie überhaupt erwartet habe, dass sie jemand erfüllen könnte. Dann habe ich von Special Agent Carolyn Moss erfahren … und begonnen, erneut darüber nachzudenken, besonders, nachdem wir in Kontakt getreten waren.

Ich bin ihr nähergekommen, ohne dass ich es gewollt hätte. Ich habe ihr sogar erlaubt, meine Stimme mehr als einmal zu hören.

Das alles ist gefährlich, und ich habe mich damit beschäftigt, wie ich das lösen kann, ohne sie aufzugeben oder zu erlauben, dass ihr etwas zustößt. Beide dieser Ausgänge sind für mich inakzeptabel.

Es besteht die Möglichkeit, sie meinem Netzwerk hinzuzufügen, und damit auch meiner Gehaltsliste … aber das hängt gänzlich von ihr ab.

Mein ursprüngliches Ziel, als ich mich bei ihr meldete, bestand darin, eine fürchterliche Ungerechtigkeit zu verhindern, die von ihrem intriganten Vorgesetzten angezettelt wurde, der tatsächlich versucht hat, sie entweder in einen erniedrigenden Misserfolg in ihrem Job zu führen – oder in den Tod. Er tut es immer noch, und ich arbeite immer noch daran, ihn aufzuhalten. Aber irgendwann sind die Dinge persönlich geworden.

Ich bin auch nur ein Mensch. Aber ich muss besser sein als das.

„Du tust es schon wieder", beschwert Marissa sich, woraufhin ich ihr ein kleines, entschuldigendes Lächeln schenke. Sie schüttelt den Kopf. „Die Leute denken, dass du Polizisten umbringst, Bruder. Jetzt willst du –"

„Ich bringe keine Mitglieder des Gesetzesvollzugs um. Ich überwache sie", antworte ich müde und nehme einen Schluck meines Tees. „Carolyn Moss ist eine Agentin inmitten der Akquisition."

„In die du tierisch verknallt bist." Ihr Ausdruck ist immer noch irritierend amüsiert. Privat wird sie immer zur kleinen Schwester, obwohl sie sich in Gesellschaft anderer geschäftlich gibt. Ich bin mir nicht sicher, ob sie ihre Schutzmauern bei jemand anderem als mir herunterlässt.

Ich zähle innerlich bis zehn und schüttle den Kopf. „Ich bin nicht ,verknallt'. Carolyn Moss ist einfach zufällig attraktiv und hat diese Mischung aus eigenwillig und idealistisch, die ich sehr reizvoll finde."

Sie wirft mir einen wissenden Blick zu. Ich runzle die Stirn und beschäftige mich mit meinem Tee.

„Wirst du sie persönlich treffen?", drängt sie.

„Ich habe mich noch nicht entschieden. Es wäre vielleicht für keinen von uns sicher, dies zu tun. Daniels hat begonnen, sie intensiver auszuspionieren, und ich bin besorgt um eine potenzielle Konfrontation." Und die Möglichkeit, dass ich mich zu sehr an sie binde.

Sei ehrlich mit dir, Adrian. Du hast dich bereits zu sehr an sie gebunden, und selbst Marissa hat es bemerkt.

„Aber ihr Boss versucht mehr oder weniger, sie umzubringen. Und wofür? Weil sie ihn nicht vögeln will?" Sie lehnt sich nach vorn und versucht, einen Blick auf meinen Handybildschirm zu werfen. Ich nippe an meinem Tee und ignoriere den Versuch, woraufhin sie sich mit genervtem Gesichtsausdruck wieder hinsetzt. „Ernsthaft, du solltest einfach dafür sorgen, dass einer der Jungs Daniels eine Kugel reinjagt und fertig."

Ich blicke erneut auf das Foto von Carolyn, geschossen von einem meiner Agenten auf ihrem Weg aus einem Hotel in San Diego. Sie war zur Hälfte der Kamera zugewandt, als das Foto gemacht wurde, und hat auf den vorbeifahrenden Verkehr geachtet, während sie zu ihrem Mietwagen gegangen ist.

Auf dem Foto glänzt ihr platinblonder Zopf auf ihrer Schulter wie frisch gefallener Schnee. Es ist das Bild eines romantischen Gemäldes: dunkler, fließender Mantel, heller Schal, die dunkelroten Lippen leicht geöffnet, die Augen wie Juwelen.

„Ich stimme zu, dass er es verdient, aber die Situation ist zu heikel, um eine so … direkte … Lösung zuzulassen. Er wird von seinen Vorgesetzten genauestens beobachtet, und wenn er ermordet wird, werden diese sofort ermitteln." Ich runzle die Stirn und sehe aus dem Fenster. „Es wird eine subtilere Herangehensweise nötig sein."

„Besteht die Chance, dass er es so sehr verbockt, dass sich seine

Vorgesetzten darum kümmern werden? Dann können wir einfach jemanden ins Gefängnis schicken, um ihn abzustechen."

Ich sehe sie nachdenklich an. „Unwahrscheinlich. Sein unberechenbares Verhalten bringt ihm vielleicht eine Kündigung ein, aber es wird Monate dauern, bis er tatsächlich im Gefängnis landet, wenn wir die rostigen Mühlen des Justizwesens allein mahlen lassen. Und er ist zu gefährlich, um so lange Zeit auf freiem Fuß zu bleiben."

„Ich denke ... ich meine, er scheint unglaublich inkompetent zu sein. Der Kerl hat kaum seine Spuren verwischt, obwohl er bei der Arbeit unter dem Mikroskop beobachtet wird. Wie gefährlich kann er schon sein?" Sie kaut auf dem Eiswürfel aus ihrem Glas herum. Ich versuche, das nervige Krachen zu ignorieren.

„Er wird vielleicht den Punkt erreichen, an dem es ihm egal ist, was mit ihm geschieht. Seine einzige wirkliche Reaktion auf Stressfaktoren besteht darin, sein Fehlverhalten zu verdoppeln. Er hat entschieden, seine Bemühungen zu verstärken, nachdem ich ihn mit einer Meldung seiner Belästigung bei seinem Vorgesetzten – und seiner Frau – bestraft habe."

Ich habe es aus Zorn getan und damit impulsiv: nicht gerade meine Sternstunde. Gefühle haben in der Rechtsprechung keinen Platz.

Hätte ich die Chance, es erneut zu tun, würde ich Daniels direkter bestrafen. Ich bin mehr als fähig dazu, einen Mann damit zu beauftragen, einen tödlichen Unfall für den Assistant Director herbeizuführen. Ich habe einfach zu lang versucht, es zu meiden, und jetzt ist es zu spät. Ich kann ihn nicht töten lassen, stattdessen muss ich ihn ruinieren.

Jetzt liegt es an mir, den Fehler zu korrigieren. Aber dies muss ich auf eine Weise tun, die weder mich noch Carolyn weiterer Untersuchungen des FBIs aussetzt. *Hmm.*

Marissa kichert in ihre Hand, wobei ihre dunklen Augen tanzen. „Du hast ihn bei seiner Frau verpfiffen? Das ist kalt."

„Er hat es voll und ganz verdient. Er hat seinen Angestellten hinter ihrem Rücken nachgestellt, während sie sich von einer Brustamputation erholt hat." Allein deshalb würde ich ihn bereits mit Freuden beseitigen.

Ihr Gelächter verstummt und sie ballt ihre Hand zur Faust. „Oh, zum Teufel, Bruder. Gib mir eine Waffe. Ich werde es selbst erledigen. Drecksack."

„Mach keine Witze darüber", sage ich leise seufzend. „Du brauchst diesen Fleck nicht auf deiner Seele. Lass mir solch hässliche Arbeit."

„Sei nicht so dramatisch. Du weißt, dass ich nur Witze mache." Sie zwinkert mir zu und trinkt ein paar Schlucke Tee. „Aber ernsthaft, er bedeutet offensichtlich nichts Gutes. Das Letzte, was wir brauchen, ist einen weiteren bösartigen Mistkerl in einer solchen Stellung."

Ich pruste und wende mich wieder meinem Handy zu. „Wie ich bereits erwähnt habe, vermute ich an diesem Punkt sehr stark, dass Assistant Director Daniels einen Level an Instabilität und Impulsivität erreicht hat, der mit der Zeit nur noch weiterwachsen wird. Das bedeutet für niemanden etwas Gutes, aber es bedeutet, dass er vermutlich zunehmend offensichtliche Fehler machen wird."

Fehler, die ich mit Freuden ausnutzen werde. Genau wie ich seinen Mangel eines sicheren Passworts auf seinem Arbeitscomputer ausgenutzt habe, bevor er geringfügig besser darin wurde, seine Spuren zu verwischen.

„Wie stehen die Chancen, dass er es schaffen wird, sie dazu zu zwingen, sich gegen dich zu richten, selbst wenn sie es nicht will?" Sie wirft ihre Zitronenscheibe in ihr Glas, ohne sie auszudrücken.

Ich lache und blicke erneut auf Carolyns Foto. „Das ist der ironischste Teil von alldem. Er hat sie bereits auf meine Fährte geschickt. Sie hat schlicht und ergreifend noch nicht die Verbindung gezogen. Und was Daniels angeht … er hat keine Ahnung, dass sie und ich bereits seit Monaten in Kontakt stehen." Ich schenke ihr ein sanft boshaftes Lächeln, woraufhin ihre Augenbrauen in die Höhe schießen.

„Okay", gibt sie zu. „Ich bin beeindruckt. Ich will sehen, wo diese Sache hinführt."

„Wirst du", verspreche ich ihr. „Ja nachdem, wie das Endspiel läuft, werde ich dich vielleicht hinzuziehen, damit du dich um einen Teil davon kümmerst."

Es dauert eineinhalb Stunden, bevor wir landen – umgeleitet nach DC, genau wie Carolyns Zubringerflugzeug vor uns. Ich benachrichtige meinen Fahrer, dass er uns abholt, dann sitze ich ungeduldig in der Limousine und nippe hin und wieder an Buttertoffeeschnaps, um meinen Gaumen kontinuierlich zu stimulieren. Ich bin ohne einen Computer vor mir zu Tode gelangweilt.

Ich hasse es, fern von einem meiner Datenzentren zu arbeiten. Ich habe Kommandozentralen in jeder großen Stadt, die ich häufig besuche: Baltimore, Detroit, Chicago, New York, DC, Seattle und ein Dutzend andere. Innerhalb einer Stunde gehen mehr Informationen durch meine Systeme als durch ganze Universitätsnetzwerke in einer Woche.

Die Zentren sind meine Machtsitze. Sobald ich in einem von ihnen an der Tastatur sitze, sitze ich direkt auf dem Fahrersitz meines wachsenden Imperiums.

Von hier aus kann ich Probleme abwenden, die Geheimnisse von Feinden und Verbündeten gleichermaßen erfahren und wirklich Gutes tun. Ich habe keine Ahnung, wie viel Wissen auf mich wartet, als wir endlich vor der Tür meiner Villa in Baltimore ankommen. Ich bin nur froh, dass ich nicht viel länger warten muss, um zu alldem zurückzukehren.

Das ausgedehnte Herrenhaus hat einmal einem Feind gehört. Der Mann ist schon lang tot – einer der ersten Menschen auf der Welt, den zerstört zu haben ich mir zuschreiben kann. Er hat jemanden ausgenutzt, den ich geliebt habe, vor langer Zeit, und es hat zu ihrem Tod geführt. Im Gegenzug habe ich ihn ruiniert, ihm alles genommen, was er hatte, und ihn in den Suizid getrieben.

Jetzt betrete ich erneut das, was einmal sein Zuhause war, gewonnen durch das Eroberungsrecht, und nach meinem Bild neu gestaltet wurde. Die Eingangshalle riecht leicht nach Florida Water, ein persönlicher Favorit, und nach den blühenden Magnolien, die im Haupteingang Schatten spenden. Ich bin froh, fern des trostlosen

New Yorks und stattdessen an einem Ort zu sein, wo der Frühling bereits begonnen hat.

„Ich bin in meinem Labor!", ruft Marissa, während sie voraus- und dann den Flur entlanggeht. Sie bastelt seit fast einem Monat an einem Robotertechnikprojekt herum, irgendeine Kombination aus Drohne und Wachhund. Es ist noch nicht klar, ob sie damit weitermachen oder zu einer anderen Facette der Technologie flitzen wird, die sie interessiert.

Das ist in Ordnung. Sie hat das Talent und wird früh genug lernen, sich zu fokussieren. Sie kann innerhalb der Sicherheit unseres Zuhauses jung und flatterhaft sein. Es ist einer der Gründe, aus denen ich sie gerettet habe: um ihr die Chance zu geben, sowohl Freude als auch ihre Bestimmung zu finden.

Was mich angeht, ich habe schon seit langem Freude in meiner Bestimmung gefunden, und somit ist meistens das Nachgehen des einen das Nachgehen des anderen.

Ich gehe die breiten Marmorstufen nach unten in den Kellerbereich, den ich abgetrennt und zu meinem Computerzentrum gemacht habe. Hinter der Tür ist die Luft mit dem leisen Summen der dauerhaft arbeitenden Kühlgebläse der Maschinen erfüllt, gemischt mit dem Rumpeln der Klimaanlage. Ich nehme eine Flasche Wasser aus dem Kühlschrank neben der Tür, als ich hineingehe; all die Ausstattung macht die Luft trocken und ich will nicht erneut durch die Nasennebenhöhlen verursachte Kopfschmerzen bekommen.

Das Zentrum in Baltimore ist mein größtes und ältestes in den Staaten. Zentriert um ein brandneues, speziell angefertigtes Rechensystem, sucht, sortiert und priorisiert es Informationen und Nachrichten mit der Hilfe mächtiger Algorithmen, die ich selbst entwickelt habe. Um die schwarze Metallsäule herum, die es enthält, befindet sich eine Reihe von Teilsystemen, die parallel dazu laufen. Davor steht mein breiter schwarzer Tisch mit seinen riesigen Flachbildschirmen.

Über den Bildschirmen ist eine großflächige Digitalanzeige an der Wand festgemacht. Sie schwebt über allem und zeigt eine stetig wachsende Zahl, die jetzt neun Stellen hat. Hunderte Millionen, die in jeder Sekunde von einer künstlichen Intelligenz aktualisiert werden, die das Internet nach spezifischen Statusmeldungen überprüft.

Direkt unter der Digitalanzeige ist die Beschriftung ‚Erfolge‘. Während ich zusehe, springt die Zahl. *Fünf mehr.*

Ich lächle. *Es war ein guter Tag, wenn man die Zahlen betrachtet.*

Ich setze mich an den Hauptbildschirm und hole die Tastatur aus einer Schublade, bevor ich meinen Daumen auf den eingebauten Scanner drücke. Das System erkennt mich und entsperrt sich, alle Bildschirme erwachen zum Leben und füllen sich mit Dateiverzeichnissen, Ablaufdiagrammen, markierten Karten und Informationsnetzen zu einer Vielzahl von Zielpersonen.

Ich kontrolliere meine E-Mails. Carolyn hat mein Paket bekommen und ist sicher in einem Zimmer, von dem ihr Vorgesetzter weder Nummer noch Standort kennt. Ich weiß nicht, ob sie Zugang zu ihrem alten Zimmer haben wird, aber wenn dies der Fall ist und meine Vermutungen korrekt sind, dann wird sie bald erfahren, wie weit Daniels mittlerweile geht, um sie entweder in irgendetwas hineinzuziehen oder sie zu zerstören.

Es wird ihm nicht erlaubt sein, Erfolg zu haben.

Ich kontrolliere die Ostküste nach Benachrichtigungen. Keine der beobachteten Zielpersonen hat neue Informationen, einschließlich Daniels, was frustrierend ist. Ich weiß, dass er etwas planen muss, außer sie gegen den Dämon kämpfen zu lassen, für den er mich hält. Vermutlich in der Hoffnung, dass ich sie umbringen werde.

In Daniels‘ momentanem psychischen Zustand ist Eskalation seine einzige wahrgenommene Möglichkeit. Er ist nicht der selbstzerstörerische Typ, zumindest nicht bewusst oder aktiv. Es wäre wesentlich einfacher, mit ihm umzugehen, wenn er das wäre.

Stattdessen wird er sie, wenn ich Moss nicht praktischerweise für ihn umbringe, vermutlich wegen irgendeines Verrats zurückrufen oder ihr jemand anderen an den Hals hetzen. Ich muss ein Auge auf ihn haben und versuchen, seine nächsten Züge vorherzusagen, um Carolyn zu beschützen.

Aber das bedeutet nicht, dass ich sie liebe.

Möglicherweise habe ich mir zu viel Wunschdenken erlaubt.

Möglicherweise bin ich zu besorgt. Möglicherweise hänge ich zu tief drin – aber trotz Marissas Sticheleien habe ich mich immer noch unter Kontrolle.

Und so viel mehr als nur mich. Ich öffne meine Nachrichten mit unzähligen Beispielen dafür, wie sehr sich mein Einfluss ausgebreitet hat. Meine Spione haben sich für heute gemeldet. Ich gehe Dutzende E-Mails mit ihren neuesten Updates über ihre momentanen Aufträge durch. Nichts Dringendes, ich beantworte die wenigen Fragen und mache dann mit meinen Kontakten weiter.

Die sind leider ein einziges Chaos. Da ist ein Politiker in Iowa, der mich um Hilfe bei einem Erpressungsversuch anfleht. Da ist ein neuer Polizeichef in der San Francisco Bay Area, der soeben von den Tiefen der Korruption im Polizeirevier seiner Stadt erfahren hat und um Rat bittet. Da ist ein Milliardär in Südflorida, dessen Frau und Sohn entführt wurden.

Ich lehne mich zurück, seufze und massiere mir die Schläfen. Ich will all das überspringen und wieder dazu zurückkehren, nach Carolyn zu sehen, aber ich weiß, dass das eine schlechte Idee ist. Ich muss objektiv sein, ich muss gründlich sein und ich darf nichts vernachlässigen.

Meine Arbeit ist zu wichtig.

Der Politiker wird angewiesen, keine Prostituierten mehr zu besuchen, während ich mich um seinen Erpresser kümmere. Ich setze einen meiner Männer in Iowa darauf an und mache weiter.

Ich brauche weitere Informationen von dem Polizeichef. Ich bringe ihn in Kontakt mit einem Mitglied der Innenrevision in San Francisco, um die Leute loszuwerden und weitere Details über die Situation zu bekommen.

Der Milliardär erinnert mich an meinen Vater in seiner erlernten Hilflosigkeit: er verfällt beim kleinsten Problem in Panik, trotz seiner Fähigkeit, Geld auszugeben, um alles verschwinden zu lassen. Die Entführer sind Profis, die das Ganze für eine Lösegeldsumme tun, die er aus der Tasche bezahlen könnte. Ich sage dem Milliardär, dass er die Übergabe veranlassen soll, dann schicke ich einen Mann, um die beiden Entführer zu finden und eliminieren, bevor sie noch jemandem Schaden zufügen können.

Vielleicht ist es hart, aber ich sage dem Mann schon seit fünf Jahren, dass er seiner Frau einen persönlichen Bodyguard besorgen soll. Ich werde das Lösegeld für einen schönen Neuanfang auf ihrem Konto deponieren, wenn sie sich von ihm scheiden lässt. Ich hoffe, dass sie ihren Sohn mitnimmt.

Dann geht es um meine aktuellen Fälle: gewöhnliche Leute, Gemeinden und Organisationen, die meine Hilfe benötigen. Sie bilden den Kern meiner Aktivitäten, wesentlich mehr als dass sie meine Macht vereinigen.

Tatsächlich ist meine wachsende Macht auf viele Arten ein Mittel für diese Leute. Manche sind sich meiner bewusst und richten ihre Anfragen direkt an mich, von anderen habe ich durch besorgte Menschen, Zeitungsartikel oder meine Kontakte in verschiedenen Städten erfahren.

Die Anfragen sind endlos. Prometheus, hilf mir dabei, mein Geschäft zu retten. Prometheus, hilf mir dabei, mein Kind zu finden. Prometheus, ein Mann, der zu reich ist, als dass die Polizei ihn aufhalten könnte, stalkt mich.

Prometheus, eine Firma hat unsere Wasserversorgung gestohlen und wir sterben. Prometheus, da ist ein Serienkiller auf freiem Fuß. Prometheus, mein Zuhause wurde durch den Krieg zerstört.

Ich tue alles, was ich kann ... und was ich tun kann, ist viel.

So habe ich Carolyn Moss gefunden. Ihre Zwangslage war von Anfang an klar: eine junge, brillante Idealistin, die in einem Netz aus Bürokratie, Korruption und Ausbeutung durch ihren räuberischen Boss feststeckt. Sie hat keine Ahnung, vor wie vielen Kugeln ich sie gerettet habe, obwohl ich weiß, dass sie für das dankbar ist, von dem sie weiß.

Ich hoffe, ihr eines Tages die ganze hässliche Geschichte erklären zu können. Aber wenn ich ihr sage, wie tief Derek Daniels' Grausamkeit, Korruption und Rachsucht tatsächlich gehen, wird sie noch wütender werden. Extreme Emotionen sorgen dafür, dass man Fehler macht, und sie befindet sich bereits in einer gefährlichen Position.

Ich brauche drei Stunden, um meine dringendsten Fälle zu bearbeiten und alle Nachrichten zu beantworten. Ich habe immer noch einen Haufen Arbeit zu erledigen, um die Suchalgorithmen zu bearbeiten und meinen verschiedenen informationssammelnden künstlichen Intelligenzen Anweisungen zu geben, aber ich entscheide mich dazu, eine Pause zu machen und noch eine Flasche Wasser zu trinken – und dann nach Carolyn zu sehen.

Ich habe dutzende Möglichkeiten, sie zu beschützen, vom Überwachen ihrer E-Mails, Nachrichten und Anrufe bis zum Kontrollieren von Überwachungskameras. Sie ist nie völlig außerhalb meiner Reichweite … was bedeutet, dass es ihr nie an meinem Schutz mangelt.

Ich lehne mich nach vorn und spreche in mein Mikrofon. „Hermes, lokalisiere die Zielperson Carolyn Moss."

Die künstliche Intelligenz zeigt eine Antwort: **In Arbeit. Bitte warten.** Zehn Sekunden verstreichen. **Lokalisiert.**

„Bitte alle relevanten, mit dem Internet verbundenen Kameraaufnahmen in der Gegend zeigen." Ich bin ruhig, gefasst und zuversichtlich, dass was auch immer passiert, und wie auch immer Carolyn die Neuigkeiten über den neuesten Verrat ihres Chefs aufnimmt, es ihr gut gehen wird. Sie ist clever, kreativ und unabhängig – und sie hat mich, um ihr zu helfen.

Dann taucht die Übertragung aus der Hotellobby vor mir auf und ich sehe sie auf einer Couch sitzen, wie sie sich Tränen wegwischt.

Eine kalte Welle der Gefühle durchströmt mich; es geht weit über Sorge hinaus und lässt nur das Adrenalin zurück. Ich stelle schnell meine Wasserflasche beiseite und greife nach meinem Handy.

KAPITEL 3

Carolyn

Was weiß ich über Prometheus?

Noch weniger, als ich über Adrian DuBois weiß, realisiere ich, während ich auf die Ankunft des Kuriers warte. Er hat einen Akzent aus Maryland. Er ist ein Computergenie und scheint unglaublichen Zugang zu Informationen zu haben, sowohl online als auch in der Unterwelt.

Er ist an mir interessiert. So hat er es selbst gesagt.

Ganz zu schweigen davon, dass ich ihm mein Leben und meinen fortwährenden, wenn auch unorthodoxen, Erfolg in meiner Karriere zu verdanken habe. Wenn er nicht gewesen wäre, hätte Daniels seinen Kopf durchgesetzt und die Dinge noch vor Beginn des Jahres für mich zerstört.

Der Kurier erscheint und klopft an meine Tür. Sie trägt die typische Uniform einer Fahrradbotin aus knalliger Kleidung und einer schwarzen Cross-Body-Tasche. Ihr kurzes blondes Haar ist durch den Regen nass geworden. Wir sprechen kaum, ich unterschreibe für das Päckchen, das sie mir hinhält, dann verschwindet sie wieder.

Ich starre ein paar Sekunden lang den Karton mit dem anonymen Etikett an, bevor ich schließlich zu meinem Tisch gehe und ihn öffne. Darin ist ein kleines elektronisches Gerät, das ein wenig wie ein Laserfieberthermometer geformt ist, aber ohne den Laser oder Auslöser. Nur ein Anschalter neben dem kleinen, viereckigen Bildschirm.

Ich schalte es ein, werfe einen Blick auf die Anzeige und erkenne, was ich da in der Hand halte: einen hochwertigen Senderdetektor. *Einen verdammten Wanzendetektor. Denkt er, dass jemand mein Hotelzimmer verwanzt hat? Vielleicht DuBois?*

Ich drehe das kleine Gerät in meiner Hand immer wieder um, und sein Gewicht scheint mit der Zeit immer schwerer zu werden. *Er hat mich noch nie zuvor falsch gelenkt ... so weit ich es jedenfalls weiß. Ich muss mir dieses Zimmer ansehen.*

Ich weiß beinahe sofort, dass etwas nicht stimmt, als ich endlich einen Rückruf von der Rezeption bekomme.

Der Rezeptionist ist ein fröhlicher junger Mann, der klingt, als wäre er weit genug am Anfang seiner Schicht, um noch ein wenig Begeisterung übrig zu haben. Das Erste, das aus seinem Mund kommt, ist: „Hi, Special Agent, hier ist Darren von der Rezeption. Ich wollte herausfinden, ob Ihr Gepäck zu Ihnen zurückgebracht wurde? Die anderen FBI-Agenten sind Ihr Zimmer durchgegangen, bevor Sie mich angerufen haben, und ich hatte gehofft, dass Sie Ihre Sachen zurückbringen würden."

Mein Herz beginnt zu hämmern und Übelkeit steigt in mir auf. *Andere Agenten?*

Ich muss herausfinden, was in diesem Zimmer los ist, und zwar jetzt. „Äh, fast alles, aber es hat eine Kleinigkeit gefehlt, die sie vielleicht übersehen haben. Könnten Sie vielleicht jemanden schicken, um mich reinzulassen?" Ich halte meine Stimme freundlich und ruhig, wie ein wohlgesitteter Hotelgast.

„Oh, natürlich. Ich werde jemanden holen, um die Rezeption zu übernehmen und Sie dann selbst hereinlassen. In fünf Minuten?" Ich höre ihn tippen.

„Klingt gut. Ich treffe Sie draußen." Ich lege auf und sitze dann für einen Moment mit schweren, zitternden Gliedmaßen da.

Warum sind andere FBI-Agenten hier? Ist das Daniels' Werk oder sehen die örtlichen Behörden nach mir? Warum tun sie etwas hinter meinem Rücken?

Plötzlich kommt mir ein Verdacht. *Hat Daniels irgendwie von Prometheus erfahren? Denkt er, dass ich abtrünnig werde?*

Ich lache nervös, während ich den Wanzendetektor und meinen Zimmerschlüssel in meine Tasche schiebe und mein Handy nehme. Nach FBI-Maßstäben bin ich bereits vor langer Zeit abtrünnig geworden. Ich bin von Mexiko mit einem Spitzenauftragskiller, der gefesselt in meinem Kofferraum lag, zurückgefahren.

Das ist nicht gerade eine legale Auslieferung.

Genauso wenig ist es vorschriftsmäßig, Informationen mit einem illegalen Hacker zu teilen, über den ich so gut wie nichts weiß. Aber im Gegenzug habe ich mehr Hilfe bei der Erledigung meines Jobs bekommen, als ich je von Daniels bekommen habe.

Ich mache mich auf den Weg in den vierten Stock, dazu entschlossen, all das zu regeln und dann zu meiner Ermittlung zurückzukehren. *Ich muss nur diesen Fall durchstehen. Es wird mich vielleicht Monate kosten, und wenn ich fertig bin, wird Daniels vermutlich sowieso entlassen und ersetzt worden sein.*

Ich bin überrascht, dass er es so lang geschafft hat, ohne auf dem Arsch oder im Gefängnis zu landen – oder beides. Wir sind nicht in den Sechzigern. Man kommt nicht einfach mit einer solchen Behandlung von weiblichen Angestellten davon, nur weil man der Chef ist. Und ich habe keinerlei Zweifel, dass er dasselbe bereits getan hat, bevor seine Frau Krebs bekommen hat oder ich auf den Plan getreten bin.

Ich verlasse den Fahrstuhl – und erstarre. Da steht eine Gruppe von Männern in billigen Anzügen, die FBI-Marken an der Brusttasche haben und gerade Zimmer 407 verlassen – das Zimmer, das Daniels für meines hält. Ich trete schnell in die Nische des Trinkbrunnens neben mir, halte den Atem an und bete, dass sie nicht am Fahrstuhl vorbeigehen und mich entdecken.

Ich höre sie reden, als sie näherkommen, und atme so leise ich kann.

„Also, was hat AD Daniels über sie gesagt?" Er hat einen Brooklyn-Akzent und mir rutscht sofort das Herz in die Hose.

„Etwas über mögliche Kooperation mit einer ihrer Zielpersonen. Er ist besorgt, dass sie auf die andere Seite wechselt."

„Warte. Ist das dasselbe Mädchen, über das er letzte Woche herge-zogen ist? Ich habe mir ihre Akte angesehen. Sie ist gut. Keine Probleme mit ihrer Arbeitsleistung. Und sie hat letzten Monat verdammt nochmal Genova festgenommen." Dieser hat wenigstens den Anstand, beeindruckt zu klingen.

„Dieser Mist zählt nicht. Viele gute Agenten nehmen hin und wieder Bestechungsgelder an, einfach weil unsere Bezahlung so beschissen ist." Ich höre das Klingeln des Fahrstuhls und zittere, da ich mir allzu bewusst bin, dass sie nur wenige Schritte von mir entfernt sind.

„Ja, aber seit wann gehen wir in die Zimmer von Agenten und –"

„Halt die Klappe, Wallace. Es bringt nichts, sich darüber zu beschweren. Daniels ist der AD, her hat uns hergeschickt, um einen Job zu erledigen, und wir haben es getan. Holen wir uns etwas zu essen, anstatt uns Gedanken darum zu machen."

„Ja, gute Idee. Ich bin am Verhungern", sagt ein dritter Agent. „Hast du irgendeine Ahnung, warum er vier von uns geschickt hat? Bewaffnet?"

„Keine Ahnung, Mann. Vielleicht denkt er, sie ist gefährlich. Wie auch immer, sie hat erst vor kaum einer Stunde das verdammte Flug-zeug verlassen. Vermutlich holt sie sich auch etwas zu essen." Der zweite unterdrückte ein Gähnen.

„Ja, ich bin irgendwie froh, dass sie uns nicht erwischt hat. Das hätte einer Erklärung bedurft." Der dritte lacht und die anderen schließen sich ihm an, als der Fahrstuhl klingelt und sich öffnet.

Ich höre, wie sie hineingehen und sich die Tür schließt. Dann atme ich erleichtert auf. *Also ist es Daniels. Und entweder vermutet er etwas oder er bereitet sich darauf vor, mir etwas in die Schuhe zu schieben.*

All das, weil ich ihn nicht vögeln wollte. Wie hat seine Frau ihn ertragen, wenn er so pervers und nachtragend ist? Wie kann es sein, dass noch nicht im Gefängnis sitzt?

Das Schlimmste an alldem ist nicht, herauszufinden, dass Daniels ein noch größerer Drecksack ist, als ich dachte. Es sind die Männer, die seinen verrückten Anweisungen folgen, ohne es auch nur im Ansatz zu hinterfragen.

Vielleicht bin ich schon lang abtrünnig geworden.

Oder vielleicht sind es die Männer auf Daniels' Liste. Sie wurden in seinen Notizen allgemein als Monster dargestellt. Und doch hat sich jeder von ihnen als guter Mann herausgestellt, der versucht hat, seinen kriminellen Lebensstil hinter sich zu lassen.

Vielleicht ist es die Liste, die mich alles in Frage stellen lässt. Dass ich an mir zweifle, dem FBI, dem Rechtssystem. Es ist, als hätte Daniels mir aus Versehen einer Einführung darüber gegeben, wie weit die meisten Dinge im moralischen Graubereich liegen, selbst wenn man denkt, man gehört zu den Guten.

Ich frage mich immer wieder, warum er diese Männer ausgewählt hat, genau wie ich mich frage, warum er mich zu jedem ohne Verstärkung schickt. Den zweiten Fall kann ich Boshaftigkeit, Unreife und einem Mangel an Professionalität zuschreiben. Aber der erste Fall verwirrt mich schon seit Beginn dieser Ermittlungen.

Ich gehe den Flur hinunter zu Zimmer 401. Ich weiß bereits, was ich dort finden werde, aber ich bereite mich trotzdem darauf vor. Es gibt immer noch diesen Teil von mir, der nicht glauben will, dass es so schlimm geworden ist.

Ich stehe weniger als eine Minute da, als ein schlanker, brünetter junger Mann in der Uniform des Rezeptionisten aus dem Fahrstuhl kommt und den Flur entlangeilt. Er sieht mich und verlangsamt seinen Schritt, wobei er ein wenig lächelt.

„Hi", sagt er fröhlich. „Haben Sie Ihre Kollegen erwischt?"

„Ich habe sie knapp verpasst", lüge ich bedauernd. „Mir fehlt nur eine winzige Tasche, und sie ist entweder hier oder in Nummer 407."

„Oh, na ja, das ist kein Problem", antwortet er und nimmt den Schlüsselbund von seinem Gürtel. „Ich werde einfach öffnen und drinnen für Sie nachsehen."

„Äh ... vielleicht sollten Sie das mich tun lassen", erwidere ich.

„Das ist kein Problem. Es stört mich nicht, ein wenig auf die Jagd zu gehen." Er hat ein süßes Lächeln. Vielleicht sein erster Job – er versucht sehr, jeden zu beeindrucken.

Das wird trotzdem nicht funktionieren. „Es ist eine Tasche mit Tampons."

Seine Augen werden minimal größer und er wird rot. „Äh ... oh. Ich, äh ... okay. Wie wäre es, wenn ich hier draußen warte und Sie danach suchen? Es macht auch nichts, noch das andere Zimmer aufzuschließen."

Ich schenke ihm ein Lächeln. „Danke. Sie sind eine große Hilfe. Denken Sie daran, mir Ihre Karte zu geben, damit ich für Sie ein gutes Wort bei Ihrem Chef einlegen kann."

Er strahlt und ich habe Schwierigkeiten, die Traurigkeit aus meinem Lächeln zu verbannen. Wenn mein größtes Problem nur das Beeindrucken eines normalen, gewöhnlichen, nicht rücksichtslosen Chefs wäre. Stattdessen bin ich hier und kontrolliere Daniels, der mich kontrolliert, während der eine Mann, von dem ich wünschte, er wäre hier, jemand ist, den ich noch nie getroffen habe.

Ich bin mir nicht sicher, was mich mehr stört: die nagende Einsamkeit, die so viel schlimmer geworden ist, seit Prometheus mir ein wenig Nettigkeit gezeigt hat, oder die gruselige Mischung giftiger Emotionen durch den Umgang mit Daniels.

Der Rezeptionist gibt mir eine Karte und lässt mich dann hinein. Ich nicke ihm dankbar zu und husche in die Suite. Er schließt die Tür, als würde er mich nicht sehen wollen, wie ich die fatale Tampontasche hole.

Ja, dachte ich mir doch, dass das funktioniert. Er ist immer noch im Teenageralter und ich kenne viele erwachsene Männer, die die Regel und andere weibliche Körperfunktionen immer noch gruselig finden.

Ein weiterer Grund, warum ich nie auf mehr als ein paar Dates war, kaum geküsst wurde und noch nie Sex hatte. Ich kann den Gedanken nicht ertragen, mit einem Mann zu schlafen, der meinen Körper nur tolerieren kann, wenn er ihm Vergnügen beschert – aber das scheint viele Männer auszuschließen.

Das Leben ist nicht fair. Das weiß ich, seit ich ein kleines Mädchen war, das mit meinem Arschloch von Vater festgesessen hat. Der die Regel ebenfalls gruselig fand.

Ich schalte den Detektor ein und gehe damit durch das Zimmer, wobei ich nach dem verräterischen Piepen lausche, das mir sagt, dass er einen Sender gefunden hat. Schnell rutscht mir das Herz in die Hose: es gibt mindestens vier davon. Das Bett piepst, das Badezimmer piepst, der Tisch piepst, neben dem Telefon piepst es.

Das Badezimmer auch, was? Fick dich, Daniels.

Ich kontrolliere hinter dem Kopfteil des Bettes und sehe den kleinen Sender auf der Rückseite. Er hat eine grüne LED-Leuchte, die hin und wieder blinkt, wie ein langsamer Herzschlag. Ich starre das Ding in meiner Hand an und schüttle dann den Kopf, bevor ich es dorthin zurücktue, wo ich es gefunden habe.

Ich kann sie nicht zerlegen, deaktivieren oder entfernen. Wenn ich sie dort lasse, werden die Unterhaltungen desjenigen, der das Zimmer mietet, von den Sendern aufgenommen, und das Überwachungsteam, das mir vermutlich folgt, wird bald bemerken, dass sie das falsche Zimmer verwanzt haben. *Die falschen Zimmer.*

Plural, denn ich bin mir beinahe zu hundert Prozent sicher, dass sie auch Nummer 407 verwanzt haben.

Was genau der Zeitpunkt sein wird, zu dem Daniels herausfindet, dass ich ihn wegen der Suite, in der ich bin, angelogen habe. Ich weiß, dass er mir bereits nicht vertraut, denn er hat die Sender in Zimmer 401 hinterlassen – für den Fall, dass ich bezüglich meines Standorts gelogen habe. *Er versucht, mich dabei zu erwischen, wie ich etwas Falsches tue.*

Wenn ich nicht herausfinde, was ich mit diesen Sendern tun soll, wird er mich erwischen und es gibt nichts, was ich tun kann.

Ich werde Prometheus' Hilfe bei den verdammten Dingern, dem Überwachungsteam und bei DuBois brauchen. Am Ende werde ich ihm einiges schuldig sein, und allein das gibt mir das Gefühl, noch verletzlicher zu sein.

Ich wünschte, ich wüsste mehr über Prometheus, bevor ich mich noch tiefer mit ihm verbinde – durch Dinge wie Schuld ... und Gefühle. Es ist riskant.

Und doch ... war er so nett zu mir. Er hat immer sein Wort gehalten und hört mir zu. Als wir telefoniert haben, hatte ich das Gefühl, als könnte ich ihm alles erzählen ... aber natürlich habe ich verhindert, dass es zu persönlich wird.

Das warme Gefühl, das ich bekomme, wenn ich an seine Anrufe denke, ist schön und unbekannt – und löst den Wunsch nach mehr aus. Er kann eine Unterhaltung über jedes beliebige Thema interessanter wirken lassen und tut all das mit einer Stimme, die so schön ist, dass sie meine Knie schwach werden lässt.

Er macht mich schwach. Er kommt unter meinen Schutzpanzer. Er erinnert mich, zärtlich und ein wenig grausam, daran, dass ich, so unabhängig ich auch sein mag, genauso einsam bin.

„Hier ist sie nicht", seufze ich, als ich zurückkomme. „Ich weiß, dass sie in Zimmer 407 nachgesehen haben, vielleicht dachten sie, das sei die Suite, die ich genommen habe? Könnte ich vielleicht dort nachsehen?"

Der Rezeptionist nickt höflich und wir gehen den Flur hinunter, während mein Herz in meinen Ohren hämmert und sich die Verzweiflung auf mich legt wie ein Felsbrocken.

Was tue ich, wenn Daniels Erfolg damit hat, meinen Ruf beim FBI so weit zu beschädigen, dass ich den Rest meiner Karriere damit beschäftigt bin, dagegen anzukämpfen? Was, wenn er es mir so schwer macht, selbst auf dem Weg nach draußen, dass ich am Ende gehen muss? Was werde ich dann mit mir anfangen?

Mein Vater, der jeden Atemzug, den ich genommen habe, gehasst hat, hat über mich gelacht, als ich sagte, ich würde zum FBI gehen. Er sagte mir, dass ich niemals überhaupt einen Abschluss bekäme, besonders da er keinen Cent dafür zahlte. Ich habe meine ganze Karriere damit verbracht, ihm zu beweisen, dass er falschlag: ich habe mit Auszeichnung meinen Abschluss an der Universität gemacht, bin nach Quantico gegangen, habe meine Ausbildung als Agentin und als Profilerin absolviert und mich dann dazu gezwungen, mit meinem ersten Auftrag unermüdlich weiterzumachen, trotz dessen, was Daniels immer wieder versucht.

Ich will weinen, als ich den jungen Mann anlächle, der die Tür aufschließt und mich in das Hotelzimmer lässt, von dem Daniels denkt, es sei meines. Mein Herz ist mittlerweile bereits in meinen Schuhen angekommen, als ich hineinschlüpfe, den Wanzendetektor heraushole und erneut bestätige, dass Daniels versucht, mich für die Dauer meines Aufenthalts zu überwachen. Von dem er weiß, dass er Monate dauern könnte.

Und er hat ein paar meiner Kollegen dazu gebracht, mitzuziehen.

Ein fürchterliches Gefühl der Ausgrenzung durchfährt mich, als der Detektor leise piepst. Jetzt weiß ich, dass ich dem FBI nicht mehr vertrauen kann.

Damit bleibt nur eine Person, der ich vertrauen kann.

Ich komme mit einem strahlenden Lächeln wieder heraus. „Vielen Dank. Ich habe es gefunden." Ich klopfe auf meine Tasche und er nickt. Ich reiche ihm ein Trinkgeld. Er gibt mir im Gegenzug eine Karte und wir gehen getrennte Wege.

Erst als er außer Sichtweite ist, lehne ich mich an die Wand und fluche leise. Ich habe dank meines Vaters mein ganzes Leben lang gegen Depressionen angekämpft, habe alles versucht, von mentalem Training über Tabletten über Ernährung bis hin zu schierem Willen gegen das schleichende Gefühl, dass nie etwas richtig laufen wird, egal, wie hart ich darum kämpfe, meine Ziele zu erreichen.

Mein Vater hat das von mir gedacht. Die Depressionen wollen, dass ich es glaube. Und jetzt lässt Daniels es vielleicht Wirklichkeit werden.

Diese Gedanke brodeln in meinem Kopf, wühlen mich auf und lassen mir Tränen in die Augen steigen. Die Verzweiflung drückt mich immer tiefer und tiefer, versucht, meine Entschlossenheit zu ersticken.

Mach weiter, sage ich mir. *Prometheus kann vielleicht helfen, aber du musst trotzdem die Arbeit erledigen.*

Ich gehe wieder nach oben in meine Suite, fest dazu entschlossen, mich mit Papierkram und Recherchen für den Fall abzulenken. Soweit ich bisher sagen kann, ist DuBois' Hauptgeschäft in der Stadt ein eleganter Nachtclub im Stil der Vierziger, der in der Innenstadt von Baltimore liegt. An den meisten Samstagen kann man ihn an seinem persönlichen Tisch finden, wenn er in der Stadt ist. Das Beste, was ich tun kann, um mit ihm in Kontakt zu treten, ist, ihn dort zu suchen.

Das bedeutet, mir ein nettes Outfit zuzulegen. Daniels, der geizige Mistkerl, wird vermutlich verhindern, dass eine Rückerstattung genehmigt wird, was bedeutet, dass ich es reinigen lassen und zurückgeben muss – oder etwas kaufen muss, das mir so sehr gefällt, dass ich es vielleicht zu anderem Anlass ein zweites Mal tragen werde.

Zumindest wird mich das Einkaufen von ... all dem ablenken.

Das ist es. Ich werde Prometheus eine Nachricht hinterlassen, mir etwas Nettes zu essen und ein schönes Kleid holen, meinen Bericht bei Daniels abgeben und dann ein wenig schlafen. Ich ... wünschte nur, ich müsste all das nicht allein tun.

Ich bin an Isolation gewöhnt. Ich bin am zuversichtlichsten und entscheidungsfreudigsten, wenn ich allein bin. Es ist einer der Gründe, aus dem ich mich nicht mehr beschwert habe, als mir kein Partner zugewiesen wurde.

Aber Einsamkeit ... Einsamkeit ist nichts, an das man sich gewöhnt, genauso wenig wie an Hunger oder Müdigkeit. Da ist dieser Teil, der sich nach der Erfüllung durch gute Gesellschaft, Freundschaft ... Liebe sehnt. Ohne es zu sein, bringt einen nicht um ... aber es hört auch nie auf, an einem zu nagen.

Meine Stimme zittert irritierend, als ich Prometheus eine kurze Nachricht hinterlasse.

„Hi. Ich weiß, dass du das hier erst später abhörst, aber ... ich habe dein Geschenk bekommen, und was ich gefunden habe, ist das, was du vermutet hast. Ich weiß nicht, was ich tun soll, um mit solcher Technologie umzugehen, wenn du mich also mit ein paar Ratschlägen anrufen könntest, wenn du Zeit hast, würde ich das wirklich zu schätzen wissen. Nochmals danke für alles", sage ich leise, mit einer Wärme in der Stimme, die etwas mehr als professionell klingt. Ich kann nicht anders.

Ich ziehe eine Jeans und eine dunkelblaue Bluse an, ziehe eine Windjacke an und bedecke mein Haar mit einem knalligen Schal. Ich weiß, dass der platinblonde Zopf mein charakteristischstes Merkmal ist, und mir ist nicht danach, ihn wie eine Fahne hinter mir wehen zu lassen, während ich Besorgungen mache.

Als ich nach unten komme, ist es wärmer geworden, aber es regnet immer noch. Ich bin so froh, dass es nicht Schnee und Eis sind, also stört es mich nicht. Aber meine Gedanken verfolgen mich immer noch und drohen, mein Herz vor Verzweiflung niederzudrücken.

Natürlich parkt ein weißer Lieferwagen neben meinem Mietwagen, an dem jetzt vermutlich ein Peilsender befestigt ist. Ich will mich um nichts davon kümmern. Stattdessen gehe ich zu Fuß und dränge mich durch den warmen Regen.

Ich esse in einem Diner vier Blocks entfernt gebratenes Hühnchen, bevor ich mir online Boutiquen ansehe und mich von einem Taxi in die Einkaufsstraße bringen lasse.

Es dauert eine Weile, bis ich ein elegantes Kleid finde, das mir sowohl steht und in mein lachhaftes Budget passt. Schließlich entscheide ich mich für ein dunkelblaues Kleid, das meine Haut und mein Haar noch blasser und meine Augen strahlender aussehen lässt. Es ist ärmellos, schlicht, griechisch und passt zu dem gold-weinroten Schal und den goldfarbenen flachen Schuhen, die ich gekauft habe.

Ich trage bei der Arbeit niemals hohe Schuhe. Ich kann ein aufreizendes Kleid tragen und meine Waffe an der Innenseite meines Oberschenkels befestigen, aber in Absätzen rennen und kämpfen ist wesentlich weniger effizient, als es in Filmen immer dargestellt wird. Sie auszuziehen und barfuß zu rennen ist schneller und resultiert weniger wahrscheinlich in einem Sturz, aber es ist trotzdem nicht ideal.

Als ich zum Hotel zurückkomme, parkt der Van immer noch neben meinem Auto. Ich gehe hinein – und beinahe sofort beginnt mein Handy zu klingeln. Diesmal sehe ich nach – und mein Blick verfinstert sich. Schon wieder Daniels.

Ich nehme ab. „Ich bin im Hotel."

„Wo waren Sie? Ich dachte, Sie hätten eingecheckt." Er klingt verwirrt, wütend. Er fragt sich vermutlich, warum die Wanzen noch nichts aufgenommen haben.

„Essen und Vorräte", erkläre ich geduldig. „Außerdem habe ich eine Spur, wo DuBois am Samstag sein wird. Ich werde dort sein."

„Hmm. Na ja, ich nehme an, ich kann nicht allzu verärgert sein, wenn sie unterwegs waren, um Hinweisen nachzugehen. Packen Sie alles, was Sie haben, in Ihren Bericht und denken Sie daran, Ihren Kilometerstand zu protokollieren."

Er klingt bereits argwöhnisch, widerwillig. Oder klingt er immer so. *Was vermutet er? Weiß er von Prometheus?*

Nein. Da war ich vorsichtig. „Natürlich. Gibt es sonst noch etwas?"

„Ja. Ich will, dass Sie jetzt zweimal pro Tag anrufen – zu Beginn und Ende Ihrer Schicht. Protokollieren Sie Ihre Positionen und Zeiten." Er legt auf und ich starre leicht zitternd das Handy an.

Er wird mich verfolgen lassen, damit er sehen kann, ob ich darüber lüge, wo ich hingehe. Dieser Mistkerl. Glücklicherweise ist er nicht annähernd so subtil, wie er denkt.

Aber während mich das, was Daniels tut, überwältigt, kommen die Depressionen flutartig zurück. Er beobachtet mich, schränkt mich ein, legt Fallen aus. Erhöht den Druck jeden Tag, jede Stunde, bis er mich bei etwas Illegalem erwischt oder ich kündige.

Er muss wollen, dass ich kündige. Prometheus ist besorgt, dass mehr dahintersteckt, aber das reicht aus, um mir Angst zu machen.

Ich setze mich auf eine der Bänke in der Lobby, mit pochendem Kopf und brennenden Augen. Ich ziehe meinen Schal aus und nutze ihn, um mir über die Wangen zu tupfen. *Verdammt.*

Wenn er mich zur Kündigung zwingt und ich klein beigebe, dann wird er damit meinem Vater recht geben. Er wird den Depressionen recht geben, mit denen mein Vater mich zurückgelassen hat. Ich kann nicht klein beigeben. Aber das … das ist qualvoll.

Ich wische mir Tränen des Frusts aus den Augen, als mein Handy erneut klingelt. Ich sehe nach. Es ist Prometheus.

Ich stoße ein erleichtertes Schluchzen aus.

KAPITEL 4

Carolyn

Das Erste, was Prometheus sagt, als ich seinen Anruf entgegennehme, ist: „Geht es dir gut?"

Ich wische mir verlegen über die Augen, obwohl er mich nicht sehen kann. „Ich tue mein Bestes."

„Was ist passiert?" Ich kann die Sorge in seiner Stimme hören. Es ist bizarr. Wir haben uns noch nie gesehen. Er hat sich sogar geweigert, sich mit mir zu treffen. Warum ist er besorgt?

„Na ja, äh … ich sollte nach oben gehen. Ich bin in der Lobby." Ich schaffe es, aufzustehen und zum Fahrstuhl zu gehen, da ich meine privaten Gefühle oder meine Bedürfnisse nicht dort besprechen will, wo es andere vielleicht zufällig mithören könnten. „Hast du meine Nachricht bekommen?"

„Ja, habe ich." Er klingt plötzlich abgelenkt. Ich höre, wie er einen Schluck von irgendetwas trinkt. „Ich kann helfen. Geh nach oben und ruf mich zurück."

Meine Stimmung verbessert sich, als ich zurück in mein Zimmer gehe. Die Veränderung ist so plötzlich, dass ich mich an die Wand des

Fahrstuhls lehnen muss. Es ist, als hätte sich eine gewaltige Last von meinen Schultern gehoben.

Ich bin nicht länger allein. Außer körperlich, natürlich. Aber die einzelne Rettungsleine in Form von Prometheus' Anruf reicht aus, um wieder auf die Beine zu kommen.

Ich bin zäh, aber auch ich habe meine Grenzen. Man muss sich nicht dafür schämen, sie zu haben, egal, was mein Vater gedacht hat. Aber ich fühle mich trotzdem wesentlich besser, als die Tränen versiegen und ich zu zittern aufhöre.

Ich bin immer noch eine FBI-Agentin und eine bessere Polizistin, Ermittlerin und Person als mein Vater es je war. Ich werde seine Vorhersagen nicht wahr werden lassen, und ich werde mich von Daniels nicht aus meinem Job drängen lassen.

Ich weiß nur noch nicht, wie ich mich durchsetzen soll. Aber ich habe mich so weit durchgekämpft – ich kann weiterkämpfen. Und wenigstens habe ich einen Menschen, auf den ich mich verlassen kann.

In meinem Zimmer spüre ich, wie ich von einer Welle des Misstrauens überkommen werde. Ich war stundenlang weg. Was, wenn die Agenten bereits herausgefunden haben, in welches Zimmer ich gewechselt habe?

Was, wenn sie durch Überredungskünste auch in dieses Zimmer gekommen sind, meine Sachen durchgesehen und Wanzen hinterlassen haben?

Alles scheint so zu sein, wie ich es zurückgelassen habe, aber diese Kerle sind Profis. Wir sind darauf trainiert, ein Zimmer zu durchsuchen, ohne auch nur einen Hinweis darauf zu hinterlassen, dass wir da gewesen sind. Sie hätten nur ein paar Fotos des Zimmers zuvor machen und nach der Suche alles wieder entsprechen platzieren müssen.

Ich hole den Wanzendetektor heraus und gehe jedes Zimmer durch. Kein einziges Piepsen. *Gott sei Dank. Eine Sache weniger, um die ich mir Sorgen machen muss.* Ich setze mich auf das Bett, um Prometheus zurückzurufen.

Als er abnimmt, klingt er ein wenig müde, als wäre der heutige Tag auch für ihn anstrengend gewesen. „Bist du wieder in deinem Zimmer?"

Ich lege den Wanzendetektor auf den Nachttisch. „Ja. Ich ... danke, dass du angerufen hast." Es ist unnötig – ich habe ihn darum gebeten. Aber ich bin trotzdem erbärmlich dankbar.

Was ist es bei diesem Mann? Ist es sein Rätsel, seine Brillanz oder seine Nettigkeit zu mir? Ich weiß nicht einmal, wie er aussieht, geschweige denn, wie er sein Leben lebt oder ob er überhaupt mit jemandem zusammen oder verheiratet ist.

Ich sollte mich nicht in ihn verlieben. Und doch bin ich hier.

„Natürlich. Also, du hast die Sender entdeckt."

„Ja. Dadurch befinde ich mich in einer Sackgasse, Prometheus. Wenn ich mit den Sendern herumhantiere, wird er es wissen. Wenn ich sie in Ruhe lasse, wir der bald erfahren, dass ich bezüglich des Zimmers, in dem ich bin, gelogen habe." Ich bin mir sicher, dass Daniels es absichtlich so arrangiert hat.

„Mhm, ja. Du wirst etwas tun müssen, womit er nicht rechnet." Ich höre ein leises Klicken und ein schluckendes Geräusch.

„Was zum Beispiel?" Ich bin benommen und müde, ich habe mit all dem schon zu lange zu tun. Ich muss ein verdammtes Nickerchen machen.

„Ihn zur Rede stellen." Seine Stimme ist voller Selbstbewusstsein.

Moment, was? „Prometheus, das ist, als würde ich in ein Wespennest stechen."

„Oh, das ist es, und er wird vielleicht kontern, aber damit wirst du seine Versuche meiden, dich in eine Falle zu locken." Er beginnt zu tippen. „Das Beste, was er momentan im Rahmen seiner Rechtsmacht tun kann, ist, dich zu schikanieren und dich in Gefahr zu bringen. Ihn bei etwas zu erwischen, das sich gänzlich außerhalb des gesetzlichen Rahmens befindet, gibt dir ein Druckmittel, und das wird er wissen. Mit all den prüfenden Blicken, denen er ausgesetzt ist, wird er bald in ernsthaften Schwierigkeiten stecken, weil er, sagen wir, illegale Überwachung betrieben und FBI-Ressourcen missbraucht hat."

„Warum nicht einfach zu seinem Vorgesetzten gehen?" Mein Herz schlägt schneller, aber vor Aufregung, nicht aus Angst. Warum habe ich nicht an all das gedacht?

„Das kannst du, wenn du das willst, aber die Androhung wird vielleicht ausreichen, um ihn zu einem Rückzieher zu bewegen." Er murmelt etwas vor sich hin, das ich nicht verstehe. „Ihn ohne die Warnung zu melden wird ihn möglicherweise nur noch irrational wütender machen, und er ist bereits wütend auf dich."

„Okay, daran werde ich denken." Ich werde einen Brief an seinen Chef verfassen, mit allem, was ich bisher weiß, und dann entscheiden, ob ich ihn abschicke, nachdem ich mit Daniels geredet habe. „Was ist mit dem Überwachungsteam?"

„Mit ihnen wäre ich genauso freimütig." Ein Schluck. „Natürlich tun sie nur die Arbeit, die ihnen von einem korrupten Vorgesetzten aufgetragen wurde. Daran solltest du vermutlich denken."

„Oh, das werde ich." Sobald ich eine Pause habe. Ansonsten werde ich vielleicht ein wenig schroff sein. „Danke."

„Gibt es sonst noch etwas? Du scheinst aufgebracht zu sein." Da ist wieder diese Sorge, die meinen ganzen Körper erwärmt.

„Ich habe ein paar persönliche Probleme", murmle ich, wobei meine Wangen vor Verlegenheit prickeln. „Dieses Chaos mit Daniels hat sie an die Oberfläche gebracht. Es ist nichts, worüber man sich Sorgen machen muss."

„Ich bin trotzdem besorgt." Seine Stimme ist sanft. „Ich befürchte, daran lässt sich nichts ändern."

Oh nein. Tu das nicht. Es lässt mich Dinge wollen, die ich nicht haben kann, und das tut weh. „Ich wünschte immer noch, du würdest dich mit mir treffen", murmle ich.

Es entsteht eine lange Stille, was mich beunruhigt. Aber dann schockiert er mich auf angenehme Weise, als er antwortet: „Ich … werde darüber nachdenken."

Mein Herz beginnt zu fliegen, als er das sagt. Ich hätte nie erwartet, dass er nach dem, was in Detroit passiert ist, auf meine Bitte eingehen würde. „Bitte tu das. Es hat nichts mit der Arbeit zu tun. Es ist persönlich."

Auf einmal werde ich nervös, da ich nie erwartet hätte, ihm gegenüber zuzugeben, dass ich beginne, Gefühle für ihn zu entwickeln. Habe ich zu viel gesagt? Öffne ich mich einfach der Manipulation?

Es gibt keinen Zweifel daran – das tue ich. Anziehung macht den Menschen verletzlich. Er könnte mein Geständnis gegen mich verwenden.

„Ich weiß", sagt er mit fast zärtlicher Stimme. Es liegt etwas wie Wehmut in seinem Tonfall und mein Herz beginnt, noch schneller zu schlagen. „Ich würde dich nicht aus geschäftlichen Gründen besuchen, Carolyn. Ich würde dich besuchen, weil ich dich faszinierend finde."

Ich zittere erneut, aber nicht, weil ich aufgebracht bin. Stattdessen schäume ich über vor einer Mischung aus stiller Freude und seltsamer Aufregung. Was meint er mit ‚faszinierend'?

Bezieht er sich auf mich persönlich oder ist das eine Verführung? Immerhin weiß ich bereits, dass Verführung eine gängige Art ist, um jemanden auf seine Seite zu ziehen. Ich weiß nicht genug über Prometheus, um herauszufinden, ob das etwas ist, das er mir antun würde.

„Ich kann auch nicht aufhören, an dich zu denken." Das gedämpfte Geständnis entfährt mir, bevor ich es aufhalten kann.

Das war dämlich. Jetzt habe ich meine Verletzlichkeit verdoppelt und weiß bereits, dass mich jeder intelligente Verbrecher als wertvolle Agentin sehen würde. Ich bin immerhin eine Beamtin der Gesetzesvollstreckung, die mit ihm bereits mehr kooperiert, als sie es sollte.

Er könnte mit mir spielen.

Aber ich muss an jemanden außer an mich glauben. Im Moment sind diejenigen, die die Guten sein sollten, diejenigen, vor denen ich mich hüten muss. Natürlich mit der Ausnahme von DuBois. Er steht immer noch auf meiner To-Do-Liste – wenn auch nur, um den Schein zu wahren.

Aber zuerst muss ich mich um die verdammte FBI-Überwachung kümmern. Und dann muss ich mich um meine Gefühle für Prometheus kümmern. Danach kann ich mein aufreizendes neues Kleid anziehen und vielleicht diesen mysteriösen Gangsterboss davon überzeugen, dass ich für ihn arbeiten will.

Oder vielleicht werde ich mir einfach einen schönen Abend in seinem Nachtclub machen, meine ‚Arbeit' protokollieren und Daniels noch weiter hinhalten, während ich mir überlege, was ich tun soll.

Wenn es darum geht, mich um meine Gefühle für Prometheus zu kümmern, habe ich kein Glück. Wenn ich ihn sehen kann, dann werde ich vielleicht alles herausfinden können. Vielleicht kann ich entweder den Bann mit der Entdeckung brechen, dass ich mich körperlich nicht zu ihm hingezogen fühle, oder vielleicht …

Vielleicht wird etwas zwischen uns passieren. Dieser Gedanke macht mich atemlos.

„Ich verstehe", sagt er schließlich. Seine Stimme hat immer noch diesen zärtlichen Unterton, den ich nie erwartet hätte. „Aber es besteht ein erhebliches Risiko darin, wenn wir miteinander verkehren, für uns beide. Ich muss diese Risiken gegen mein wahres Verlangen abwägen, dich besser kennenzulernen."

Oh Gott. Ich presse meine Knie zusammen und habe Schwierigkeiten, zu Atem zu kommen. Er hat nicht nur von einer Unterhaltung von Angesicht zu Angesicht gesprochen. So viel ist klar.

„Ich verstehe", stammle ich schnell. „Ich … sollte das Thema wechseln."

„Vielleicht solltest du das", antwortet er freundlich und mit ein wenig Reue.

Okay, Zeit für die dritte Sache auf meiner Liste. Ich weiß nicht, wie ich mich durch diese intensive Unterhaltung kämpfe, aber ich muss wenigstens erwähnen, warum ich überhaupt nach Baltimore gekommen bin.

„Ich muss trotzdem meinen Job erledigen", gebe ich zu. „Macht es dir etwas aus?"

„Meine Zeit gehört dir", schnurrt er und meine Zehen krümmen sich in meinen Regenstiefeln.

„Ich – ich –" *Reiß dich zusammen, Carolyn.* „Ich brauche Hilfe dabei, herauszufinden, wie ich Adrian DuBois am besten nahekommen kann."

Es entsteht eine lange Stille und für einen Moment bin ich besorgt, dass ich schließlich doch irgendwie meine Grenzen überschritten habe. Aber diese Unterhaltung war voll mit solchen Momenten und jedes Mal ist es gut gelaufen. Ich wappne mich und hoffe, dass ich die Stimmung nicht ruiniert habe.

„Ich verstehe", murmelt er schließlich. „Du weißt, dass es unmöglich sein wird, Adrian DuBois festzunehmen."

„Darum geht es nicht", beharre ich. „Weißt du, diese Liste von Männern, die mir Daniels gegeben hat, die ich über den Winter verfolgt habe, waren alle ... also sie haben alle irgendwie zu anderen Menschen geführt, die es noch mehr verdient haben, festgenommen zu werden. Du hast mich dazu ermutigt, diese anderen Verdächtigen zu verfolgen und bis auf den einen, der gestorben ist, sitzt jeder von ihnen im Gefängnis oder ist auf dem Weg dorthin. Wenn ich auch nur einen der Männer festgenommen hätte, hinter denen ich tatsächlich her war, dann stehen die Chancen schlecht, dass gegen sie überhaupt Anklage erhoben worden wäre. Ihre Akten sind so dünn und die Beweise gegen sie so schwach und unwesentlich, dass ich sie tatsächlich dabei hätte erwischen müssen, wie sie jemanden erschießen, damit die Anklagepunkte standhalten." Meine Frustration darüber, ihnen zugewiesen zu sein, kocht plötzlich in mir über. Ich halte meine Stimme professionell, aber mir ist danach, laut loszuschreien.

„Ich verstehe." Weitere Stille, was mir einen Moment gibt, wieder zu Atem zu kommen. „Erzähl weiter."

„Die Beweise gegen Adrian DuBois sind hauchdünn, egal, wie erschreckend die Gerüchte über ihn sind. Das verstehe ich. Ich verstehe ebenfalls, dass er so mächtig ist, dass er vermutlich nie das Innere eines Gefängnisses sehen wir. Aber ich befinde mich momentan unter der Lupe. Von mir wird erwartet, zweimal pro Tag von meiner Arbeit zu berichten, und wenn ich nicht gegen DuBois vorgehe, dann wird Daniel das wissen. Es ist eine weitere Sackgasse. Ich kann entweder einen Kerl verfolgen, gegen den ich nicht die geringste Chance habe, oder ich kann meinen Job aufgeben." *Und so sollte es nicht sein.*

„Ich verstehe. Also bist du besorgt über deinen Arbeitsfortschritt als junge FBI-Agentin."

„Ja. Ich glaube, dass Daniels versucht, mich aus dem FBI zu treiben. Ich kann noch keine schlimmeren Absichten als diese beweisen."

Ganz zu schweigen von seiner Unreife und Boshaftigkeit, noch mehr als bei meinem Vater.

Ich höre, wie er erneut von etwas trinkt und beginne mir zu wünschen, ich hätte eine Flasche Wasser. „Ich kann es", murmelt er. „Es gibt gewisse Informationen, die in meinen Besitz gekommen sind, die du erfahren solltest. Ich werde sie alle sammeln und dich bald damit kontaktieren. Aber es genügt zu sagen, dass Daniels nicht einfach nur versucht, dich aus deinem Job zu drängen. Er hat wesentlich *tödlichere* Absichten."

Das macht mich erneut nervös. *Was zur Hölle plant Daniels?* „Gibt es noch etwas außer der Überwachung, wegen dem ich mir sofort Sorgen machen müsste?"

„Es sind Dinge, an die du immer denken solltest, wenn du mit ihm zu tun hast. Ich werde ihn weiterhin überwachen, also sollte ich dir mitteilen können, wenn es bei seinen Aktivitäten eine Steigerung gibt. Daniels wird alles tun, was er kann, um dich aus seiner Abteilung und seinem Leben zu entfernen. Zusätzlich dazu will er Rache für seinen verletzten Stolz. Du hast vermutlich bereits bemerkt, dass er bereits mehrfach das Protokoll gebrochen hat, nur um dir deine Arbeit zu erschweren. Er scheint zu glauben, dass du es nicht bemerken würdest, da du eine unerfahrene Agentin bist. Natürlich ist das nicht korrekt. Du bist brillant und einfallsreich und obwohl er dir eine Liste mit grundsätzlich unmöglichen Aufgaben gegeben hat, hast du es trotzdem geschafft, Individuen festzunehmen, die damit in Verbindung standen. Aber ich befürchte, dass ihn das nur wütender gemacht hat." Sein Tonfall schwebt irgendwo zwischen Reue und Verachtung.

Schließlich fasse ich meine wirklichen Sorgen in Worte. „Prometheus, ich bin mir nicht sicher, ob das für das FBI gut genug sein wird. Immerhin hat Daniels dafür gesorgt, dass ich scheitere. Alles, was sie in meinen Arbeitsberichten sehen werden, ist, dass ich nicht den Verdächtigen gebracht habe, dem ich zugewiesen wurde."

Seine Tastatur klickt rasend schnell. „Ich glaube nicht, dass deine Professionalität bei anderen Personen des FBIs infrage gestellt werden wird, besonders nicht von seinen Vorgesetzten. Sie sind sich Daniels' Korruption jetzt bewusst, wenn auch nicht der Mühen, die er bereit ist, in Kauf zu nehmen, um das zu bekommen, was er will. Leider haben sie, wie du, noch nicht alles gesehen, was er getan oder versucht hat zu tun. Ich habe den Großteil davon gesehen, da ich ihn bereits überwacht habe, bevor du und ich überhaupt in Kontakt getreten sind." Er nimmt einen größeren Schluck seines Getränks.

Mein Mund wird trocken. „Vielleicht solltest du mir jetzt einfach alles sagen."

„Ich werde dir diese Beweise präsentieren, sobald ich alle verfügbar habe. Aber ich versichere dir, dass es wahrscheinlich ist, dass Daniel gefährlich eskaliert. Du hattest trotz ihm zu viel Erfolg und damit ist er nicht glücklich. Es tut mir leid, unverblümt zu sein, aber Derek Daniels setzt dich gegen DuBois ein, weil er glaubt, dass der Mann dich umbringen lässt, weil du dich in seine Geschäfte einmischst."

„Woher weißt du all das?" Ich kann mir nicht vorstellen, welche Ressourcen und Hacking-Fähigkeiten er besitzen muss, um Daniels so genau kontrollieren zu können – oder mich, was das betrifft. Es ist ein wenig beängstigend.

Aber es muss viel, viel beängstigender für die sein, die bei Prometheus unbeliebt waren. Menschen wie Daniels. Wenigstens darin finde ich Trost.

„Nachdem ich erfahren habe, dass Daniels nach bestimmten Männern gesucht hat, die du verfolgen sollst, die den Angestellten eines Geschäftsfreundes beinhalten, wurde ich auf seine Pläne aufmerksam gemacht und habe begonnen, ihn zu überwachsen. Es ist sicherer für dich, wenn ich meine Methoden nicht preisgebe." Er klingt warm und ruhig, als wäre er äußerst zuversichtlich, dass er mich vor Daniels und allem anderen beschützen kann.

Ich wünschte, das wäre wahr. „Also schlägst du vor, dass ich DuBois fernbleibe, obwohl ich am Samstagabend in seinen Club gehen soll?"

Es entsteht eine Pause. Dann, beinahe begierig, sagt er: „Nein, komm auf jeden Fall in den Club. Du sagtest Samstag?"

„Ja." Er verhält sich wieder mysteriös. Es macht mich nur neugieriger. „Ist da am Samstag etwas Besonderes, außer dass er da ist?"

„Nein, nicht wirklich. Ich wollte nur den Zeitrahmen, damit ich deine Situation genauer kontrollieren kann." Weiteres Tippen. „Ich werde dir alle Informationen über DuBois zukommen lassen, wie ich kann, aber denk daran: Du wirst ihn nicht festnehmen können. Es ist ein aussichtsloser Fall." Er klingt, als würde er sich entschuldigen.

„Denkst du, er würde mich umbringen?" Daniels lag mit jedem anderen Kerl auf der Liste völlig falsch, aber was ist mit einem Milliardär, der als angeblicher Meisterverbrecher bekannt ist?

Aus irgendeinem Grund lacht er leise. „Nein. Aber er wird wissen, wer und was du bist. Gibt es sonst noch etwas, Carolyn?"

Ich will, dass er diese Dinge weiß, wenn ich entscheide, die Ermittlung durchzuziehen. Meine ganze Prämisse ist, dass ich eine ausgebrannte FBI-Agentin bin, die nach einer besseren Gelegenheit sucht. Das Letzte, was ich will, ist, dass mich jemand wie DuBois bei einer Lüge erwischt.

Aber im Moment muss ich Prometheus anlügen, was mich mit Bedauern erfüllt. Das ‚sonst noch etwas' ist, dass ich einfach weiter mit ihm reden will, aber ich war für eine Unterhaltung bereits peinlich genug. Ich muss loslassen und meine Arbeit erledigen.

Ich presse es heraus. „Nein, jetzt ist alles gut. Du warst gründlich. Danke für alles. Ich werde mich um meinen Teil der Dinge kümmern."

„Es war mir ein Vergnügen, Carolyn. Bitte versuch, dich ein wenig auszuruhen."

Ich zittere leicht, als ich auflege. Schwindelig. Ich lächle zu viel. *Er hat mit mir geflirtet.*

Er will mich sehen und wird nur von Sicherheitsproblemen zurückgehalten. Vielleicht ...

Ich verdränge den Gedanken, so herrlich er auch ist. Ich muss die Pläne meines rachsüchtigen Chefs vereiteln und ein mysteriöses kriminelles Superhirn verfolgen. Darüber zu fantasieren, wie ich mit einem Mann schlafe, den ich noch nie gesehen habe, wird warten müssen.

KAPITEL 5

Adrian

Ich brauche einen Cognac.

Was hast du dir nur dabei gedacht, Adrian?, frage ich mich, als ich von meinem Computer-Tisch aufstehe und nach oben gehe, um meiner Bar einen Besuch abzustatten. *Warum hast du Carolyn gegenüber zugegeben, dass du persönlich an ihr interessiert bist? Warum hast du geflirtet?*

Hast du jeglichen Sinn für Vorsicht verloren? Es ist zu gefährlich, sich mit einer FBI-Agentin einzulassen. Das Beste, was erwartet werden kann, ist eine herzliche Geschäftsbeziehung. Kein Sex – und definitiv keine Romanze!

Normalerweise trinke ich nichts Stärkeres als die Liköre, die ich gewohnheitsmäßig in winzigen Mengen über den Tag verteilt trinke, überwiegend wegen ihres Geschmacks. Auch zum Abendessen trinke ich ein Glas Wein. Aber wenn ich unter genug Belastung stehe, merke ich, wie ich eher dem stärkeren Alkohol zugeneigt bin.

Das letzte Mal, als ich dies getan habe, war dies nach der Beerdigung einer Geliebten. Und so ist mein Drang, etwas zu trinken, selbst in sich ein Warnsignal. Genau wie die Tatsache, dass ich zu viel zu Carolyn gesagt habe.

Aber das reizende Mädchen hat im Wesentlichen soeben zugegeben, dass sie sich in mich verliebt hat. Ich frage mich, wie fürchterlich einsam sie sein muss, dass sie es getan hat, sogar ungesehen, mit wenig Ahnung darüber, wer ich bin, wenn ich nicht mit ihr in Kontakt stehe. Zumindest habe ich ihre rehäugige Schönheit, mit der ich mich entschuldigen kann.

Marissa wird lang und laut darüber lachen, sobald sie Wind davon bekommt, wie sehr es mich aus dem Gleichgewicht gebracht hat. Ich hasse Verletzlichkeit. Es ist peinlich, herauszufinden, dass diese Frau so leicht durch meinen Schutzschild und meinem Herzen so nahe gekommen ist.

Besonders, wenn es zu angenehm für mich ist, als das ich wollte, dass sie damit aufhört.

Aber das muss sie. Mein Leben ist gefährlich und voller Geheimnisse. Sie verdient ein Leben in der Sonne.

Zusätzlich muss ich immer an den schmalen Grat denken, der uns trennt wie eine Ländergrenze. Ich lebe außerhalb des Gesetzes, wo ich die Arbeit erledigen kann, die der Menschheit am meisten dient. Sie achtet die Gesetze – so fehlerhaft und schlecht angewandt sie auch sind.

Als ich mir zwei Fingerbreit des Cognacs einschenke, denke ich über die Möglichkeit nach, Carolyn gänzlich vom FBI wegzulocken. Wenn sie dem Allgemeinwohl dienen will, dann kann sie mit mir wesentlich mehr tun als innerhalb der Grenzen der Gesetzesvollstreckung.

Aber wenn ich ehrlich zu mir bin, dann muss ich es zugeben: Ich erfinde nur Ausreden, weshalb ich sie bei mir haben will.

Wir haben uns noch nie persönlich gesehen. Ich bin mir nicht sicher, wie das passiert ist. Vielleicht liegt es einfach daran, dass wir beide auf viele Arten auf derselben Wellenlänge sind.

Wie ich ist sie Idealistin. Wie ich ist sie zum Teil so als Reaktion auf ein … *nicht ideales* Familienleben. Anders als ich hat sie sich dazu entschieden, innerhalb des Systems zu arbeiten. Aber ich habe bereits gesehen, wie bereit sie ist, das Protokoll ihres Jobs zugunsten dessen zu brechen, was besser funktioniert.

Ich kann ihre Probleme nachempfinden. Ich habe selbst eine Version davon durchgemacht, wenn man die vielzähligen gesetzmäßigen Projekte bedenkt, bevor ich meinen Weg außerhalb des Gesetzes gefunden habe.

Als ich angefangen habe, habe ich viel Zeit damit verbracht, darüber nachzudenken, wie ich meine beeindruckenden Fähigkeiten und meine Intellekt am besten nutzen könnte, um einen Beitrag zur Menschlichkeit zu leisten. Ich habe einen medizinischen Doktorgrad in Erwägung gezogen. Ich habe technische Fortschritte in Erwägung gezogen.

Nichts davon war für meine Zwecke ausreichend. Gesetzesvollstreckung, religiöse Hingabe, Politik, Bildung – nichts davon war ausreichend. Nichts davon erlaubte mir eine so große Reichweite, dass ich die Leben der Menschen auf der ganzen Welt beeinflussen konnte, die ohne Hilfe nicht mehr weitermachen konnten.

Eines Tages, völlig zufällig, erkannte ich, was die Lösung war. Umfassender Einfluss und direktes Eingreifen, unter Nutzung des einzigen Mediums, mit dem man den Großteil der Menschen auf der Erde erreichen kann: dem Internet.

Manche Männer in meiner finanziellen Position sammeln Geschäfte. Manche sammeln Immobilien. Manche sammeln Politiker und Prominente, manipulieren ihre ganzen Karrieren zu ihrem Vorteil und ihrer Unterhaltung.

In meinem Fall habe ich, nachdem ich durch mehrere Patente und kluge Investitionen beachtlichen Reichtum erlangt hatte, begonnen, meinen Einfluss nicht nur online, sondern auch in der Unterwelt zu erweitern. Ich habe begonnen, so viele blockfreie kriminelle Unternehmen wie möglich zu sammeln und zu kontrollieren. Ich habe viele von ihnen zerstört, zum Beispiel Ringe, die sich dem Menschenhandel und der Kinderpornografie verschrieben haben.

Sie zu zerstören beinhaltete mehr, als nur ihre Produktion zu beenden und die Opfer zu befreien. Ich habe ebenfalls die involvierten Menschen zerstört, die von dem Leiden anderer profitiert und sich daran befriedigt haben. Was die angeht, die gelitten haben, habe ich alles getan, was ich konnte, um dafür zu sorgen, dass sie zu ihren Familien zurückkehrten und ihnen alles gegeben wurde, was sie brauchten, um wieder auf die Füße zu kommen.

Es ging nicht nur darum, meine Kontrolle zu erweitern. Die Kontrolle entstand aus meinem Bedürfnis, Gerechtigkeit zu verteilen, egal ob gesellschaftlich, finanziell oder moralisch. Es war nie ein Selbstzweck gewesen.

Während ich in meiner Bibliothek stehe, an meinem Cognac nippe und in die Flammen des kleinen Kamins starre, frage ich mich, wie ich all das möglicherweise Carolyn erklären könnte. Ich frage mich, ob sie je die Realität der Situation und meines Lebens akzeptieren würde – ob sie mich akzeptieren könnte, nicht nur als ihren Geliebten, sondern als den Mann, der das Sagen hat.

Ich habe viel, mit dem ich sie in Versuchung führen kann. Im Ausgleich für ihre Loyalität könnte ich ihr ein sehr gutes Leben geben.

Mein Reichtum wächst trotz meiner erheblichen Ausgaben weiter. Meine Macht wächst trotz meiner regelmäßigen Ausübung davon – oder vielleicht genau deshalb. Sobald man eine gewisse Menge von Macht und Reichtum angehäuft und sie korrekt angewandt hat, neigen sie dazu, selbstständig zu wachsen.

Wenn ich Carolyn davon überzeugen könnte, an meine Seite zu kommen und meiner Vision einer besseren Welt zu dienen, dann gäbe es nichts mehr, das uns voneinander trennt. Würde sie die Idee einer Welt unter meiner wachsenden, subtilen und geheimen Führung unterstützen? Würde sie mit und unter mir arbeiten, im Dienst einer höheren und angemessener angewandten Gerechtigkeit?

Ich habe Könige und Großindustrielle zerstört, die Elend und Verfall gesät haben, wohin sie nur gingen. Ich habe Kriege mit einem einzigen Hack – oder einer einzigen, gut gezielten Kugel – gestoppt. Ich habe ganze Gemeinden gerettet, indem ich einen Scheck geschrieben habe.

Würde sie mich mit diesem Wissen lieben? Würde sie sich mir unterwerfen? Oder würde sie fliehen?

Ich realisiere, dass ich nur ein paar kleine Schlucke des Cognacs getrunken habe. Das ist ein hoffnungsvolles Zeichen.

Carolyn, was wird nötig sein, um dich an die neue Ordnung glauben zu lassen, die ich in der Welt schaffen würde? Ich kontrolliere die Mächtigen. Ich diene denen, die sie ausbeuten würden.

Jedes Jahr immer mehr und mehr, Carolyn. Ich kann es dir zeigen.

Ich blicke auf das Glas hinab, dann gehe ich zurück zur Bar und öffne die Flasche Cognac erneut. Ich gieße vorsichtig nur ein paar Milliliter hinein. Ich brauche die ‚Hilfe‘ nicht, aber er schmeckt recht gut.

Ich habe im Alter von zehn Jahren gelernt, wie brutal die Welt ist, als die Grausamkeit meines Vaters meine Mutter zum Suizid getrieben hat. Er hat nie dafür gelitten, bis ich ihn habe leiden lassen. Das ist die Wahrheit der Welt.

Wir können uns nicht auf Politiker oder die Polizei verlassen, nicht auf religiöse oder gesellschaftliche Institutionen, nicht einmal auf Gott, dass sie Gerechtigkeit bringen. Aktuelle Justizsysteme wurden für eine Welt gemacht, die nicht länger existiert. Sie ist darüber hinausgewachsen, ist dunkler und komplizierter geworden.

Macht und Wohlstand werden oft als Schild vor den Konsequenzen von Fehlverhalten genutzt. Selbst diejenigen, die nicht korrupt sind, sind nur menschlich und kämpfen mit dem Gewicht eines Justizsystems, das so ungleichmäßig angewandt wird, wie es altmodisch ist. Ich kann keine Rechtsbücher ernst nehmen, die immer noch Gesetze gegen Hexerei enthalten.

Ich umgehe das Justizsystem zugunsten der wahren Gerechtigkeit. Immer wieder sehe ich Richter und Polizisten, die die falsche Entscheidung treffen, da sie nicht in vollem Besitz der Fakten sind. Aber mit meinen Wissenssammlern, die durchgängig arbeiten, um alle nachweisbaren Informationen über jedes Thema oder jede Person aufzudecken, kann ich alle Fakten haben.

Die halboffene Tür öffnet sich quietschend ein Stück weiter. Ich hebe den Blick und sehe meine Schwester im Türrahmen stehen, die Arme verschränkt und ein besorgtes Schmollen im Gesicht. Sie trägt immer noch ihre Lupenbrille auf der Stirn. Ich frage mich, wie lange sie an ihrem Robotertechnikprojekt gearbeitet hat.

„Du hast richtigen Alkohol in der Hand", bemerkt sie. „Geht es dir gut?"

„Jetzt schon", versichere ich ihr ruhig. „Ich trinke einen halben Fingerbreit." Ich wusste, dass dies passieren würde, aber ich kann nicht wütend darüber sein, dass sie besorgt ist. Ich weiß, dass es gut gemeint ist.

Sie späht zu meinem Glas und nickt. „Okay, ich wollte nur nachsehen. Das ... ist trotzdem mehr als dein übliches Nichts. Es ist die FBI-Agentin, oder nicht?"

Für einen Moment ist es verlockend, es abzustreiten. Aber meine Schwester ist einer der wenigen Menschen in meinem Leben, der intellektuell wirklich mit mir mithalten kann, und sie wird es wissen. „Ja."

„Du solltest zu ihr gehen", sagt sie sanft, anstatt sich über mich lustig zu machen. Ich blinzle sie überrascht an und sie schüttelt den Kopf. „Es ist offensichtlich, dass du in sie verliebt bist. Du könntest genauso gut ihr Gesicht zu deinem Lockscreen machen, so oft wie du es dir ansiehst. Und jetzt trinkst du? Vielleicht nur ein wenig, aber trotzdem. Wenn es eine wechselseitige Sache ist, dann lass es dir nicht entgehen. Es ist mir egal, ob sie vom FBI ist – du wirst einen Weg finden, um damit umzugehen. Das tust du immer." Sie kommt herüber, wobei sie ein wenig lächelt.

Ich denke darüber nach, bevor ich mein Glas auf der Bar abstelle. „Vielleicht hast du recht."

Es wird ein gewisses Risiko bergen, Carolyn eine solche Sache vorzuschlagen, aber ... ich habe mich bereits zuvor Risiken gestellt. Und sie ist es wert.

KAPITEL 6

Carolyn

Ich kann noch nicht wirklich mit dem Anruf an Daniels umgehen. Ich bin zu ausgewrungen und ich will nicht, dass das leichte Glühen durch die Unterhaltung mit Prometheus schon verblasst. Daniels zur Rede zu stellen wird qualvoll werden. Es wird all diese guten Gefühle wie ein plötzlicher kalter Wind wegfegen.

Aber es bessert sich. Meine Stimmung ist wesentlich besser, nachdem ich mit meinem seltsam attraktiven, mysteriösen Hacker gesprochen habe, sodass ich schnell herausfinde, wie ich mit dem Team aus New Yorker FBI-Agenten umgehen soll, das unten im Van sitzt.

Das ist nicht ihre Schuld. Sie haben nicht einmal froh darüber geklungen, hier zu sein, als ich gelauscht habe. Sie haben ihre Zweifel.

Also ist es an der Zeit, als Kollegin auf sie zuzugehen, ihnen die Situation zu erklären und höflich alles aufzuklären. Denn ich werde vermutlich ihre Hilfe brauchen.

Es ist möglich, dass dies ein Fehler ist. Vielleicht hat Daniels persönlich die größten sexistischen Arschlöcher ausgewählt, die er finden konnte, um sicherzugehen, dass sie auf seiner Seite stehen würden. Aber das war nicht das, was ich von ihnen gehört habe.

Manche Männer in meinem Leben waren und sind fürchterlich, wie Daniels oder mein Vater. Aber die meisten, wie viele meiner Kollegen, sind völlig normale Menschen, deren Leben und Sorgen meinem zu fünfundneunzig Prozent ähnlich sind. Vielleicht werden die dort unten vernünftig sein.

Die Temperatur liegt immer noch wundervoll knapp über dem Gefrierpunkt, als ich mit vier Mokkas des Zimmerservices und meinem Regenschirm zurück nach draußen gehe. Ich weiß, dass das für uns alle unangenehm werden wird – besonders für sie. Aber ich nehme an, dass ein warmes, koffeinhaltiges Friedensangebot helfen wird, die Anspannung zu lösen.

Anstatt mit dem Papphalter zu meinem Auto zu gehen, gehe ich zur anderen Seite des Vans und klopfe höflich an die große Schiebetür. Im Inneren ist ein Rascheln und eine kurze Diskussion zu hören, die ein wenig hitzig wird, bevor es wieder ruhig wird. Ich warte geduldig und nach ein paar Sekunden öffnet sich die Tür.

Sie sind jung – alle – wie ich. Ich erkenne einen Kerl, den schlaksigen Rotschopf, aus Quantico. Sie lächeln mich alle ein wenig unbeholfen an, im Wissen, dass sie erwischt worden sind und nicht wissen, was sie sagen sollen.

„Hi Leute. Äh, nur für das nächste Mal, ihr habt ein wenig nah geparkt. Versucht eine der Ecken am anderen Ende des Parkplatzes, wenn ihr das nächste Mal jemanden überwacht." Ich lächle, bevor ich mein Friedensangebot ausstrecke.

„Oh, hey." Einer von ihnen, mit dunklem Haar und beinahe flüssig aussehenden braunen Augen, lehnt sich gespannt nach vorn, um einen Kaffee zu nehmen. „Danke. Sieh mal, es tut uns leid. Wir haben nur … äh …"

„Wie wäre es, wenn wir unter die Markise gehen? Im Moment ist so ziemlich jeder zum Abendessen drinnen." Die Enge des Vans ist nicht groß genug für vier erwachsene Männer und ihre ganze Überwachungsausrüstung. „Ich bin mir nicht sicher, ob da drin überhaupt Platz für mich ist, ohne die Hilfe eines Schuhlöffels."

Das Erste, was ich ihnen sage, als wir unter den Schutz der Hotelmarkise kommen, ist: „Seht mal, ich bin nicht sauer. Ihr tut nur das, was Daniels euch befohlen hat, okay? Ich weiß, wie es läuft. Deshalb bin auch ich in Baltimore."

Der Rotschopf – Davis, das ist sein Name – tritt unbeholfen von einem Fuß auf den anderen und trinkt einen Schluck seines Mokkas, bevor er mit heiserer Stimme antwortet. „Diese ganze Situation ist ziemlich seltsam. Und ich habe ein paar Gerüchte gehört, dass Daniels in Schwierigkeiten steckt. Also wie wäre es, wenn du uns aus deiner Perspektive erzählst, was los ist?"

„Das ist fair." Ich nehme einen tiefen Atemzug. „Na ja, Daniels steckt in Schwierigkeiten, weil er versucht hat, jede Frau im Büro, die jünger als vierzig ist, dazu zu bekommen, mit ihm zu schlafen. Einschließlich mir."

Ihnen fallen die Kinnladen herunter. Einer von ihnen schnaubt empört und der Braunäugige sieht verlegen aus.

„Scheiße", murmelt Davis und schiebt seine freie Hand tief in seine Hosentasche. „Das ist beschissen. Also wie passt das dazu, dass wir hier sind?"

„Ich bin beruflich hier. Er hat mich durch das ganze Land ein paar Verdächtigen hinterherjagen lassen, und der aktuelle ist DuBois." Den letzten Teil sage ich monoton.

„Daniels hat dich allein auf Adrian DuBois angesetzt?", fragt der Braunäugige. Jetzt starren sie mich alle an.

„Ja, ja, das hat er. Außerdem hat er mir weder einen Partner, Verstärkung oder Verbindung zu den lokalen Behörden zugewiesen … das tut er schon, seit ich in seiner Abteilung gelandet bin und mich geweigert habe, mit ihm zu schlafen." Ich seufze. „Fragt die anderen Frauen im Büro. Ich bin mir sicher, dass dies der Grund ist, aus dem seine Sekretärin gekündigt hat."

„Verdammt", murmelt der Braunäugige. „Also setzt er dich allein auf DuBois an und lässt uns dein Hotelzimmer verwanzen und dich verfolgen, um sicherzugehen, dass du es durchziehst."

„Ja, mehr oder weniger." Ich seufze. „Und das Schlimmste ist, dass er entschieden hat, andere Agenten mit einzubeziehen, um mir das

Leben schwer zu machen, anstatt mir zum Beispiel Verstärkung zu schicken."

„Okay. Also … das ist ziemlich verkorkst." Davis seufzt. „Wir können dich nicht gerade offen überwachen, aber wenn wir jetzt zu Daniels gehen, dann weißt du, dass er uns die Schuld geben wird."

„Nicht, wenn ich euch nicht erwähne. Ich wollte mit ihm darüber reden, die verdammten Sender gefunden zu haben. Das habe ich immerhin bereits getan." Ich sehe zu, wie ihre Gesichter im Bruchteil einer Sekunde von mitfühlend und leicht skeptisch zu reumütig wechseln.

„Das tut uns leid", murmelt Davis. „Das waren seine Anweisungen."

„Na ja, ich benutze dieses verdammte Zimmer nicht, also wenn ihr in Zimmer 407 gehen und in einem richtigen Bett schlafen wollt, es geht immer noch auf seinen Geldbeutel. Ich bin umgezogen. Ich will nicht, dass mir dieser Widerling beim Pinkeln zuhört." Ich sehe angemessen angewidert aus, obwohl meine Gründe dafür wesentlich komplizierter sind.

„Er hat uns die verdammten Badezimmer verwanzen lassen", sagt der Dritte, ein Blonder, ungläubig. Die anderen sehen noch unwohler aus.

Sie sehen einander an. Davis zuckt die Achseln. „Okay", sagt er. „Aber was sollen wir jetzt tun? Wir können die Überwachung nicht fortführen und wir können nicht einfach zulassen, dass er dich allein auf DuBois ansetzt. Er wird deinen abgeschlagenen Kopf in einem Karton an Daniels schicken oder so."

Ich runzle die Stirn. Ich habe im vergangenen Monat ein paar beängstigende Gerüchte über DuBois gelesen, während ich mich für diesen Auftrag vorbereitet habe. Manche von ihnen enthalten vielleicht ein Fünkchen Wahrheit – aber ich vertraue mehr auf Prometheus' Einschätzung als auf die Gerüchte.

„Ich werde mir überlegen, wie ich mit DuBois umgehen soll, und ich werde nichts Waghalsiges tun. Ja, Daniels riskiert meinen Hals mit seinen schlechten Entscheidungen und seinem Mangel an Unterstützung. Eines Tages werde ich euch vielleicht darum bitten, diese Tatsache zu bezeugen. Aber ich plane mit Sicherheit nicht, deswegen zu sterben. Ich will nicht, dass ihr wegen Entscheidungen, die ich treffe, am Haken hängt. Ich werde mit Daniels darüber sprechen, warum er versucht, mich zu überwachen, anstatt mir einfach einen Partner zuzuweisen, so wie es üblich ist." Ich hoffe, dass mein Lächeln beruhigend ist. „Wenn er auch nur ein bisschen was im Kopf hat, wird er euch zurückbeordern, bevor ich mit seinem Chef rede. Ansonsten schätze ich, dass wir uns wieder unterhalten werden."

Sie alle nicken nüchtern. „Genießt euren Mokka, Jungs, und kommt aus dem Regen heraus. Ich tue heute Abend wirklich nichts mehr als Daniels anzubrüllen und zu schlafen."

Sie lachen und wir gehen hinein – sie auf dem Weg zur Rezeption, ich zurück zu den Fahrstühlen und meinem Zimmer.

Na, das ist ganz gut gelaufen. Aber jetzt ist Zeit für einen Showdown.

„Scheiße. Ich freue mich nicht darauf." Ich schlage meinen Hinterkopf an die verspiegelte Wand des Fahrstuhls und versuche, meine fünf Sinne zusammenzunehmen.

Du kannst dir nur leisten, diesem Mistkerl ungefähr zwanzig Prozent dessen mitzuteilen, was du willst, um gerade so innerhalb der Grenzen der Professionalität zu bleiben. Denk daran. Verliere nicht die Fassung.

„Ja, einfacher gesagt als getan." Ich seufze, als der Fahrstuhl in meinem Stockwerk anhält. Ein junges Pärchen mit zusammenpassendem blauen Haar geht im Flur an mir vorbei, betrunken und lachend und auf dem Weg zu ihrem Zimmer. Sie sind übereifrig, seine Hand ist bereits auf ihrer Brust.

Ich meide es, wieder in ihre Richtung zu blicken, als ich zu meinem Zimmer gehe, meine Karte durchziehe und hineingehe. Im Zimmer ist es still, bis auf das zunehmend aggressive Rasseln des Regens. *Ich hoffe, dass die Jungs dieses freie Hotelzimmer genommen haben. Ich hoffe ebenfalls, dass sie die Sender in Zimmer 401 losgeworden sind oder diesen Teil der Übertragung abgestellt haben.*

„Zeit für den abendlichen Bericht." Ich setze mich an meinen Tisch, da ich das Liegen in meinem Bett nicht mit Daniels bevorstehender Kernschmelze in Verbindung bringen will. „Los geht's."

Ich rufe Daniels an und warte. Als er abnimmt, gähnt er und ich realisiere schnell, dass er getrunken hat. *Oh, fantastisch. Das wird noch lustiger, als ich dachte.*

„Na, das ist eine Überraschung. Sie sind tatsächlich Anweisungen gefolgt und erstatten Bericht." Seine Stimme trieft vor Verachtung, was mich dazu zwingt, mich darauf zu konzentrieren, ruhig zu bleiben.

Arschloch. „Das tue ich immer. Zumindest, wenn es um meine eigentliche Arbeit geht. Habe ich Ihnen je einen anderen Eindruck vermittelt?"

Er schnaubt und prustet wütend. „Du weißt, was ich meine, du frigide kleine –"

In Ordnung, ich setze der Sache jetzt ein Ende. „Sir, ich muss Ihnen nur eine Frage stellen, bevor wir mit meinem Bericht fortfahren."

Das reißt ihn aus seinem üblichen Gedankengang, der kurz davor war, unsere Unterhaltung den Bach hinuntergehen zu lassen – und zu einer Diskussion zu führen, die ich mir nicht leisten kann. „Hm? Meinetwegen. Machen Sie weiter."

„Warum haben Sie ein Überwachungsteam auf mich angesetzt?"

Er wird sehr still. Anders als Prometheus' nachdenkliche Stille ist diese voller Anspannung. Es geht nicht um meine Sorge, ich kann seine angespannte, schnelle Atmung hören.

Na, das hat dir das Maul gestopft. „Sir, ich habe mehrere Abhörgeräte in meinem Hotelzimmer gefunden, einschließlich des Badezimmers." Leichte Betonung auf dem letzten Wort.

„Jemand hat das Hotelzimmer verwanzt?", bringt er heraus, wobei er plötzlich wesentlich nüchterner – und wesentlich weniger abfällig klingt.

Ja, weil du es ihnen angewiesen hast, du Ratte. Wenn Prometheus diese Verbindung nicht abgefangen hätte, hätte ich keine Ahnung. Und dann würdest du von uns beiden wissen – und das darf nicht passieren.

Ich bin wütend genüg, dass die sehr persönliche Art, auf die ich dieses Detail aufnehme, in meinem Kopf kaum ankommt. Meine Stimme bleibt allerdings überraschend ruhig. „Sir, ich habe bereits bestätigt, dass diese Geräte vom FBI sind."

Er zieht die Luft ein und spielt kurz mit seinem Telefon. „Oh, haben Sie das?"

Der winzige, hohe Unterton der Panik in seiner Stimme tut mir mehr gut, als ich erwartet habe; ich beruhige mich tatsächlich ein wenig.

Zeit, eine Runde ‚Lass uns sehen, was dieser Mistkerl verrät, wenn er emotional aus dem Gleichgewicht ist' zu spielen.

„Sind Sie sich der Platzierung dieser Geräte bewusst, Sir? Die vier Mikrofone? Die auf die Dusche gerichtete Kamera?"

„Welche Kamera?", krächzt er defensiv. „Ich habe keine Platzierung einer Kamera angeordnet –"

Das ist dein zweiter riesiger Freud'scher Versprecher in weniger als fünf Minuten. „Wie bitte, Sir?"

„Ich ... äh ..." Er zögert. „Hören Sie, das war nicht meine Entscheidung. Sie stehen seit über einem Monat unter dem Verdacht, korrupt zu sein. Es ist die ganze Situation mit Assante."

„Es war nicht Ihre Entscheidung? Also wollen Sie mir sagen, dass der Sektionsleiter befohlen hat, mein Hotelzimmer verwanzen und eine Kamera auf die Dusche richten zu lassen?" *Grab dir ruhig ein tieferes Loch, du Clown.*

„Ja", faucht er schließlich. „Jegliche Anweisungen, Ihr Zimmer mit irgendwelchen Geräten zu verwanzen, kamen von *oben*." Er ist mit Absicht ungenau, aber er hat bereits zu viel gesagt.

Auf meinem Gesicht liegt ein breites, räuberisches Lächeln. „Also sollte ich den Sektionsleiter fragen, warum mein Zimmer verwanzt war? Und wegen der Kamera?"

„Nein, nein! Handeln Sie bei dieser Sache nicht über meinen Kopf hinweg. Ich werde mich um alles kümmern. Ich werde Sie bei der Antwort ins CC setzen. Warten Sie einfach ab." Seine Stimme zittert. Er weiß, dass ich ihn auf frischer Tat ertappt habe. Der Missbrauch bundesstaatlicher Ressourcen wird wesentlich ernster genommen als der Versuch, seine Untergebenen zu vögeln. Ein Wort zu seinem Boss und seine Karriere wird wirklich abstürzen.

Wie viele Bundesgesetze hast du allein durch das Verwanzen meines Zimmers gebrochen? Wie viel zusätzliche Probleme wirst du bekommen, wenn dein Boss erfährt, was du getan hast? Ich will über ihn lachen, lege aber stattdessen einen besorgten Unterton in meine Stimme.

„Sir, es ist Ihre Sache, wie Sie mit der Verwaltung umgehen, aber ich ziehe in ein anderes Zimmer." Ich schaffe es sogar, ein wenig aufgewühlt zu klingen. „Die Verletzung meiner Privatsphäre macht es mir schwer, mich auf meine Arbeit zu konzentrieren."

„Natürlich, natürlich. Völlig verständlich. Kontaktieren Sie mich nur mit Ihrer neuen Zimmernummer." Er klingt immer noch sehr nervös.

„Das werde ich, sobald ich sie habe." *Keine Chance, Arschloch.*

Ich nehme einen tiefen Atemzug, im Wissen, dass er dem Sektionsleiter gegenüber kein verdammtes Wort darüber verlieren wird. Aber das ist in Ordnung. Das muss er auch gar nicht.

Stattdessen ramme ich das Messer noch ein klein wenig tiefer.

„Sir, ich würde es zu schätzen wissen, wenn Sie in meinem Namen eine Bemerkung weitergeben könnten. Wenn der Sektionsleiter Bedenken über meine Berufsethik hat, dann gibt es ein System aus Protokollen, um das anzusprechen. Zu keinem Zeitpunkt involviert es Abhörgeräte in meinem Hotelzimmer, einschließlich des Badezimmers, oder *mich unter der Dusche zu filmen.*"

Und das ist der Moment, in dem er bricht. „Ich habe diesen verdammten Agenten nie gesagt, dass sie eine Kamera ins Badezimmer tun sollen!"

„Entschuldigung, Sir. Das habe ich nicht ganz verstanden. Könnten Sie das wiederholen?" Mein Brustkorb bebt vor unterdrücktem Gelächter.

Er weiß sofort, dass es vorbei ist. Er weiß noch nicht, dass ich Zeugen habe und dass es zu spät ist, sie zum Schweigen zu manipulieren. Aber er weiß, was er mir gegenüber soeben zugegeben hat und dass es bewiesen werden kann.

Als er auflegt, bricht das erste richtige Lachen des Tages aus mir heraus und hallt zwischen den Wänden wider. *Hab' ich dich erwischt, du verdammter Drecksack. Lass uns sehen, wie du dich hier wieder herauswinden willst.*

Prometheus wird stolz auf mich sein.

_____

UNTERBRECHUNG

Derek

„Diese Schlampe!" Ich werfe die Hälfte dessen, was auf meinem Schreibtisch liegt, auf den Boden, ohne überhaupt darüber nachzudenken, meine Kaffeetasse fliegt mit und zerbricht, als sie aufprallt und ihren Inhalt auf den Papieren ergießt.

Ich starre das Chaos stumm an, während sich Ekel mit meinem Zorn mischt. *Sieh dir an, wozu mich diese Frau getrieben hat.*

Es reicht. Ich bin fertig. Es sind schon Monate, in denen ich es mit Agent Moss' Arroganz und Gefühlskälte zu tun hatte und sogar hingenommen habe, dass sie versucht hat, mich bei meinen Vorgesetzten wegen eines falschen, feministischen, beschissenen Exemplars einer Belästigung zu verpfeifen.

Ein Mann hat Bedürfnisse. Sie ist mir untergeordnet. Wenn sie nicht bereit ist, mir nachzugeben, dann bekommt sie das, was sie verdient.

Jetzt hat sie mir nicht nur Schwierigkeiten gemacht – sie hat begonnen, Widerworte zu geben. Ich bin nicht länger bereit, darauf zu warten, dass sie sich mit DuBois einen Fehltritt leistet und umgebracht wird. Ich will sie jetzt tot sehen.

Glücklicherweise habe ich einen Plan B.

Während sie all die Männer verfolgt hat, die sie hätten umbringen sollen, hat Miss Moss sich einen Feind gemacht, der noch gefährlicher ist als ich. Niemand beim FBI oder im Manhattan Detention Complex, wo er sitzt, hat ihm geglaubt, als er behauptet hat, Moss hätte ihn zu einer Klebeband-Mumie gemacht und in Mexiko entführt, um ihn herzubringen, aber ich tue es.

Diese Schlampe ist einfach so verrückt.

Wie auch immer, während ich den zuständigen Hausmeister rufe, um die Sauerei sauber zu machen, entscheide ich, dass es an der Zeit ist, dem Mann einen Besuch abzustatten. Glücklicherweise ist mein älterer Bruder Bundesrichter und kann mir innerhalb von ein paar Stunden einen Erlass verschaffen.

Sobald ich die richtigen Anrufe getätigt habe und der Hausmeister sauber gemacht hat, fahre ich zum Manhattan Detention Complex.

Das Gefängnis in Manhattan ist ein imposantes, beängstigendes Drecksloch: Zwei klotzige Türme aus Beton und Stahl mit Reihen aus kurzen Fenstern. Die Leute begehen dort Selbstmord, nur weil sie ein paar Tage dort sitzen. Der Gedanke amüsiert mich: Müll, der sich selbst herausbringt, ist ein gottverdammter Dienst an der Öffentlichkeit.

Schwache Menschen haben schreckliche Angst vor diesem Ort. Mir macht er nichts aus – ich bin nicht kriminell, also was habe ich zu befürchten? Der Mann, den ich dort sehe, empfindet vermutlich auch keine Angst, da er ein seelenruhiger Soziopath ist, aber ich bin mir sicher, dass er es nicht erwarten kann, aus dem Gefängnis zu entkommen.

Tatsächlich zähle ich darauf.

Ich trage mich ein, zeige meinen Ausweis und meine Papiere und gehe in das Befragungszimmer, das sie für mich vorbereitet haben. Zwei große, muskulöse und nervös aussehende Wachmänner stehen vor der Tür. Sie haben ihn bereits hergebracht, ich kann den Mann friedlich am Tisch sitzen sehen.

„Hat der Aufseher Ihnen etwas über den Kerl erzählt?" Einer der Beamten, ein wenig älter und dunkler als der andere, sieht aus, als wäre er bereit, mich aufzuhalten, lässt seine Hand aber sinken, als ich ihn beäuge.

„Meine Agentin war diejenige, die ihn festgenommen hat. Ich bin informiert. Jetzt lassen Sie mich in das verdammte Zimmer." Ich bin von diesen Pennern bereits genervt.

Außerdem brauche ich eine Zigarette. Ich habe eine Weile aufgehört, weil Maggie nicht aufhören wollte, mich zu nerven, aber dann hat sie eine Titte verloren und mir war es egal. Ihr Gestell war immerhin einer der Gründe, aus denen ich sie geheiratet habe, und wenn sie ihren Teil nicht einhielt, warum sollte ich das dann tun?

Wie auch immer, sie ist jetzt weg, also bin ich wieder bei zwei bis drei Schachteln pro Tag. Ich stinke das ganze Haus voll, das ihr einmal so wichtig war. Ich habe einen riesigen Nikotinspaß.

Leider hat das meine Gelüste wieder geweckt und das Unbehagen, wenn ich keine Zigarette anzünden kann. Was ein Arsch voll Orte in New York City sind. Also bin ich ein wenig gereizt, als er mich in das Befragungszimmer lässt.

Der ältere Mann am Tisch sieht nicht wie ein berüchtigter Auftragsmörder aus, er sieht aus wie ein pensionierter Bibliothekar. Klein, ordentlich, graues Haar, olivfarbene Haut und makellos geschnittene Nägel und Haare. Seine Augen sind warmbraun, aber leer.

Als er mich sieht, lächelt er und verschränkt die Hände auf dem Tisch, als wäre es natürlich und als wäre er nicht in Handschellen. „Assistant Director Daniels, wie nett, Sie wiederzusehen. Womit habe ich dieses Vergnügen verdient?"

Es wird nicht schwierig sein, eine ‚Flucht' vorzutäuschen, sobald ich ihn in den Händen habe. Er muss nur ein paar blaue Flecken auf mir hinterlassen und meine Waffe mitnehmen. Und es wird nicht schwierig sein, ihm abzunehmen, dass er nach Baltimore reist, um Moss in einem einfachen Akt persönlicher Rache umzubringen.

„Unerledigte Geschäfte." Meine Lippen verziehen sich zu einem breiten, schadenfrohen Lächeln. „Ich bin hier, um einen Deal zu machen."

Er runzelt leicht die Stirn. „Ich hoffe, Sie erwarten von mir nicht, gegen jemanden auszusagen."

„Nein, darum geht es nicht. Es geht um Carolyn Moss. Eine Nervensäge für uns beide." Ich starre ihn bedeutungsvoll an.

Assantes Augenbrauen gehen in die Höhe und sein höfliches Lächeln wird ein wenig breiter, als ich mich auf den Stuhl ihm gegen-über setze. „Oh? Na sowas."

KAPITEL 7

Adrian

Als ich an meinen Tisch zurückkehre, ist die Zahl an der Wand um dreiundzwanzig Leute angestiegen. Dreiundzwanzig *Erfolge*. Ich bin immer noch mit der Aussicht beschäftigt, Carolyn die ganze Wahrheit zu erzählen und der Anblick dieser steigenden Zahl hebt meine Stimmung, wie er es immer tut.

Was mich am meisten stört, ist, dass ich ihr irgendwann sagen muss, dass ich DuBois bin. Das ist natürlich nicht mein richtiger Name, aber er ist der des Mannes, den sie verfolgt. Ich bin nicht einmal Franzose.

Ich bin der weiße Wal des FBIs geworden, eine Legende, über die sie alle flüstern, aber wenige Fakten haben. In den Gerüchten wird mir für alles die Schuld zugeschoben, von der Krise in Afghanistan über den Einsturz der Twin Towers bis hin zu der momentan weit verbreiteten Ermittlung gegen Pädophile in der katholischen Kirche. Ironischerweise sind keine davon wahr. Aber sie beflügeln die Fantasie, woraufhin sie sich ausbreiten.

Frisch aus Quantico ist Carolyn intelligent und scharfsinnig, aber auch unerfahren und beeinflussbar. Sie wird all den Gerüchten Aufmerksamkeit geschenkt haben, da sie stark an allem interessiert ist, das ihr dabei helfen kann, ihre Karriere ehrenvoll anzutreiben. Obwohl sie vielleicht nicht dazu fähig sein mag, mein Gesicht in ihrer Akte zu betrachten, ohne rot zu werden, glaubt sie vielleicht trotzdem an die Gerüchte, die mich genauso verteufeln wie diese, die mich vergöttern.

Nichtsdestotrotz, es ist noch nicht alles verloren. Möglicherweise wird sie meinen Gründen gegenüber aufgeschlossen sein und mir meine Täuschung verzeihen. Sie schien zu verstehen, als ich ihr gesagt habe, dass DuBois außerhalb ihrer Reichweite sei und sie über ‚seinen‘ Mangel an belangbaren Vergehen spekulieren solle.

Vielleicht wird sie mir sogar vergeben, DuBois zu sein, wenn es schließlich ans Licht kommt.

Sie vermutet bereits, dass *meine* Reichweite wesentlich größer ist, als sie es sich je vorgestellt hat. Sie sieht die Mühelosigkeit, mit der ich Informationen sammle und sie hat vielleicht begonnen, die Gründe für meine gelegentlich unorthodoxen Ratschläge zu verstehen. Aber ich habe keine Ahnung, wie sie reagieren wird, wenn sie die ganze Wahrheit erfährt.

Vielleicht ist das Beste, was ich tun kann, mit ihr reinen Tisch zu machen, wenn sie am Samstagabend ankommt. Ich werde es leid, ihr die Informationen vorzuenthalten, nach denen sie sich so sehnt.

Ich bin nicht bereit, ihr mein Gesicht zu zeigen, bis ich weiß, dass sie bereit ist, dass FBI zu verlassen. Ich will die Wahrheit über ihre Loyalität wissen und ob ihr ihre Ideale wichtiger sind als ihr Status als FBI-Agentin.

Sie wird vielleicht nicht gehen wollen. Ich kann ihr keinen Status bieten, um ihn zu ersetzen, es sei denn, sie wird mir erlauben, sie zu meiner Frau zu nehmen. Dann wird ihr Status natürlich einer der sein, die sie einmal verfolgt hat.

Wie ironisch.

Dann realisiere ich, welcher Gedanke mir gerade durch den Kopf gegangen ist und grummle vor Verzweiflung. *Frau? Lächerlich. Ich bin im Moment nicht ganz bei Verstand.*

Plötzlich klingelt mein Handy und ich erkenne den Klingelton als den für Jefferson, den Mann, den ich in Derek Daniels' Büro als Hausmeister untergebracht habe. Es ist ein wenig spät für einen Anruf, es sei denn, es gibt einen Notfall. Ich nehme sofort ab.

„Sir", stammelt er mit leiser, verängstigter Stimme. „Wir haben ein Problem."

Sofort bin ich alarmiert. „Sprechen Sie weiter."

„Sie haben mir gesagt, ich solle alle ausgehenden Dokumente abfangen, die über seinen Tisch gehen. Er hat eine Art gesetzliches Genehmigungsformular ausgefüllt, um einen Häftling zur Nutzung in einem Fall aus Bundeshaft zu nehmen. Ich werde die Kopien schicken, die ich gemacht habe."

„Gut, danke, aber bitte kommen Sie zum Punkt. Warum rufen Sie mich so spät an? Wer ist der Häftling?" Ein kalter Verdacht steigt in mir auf.

Er braucht einen Moment, um sich zu beruhigen. „Es ist Assante, Sir."

Ich schließe die Augen und mir läuft ein kalter Schauer über den Rücken, während mein gedankenverlorener Verstand zu voller Bereitschaft übergeht. *Carolyn ist in Gefahr.*

„Danke, Mr. Jefferson. Ich werde Ihren Bonus in ein paar Minuten veranlassen. Überwachen Sie ihn weiter und machen Sie sich keine Sorgen. Assante wird nicht in New York City bleiben." Ich kann die Anspannung auch nicht mehr aus meiner Stimme halten.

„Danke, Sir." Erleichterung liegt in jedem Wort. „Ich werde aufmerksam sein."

Sobald das Telefonat mit Jefferson beendet ist, besuche ich meine Schwester. Marissa liegt, wie vorherzusehen war, mit einem Handtuch über den Augen in ihrem Zimmer, um sich von der extremen Augenbelastung zu erholen, die sie sich durch zehn Stunden Arbeit am Stück zugezogen hat. Das tut sie immer.

„Marissa, es tut mir wirklich leid, deine Auszeit zu stören, aber wir haben einen Notfall." Ich stehe kurz vor der halb geöffneten Tür und trete nicht ein, bis sie mich hereinbittet.

Sie setzt sich auf und reißt sich das Handtuch vom Gesicht. „Ich vergebe dir. Was ist das Problem?"

Ich ziehe die Schultern zurück und drücke die Tür vollständig auf. „Daniels hat einen Auftragskiller mit Groll auf Carolyn losgelassen. Du musst mit dem Personal zusammenarbeiten, um ein paar Vorbereitungen zu treffen."

Meistens achtet mein Personal darauf, mir nicht in die Quere zu kommen. Es gefällt mir nicht, unterbrochen zu werden oder bei meinen Unterhaltungen Mithörer zu haben. Natürlich sind alle von ihnen vertrauenswürdige Personen, aber selbst vertrauenswürde Personen sind nur Menschen.

Sie zieht die Augenbrauen zusammen. „Na ja, ich kann mich mit dem Sicherheitspersonal in Verbindung setzen, aber sie sind momentan so ziemlich die Einzigen, die im Dienst sind. Es sei denn, du willst, dass ich zurück zum Quartier laufe und alle aufwecke." Sie scheint von dieser Idee nicht begeistert zu sein und ich schüttle den Kopf.

Das Quartier der Angestellten ist ein ordentlicher kleiner Komplex aus Eigentumswohnungen auf der Rückseite des Grundstücks. Ich mag meine Privatsphäre und nehme an, dass mein Personal das nach einem vollen Tag der Arbeit auch tut. Trotz unserer unterschiedlichen Stellung sind sie nicht ‚die Aushilfen'. Sie sind menschliche Wesen.

„Sie müssen sich nicht um den tatsächlichen Notfall kümmern, sie müssen nur mit ein paar Haushaltsanpassungen helfen. Sprich heute Abend mit Marco und seinen Sekundanten und dann werden wir morgen Früh die restliche Belegschaft informieren. Ich bringe Carolyn her." Es ist ausgeschlossen, dass ich zulasse, dass Assante ihr etwas antut.

„Weiß sie, dass du sie herbringst?" Marissa klingt belustigt, aber ihr Versuch, mich aufzuziehen, scheitert, als ich sie anstarre. „Entschuldige."

„Ich vergebe dir. Und nein, sie weiß es noch nicht. Aber ich bin mir sicher, dass sie meinem Rat folgen wird." Sie wird vielleicht verweigern, mein Gast zu sein, aber momentan besteht ihre beste Chance zu überleben darin, mir zu gehorchen.

„Also, was sage ich den Wachmännern?" Meine Schwester steht auf, reibt sich eine Schläfe und blinzelt.

„Ich werde ein paar Anweisungen zusammenfassen und sie dir schicken. Aber die Hauptsorge besteht darin, dass niemand in diesem Haus, einschließlich dir, meinen Namen in ihrer Nähe erwähnt. Jeder, der dies tut, wird sofort entlassen."

„Warum denn?" Und dann scheint sie es langsam zu begreifen. „Warte ... du hast ihr immer noch nicht gesagt, dass du DuBois bist?"

„Nein, habe ich nicht." Ich gehe durch den Türrahmen. „Ich werde Maßnahmen ergreifen müssen, um sie davon abzuhalten, diese Verbindung bereits zu ziehen. Ihre Loyalität ist momentan im Wandel begriffen, und so sehr ich es auch will, bin ich mir noch nicht sicher, dass ich ihr voll und ganz vertrauen kann."

„Bruder, sieh mal. Das fängt an, mir Sorgen zu bereiten. Ich weiß, dass sie hier ist, um dich unter deiner Identität als Meisterverbrecher zu verfolgen. Aber denkst du wirklich, dass sie dich nach allem, was du für sie getan hast, festnehmen wird?" Sie bewegt sich beunruhigt auf mich zu.

Plötzlich scheint ein wenig mehr Cognac eine gute Idee zu sein. „Das ist genau das Problem, liebe Schwester. Ich weiß es noch nicht. Sie steht unter erheblichem Druck und ich kann nur hoffen, ihre Loyalität vollständig zu gewinnen, bevor sie es herausfindet."

„Wenn du so damit umgehst", warnt sie, „wird sie wütend auf dich sein, weil du die Wahrheit vor ihr geheim gehalten hast."

Mein Verstand eilt bereits vor zu dem, was ich Carolyn sagen werde und wie ich sie locken oder davon überzeugen werde, sich in meine Obhut zu begeben. „Das ist an diesem Punkt unausweichlich, Marissa. Ich wünschte, das wäre es nicht."

Sie runzelt die Stirn. „Okay, mach es so, wie du meinst, und ich werde dir den Rücken stärken. Aber denk daran, dass ich das gesagt habe."

„Danke für deine Sorge. Ich werde im Computerzentrum sein, wenn du mich brauchst. Erwarte die Liste mit Anweisungen für das

Sicherheitsteam innerhalb von zehn Minuten." Ich drehe mich auf dem Absatz um und entferne mich auf dem Weg zurück nach unten.

Im Flur wäge ich meine Möglichkeiten ab. Es wäre vielleicht am besten, ihr einfach die Wahrheit zu offenbaren und ihr zu sagen, dass ich sie unter meinen Schutz nehme. Oder ich könnte die Pille versüßen.

Dieser Gedanke ist ansprechender. Es wird wesentlich einfacher sein, sie davon zu überzeugen, mir diesen Vertrauensvorschuss zu geben, wenn sie sowohl einen positiven als auch einen negativen Grund dafür hat. Und ich weiß, dass wir beide Gefühle füreinander haben.

Den Einfluss meiner Gefühle in dieser Sache abzustreiten und sie als Ablenkung zu sehen war meine Gewohnheit, seit dies hier angefangen hat. Aber vielleicht können sie eine positive Kraft sein. Vielleicht ist unsere Anziehung zueinander der Schlüssel dazu, sie in meine Hände zu bringen.

Vielleicht besteht der einzige Weg, ihre Loyalität wirklich zu garantieren, darin, ihr Herz zu gewinnen. Und der zweckmäßigste Weg, um dies zu tun – abgesehen davon, ihr meine wahre Natur zu zeigen – ist der, mich um die Bedürfnisse ihres Körpers zu kümmern.

Die arme, hart arbeitende Carolyn. Sie hat keine Ahnung, dass ich derjenige bin, der vier der fünf Männer auf Daniels' Liste ausgetauscht habe, ohne dass er es je wusste. Ich habe diese Männer nicht nur gewählt, weil sie auf der Schwelle waren, ihre zerstörerischen Tendenzen aufzugeben und zu größeren Fischen führen würden, sondern wegen ihrer Schönheit.

Das war ein wenig grausam von mir, sie so zu locken und verwirren. Aber ich wollte eine Ahnung davon bekommen, welche Art Mann sie interessiert und versuchen, ihr verständlich zu machen, dass keiner von ihnen wirklich verdient, sein Leben im Gefängnis zu verbringen. Schönheit und Güte sind untrennbar im menschlichen Unterbewusstsein miteinander verbunden.

Als ich mich wieder an meinen Tisch setze, hat sich die Zahl an der Wand um weitere sieben Personen erhöht. Das werde ich Carolyn zeigen müssen, während ich mich erkläre. Nichts fasst meine Zwecke oder Ideale besser zusammen.

Aber für den Moment müssen Arrangements getroffen werden, um ihr zu erlauben, sicher in meinem Zuhause zu leben – und vielleicht sogar mein Bett zu teilen – ohne dass sie mich dabei je erblickt.

KAPITEL 8

Carolyn

Mein Handy klingelt ein paar Minuten nach Mitternacht und ich nehme sofort ab. „Pack deine Sachen und bereite dich darauf vor, aus deinem Hotelzimmer auszuziehen", verkündet Prometheus schnell, ohne für eine Begrüßung innezuhalten. „Es ist dort für dich nicht länger sicher."

„Was ist los?" Ich setze mich in meinem Bett auf und presse die Decken nach alter Gewohnheit an meine Brust.

„Carolyn, es ist keine Zeit, um es zu erklären. Bitte folge meinen Anweisungen. In fünf Minuten wird unten ein Auto auf dich warten." Seine Stimme ist so fürchterlich ernst, dass sie meine volle Aufmerksamkeit hat.

Irgendetwas ist wirklich nicht in Ordnung.

„Ich werde da sein." Es ist unmöglich zu wissen, wie es für die anderen FBI-Agenten aussehen wird, wenn ich mitten in der Nacht verschwinde. Aber auf der anderen Seite hätten sie überhaupt nie mit meinen Problemen zu tun haben sollen.

„Gut. Wir werden bald persönlich miteinander sprechen." Er legt auf und ich lege mein Handy langsam hin, wobei mir das Herz bis zum Hals schlägt.

Oh mein Gott, er will sich treffen. Nicht nur das, er versucht auch, mich vor etwas zu beschützen. Daniels? DuBois?

Während ich eilig meine Sachen packe, wünsche ich mir, er hätte wenigstens einen Hinweis auf den Grund für seine Dringlichkeit gegeben. Offensichtlich muss es irgendeine ernste Krise geben, wenn er es sich so schnell anders überlegt, mich zu treffen.

Beim Vorbeigehen am Badezimmerspiegel verziehe ich das Gesicht. Ich trage eine schlichte Jogginghose und ein T-Shirt – nicht der Eindruck, den ich auf einen Mann machen will, der mir allein mit seiner Stimme einen wohligen Schauer über den Rücken laufen lässt. Aber anscheinend ist keine Zeit, um das zu ändern.

Als ich durch die Tür des Hotels gehe, ist bereits ein weiteres Gewitter aufgezogen. Das Wasser fällt in Schleiern von der Markise und verschleiert die Straße. Ein paar Blocks entfernt hat ein Stromausfall eine Gegend in Dunkelheit gestürzt und beendet abrupt die Reihe von Straßenlaternen.

Nicht einmal eine Minute später fährt eine Limousine vor. Die schwarze Motorhaube gleitet unter die Markise und hält direkt vor mir an. Die Tür öffnet sich und eine Frau Anfang Zwanzig lehnt sich heraus, wobei ihr schwarzer Bob ihr schmales Gesicht umspielt.

„Hi!", sagt sie fröhlich. „Ich bin Marissa. Steig ein. Wir müssen hier weg, bevor der Sturm noch schlimmer wird."

Das verwirrt mich. Kommt eine Naturkatastrophe auf uns zu? Ist das Hotel in einer Überschwemmungsebene gebaut?

Es ist noch nicht der richtige Zeitpunkt, um Fragen zu stellen. Ich nehme meinen Koffer und eile zum Auto, bevor ich hineinschlüpfe. Ich schließe die Tür und schnalle mich an, bevor ich frage: „Was ist los?"

„Prometheus hat herausgefunden, dass jemand hinter dir her ist und in ungefähr einer halben Stunde in der Stadt sein wird. Es ist wirklich wichtig, vorher schon lange das Hotel verlassen zu haben." Sie lehnt sich nach vorn und nimmt eine Flasche Eistee aus dem Minikühlschrank der Limousine. „Willst du etwas zu trinken?"

„Nur Informationen. Mein Magen ist ein wenig unruhig." Der plötzliche Aufbruch und anschließend nervenaufreibenden Neuigkeiten lassen mir übel werden. „Was ist deine Beziehung zu Prometheus?"

Sie lacht. „Er ist mein älterer Bruder. Entschuldige all diese seltsamen Dinge. Er hält momentan alles streng geheim, weil er sich noch nicht ganz sicher ist, ob er dir voll vertrauen kann. Nimm es ihm nicht übel. Er ist bei allen so paranoid, die er nicht gut kennt."

„Habe ich bemerkt." Ich nehme es ihm nicht übel, ich bin nur froh, dass Prometheus mich endlich ein wenig an sich heranlässt, auch wenn es durch einen Notfall dazu kommt. „Also, wer ist hinter mir her?"

„Assante."

Nein. Die Neuigkeit trifft mich wie ein Eimer voller Eiswasser. „Aber er sitzt im Gefängnis! Er ist im Manhattan Detention Complex eingesperrt. Ich habe ihn selbst dorthin gebracht –"

Sie lächelt entschuldigend. „Ja, deshalb will er dich jetzt vermutlich umbringen. Prometheus hat mir gesagt, ich soll dir sagen, dass Daniels seinen älteren Bruder, einen Bundesrichter, genutzt hat, um die Papiere unterzeichnen zu lassen, die Assante befreien, damit er ihn bei einer Ermittlung einsetzen kann."

Ich reibe mir erstaunt über die Schläfe. „Ich kenne das Protokoll. Und dein Bruder hat vermutlich recht. Logisch gesehen, wenn Daniels ihn herausgeholt hat, dann schickt er Assante mir hinterher."

„Na ja, mach dir keine Sorgen. Wenn es außer Computer eine Sache gibt, worin mein Bruder gut ist, dann ist das Privatsphäre und Sicherheit. Wir werden dich irgendwo unterbringen, wo Assante dich unmöglich finden kann." Ihr Gesichtsausdruck ist ein wenig zu verschmitzt, als dass ihr Lächeln beruhigend wirken könnte, aber sie scheint es gut zu meinen.

„Ich kann das immer noch nicht glauben." Es ist schwer, einen tiefen Atemzug zu nehmen. „Wenn Daniels so weit geht, dann kann er sich keine Gedanken mehr um die Konsequenzen machen. Er kann nicht wirklich denken, dass es unbemerkt bleibt, wenn er mich umbringen lässt, oder? Es wird mühelos auf ihn zurückgeführt werden."

„Na ja, das ist die Sache mit dummen Menschen. Sie denken immer, sie wären klüger als alle anderen." Sie lehnt sich auf ihrem Sitz zurück, wobei ihr Blick über mich wandert. „Wie auch immer, anscheinend hat Daniels es so aussehen lassen, als wäre Assante aus der Haft entflohen."

„Oh. Wie hat er das glaubwürdig gemacht?" Meine Hände sind taub vor Schock, sie aneinander zu reiben lässt sie nur unangenehm prickeln.

„Na ja, entweder hat er sich von Assante verprügeln lassen oder er ist losgegangen und hat sich ausrauben lassen." Sie nimmt einen Schluck ihres Getränks. „Wir haben einen Zeugen, der sagt, dass er über das Krankenhaus zurück in euer Büro gekommen ist, von oben bis unten in Verbände eingewickelt."

„Das deckt ihn für den Moment." Jetzt, wo der Schock so langsam nachlässt, kommt stattdessen die Bitterkeit. „Wo fahren wir hin?"

„Zu unserem Haus!" Bei meinem überraschten Blick sieht sie mich schelmisch an. „Mein Bruder will dich treffen, und danach haben wir ein Zimmer vorbereitet, damit du ein wenig schlafen kannst."

„Wow. Es tut mir leid. Es ist nur sehr überraschend. In Detroit hat er sich geweigert, sich mit mir zu treffen." Anscheinend war es sinnlos, das persönlich zu nehmen, so traurig mich seine Zurückweisung damals auch gemacht hat. Er … ist einfach so.

„Na ja, mein Bruder braucht lange, um mit Menschen warm zu werden. Er braucht noch länger, um jemandem zu vertrauen. Er hat nicht einmal mir vollständig vertraut, als er mich kennengelernt hat, und wir haben denselben Vater." Sie deutet mit der Flasche auf mich. „Er mag dich wirklich. Und er will, dass du sicher bist."

Dieses warme Gefühl breitet sich wieder in mir aus, trotz meiner Angst wegen der ganzen Situation mit Assante. Das letzte Mal mit Assante war es zwei gegen einen. Ein weiterer bestausgebildeter, professioneller Auftragskiller hatte ihn für mich fertiggemacht, bevor ich überhaupt ankam. Mich ihm allein zu stellen würde vermutlich mit meinem Tod enden.

Aber jetzt bin ich nicht allein. Prometheus trifft sich nicht nur mit mir und er hilft mir auch nicht nur. Er bringt mich in sein Zuhause, um mich zu beschützen.

Noch nie zuvor hat jemand so etwas für mich getan. „Ich weiß das zu schätzen, aber es verwirrt mich. Prometheus hat gesagt, dass er mich interessant findet, und eine FBI-Agentin ist eine gute Verbündete, wenn man Hacker ist. Aber –"

Ihr plötzliches Lachen überrascht mich. „Oh wow, du hast wirklich keine Ahnung."

„Keine Ahnung wovon?"

Ihr Blick tanzt, als sie mich anlächelt, als wüsste sie über das beste Geheimnis der Welt Bescheid und könnte es kaum zurückhalten. „Mein Bruder ist in dich verliebt, Süße. Er ist kaum bereit, es sich selbst, geschweige denn mir gegenüber zuzugeben. Aber bevor du gekommen bist, waren wir praktisch die einzigen Lieben des anderen. Er war noch nie zuvor wegen einer Frau so."

Ich blinzle sie nur an. Was erwidert man auf so etwas?

Ich dachte, er wollte nur Sex mit mir haben. Aber das kann ich nicht gerade zu seiner Schwester sagen. „Er hat mich noch nicht einmal getroffen."

Sie trinkt einen weiteren Schluck ihres Tees. „Mein Bruder verbindet sich online ständig mit Menschen, Agent Moss. Für ihn ist eine wirklich positive Online-Beziehung wertvoller als eine weniger positive persönliche Beziehung."

„Ich kenne nicht einmal seinen Namen." Draußen wird der Sturm stärker und verbirgt alles hinter der Scheibe durch einen dichten Schleier aus Regen. Das Glas ist kalt, als ich die Seite meiner Stirn daran lehne.

Ist das ein Traum? Nein, mein verdammter Kopf schmerzt zu sehr, als dass es ein Traum sein könnte. Das ist real und Prometheus ist nicht nur interessiert oder fasziniert oder will mich nur vögeln. Seine kleine Schwester lächelt, während sie über ihn auspackt.

Er hat sich ebenfalls in mich verliebt, aus der Ferne, ohne mich je persönlich getroffen zu haben. Und jetzt stehen wir kurz davor, uns zu sehen. Und irgendwie macht es das etwas weniger beängstigend, dass Daniels einen sehr wütenden und sehr gefährlichen Auftragskiller auf mich angesetzt hat.

„Er ist besorgt darüber, wie du auf gewisse Dinge über ihn reagieren wirst, wie zum Beispiel seinen Namen und sein Aussehen. Besonders sein Aussehen. Es ist irgendwie charakteristisch." In ihren Worten liegt ein Anflug von Entschuldigung.

„Ist er entstellt? Lebt er deshalb so zurückgezogen?" Das ist mir egal, wenn es an ihm so viel Begehrenswertes gibt.

„Nein. Hör mal, er wird dir alles erklären. Sei bitte nur ein wenig geduldig. Er ist wirklich exzentrisch, aber du bist ihm auch sehr wichtig." Trotz des fröhlichen Lächelns flehen mich ihre Augen an.

„Wenn das, was du sagst, wahr ist, dann versucht er, mir das Leben zu retten. Geduld ist kein Problem. Aber ich weiß wirklich nicht, wie ich all das aufnehmen soll. Wie plant er, mich zu treffen, wenn er nicht will, dass ich sein Gesicht sehe?"

Das plötzliche geistige Bild von Prometheus, wie er mit einer Maske erscheint, als wäre er aus *Das Phantom der Oper*, taucht in meinem Kopf auf. Ein wenig lächerlich, aber nicht unglaubwürdig. Es wäre nicht exzentrischer als einige andere Dinge, die er getan hat.

„Ihr werdet euch schon etwas überlegen, wenn du ankommst." Sie zögert, bevor sie wesentlich ernster wird. „Es gibt nur eine Sache."

„Welche?" Wir entfernen uns vom Stadtzentrum. Wie weit ist ihr Zuhause von Baltimore entfernt?

„Du musst verstehen, dass mein Bruder mich aus einer höllischen Situation geholt hat, als ich klein war, und dass ich ohne ihn nichts hätte. Wenn zwischen euch etwas passiert, dann ist das für mich in Ordnung, aber …"

Ihr Blick ist fest auf meinen gerichtet und ihre Stimme wird immer ernster. Es erinnert mich so sehr an Prometheus, als er mir gesagt hat, ich solle meine Sachen packen, dass es sofort meine volle Aufmerksamkeit auf sich zieht.

„Aber …?" Meine Frage ertönt so sanft wie möglich.

„Aber wenn du ihm wehtust, wenn du sein Vertrauen missbrauchst, ihn verpfeifst oder sein Leben versaust, werde ich vergessen, dass ich bereits beginne, dich zu mögen, und ich werde alle Register ziehen, um dich zu ruinieren." Ihre Augen flackern, als sie meinen Blick trifft, es ist eindeutig, dass sie jedes Wort ernst meint. Und wer könnte es ihr verübeln?

Meine Stimme ist heiser vor Emotionen. „Ich will ihm nicht wehtun. Das ist das Letzte, was ich will. Du musst verstehen. Er ist nicht nur jemand, dem ich viel schuldig bin oder zu dem ich mich hingezogen fühle. Er ist der eine Mann, auf den ich mich verlassen konnte. Es ist ausgeschlossen, dass ich mich umdrehen und auf das, was er für mich getan hat, mit Verrat reagieren werde. Es ist verständlich, dass er mir noch nicht richtig vertraut und dass du mir noch nicht richtig vertraust. Die Vertrauensprobleme sind tatsächlich gegenseitig. Aber ich will, dass Vertrauen herrscht. Ich … bin es so leid, niemanden zu haben."

Es ist eine Erleichterung, mir diese Gefühle endlich von der Seele zu reden und es hilft mir auch, sie zu sortieren. Es ist irgendwie seltsam, eine so intime Unterhaltung mit einer beinahe Fremden zu führen, aber diese Frau scheint ihren Beschützerinstinkt gegenüber ihren Bruder absolut ernst zu meinen. Sie könnte auch eine brillante Schauspielerin sein, aber kleinste Gesichtsbewegungen lügen nicht, genauso wenig wie Körpersprache.

Ich bin immer noch eine Ermittlerin, die sich auf ihr Training und ihre Instinkte verlässt. Momentan sagt mir mein Instinkt, dass das eine ehrliche Unterhaltung ist, die geführt werden muss, damit ich die Situation wirklich verstehen kann.

Und doch ist es mit so vielen unbekannten Faktoren riskant. Ist das alles eine Art durchdachtes Spiel, das Prometheus mit mir getrieben hat? Ist diese Frau hier, um ihm dabei zu helfen, mich zu manipulieren?

Nutzt er ihre ehrliche, beschützende, schwesterliche Liebe, um ihm dabei zu helfen, mich zu manipulieren?

Ich will dem wundervollen, warmen, unbekannten Gefühl vertrauen, das in mir aufblüht, wann immer Prometheus zeigt, dass ich ihm wichtig bin. Es ist so verführerisch, es führt etwas tief in meinem Herzen in Versuchung, das noch nie befriedigt wurde.

Außerdem erregt es mich. Was ebenfalls ein unbekanntes Gefühl ist.

Wenn dieser Mann meinen Körper allein durch seine wunderschöne Stimme reagieren lassen kann, was wird er dann tun können, sobald wir allein sind?

Sie unterbricht die Stille, indem sie sich nach vorn lehnt. „Na ja, ich hoffe, dass das stimmt, denn glaub mir, es ist zu spät, um meinem Bruder Verstand einzureden. Natürlich wäre er wütend, wenn er wüsste, dass ich so meine Nase hineinstecke, aber es ist wirklich in seinem Interesse. Und in deinem, anscheinend. Es wird vielleicht eine Weile dauern, bis er tatsächlich zugibt, wie er fühlt, nur um dich zu warnen. Aber du wolltest wissen, warum er all das tut, und das ist der Grund. Ich bin mir sicher, dass er ebenfalls denkt, dass du heiß bist – heilige Scheiße, du wirst richtig rot, Süße." Sie bedeckt ihren Mund mit der Hand.

Einen Moment lang kann ich sie nicht ansehen.

„Ich weiß, dass das unangenehm ist, aber ich schwöre, es ist zu einem guten Zweck. Und ich werde ihm vermutlich dasselbe sagen, wenn er herausfindet, dass ich dir all das erzählt habe."

„Es ist … okay. Wenn ich einen Bruder hätte, dem ich wirklich wichtig wäre, dann würde ich vermutlich dasselbe tun. Na ja, ich wäre vielleicht ein wenig subtiler damit."

Sie beginnt zu kichern, was mir ein Lächeln entlockt.

„Das ist gut." Sie leert ihren restlichen Tee und zieht einen Mülleimer unter sich aus dem Sitz, um die Flasche hineinzuwerfen. „Aber eine Sache noch."

„Welche?" Ich beginne, in meiner Tasche nach meiner Packung Aspirin zu suchen.

„Diese Sache, die du über deinen Wert für ihn als FBI-Agentin gesagt hast? Süße, Prometheus braucht nicht noch einen weiteren FBI-Agenten bei sich. Er hat bereits Dutzende. Und nicht, weil er sie gekauft hat. Du wirst sehen. Mein Bruder will dich einfach, weil du du bist. Nicht wegen dem, was du ihm geben kannst. Das ist das Entscheidende."

Sie verstummt für ein paar Minuten und gibt mir die Chance, all das zu verarbeiten. Sie reicht mir eine Flasche Wasser, um meine Aspirin herunterzuspülen und ich trinke langsam, während ich den Sturm betrachte.

„Also, erzähl mir von diesem Assante", sagt sie schließlich, als wir die äußeren Bezirke von Baltimore erreichen.

Ich reiße meinen Blick vom dunklen, stürmischen Land los und runzle die Stirn. „Assante ist der Mann, den die Cohen-Mafiafamilie in Las Vegas losschickt, wenn einer ihrer regulären Auftragskiller erledigt werden muss. Davor war er frei und ungebunden und hatte hohe Todeszahlen. Er ist schon seit Jahrzehnten im Geschäft. Wenn Auftragskiller lang genug bleiben, um alt zu werden, dann weißt du, dass sie wirklich gefährlich sind. Assante ist Mitte Sechzig. Er wurde in Sizilien geboren und selbst mit unseren wenigen Informationen haben wir ihn mit Dutzenden Morden in Verbindung gebracht."

„Wow. Das ist ziemlich heftig. Erzähl weiter." Marissas Blick ist aufmerksam auf mein Gesicht geheftet, ohne dabei viel zu blinzeln, was ein wenig unangenehm ist. Sie erinnert mich an eine Katze.

„Als ich Assante begegnet bin, war ich in Mexiko, um dort meinen neuesten Auftrag zu erfüllen. Der Name des Verdächtigen war Brian Stone und er war ein wesentlich unbekannterer Auftragsmörder der Cohens, der versucht hat, diesem Leben zu entkommen. Ich war sowieso weit außerhalb meines Zuständigkeitsbereichs, also war ich mehr als bereit, Stone gehenzulassen. Aber Assante hätte fast eine unschuldige Frau und ein kleines Kind vor meinen Augen umgebracht. Also habe ich ihn von Brian Stone zusammenschlagen lassen, habe geholfen, ihn zu überwältigen und habe ihn dann in Klebeband eingewickelt, in den Kofferraum meines Mietwagens gepackt und –"

„Moment, warte. Du hast was getan? Heilige Scheiße!" Ihre Schultern beben und sie hat Tränen in den Augenwinkeln. „Kein Wunder, dass dich dieser Kerl umbringen will."

„Ja, ich habe irgendwie zugelassen, zu wütend auf ihn zu werden, als er dieses Kind bedroht hat. Aber er hat es wirklich verdient." Und obwohl er dadurch jetzt nach Rache sinnt, ist es trotzdem lustig.

„Na ja, natürlich ist niemand froh, dass dieser Kerl in der Stadt und auf der Suche nach dir ist. Aber das ist nicht gerade das erste Mal, dass wir es mit Auftragskillern zu tun haben. Der letzte Don von New York City hat meinen Bruder gehasst. Er musste ein paar Jahre lang immer den ganzen verdammten Flughafen überwachen, nur weil sie so oft die Küste herunterkamen, um uns zu erledigen."

Das ist ein seltsamer Zufall. „Du meinst den Don, der an der kanadischen Grenze umgebracht wurde?"

„Ja." Sie nickt und blickt aus dem Fenster, als es blitzt. „Das ist er. Wir waren beide wirklich froh, als der Kerl ins Gras gebissen hat."

Etwas in meinem Kopf klickt und ich beginne, nachzudenken. Der erste Mann auf der Liste der Verdächtigen, die Daniels mir gegeben hat, war ein Autodieb, der zufällig die geflohene Tochter des Dons vor einem Rückholteam gerettet hat. Aber war das wirklich zufällig?

Der Don war so wütend, dass er, als seine Tochter von seinen Männern in Montreal lokalisiert wurde, selbst dorthin gefahren ist, obwohl er schreckliche Angst vor dem dortigen Mafiachef hatte. Nicht nur konnte er seine Tochter nicht zurückbringen, er war auch noch dazu gezwungen, zurück in die Staaten zu fliehen, aus Angst, dass die Sechste Familie ihn wegen Betretens ihres Reviers zerstören würde.

Aber bevor er sicher in sein eigenes Revier zurückkehren konnte, hat ihn ein Auftragskiller an der Grenze umgebracht, sehr wahrscheinlich auf Anweisung des Dons von Montreal. Dieser Auftragskiller stellte sich zufälligerweise als der zweite Mann auf meiner Liste heraus. Der zweite Mann auf meiner Liste hat dann versucht, der Sechsten Familie zu entfliehen, nur um von ihnen in Massachusetts verfolgt zu werden.

Der zweite Mann hatte fast keine Erinnerungen, aufgrund eines Mordversuchs gegen ihn. Er war keine Hilfe dabei, Informationen über seinen ehemaligen Arbeitgeber zu liefern, aber er war mehr als bereit, die Männer, die ihn jagten, in eine Falle zu locken. Dann habe ich die Festnahme durchgeführt und die Männer wurden schließlich nach Kanada ausgeliefert.

Der dritte Mann auf meiner Liste war derjenige, der versucht hatte, den Cohens zu entfliehen. Ich weiß noch nicht, ob es eine Verbindung zwischen ihm und den anderen gibt. Aber er ist derjenige, dessen Fluchtversuch Assante in mein Leben gebracht hat – ein sizilianischer Auftragsmörder, wie der zweite Mann auf meiner Liste.

Ist das ein Zufall oder eine weitere Verbindung zwischen den Fällen?

Die Festnahme von Assante war bis dato meine prominenteste Festnahme und ein brillanter Weg, um meine Karriere beim FBI anzukurbeln. Oder zumindest wäre es so gewesen, wenn Daniels nicht dauernd meine Versuche sabotieren würde, Anerkennung zu bekommen.

Natürlich hat Assante, auch wenn niemand ihm zu glauben schien, schnell angedeutet, dass die Art, wie ich ihn über die Grenze gebracht habe, sowohl illegal als auch würdelos war. Das stimmt. Das Begehen dieses sich windenden Weges hat mich auf gewisse Weise nach den Maßstäben des FBIs ethisch gefährdet.

Aber verglichen mit jemandem wie Daniels, der immer noch eine verwaltende Position hat, während wegen massenhafter sexueller Belästigung gegen ihn ermittelt wird ... bin ich so rein wie frischer Schnee.

Der vierte Mann auf meiner Liste war in Detroit. Was für ein Desaster das war. Er war ein Untergrund-Mixed-Martial-Arts-Kämpfer, der verdächtigt wurde, im Ring zwei Männer getötet zu haben.

Wie sich herausstellte, war einer dieser Männer an einer Überdosis Drogen gestorben und der andere Tod war ein Unfall gewesen. Und doch ist stattdessen, während ich gegen diesen relativ unschuldigen Mann ermittelt habe, ein gewalttätiger Serienstalker in mein Visier geraten, der versucht hatte, eine junge Frau zu töten, die von dem Boxer gerettet wurde. Er war ebenfalls ein Hacker, der sich als Rivale von Prometheus herausstellte.

Prometheus hat anscheinend ein paar Dinge für den Besitzer dieser Untergrund-Kampfliga erledigt. Ich habe einen zusätzlichen Monat in Detroit verbracht, auf der Suche nach ihm, nachdem sein Name erwähnt wurde, aber er wollte kein Treffen zulassen. Meine Vermutung ist, dass er wie ich mit seinen Gefühlen gekämpft hat.

Aber seine Schwester hat auch nicht den völlig richtigen Eindruck von ihm. Sie glaubt nicht, dass ihr Bruder mich benutzen könnte, weil ich ihm so wichtig bin. Ich wünschte, das wäre wahr, aber bei einem Rückblick auf die letzten vier Fälle zeigt sich mir, dass es oft Verbindungen zu Prometheus gibt.

Und hier sind wir, in Baltimore, wo Prometheus wohnt. Und der Letzte auf meiner Liste ist ebenfalls hier: DuBois. Meine beste Vermutung ist, dass er Prometheus' Rivale, Verbündeter oder möglicherweise Arbeitgeber ist.

Alle Wege führen zurück zu diesem Mann, der mich angeblich liebt. Kein Wunder, dass er so viel über die Verdächtigen wusste – er hat auf gewisse Weise mit ihnen allen zu tun.

Es ist nicht klar, wie Prometheus ein paar der Dinge arrangiert haben könnte, die während dieser Fälle passiert sind. Aber wenn ich recht habe, dann hat er direkt von fast allem profitiert, das er getan hat, um mir zu helfen.

Der Don, der regelmäßig versucht hat, ihn und seine Schwester umzubringen, ist jetzt zum Teil wegen mir tot. Der Hacker, der versucht hat, ein Geschäft zu entlarven, mit dem er zu tun hatte, ist jetzt zum Teil wegen mir in Haft. Prometheus hat meine Versuche ausgenutzt, meine Aufträge zu erfüllen, um einige seiner eigenen Ziele zu erreichen.

Es ist schwierig für mich, wütend darüber zu sein, da ich kein Problem damit gehabt hätte, ihm im Gegenzug für seine Assistenz zu helfen. Aber es stört mich, dass er anscheinend dieses Spielchen gespielt und zumindest einen Teil seiner wahren Beweggründe verborgen hat. Das macht es mir schwieriger, ihm zu vertrauen.

Aber ich will ihn trotzdem sehen. Sehnlichst.

„Du musst ziemlich müde sein", bemerkt sie und ich nicke abgelenkt. „Keine Sorge. Wir sind fast da."

„Wo ist ‚da'?" Wir sind weit genug auf dem Land, dass die Lichter aus Gebäuden immer weniger werden und weiter voneinander entfernt sind. Der Fahrer verlangsamt die Limousine und biegt auf eine makellose Privatstraße ab, die durch die Hügel führt.

„Draußen im Naturschutzpark. Mein Bruder hat da draußen viel Land."

„Darf ich dich etwas fragen?" Ich drehe mich um, um ihr Gesicht zu betrachten.

Sie nickt. „Schieß los."

„Warum hat Prometheus dich losgeschickt, anstatt mich einfach vom Fahrer abholen zu lassen?" Es ist gut, dass er das getan hat, aber auch ein wenig riskant für sie, wenn Assante unterwegs ist.

„Ich habe mich freiwillig gemeldet." Sie schenkt mir wieder dieses verschmitzte Lächeln. „Ich wollte mehr über dich erfahren und Prometheus wollte wirklich sichergehen, dass du in guten Händen bist. Wer wäre da besser als seine eigene Schwester?"

Das entlockt mir ein kleines Grinsen. „Das und du wolltest mir eine kleine ‚Ich trete dir in den Hintern, wenn du meinem Bruder wehtust'-Rede halten."

Das lässt sie erneut lachen. „Oh ja, definitiv. Wir sollten übrigens in einer Minute da sein. Es ist ungefähr eine Vierteilmeile die Straße hinauf."

Der Sturm ist hier draußen noch schlimmer, was es mir schwer macht, auf der Straße vor uns etwas zu sehen. Schließlich entdecke ich jedoch Licht durch eine Unterbrechung in den niedrigen Bäumen.

Ich habe bereits begonnen, zu vermuten, dass Prometheus unabhängig wohlhaben ist, als er begonnen hat, mir Geschenke zu schicken. Als ich die Limousine gesehen habe, war ich mir dessen sicher. Aber jetzt, als die ausgedehnte Villa vor uns sichtbar wird, kommt mir in den Sinn: *Dieser Kerl muss für niemanden arbeiten.*

Er ist offensichtlich Milliardär. Und der Anblick seines luxuriösen Zuhauses erinnert mich daran, dass so viel an ihm für mich immer noch ein Mysterium ist.

KAPITEL 9

Carolyn

Das Haus ist still, als wir es betreten. Es scheint fast, als wäre niemand hier. Der Fahrer hilft mir mit meinem Gepäck und ein Mann mit einem Wagen wartet auf meinen Koffer, als wir in die Eingangshalle kommen, aber das ist alles.

Seltsamerweise trägt der große, kurzhaarige Mann, der mir mit meinem Gepäck hilft, eine Waffe an seinem Gürtel. Ist er Teil des Sicherheitsdienstes? *Vielleicht sind sie die Einzigen, die wach sind.*

Ich kann es verstehen. Ich bin erschöpft. All die Aufregung und die lange Autofahrt, zusammen mit dieser unerwarteten, tiefgreifenden Unterhaltung mit Marissa, hat mich müde gemacht. Genau wie endlich einen Zusammenhang in Bezug auf Prometheus, sein Interesse an mir und den letzten vier Fällen herzustellen.

Das Haus ist so groß, dass es einen eigenen Fahrstuhl hat. Marissa fährt mit mir und dem Wachmann, wobei sie die ganze Zeit vom Gebäude und seiner Geschichte erzählt. Es ist schwierig, sich auf das zu konzentrieren, was sie sagt.

Es ist ein wundervolles altes Haus, aber es ist mir wesentlich weniger wichtig als der hier wohnende Mann – der Mann, den ich noch nie getroffen habe, der mir innerhalb von drei Monaten aber trotzdem wichtiger geworden ist als so ziemlich jeder andere.

Das Zimmer, das sie für mich bereitgestellt haben, hat dieselbe Größe wie meine ganze Wohnung in New York City. Es hat sein eigenes angeschlossenes Badezimmer, ein riesiges Himmelbett, einen Tisch mit Ethernet-Kabel und Balkonfenster, die einen großen, ausgedehnten Garten überblicken. Auf dem Bett liegt ein Umschlag.

„Okay, also, ich werde euch zum Reden allein lassen. Er wird in ungefähr zwanzig Minuten zu dir kommen. Wir sehen uns beim Frühstück." Marissa schenkt mir ein letztes Lächeln und geht hinaus, wobei die Absätze ihrer Stiefel im Flur klacken.

Ich nehme meinen Koffer und öffne ihn auf der Suche nach sauberen Klamotten, die präsentabler sind als mein Schlafanzug. Schließlich hole ich einen Samtrock und eine Tunika heraus, beide in dunkelblau. Es macht keinen Sinn, mich um Schuhe oder Schmuck zu kümmern.

Das angeschlossene Badezimmer ist auf der kurzen Seite, aber wunderschön, mit goldenen Einbauten und Fliesen in der Farbe von Klaviertasten. Ich dusche mich ab und wasche mir das Haar mit Jasmin-Seife.

Als ich das Badezimmer verlasse, geduscht und umgezogen, erwarte ich halbwegs, einen maskierten Mann auf dem Bett sitzen zu sehen. Stattdessen liegt dort nur der mysteriöse Umschlag. Ich setze mich auf das Bett und öffne ihn.

Eine schwarze, seidene Augenbinde fällt heraus, so glatt und fein, dass sie mir durch die Finger gleitet, als ich versuche, sie zu fangen. Ein kleines gefaltetes Stück Papier flattert hinterher und landet auf der waldgrünen Bettdecke. Die Handschrift ist wunderschön und kommt mir bekannt vor.

Zieh das an.

Ich zögere, bevor ich die Augenbinde in die Hände nehme und sie mir über die Augen binde. Sie ist breit genug, dass ich darüber und darunter kein Licht sehen kann. Ich sitze da und kämpfe mit meiner Nervosität, in der Erwartung, dass etwas geschieht.

Fast sofort wird die Tür geöffnet. Der schwere, zielgerichtete Gang eines großen Mannes ertönt im Raum und ich rieche einen Hauch von Sandelholz in seinem Eau de Cologne. Er kommt auf mich zu, bevor er einen Stuhl über den Boden zieht. Er knarzt, als er sich daraufsetzt, er muss riesig sein.

„Guten Abend, Carolyn." Prometheus' tiefe, sanfte, melodische Stimme hat aus der Nähe noch mehr Kraft. Sie lässt mir sofort die Knie weich werden.

„Hallo." Meine Stimme kommt winzig und atemlos heraus.

„Ich werde für unsere Interaktionen einige Grundregeln festlegen. Bitte weiche nicht von ihnen ab, wenn du möchtest, dass diese Interaktionen weitergehen." Ich höre das Rascheln seiner Kleidung. Es klingt nach Seide.

„Ich verstehe." *Warum ist das so erregend?*

„Kennst du die Legende von Amor und Psyche, Carolyn?"

Ich muss einen Moment lang angestrengt nachdenken. Seine Stimme hält mich in ihrem Bann. „Ja. Er hat gefordert, dass sie sich in völliger Dunkelheit mit ihm trifft und nie versucht, ihn anzusehen, da er ansonsten gehen würde."

„Gut. Meine Anforderungen sind ähnlich. Für deine Sicherheit so wie meine, nimm die Augenbinde nicht ab, während wir zusammen sind. Ich werde entscheiden, wann ich mich dir zeige. Versuche nicht, die Sache voranzutreiben. Du darfst den Standort dieses Hauses an niemanden weitergeben. Du darfst keine Gäste herbringen. Wenn du es als nötig empfindest, das Gelände zu verlassen, wirst du sichergehen, dass du auf dem Rückweg nicht verfolgt wirst." Eine Pause. „Das ist alles."

„Ich verstehe." Die meisten seiner Bedingungen waren zu erwarten, wenn er versucht, seine Identität zu verbergen.

„Du darfst dich frei im Haus bewegen, bis auf den Keller, wo sich mein Arbeitsplatz befindet, und die beiden oberen Stockwerke, die meinen Wohnraum bilden. Diese Bedingungen werden sich ändern, sobald du dich als vertrauenswürdig erweist." Sein Ton ist eine seltsame Mischung aus sanft und streng, weder bloßstellend noch grausam.

„Natürlich. Danke." Ich bin immer noch unglaublich neugierig, was er verbirgt. Aber das ist sein Haus, seine Privatsphäre und es sind seine Regeln. Und ich habe kein Problem damit, dass er mir Vorschriften macht. In Wirklichkeit fasziniert mich die Idee.

„Was willst du sonst noch von mir?" Meine Stimme ist immer noch peinlich mädchenhaft und atemlos, sie gibt zu viel preis.

„Was würdest du mir anbieten?", fragt er sanft, mit einem … intensiveren Tonfall.

Mich. Ich beginne zu zittern, kann die Worte aber nicht laut aussprechen. *Du kannst mich haben.*

Ich höre, wie er von dem Stuhl aufsteht und über mir aufragt. Sein Duft, seine leise Atmung, die mich durchströmende Wärme, all das lässt mich so schwach werden, dass ich mich kaum mit den Händen noch abstützen kann.

Seine Auswirkung auf mich, meine Einsamkeit, diese emotionale Unterhaltung mit Marissa und die Tatsache, dass mein Leben in Gefahr ist – all das mischt sich in mir, bis mir schwindelig wird. Schließlich gebe ich auf und keuche: „Ich will nur, dass du mich berührst."

Eine langfingrige Hand streicht plötzlich über die Seite meines Gesichts und umfasst meine Wange. Diese weichen, schlanken Finger gleiten über mein Haar, das immer noch fest zu einem Zopf geflochten ist. Er legt seine Hand sanft in meinen Nacken; mein Kopf neigt sich nach hinten in seine Hand und meine Lippen öffnen sich, um einen zittrigen Atemzug auszustoßen.

Warmer Atem strömt über mein Gesicht, bevor etwas Glattes und Warmes meine Lippen streift und ein Kribbeln hinterlässt. Plötzlich zieht sich meine Mitte zusammen, mein ganzer Körper wird von Lust und Verlangen durchströmt. Ich lehne mich blind in Richtung des Kusses – und sein Mund landet hungrig auf meinem.

Ich werfe meine Arme um seinen Hals und ziehe ihn an mich, plötzlich gierig, wobei ich vom Bett aufstehe, um meinen Körper an einen anderen zu pressen, der groß und warm und voller fester Muskeln ist. Seine Hände gleiten über meinen Rücken, seine Zunge streift vorsichtig über meine und als ich aufhören und Atem schöpfen muss, beginnt er stattdessen, meinen Hals zu küssen.

Seine Lippen, zärtlich auf meiner Haut, lassen elektrische Blitze unbekannter Lust durch meinen Körper schießen. Mein unterdrücktes Stöhnen entlockt ihm ein Lachen. „Hör nicht auf", flüstere ich und er zieht mich enger an sich, bevor er mit der Zunge über meinen Hals fährt. „Willst du, dass ich mit dir schlafe?", murmelt er an meinem Puls.

Ich erstarre für einen Moment, eine ermutigende Hand an seinem Rücken und die andere in seinem Haar. „Ich habe nie …", flüstere ich. „Aber … ja …"

„Oh", flüstert er, fast schon ehrfürchtig. „Dann sollte ich es denkwürdig machen."

Er küsst mich erneut innig, seine schlanken Finger wandern nach unten, um meine Brust durch den Stoff hindurch zu liebkosen. Als sie meine Brustwarze streifen, spannt diese sich beinahe schmerzhaft an und ich wimmere.

„Du darfst mich überall berühren, nur nicht im Gesicht", befiehlt er. Seine Stimme ist tiefer geworden und zittert ein wenig. Er tritt zurück, seine Hände gleiten von mir. „Ich werde jetzt meine Kleidung ausziehen. Ich empfinde sie plötzlich als … einengend."

Ich höre Stoff rascheln, dann wird der warme Duft seiner Haut etwas stärker. Seine Atmung wird lauter, während ich begierig die Hände ausstrecke und spüre, wie er ein Shirt und einen Pullover auszieht. Meine Fingerspitzen finden seinen harten, muskulösen Bauch, als er sich streckt, und gleiten ungeduldig darüber.

„Mach meinen Gürtel auf", flüstert er. Das Leder ist steif, aber ich löse es und öffne ihn gehorsam. Meine Finger wandern tiefer und er zieht den Atem ein, als sie auf eine harte, pulsierende Wölbung unter dem Stoff treffen.

„Mach den Reißverschluss auf", schnurrt er. Begierig ziehe ich den Reißverschluss nach unten und greife hinein, um den seidigen Stoff von Boxershorts zu spüren. Der Umriss seiner Erektion drückt den Stoff heraus; ich fahre mit den Fingerspitzen über die Länge und er stöhnt leise auf.

„Du zuerst, mein Liebling." Seine Hose landet auf dem Boden und einen Moment später kommt er zu mir, um meine Tunika aufzuknöpfen.

Ich beeile mich, zu helfen und ziehe sie schnell aus, wobei ich ein wenig zittere, als die kühle Luft auf meine Haut trifft. Ich habe viel zu lang hiervon geträumt, um jetzt einen Rückzieher zu machen.

Er vergräbt sein Gesicht in meinem Dekolleté, küsst mein Brustbein und fährt mit seiner heißen Zunge zwischen meine Brüste. Ich ziehe ihn begierig an mich, strecke mich an ihm, meine Brustwarzen brennen mit dem unbekannten Verlangen, seinen Mund zu spüren. „Mehr", wimmere ich.

Er hebt den Kopf und flüstert: „Zieh deinen BH aus."

Ich greife nach hinten, um die Haken zu öffnen, dann biete ich ihm meine Brüste an. Er bedeckt sie mit Küssen und hält mich aufrecht, als meine Knie weich werden. Er kostet mich überall, seine Zunge kommt meinen Brustwarzen immer näher, während ich meine Fingernägel in seinen Schultern vergrabe und schluchze.

Ich hätte nie gedacht, dass sich etwas so gut anfühlen kann. Er facht ein unbekanntes Feuer in mir an, eines, das immer heißer und heißer wird, während seine Zunge meine Brustwarze berührt. Ich reibe meine Hüften mit jeder Bewegung seines Mundes – und endlich umfasst er meinen Schritt mit einer Hand, sodass er jedes Mal fest daran drückt, wenn ich mich winde.

Schließlich beginnt er, hart zu saugen und zieht mich in seiner Begierde von den Füßen, seine Arme fest um meine Hüften gelegt. Als wir gemeinsam auf dem Bett landen, halte ich die Augenbinde mit einer Hand fest, damit sie nicht verrutscht.

Er hat es deutlich gemacht. Wenn ich sein Gesicht sehe, bevor er bereit ist, es mir zu zeigen, sind wir fertig. Und im Moment würde ich alles tun, um diese Sache weiterzuführen.

Noch nie zuvor hat sich ein fast nackter Mann an mich gepresst. Seine Haut ist glatt und warm, sein Körper zittert und spannt sich unter meinen Fingern an und seine Erektion gräbt sich sanft an meinen Oberschenkel. Es liegt gewaltige Kraft in dem Körper, der an meinem schauert, aber seine Berührungen werden nie zu grob.

„Carolyn." Sein heiseres Flüstern klingt fast ehrfürchtig. Während ich über sein Haar streichle, erkenne ich es: Marissa hatte recht. Er ist in mich verliebt, obwohl wir uns kaum persönlich getroffen haben.

Mein Herz wird leicht und füllt sich mit Zärtlichkeit. „Hilf mir aus diesen Klamotten."

Irgendwie ist es mit der Augenbinde leichter. Als er mir meinen Slip über die Hüfte zieht, kann ich meine eigene nackte Haut nicht sehen, wodurch ich mich weniger entblößt fühle.

„Die Strümpfe lasse ich", informiert er mich, wobei seine Hände meine Oberschenkel streicheln.

Ich zittere und nicke stumm, als er sich zwischen meine Beine legt. Ich spüre nackte Haut; er hat den Rest seiner Kleidung abgelegt. Die glatte Spitze seiner Erektion streift meinen Schritt. Ich wappne mich für ein plötzliches Eindringen.

Stattdessen nimmt er seine pulsierende Erektion in die Hand und fährt mit der Spitze auf und ab, bevor er mich vorsichtig öffnet und beginnt, meine innere Lippen auf dieselbe Weise zu streicheln. Die Empfindung sorgt dafür, dass ich meine Hüften leicht an ihm reibe und er versteift sich vor Lust.

„Wir werden ein kleines Spiel spielen", murmelt er in mein Ohr, während er über mir ragt und mich immer noch mit der Spitze seiner Erektion reizt. „Ich werde nicht tiefer gehen, als du es mir sagst."

Er stützt sich über mir ab und gleitet sanft ein Stück in mich hinein. „Mmm. Jetzt lass uns dich noch ein wenig vorbereiten …"

Zwei seiner Finger gleiten zwischen meine unteren Lippen, genau über seiner Spitze, und beginnen langsam, vorsichtig, mich zu streicheln. Meine Augen öffnen sich hinter der Augenbinde und ich presse mich an ihn. „Oh!"

Noch nie zuvor habe ich so etwas gespürt. Es schießt durch mich hindurch, schmerzhaft intensiv, und sorgt dafür, dass sich meine Muskeln anspannen. Es macht mir Angst, aber ich sehne mich nach mehr.

„Geht doch." Seine melodische Stimme ist vor Begierde tief und atemlos geworden. „Möchtest du, dass ich tiefer eindringe?"

Ich hebe einladend die Hüften. „Ja …"

Er gleitet mit einem zufriedenen Seufzen ein wenig tiefer hinein. „Wunderbar. Jetzt noch ein wenig tiefer …"

Seine Fingerspitzen kommen tiefer und die Empfindung schießt erneut durch mich hindurch. Es würde mir Angst machen, wenn ich es nicht so sehr wollte. Ich presse mich an seine Finger. „Mehr …"

Er streichelt mich schneller, dreht seine Fingerspitzen, durch mich mittlerweile so feucht, dass sie sich ohne Schmerzen über meiner empfindlichsten Stelle bewegen. Seine Erektion gleitet tiefer hinein und unser sanftes Stöhnen mischt sich in der Luft.

Ich lege meine Beine um seine Hüften, klammere mich an ihn, während mich seine Finger weiter liebkosen. Meine innere Muskulatur spannt sich um ihn herum, als er sich an mich drückt und mich beinahe komplett ausfüllt. Seine Hüften zucken leicht an mir, während er den Drang, schneller zu werden, unterdrückt.

Seine Fingerspitzen spielen mit meiner Klitoris, bis sich jede Bewegung besser anfühlt als die letzte. Meine Fingernägel sind jetzt in seinem Rücken vergraben; mein Körper hat sich versteift und meine Gedanken konzentrieren sich auf die wachsenden Empfindungen.

„Genau so … ja …" Meine Muskeln spannen sich weiter an und ich stöhne durch meine Zähne hindurch. „Nimm mich …"

Endlich beginnt er, seine Hüften zu bewegen und schnappt nach Luft, als er sich aus mir herauszieht und wieder eindringt. Er bewegt sich langsam, aber kräftig, sein ganzer Körper spannt sich mit jedem Stoß vor Lust an. Seine Finger streicheln mich weiter in die Ekstase. Mein Atem kommt in heiseren Schreien, die lauter werden, als ich mich dem Höhepunkt nähere.

Dann stößt er mich in den Abgrund und all die Anspannung löst sich in köstlichen, langen Wellen. Er dringt tief ein und stöhnt, als meine Muskeln ihn umarmen, bis sich mein Körper entspannt und mich ekstatisch und nur halb bei Bewusstsein zurücklässt. Er gleitet tief in mich hinein, seine Erektion zuckt und bebt in mir.

Er versteift sich und keucht durch seine Zähne, während er vor Ekstase zittert. Dann sackt er mit einem leisen Seufzen über mir zusammen und lehnt sich nach unten, um meine Wange zu küssen.

„Du bist jedes Risiko wert", sagt er zu mir, während ich schlaff daliege, überwältigt von der plötzlichen, sanften Erschöpfung.

Ich schlafe ein, bevor er sich aus mir zurückziehen kann.

Ich wache auf, immer noch mit der Augenbinde und unbekleidet. Ich bin warm und kuschelig unter einer weichen Decke, Prometheus liegt neben mir und hat einen Arm um mich gelegt. Seine gleichmäßige Atmung sagt mir, dass er schläft.

Ich hebe den Kopf, dann lege ich mich wieder hin; abgeneigt, mich allzu sehr zu bewegen. Ich bin erfrischt, aber so entspannt und widerwillig, seine Arme zu verlassen.

Da trifft es mich. *Er schläft.*

Ich könnte mühelos das Mysterium lüften, weshalb er nicht möchte, dass ich sein Gesicht sehe.

Ich könnte die Augenbinde einfach zur Seite ziehen und einen kurzen Blick auf ihn werfen. *Er wird es nie erfahren.*

Aber dann erinnere ich mich an seine Warnungen und dass er mir vertraut. Ich seufze … und lege stattdessen meinen Kopf auf seine Brust, bevor ich einen Arm um ihn lege. *Wir werden es so tun, wie du es möchtest.*

KAPITEL 9

Adrian

S ie hat den Test bestanden.
Ich wache langsam mit Carolyn in den Armen auf. Ihre Augenbinde trägt sie noch und sie ist immer noch bei mir.

Ein riesiges erleichtertes Seufzen entweicht mir und ich ziehe sie enger an mich, um meine Nase in ihrem silbrigen Haar zu vergraben. Ich hatte nicht erwartet, dass es mir so wichtig sein würde, dass sie diesen finalen Test besteht, aber das ist es. Jetzt weiß ich, dass ich ihr genug vertrauen kann, um ihr die ganze Wahrheit zu zeigen.

Das einzige Problem ist, dass ich mich zuerst darauf vorbereiten muss, mich von ihrer Zartheit und ihrer Wärme zu lösen, mich in der Dunkelheit anzuziehen und aus dem Zimmer zu verschwinden, bevor sie aufwacht. Ich will nichts davon tun. Ich will hierbleiben und sie erneut lieben.

Aber es ist bereits mehrere Stunden her, und obwohl ich sie erschöpft habe, werden sich ihre Augen bald öffnen. Dann wird sie sie benutzen wollen, es ist lächerlich, von ihr zu erwarten, die Augenbinde den ganzen Morgen über zu tragen.

Mein Leben war eine lange Reihe kalkulierter Risiken. Mein lebenslanges Internetprojekt zu beginnen und die Festigung meiner Macht innerhalb der amerikanischen Unterwelt war eindeutig ein kalkuliertes Risiko. Genau wie Marissa zu mir zu holen.

Es ist an der Zeit, zu riskieren, mich Carolyn zu offenbaren. Es ist Zeit, ihr wirklich meine wahre Arbeit und die Vorteile, sich mir anzuschließen, zu zeigen. Allerdings weiß ich es besser, als sie dem Schock auszusetzen, neben dem Gesicht des Mannes aufzuwachen, den sie eigentlich jagen sollte.

Heute ist jedoch definitiv der Tag. Ich habe keine Ausreden mehr. Hoffentlich habe ich sie gründlich und befriedigend genug geliebt, dass sie nicht länger so viel Stress der Strapazen der vergangenen Nacht in sich trägt.

So hat sie jedenfalls reagiert. Und sie schläft immer noch tief, als ich mich von ihr löse und sie in die Decken einwickle, um sie warm zu halten. Ich küsse ihre Stirn, bevor ich auf dem Boden nach meinen Kleidern greife.

Sobald ich mich angezogen habe, gegangen bin und mein Allerheiligstes im oberen Stock erreiche, dusche ich mich und genieße, wie die Kratzspuren ihrer Fingernägel auf meinem oberen Rücken unter dem Druck des Wassers brennen. Ihre Schreie der vergangenen Nacht hallen in meiner Erinnerung wider und bringen mich zum Lächeln. Es ist ein sehr guter Anfang, auch wenn die Umstände ... ungewöhnlich sind.

Natürlich bis auf das Gefühl der Verletzlichkeit, das mich verfolgt, während ich mich zurechtmache, einen frischen dunklen Leinenanzug anziehe und mich darauf vorbereite, mich meiner Schwester für den Morgenkaffee anzuschließen. Es ist ein Ritual, dem wir seit eineinhalb Jahren folgen, da unsere Schlafrhythmen sehr ähnlich sind. Wir haben beide morgens keinen großen Appetit, bevor wir in den Fitnessraum gehen, und keiner von uns ist je wach genug, um ohne einen Koffeinschub sicher zu trainieren.

Der kleine Salon im obersten Stockwerk der Villa ist dasselbe Zimmer, in dem der Feind sich aufgehängt hat. Er hat es seinen armen Angestellten überlassen, ihn zu finden. Ich habe viele von ihnen weiterbeschäftigt, da sie danach keine Loyalität mehr für ihn hatten und es keinen Grund dafür gab, dass das Pech ihres Arbeitgebers auch zu ihrem führt.

Ich habe in dem Zimmer alles unverändert gelassen, bis auf den Leuchtkörper, den er mit seinem Gewicht zerstört hat. Er wäre vermutlich am Boden zerstört, zu erfahren, dass dieser Raum jetzt einer meiner liebsten im ganzen Haus ist. Das Kaffeegeschirr ist bereits auf dem kleinen Mahagonitisch ausgebreitet, als ich hereinkomme.

Es gibt keinerlei Anzeichen dafür, dass jemand hier gestorben ist. Mein Feind ist ohne eine Spur verschwunden. Das würde ihn vermutlich wütend machen.

Wie auch meine Gefühle für Carolyn hat mein nachtragender Charakterzug viele meiner Entscheidungen beeinflusst. Ich glaube nicht, dass sie wissen muss, dass mein alter Feind sich hier umgebracht hat oder dass ich derjenige bin, der ihn in den Suizid getrieben hat.

Sie löst in mir den Wunsch aus, ich wäre ein netterer Mensch oder eher, dass meine Freundlichkeit bisweilen nicht erzwungen werden müsste. Aber das ist schlicht und ergreifend nicht möglich. Die Welt ist das, was sie ist, und ein Mann wie mein ehemaliger Feind ist außerhalb der Reichweite des Gesetzes.

Aber er war nicht außerhalb meiner Reichweite.

Ich setze mich hin und warte auf meine Schwester, die ein wenig spät dran ist. Nicht überraschend, nachdem sie sich gestern mit ihrem Robotertechnikprojekt überanstrengt hat. Als sie ein paar Minuten später langsam hereinkommt, öffne ich den Mund, um sie aufzuziehen – schließe ihn aber wieder, als ich ihr Gesicht sehe.

Blass wie ein Geist geht sie zu ihrem Stuhl, setzt sich und bleibt ein paar Sekunden lang stumm, während sie mich anstarrt. Dann spricht sie atemlos. „Na ja, es sieht aus, als hätten wir deine Freundin gerade rechtzeitig aus diesem Hotel geholt."

Adrenalin wirkt so viel schneller als Koffein. Ich bin innerhalb weniger als einer Sekunde hellwach. „Was ist passiert, Marissa?"

Ihre Lippen zittern. „Es ist gerade in den Nachrichten gekommen.

Diese vier FBI-Agenten, die Daniels geschickt hat, um Carolyn zu überwachen – sie sind tot, zusammen mit zwei Mitarbeitern des Hotels."

Mein Blut beginnt zu kochen. „Assante."

„Er muss es gewesen sein. Anscheinend ist es im dritten Stock passiert. Den Überwachungsaufnahmen zu urteilen, die wir uns besorgt haben, ist er zuerst in die zwei Hotelzimmer gegangen, die verwanzt waren." Sie sieht aus, als wäre ihr übel.

Ich lehne mich schwer auf meinem Stuhl zurück. „Das bedeutet, dass Daniels entweder versäumt hat, ihm zu sagen, dass Carolyn erneut die Suite gewechselt hat, oder er wollte auch die Agents tot sehen."

„Warum zur Hölle sollte er ein riesiges Chaos verursachen wollen, das in den Nachrichten landet, eine große Ermittlung anstößt und die Chancen erhöht, dass alles zu ihm zurückverfolgt wird?" Marissa klingt wütend, vermutlich aus Sorge um Carolyn. Sie scheint meine neue Liebe zu mögen und zu verstehen, dass das, was Carolyn bekümmert, auch mich bekümmert.

Meine Fäuste ballen sich mit dem Drang, die beiden sehr lästigen Männer zu erwürgen. „Sowohl Daniels als auch Assante scheinen zu denken, dass Carolyn zu töten wichtig genug ist, um das Risiko einzugehen. Und jetzt sind sechs unschuldige Menschen tot."

„Ja." Sie beschäftigt sich damit, uns beiden je eine Tasse Kaffee einzuschenken, wobei sie in meine Tasse drei Würfel Zucker zum Schmelzen gibt und ihren Kaffee mit Sahne verdünnt. „Zumindest haben sich die Agents zur Wehr gesetzt. Vielleicht haben sie ihn verletzt."

„Ich hätte dem Mistkerl irgendeine Falle stellen sollen." Aber dafür war keine Zeit.

„Du kannst dir dafür nicht die Schuld geben." Sie schiebt mir meine Tasse Kaffee herüber und ich nehme den kleinen Silberlöffel, um den Zucker hineinzurühren, während er sich auflöst. „Denkst du, es besteht irgendeine Chance, dass diese verrückte Nummer Daniels endlich ein Ende bereiten wird?"

„Nicht schnell genug. Die Mühlen des bundesstaatlichen Justizsystems mahlen lächerlich langsam. Wenn sie es nicht täten, hätte ich keinen Job mehr." Ich nehme einen brühend heißen Schluck Kaffee und der Schmerz hilft, meinen Verstand zu schärfen.

Ich muss an all dieser Wut vorbeidenken. Ich werde nicht derjenige sein, der in dieser Situation einen Fehler macht. Assante ist im Gegensatz zu dem Mann, der ihn geschickt hat, kein Narr. Außerdem wird er hiernach sehr schwer zu finden sein.

Ich muss in Topform sein, um mit dieser Situation umzugehen. Ganz zu schweigen davon, dass ich mit Carolyns Trauer und Zorn umgehen muss, wenn sie herausfindet, dass ihre vier Kollegen an ihrer Stelle ermordet wurden.

„Wie werden wir den Kerl fangen?" Marissa spielt mit ihrem Kaffee, anstatt ihn zu trinken und rührt ihn unablässig mit dem Löffel.

„Daran wird gearbeitet." Es verletzt meine Stolz, zuzugeben, dass ich noch keinen vollständigen Plan ausgearbeitet habe. „Aber zuerst werde ich jeden örtlichen Agenten und jede freie Rechenleistung darauf verwenden, Assante zu finden. Er wird die Gegend nicht verlassen, bis er erfolgreich Carolyn getötet hat. Das bedeutet, dass er, wenn er sie an einem bestimmten Ort vermutet, dorthin gehen wird." In meinem Kopf formt sich eine Idee, aber sie gefällt mir nicht.

Sie beinhaltet, Carolyn als Köder zu benutzen.

„Carolyns Boss weiß bereits, dass sie am Samstagabend den Mermaid-Club besuchen wird, auf der Suche nach DuBois. Das wird er bestimmt Assante gesagt haben." Ich trinke einen weiteren Schluck des stark gesüßten Kaffees.

„Also was, stellen wir ihm im Club eine Falle? Es ist ein öffentlicher Ort. Dieser Kerl hat bereits Bereitschaft gezeigt, um sich zu schießen und einen Haufen Kollateralschäden zu verursachen." Sie sieht sehr besorgt aus und ich kann es ihr nicht übelnehmen. Wenn ihr diese Aufnahme, die sie gesehen hat, so viel Angst gemacht hat, dann ist es vermutlich ein reines Blutbad.

„Blutbad ist nicht Assantes übliche Vorgehensweise. Er hat nicht so lang überlebt, indem er so grob war. Wie Daniels lässt er zu, von seinen Emotionen geleitet zu werden, was ihn dazu bringt, Fehler zu begehen."

Sie bläst die Wangen auf. „Also, wie schaffen wir es, nicht dasselbe zu tun? Wir sind alle irgendwie wütend darüber." Sie leert ihre erste Tasse mit mehreren großen Schlucken, bevor sie erneut nach der Kaffeekanne greift.

„Wir besprechen es mit Carolyn, machen unsere Pläne und gehen absolut sicher, dass der ganze Club am Samstagabend mit meinen Leuten gefüllt ist. Dann locken wir ihn dorthin und werden ihn los, wenn er aufkreuzt." Mein Kaffee ist von höchster Qualität, aber ich kann ihn im Moment nicht einmal schmecken.

„Bist du dir absolut sicher, dass Carolyn bereit ist, das Risiko der Kooperation einzugehen?" Ihre Hand zittert ein wenig, sie verschüttet fast den Kaffee.

Ich lächle grimmig über den Rand meiner Tasse. „Sie wird vermutlich noch begieriger sein, den Tod dieser Männer zu rächen, als wir es sind."

„Du hast vermutlich recht, großer Bruder. Aber zuerst müssen wir ihr die Nachricht überbringen."

Mein Mut sinkt ein wenig. „Das stimmt, und ich freue mich auch nicht darauf."

Es scheint, als müsse es warten, mich Carolyn zu offenbaren. Nach allem, was sie durchgemacht hat, ist es nicht fair, ihr mehr als einen Schock auf einmal zuzumuten. Und das Überbringen der Nachricht allein wird bereits schwierig genug sein.

Ich kann es absolut nicht ertragen, sie weinen zu sehen. Es ist einer der Gründe, den zuzugeben ich endlich gezwungen wurde, nach über einem Monat des Ausweichens, dass ich sie wirklich liebe.

Wie bizarr.

Und doch ist es willkommener, als ich es mir je vorgestellt hätte. Selbst während diese Krise über uns schwebt, lässt sich die Wahrheit nicht abstreiten. Sie hat mein Herz, und in dieser Angelegenheit bin ich derjenige, der zu ihrer Melodie tanzen muss.

Zumindest bis zu einem gewissen Grad. Und es beunruhigt mich überraschend wenig.

„Kehr bitte nicht zum Sherry zurück", fleht Marissa leise. „Es wird bereits keiner von uns völlig vernünftig über diese Sache nachdenken. Alkohol wird nicht helfen."

Ihre Sorge bringt mich zum Lächeln. „Das muss ich nicht. Unten wartet etwas wesentlich Besseres auf mich als Alkohol."

Sie erwidert mein Lächeln leicht. „Ja. Allerdings. Jetzt solltest du vermutlich mit ihr reden. Sobald du dir überlegt hast, wie du die Sache angehen willst, lass es mich wissen."

Ich gehe zurück durch den Flur in mein höhlenartiges Schlafzimmer, das von den dunklen, massiven Balken und den violetten Samtgardinen eines Betts im Stil des Mittelalters dominiert wird, das dem eines fränkischen Königs nachempfunden ist. Mit zehn habe ich Zeichnungen des Originals gesehen und mir versprochen, dass ich eines Tages ein solches Bett haben würde. Und doch kann ich es jetzt, als ich mich hinsetze, nicht einmal genießen, in seine gewaltige Matratze einzusinken.

Ich nehme langsam mein Handy in die Hand und bereite mich vor. Zuerst schreibe ich Carolyn.

Bist du wach?

Sie antwortet eine Weile lang nicht, was mich zu ein paar tiefen Atemzügen zwingt, um den Drang zu unterdrücken, dort hinunterzugehen und an die Tür zu klopfen. Dann bekomme ich eine Antwort.

Ich habe mir eben die Nachrichten angesehen. Sie sind tot.

Entsetzt rufe ich sie sofort an. „Carolyn, es tut mir so leid. Ich wollte nicht, dass das passiert."

„Das ist nicht dein Werk. Es ist das von Daniels und Assante." Ihre Stimme zittert vor Wut und Trauer, aber sie ist stark und klar. „Du hast mich dort herausgeholt, bevor er auch mich umbringen konnte. Du hattest recht damit, dass Daniels völlig entgleist. Wir haben ihn beide provoziert. Aber er hat es verdient, und in vielen Fällen war es nötig." Sie schnieft und sucht nach etwas.

„Da ist eine Schachtel Taschentücher in der Schublade deines Nachttisches."

„Danke." Sie verstummt für einen Moment. „Ich wünschte, du würdest nach unten kommen."

Keine gute Idee. „Carolyn, wenn ich nach unten komme und du mir ins Gesicht siehst, wird sich alles nur noch mehr verändern, als es das im Moment bereits tut. Das wird unausweichlich sein. Ich werde nach unten kommen, wenn du es wirklich willst. Aber es wäre besser, sich zuerst um die Krise zu kümmern." Diesmal befehle ich ihr nichts. Die Entscheidung liegt bei ihr.

Sie zögert. „Vielleicht hast du recht."

„Ich werde dir allerdings mehr von mir zeigen. Geh nach unten in den Keller. Die Tür ist unverschlossen." Vielleicht geht es ihr besser, wenn ich ihr mehr von mir und dem zeige, was ich tue. Nicht nur jetzt, sondern auch, wenn wir uns endlich von Angesicht zu Angesicht treffen.

„Ich gehe gerade dorthin. Wirst du mit mir am Telefon bleiben?" Ihre Stimme enthält ein leichtes Flehen.

„Natürlich."

„Warum glaubst du, dass es mich so sehr beunruhigen würde, dein Gesicht zu sehen oder deinen Namen zu hören?" Ihre Schritte hallen im Flur wider.

„Es gibt viele Dinge, die ich dir noch nicht von mir erzählt habe. Ich versuche momentan, einen Teil davon zu korrigieren, aber einige Dinge werden dir vermutlich weniger akzeptabel erscheinen als andere."

„Wenn du irgendwie entstellt bist oder so, ist mir das wirklich egal." Sie klingt so ernst. Aber ich muss tatsächlich ein wenig lachen.

„Nein, nein. Es ist nichts dergleichen. Ich schütze meine Identität wegen meiner Berühmtheit und all den Feinden, die ich über die Jahre angesammelt habe. Ich musste ein für allemal wissen, dass ich dir vertrauen kann", erkläre ich. „Letzte Nacht hattest du allen Grund dazu, heimlich mein Gesicht anzusehen, aber du hast es nicht getan. Das hast du mir wirklich bewiesen. Es hat mich sehr glücklich gemacht, Carolyn."

„Man liebt jemanden nicht, indem man ihn ignoriert, wenn er dich darum bittet, etwas nicht zu tun." Ihre Stimme ist so sanft.

Mein Herz setzt einen Schlag aus und ich muss die Augen schließen. Das Gefühl, das mich überkommt, ist so überwältigend, intensiv und unbekannt, dass ich kaum weiß, wie ich es verarbeiten soll. Meine Antwort ist langsam und ein wenig atemlos.

„Man liebt jemanden auch nicht, indem man ihn im Dunkeln lässt. Es tut mir leid, Carolyn. Aber vielleicht wirst du verstehen, warum ich so vorsichtig bin, wenn du das Nervenzentrum meines Zuhauses siehst und ein paar Dinge erfährst." *Bitte verstehe es.*

Die Absätze ihrer Stiefel landen auf der Treppe, die zum Keller führt und ihre Schritte hallen leise wider, als sie durch den kurzen Flur geht. „Was ist da unten?"

„Mein Lebenswerk. Etwas, von dem ich wirklich möchte, dass du Teil davon wirst."

Sie öffnet die Tür zum Computer-Zentrum und ihr Atem stockt. „Wow."

Das entlockt mir ein Lächeln. „Bitte setze dich an den Hauptanschluss."

„Ist das ein Quantencomputer?" Mein Stuhl quietscht, als sie sich hineinsetzt.

„Ja. Ich nutze eine Kombination aus Quantendatenverarbeitung, Parallelbearbeitung und fortgeschrittener künstlicher Intelligenz, um meine Arbeit online zu erledigen. Sieh es dir an." Die Auslösung eines Befehls auf meinem Handy bringt den Hauptcomputer dazu, sich zu entsperren.

Sie lehnt sich nach vorn, um den Bildschirm zu betrachten. „Und worin genau besteht deine Arbeit?"

„Menschen retten. Gesellschaften beschützen. Einen Teil des Schadens rückgängig machen, den andere wohlhabende und mächtige Menschen der Welt zugefügt haben." Ein tiefer Atemzug. „Bitte sieh dir die Zahlenanzeige an der Wand an."

Sie sieht es sich an. „Das ist eine große Zahl. Sie ist gerade um drei gestiegen. Was ist das?"

„Das ist die Zahl der Menschen, in deren Leben, Geschäfte, Familien und Gemeinschaften ich positiv eingegriffen habe, seit ich vor über zwanzig Jahren mit diesem Projekt begonnen habe." Mein Herz schwillt ein wenig vor Stolz an, als ihre Augen zu leuchten beginnen.

„Dann arbeitest du nicht für den Besitzer dieser Untergrundliga in Detroit?"

Ein weiteres kleines Lachen entwischt mir. „Nein. Ich besitze diesen Ring."

Ihr stockt der Atem. „Dann ... hätte ich dich fast gesehen."

„Ja. Es war sehr verlockend, mich mit dir in Detroit zu treffe. Diese Gefühle für dich sind nicht neu. Ich dachte nur, es sei nötig, sie zu leugnen."

„Ich bin froh, dass du das nicht getan hast", murmelt sie zärtlich, woraufhin erneut dieses wundervolle Gefühl in mir aufsteigt.

„Genau wie ich. Aber, liebe Carolyn, bevor ich dir endlich alles offenbaren kann, müssen wir Assante aufhalten."

Ich aktiviere den Bildschirm vor ihr und sie dreht sich um, um ihn anzusehen, während ich sie durch die Kamera des Computers betrachte. Sie sieht hingebungsvoll zu, während ich ihr all die unterschiedlichen Suchprogramme zeige, die aktuell laufen und Bilder jeder einzelnen, mit dem Internet verbundenen Kamera in Baltimore durchsuchen, auf der Suche nach Assante.

Sie schnappt nach Luft. „Das ist unglaublich. Es hat wirklich keine Spur von ihm gegeben?"

„Nein. Noch nicht. Er nutzt vielleicht eine Tarnung oder hat vielleicht einen Weg gefunden, bisher jede mögliche Kamera zu meiden. Möglicherweise ist er einfach irgendwo in einem Gebäude, wo es keine Überwachung gibt. Die Jagd hat erst begonnen. Ich arbeite allerdings immer noch mit gewissen Mitgliedern der Unterwelt für einen Preis zusammen, wohlgemerkt. Aber generell sind wir Verbündete oder sie arbeiten für mich. Momentan mobilisiere ich jeden Agenten, den ich in Baltimore habe, um nach Assante zu suchen. Das schließt die Hilfe von DuBois mit ein." Mit viel Glück ist das die letzte Lüge, die ich ihr je erzählen muss.

Sie lehnt sich mit großen Augen zurück. „Du hast Kontrolle über DuBois?"

Ein verschmitztes Lächeln zieht an meinen Lippen. Gut, dass sie es nicht sehen kann. „Ja. Sozusagen."

„Gut." Ihre Augen sind noch immer sehr rot, aber sie überrascht mich, indem sie lächelt. „Ich beginne zu verstehen, wie du so viel wissen und kontrollieren kannst. Dieser Aufbau ist unglaublich. Was du tust, ist unglaublich."

„Es freut mich, dass du so denkst. Es ist mir wichtig, dass du an das glaubst, was ich tue." Ich muss innehalten und am Schritt meiner Hose ziehen, um mir ein wenig Platz zu verschaffen. Diese wundervollen, fremden Gefühle haben eine mächtige Wirkung auf meinen Körper.

„Ich sag dir was. Hilf mir dabei, Assante zu fassen. Danach können wir vielleicht darüber sprechen, direkter miteinander zu arbeiten." Diese wundervolle Entschlossenheit ist wieder in ihre Stimme zurückgekehrt.

Trotz allem bleibt sie stark. Das ist einer der Gründe, weshalb ich sie so sehr liebe.

„Es besteht die Möglichkeit, ihm eine Falle zu stellen." Ich nutze mein Handy, um eine Kopie des Grundrisses des Mermaid Clubs auf dem Bildschirm vor ihr zu öffnen. „Aber, meine Liebe, dafür müsstest du als Köder fungieren. Nicht meine erste Wahl, aber wenn wir ihn mit der Suche in der Stadt nicht ausfindig machen können, dann ist es vielleicht unsere einzige Möglichkeit, ihn zu dir zu locken."

„Ich weiß." Sie klingt nicht besorgt, nur konzentriert. „Der Mermaid Club in der Innenstadt ist der einzige Anhaltspunkt, den Daniels hat, wo ich in den nächsten Tagen sein werde. Er weiß, dass ich Samstagabend dorthin gehe, um zu versuchen, mit DuBois zu reden."

Sie überrascht mich immer wieder. „Du machst dir keine Sorgen um die Risiken?"

Sie schnaubt. „Natürlich tue ich das. Assante ist wesentlich intelligenter und gefährlicher als Daniels. Aber es macht mir nicht annähernd so viel Sorgen, da ich dir vertraue. Ich werde Assante herlocken und du wirst mich beschützen und mir dabei helfen, ihn zu fassen." Sie betrachtet sehr konzentriert den Grundriss des Clubs. „Wenn ich ihn in den Arbeitsbereich locken kann, kann ich ihn von den Mitarbeitern und den Zivilisten wegbringen."

„Dieser Bereich besteht überwiegend aus Beton und Metall. Es wäre wesentlich einfacher, dort ein Feuergefecht zu kontrollieren.

DuBois kann dort mühelos einen Hinterhalt für den Mann einrichten. Es ist eine gute Wahl." Mein Atem stockt mir immer wieder in der Brust. Mein Herz und mein Körper brennen mit wachsendem Verlangen nach ihr.

Sie kooperiert nicht nur, sondern hat bereits denselben Plan in Erwägung gezogen. Sie hat es mir vorweggenommen, anstatt sich zu weigern.

Sie entspannt sich ein wenig mehr und lächelt breiter. „Es ist ein guter Plan. Wenn Assante bis Samstagabend nicht gefunden werden kann, bin ich bereit, es durchzuziehen."

„Meine mutige Carolyn", murmle ich. „Komm hoch."

Sie schnappt nach Luft. „Was?"

„Komm hoch. Komm in das oberste Stockwerk und in das Hauptschlafzimmer am Ende des Flurs. Du musst dich für eine Weile von all dem ablenken – und ich brauche dich."

„Ich bin sofort da." Sie steht auf. Sie legt auf und eilt hinaus, bevor sie aus dem Blickwinkel der Kamera verschwindet.

Ich lege das Handy auf den Nachttisch und drücke einen Schalter neben meinem Bett. Mein Schlaf ist dank meiner Arbeit so unregelmäßig, dass ich lichtblockierende Rollläden habe installieren lassen, um mir beim Schlafen zu helfen. Als sie herunterfahren, wird der Raum in völlige Dunkelheit getaucht.

Ich ziehe meine Kleidung aus und lege sie auf den Stuhl neben dem Bett. Dann ziehe ich ein Kondom über meine pulsierende Erektion und die leichte Stimulation reicht aus, um mich vor Erregung keuchen zu lassen. Ich trete zurück hinter mein Bett und warte.

Sie klopft an die Tür und ich rufe ruhig: „Komm rein und mach hinter dir zu."

Licht strömt flüchtig in den Raum, als sie hereinkommt. Sie schließt gehorsam die Tür, bevor sie einen Schritt weitergeht und sie abschließt. „Ich bin da."

„Zieh deine Sachen aus."

Ich höre Rascheln. Das Geräusch eines Reißverschlusses. Der dumpfe Aufprall von Schuhen, die ausgezogen werden. Ein Schauer der Erwartung durchfährt mich.

Sie beginnt, schwerer zu atmen. „Fertig."

„Komm herüber zum Bett."

Ihre Füße treffen leise auf dem Holzboden auf. Ich folge dem Geräusch und gehe um das Bett, um sie zu erreichen. Ich finde sie am Rand des Bettes, mit dem Rücken zu mir und bereits zitternd und schwer atmend.

Ich trete hinter sie, meine Stimme ist voller Verlangen. „Mein ganzes Leben lang habe ich noch nie jemanden so gewollt wie dich. Ich würde alles tun, um dich zu behalten."

Sie dreht sich um und wirft sich in meine Arme. Diesmal ist unser Kuss grob, verzweifelt, ihr Mund verfolgt meinen, während sie sich an mir reibt. Ich lege meine Arme um ihre Hüften, hebe sie hoch und setze sie auf der Bettkante wieder ab.

Ich lerne ihren Körper kennen. Die Stelle direkt unter ihrem Ohrläppchen, wo sie gern geküsst wird. Die Art, wie es sie zittern und keuchen lässt, wenn ich mit der Zunge ihre Brustwarten umfahre. Wie zärtlich ihre Klitoris gestreichelt werden muss.

Als ich in sie eindringe, wimmert sie mit jedem Atemzug. Ihr ganzer Körper ist unter mir angespannt, während er mich umgibt. Ich halte still, streichle sie sanft und ignoriere mein eigenes Verlangen, mich zu bewegen. „So, mein Liebling. Jetzt komm für mich."

Ihr Wimmern wird zu verzweifeltem Keuchen, während ich ihre Klitoris immer schneller streichle. „Es ist zu gut – zu gut –", keucht sie, windet sich unter mir und gräbt ihre Fersen in die Matratze.

„Nimm es." Mein heiseres Flüstern ist voller Hitze. „Kämpf nicht gegen mich an. Lass los."

Sie wölbt ihren Rücken und schreit, wobei sie ihre Hüften nach oben drückt und sich an mir reibt, während sich ihre Muskeln um mich herum anspannen. „Ja ... ja!"

Ich umfasse ihre Hüften und beginne einen harten Rhythmus, jeder Stoß entlockt ihr einen spitzen Schrei, während sie mich enger an sich zieht. Mein Verstand vernebelt sich, mein ganzer Körper pulsiert vor Begierde und Lust, als ihre glückseligen Schreie weitergehen.

„Oh, gutes Mädchen, gutes Mädchen. Ich bin so zufrieden mit dir."

Dann kann ich nicht mehr sprechen. Meine Muskeln spannen sich an, als ich einem Höhepunkt nahekomme, der so stark ist, dass mein Stöhnen und meine Schreie ihre übertönen, als sie erneut beginnt, sich an mir zu reiben.

„Ich liebe dich", flüstert sie, als ich kurz vor der Explosion stehe. „Ich liebe dich."

Unbekannte Wonne überwältigt mich, ich wölbe den Rücken und erschauere vor Freude, mein Herz und mein Körper spornen die Lust des anderen an, bis mich mein Höhepunkt beben lässt. Er baut sich auf, jede lange Welle durchströmt mich härter, während ich mich entleere, bis auch mein Verstand leer ist und die Welt für eine Weile verschwindet.

KAPITEL 10

Carolyn

Unglücklicherweise bleiben alle Suchen erfolglos. Drei Tage lang warten wir auf Ergebnisse, während Prometheus mir von sich und seiner Organisation erzählt und mich nachts in einem völlig abgedunkelten Raum liebt.

Ich bin mittlerweile sowohl sehr verliebt als auch sehr wütend. Meine Kollegen hätten nicht so sterben sollen. Niemand sollte so sterben, vielleicht bis auf Assante selbst.

Ich frage mich immer noch, welche Geheimnisse Prometheus vor mir verbirgt. Ich verstehe jetzt, dass er nichts ohne guten Grund tut, aber es frustriert mich, nicht alles zu wissen.

Sobald der Samstag kommt, finde ich mich mit dem Unausweichlichen ab. Prometheus hat mir versichert, dass der Club voller bewaffneter Menschen sein wird, die über meinem vermeintlichen Mörder hereinbrechen werden wie die Faust eines wütenden Gottes. Also ziehe ich mein neues blaues Kleid an, befestige meine 9mm-Waffe an meinem Oberschenkel und ziehe die Saphirkette an, die Prometheus mir geschenkt hat.

Marissa fährt mich zum Club. „Lass den Ohrhörer drin", rät sie mir. „Wir werden dich durchgängig beobachten und nach ihm Ausschau halten."

„Was ist mit DuBois?" Er ist kaum noch mein Problem, aber die Gerüchte über seine tödlichen Heldentaten machen mir Sorgen.

Sie grinst. „Ich glaube nicht, dass du dir allzu große Sorgen um ihn machen musst. Er wurde bereits vollständig über die Situation informiert."

Es ist verrückt. Vor einer Woche habe ich einen Ausflug in diesen verdammten Club geplant, um zu versuchen, die Chance zu bekommen, ihn zu fassen. Jetzt muss ich mich der Sicherheit wegen auf ihn verlassen. Ich stecke mir den Ohrhörer ins Ohr.

„Na ja, es klingt, als stünde beim FBI alles auf dem Kopf. Oder zumindest im Büro dieses Daniels." Marissa trägt ein verschmitztes Lächeln im Gesicht, das ich nicht ganz verstehe. „Wie oft wurden dir von diesem Büro Dinge erzählt, die einfach nicht stimmen?"

Na ja, wenn ich so darüber nachdenke ... „Zu oft."

Der Club ist im Inneren noch schöner, als ihn die Überwachungs-fotos gezeigt haben. Art-Deco-Säulen, eine verspiegelte Decke, eine Live-Band und luxuriöse rote Teppiche. Es ist wirklich ein Beweis für kriminelle Exzesse, aber es ist auch sehr nett anzusehen.

Zwei Galerien überblicken die Tanzfläche. DuBois' große Gestalt geht zum Rand des Geländers, ein Likörglas in der Hand und in einen weißen Leinenanzug gekleidet. Seine Schönheit ist in der Öffentlichkeit noch fesselnder – aber sie kann mich nicht mehr verzaubern.

Mein Herz gehört einem anderen.

Er starrt mit einem kleinen Lächeln im Gesicht zu mir herab. Dann geht er zu seinem Tisch und setzt sich, wobei er den Vorgängen stumm zusieht, während immer mehr Menschen den Club betreten.

„Willst du einen Drink? Ich gehe zur Bar." Marissa lächelt mich strahlend an, als wären wir hier, um zu tanzen und nicht, um einen Mörder in die Falle zu locken.

„Geh vor. Ich komme klar." Ich trinke nicht einen Tropfen Alkohol, bis Assante entweder festgenommen oder tot ist. Aber ein Scan der rasant zunehmenden Besucher zeigt keinerlei bekannte Gesichter, also ... wird es vielleicht eine Weile dauern.

Ich gehe zu einem Tisch in der Nähe und setze mich hin, während die Menge größer wird und Marissa verschwinden lässt, die auf dem Weg zur Bar ist. Ich muss nur den heutigen Abend durchstehen, dann können Prometheus und ich –

Jemand ist hinter mir. Er bewegt sich sehr schnell und ich stehe sofort auf, um mich umzudrehen. *Bitte sei einfach irgendein notgeiler Betrunkener –*

Ich habe keine Chance, hinter mich zu blicken. Stattdessen wird etwas Scharfes in meinen Rücken gedrückt.

Ich erstarre.

„Ich sollte Ihnen danken, dass Sie sich so leicht auffindbar gemacht haben", sagt Assante in mein Ohr. „Zeit und Ort vorbestimmt. Wie praktisch."

Der kalte Hass in seiner Stimme erschreckt mich. Ich kann nicht einmal fragen, wie zur Hölle er hereingekommen ist, ohne dass ihn jemand bemerkt hat.

Er presst das scharfe Objekt ein wenig tiefer, bevor er es bewegt, bis es über meiner Niere ist. „Gehen Sie."

Er hat wirklich keinerlei Zeit verschwendet. Hoffentlich hat jemand das hier bemerkt. Wo gehen wir hin? Ich sehe zur Galerie auf, aber DuBois ist wieder in der Menge verschwunden und hat seinen Tisch verlassen. *Verdammt!*

„An der Hinterseite des Flurs zu den Toiletten ist ein Ausgang. Ich habe den Alarm ausgeschaltet. Wir werden ihn nutzen, um zu gehen." Er piekst mich erneut. „Bewegen Sie sich."

„Warum erstechen Sie mich nicht einfach hier vor Zeugen?", schlage ich vor. „Sie sind bereits nachlässig geworden. Sie hatten keinerlei Probleme damit, ein Kind an einem öffentlichen Strand zu erschießen. Oder sechs unschuldige Menschen vor Überwachungskameras."

Er schnaubt. „Denken Sie, dass ich nicht weiß, wem dieser Club gehört, Kindchen? Ich werde in weniger als einer Minute niedergeschossen, wenn Ihr Tod ein öffentliches Spektakel wird. Aber wenn das passiert, Special Agent, werde ich nicht allein sterben. Lassen Sie es mich anders ausdrücken. Entweder kommen Sie leise mit und gehen durch diese Tür oder ich werde die Pistole, die ich trage, in die Menge entleeren." Seine Stimme beginnt zu zittern, er meint es ernst.

„Ich gehe." Meine Stimme ist gleichmäßiger als seine. Ich muss darauf vertrauen, dass mich immer noch jemand beobachtet. Selbst wenn ich durch die falsche Tür gehe, selbst wenn wir uns von dem Hinterhalt entfernen, der geplant wurde, vertraue ich darauf, dass Prometheus jemanden zu meiner Hilfe schicken wird.

Der Flur zu den Toiletten ist lang und poliert, mit einem Notausgang am hinteren Ende. Ich gehe mit der Klinge an meiner Niere, während er die ganze Zeit leise spricht.

„Es ist unklar, weshalb Sie dachten, dass Sie damit davonkommen könnten, mich solche Demütigungen durchleiden zu lassen. Sie sind eine Beamte des Gesetzes und müssen innerhalb des Gesetzes arbeiten." Er schnauft leise und bewegt das Messer, um seinen Punkt zu unterstreichen. „Sie haben mich aus Mexiko entführt! Ich bin mir sicher, dass Klebeband keine akzeptable Form der Fesselung für einen Gefangenen ist."

„Wenn Sie denken, dass dies Demütigungen sind, dann sollten Sie vielleicht über die Folgen nachdenken, sich von Derek Daniels in einen Kampfhund verwandeln zu lassen. Sie mögen vielleicht ein Mörder sein, aber dieser Kerl ist unter Ihrer Würde. Haben Sie irgendeine Ahnung, warum er hinter mir her ist?" *Sprich schnell. Vielleicht wird etwas durchkommen und mir Zeit verschaffen.*

„Er behauptet, Sie hätten zu viele belastende Informationen über ihn. Es ist ein üblicher Grund für die Veranlassung einer Ermordung." Er ist nicht beeindruckt.

Mach weiter. Du hast nichts zu verlieren. „Wissen Sie, dass der einzige Grund, aus dem ich belastende Informationen über ihn habe, aus seinen wiederholten Bemühungen resultiert, mich umbringen zu lassen, da ich nicht mit ihm schlafen wollte? Das ist der Mann, mit dem Sie kooperieren."

Er zieht das Messer ein klein wenig zurück. „Wirklich? Das ist bedauerlich. Vielleicht sollte ich ihm einen Besuch abstatten, sobald ich mit Ihnen fertig bin."

„Ehrlich gesagt würde ich Ihnen fast dafür vergeben, mich erstochen zu haben, wenn Sie ihn umbrächten." Das ist nicht ganz die Wahrheit, aber es belustigt ihn eindeutig so sehr, dass es ihn endlich ablenkt.

Er verlangsamt seinen Schritt ein wenig. „Ich kann leider nicht so nachsichtig sein wie Sie. Ihre Verstöße gegen mich sind zu schwerwiegend."

Wir haben fast die Tür erreicht. Ich weiß, dass er mich umbringen wird, sobald wir draußen sind. Ich weiß nicht, ob ich meine Waffe schnell genug herausholen kann, um mich zu verteidigen.

„Na ja, falls Sie mich fragen: Wenn ich es erneut tun könnte, dann hätte ich Sie nicht mit Klebeband eingewickelt und in meinen Kofferraum gepackt. Und das sage ich nicht nur, weil Sie kurz davor sind, mir eine meiner Nieren zu entfernen." Ich habe keine Ahnung, wie ich so ruhig bleiben kann, wenn ich dem Tod so nahe bin.

Prometheus, wo bist du?

„Das würden Sie nicht?" Er bleibt tatsächlich kurz stehen. „Warum nicht?"

Ich bleibe stehen und sehe ihn über meine Schulter an. Sein Kopf ist geneigt; sein Gesicht ist voller prothetischem Make-up, was ihn jünger, blasser … hässlicher aussehen lässt. Wenn diese schokoladenbraunen Augen und seine Stimme nicht gewesen wären, wäre es unmöglich gewesen, ihn zu erkennen.

„Es ist wirklich einfach. Sie sind zu verdammt gefährlich. Ich hätte Sie stattdessen erschießen sollen." Mein Lächeln ist voller Gehässigkeit.

Er lacht, auf seltsame Weise mit meiner Antwort zufrieden. „So hätten Sie mich wenigstens mit dem Respekt und der Angst behandelt, die ich verdiene. Warum gehen Sie jetzt nicht durch diese Tür und wir beenden unsere Geschäfte?"

In diesem Moment gehen die Lichter aus.

Der Flur wird plötzlich in Dunkelheit getaucht und ich werfe mich zur Seite. Ich höre, wie sein Messer über die Stahltür kratzt, die hinter mir war, und suche im Dunkeln nach meiner Waffe. Dann kommen schnelle Schritte auf uns zu, es gibt einen dumpfen Aufprall und Assante schnappt nach Luft.

Das Licht geht wieder an, als Assantes Messer ihm aus der Hand gleitet und zu Boden fällt. Er steht starr und keine zwei Meter von mir entfernt, die Finger gespreizt, die Augen aufgerissen und einen Ausdruck des Schocks im Gesicht. Anstatt zu atmen, macht er würgende Geräusche. Seine Augen sind nicht leer, sondern voller Überraschung.

Einen Moment später geben seine Knie nach und er fällt zur Seite, diesen Ausdruck immer noch im Gesicht. Sein Zusammenbruch enthüllt den Mann, der hinter ihm steht: DuBois, mit einem einzelnen Blutstropfen auf der Wange, der Ausdruck rasender Wut auf seinem schönen Gesicht.

Sein Gesichtsausdruck wird sanfter, als sich unsere Blicke treffen und er sieht mich erleichtert an, während ich nur schockiert starren kann. Ich blicke hinab und sehe den dünnen silbernen Griff eines Stiletts aus Assantes Schädel herausblitzen.

„Geht es dir gut?", keucht DuBois mit Prometheus' Stimme.

Was?

Ich explodiere. „Du? *Das* bist du?"

Der fünfte Name auf Daniels' Liste. Kein Partner von Prometheus oder jemand, den er benutzen wollte, sondern Prometheus selbst.

Mit einem Mal verstehe ich, warum er es vor mir versteckt hat und warum er es vor jedem versteckt. Aber das mildert den Schock nicht ab. Ich gehe rückwärts in Richtung der Tür.

„Es tut mir leid, dass ich dich getäuscht habe." Er streckt flehend seine blutigen Hände nach mir aus. „Bitte vergib mir."

Mein Rücken stößt an die Stahltür. Es ist zu viel. Vielleicht wäre es das nicht, wenn ich nicht in ihn verliebt wäre. Vielleicht wäre es das nicht, wenn ich nicht bereits überfordert wäre. Aber ich bin beides und kann es nicht ertragen. „Wer bist du wirklich?", frage ich. „Ist alles, was du zu mir gesagt hast, eine Lüge?"

„Nein! Geh nicht", fleht er. „Wenn du aus meinem Leben

verschwindest, dann nimmst du mein Herz mit. Du bist die einzige Frau, die ich je geliebt habe."

Seine Worte versetzen meiner Wut nur einen leichten Dämpfer. „Und doch bist du bereit, mich so sehr anzulügen? Wann wird es enden?" Meine Hand liegt auf der Türklinke. „Woher soll ich wissen, dass du mich nicht immer wieder täuschst?"

„Es endet jetzt", murmelt er mit dieser zärtlichen Stimme. „Bitte, Carolyn, geh nicht. Ich werde dir alles erzählen, was du wissen willst. Ich werde dir alles zeigen, was du sehen willst. Aber geh nicht weg."

Selbst verängstigt, während ich ihm dabei zusehe, wie er das Blut mit einem feuchten Tuch von seinen Händen wischt und über den einzigen Blutstropfen auf seiner Wange tupft, kann ich es nicht abstreiten. Seine Verzweiflung rührt mich.

„Hast du mich benutzt, um den Don von New York umbringen zu lassen?" Ich sehe ihm direkt in die Augen und er wendet den Blick ab.

„Ja."

„Wie konntest du mich so behandeln? Ich bin nicht dein Spielzeug!" Ich blicke wieder auf Assante hinab. Der einzige Grund, aus dem ich nicht sofort durch diese Tür gehe, ist, dass Prometheus – *Adrian* – soeben erneut mein Leben gerettet hat.

„Zu diesem Zeitpunkt warst du nur eine weitere FBI-Agentin in einer Situation, für die ich Verständnis hatte. Dieser Mann musste sterben, damit ich meine Familie und seine Tochter beschützen konnte. Du warst einer der Menschen in der richtigen Position zu helfen, um das zu verwirklichen. Das ist alles."

Endlich direkte Antworten. „Was ist mit dem Rest der Liste. Hattest du da irgendwie deine Finger im Spiel?"

Er entspannt sich leicht, als würde er verstehen, dass ich mir noch die Antworten anhöre, wenn ich Fragen stelle.

„Ja. Hatte ich. Und es tut mir leid, dass ich es versäumt habe, dir das mitzuteilen." Sein Lächeln ist mehr wie eine Grimasse. „Siehst du, Derek Daniels wollte dir eine gänzlich andere Liste geben, eine, die dich dazu gebracht hätte, unwissentlich in direkte Konfrontation mit Polizistenmördern zu geraten, ohne Verstärkung."

Er nimmt einen tiefen Atemzug. „Ich habe ihn getäuscht und die

Liste verändert. Stattdessen habe ich dafür gesorgt, dass die Männer, die du verfolgt hast, der Art waren, die dir niemals etwas antun würden. Selbst als ich dich nicht kannte, hatte ich trotzdem Mitgefühl. Jetzt liebe ich dich mehr als mein eigenes Leben. Ich flehe dich an, dein Vertrauen in mich nicht wegzuwerfen. Bitte." Der Schmerz in seinen Augen, die rohe Verletzlichkeit, all das macht mir auf seine eigene Weise genauso viel Angst, wie es der Mann auf dem Boden getan hat.

Ist es möglich, dass ich jemand so Mächtiges zerstören könnte, indem ich einfach gehe? Ich schließe die Augen und lehne mich mit dem Rücken an die Tür, während mir Tränen in die Augen steigen.

Ich habe mich fast zu Tode geschuftet, um FBI-Agentin zu werden. Und sobald ich das war, hat mein Vorgesetzter unablässig alles in seiner Macht Stehende getan, um sicherzugehen, dass ich scheitern, leiden und sterben würde. Der Mann vor mir lädt mich dazu ein, sie zu verlassen und mich ihm anzuschließen, um seine eigene Gerechtigkeit und Gnade in die Welt zu bringen.

Und selbst mit Blut an seinen Händen und all den Lügen ist er immer noch vertrauenswürdiger und bekommt bessere Ergebnisse.

Und ich liebe ihn.

Ich öffne meine Augen und blicke in seine. „Ich will nicht gehen." Ich sehe zu, wie er vor Erleichterung zusammensackt. „Aber wenn du mich je wieder so täuschst, werde ich es tun."

Er wendet blinzelnd den Blick von mir ab und seine Augen werden für einen kurzen Moment verdächtig hell. „Ich schwöre, dass ich dir nie wieder einen Grund dafür geben werde, mir zu misstrauen."

„Das ist für den Moment gut genug." Diese Beziehung bedarf viel Arbeit.

Aber während ich mich beruhige, bin ich hoffnungsvoll. Im Gegensatz zu meiner Zeit beim FBI, wird mir bei Prometheus zugehört. Ich werde wirkliche Fortschritte machen können.

Ich blicke hinab auf die zusammengesackte Leiche. *Fahr zur Hölle, du seelenloser Bastard.* „Was machen wir mit ihm?"

Er ist einen Moment lang stumm, bevor er leicht grinst. „Überlass das einfach mir. Ich habe da bereits eine Idee."

Er geht an der Leiche vorbei und nimmt mich in seine Arme. „Brauchst du einen Drink, bevor wir gehen? Der Barkeeper mixt wunderbare Cocktails."

„Nein", erwidere ich aufrichtig und lege meine Wange an seine Brust. Sein Herz schlägt schnell und ich staune erneut darüber, wie viel Macht ich über einen so fantastischen Mann habe.

„Nein, ich brauche keinen Drink. Ich brauche nur dich." Zur Antwort streichelt er mir über den Kopf und ich murmle an seinem Hals: „Lass uns nach Hause gehen."

EPILOG

Derek

E s ist drei Wochen her und es herrscht sowohl von Carolyn Moss als auch von diesem verdammten Auftragskiller Assante Funkstille. Ich dachte, dieser Mistkerl wäre ein Profi, aber es scheint, als hätte er seine Freiheit und mein Geld genommen. Bis auf das große verdammte Chaos im Hotel hat er nichts im Gegenzug getan.

Außerdem erhole ich mich immer noch von der Prügel, die ich von Assante bekommen habe. Ich habe diesem Mistkerl gesagt, er solle seine Flucht realistisch aussehen lassen und im Gegenzug zwei blaue Augen, zwanzig Stiche und Zahnbehandlungen bekommen.

Scheiße, ich nehme an, das ist realistisch genug, um Verdächtigungen zu zerstreuen. Aber das Mindeste, was er hätte tun können, war, den verdammten Job zu erledigen, bevor er verschwindet.

Wenn irgendeine von Moss' Schwestern weiß, was mit ihr los ist, dann sagen sie nichts. Auch Assante ist nicht nach Las Vegas zurückgekehrt, soweit es dem dort ansässigen FBI bekannt ist. Die beiden hätten genauso gut von Aliens entführt worden sein, bei den wenigen Spuren, die sie hinterlassen haben.

Nichtsdestotrotz bin ich nicht allzu schlecht weggekommen. Carolyns Verschwinden hatte die abschreckende Wirkung auf die anderen Frauen im Büro, die ich mir erhofft hatte. Die Ermittlung läuft noch, aber die Mädchen sind wesentlich weniger kooperativ.

Assantes Mord an den vier FBI-Agenten, die ich in Baltimore auf Moss angesetzt hatte, hatte ebenso einen Nutzen. Jetzt gibt es keine Zeugen mehr, die von den Sendern wissen, die ich von den armen Jungs in Moss' Hotelzimmer habe anbringen lassen.

Da bin ich gerade so noch einmal davongekommen.

Während ich in meinem Büro sitze und den Karton mit dem Inhalt ihres Tisches darin anstarre, habe ich immer noch das Gefühl, gewonnen zu haben. Sie ist völlig von meinem Radar verschwunden. Das bedeutet, dass sie mir keine Schwierigkeiten mehr machen kann.

Es besteht immer noch die Möglichkeit, dass sie im Krankenhaus oder so wieder auftauchen wird, aber das denke ich nicht. Ich habe bereits brandneue Agents engagiert, um die leeren Plätze in meinem Büro zu besetzen. In ein paar Monaten wird es so sein, als hätte Carolyn Moss in meinem Leben nie existiert.

„Darauf trinke ich", sage ich zu mir selbst, nehme den Karton von meinem Tisch und schiebe ihn in die hinterste Ecke meines Büros. Ich werde ihn für einen Monat oder so behalten, falls eine ihrer Schwestern kommt und ihre Sachen will. So nett bin ich eben.

Außerdem sind sie vermutlich so heiß wie sie und es ist unmöglich, dass sie alle hochnäsige Kratzbürsten sind.

Ich beginne, für den Tag einzupacken, als per Kurier noch ein Paket geliefert wird. Der Rezeptionist ist bereits nach Hause gegangen, also bringt es der Hausmeister herein. „Der Kerl hat es einfach mit Ihrem Namen darauf zurückgelassen", sagt er leise.

Es ist ein ziemlich großer Karton. Es könnte ein Fußball oder so darin sein. Aber dafür ist es ein wenig zu schwer.

Ich werfe einen Blick darauf und bemerke, dass es in Las Vegas abgestempelt wurde. Nichts auf der Verpackung, was darauf hindeutet, wer genau es verschickt hat. Allerdings kenne ich nur einen Kerl, mit dem ich Geschäfte tätige, der momentan in Vegas sein könnte.

Vielleicht liege ich falsch. Vielleicht schickt Assante mir einen

Beweis, dass er den Job endlich erledigt hat. Ich sehe mich um, um sicherzugehen, dass ich bis auf den lästigen Hausmeister, der bereits wieder zu seiner Arbeit zurückgekehrt ist, allein im Büro bin. Dann beginne ich ungeduldig, das Klebeband von dem Paket zu reißen.

Mein E-Mail-Programm piept. Ich blicke zum Bildschirm auf und bemerke, dass ich bei einer E-Mail mit Anhängen ins CC gesetzt wurde, die an den Sektionsleiter und seinen unmittelbaren Vorgesetzten geht. Ich erkenne die Absenderadresse nicht, aber es sieht offiziell aus.

Ein kalter Hauch der Angst fährt mir durch den Nacken.

Schnell wende ich mich meinem Computer zu und öffne die Mail. Es ist ein kurzer Text und eine Reihe von Anhängen. Der Text enthält nur **Betreff Derek Daniels** und mein Magen dreht sich.

Was geht hier vor sich?

Ich öffne die Anhänge und beginne, sie schnell durchzugehen. Meine Augen werden groß vor Entsetzen, als ich realisiere, was sie enthalten.

Private E-Mails. Private Nachrichten. Unterhaltungen, Verhandlungen und Bedrohungen, die nie hätten herauskommen sollen. Überwachungsaufnahmen, wie ich Assantes Handschellen öffne und ihn freilasse.

Mir ist übel, kalt, mein Herz schlägt viel zu schnell. Ich lehne mich auf meinem Stuhl zurück, als ich realisiere, dass es vorbei ist. Es ist unmöglich, zu wissen, wer genau es geschickt hat, aber meine Vermutung ist, dass es wieder Carolyn Moss war. Aber das ergibt noch weniger Sinn, wenn man das Paket auf meinem Tisch bedenkt.

Ich wende mich dem Paket zu und reiße es auf. Im Inneren befindet sich eine Kühlbox aus Styropor, die mit Trockeneis gefüllt ist, wie bei Paketen, mit denen Fleisch oder besonderer Käse geliefert wird. Das weckt meine Neugier.

Vielleicht ist es ein Geschenk, das nichts mit alldem zu tun hat. Aber wen zur Hölle kenne ich in Vegas außer Assante?

Hastig nehme ich den Deckel von der Box, woraufhin ein dicker Nebel von dem Trockeneis aufsteigt. Ein Großteil davon ist bereits geschmolzen. Es ist diese Woche in Vegas ziemlich warm.

Es dauert einen Moment, bis sich der Nebel auflöst und ich einen Blick in das Innere werfen kann. Dann muss ich einen Schrei unterdrücken.

Assantes Gesicht starrt mich an, Eiskristalle bedecken die Gläser seiner Brille. Sein Gesichtsausdruck ist überrascht, als könnte er nicht glauben, dass ihm jemand tatsächlich zuvorgekommen ist.

„Oh Gott", keuche ich. „Sie ist ein verdammtes Monster."

Die Erkenntnis, dass ich Carolyn Moss unterschätzt habe, kommt mir viel zu spät.

In diesem Moment öffnet sich die Tür und mehrere Menschen gehen auf mein Büro zu.

Sie hat sie bereits vorher benachrichtigt. Mit mehreren Verdächtigungen im Kopf nehme ich den Karton und seinen grausigen Inhalt, verzweifelt auf der Suche nach einem Versteck.

„Direkt hier drüben, Sir", sagt der Hausmeister fröhlich, als ich versuche, den Karton in eine Schublade zu stopfen, die zu klein dafür ist.

So findet mich der Sektionsleiter, als er durch die Tür tritt: verzweifelt, mit endlosen Beweisen gegen mich auf meinem Bildschirm und dem Karton mit Assantes abgetrenntem Kopf darin immer noch in den Händen.

 E nde.

✿ Erstellt mit Vellum

Ingram Content Group UK Ltd.
Milton Keynes UK
UKHW020959130623
423333UK00004B/31